이어져야 할 백두대간 그 남쪽을 오르며 Ⅱ

나남출판

김준찬 산행 에세이 ②

이어져야 할
백두대간
그 남쪽을
오르며 II

NANAM
나남출판

백두산
산은 병풍치고 물은 차다(山屛水冷)

2003년 10월 12일 백두대간 2차 종주를 시작하던날
천왕봉은 07시 15분부터 20분간 하늘을 열어 주었다.

산의 정상에 서서 운해가 감기거나 노을을 이고 있는 겹겹이 늘어선 먼 산들의 연릉은 보고 있노라면 그리움과 향수, 꿈과 희망 그리고 알 수 없는 기대감으로 가슴이 벅차오른다. 그러다가 종래는 나 자신도 한 점 티끌이 되어 자연 속으로 흩어져 간다. 낮은 곳에서는 먼 곳을 볼 수 없다.

2001년 2월부터 격주로 중산리에서 시작한 백두대간은 2003년 4월 20일 진부령을 내려서면서 막을 내렸다. 진부령에 내려설 때에는 안개비가 시야를 가려 금강산은커녕 향로봉도 볼 수 없었으며, '이어져야 할 백두대간 그 남쪽을 오르며'는 불행하게도 진부령에서 끝내야만 했다.

뭉클하게 떠오르는 상념은 민족도 좋고 통일도 좋으나 어떤 통일인가를 묻지 않는 몰체제적 통일론은 망국으로 가는 지름길인 것이다. 자유롭고 민주적인 삶의 실질이 배제된 민족주의와 통일지상주의는 허용되어서는 아니되며 우리는 그 속에서 단 하루도 살아 숨 쉴 수 없는 것이다. 진정한 통일이 되어 금상간을 넘어 백두산에 올라 북녘 백두대간의 제3권을 펴낼 수 있게 되기를 간구(懇求)한다. 이 책 제2권은 대간을 하고 있는 도중에 중산리에서 화방재까지의 내용이 수록된 제1권이 먼저 출간되는 바람에 뒤늦게 나오게 되었으며, 화방재에서 진부령까지의 대간 15구간과 함께 일

43구간 삽답령 ▶ 들미재 ▶ 독바우 ▶ 978.7봉 ▶ 석두봉 ▶ 989.7봉 ▶
991봉 ▶ 화란봉 ▶ 닭목재
삵쾡이와의 눈싸움 79

44구간 닭목재 ▶ 고루포기산 ▶ 능경봉 ▶ 대관령
혹한풍에 얼이 빠진 눈 덮인 대관령 91

45구간 대관령 ▶ 새봉 ▶ 선자령 ▶ 곤신봉 ▶ 매봉 ▶ 소황병산 ▶ 노인봉산장
기억에서 사라진 5시간 반 97

46구간 노인봉 산장 ▶ 진고개 ▶ 동대산 ▶ 두로봉 ▶ 신배령 ▶ 만월봉 ▶
응복산 ▶ 약수산 ▶ 구룡령
산 넘어 산 108

47구간 구룡령 ▶ 갈전곡봉 ▶ 쇠나드리 ▶ 갈림길 ▶ 조침령
수림 속을 끝없이 오르고 내린 '마의 구간' ... 119

48구간 조침령 ▶ 북암령 ▶ 단목령 ▶ 점봉산 ▶ 망대암산 ▶ 1,157봉 ▶ 한계령
제거된 1,105봉 암릉의 로프 126

49구간 한계령 ▶ 서북릉삼거리 ▶ 중청 ▶ 희운각 ▶ 신선대 ▶ 1,275봉 ▶
나한봉 ▶ 마등령 ▶ 비선대
千의 비경 有情萬里 135

50구간 백담사 ▶ 오세암 ▶ 마등령 ▶ 마등봉 ▶ 저항봉 ▶ 황철봉 ▶ 미시령
달, 별, 태양과 바람, 눈, 너덜 147

51구간 미시령 ▶ 진부령
안개비는 더 이상 갈 수 없는 대간을 가려주었다 156

다시 가 보고 싶은 山 22選

서울시, 경기도 고양시 · 837미터 **북한산**

1-1 백화사 ▶ 의상봉 ▶ 대남문 ▶ 대동문 ▶ 구천폭포 ▶ 아카데미하우스
의상봉 능선의 암릉미 ·········· 167

1-2 평창 제1 매표소 ▶ 동령폭포 ▶ 대성문 ▶ 대동문 ▶
진달래능선 ▶ 고향산천
진달래능선과 소귀천계곡 ·········· 175

1-3 형제봉매표소 ▶ 형제봉 ▶ 대성문 ▶ 대남문 ▶ 문수사 ▶ 구기계곡
난형난제 ·········· 183

1-4 평창 제1 매표소 ▶ 동령폭포 ▶ 일선사 ▶ 대성문 ▶ 보국문 ▶
대동문 ▶ 구천폭포 ▶ 아카데미하우스
베일에 가린 구천폭포 ·········· 192

1-5 윗산불광사 ▶ 향림당 ▶ 송전탑 ▶ 470봉 ▶ 향로봉 ▶ 비봉 ▶
진관사계곡 ▶ 진관사
괴이한 향림사지 ·········· 198

1-6 덕암사 ▶ 개연폭포 ▶ 상운사 ▶ 북문 ▶ 염초봉 ▶ 백운대
드디어 원효리지를 하다 ·········· 207

서울시 도봉구, 경기 의정부시, 양주군 · 740미터 **도봉산**

2 추골 ▶ 여성봉 ▶ 우이암 ▶ 방학골
기묘한 여성봉 ·········· 215

서울시, 과천시, 안양시 · 480.9미터 **삼성산**

3 옥문봉 ▶ 칼바위 ▶ 깃대봉 ▶ 삼막사 ▶ 칠성각 ▶ 478봉 ▶
정상 ▶ 사거리 ▶ 수중공원
정상 군부대의 영리한 경비견 …… 226

서울시, 과천시, 의왕시, 성남시 · 618미터 **청계산**

4 옛골 ▶ 이수봉 ▶ 정상 ▶ 매봉 ▶ 약초샘길 ▶ 옛골
충절의 산 …… 235

경기도 양평군 용문면 · 1,157미터 **용문산**

5 용문사 ▶ 남동릉 ▶ 마당바위 삼거리 ▶ 전망바위 ▶
마당바위 삼거리 ▶ 마당바위 ▶ 용문사
산화한 해군장병들을 추모하며 …… 245

경기도 가평군 설악면 **화야산~뾰루봉**

6 솔고개 ▶ 화야산 ▶ 안골고개 ▶ 뾰루봉 ▶ 청평댐
청평호반에 잦아들다 …… 255

경기도 남양주군 수동면 · 880미터 **축령산**

7 임초리 ▶ 절고개 ▶ 축령산 ▶ 남이바위 ▶ 독수리바위 ▶
자연휴양림 ▶ 수동천
잣나무숲의 요정 …… 264

경기도 동두천시 · 536미터 **소요산**

8 구절터 ▶ 의상대 ▶ 나한대 ▶ 상백운대 ▶ 중백운대 ▶
하백운대 ▶ 자재암 ▶ 일주문
경기의 소금강 …… 274

경기 연천군 신서면, 강원 철원군 · 832미터 **고대산**

9

삼거리 ▶ 갈림길 ▶ 360봉 ▶ 810봉 ▶ 정상 ▶ 750봉 ▶
표범폭포 ▶ 삼거리

피로 물들인 백마고지 · · · · · · · · · · · · · · · · · · · 283

경기도 포천군 영북면 · 923미터 **명성산**

10

강포 3교 ▶ 용두목 ▶ 정상 ▶ 삼각봉 ▶ 고개 ▶ 자인사 ▶ 산정호수

운무 속의 신선 · 293

경기도 포천군 이동면, 가평군 북면 **한북정맥**

11

광덕고개 ▶ 백운산 ▶ 도마치봉 ▶ 신로봉 ▶ 국망봉 ▶ 장암저수지

그리운 한북정맥 · 300

경기도 가평군 북면, 강원도 춘성군 서면 · 1,468.3미터
몽덕산~가덕산~북배산~계관산

12

몽덕산 ▶ 가덕산 ▶ 북배산 ▶ 계관산

雪山 만리장성 · 314

강원도 속초시, 인제군, 양양군 · 1,708미터 **설악산**

13

신흥사 ▶ 비선대 ▶ 마등령 ▶ 오세암 ▶ 수렴동대피소 ▶
백담사 ▶ 용대리

금강문을 지나 정토의 세계에 들다 · · · · · · · · · · · 324

강원도 인제군 인제읍 기린면, 양양군 양양읍 · 1,424.2미터
점봉산

14

오색 ▶ 점봉산 ▶ 작은점봉산 ▶ 호랑이코빼기산 ▶ 가칠봉 ▶ 귀둔리

深雪종주 · 338

강원도 평창군, 명주군, 홍천군 · 1,563미터 **오대산**

15

상원사 ▶ 중대사자암 ▶ 적멸보궁 ▶ 비로봉 ▶ 상왕봉 ▶
북대사 갈림길 ▶ 상원사

하얀 어둠 속에 빛나는 적멸보궁 347

강원도 태백시 · 1,566미터 **태백산**

16-1

유일사휴게소 ▶ 유일사 갈림길 ▶ 장군봉 ▶ 영봉 ▶ 망경사 ▶
반재 ▶ 당골광장

민족 신앙의 산 357

16-2

유일사휴게소 ▶ 유일사 갈림길 ▶ 장군봉 ▶ 영봉 ▶ 부쇠봉 ▶
문수봉 ▶ 신선바위 전 안부 ▶ 제당골 ▶ 당골광장

눈, 바람과 구름의 산 363

경북 영풍군, 충북 단양군 · 1,440미터 **소백산**

17

배점리 ▶ 삼괴정 ▶ 초암사 ▶ 달밭재 ▶ 비로봉 ▶ 국망봉 ▶ 상월봉 ▶
신선봉 ▶ 민봉 ▶ 1,244 봉 ▶ 덕평문안 ▶ 구인사

달밭재 아래의 호철이네 집 370

충북 제천군 한수면 · 1,093미터 **월악산**

18

동창교 ▶ 주능선삼거리 ▶ 신륵사 갈림길 ▶ 월악산 영봉 ▶
신륵사 갈림길 ▶ 안부 ▶ 수렴선대 ▶ 신륵사 ▶ 덕산매표소

한국의 마테호른 385

경북 구미시 · 976.6미터 **금오산**

19

채미정 ▶ 대혜폭포 ▶ 금오산성 ▶ 현월봉 ▶ 약사암 ▶ 법성사

발길마다 佛國土인 태양의 산 393

20 전북 무주군 적상면 · 1,034미터 **적상산**

서창 ▶ 장도바위 ▶ 서문 ▶ 고개 ▶ 향로봉 ▶ 적상산 ▶ 안렴대 ▶
안국사 ▶ 삼거리
붉은 치마의 천연요새 403

21 경남 통영시 · 400미터 **사량도 지리산**

돈지포구 ▶ 지리산 ▶ 불모산 ▶ 가마봉 ▶ 옥녀봉 ▶ 진촌마을
환상의 섬 사량도 413

22 제주도 · 1,950미터 **한라산**

성판악 ▶ 사라대피소 ▶ 진달래대피소 ▶ 백록담 ▶ 왕관릉 ▶
삼각봉 ▶ 적십자대피소 ▶ 구린굴 ▶ 관음사
코발트빛 하늘 아래 흰 눈 쌓인 백록담 423

· 축사 · 우정을 등에 메고 지리산서 진부령까지 / 민병철 435

이어져야 할
백두대간
그 남쪽을
오르며 I

1권 차례

1구간 중산리 ▶ 천왕봉 ▶ 장터목산장 ▶ 세석산장 ▶ 벽소령 ▶ 삼정리
친구들간의 약속 15

2구간 벽소령 ▶ 성삼재
지리 10경 23

3구간 성삼재 ▶ 만복대 ▶ 고리봉 ▶ 수정봉 ▶ 여원재
시간이 멈춘 가재마을 29

4구간 여원재 ▶ 고남산 ▶ 통안재 ▶ 유치재 ▶ 매요마을 ▶ 사치재
길 아닌 길을 찾아 38

5구간 사치재 ▶ 새맥이재 ▶ 시리봉 ▶ 아막성터 ▶ 복성이재 ▶ 치재 ▶
다리재 ▶ 봉화산 ▶ 광대치 ▶ 월경산 ▶ 중재
아막성터의 귀곡성(鬼哭聲) 43

6구간 광대치 ▶ 중재 ▶ 백운산 ▶ 영취산 ▶ 무령고개
하늘 높이 떠 있는 백운산 정상 52

7구간 무령고개 ▶ 덕운봉 ▶ 민령 ▶ 깃대봉 ▶ 육십령
신선이 노니는 곳 58

8구간 육십령 ▶ 할미봉 ▶ 장수덕유 ▶ 남덕유 ▶ 월성재 ▶ 토옥동
별유천지, 토옥동계곡 65

9구간 황점 ▶ 남덕유 ▶ 월성재 ▶ 삿갓봉 ▶ 삿갓재대피소 ▶ 황점
남덕유의 장관과 대피소의 검둥이 72

10구간 황점 ▶ 삿갓재 ▶ 무룡산 ▶ 동엽령 ▶ 빙기실
무룡산에서 본 운해 77

11구간 병곡리 ▶ 동엽령 ▶ 백암봉 ▶ 귀봉 ▶ 지봉 ▶ 대봉 ▶ 갈미봉 ▶ 빼재
백암봉의 바람과 구름 84

12구간 빼재 ▸ 삼봉 ▸ 소사고개 ▸ 초점산 ▸ 대덕산 ▸ 덕산재
대덕산의 품 91

13구간 덕산재 ▸ 삼도봉 ▸ 삼도봉 안부 ▸ 해인동
무릉도원같은 해인동 97

14구간 물한리계곡 ▸ 삼도봉 안부 ▸ 밀목재 ▸ 1,175봉 ▸ 화주봉 ▸ 질매재
물한리계곡의 인간군상들 104

15구간 질매재 ▸ 바람재 ▸ 황악산 ▸ 백운봉 ▸ 운수봉 ▸ 괘방령
황악산 아래서 헤매다 108

16구간 괘방령 ▸ 가성산 ▸ 눌의산 ▸ 추풍령 ▸ 금산 ▸ 사기점고개 ▸ 작점고개
추풍령을 넘어서다 114

17구간 작점고개 ▸ 용문산 ▸ 국수봉 ▸ 분수령 ▸ 회룡재
분수령의 의미 120

18구간 회룡재 ▸ 개터재 ▸ 백학산 ▸ 개머리재 ▸ 지기재
흰 학이 비상하다 127

19구간 지기재 ▸ 금은골 ▸ 신의터재 ▸ 무지개산 ▸ 윤지미산 ▸ 화령재
산은 낮으나 봉우리는 많다 134

20구간 화령재 ▸ 봉황산 ▸ 비재 ▸ 못제 ▸ 갈령 삼거리 ▸ 갈령
못제를 지나 눈보라를 만나다 139

21구간 갈령 ▸ 형제봉 ▸ 피앗재 ▸ 천황봉 ▸ 비로봉 ▸
문수봉 ▸ 문장대 ▸ 시어동계곡, 밤티재
세속을 벗어나다 146

22구간 밤티재 ▸ 눌재 ▸ 청화산 ▸ 갓바위재 ▸ 조항산 ▸ 의상저수지
조항산 가는 길의 암릉과 단풍 158

23구간 의상저수지 ▸ 조항산 ▸ 대야산 ▸ 촛대봉 ▸ 곰넘이봉 ▸ 버리미기재
대야산의 나바론요새 168

24구간 버리미기재 ▸ 장성봉 ▸ 악희봉 ▸ 은티재 ▸ 구왕봉 ▸ 지름티재 ▸ 희양산 ▸ 은티마을
수려한 암릉미 179

25구간 은티마을 ▸ 희양산성 ▸ 963봉 ▸ 이만봉 ▸ 곰봉 ▸ 백화산 ▸ 황학산 ▸ 이화령
배너미평전의 수수께끼 191

26구간　이화령 ▶ 조령산 ▶ 신선암봉 ▶ 깃대봉 ▶ 조령관 ▶ 금란서원

위험한 암릉들 ………………………………………………… 201

27구간　조령관 ▶ 마패봉 ▶ 부봉 ▶ 평천재 ▶ 월항삼봉 ▶ 하늘재 ▶
포암산 ▶ 관음재 ▶ 꼭두바위봉 ▶ 수색골

하늘재의 비밀 ………………………………………………… 212

28구간　수색골 ▶ 꼭두바위봉 ▶ 1,062봉 ▶ 부리기재 ▶ 대미산 ▶
1,051봉 ▶ 새목재 ▶ 차갓재 ▶ 작은차갓재 ▶ 배창골

찰나의 황금성 ………………………………………………… 221

29구간　안생달 ▶ 작은차갓재 ▶ 황장산 ▶ 감투봉 ▶ 황장재 ▶ 치마바위 ▶
폐맥이재 ▶ 벌재 ▶ 돌목재 ▶ 문복대 ▶ 옥녀봉 ▶ 저수령

세 개의 치마바위 …………………………………………… 229

30구간　저수령 ▶ 촛대봉 ▶ 시루봉 ▶ 싸리재 ▶ 흙목정상 ▶ 솔봉 ▶ 묘적령

묘적의 세계 …………………………………………………… 242

31구간　토골 ▶ 고항치 ▶ 묘적령 ▶ 묘적봉 ▶ 도솔봉 ▶ 삼형제봉 ▶ 1,286봉 ▶ 죽령

도솔천에 오르다 …………………………………………… 249

32구간　죽령 ▶ 제2연화봉 ▶ 연화봉 ▶ 제1연화봉 ▶ 비로봉 ▶
국망봉 ▶ 상월봉 ▶ 석천폭포 ▶ 점말

천상의 화원 …………………………………………………… 257

33구간　점말 아래 ▶ 복간터골 ▶ 상월봉 ▶ 1,272봉 ▶ 마당치 ▶ 1,032봉 ▶ 고치령 ▶ 좌석리

상월불의 비밀 ………………………………………………… 270

34구간　좌석리 ▶ 고치령 ▶ 950봉 ▶ 미내치 ▶ 1,097봉 ▶
마구령 ▶ 1,057봉 ▶ 갈곶산 ▶ 늦은목이 ▶ 생달

적송천지 ……………………………………………………… 280

35구간　생달 ▶ 큰터골 ▶ 늦은목이 ▶ 선달산 ▶ 박달령 ▶ 옥돌봉 ▶ 도래기재

인간의 의지 …………………………………………………… 288

36구간　태백산을 넘다(도래기재 ▶ 구룡산 ▶ 곰넘이재 ▶ 신선봉 ▶ 차돌배기 ▶
깃대봉 ▶ 부쇠봉 ▶ 태백산 ▶ 유일사 갈림길 ▶ 사길치 ▶ 화방재)

태백에 들다 …………………………………………………… 296

백두대간과 1정간 13정맥

咸白 어름의 三枝九葉草

2002년 7월 21일.

어젯밤 뉴스에서 오늘 전국에 걸쳐 집중호우가 내린다는 보도에 집사람의 걱정이 컸다. 그래서 오늘 산행코스에 계곡은 한 군데도 없다고 안심시켰더니 새벽 일찍 일어나서 맛있는 도시락을 준비해 주었다. 기분이 좋았다.

신문에는 팔당호 주변에 난개발이 판을 치고, 북한산 관통도로 때문에 수경스님과 원성스님을 비롯한 승려 12명과 불자들이 서울역에서 조계사까지 북한산공원 살리기 '삼보일배' (三步一拜) 참회기도를 했다고 나와 있다. 또 남부순환도로 서울대 앞에 고가도로를 세우고 관악산을 관통할 것이란다. 더럽고 어리석은 인간들이다.

차는 38번 국도를 따라 동으로 달려가다 영월군 서면에서 西江을 만나면서 '물의 나라' 로 접어들고, 연당교를 지나 삼거리 문목교에서 31, 38번 국도를 타면서 영월땅으로 들어간다. '소나기재' 에는 '立石' (선돌)이 있는 곳으로 가는 표지가 있고, '장릉' 을 지나면 '청령포' 로 가는 갈림길이 있다.

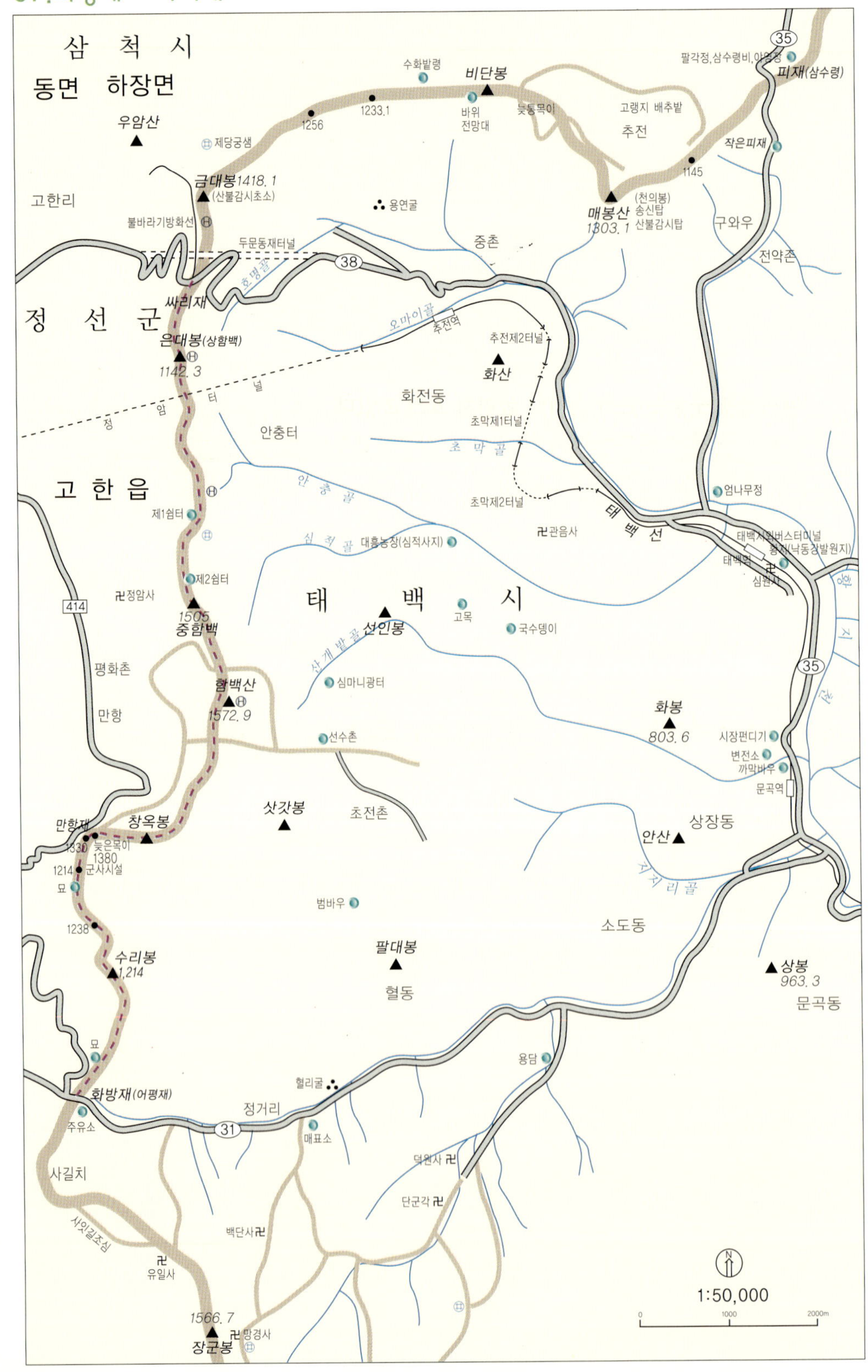

삼 척 시
동면 하장면
우암산
제당궁샘
고한리
금대봉 1418.1
(산불감시초소)
불바라기방화선
두문동재터널
수화밭령
비단봉
1256
1233.1
바위
전망대
늦동목이
팔각정,삼수령비,야영장
피재(삼수령)
고랭지 배추밭
추전
작은피재
1145
매봉산 (천의봉) 송신탑
1303.1 산불감시탑
구와우
전약촌
중촌
용연굴
초평골
싸리재
정 선 군
은대봉(상함백)
1142.3
오마이골
추전역
추전제2터널
화산
화전동
초막제1터널
초막골
초막제2터널
엄나무정
정 암 터 널
안충터
고 한 읍
안 충 골
제1쉼터
414
정암사
제2쉼터
심 적 골 대흥농장(심적사지)
관음사
태 백 선
태백지역버스터미널
정자(낙동강발원지)
태백역
심원사
1505
중함백
태 백 시
사 계 밭 골
선인봉
고목
국수뎅이
평화촌
만항
함백산
1572.9
심마니광터
선수촌
화봉
803.6
시장편디기
변전소
까막바우
문곡역
만항재
창옥봉
1330 늦은목이
1380
1214 군사시설
묘
1238
삿갓봉
초전촌
안산
상장동
아 지 리 골
소도동
범바우
수리봉
1,214
팔대봉
혈동
상봉
963.3
문곡동
묘
용담
혈리굴
화방재(어평재)
정거리
31
주유소
매표소
사길치
덕원사
단군각
샛 길 주 의
백단사
유일사
1566.7
장군봉 망경사
N
1:50,000
0   1000   2000m

동강교를 지나 88번 지방도로 갈아타고 동남으로 머리를 둔 남
한강을 따라 남하한다. 정선에서 남하하는 조양강은 함백에서 발
원하여 북에서 흘러내린 길고 긴 동남천과 '수미'에서 어우러져
남서로 흐르는 '東江'을 이루고, 주천강과 평창강이 어우러져 남
동으로 흐르는 '西江'을 이루며, 이 두 강은 영월의 화송리에서 만
나 남한강을 이루어 다시 남동으로 흘러간다. 남한강변 '고씨동
굴' 어름의 직벽들은 강물에 제 모습을 비추고, 불어난 강물은 흰
물살을 햇빛에 튀기고 부서지고 하면서 도도히 흘러간다. 강은 녹
색바탕에 수놓은 은색 실처럼 굽이쳐 흐르고 있다.

강은 영월군 하동면 각동리 대야교에서 방향을 틀어 남서로 흘
러가고, 우리는 대야교를 앞두고 동으로 머리를 돌려 남한강의 지
류인 옥동천으로 접어들었다. '김삿갓 휴게소'에서 식물박사 강
선생이 커피 한 잔을 뽑아준다. 하늘에는 비를 머금은 먹구름과 환
한 태양이 번갈아 숨바꼭질을 한다.

차는 칠룡교를 앞두고 삽짝모랑이에서 북으로 방향을 잡았다.
녹전에서 우리는 물 하나 없는 싸리재를 들머리로, 물이 있는 화방
재를 날머리로 하기로 합의하고 옥동천을 떨군 채 31번 국도를 타
고 북서로 들어갔다. '수라리재'를 넘어갈 때는 왼쪽으로 망경대
산(1,087.9미터)을, 오른쪽으로 예미산(989.2미터)을 두더니 석항에
서 다시 북동으로 머리를 틀어 38번 국도를 타고 의림천을 따라가
자 마차령이 나왔다.

의림천은 석항천을 만들어 영월 부근에서 동강으로 빨려들고 있
다. 마차령은 높은 고개였다. 보이는 것은 전부 산이고 남서로 예
미산, 망경대산, 운교산(925미터)이 하늘가에 닿아 있었다. 마차령
에서 남면 사거리에 이를 때까지 그야말로 새 한 마리 날아들지 않
는 수직의 산비탈이 겨우 길을 내주는 첩첩산중이었다. 남면 문곡
에 이르기 전 길섶에는 무릎 높이의 줄기가 노란색을 띠고 중심부
로 갈수록 갈색의 짙은 꽃이 흐드러지게 피어 있었다. 나는 해바라

함백산을 오르면서 본 은대봉

성듬성 산 사면을 수놓고 있었다. 인간의 족적이 드문 높은 산에서만 볼 수 있는 기이한 광경으로 숲의 강인함이 느껴진다.

올려다본 곳에 암벽이 희게 빛났다. 그곳은 '제3쉼터'이자 바위 전망대였다. 뒤로는 은대봉이 솟아있고 그 오른쪽으로 비껴 금대봉을 두었다. 이 두 봉우리는 비슷한 높이로 밋밋하면서도 우람한 모습으로 하늘에 떠 있다. 우측 사면을 돌아간 곳에 중함백이 있으니 이제 함백산은 지척이다.

우측으로 하얀 고사목이, 좌측으로 고목이 가지를 늘어뜨린 중함백에 오르니 1시 18분이었다. 표지석이나 표지목은 눈에 띄지 않았다. 중함백의 내리막이 끝나자 한동안 산 사면을 휘돌아 점차 고도가 높아진다. 1시 23분에는 길 양쪽으로 제단같이 만들어 놓은 쉼터를 지나고, 1시 25분에는 좌측에 급경사로 흘러내리는 너덜과 돌탑을 지나쳤다. 떡갈나무가 줄지어 있는 곳에서 오름길로 바뀌더니 테라스봉이 나선다. 다시 떡갈나무를 지나친 곳에서부터 철조망이 시작되었다. 철조망 안에 멋진 주목 한 그루를 보고 눈을 돌려 함백산을 바라보니 통신시설 북동쪽 사면으로 듬성듬성 주목인 듯한 진한 녹색의 나무들이 7~8부 능선 위에 자리하고 있었다. 철조망을 따라올라 1시 35분에 헬리포트가 있는 봉우리에 올랐다. 시멘트 포장도로가 통신시설 있는 곳으로 돌아 올라가고 바람은 산등성이를 타고 내려간다. 도로를 건너 관목숲을 헤치며 허위단심 힘을 쏟으니 전망이 트이면서 바위들이 드문드문 길을 내어주더니 1시 40분쯤 정상에 오를 수 있었다.

2단의 시멘트 기단 위 가로 1.5, 세로 1.9미터쯤 되는 자연석의 전면에는 '咸白山 1,572.9미터' 뒷면에는 '古汗邑正木會 2002.5.11'이 검은 글씨로 음각되어 있었다. 정상 표지석 뒤에는 30~40센티미터 높이로 쌓은 돌탑들이 20여 기 보인다. 민 회장과 강 선생을 기다리면서 전망 좋은 바위에 걸터앉았다. 구름이 하늘을 덮고 있으나 시계는 좋고 바람은 서늘하게 불어오고 있었다. 이어진다. 호랑나비가 양날개를 펄럭이며 길을 안내한다. '나비야 청산 가자, 범나비 너도 가자 ~' 가사를 제대로 익히지 못하여 그 소절만 되뇐다. 내리막 좌우에는 이깔나무가 고색창연하고 산죽과 쇠뜨기풀, 참나무, 물푸레나무, 보라색 꽃을 흐드러지게 피운 싸리가 줄을 잇는다. 봉우리 두어 개를 오르내렸는데 그 중의 하나가 1,238봉일 것이다. 정각 4시에 도착한 멀리서 삼각형으로 보이던 봉우리는 1,214미터인 수리봉이다.

수리봉을 넘어서자 급경사 내리막이었다. 화방재가 발아래 짙은 초록의 숲 사이로 나타났다 사라졌다 하고, 참나무, 물푸레나무, 이깔나무가 차례로 등장한다. 화방재를 지나는 414번 지방도로와 나란히 우측으로 키 높이의 잡초가 우거진 산 사면을 가로지르고, 잠시 이깔나무숲을 지나 왼쪽 폐가와 나란히 붙은 민가 사이로 내려서니 화방재였다. 4시 10분이다.

귀경길, 옥동 강변에 무리지어 내려앉은 백로와 산비탈 빈터에 피어있는 붉은 접시꽃과 석양빛을 받아 황금빛을 내는 강물을 보고는 자꾸 눈이 감긴다.

빗물의 운명

2002년 8월 4일 새벽 5시.

후드득거리는 소리에 잠이 깨어 산을 내다보니 어두운 숲속으로 굵은 빗줄기들이 숨쉴 틈도 없이 수직으로 내려꽂히고 있었다. 작은아이 때문에 학교 앞 아파트로 이사온 때가 금년 초다. 남향이라 전면은 온통 삼성산 줄기인 옥문봉에서부터 관악산 정상과 사당능선 아래 산자락이 건너다보이고, 후면은 관악산 아래 559봉에서 내린 지능선이 쑥고개를 넘어 북서로 잦아드는 모습이 보이는 곳이다. 6시 10분 배낭에 커버를 씌우고 오버트라우저 후드를 동여맨 채 집을 나섰으나 머리에 떨어지는 빗방울이 얼굴을 타고 목까지 흘러 눈을 제대로 뜰 수도 없었다. 7시에 사당에서 차가 출발할 즈음에는 그 기세가 약간 누그러지고 있었다. 새벽에 관악산 아래 내린 장대비는 지역에 따라서 내리는 국지성 집중호우였다.

중앙고속도로 금대터널을 지나자 치악산(1,288미터)에서 남으로 뻗어 내린 남대봉(1,181.5미터), 시명봉(1,187미터), 수리봉(810미터) 등 치악의 능선이 운무를 잔뜩 머금고 있었고 봉우리들은 絶海의

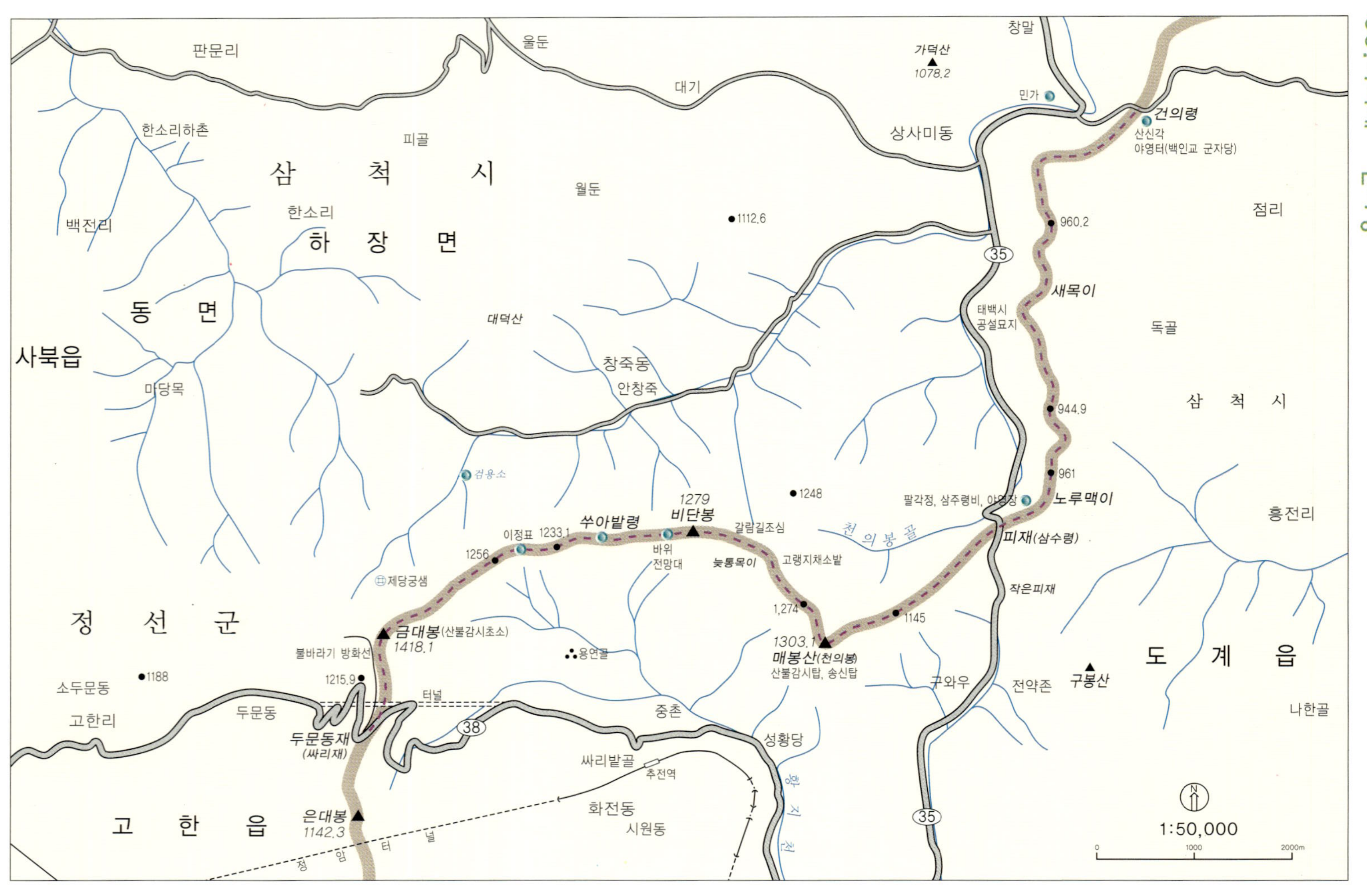
판문리
울둔
창말
가덕산
1078.2
민가
건의령
산신각
야영터(백인교 군자당)
상사미동
삼 척 시
한소리하촌
피골
점리
대기
월둔
1112.6
960.2
백전리
한소리
하 장 면
35
새목이
독골
동 면
대덕산
태백시
공설묘지
삼 척 시
사북읍
마당목
창죽동
안창죽
944.9
검용소
961
1248
팔각정, 삼주령비, 야영장
노루맥이
흥전리
1279
비단봉
쑤아밭령
갈람길조심
천 의 봉 골
이정표
1233.1
바위
전망대
늧통목이
고랭지채소밭
피재(삼수령)
1256
제당궁샘
1,274
1145
작은피재
정 선 군
금대봉(산불감시초소)
1418.1
용연골
1303.1
매봉산(천의봉)
산불감시탑, 송신탑
도 계 읍
불바라기 방화선
1188
1215.9
터널
구와우
전약존
구봉산
소두문동
두문동
38
중촌
성황당
나한골
고한리
두문동재
(싸리재)
싸리밭골
추전역
황 지 천
35
은대봉
1142.3
화전동
시원동
고 한 읍
정 암 터 널
1:50,000
N
0
1000
2000m

고도처럼 하늘에 떠 있었다. 하늘은 온통 먹구름이고 천지의 중간 세상은 백회색과 검은색이다. 길섶의 자귀나무는 사방의 희미함으로 인해 아직 밤중인 줄 아는지 갈퀴 같은 잎을 접고 연분홍에 희고 붉은 수술의 꽃들은 나뭇잎 위를 돔(dome)처럼 덮고 있었다. 깜박 잠든 사이 차는 태백선을 따라 38번 국도를 타고 문곡 삼거리에서 31번 국도에 바통을 넘긴다. 영월땅에 접어들어 '소나기재'와 '장릉'을 지나고 동강교를 건너더니 동으로 석항천을 따라간다.

좌측 창가로 보이는 완택산(916.1미터)의 남면 단애는 나는 새도 넘나들기 어렵고 연이어 있는 고고산(853.6미터)은 어머니 품처럼 그윽하다. 길은 석항에서 남동 '수라리재' 쪽으로 31번 국도를 흘려보내고 북동의 '마차령'에서 그 맥을 떨구는 의림천을 따라가다가 마차령 동쪽 벌어곡에서 다시 남동으로 방향을 바꾸어 증산, 무릉리, 사북, 고한, 두문동을 거쳐 싸리재에서 그 기운을 다한다. 12시 35분이었다.

오늘은 싸리재에서 북으로 금대봉에 올라 비단봉까지 휘어지면서 동진하다가 천의봉(매봉산)을 중심으로 고랭지채소밭을 따라 남동진한 후 다시 북동진하여 피재(삼수령)에 이른 다음 건의령까지 계속 북진 하여야 한다.

싸리재(1,268미터) 좌측에는 '고원 관광도시 태백'의 대형간판과 간이컨테이너 휴게소가 있었다. 우리는 '대덕산, 금대봉 자연생태보존지역' 안내판 앞 바리게이트를 통과하여 '불바라기' 방화선을 따라 북으로 내달았다. 못난 시어미는 뜸이 들었나 하고 밥알을 입에 넣는 며느리를 때려 죽였고 그 이듬해 며느리의 무덤에서 꽃이 피었는데, 그 꽃이 바로 밥풀을 머금고 죽은 며느리를 닮아 이름을 얻은 '며느리밥풀꽃'이다. '며느리밥풀꽃'은 길섶에서 홍색을 띤 자주색에 흰색밥알 같은 무늬를 달고 애잔하게 피어있었다. '개망초'는 허리춤까지 오는 줄기 위에 앙증맞은 하얀 그리고 연한 자주색 꽃을 무더기로 피워놓았다.

두 번째 헬리포트에서 왼쪽으로 방화선을 흘려보내고 우측 참나무숲으로 들어서니 서늘한 기운이 전신을 엄습한다. 하늘은 금방이라도 빗방울을 뿌릴 듯 먹구름으로 뒤덮여 있다. 금대봉 오르는 길은 비탈을 이루고 있었다. 줄기가 1미터쯤 되는 ‘동자풀’은 코스모스를 닮은 화판에 주홍색 꽃을 피우고, ‘도라지모시대’는 초롱꽃을 닮은 연한 보라색 꽃을 땅을 향해 피우고 있었다. 1시경 펑퍼짐한 금대봉 정상에 올랐다. 산불감시초소가 위엄 있게 자리하고 ‘한국청소년연맹탐사대’가 세운 1.3미터의 흰 표목에는 검은 글씨로 “양강발원봉 1,418.1미터, 이 봉을 양강발원봉이라 함은 북동으로는 한강, 남동으로는 낙동강을 비롯하여 이름이다”라고 적혀 있다.

그러나 금대봉이 낙동강의 발원지라 함은 잘못이다. 금대봉보다 서쪽에 위치한 은대봉 동북록을 파며 용수골을 지나 황지천으로 흘러내리는 골짜기가, 금대봉 동록을 파며 용수골을 지나 황지천으로 흘러드는 골짜기보다 더 길기 때문이다. 허리춤까지 오는 연분홍 ‘범꼬리’와 흰 꽃잎이 갈래진 것이 까투리의 발갈퀴 같은 ‘산꿩의 다리’, 그리고 한쪽에는 엷은 자색의 ‘금강초롱’이 고개를 숙이고 있다.

금대봉을 지나서는 대체로 내리막을 이루고 있었다. 1시 20분에 ‘대덕산, 금대봉 생태계보존지역’ 간판이 있는 1,256봉을 넘고 안부를 지나 1시 30분에 1,233.1봉을 오르내렸다. 훤칠한 자작나무와 거무튀튀한 껍질을 매달고 있는 떡갈나무가 비를 머금은 서풍에 가지를 흔들고 잎새들은 날갯짓을 하고 있었다. 하늘에는 회색바탕에 시커먼 형체의 험악한 비구름덩이가 빠르게 움직이면서 대지를 압박하고, 종래에는 빗소리인지 바람에 숲이 우는 소리인지 ‘쏴아’ 하는 음향이 대지를 울린다.

갈림길 표지판이 있는 봉우리를 내려서니 아름드리 물푸레나무가 있는 ‘쑤아밭령’이다. 산죽밭을 잠깐 지나 1시 45분부터는 본격적인 오르막이 시작되고, 1시 55분쯤 바위가 드문드문 보이더니

대덕산에서 본 금대봉
뒤에 은대봉과 구름에
가린 함백산이 보인다

'바위전망대'가 나선다. 먹구름을 이고 금대봉, 싸리재, 은대봉, 함백산, 태백산, 문수봉으로 이어지는 연릉은 각각의 지능선 사이에 운무를 품고 가까이 다가와 있었다.

1,279미터의 비단봉은 아무런 표지석이나 표지목이 없었다. 고원지대를 지나 오른쪽 사면으로 내려서니 2시였으며, 눈앞에는 광활한 '고랭지채소밭'이 멀리 천의봉 일대까지 펼쳐졌다. 장관이었다. 여기서부터 천의봉까지는 동남방향이다. 비가 드세게 뿌리기 시작했다. 'ㄷ'자의 반대형으로 된 밭 가장자리를 돌아 안부로 내려서고, 다시 밭고랑을 타고 경사면을 올라 이깔나무숲과 묘 3기를 지나 1,274봉에 오르고 참나무숲을 지나 산불감시초소와 유선안테나가 설치되어 있는 천의봉(1,303.1미터)에 올랐을 때는 2시 27분이었다.

천의봉은 낙동정맥이 백두대간에서 갈려 나가는 곳으로 이들 산줄기가 한눈에 들어온다. 대간은 북동으로 가다가 삼수령(피재)에서 정북으로 이어지고 낙동정맥은 천의봉에서 피재 아래에 있는 '작은 피재'를 건너 구봉산으로 이어지더니 다시 남동으로 태백시의 통리를 지나 백병산(1,259.3미터)으로 그 장정을 내딛고 있었다.

북동으로 방향을 잡고 조금 내려서서 밭과 숲의 경계선을 따르다 숲으로 들었다. 그곳은 천상화원이었다. 오른쪽 산 사면에는 온통 하얀, 노란, 주황, 빨강 그리고 보라색으로 수놓은 초원지대가 광활하게 펼쳐져 있었다. 연한 적색으로 실타래 같은 꽃을 피운 타래난초와 짙은 홍색을 띤 자주색의 화피가 뒤로 말리고 밑을 향해 핀 귀한 솔나리, 자줏빛 도는 갈색의 백합 같은 여로. 나는 순간 신선이 되었다.

꿈에서 깨어나 자그마한 봉우리에 서자 참호가 두 갈래로 패여 있어 한동안 헷갈렸다. 왼쪽으로 따르니 다시 고랭지채소밭이 나서고 시멘트길이 이어진다. 산길은 봉우리에서 보면 금방 알 수 있으나 그 봉우리가 숲에 둘러싸여 있으면 헤매기 십상이다. 채소밭 아줌마가 시멘트길을 따르면 피재에 닿는다고 일러주나 아무래도 마음이 내키지 않아 사방을 둘러보았다. 마침 오른쪽 숲 언저리에 대간 리본을 발견하고는 다시 수림 속으로 기어들어 잠시 오르니 봉우리가 나선다. 1,145봉, 2시 55분이었다. 내리막길에서 언뜻 이제 피재까지는 오르막이 없을 것이라는 느낌이 들었다.

3시경에 철망이 시작되고 분수령 목장에서 달아놓은 표찰에 '피재는 좌측으로 농로를 따라가십시오. 등산객은 울타리를 훼손하지 마십시오'라고 씌어있다. 조금 전에 아줌마가 일러준 대로 가라는 이야기다. 곧이어 '매봉초지'가 나서고 회색 태극나비가 길안내를 하더니 3시 5분 시멘트 포장도로에 내려서게 되었다. 5분 후 우측으로 '분수령 목장' 입구를 지나 3시 15분 삼수령(피재)에 내려섰다.

삼척 쪽에서 난리를 피해 넘었다는 피재는 35번 국도가 남북으로 달린다. 북은 완만하나 남의 태백 쪽은 급경사를 이루며, 백두대간이 동해안을 따라 남진하다가 내륙으로 꺾이는 지점에 위치해 있다. 삼거리에 '백두대간 등산로, 덕항산~천의봉'의 방향표시가 있다. 길 건너 태백방향으로 '해발 920미터, 삼강(낙동강, 한강, 오십천)이 발원하는 삼수령(피재)입니다'라는 간판이 있고, 그 아래쪽에 태백시장이 1992년(임오년) 9월 25일 세운 이층기단 위에는 검은 글씨로 '三水嶺'이라 음각한 자연석이 놓여 있는데 전체 높이가 3미터가 넘는다. 북쪽방향의 언덕 위에는 야영터가 있고 三水亭(육각정)과 마주하여 '삼수령비'가 세워져 있으며 대간은 삼수령비 뒤로 나 있다. 삼수령비에는 다음과 같이 적혀 있다.

'빗물의 운명' (Destiny of the Rainwater)

하늘이 열리고 우주가 재편된 아득한 옛날
옥황상제의 명으로 빗물가족이 대지로 내려와
아름답고 행복하게 살겠노라고 굳게 약속을 하고
하늘에서 내려오고 있었다.
빗물가족은 한반도의 등마루인
이곳 삼수령으로 내려오면서
아빠는 낙동강으로
엄마는 한강으로
아들은 오십천으로 헤어지는 운명이 되었다.
한반도 그 어느 곳에 내려도 행복했으리라.
만날 수밖에 없는
빗물가족의 기구한 운명을
이곳 삼수령만이 전해주고 있다.

  삼수령을 중심으로 남동의 금대봉에 내린 빗물은 제당샘, 검룡소를 거쳐 한강을, 은대봉에 내린 빗물은 황지천을 이루어 낙동강을 만들고, 북동의 점리로 흘러내린 빗물은 오십천을 만들어 삼척을 거쳐 동해로 빠져나간다. 태백에서는 검룡소를 한강의 발원지라고 하나 사실은 '제당샘'이다. 금대봉 북서 골짜기 '제당샘'에서 시작한 물은 검룡소의 물을 더하여 창죽동을 지나면서 骨只川을 이루고, 여랑 아루라지에서 진부로부터 흘러오는 松川과 합하여 조양강을 이루며, 정선 수미에서는 함백에서 내린 동남천을 더하여 동강이 되어 흐르다가 영월 화송리에서 평창강과 주천강이 합쳐진 서강을 만나 남한강이 된다. 남한강은 양수리에서 북한강을 만나 팔당댐을 넘으면서 한강이 되어 남해로 흘러가는 것이다. 삼수정에 앉아 이런저런 생각을 하면서 민 회장을 기다리다가 3시 55분에 다시 발걸음을 떼 놓았다.

숲을 지나 경운기길을 가로질러 다시 숲속으로 들어갔다. 4시 '노루맥이'에 당도했다. 다시 오르막을 친 후 4시 8분에 951봉에 닿았고, 내리막을 칠 때 비로소 구름 속에서 해가 원을 그리며 나타났다. 안부를 지나 이깔나무가 늘어선 오르막을 친 끝에 4시 20분 944.9봉에 닿았다. 내리막의 잡목구간을 지나자 참나무숲과 목장울타리가 펼쳐졌다. 군데군데 훼손된 목장울타리는 10여 분만에 끝났다. 햇빛은 수목 사이로 비껴들고 시루에 든 콩나물 같은 자작나무숲을 지날 때에는 밝은 반점이 공간과 대지를 수놓았다. 4시 40분 산죽밭을 지나 봉우리에 오르자 왼쪽 수림 너머 '태백시 공설묘지'가 보였고, 봉우리를 넘어 내리막에는 송림이 시작되었다. 오후의 태양은 산골짜기에 자욱했던 하얀 물안개를 걷어내고 마지막 남은 안개도 강한 서풍에 흰 조각구름처럼 흩어지고 있었다.

우측 길가 묘 1기를 지나니 잡초가 무성한 넓은 공터가 나왔다. 그 너머는 사방이 적송으로 가득한데, 송림은 햇빛에 눈부시고 구릉을 휩쓸고 지나가는 바람에 웅성거리고 있었다. 4시 45분 '새목이'다.

안부를 지나 경사를 오를 때 오후 5시의 태양은 좌측 중천 아래에서 그 여력을 내뿜고 서풍은 서늘하게 불어오며 참나무와 소나무숲은 간단없이 이어진다. 5시 6분에 오른 960.3봉부터 5시 15분에 도착한 950봉 밑자락까지는 고원지대였다. 950봉을 좌측에 두고 우측으로 트래바스를 하니 오른쪽 직각인 동으로 꺾이는 듯싶으면서 길은 내리막으로 변한다. 소나무와 잡목을 번갈아 지난 후 북동으로 방향을 트니 묘 1기를 지나 널따란 공터가 내려다보인다. 공터에서는 좌측으로 낡은 임도가 내려간다.

대간은 직북동 방향이다. 다시 오르는 길은 소나무숲이고, 좌측으로 묘 1기와 돌밭을 지나 우측으로 기이한 노송 세 그루가 보이자 곧이어 861봉에 서게 되었다. 5시 28분이다. 전면에 높이 솟구친 봉우리를 보고 낙담하여 터벅터벅 몇 걸음을 내딛으니 문득 발 아래 비포장도로가 내려다보인다. 5시 30분 건의령이다! 살다보면 이렇게 생각에도 없던 뜻밖의 일이 가끔씩 나타나 활기를 되찾곤 한다.

건의령은 남북의 대간을 삼척시 도계읍 고사리와 하장면 상사미동에서 동서로 가르는 비포장도로로 숲속에 숨어있다. 남동으로는 '물밭마을'로 가는 방향표지가 있다. 서쪽으로 방향을 잡고 내려오니 좌측은 이깔나무로, 우측은 소나무로, 그리고 멀리 전면에 보이는 가덕산(1,078.2미터)은 산자락이 온통 잣나무로 덮여 하늘 아래 사방은 검은 초록 속으로 빠져들고 있었다. '태백~하장'의 35번 국도표지판 뒤 '상사미교'를 건너니 '골지천' 변에 '수석식당'이 있었다.

어디선가 뻐꾸기 소리가 들린다. 두견이목 두견이과에 속하는 뻐꾸기는 5월과 8월 사이에 '뻐꾹 뻐꾹' 하면서 농촌의 산하를 날아다닌다. 이 새는 자신의 둥지는 틀지 않고 자기보다 작은 때까치, 멧새, 노랑 할미새, 힝둥새, 종달새 등의 둥우리에 알을 낳고, 이러한 사실을 모르는 새들은 자신의 알과 함께 10~12일 사이에 뻐꾸기 알을 부화시킨다. 부화된 뻐꾸기 새끼는 가짜 어미의 알과 새끼를 둥우리 밖으로 떨어뜨린 후 둥우리를 독점한다. 그 후 20~

23일간 가짜 어미로부터 먹이를 받아먹고 자란 후 둥지를 떠난다. 여기서 기이한 것은 유독 굴뚝새는 자기 새끼가 모두 둥지 바깥에 떨어져 있다거나 새끼의 울음소리가 약간 다르다는 것을 통해 자기 새끼가 아니라는 것을 알고는 뻐꾸기 새끼를 굶어 죽게 만드는데, 이에 맞서 뻐꾸기 새끼는 먹이를 달라고 외치는 굴뚝새 새끼의 울음소리를 흉내낸다는 것이다.

〈뻐꾸기 둥지 위로 날아간 새〉는 맥 머피(잭 니콜슨 扮)와 그의 애인 '캔디', 말더듬이 '빌리', 덩치 큰 '추장', 미운 털이 박힌 수간호사 '래취드'가 주요 등장인물로 나오는 영화이다. 머피는 강제수용소에서 문제만 일으키다가 정신병동으로 이송된다. 그는 수간호사 래취드와 사사건건 신경전을 벌이다가 탈출을 계획하고, 애인 캔디를 말더듬이 빌리와 짝지어준 날 새벽에 창문을 통해 탈출을 시도한다. 그러나 바로 그때 빌리의 자살이 잇따른다. 그후 머피는 래취드를 목졸라 죽이려다 안전요원에게 발각되고, 추장은 어디론가 끌려가 식물인간이 되어 되돌아온 머피를 베개를 이용하여 고통을 덜어주고 난 후 창문을 부수고 새벽으로 내닫는다.

이 영화는 정상과 비정상이 혼재되어 있는 사회 속에서 조직화된 거대한 시스템과 힘없는 개인이 맞선다는 것이 얼마나 무모한 것인지를 머피와 래취드 등을 통해 보여주는 동시에 문명사회라는 거대한 체제에 길들여져 무기력하게 살아가는 우리들의 자화상을 그린 것이다.

숲속에서 일어나는 일

2002년 12월 1일.

오전 7시에 사당을 출발한 차는 어느덧 영월을 지나 10시 30분경에는 석항에서 38번 국도를 타고 의림천을 따라 북동으로 올라갔다. 마차령에서 의림천을 떨구고 동으로 높고 험한 산의 능선과 자락을 넘나들고, 별어곡에서 다시 동남천을 따라 남동으로 남하하면서 증산, 무릉리, 사북, 고한을 거쳐갔다. 상갈래에서는 다시 동진하여 싸리재를 넘고 용연동굴과 추전역을 지나면서 황지천을 따라 탄광지대에 접어들었다. 인적 없는 탄광촌의 풍경은 을씨년스러웠고 황지천은 탄광에서 나오는 폐수로 인해 검은 황색으로 칠갑을 하고 있었다. 차는 황지연못 표지판이 있는 태백시 초입에서 35번 국도를 갈아타고 정북으로 머리를 돌려 올라가다가 상사미교에서 일행을 풀어놓았다.

11시 35분이었다. 5분 동안 동쪽으로 난 비포장도로를 올라 직각 좌회전하여 대간이 이어져 있는 정북의 잔소나무숲으로 들어갔다. 12시 902봉을 오르면서 백두산악회원이었던 노 여사와 조우하게 되

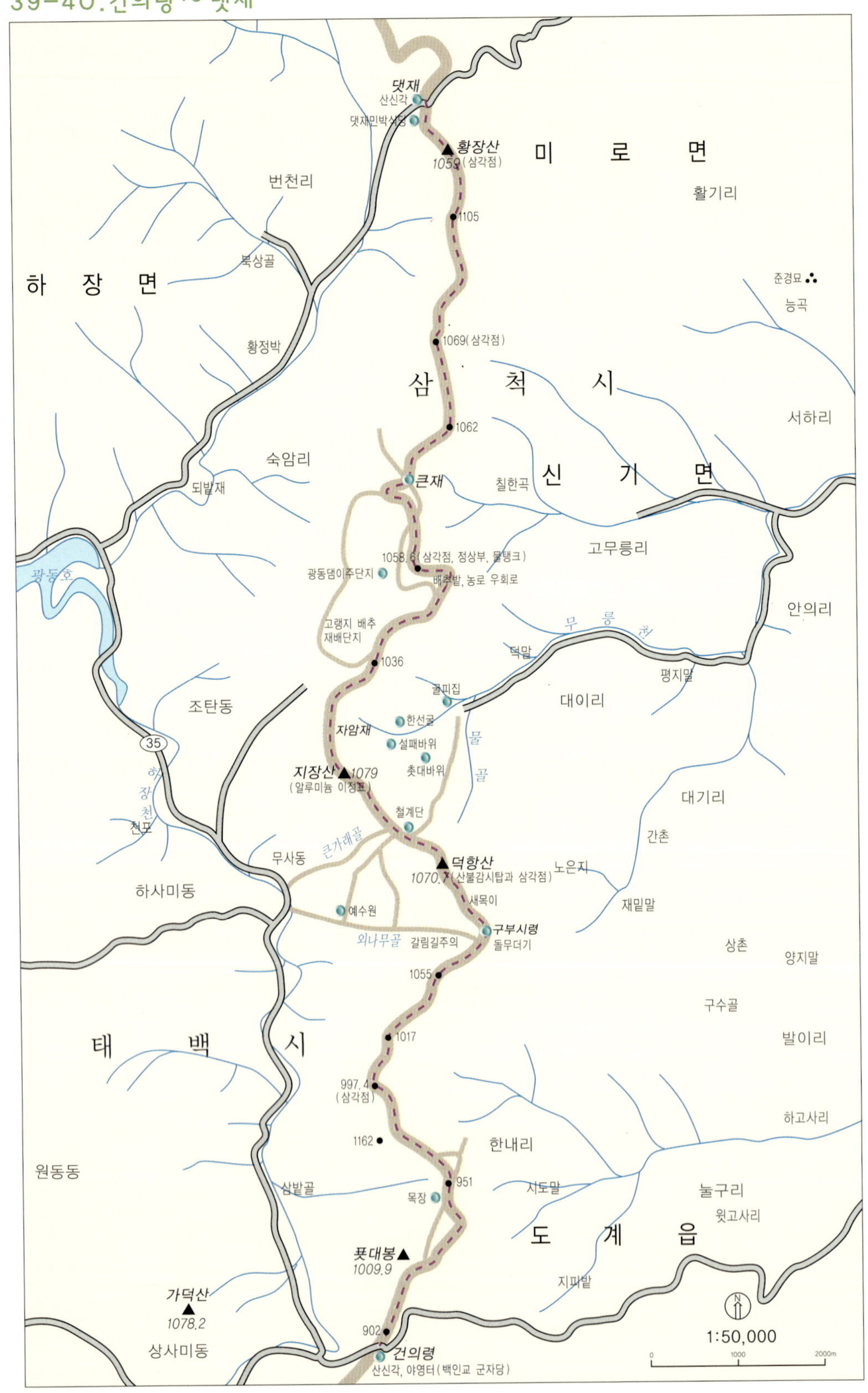
댓재
산신각
댓재민박서낭
황장산
1059(삼각점)
미 로 면
활기리
1105
번천리
복상골
하 장 면
황정박
준경묘
능곡
1069(삼각점)
삼 척 시
서하리
1062
숙암리
큰재
칠한곡
신 기 면
되밭재
고무릉리
1058.6(삼각점, 정상부, 물탱크)
배추밭, 농로 우회로
광동댐이주단지
안의리
무 릉 천
고랭지 배추
재배단지
덕맡
평지말
1036
콜피집
대이리
조탄동
한선굴
자암재
설패바위
물
35
촛대바위
골
천포
지장산 1079
(알루미늄 이정표)
대기리
철계단
간촌
무사동
큰가래골
덕항산
1070.7(산불감시탑과 삼각점)
노은지
하사미동
새목이
재밑말
예수원
구부시령
외나무골
갈림길주의
돌무더기
상촌
양지말
1055
구수골
1017
발이리
태 백 시
997.4
(삼각점)
하고사리
1162
한내리
원동동
951
서도말
눌구리
삼밭골
목장
윗고사리
풋대봉
1009.9
도 계 읍
가덕산
지파밭
1078.2
902
상사미동
건의령
산신각, 야영터(백인교 군자당)
1:50,000
0   1000   2000m

었다. '자유인산악회'를 따라 역으로 내려오는 길이었는데 얼마나 반가운지 안부와 연유를 묻자 백두산악회의 강행군에 지쳤다고 한다. 우측으로 봉분자락이 밟히는 묘 1기를 지나면서 잔소나무숲은 끝나고 잡목숲이 시작되었다.

12시 10분, 왼쪽에 푯대봉(1,009.9미터)을 두고 길이 우측 직각동쪽으로 꺾이면서 마른 흙이 풀풀 날리는 내리막을 쳐야 했다. 12시 23분 테라스봉을 내려오면서 뒤돌아본 푯대봉에는 안테나가 높이 서 있었다.

잡목구간을 지나 올라선 봉우리에서 길은 정북으로 향하고 이어 노송들이 들어선 구릉지대가 나타났다. 구릉지대의 끝은 951봉이다. 그곳에서 길은 북서진하고, 내리막을 지나 안부에 도착한 때는 12시 40분이었다. 키가 크고 멋진 소나무가 자리한 양지바른 곳에 목장울타리가 쳐있는 삼밭골이다.

전면으로 보이는 985봉은 심한 경사로 하늘에 닿아있었다. 발자국을 헤아리며 땅만 보고 10분을 기어오르니 더 이상 오를 곳이 없었다. 바깥양반이 구의동에서 양조장을 한다는 아주머니가 가져온 꿀맛 같은 서울막걸리를 대여섯 명이 나누어 마시고 1시에 다시 출발했다.

1,016봉을 지나면서 참나무군락이 시작되었다. 좌측 산봉우리와 자락이 이상한 모습으로 간벌되어 있어 수상하다고 여겼더니 뒤따라오던 강욱환 선생이 수종변경의 조림사업을 하는 중이라고 설명해 준다. 야생화의 전문가로 일년 동안이나 이심전심으로 마음이 맞아 보폭을 같이했던 강 선생의 본명은 최근에야 서로 통성명을 해 알게 되었다.

숲에서는 예나 지금이나 묘한 일이 은밀하게 진행되고 있다. 숲속에 쌓인 눈은 서서히 녹아 땅속으로 들어갔다가 봄이 되어 땅이 녹으면 계곡으로 흘러나오고, 숲속에 내리는 비는 땅속으로 스며들어 토양층 아래 있는 암석을 지나면서 미네랄을 녹여내 깨끗한

덕항산 대이리 협곡의
단애

물로 거듭난다. 어떤 곳에서는 안개가 나뭇잎과 가지에 걸렸다가
비가 되는 '나무비'를 내리기도 한다. 그리하여 가뭄과 홍수를 막
아주고 깨끗한 물과 산소를 공급하며 목재를 제공하기도 한다.

숲은 생태계의 보고다. 지렁이, 노래기, 쥐며느리, 진드기들이
낙엽을 먹고 버린 배설물은 빗물을 배수시키고 저장하는 양질의
토양을 만든다. 도토리를 만드는 참나무들은 다람쥐의 은인이다.
산쥐, 산토끼, 뱀 위에는 오소리, 멧돼지, 곰, 호랑이가 있으며, 하
늘에는 독수리, 매, 올빼미가 날고 휘파람새와 떼새들은 그 틈바구
니에서 노래하며 잘도 날아다닌다. 숲이 사라지면 문명도 사라진
다. 돌아오는 봄에는 이곳에 알맞은 수종을 심어 동식물이 번창하
는 곳으로 자리잡았으면 좋겠다. 능선 좌측으로 서너 걸음 떨어져

참나무가 군락을 이루며 늘어서고, 잡목이 얼굴을 할퀴고 배낭을 잡아끄는 곳을 지나 뾰족하게 보였던 997.4봉에 오르니 길은 북동으로 꺾어진다.

봉우리를 내려서 안부에 도착한 때는 2시 10분이었다. 진행방향으로 멀고도 높게 떠 있는 봉우리를 덕항산으로, 그 앞에 겹쳐 보이는 봉우리를 덕항산 전위봉이라 생각했으나, 그들은 각각 1,052봉과 1,017봉이었다. 덕항산은 이곳에서 빠른 걸음으로 한시간은 더 걸어야 하니 다시 기를 추슬러야 한다. 1,017봉을 올라선 후 완만한 내리막에는 산바람이 불어와 기분이 슬슬 좋아졌다.

2시 45분에 돌무더기와 철쭉나무가 어우러진 공터에 도착했다. 九夫侍嶺이다. '태백택시'에서 세워놓은 표지판에는 '왼쪽으로 삼척하고 태백과 연결되는 35번 국도가 1킬로미터 거리에 있다. 예수원도 만난다. 덕항산이 20분' 이라고 적혀있었다. 구부시령은 어느 팔자 기구한 여인네가 아홉 명의 남편을 거느린 데서 연유한 이름이라고 한다. 서쪽으로는 예수원으로 내려가고 동쪽으로는 구수골로 해서 신기로 내려간다. 구부시령을 지나 된비알로 오른 곳은 1,052봉이었다. 거기서 길은 다시 직각왼쪽으로 꺾이면서 북서방향으로 향한다.

2시 55분, 초원이 펼쳐진 새목이재에 이르니 우측으로 비껴 덕항산의 산불감시초소가 보였다. 감시초소 우측으로 925봉 너머 대간 자락에 환선동굴로 가는 도로가 대이리골과 나란히 보이며, 지각산(1,079미터)에서 내린 지능선들은 모두 깎아지른 수십 길의 수직 암벽을 품고 있었다. 3시 5분, 오름길에는 덕항산 정상이 보이고, 우측 산자락으로 넘어가는 산바람이 서늘하였다. 정상에는 산불감시초소가 있고 곁에 가로 60, 세로 10, 두께 5센티미터의 하얀 표석에 '덕항산 정상, 해발 1,017미터' 라고 적혀있었다. 1,017은 1,071이 잘못된 것이다.

정상에서 내리막을 치고 장암밭목 안부에 도착한 때는 3시 15분

덕항산에서 내려다본 대이리 계곡

이었다. 우리는 이곳에서 직각 좌회전하여 남서방향으로 '터골'을 타고 내려갔다. 이깔나무 수림을 지나 예수원에 이른 시각은 3시 30분이었다. 입구에는 '고대천각신부님 추모비'가 있었으며 '우리가 보고 들은 것만 믿으려고 하라'라는 글도 적혀있었다. 외나무골 차가운 물에 몸을 담그고 3시 45분쯤 개울을 벗어나 곧이어 하사미교회관이 있는 35번 국도변으로 내려섰다.

40_{구간}

눈의 나라

2002년 12월 15일!

강원도 겨울 날씨는 예측을 못한다.

원래는 지난번에 이어 무사동에서 댓재로 가야 하나 눈 내린 댓재의 형편을 알 길이 없어 댓재를 출발점으로 한 것이다. 유별난 것은 오 회장 앞으로 강릉에서 보름 동안 동계합숙훈련을 마친 여자 태권도 국가대표 선수 8명이 댓재에서 합류한다고 연락이 왔다는 것이다. 강릉은 북으로 달리는 태백산맥의 동쪽에 지맥이 급한 경사를 이루면서 구릉과 좁은 평야를 이루고 있으며 수려한 청정 동해의 자연환경과 우수한 문화의 멋과 전통이 살아있는 예향의 도시이다.

차가 7시에 사당을 출발하여 이천에 이르렀을 즈음에는 흰색과 검은 색으로만 다가오는 산하와, 하늘과 땅의 경계를 구분 짓는 선과, 그 위의 이내가 낀 듯한 푸르스름한 창공뿐이었다. 그러나 태양이 떠올랐을 때는 그 화살 같은 햇살과 부근의 황금빛, 그리고 쪽빛 하늘과 이제는 회색으로 변한 산하가 눈앞에 드러났다. 갑자

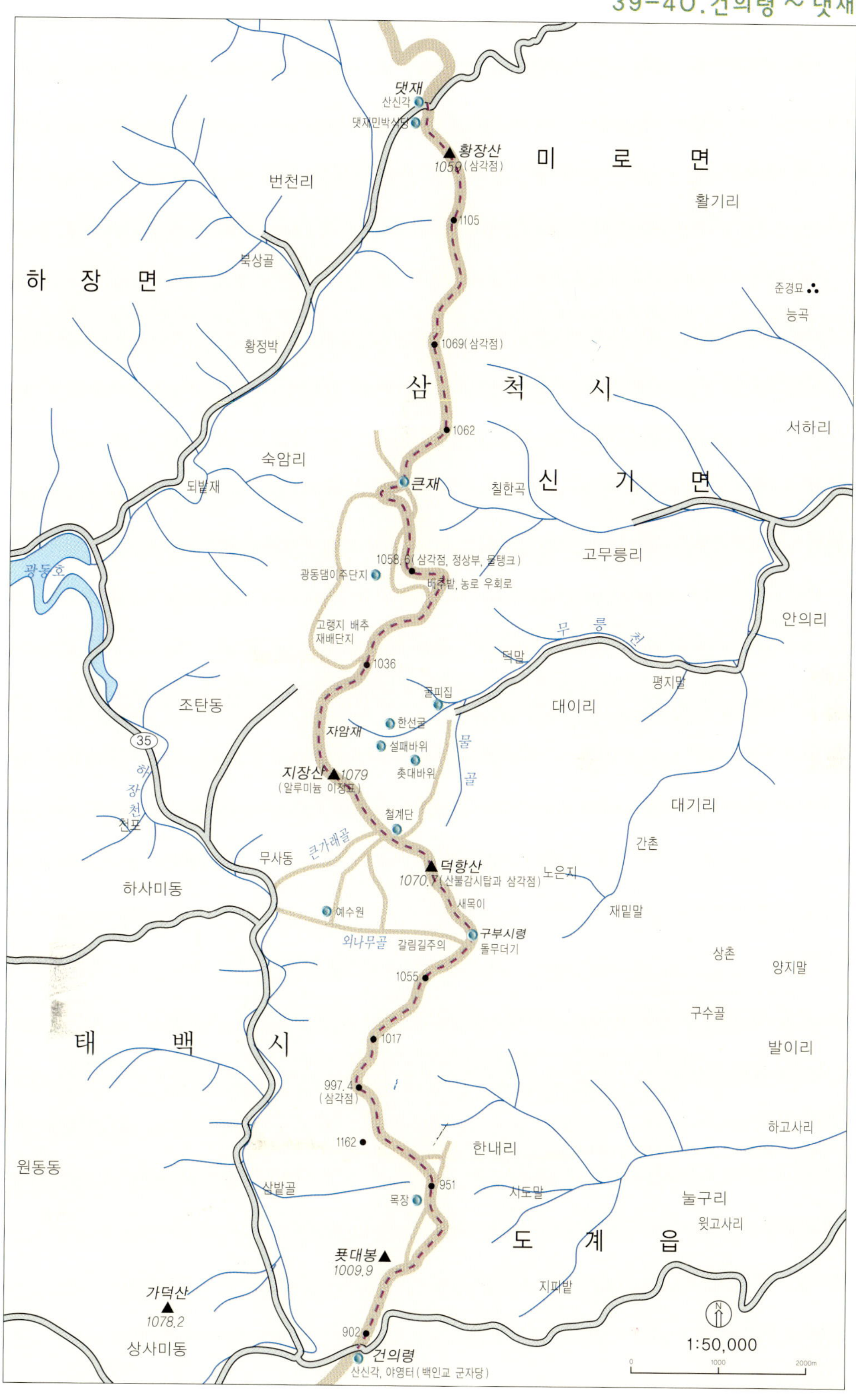
댓재
산신각
댓재민박산장
황장산
1059(삼각점)
1105
미 로 면
활기리
번천리
북상골
하 장 면
준경묘
능곡
황정박
1069(삼각점)
삼 척 시
신 기 면
서하리
숙암리
되밭재
1062
큰재
칠한곡
고무릉리
안의리
광동댐이주단지
1058.6(삼각점, 정상부, 물탱크)
배추밭, 농로 우회로
광 동 호
무 릉 천
고랭지 배추
재배단지
덕말
평지말
대이리
1036
조탄동
움집집
한선굴
자암재
설패바위
촛대바위
물
골
대기리
35
하
장
천
교
지장산
1079
(알루미늄 이정표)
철계단
무사동
큰가래골
덕항산
1070.7(산불감시탑과 삼각점)
노은지
간촌
하사미동
예수원
새목이
재밑말
외나무골
갈림길주의
구부시령
돌무더기
상촌
양지말
1055
구수골
발이리
1017
태 백 시
997.4
(삼각점)
하고사리
1162
한내리
951
시도말
눌구리
윗고사리
삼밭골
목장
도 계 읍
원동동
푯대봉
1009.9
지피밭
가덕산
1078.2
상사미동
902
건의령
산신각, 야영터(백인교 군자당)
N
1:50,000
0   1000   2000m

기 몰려온 높쌘구름은 하늘을 가뭄에 갈라진 들녘처럼 갈라놓고 있었다.

9시 20분경, 무슨 말 끝에 '차' 이야기가 나오고, 민 회장의 누님이 경영하고 있는 지리산 화개골의 '관향다원'에 이르렀다. 화개는 평균해발 1,200미터가 넘는 지리산 종주능선이 서쪽을 가로지르고 남으로 섬진강과 화개천이 만나 흐르는 해발 20미터 정도의 지형이다. 낮 동안의 태양열이 저녁때가 되면 갑자기 차가워 지면서 이 극심한 일교차가 화개지방의 차맛을 최고급으로 만드는 것이다.

찻잎의 크기에 따라 곡우에서 입하 사이에 나는 찻잎이 가늘고 고운 '세작', 입하 이후에 나는 '중작', 한 여름에 나는 '대작'으로 구분된다. 또 양력 4월 하순 곡우 전의 아주 어린잎을 따서 만든 雨前茶, 참새의 혓바닥을 닮았다고 하여 雀舌茶, 대나무의 이슬을 먹고 자란 竹露茶로 구분하기도 한다.

10시 50분경 사북, 고한을 지날 때 흰 눈이 얼어붙은 '동남천'에는 가느다란 계곡물이 숨을 쉬고 있었다. '정암터널'을 지나자 좌측으로 탄광지대가 나서면서 산하는 일변하여 '눈의 나라'로 접어든다.

차는 황지천을 따라 내려가다가 황지동 삼거리에서 35번 국도를 갈아타고, 정북으로 피재를 향해 올라갈 때는 왼쪽으로 금대봉에서 매봉, 피재로 이어지는 백두대간을 하늘금으로 온 천지는 흰색과 회색뿐이었다. 흰 눈을 뒤집어 쓴 왼편의 광동댐을 지나 424번 지방도로를 갈아타고 북동으로 힘겹게 '댓재'로 향한다.

댓재를 눈 위에 두고 동해에서 내려오던 '동해특수츄레라'가 얼어붙은 길을 가로지르고 있었다. 우리 회원들이 내려 밀고 당기고 삽으로 눈을 퍼내고 하였지만 차가 움직이기에는 어림도 없었다. 결국 차에서 내려 걸어서 5분 후에 도착한 댓재에는 강풍이 고개를 휩쓸면서 동으로 넘어가고 있었다. 한국여성태권도연맹 임신자

전무는 7명의 선수들과 함께 검은 비닐봉지로 스패츠를 만들어 차고는 댓재휴게소에서 한시간을 기다리고 있었다. 저 비닐 스패츠가 쌓인 눈과 잡목과 돌쩌귀를 견뎌낼까 생각하니 피식 웃음이 나왔으나 그 임기응변과 젊음이 부러웠다. 강릉에는 이른 아침에 문을 연 등산장비점이 없었다는 것이다.

12시 15분에 우측 숲으로 들어갔다. 눈은 무릎까지 찼으나 다행히 길은 뚫려 있었다. 12시 30분경에 잡목숲을 헤쳐 나갔고, 12시 40분에는 975.9봉에 올랐다. 평탄한 능선이 한동안 계속되고 왼편으로 비껴 보이는 높은 봉우리 산사면의 산 능선과 자락이 흑백의 조화를 이루고 있었다. 1시 7분경에는 오름길이 시작되면서 눈이 허리까지 차 올랐다. 산봉우리 위에는 쪽빛 하늘이 다가와 있었고 한 조각 구름이 걸려 있었다. 1,015봉이며, 1시 13분이었다.

이제부터는 멀리 남동으로 보이는 높은 봉우리 이외에는 고만고만한 봉우리들이 이어져 있는 구릉지대다. 능선의 눈은 가슴팍까지 차 오른다.

기어코 1시 30분에 비닐 스패츠가 찢겨 나간 우리 태권도 선수에게 나의 스패츠를 채워주었다. 1시 45분에 봉우리를 하나 넘고 바람이 닿지 않는 안부에서 오 회장, 임 전무, 우리 선수들은 가져온 간식으로 허기를 채웠다. 다시 힘겨운 급경사를 오른 후 2시 10분에 1,059봉인 황장산에 올랐다.

황장산에서부터는 완만한 능선길이었으며, 좌측 동쪽은 급경사를 이루고 북서풍에 쏠린 눈이 '커니스'를 만들었다. 멀리 태백산맥 너머 동해바다는 해와 하늘을 이고 있었으며, 우측 서쪽은 완만한 경사를 이루고 있다. 소나무들은 눈의 무게를 이기지 못하여 그 가지를 늘어뜨리고 안간힘을 쓰면서 버티고 있었다.

2시 30분. 1,062봉을 좌측으로 두고 우측으로 난 산사면 길을 가로질러 가도록 되어 있었으며, 우측 아래로 수목이 전혀 없는 구릉지대가 펼쳐졌다. 우측 멀리 임도가 보였다. 우리 태권도 선수들은

51

훈련의 연장이라 생각하는지 앞질러 가버리고 종적이 묘연하다. 3시에 비포장 임도는 우측 아래로 내려가고 고랭지 채소밭이 끝없이 펼쳐진다. 이곳이 '큰재' 다.

길은 임도를 버리고 채소밭 왼쪽 가장자리를 통하여 내려간다. 3시 5분에는 밭을 버리고 둔덕으로 올라섰고, 3시 7분에 원형 물탱크가 있는 1,058.6봉에 올랐다. 동해 쪽의 하늘과 바다는 청회색으로 맞물려 있으면서 그 경계를 숨기고 있었다. 그 봉우리 산자락 중간쯤에서 남서쪽으로 방향을 잡아 고랭지 채소밭을 가로질러 내렸다.

우측으로 광동댐이 생기면서 이주한 마을이 눈 속에 파묻혀 있었으며, 개들이 인기척에 놀라 미친 듯이 짖어대고 있었다. 3시 16분이다.

고랭지 채소밭과 철조망이 끝나면서 다시 급사면을 오르게 된다. 겨우 이제야 앞서가는 우리 선수들이 보이기 시작한다. 여기서는 동으로 급사면을 이루면서 송림이 우거져 있었다. 3시 30분에 오른 1,036봉에는 두서너 개의 바위들이 자리를 지키고 있었으며, 1,036봉 내림길은 참나무가 군락을 이루고 있었다.

3시 45분에 자암재를 지나 10분간 오르막을 친 후 노송 한 그루가 멋있게 서 있는 1,066봉에 올랐다. 1,066봉 내리막의 왼쪽에는 엄청난 암괴가 맞물려 깊은 협곡을 이루고 있었으며, 그 능선 내리막 끝에는 다시 지루한 오름이 시작되었으나 선두는 길이 뚫려 있지 않은 듯 나아가지를 못하고 있었다. 우여곡절 끝에 1,079봉을 오르고 내린 후, 결국 지난번 덕항산을 지나 탈출한 곳과 불과 칠팔백 미터 거리인 봉우리 하나를 사이에 두고 안부에서 우측 '큰 가래골' 로 하산하기로 했다. 4시 15분이다.

북서쪽 하늘 산 능선 위의 2단 구름이 짙은 청보라색으로 겹을 치고 있었으며, 그 위 가장자리는 석양빛으로 물든 황금색 구름이 자리하고 있었다. 4시 35분에는 그 구름군 위에 마지막 힘을 쏟는 태양이 잠깐 보이더니 이내 사라졌다.

4시 45분에 좌측 길가에 잘 가꾼 묘 4기를 보고, 5시에 무사동에 있는 '하사미교'를 건널 때는 어둠이 몰려오고 있었다.

하장초등학교 하사미교 분교 앞에서 산악회에서 준비한 라면으로 허기를 채운 후 오 회장, 임 전무, 선수 7명을 댓재로 올려 보냈다. 우리를 태운 차는 6시에 서울을 향해 어둠 속을 내달았다.

신출귀몰하는 운무의 조화

2002월 8월 17일(토요일) 22시 30분~2002년 8월 18일(일요일) 23시 30분.

차는 사당에서 밤 10시 반에 삼척시 하장면과 미로면을 잇는 424번 지방도로상의 댓재(810미터)를 향해 출발했다. 김해 한림에서는 낙동강 물이 빠지지 않는다는데 별은 동으로 갈수록 무더기로 쏟아진다. 날이 새면 댓재에서 백복령까지 29.1킬로미터를 약 14시간에 걸쳐 걸어야 한다. 댓재에서 두타산까지는 북으로 삼척시 하장면과 미로면을, 두타산에서 고적대까지는 북서로 삼척시 하장면과 동해시를, 고적대에서 백복령까지는 북동으로 가다가 북으로 정선군 임계면과 동해시를 가른다.

새벽 3시 45분, 댓재에서 대간 능선으로 진입했다. 지금 보니 헤드랜턴은 만지작거리기만 하다가 놓아두고 왔다. 辛 감사가 여분으로 갖고 있던 만년필 같은 손전등에 의지하여 길을 나섰다. 느낌에 북동쪽 안부를 지나 내리막으로 서진하여 다시 북으로 방향을 트는 것 같았다. 시계를 보니 4시 15분, '명주목이'에 닿았다.

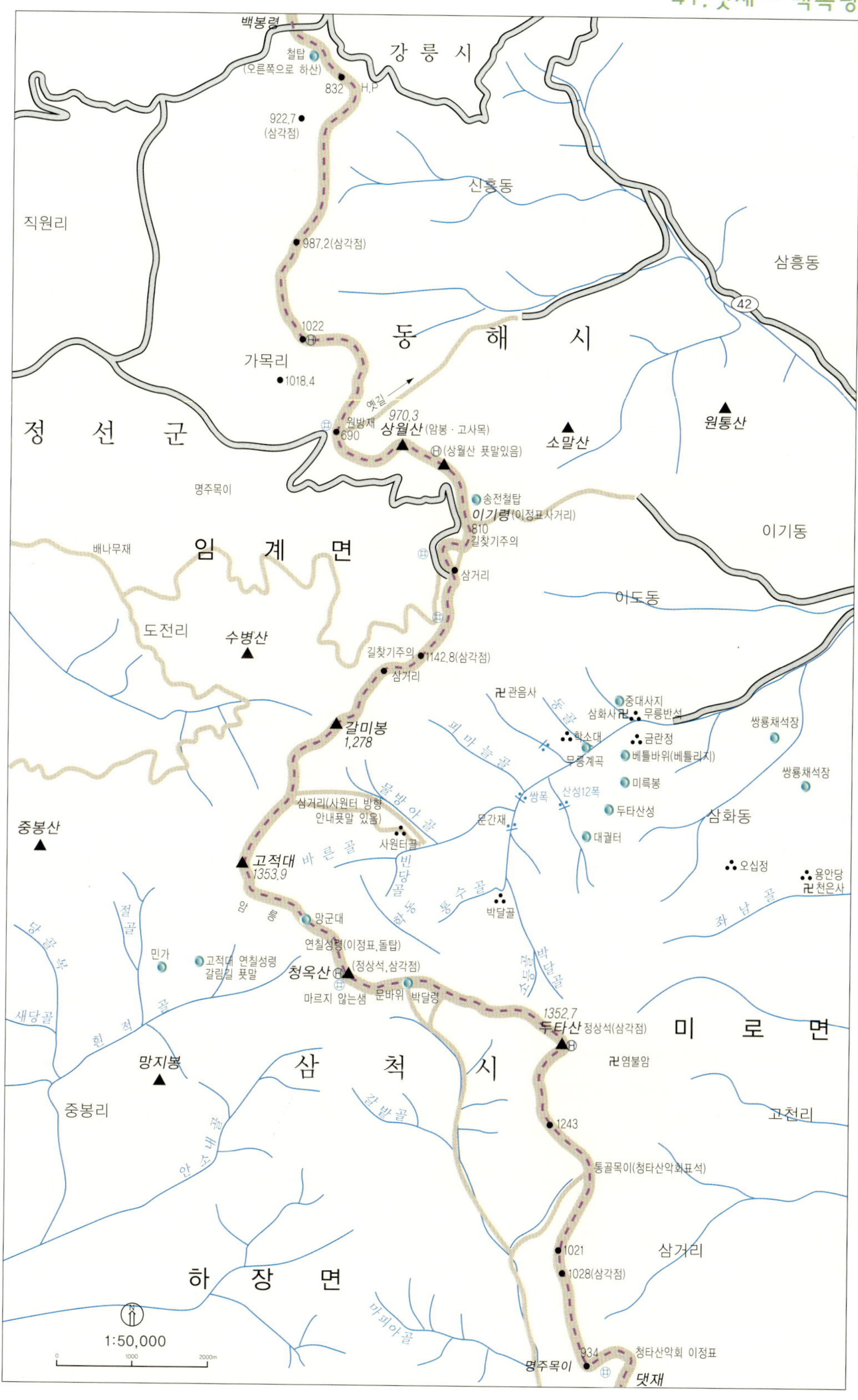
백봉령
철탑
(오른쪽으로 하산)
강릉시
832 H.P
922.7
(삼각점)
직원리
신흥동
삼흥동
42
987.2(삼각점)
동 해 시
1022
가목리
1018.4
정 선 군
옛길
970.3
원방재
690
상월산(암봉·고사목)
(상월산 푯말있음)
소말산
원통산
명주목이
송전철탑
이기령(이정표사거리)
810
길찾기주의
이기동
배나무재
임 계 면
삼거리
어도동
도전리
수병산
길찾기주의
1142.8(삼각점)
삼거리
관음사
중대사지
삼화사 무릉반석
쌍룡채석장
학소대
금란정
무릉계곡
베틀바위(베틀리지)
쌍룡채석장
갈미봉
1,278
쌍폭
산성12폭
미륵봉
문간재
두타산성
삼화동
삼거리(사원터 방향
안내푯말 있음)
대궐터
중봉산
사원터골
오십정
용안당
고적대
1353.9
박달골
천은사
망군대
좌남골
민가
연칠성령(이정표,돌탑)
고적대 연칠성령
갈림길 푯말
청옥산
(정상석,삼각점)
마르지 않는샘 문바위 박달령
1352.7
두타산 정상석(삼각점)
미 로 면
망지봉
삼 척 시
엄불암
중봉리
고천리
1243
통골목이(청타산악회표석)
삼 거 리
1021
하 장 면
1028(삼각점)
1:50,000
0 1000 2000m
934
청타산악회 이정표
명주목이
댓재

안부를 지나자 완경사의 오르막이 본격적으로 시작되었다. 20여 분 후에 큰 봉우리를 넘었고 다시 산죽과 싸리가 같이하는 네 개의 봉우리를 짧게 오르내려 5시 15분 사거리 안부인 '통골목이'에 도착했다. 청타산악회에서 세운 자그마한 화강암 표지석에 '두타산 1시간 30분, 댓재 1시간 30분'이라 되어있다. 여명은 동해쪽 검은 산 위에 두껍게 깔린 회색 구름사이 파란 하늘로부터 오고 있었으며, 한 뼘쯤 되는 높이로 시야의 좌우에 걸친 파란 하늘은 그 속에 적홍색 띠를 깔고 밝게 빛나고 있었다. 두타산 정상인 줄로 착각한 1,243봉이 희미한 어둠 속에 드러나 일출을 볼 욕심에 속보로 급경사 오르막을 쳤다.

5시 40분, 좌측의 묘 1기를 지나 1,243봉에 올랐을 때 태양은 빙빙 돌고 이글거리면서 순간 공중으로 솟아올랐다. 적홍색 구름산과 구름산맥이 어지러이 그 형체를 그리고, 숲은 밝은 햇살에 소리 없이 깨어나고 있었다. 이제야 오른쪽으로 약간 비껴 두타산이 저 만치 바라다 보인다. 만만찮은 오르막 능선에는 연한 자주색을 띤 50여 센티미터 줄기의 진범과 흰색의 '승마', 1미터쯤 되는 줄기에 초롱같은 새하얀 꽃을 땅으로 향해 피운 '흰 모싯대'가 줄을 이어 피어있다. 문득 좌측을 보니 동해의 태양은 두타의 그림자를 청옥 산 자락 7~8부에 드리우고 있었고, 운무는 동풍에 능선으로 몰려오다 햇살에 사라지기를 반복하고 있었다. 햇살은 어지럼증이 나도록 숲속에 밝은 반점을 수놓고 있으나 초록과 대기는 상쾌하다.

6시 5분 두타산 정상에 섰다. 널따란 공터였다. 헬리포트와 묘 1기를 지나 이정표에는 '두타산 정상, 무릉계 10.2킬로미터 3시간 10분, 청옥산 7.5킬로미터 1시간 40분, 박달령 4.5킬로미터 50분'이라고 씌어 있었다. 북쪽의 동해시 자연보호지도위원회에서 세운 1미터 높이의 기단 위 1미터 높이의 자연석 비석에는 '頭陀山 海拔 1,353미터'라고 새겨져 있었고, 동편에는 깃발 없는 국기대가 서 있었다.

운해는 대지를 덮고 강풍이 쓸어간 자리에는 파란 하늘과 회색 구름이 층을 이룬다. 산들은 짙은 구름 사이로 멀고 높이 섬처럼 떠 있고 연한 붉은색 이질풀은 한편에서 무리지어 나타났다 사라진다. '두타산'은 무릉계에서 오르나 댓재에서 오르나 힘들어 '골 때리는 산'이라는 별명이 붙어있으나, 사실 '두타'는 범어인 'dhuta'의 음역이다. 이는 산이나 들로 세상을 편력하며 고행하고 수행하는 것을 이르는 불교용어이다. 다음과 같은 '12 두타행'이란 글귀도 있다.

인가가 멀어진 조용한 숲속에 머문다.

항상 걸식을 한다.

걸식을 할 때는 빈부를 가리지 않는다.

하루에 한 번만 먹는다.

과식하지 않는다.

점심 이후에는 과실즙이나 꿀 등도 먹지 않는다.

헌 옷감으로 만든 옷을 입는다.

三衣 이외에는 소유하지 않는다.

무상관에 도움이 되도록 무덤 곁에 머문다.

나무 밑에 거주한다.

지붕이 없는 곳에 앉는다.

단정하게 앉고 눕지 않는다.

6시 25분에 올라온 방향에서 왼편 직각으로 꺾어 북서의 내리막으로 향했다. 청옥산(1,403미터), 고적대(1,353.9미터), 갈미봉(1,278미터)이 운무 속으로 보였다 사라지기를 거듭한다. 나중에야 알게 되었지만 오늘 산행에서 하루 종일 보는 것은 숲과 바위절벽과 운무와 햇빛과 바람과 구름과 파란 하늘이 펼치는 경연이었다. 운무는 천지를 덮고 간밤에 비가 내렸는지 풀잎 위에는 물기가 가득하고 사무친 그리움처럼 안개는 숲길에서 서성인다.

물기를 머금은 산죽과 당단풍, 산단풍이 팔과 얼굴을 스치고 고원 같은 봉우리 두개를 오르내려 7시 박달령에 이르렀다. '박달령 정상, 두타산 4.5킬로미터 1시간 10분, 청옥산 3킬로미터 50분, 무릉계 8킬로미터 2시간 40분' 이라 쓰인 이정표를 보면서 좌측 산 사면을 돌아가니 우측 문바위 밑으로 길이 나 있으며 청타산악회의 '청옥산 30분, 두타산 1시간' 이란 표석이 있다. 좌측으로 '큰바위골' 가는 길이 희미하게 보이고 아래에는 구름이 모여 바다를 이루고 있었다. 물기를 머금은 너덜지대에는 키가 큰 참나무, 흰 자작나무가 길가에 드러누운 고사목과 함께 서 있었고, 거미줄에 걸린 물방울은 투명하게 빛나고 있었다.

7시 35분 청옥산 정상을 앞둔 마루에 이르니 '무릉계(학동) 12킬로미터 3시간' 이라 쓰인 이정표가 있고, '이곳에서 남서방향으로 120걸음에 샘이 있습니다' 라고 적어 나뭇가지에 걸어 놓았다. 이 샘은 사시사철 마르지 않는 샘이다. 신기하게 운무가 순식간에 사라졌다.

청옥샘에서 목을 축이는 길손이시여
사랑하나 풀어 던진 샘물에는
바람으로 일렁이는 그대 넋두리가
한 가닥 그리움으로 솟아나고…

목을 축이고 되돌아 나와 잠깐 오르니 헬리포트가 있는 청옥산 정상이다. 7시 46분. 정상은 넓었으나 두타산 정상보다는 규모가 작았다. 1.2미터 높이의 이정표에는 '청옥산 정상, 무릉계 15.8킬로미터 3시간 20분, 고적대 5.8킬로미터 1시간 20분, 두타산 7.5킬로미터 1시간 50분, 중봉, 샘터' 라고 적혀있었다. 서편에는 20센티미터 높이의 두 개의 기단 위 1.2미터 높이의 흰 화강석에 검은 글씨로 '청옥산 해발 1,403미터'라 음각되어 있었으며, 동편에는 '산불예방 · 진화용 무선중계기' 철탑이 서 있었다.

무릉계에서는 안개가 피어올라 서쪽으로 넘어가고 두타산 정상은 구름산맥에 섬처럼 갇혀 코발트빛 하늘과 아침의 태양을 우러러보고 있었다. 내리막 초록 숲은 향기가 가득하고 비껴드는 햇살에 반점이 눈부시며 오르막에는 단풍나무가 그득하다.

8시 15분에 삼척의 하장 사람들이 무릉계로 넘어 다녔다는 연칠성령(1,170미터)에 닿았다. '연칠성령 정상, 청옥산 3.5킬로미터 40분, 고적대 2.3킬로미터 50분, 무릉계 12.3킬로미터 2시간 50분.' 운무에 싸인 무릉계를 하염없이 굽어보다가 8시 25분에 일어섰다.

좌측 산 사면을 가로질러 오르니 햇살이 안개 숲으로 나타났다 사라졌다 하고, 드디어 우측으로 바위절벽이 나타나며 바람은 안개와 더불어 절경을 빚어낸다. 망군대(1,247미터)였다. 이곳에서부터 시작된 암릉은 고적대에서 끝난다.

30여 미터의 암벽, 50여 미터의 흙길을 올랐을 때 좌측으로 고적대에서 흘러내린 70여 미터의 수직 바위절벽에 간담이 서늘하고, 20여 미터의 암벽을 올라 안부에 닿았을 때는 무릉계에서 불어오는 바람에 등골이 서늘하며, 다시 30여 미터의 흙길을 올라 고적대를 눈앞에 두고 바위전망대에 올랐을 때에는 숨막히는 비경이 펼쳐졌다. 눈에 보이는 연릉과 계곡에는 모두 새하얀 운무가 깃들어 있고, 두타, 청옥을 잇는 능선에는 무릉계에서 적골과 안소내골로 넘어가는 안개가 광풍에 춤을 추고 있었다. 흰 구름바다 위에는 회색 구름산맥이 떠 있고 다시 그 위에는 코발트빛 하늘에 새털구름이 수를 놓고 있었다.

8시 56분에 오른 고적대에는 10여 명이 앉을 수 있는 터가 있었고, 10여 센티미터 높이의 기단 위 80여 센티미터 높이의 검은 화강석에는 흰 글씨로 '고적대, 1,353.9미터'라 표시되어 있었다. 갈미봉은 운무에 가려 보이지 않았다.

고적대에서 본 청옥,
두타산

고적대 내리막은 경사가 급했다. 거목들 아래 관중이 군락을 이루고 우측 길섶에는 주목 한 그루가 '보호수목' 팻말을 달고 있었다. 바위덤을 지나고 암봉 네 개를 거쳐 안부에 이르렀다. 햇빛과 안개는 번갈아 숲을 드나들고 운해는 안부 고갯마루를 휘감고 있다가 순식간에 걷히기를 반복하고 있었다. 안부에서부터는 잡목지대가 시작되어 겨우 몸을 비집고 나아갈 정도로 잡목이 터널을 이

루고 있었다.

9시 15분 잡목터널이 잠깐 사라지고 바위전망대가 나왔다. 순간적으로 안개가 걷히더니 눈앞에는 수십 길 주상절리된 수직암벽이 무릉계 쪽으로 말잔등처럼 늘어섰다. 그러더니 찰나에 한 무더기의 안개군이 빠르게 접근하자 그 기괴한 광경은 아예 사라져 버렸다. 망연자실하다 정신을 차리고 그 암봉을 좌측으로 우회한 후 또 하나의 봉우리를 넘어 9시 25분에 우측으로 '사원 터' 갈림길이 있는 안부에 닿았다. 동시에 잡목구간도 끝났다.

오르막 끝에 암봉을 비껴가면서 계속 산 사면을 올라 안부에 서서 무릉계 쪽을 보니 안개 아래는 천길 단애로 바닥이 안 보이고, 좌측은 밋밋한 산록이다. 150도 우측으로 방향을 틀어 다시 기암봉을 오르내렸다. 잠시 후 나타난 무릉계 쪽으로 뻗은 다섯 무더기의 수직암벽은 안개 사이로 주목들을 품고 있었다.

또 하나의 기암봉 내리막은 높고 굵은 떡갈나무 숲이었다. 10시 5분에는 이 구간 중 가장 긴 수직절벽을 마주하고, 10시 7분에는 나무줄기에 '갈미봉 1,278미터'라는 작은 팻말이 걸린 봉우리에 올라섰다. 고적대에서 갈미봉 사이 능선 우측은 천길 단애로 6개의 기암군이 숨어 있었으며, 안개와 운해와 햇빛과 바람은 무릉계와 먼 산릉과 자락에서 수도 없이 조화를 부리고 있었다.

15분 후에 만난 봉우리에서 우측으로 방향을 잡고 잡목구간을 지나 10시 26분에 1,142.8봉에 섰다. 그리고 소나무가 걸린 암봉을 지나 내리막을 치니 암봉에서 갈려나간 지능선이 좌측으로 높이 떠 보였다. 길을 잘못 든 것이 아닌가 의아했으나, 물기를 머금은

갈미봉의 암벽

너덜구간을 200여 미터 지난 지점에서 대간 리본을 본 후 안심이 되었다. 급경사 내리막 끝에 거목이 들어찬 평평한 구릉지대가 나타났으며 길 왼쪽에는 샘이 있었다. 10시 45분이었다. 숲에서 흘러나오는 물이 한 평쯤 되는 바위를 타고 흐르고 큰 나뭇잎 세 개로 물받이를 해 놓았다. 운치가 있었고 물에서는 더덕과 산삼 냄새가 났다.

10시 55분에 일어나 좌측으로 초원지대가 펼쳐진 곳을 지나면서 우측으로 90도, 다시 좌측으로 90도 휘어지는 사행로가 끝나더니 적송숲으로 들어서게 되었다. 적송숲은 끝없이 이어지고 사이사이에 굵은 참나무는 붉은 갈색 줄기의 적송과 더불어 원시림을 이루고 있었다. 나는 이 적송숲이 이기령 원방재를 지나 2시 10분 1,022봉을 오르기까지 계속되는 줄은 까맣게 모르고 있었다. 적송숲은 가도가도 끝이 없었다. 적송 아래 산죽은 가슴높이 위로 차며 얼굴에 와 닿고, 산죽이 끝나자 우측으로 이깔나무숲이 이어진다.

11시 26분 적송과 이깔나무숲을 내려서니 이기령(耳基嶺, 815미터)이다. 산림청의 안내판에는 '이곳은 백두대간의 낮은 목을 이용하여 영동(동해, 삼척)과 영서(정선, 임계)를 잇는 자연발생된 고갯마루입니다'라고 씌어있고, 180여 센티미터 높이의 이정표에는 '원방재 30분, 부수베리 80분, 정상 150분, 정상입구 120분'이라 표시되어 있다.

임도는 대간을 곁에 두고 서쪽으로 방향을 바꾸어 멀어지고, 임도 우측에는 송전탑이 서 있다. 임도 건너편에 있는 소나무숲과 공터는 계곡물 소리가 아련히 들리는 것이 야영터로 제격이다. 이정표에서 말하는 정상이란 '갈미봉'을 말하는 것 같다. 임도를 따라가면 원방재까지 30분이면 갈 수 있으련만 대간을 고집하며 11시 30분에 북서로 난 능선의 들머리 오르막으로 무거운 발걸음을 옮겼다. 좌측은 적송, 우측은 떡갈나무와 이깔나무가 혼재해 있는 거목들의 원시림이 계속되고 간혹 흰줄자작나무가 눈에 띈다.

11시 53분 헬리포트가 있는 상월산에 올랐다. '상월산 해발 970미터, 백복령 8.3킬로미터, 이기령 0.95킬로미터'라 적힌 산림청 안내판이 있다. 잠깐의 고원지대를 지나 급경사 내리막 끝에 다시 급경사 오르막을 숨가쁘게 치올리면서 뒤돌아 본 상월산의 북면은 온통 깎아지른 바위절벽이었다.

12시 19분 한 평 남짓한 공터 중앙에 사슴뿔 모양의 멋진 고사목과 오름 입구의 세 그루 고사목, 그리고 절벽에 붙은 반생반사의 소나무가 있는 봉우리에 올랐다. 사슴뿔 모양의 고사목을 자세히 살펴보니 희미하게 '상월산'이라 씌어진 나무팻말이 걸려 있다. 이 봉우리는 개념도상 987.2미터로 표기되어 있다. 상월산은 두 개

재촉했다. 이제 하늘은 잔뜩 흐려 있고 긴 넝쿨과 잡목구간이 시작되었다. 싸리와 산죽, 잡목이 번갈아 얼굴을 할퀴더니 3시에 산죽이 끝나면서 왼편으로 커다란 바위덤인 전망대가 나선다.

3시 15분에 삼각점이 있는 987.2봉에 서고, 다시 5개의 봉우리를 오르내려 4시 13분에 작은 헬리포트가 있는 봉우리에 올라섰다. 작은 봉우리들과 능선이 고원을 이루고 우측 숲은 가파른 경사를 이루면서 안개 속에 묻히고 수목은 안개 속에 떠 있었다. 헬리포트에서는 백복령이 내려다보였다. 송전탑을 지나 4시 20분에 해발 780미터인 백복령에 내려섰다.

12시간 35분간 계속된 머나 먼 여정이었다.

산죽의 나라에 솟은
야누스 같은 석병산

2002년 11월 22일 밤 11시 청량리역전!

밤공기가 싸늘하고 사람들은 어디를 가는지 각자 분주히 오가고 있다. 지난번 그 놈의 술 때문에 빼먹었던 백복령~삽답령 구간을 국민카드에 있는 문 기실장과 함께 가기로 약속했다. 11시 30분에 청량리를 출발하여 23일 새벽 6시 반에 동해에 닿는 중앙선 무궁화호 열차를 타야 한다. 먼저 와서 기다리고 있던 문 실장을 만나 역사 앞 우동집에서 뜨끈한 국물로 몸을 녹였다. 도시의 밤은 기관차가 내뿜는 새하얀 증기로 인해 한층 냉기가 서리고, 열차 안은 어린아이와 모친을 대동한 한 부부를 제외하고는 쌍쌍이 짝을 지은 젊은이들이 대부분이었다. 이제 나는 아무리 보아도 중늙은이로밖에 보이지 않는다. 밤열차의 폐쇄된 창은 거울이다.

동해가 가까워 올 때 열차고삐에서 바라본 창 밖의 날씨는 그렇게 좋을 수가 없었다. 반쯤 이지러진 하현달이 서쪽 하늘에 높이 떠 있고 동쪽으로는 적홍색 기운이 여명과 함께 오고 있었다. 6시 35분 동해역사 앞에는 어제 약속한대로 개인택시를 운영하는 정광

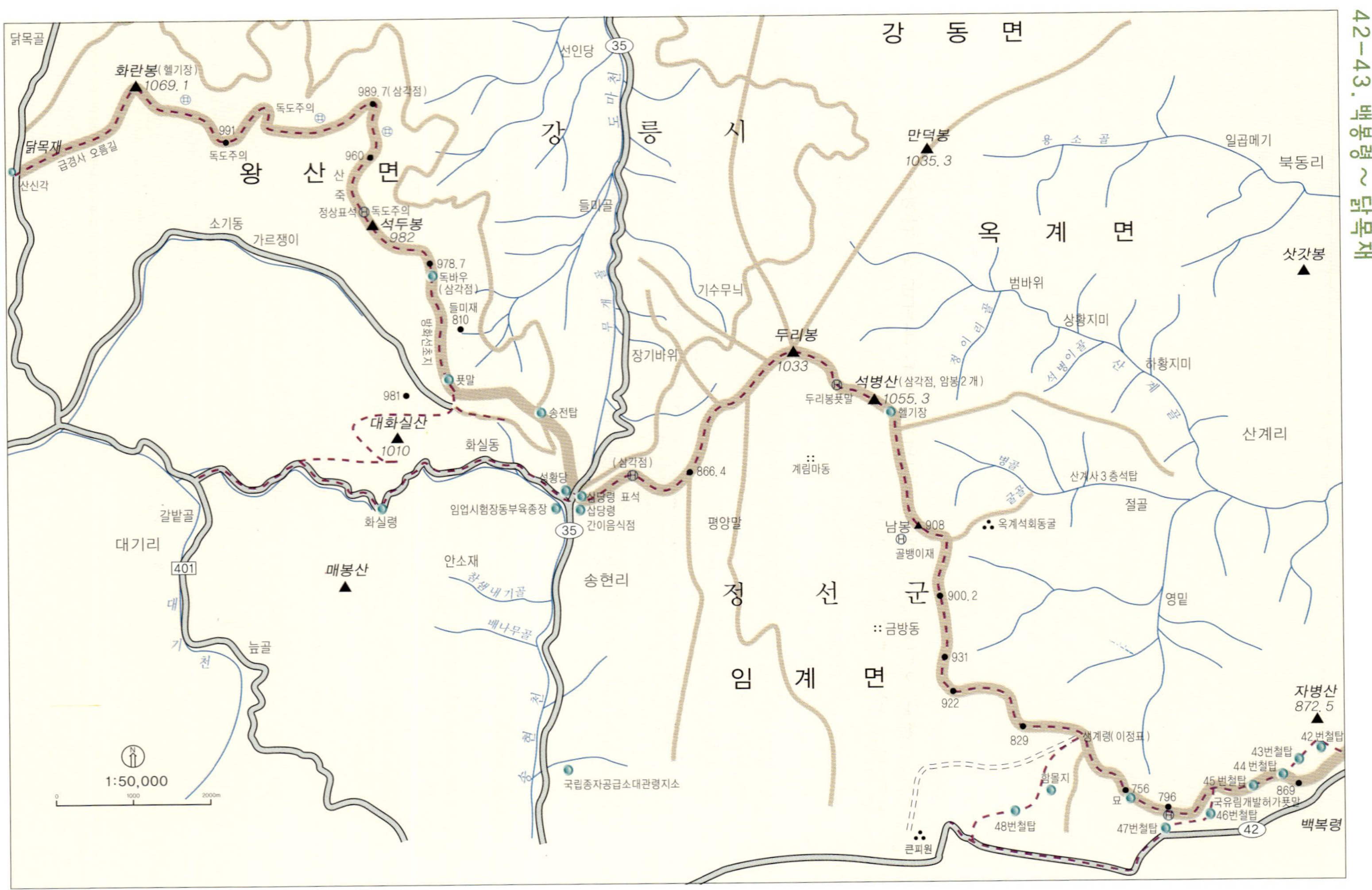
닭목골
강 동 면
선인당
35
화란봉(헬기장)
1069.1
989.7(삼각점)
독도주의
991
독도주의
960
닭목재
급경사 오름길
산신각
만덕봉
1035.3
일곱메기
북동리
용 소 골
왕 산 면
강 릉 시
옥 계 면
소기동
가르쟁이
산
죽
정상표석 독도주의
석두봉
982
978.7
독바우
(삼각점)
범바위
삿갓봉
상황지미
들미골
기수무늬
들미재
810
두리봉
1033
하황지미
장기바위
석병산(삼각점, 암봉 2개)
두리봉풋말
1055.3
헬기장
981
대화실산
1010
푯말
송전탑
화실동
산계리
병골
산계사 3층석탑
서황당
(삼각점)
866.4
계림마동
절골
갈밭골
대기리
401
매봉산
화실령
임업시험장동부육종장
삼당령 표석
삽당령
간이음식점
35
평양말
남봉
908
골뱅이재
옥계석회동굴
영밑
안소재
송현리
향 샘 내 기 골
배나무골
정 선 군
900.2
금방동
931
늪골
대 기 천
임 계 면
922
자병산
872.5
829
생계령(이정표)
42번철탑
43번철탑
44번철탑
45번철탑
869
756
묘
796
47번철탑
참물지
국유림개발허가푯말
46번철탑
48번철탑
국립종자공급소대관령지소
큰피원
백복령
42
N
1:50,000
0   1000   2000m

표(011-375-2724) 선생이 이미 와서 대기하고 있었다. 그는 백두대간을 종주하는 사람들에게 최대한의 협조를 아끼지 않는다고 소문이 나 있다. 역전 해장국집에서 셋이서 새벽밥을 먹고 밥과 김치를 2인분 준비하여 동해시를 벗어날 때는 이미 동해바다 위로 해가 솟아올랐다.

　무릉계곡변, 달방저수지를 전후한 신흥천과 그 주변마을은 지난 수해로 무참히 폐허가 되어 있었다. 동해와 정선을 잇는 백복령은 하늘 위에 떠 있고, 42번 국도는 굽이굽이 돌아 올라가고 있었다. 택시는 7시 30분에 대형버스가 주차할 수 있고 라면 등을 파는 가건물이 있는 공터를 지나 대간 들머리에 섰다. 고마운 정 선생은 차를 돌려 다시 내려갔다. 지난번 댓재에서 시작하여 이곳에서 끝난 대간이 도로를 가로질러 숲으로 기어올라가고 있었다.

백복령

대기는 차고 날씨는 청명하다. 7시 40분 윈드재킷을 여미고 오머 글로버를 낀 채 해발 780미터의 백복령을 지나 오름길에 들었다. 붉은 글씨로 된 '수시발파, 위험' 경고판을 뒤로하고 묘 1기를 지나니 42번 철탑이 나온다. 곧이어 '석병산, 자병산'을 가리키는 이정표가 있는 834봉에 닿았다. 거기서 대간은 좌측으로 꺾이고 완만한 내리막을 이룬다. 그러나 우측으로 보이는 자병산은 한라시멘트에 의해 무참히 허물어져 있었다.

멀리 북서쪽 하늘이 맞닿은 곳에 석병산인 듯한 장엄한 산이 우측 능선과 맞닿은 산자락에 암괴를 품고 있었다. 산에 오를 때 대강의 산세는 보일 때마다 눈여겨 새겨두어야 한다. 자병산의 괴조의 머리같이 깎여나간 정상과 그랜드캐넌처럼 보이는 잘려나간 능선이 햇빛을 받아 처연하게 백회색으로 빛나고 있었다.

7시 55분. 좌측으로 습지를 둔 내리막에서 43번 철탑을 지나 석

무참히 잘려나간 자병산

회석채광지로 출입하는 임도를 가로지를 때 가건물에서 기어나온 개 한 마리가 사람을 보고 짖어댄다. 8시, 44번 철탑으로 오르는 길에는 서리가 햇빛을 받아 보석처럼 반짝이고 있었다. 그 황홀한 광경은 8시 7분 872.5봉에서 우측에 달린 리본을 놓치고 기분 좋은 산길을 따르도록 이끌었다. 유혹에 쉽게 빠져드는 나는 이럴 때 판단이 흐려지고 한없이 약해진다. 오늘은 일찌감치 길을 잃고 헤매야 하는 운명에 처하게 되었다.

8시 10분에서 13분 사이 45번, 46번 철탑을 연속해서 지났다. 신나는 구릉지대를 벗어나자 좌측 산자락에 언뜻 멋진 묘 1기 나타나고, 그 아래로 내림길이 갈리는 삼거리를 지나 8시 37분 완만한 오르막 끝에 있는 47번 철탑에 닿았다. 전방 우측에는 능선 너머 도로가 보이고 좌측에는 봉우리가 보였으나 대간 리본은 어디에도 보이지 않았다.

원위치하자는 말에 문 실장의 얼굴이 샛노래진다. 다시 돌아가는 길에 가슴이 콩콩 뛰며 사물이 겹쳐 보이기 시작했다. 리본의 흔적은 온데간데 없어 낙심하여 구릉지대에서 다시 돌아섰다. 그곳에서 구릉지대를 지나 872.5봉이 있는 44번 철탑까지 휘돌아 올라가서 능선을 탔어야 했다. 아니면 적어도 46번 철탑을 지난 삼거리 갈림길에서 우측으로 난 희미한 내리막길로 갔어야 했다. 47번 철탑까지 되돌아왔을 때에는 벌써 8시 50분이었다.

47번 철탑에서 좌측으로 오르는 산길은 사람이 다닌 흔적이 없었으나 아무소리 없이 따라오는 문 실장이 고마워 자신 있게 우측 봉우리를 치고 올라가니 좌측으로 동해~정선간 42번 국도가 내려다보였다. 수십 길이나 되는 절개지 능선을 따라가다가 일단 도로로 내려선 시각이 9시 17분이었다. 지금쯤은 생계령에 도착했어야 한다고 생각하고 있었던 것이 기실 그 내려선 도로의 곡점을 생계령으로 착각한 것이었다. 도로를 보수 공사하는 서너 명의 인부들에게 생계령이 어디냐고 물었으나, 그들이 알 리가 만무한 것이 그

10시 37분 829봉에 올랐다. 길은 다시 북으로 꺾이면서 소나무
들이 나타나기 시작했다. 고사목과 고목 그리고 일정한 간격을 두
고 있는 멋진 노송 다섯 그루를 지나니 길은 다시 서쪽으로 휘면서
산철쭉과 잡목이 뒤엉킨 구간이 나타났다. 10시 45분에 봉우리를
내려서자 잡목은 끝나고 안부에 닿았다. 우측 직각으로 꺾여 북서
방향으로 보이는 922봉은 까마득히 하늘에 닿아있었다. 문 실장의
산행실력도 알아볼 겸 그 급경사를 한 번도 쉬지 않고 20여 분을
올랐더니 잘도 따라와 준다.

11시 10분에 도착한 922봉은 북동으로 기묘한 수직암벽을 품고
있었다. 정상 바위틈새에서 문 실장이 가져온 독한 위스키를 한잔
씩 돌렸다. 두런거리는 인기척에 놀라 수직암벽 중간에서 까마귀
한 마리가 푸드득 날갯짓을 하더니 파란 바다와 코발트빛 하늘이
맞닿은 동해 쪽으로 날아간다. 좌측 아래 북쪽 계림마동에서 남쪽
금방동으로 흐르는 계곡은 허옇게 패여 지난 수해의 상처를 처참
하게 드러내고 있었다.

11시 20분에 자리에서 일어나 잡목과 흰줄자작나무가 빽빽이 들
어찬 날등을 타고 북으로 갔다. 30여 분 정도 배낭을 잡아당기는
잡목숲을 헤쳐나가면서 931봉을 지나고 11시 50분에 삼각점이 있
는 900.2봉에 닿았다. 그 내리막은 산죽이 초록으로 물들어 있었고
북사면은 서리가 얼어 미끄러웠다. 20분 후인 12시 10분에는 산죽
과 흰줄자작나무가 끝나는 안부에 닿았다. '골뱅이재, 헬기장 15
분, 능선쉼터 50분' 이라 적힌 표시판에는 다음과 같은 설명이 곁
들여 있었다.

'백두대간과 석병산'

백두대간이란 우리나라의 근골을 이루고 있는 산줄기로서 백두산
에서 시작하여 지리산에 이르기까지 단 한 번의 물줄기로도 끊이

지 않고 이어진 산줄기를 말한다. 1,600킬로미터에 달하는 백두대
간은 백두산을 뿌리로 하여 남쪽으로 내려가면서 1개의 정간 13
개의 정맥으로 갈라진다. 마치 나무의 뿌리와 가지줄기가 펼쳐지
는 것과 같다. 백두대간과 13개의 정맥들은 우리나라의 산줄기뿐
만 아니라 물줄기(水界)를 구분짓는다. 대간에서 갈려나온 산줄기
는 모두 14개이다. 이것들은 열 개의 큰 강을 가늠하는 울타리들
이다. 석병산(石屛; 바위가 병풍을 펼친 듯하다)의 높이는 1,055미
터이며 백두대간이 지나는 하나의 산줄기로서 웅장함과 화려함이
겸비된 산이다.

북으로 가던 길이 북서로 휘더니 12시 37분에 헬리포트가 있는
908봉에 올랐다. '골뱅이재 10분, 일월봉 1시간 15분' 이라 적힌 표
목이 있었다. 북쪽방향으로 앞에 보이는 산이 석병산임이 분명한
데 갑자기 일월산이라니? 그리고 아무리 석병산을 일월산이라고
하더라도 1시간 15분 거리인 것 같지는 않았다. 석병산 바로 앞 동
쪽으로 뻗은 지능선은 그 8~9부에 거대하고 기묘한 세 개의 암괴
를 품고 있었다. 뒤에는 6부와 4부쯤에 각각 석회암릉이 보였으나
그 너머는 석병산에 가려 보이지 않았다. 배도 고프고 기운도 빠졌
으며 시간도 많이 지났다. 헬리포트의 바람이 닿지 않고 양지바른
곳에서 점심을 먹기로 했다. 동해역전 해장국집의 흰 맨밥과 김치,
문 실장이 가져온 족발과 독한 위스키! 이거면 족하다.

  1시 20분에 다시 출발했다. 내리막을 치면서 나타난 산죽군락은
안부를 지나 오르막까지 펼쳐지고 폐묘 1기가 있는 테라스봉에 오
르니 석병산인 듯싶은 봉우리가 살포시 머리를 내민다. 폐묘 2기
를 지나 1시 55분쯤 정상인 듯싶어 오른 곳은 헬리포트가 있을 뿐
다시 뒤에 육산으로 된 봉우리가 보였다. 1시 57분에 우리는 드디
어 이정표에 닿았다. '일월봉 5분, 헬리포트 1시간 10분, 두리봉'
이라 적힌 표목이 있었다. 그제야 확연해졌다. 일월봉이 곧 석병산

남봉(908미터)에서 본
석병산

이었던 것이다.

　그러나 불과 5분 거리인 정상은 정신적으로나 육체적으로 이미 기력이 소진되어 올라갈 엄두가 나지 않았다. 한심하고 부끄러운 마음을 담배 한 개비로 달래고, 2시에 표목에서 가리킨 두리봉을 향하여 왼쪽 북서방향으로 난 급경사를 치고 내려갔다. 두리봉인 듯싶은 봉우리 사이에는 두 개의 봉우리가 더 있었다.

　2시 7분, 안부에 내려 뒤돌아본 풍광에 자지러졌다. 석병산의 거대한 암괴가 정상부근에 세 개의 침봉과 톱날 같은 암릉을 지나 다시 하나의 침봉을 거느리고 70도 각도를 이루면서 산자락의 7부까지 동해 쪽으로 흘러내리고 있었던 것이다. 그 암괴는 백회색을 띠고 설악산 공룡능선의 1,275봉같이 솟아있었다. 석병산은 가야산의 정상 같은 석화성이며 야누스의 얼굴을 가진 봉우리였다. 그래서 병풍을 두른 듯한 화려함과 웅장함을 함께 지닌 산이라고 하였구나! 이제는 여한이 없다. 더 이상 무엇을 볼 것인가?

　5분간이나 계속된 산죽밭을 오른 후 닿은 헬리포트에는 '이곳은

1,060미터로 두리봉이 아니며 두리봉은 북서로 보이는 두리빙빙한 산입니다' 라고 친절하게 써놓은 안내판이 세워져 있었다. 그러나 1,060미터라는 표시는 잘못된 것이다. 이 봉우리는 두리봉(1,033미터)보다 육안으로 보아도 낮기 때문이다. 긴 산죽밭을 거쳐 2시 30분에 봉우리 하나를 지나고 다시 내리막과 안부를 지나 산죽밭을 헤치고 오른 끝에 드디어 2시 40분 두리봉에 닿았다.

이제 하산길만 남았다. 문 실장은 대간에 물이 많다는 자기 집사람의 말을 듣고 물을 가져오지 않았다. 오늘 내내 내가 2리터 보온병에 담아온 유근피 달인 물을 둘이서 나누어 마셨던 것인데 그 물도 이미 동이 나버렸다. 배낭을 내려 문 실장이 건네는 위스키로 목을 축이고 담배 한 개비를 피워 문 후 등을 대고 누워 한조각 구름이 떠가는 쪽빛 하늘을 바라보았다. 생계령 오름길에서 만난 7~8명의 산꾼들 외에는 종일 사람 얼굴 하나 구경하지 못한 외롭고 지치고 힘든 길이었다.

두리봉 가기 전
안부에서 뒤돌아본
석병산

배낭을 챙기고 두리봉에서 내렸다. 2시 55분에 오른 봉우리에서 대간은 좌측 90도로 꺾이며 남서쪽으로 내리막을 쳤다. 3시부터는 산죽이 시작되었다. 석병산은 산죽의 나라였다. 얼굴을 스치는 산죽이 있는가 하면 무릎을 스치는 산죽이 있고 또 융단같이 지면에 깔린 산죽이 번갈아 나타난다. 서쪽 중천에 뜬 태양은 그 햇살을 수목 사이로 스펙트럼처럼 쏟아붓고 산자락 온 천지에 깔린 산죽밭은 때로는 호수처럼 때로는 바다처럼 일렁이고 있었다. 달빛을 받아 번들거리는 파도였다. 고기비늘 같기도 하고, 어릴 적 겁먹었던 밤바다에서 번뜩이는 린화(도깨비 불) 같기도 했다. 대간의 날등을 중심으로 좌우 산자락에 끝없이 펼쳐진 산죽밭은 40여 분간이나 계속되었다.

산죽의 나라~!

3시 41분에 헬리포트가 있는 966.4봉을 지나자 다시 잠깐 산죽이 이어졌다. 4시 정각에는 해발 680미터인 삽답령에 내려섰다. 대간 날머리 숲속에 꽂아놓은 홈통을 통해 함지박에 가득찬 물은 얼음같이 차가웠고 몸에서는 증기가 피어올랐다.

대기하고 계시던 정 선생이 동해를 향해 35번 국도를 타고 남쪽으로 송현천을 따라가다가 임계에서 42번 국도를 타고 북동으로 백복령을 넘어갈 때 우리는 아침에 헤맸던 갈고개를 확인할 수 있었다.

묵호에서 제일 잘한다는 횟집으로 갈 때에는, 정 선생이 지난 수해 때 오후 4시부터 새벽 5시까지 쏟아붓던 빗줄기와 사람들의 아우성, 그리고 지난해 좌측 산 능선에서 시가지로 강풍에 실려 건너오면서 악마의 헛바닥같이 날름거리던 불길을 회상하면서 몸서리를 쳤다. 나는 이 모든 것이 인간이 자병산을 뭉갠 업보라고 생각한다. 잘못을 저지른 인간들은 자병산신의 원혼을 달래야만 한다.

문 실장과 나는 묵호항 입간판이 있는 맞은편 횟집에서 싱싱한 어물로 피로를 씻어냈다. 머나먼 하루였다.

삵쾡이와의 눈싸움

2003년 6월 28일 저녁 7시 강남터미널 강릉행 승차장!

우등버스는 정시에 출발하였다. 문 실장과 같이 가기로 하였으나 사정이 있어 혼자 갈 수밖에 없었다. 내일 삽답령~닭목재 구간을 보충하면 2001년 2월 3일 중산리에서 시작하여 2003년 4월 20일 진부령에 내려선, 매월 첫째, 셋째 주말을 무박과 당일을 이용한 백두대간 구간종주를 끝마치게 된다. 오히려 혼자인 것이 의미가 깊다. 이 구간은 금년 2월에 백두산악회에서 삽답령에서 북진하다가 쌓인 눈에 길이 뚫리지 않아 들머리 어름에서 포기했던 구간이다. 나는 35번 국도가 있는 삽답령보다 137번 지방도가 있는 닭목재가 교통이 훨씬 불편하므로, 아침 일찍 닭목재에 접근하여 삽답령으로 하산할 요량으로 성산에서 하룻밤을 묵기로 했다.

오후 8시에 이천 부근 국도를 지날 때 태양은 서산에 기울었고, 하늘에는 회색 구름산이 높이 떠 있었다. 날짐승은 집을 찾아 바삐 날아가고 벼논에 머리를 숙이고 있던 해오라기는 황급히 남쪽 산으로 날아간다. 고추 모를 이앙하던 길가의 노부부가 정겹다. 8시

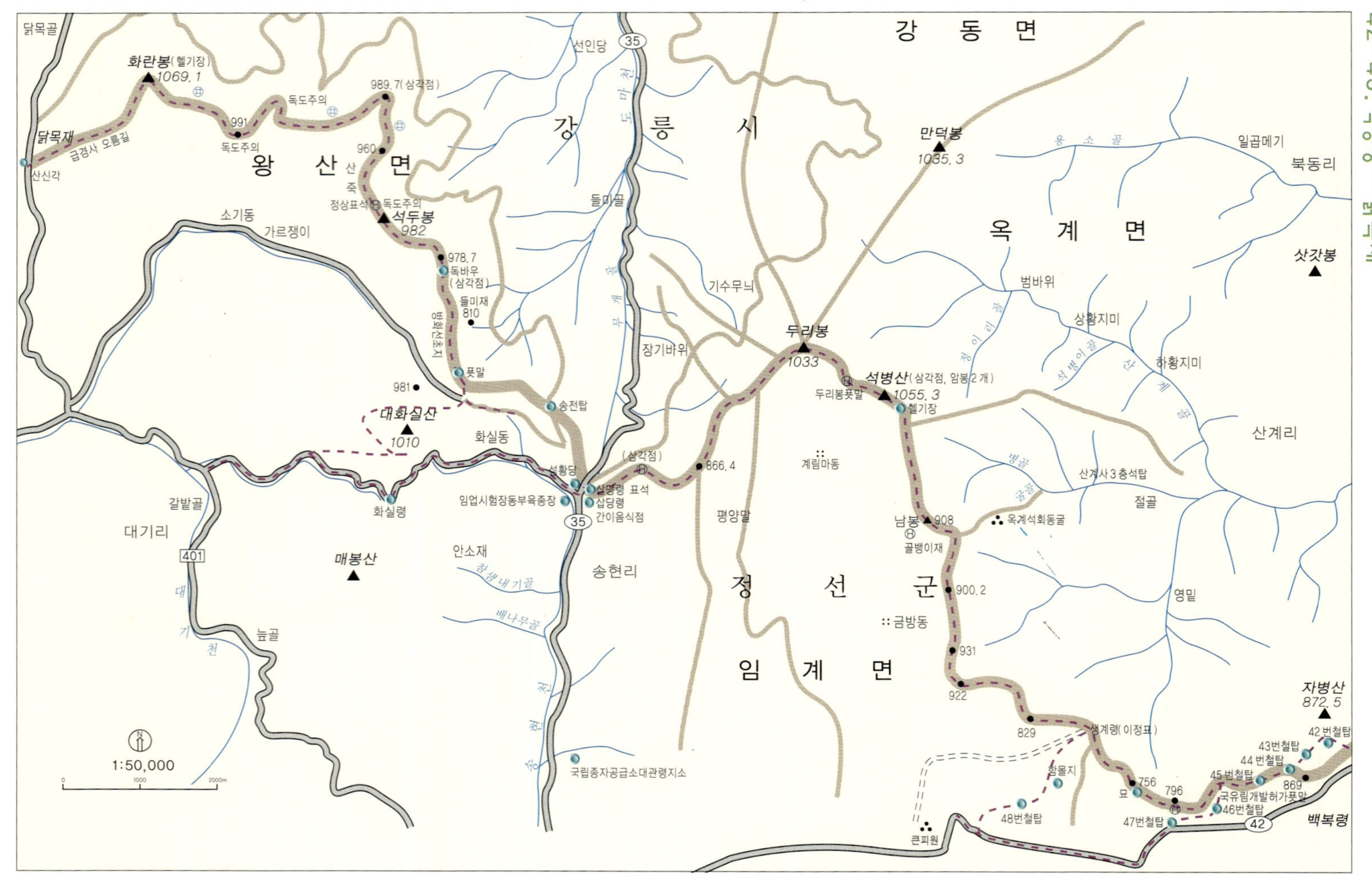
강 동 면
강 릉 시
옥 계 면
정 선 군
임 계 면
닭목골
화란봉(헬기장)
1069.1
989.7(삼각점)
독도주의
991
독도주의
960
닭목재
금경사 오름길
산신각
왕 산 면
산
죽
소기동
가르쟁이
정상표석 독도주의
석두봉
982
978.7
독바우(삼각점)
들미재
810
영화선초지
981
풋말
대화실산
1010
화실동
송전탑
갈밭골
대기리
401
매봉산
안소재
화실령
임업시험장동부육종장
성황당
실령령 표석
십당령
간이음식점
35
송현리
하설 내기골
배나무골
국립종자공급소대관령지소
선인당
35
들마골
기수무늬
장기바위
(삼각점)
866.4
두리봉
1033
두리봉풋말
석병산(삼각점, 임봉2개)
1055.3
헬기장
계림마동
평양말
남봉 908
골뱅이재
금방동
900.2
931
922
829
만덕봉
1035.3
용 소 골
일곱메기
북동리
삿갓봉
범바위
상황지미
하황지미
산계리
산계사3층석탑
절골
옥계석회동굴
영밑
자병산
872.5
42번철탑
43번철탑
44번철탑
45번철탑
46번철탑
47번철탑
48번철탑
국유림개발허가풋말
생계령(이정표)
함몰지
묘
756
796
869
큰피원
백복령
42
1:50,000
0   1000   2000m

15분에 서서히 어둠이 내려앉기 시작하더니 8시 30분에는 사방에 어둠이 짙게 깔린다. 9시 50분경에 동남방향에 밝은 별 하나가 떴고, 10시에는 대관령 옛길을 거쳐 곧 이어 7개의 터널을 지난다. 강릉시내의 밝은 불빛은 하얀 띠가 되어 바다와 경계를 이루고, 하늘에는 시커먼 구름 두 조각이 무섭게 떠 있었다. 10시 22분에 강릉에 도착하고 택시로 이동하여 11시에 성산에 도착했다. 성산은 오봉저수지를 배경으로 먹거리촌이 형성되어 있었으나 늦은 시간이라 마을의 불빛은 거의 전부 꺼져 있었다. '용비천모텔' 에 숙박을 정하고 성산파출소 앞 '사오정 치킨호프집' 에서 라면을 하나 시킨 후 미안한 마음에 돈가스를 추가로 시키면서 생맥주로 목을 축였다. 젓가락도 대지 못한 돈가스는 주인아주머니가 물김치와 더불어 정성껏 포장해 주면서 내일 점심으로 때우시란다. 용비천모텔은 시골 여인숙 냄새가 물씬 났고, 뒤뜰은 도로 건너 산으로 이어지는 한적한 곳이었는데 밤새도록 개구리가 울어댔다.

6월 29일 오전 6시에 강릉 입암공단에서 출발한 대기리행 완행버스가 6시 25분 성산파출소 앞에 섰다. 촌로들과 시골아주머니들이 모두 자리를 차지하고 있었으며 한 구간을 지나니 자리가 났다. 차는 오봉저수지를 돌아가다가 서쪽 각지고 후미진 곳에 위치한 왕산교에서 남동방향으로 가는 35번 국도와 헤어져 남서방향의 왕산천을 따라 137번 지방도로를 탄다. 우측으로 흘러내리는 왕산천은 상수원 보호지역이었다. 지난해 수해로 도로 곳곳이 유실되어 아직도 도로보수중이었으며, 어제 내린 비는 등골이 오싹하게 꿩음을 내며 무섭게 흘러내리고 있었다. 환갑 나이의 친절한 기사는 산신각이 있는 닭목재에 차를 세워준다. 6시 50분이다.

닭목령에 올라서면 길 건너편으로 천하대장군이 눈을 부라리고, 지하여장군이 눈을 가늘게 뜨고 미소를 짓고 있다. 그 옆에는 '백두대간 등산로' 팻말에 '능경봉 10.2킬로미터, 삽답령 13.5킬로미터, 노추산 입구 8.1킬로미터' 라 표시되어 있으며, 다시 옆으로

'98 정부지원 농기계보관창고'가 서 있다. 올라선 곳에는 '산신 각'이 서 있고 그 옆에 '농산물 간이집하장'이 있다. 삽답령으로 가려면 길을 건너 농기계보관창고 왼쪽의 밭 언덕을 올라 숲으로 들어서야 한다. 다시 우마차 포장도로를 건너 본격적으로 숲으로 들어서는데, 아침 이슬에 신발이 젖는다. 조금 오르니 좌측 숲 가장자리에 백기가 꽂혀 있고, 우측으로 두개의 능선에 걸쳐 온통 수목이 베어지고 초지에 잡나무만 무성하다. 산길이 유실된 곳을 지나 오를 때 우측으로 계곡 물소리가 우렁차고, 강릉시에서 세운 '상수원 보호구역' 푯말이 있다. 참나무숲 사이에 간간이 적송이 미인처럼 서 있었다.

7시 20분경에 송림이 우거진 급경사를 오르니 너럭바위 2개가 나선다. 앞에 위치한 경사진 너럭바위는 뛰어난 전망대였다. 서쪽으로 닭목골과 벌마을이 한눈에 내려다보인다. 두 개의 너럭바위 주변에는 거목 노송 다섯 그루가 그림처럼 서 있었다. 이후 한동안 평탄한 능선이 이어지더니 7시 32분에는 좌측으로 비스듬히 박힌 큰 바위 두개가 연이어 나온다. 위에 바위가 전망대였는데 고루포기산, 능경봉, 대관령이 하늘에 떠 보였다. 5분 후에 화란봉(1,069미터)정상에 올랐다. 강릉시 왕산면에서 세운 팻말은 가슴까지 왔으며 타원형을 잘라낸 듯한 표지판에 '화란봉, 닭목재와 삽답령을 가리키는 화살표'가 표시되어 있다. 숲이 우거져 전망은 없었고 잠깐 해가 날 때 카메라폰으로 팻말을 찍었다.

7시 45분에 배낭을 메고 잠시 평탄한 능선을 걸을 때 원시림 사이로 쪽박새가 울며 날아다닌다. 대간이 갑자기 직각 오른쪽으로 꺾이며 급경사 내리막이 시작되었다. 길은 습기를 머금어 대단히 미끄러웠다. 8시에 안부를 지나 다시 오를 때 뒤돌아 본 화란봉은 하늘 높이 떠 있었다. 하늘은 잿빛이고 적송 수림 속은 컴컴하여 사방에서 금방이라도 귀신이 나타날 것만 같아 자꾸만 뒤가 돌아다보였다.

8시 10분에 991봉에 오르니 길은 좌측으로 70도 꺾이면서 내리막이 시작되었고, 우측으로 계곡이 나선다. 전나무 거목수림을 지나자 잡목숲이 이어진다. 5분 후에 허벅지에 와 닿는 산죽밭이 완경사 오르막에 끝없이 펼쳐지고, 그 사이사이에 키 큰 적송들이 무리를 이루어 간단없이 이어진다. 갑자기 동해시와 정선을 가르는 대간상에 이기령 가기 전의 사행로에서부터 가목리에 있는 1,022봉에 이르기 전까지 약 5킬로미터에 걸쳐 계속되던 적송과, 두리봉에서 삽답령 사이에 펼쳐진 산죽밭이 생각난다. 태양은 좌측 위 짙은 구름 속에서 잠깐 얼굴을 내밀더니 이내 사라졌다. 물기를 머금은 산죽은 허리 아래 바지가랑이를 흠뻑 적시고 바지는 양 다리에 휘감긴다. 봉우리 하나를 넘어 길은 다시 60도 휘면서 산죽이 끝나고, 좌측으로 계곡 물소리가 들렸으며, 안부를 지나 경사를 오를 때는 적송 천지였다.

그 순간이었다. 건너편 봉우리 산기슭에서 '크~악, 크~악' 하는 야수의 포효가 들렸고, 정신이 멍해 오르막으로 발길을 옮기는 사이 그 짐승은 계곡을 건너 이십 마장 아래서 다시 포효를 하면서 위를 노려보고 있었다. 염소 만한 삵쾡이였다. 움직이면 안되며 어깨를 최대한 벌려 모양을 크게 하고 눈싸움에서 져서도 안된다. 커피 한 잔을 다 마실 때쯤이었을까 삵쾡이가 한 번 흘끗 노려보고서는 꼬리를 사리고 온 길을 되돌아간다. 건너편 자락으로 느릿느릿 올라가는 것을 확인하고 배낭에 넣어 두었던 돈가스에 생각이 미치자 배낭을 열었더니 돼지고기 냄새가 지독하다. 있는 힘을 다하여 삵쾡이가 있던 장소를 향하여 아래로 힘껏 내던지고는 혼이 빠져 오르막을 단숨에 오르고, 봉우리에서 120도 휘어 내리막을 쳤다. 햇빛이 잠시 났으나 적송은 그대로였다.

8시 50분 989.7봉에서 30도 우측으로 꺾어 내리는 길은 화란봉에서 내리는 것과 똑같은 느낌이 들었다. 오르막에 다시 산죽이 시작되고 우측으로 적송이 원시림을 이루고 있었다. 좌우로 멀리 계곡 물소리가 들리는 듯하고 평탄한 능선이 이어지면서 엉치까지 차 오르는 산죽은 초원을 이루고 있었다. 960봉을 지나 9시경에 다시 좌측으로 꺾이고 9시 5분경에 산죽은 끝났다. 이제는 내려오면서 흰 꽃만 보아도 무서움이 전해져 왔으나, 평탄한 길에 보라색 야생화군락과 시야가 트이는 키 낮은 잡목숲을 지날 때에는 적이 안심되었다.

9시 10분경에 길이 갑자기 좌측으로 꺾이더니 곧이어 화란봉에서 본 것과 동일한 강릉시 왕산면에서 세운 석두봉 푯말이 서 있는 사오십 평 되는 공터에 닿았다. 봉우리 같지가 않은데 석두봉이라니 괴이하게 생각하며 잠시 휴식을 취했다. 먹구름이 몰려오고 스산한 바람이 불어오기에 배낭을 들쳐 메고 출발을 서둘렀으며 다시 산죽밭과 가로누운 고사목을 넘어 비탈을 기어올랐다.

9시 25분에 닿은 봉우리 우측으로 대용수동으로 가는 표지를 보고, 곧이어 바위너덜을 지나 바위들이 박혀 있는 봉우리에 올랐다. 아무런 표지는 없었으나 이곳이 982봉인 석두봉이 분명했다. 우측으로 대용수동이 내려다보이고 좌측으로 임도가 구불거리며 휘돌아가며 북서방향으로 고루포기산과 능경봉이 높이 바라다보였다. 길은 남서방향으로 급경사를 이루고 다시 높이 올라 건너편으로 봉우리가 바라다보였다.

9시 30분 안부로 내려가는 급경사에서 삽답령에서부터 두 시간 가량 허위단심 걸어 올라왔다는 여자 한 분을 포함한 세 사람과 만났다. 989.7봉을 오르기 전에 삵쾡이 만난 얘기를 했더니 혼자 산을 다니는 것이 아니라는 것과, 지팡이를 지니고 다니라는 것과, 사나운 짐승은 여자부터 먼저 공격한다고 일러준다. 즉시 나무지팡이를 만들어 손에 쥐었다.

오름길에 다시 10분간 산죽이 이어진 후 9시 45분에 테라스봉에 올라설 수 있었다. 대간은 직각 우회전하고 좌측이 절벽으로 된 평탄한 산죽능선과 978.7봉을 지나 9시 48분 '독바위'에 올랐다. 앞아 쉬기에는 그만이었다. 성산파출소 앞 치킨집 아주머니가 싸준 물김치를 단숨에 비우고 물을 양껏 마신 후 담배를 한 대 피워 물었다. 삵쾡이를 만났던 두려움은 아직 가시지 않았으나, 다만 이제부터 남진하다가 어느 지점에서 동진한 후 다시 남동진하면 삽답령일 것이라는 생각만 골똘히 했다.

10시 정각에 나무지팡이를 멀리 던져버리고 다시 배낭을 들쳐 멘 후 바위를 내려섰다. 10시 7분 들미재인 듯한 곳에서부터 좌측 숲을 경계로 우측으로 10미터 정도의 방화선이 시작되었다. 푸른 솔방울을 달고 있는 노송을 시작으로 거목 송림이 끊임없이 이어진다. 10시 16분에 화란봉에서 본 것과 동일한 닭목재와 삽답령 방향을 표시한 '백두대간 쉼터' 푯말을 지나쳤다. 그곳에서부터 적노송거목은 방화선 좌우 중앙으로 도열해 있었다. 흰 나비 서너 마리가 우측 방화선 끝의 수림과 더불어 수작을 하고 있었다. 10시 23분에 좌우로 잣나무숲이 나타나고 오랜만에 햇빛이 잠깐 나타나더니 우측 숲 사이로 임도가 내려다보였다. 10시 25분에는 길이 방화선 중앙으로 나선다.

그랬다! 이 부근에서 좌측을 유심히 보고 동쪽방향의 대간을 짚어야 했던 것이다. 내쳐 방화선을 따라가는 바람에 11시경에 삽당령에 내려섰어야 할 것을 4시간 반이나 죽을 고생을 하고, 오후 3시 반이 되어야 삽답령에 내려 설 수 있었던 기구한 역경에 처하게 된 것이다. 그러나 그로 인해 산행시에는 지도나 나침반 등 준비를 철저히 하여야 한다는 것과 산에 대하여 두려움을 가져야 한다는 것을 새삼 알게 되었고, 산림파괴현장과 원시림의 기괴한 풍경도 보았으며, 난관에 봉착했을 때 사람의 마음이 어떻게 변한다는 것도 뼈저리게 느낄 수 있었다.

앞으로 어떠한 운명이 다가오는지도 모르고 휘파람을 불며 포크레인 한 대가 있는 임도에 내려선 시각이 정확히 10시 30분이었다. 임도를 건너니 길은 앞에 있는 능선으로 올라간다. 우측에는 '채

종원, 잣나무 18ha, 1ha/400본, 1972년 조성, 산림청 임업연구소장'이란 안내판이 있고 좌측 약간 위에는 숲 사이에 4~5미터 되는 큰 바위가 뒤로 돌아앉아 엉덩이를 깐 모습을 하고 있었다. 올라선 능선에는 더 이상 길이 없었다. 다시 내려와서 방화선을 되짚어 갔으나 오른쪽으로 대간 리본은 어디에도 보이지 않았다. 방화선에서 15분을 헤맨 후 원위치했다. 북서방향 임도는 대용수동으로 가는 것이 분명했기 때문에 남쪽방향 임도를 따라 내려오니 '산불조심' 흰 깃발을 중심으로 임도는 다시 남동방향과 서쪽방향으로 갈려나가고 있었다. 우선 시침과 태양을 맞추고 나서 12시와의 중간인 남쪽을 짚어낸 후 남동방향의 임도를 따랐다. 좌우로 적송과 이깔나무숲이 하늘을 가리고 자갈, 콘크리트, 자갈, 흙으로 이어지는 내리막을 내려올 때 토끼 두 마리가 인기척에 놀라 재빠르게 임도를 가로질러 간다. 좌측 멀리 아득히 어느 산행기에서 읽은 송전탑이 보이기에 계속 따라 내려가다가 좌측에서 시작된 계곡이 다시 우측으로 갈려 나가는 것을 보고 대간이 계곡을 건너지 않는다는 것만 생각하고 이것은 아니다 싶어 원위치하기로 했다. 나중에 알고 보니 그 계곡은 '절골'이었다. 그 길을 계속 따라가다가 송전탑이 있는 능선으로 붙었어야 했다. 산불조심 흰 깃발이 있는 곳에 다시 올라왔을 때는 11시 15분이었다. 나침판만 있었어도 오류를 범하지는 않았을 것이다.

　이제 서쪽방향뿐이다. 그 길은 느낌에 우측으로 10시 반경에 올랐던 임도 건너 봉우리와 좌측으로 높이 보이는 봉우리 사이로 난 길이었으며, 한동안 굽이굽이 내려가다가 채종원을 관리하는 건물을 오른쪽 아래로 두고 다시 서쪽으로 내려가는 길과 동쪽으로 올라가는 길로 나뉘었다. 등 뒤 구름 속에서 가끔씩 얼굴을 내미는 태양이 떠 있는 동쪽방향의 길을 택했다. 이제 마음이 조급해지는 것은 물론이고 다리마저 뻣뻣해오고 발가락에도 물집이 생기는 모양이다. 한참을 올라갔더니 왼쪽 오름능선 초입에 산불감시초소가 보이고 오른쪽은 방화선이 설치된 능선이 있다. 후에 지도를 대조하여 보니 산불감시초소를 지나 능선을 따라 계속 북진하면 대화실산(1,010미터)이 나온다. 임도는 고개에서 계속 동쪽으로 휘어 돌아 올라간다. 임도는 사거리에서 500여 미터 간 지점에서 막혔다. 다시 250여 미터를 돌아 나와 방화선이 설치된 능선까지의 중간지점에 남서방향으로 내려가는 소로가 있기에 무조건 그 길을 따라 아래로 내려갔다. 이제는 판단이고 생각이고 할 겨를이 없고 다만 서울로 갈 수 있는 방법이 무었이겠는가 하는 것만이 온통 머리를 지배할 뿐이었다. 그 내리막 끝에는 고랭지 채소밭이 시작되고 길은 계곡 우측으로 나 있었으며 다시 수천 평이나 되는 고랭지 채소밭이 계곡 건너편에 조성되어 있었다. 거목 노송과 참나무들로 수림은 칠흑같이 어두웠고, 한동안 생각 없이 내려가니 다리는 계곡을 건너도록 되어 있었다.

드디어 시야가 밝아지면서 길 아래 계곡을 사이에 두고 조성된 고랭지 채소밭이 나오고, 오른쪽 고랭지 채소밭 언저리에 집이 한채 보인다. 계곡을 건너지 않고 밭 가장자리를 따라 독립가옥에 닿은 후 소리쳐 주인을 불러보았으나 인기척이 없다. 계곡 한 구비를 따라 내려가니 계곡 건너편에 다시 독립가옥이 보이고 밭에 두 사람이 보였다. 계곡을 건너 밭을 가로질러 뛰어가면서 그 사람들에게 소리쳤다. 그 아주머니 두 분은 아침 버스에서 본 사람들이었다. 그 분들도 내가 생각이 나는 모양이다. 12시 20분이었다. 그 아래는 대기리 도화목이 마을이고 그 계곡은 갈밭골로 대기천으로 흘러들어간다. 행색을 보고 놀라더니 어디서 어떻게 왔느냐고 물어온다. 대답 대신 삽답령이 어디냐고 묻고, 서울은 어떻게 갈 수 있느냐고 물었더니 이곳은 막힌 곳으로 강릉 가는 차가 하루에 세 번밖에 없으며, 집 위에 있는 길을 가리키면서 '길만 따라 올라가면 삽답령이 나온다' 고 일러준다. 지금 이 시간에 이곳을 탈출하려면 그 길밖에 없단다. 그 길을 가 보셨느냐고 물어보니 소문만들었단다. 기가 찰 노릇이었다. 다시 올라가는 것은 그렇다 치고서라도 내려오면서 본 대로 삽답령 가는 길인 듯싶은 곳은 도무지 보이지를 않았기 때문이다. 마지막 당부로 '갈림길이 나오면 무조건 오른쪽으로 가야 된다' 고 한다.

어쨌든 아무도 만나지 못한 것보다는 나았으며 작별을 고하고 순순히 돌아 올라가는 수밖에 방법이 없었다. 하염없이 걸어 올라오다 보니 다리가 나왔으나 아주머니 말대로 오른쪽 고랭지 채소밭으로 들어섰다. 그렇게 계곡의 오른쪽에서 수천 평이나 되는 고랭지 채소밭의 오른쪽 귀퉁이까지 갔다가 돌아 나오기를 세 번이나 하였다. 이제는 아무 생각도 나지 않았다. 세 번째 밭 끄트머리에서 계곡을 건너 네 번째 밭으로 기어오르니 그 밭 위로 임도 중간에서 내려왔던 길이 나왔다. 아주머니 말대로 '길 따라' 왔으면 되었을 텐데 '무조건 오른쪽' 이라는 데에 함정이 있었던 것이다. 고랭지 채소밭으로 난 길 때문이었다. 산림을 파괴하고 고랭지 채소밭을 조성한 것은 그렇다손 치더라도 길을 엉망으로 만들었으면 '삽답령' 방향표시 팻말 하나라도 세워 놓았으면 하는 원망이 분노를 자아낸다.

1시에 임도 중간에서 내려왔던 길의 초입을 만나고 조금 위에서 역시 기천 평이나 되는 다섯 번째 채소밭이 나왔다. 다시 채소밭 오른쪽으로 난 길로 들어섰다. 그곳에서도 채소밭의 오른쪽 귀퉁이까지를 헤매다가 원위치했다. 왼쪽 길은 여섯 번째 채소밭의 우측 가장자리를 휘돌아 오른다. 일곱 번째 채소밭을 오르는 지점 왼쪽 숲 나뭇가지에 붉은 리본이 달렸는데, '141' 이라는 암호 같은 숫자가 적혀 있었다. 자세히 보니 소로 오른쪽에 개울이 있고 개울 건너 돌쩌귀에 붉은 글씨로 역시 '141' 이라는 숫자가 적혀 있었다. 1시 12분이었다. 아주머니가 소문으로만 들었던 '길 따라' 오르다가 갈림길이 나오면 '무조건 오른쪽' 이라는 말은 이곳에서 개울을 건너 숲속으로 들어가라는 암시였다. '휴우' 하고 한숨이 나오는 것도 잠깐 소로는 짙은 숲속으로 휘돌아 오르는데, 숲의 형상을 보고 오전에 만났던 삵쾡이 생각이 나 다시 지팡이를 만들었다.

1시 30분에 고갯마루에 올랐다. 고갯마루 오른쪽에 '입산금지, 대화실산 일원, 동부지방산림관리청장'이라 적힌 가로 입간판과 '숲 가꾸기 안전수칙'이라 적힌 세로 입간판을 세워 놓았다. 이곳이 '화실령'이었다. 북으로 치닫는 능선은 대화실산으로 가고 남으로 난 능선길은 매봉산으로 이어지는 곳이다. 잠시 숨을 고른 후 1시 35분에 내리막 소로를 따랐다. 거목의 적송림과 잣나무, 이깔나무가 온 산자락을 덮은 채 짙은 수해(樹海)를 이루고 있었다. 조금 후에는 우측으로 계곡 물소리가 굉음을 냈다. 그 깊은 골이 '화실골'이었다. 산길 오른쪽 곳곳이 무너져 내려 길이 끊기고 유실되었으며, 한 곳은 길이 끊기면서 우측으로 100여 미터나 되는 절벽을 이루며 깊은 협곡을 만들어 놓았다. 물 반 돌 반인 길을 오른쪽으로 돌아가니 이제는 좌측으로 절벽이 나서며 토사가 흘러내린 중단을 위험하게 건너야만 했다. 왼쪽 아래는 수천 평이나 되는 고랭지 채소밭을 조성하고 있는 중이었다. 산자락 곳곳이 무너져 내린 것은 이 고랭지채소밭 때문이었다.

2시 반에 밭 가장자리에서 네 명의 남정네 인부를 만났다. 단속 나온 줄 알았던지 피하려는 것을 마침 배낭에 넣어 두었던 1리터 페트병 소주 마개를 땄더니 경계의 눈초리를 풀고 무친 멸치와 무김치를 내놓는다. 누군가로부터 일당을 받고 고용된 사람들이란다. 이런저런 얘기를 나누다가 이 길을 따라 내려가면 우측으로 '임업시험장 동부육종장'이 나오며, 왼쪽으로 돌아 오르면 삽답령이라고 가르쳐 준다.

2시 40분에 그들과 작별하고 3시 20분에 삽답령에 내려섰다. 길 건너 숲 끝자락에서 흘러나오는 물에 목욕을 하고, 간이음식점에서 할머니가 부쳐내는 전병을 안주 삼아 막걸리를 한 사발 했다. 길 건너 숲속을 바라보니 '삽답령, 백두대간'을 가리키는 큰 안내판이 대간 입구에 서 있었다. 오늘 일을 생각하니 어이가 없었다.

오늘 구간의 보충으로 2001년 2월 3일 중산리에서 시작하여 2003년 4월 20일 진부령에 내려선 백두대간 구간종주는 그 막을 내린다. 일순간 그 동안에 헤쳐나왔던 역경과 애환이 주마등처럼 스쳐가며 눈가에 이슬이 맺힌다.

그 와중에 동부지방 산림관리청장과 임업시험장 동부육종장 관리자는 수천 평이나 되는 산림을 파헤쳐 고랭지 채소밭을 조성하는 인간들을 벌하지 아니하고 무얼 하는지 생각하자 울화가 치밀어 올랐다.

혹한풍에 얼이 빠진 눈 덮인 대관령

2003년 1월 5일 아침 7시에 차는 어김없이 사당을 출발하였다. 새해 첫날 태백산 일출을 본 후 처음으로 가는 백두대간이다. 7시 40분 경 산하는 어둠 속에서 흑백으로 구분되어 있었고, 마을은 흰 눈을 뒤집어쓰고 납작 엎드려 있었으며, 동구 밖 전신주에 외등 불빛이 졸고 있었다. 10분 후에는 산 능선 위로 서기가 어리더니 곧 진홍빛으로 물들고, 하늘은 짙은 회색으로 대지를 내리누르고 있었다.

9시 15분경 온 산하는 '운국'으로 변해 있고, 태양은 빛을 잃고 회색의 두루마리 구름 속으로 들락거리고 있었다. 차는 10시 정각에 구 영동고속도로 하행휴게소에 우리 일행을 풀어놓았다.

원래는 '닭목재'에서 대관령으로 북진하여야 하나, 닭목재가 있는 곳은 지방도로라 제설이 되어 있지 않으면 진입이 불가능하므로 햇살이 퍼진 오후에 닿는 하산지점으로 정한 것이다.

강한 바람이 대관령을 넘어가면서 무릎 높이로 쌓인 흰 눈 위에 눈보라를 일으키고 있었다. 간이 화장실 우측 산기슭으로 난 108

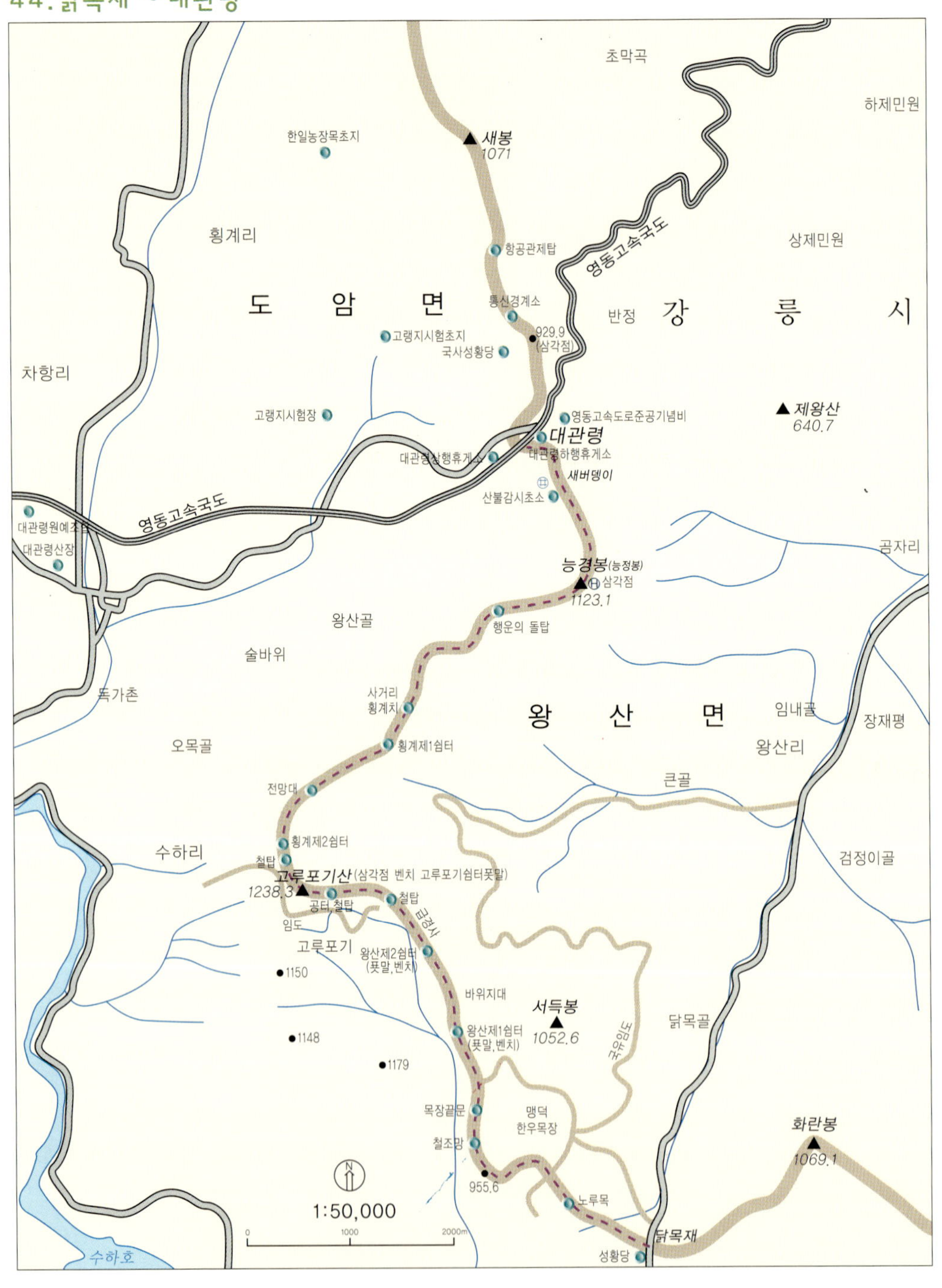
초막곡
하제민원
한일농장목초지
새봉
1071
횡계리
항공관제탑
영동고속국도
상제민원
도 암 면
통신경계소
반정
강 릉 시
929.9
(삼각점)
고랭지시험초지
국사성황당
차항리
제왕산
640.7
고랭지시험장
영동고속도로준공기념비
대관령
대관령상행휴게소
대관령하행휴게소
새버덴이
산불감시초소
대관령원예조합
영동고속국도
대관령산장
능경봉(능정봉)
삼각점
1123.1
곰자리
왕산골
행운의 돌탑
술바위
돗가촌
사거리
횡계치
왕 산 면
임내골
장재평
왕산리
오목골
횡계제1쉼터
큰골
전망대
수하리
검정이골
횡계제2쉼터
철탑
고루포기산 (삼각점 벤치 고루포기쉼터못말)
1238.3
공터,철탑
철탑
왕산리
임도
고루포기
왕산제2쉼터
(못말, 벤치)
1150
바위지대
서득봉
1052.6
닭목골
1148
왕산제1쉼터
(못말, 벤치)
1179
목장끝문
맹덕
한우목장
화란봉
1069.1
철조망
955.6
노루목
N
1:50,000
닭목재
0   1000   2000m
성황당
수하호

계단을 오르니 좌측으로 10미터쯤 되는 '고속도로준공기념탑'이 보이고, 우측 숲길로 들어서면서 '능경봉 1.8, 제왕산 2.7, 대관령박물관 7.6 킬로미터'라 쓰인 안내판이 나선다. 대관령 마루바람이 사정없이 얼굴을 할퀸다. 500미터쯤 가니 산불감시초소가 있고 대간은 우측 숲속으로 들어간다. 왼쪽 임도는 제왕산으로 가는 길이다. '능경봉 1.1, 제왕산 2킬로미터' 이정표가 있었다.

숲속은 바람이 닿지 않는 아늑한 곳이었으나 눈은 허벅지까지 차 올랐다. 20미터쯤 되는 급경사 둔덕을 오르니 주능선이 나타났으며, 물푸레나무와 참나무 숲길이 기분 좋게 이어지고 있었다. 886봉을 지나면서부터 점차 고도를 높여 가면서 참나무숲길이 이어지더니 급경사가 시작되고, 급기야 20미터쯤 되는 로프를 잡고 올라야 했다.

11시, 봉우리에 올랐다. '능경봉 정상 1,123미터, 닭목재, 대관령 1.8킬로미터'라 쓰인 팻말이 있다. 능경봉 정상은 앙상한 나뭇가지가 들어선 평평한 작은 공터였으며, 경사가 다소 급해도 비교적 순한 긴 내리막이 참나무숲 사이로 나 있었다. 뒤따르던 박 대장이 온도계를 보더니 영하 25도라고 외친다. 앞산의 능선들이 흑백으로 부챗살처럼 속속들이 들여다보이고, 우측 '행운의 돌탑'을 지나 구릉지대를 지나갈 때에는 동으로 넘어가는 바람이 귀신울음소리를 내고 있었다.

11시 50분에 '왕산골, 샘터, 능경봉 2.6킬로미터' 이정표가 있는 횡계치를 지나고, 12시 5분에 '능경봉 3.7, 고루포기산 1.4킬로미터'를 알리는 팻말이 있는 '횡계 제1쉼터'에 닿았다. 제1쉼터는 왕산골 계곡길이 갈리는 안부였다. 안부를 지나서는 60도가 넘는 급경사를 치고 올라야 했으며, 이는 12시 30분 '대관령전망대'에 오를 때까지 계속되었다. 숨이 턱에 차고 바람도 강해졌다. 전망대는 암반으로 되어 있었으며 '능경봉 4.1, 고루포기산 1.0킬로미터' 표시가 있었다. 남서쪽으로 수하호를 건너 발왕산이 하늘을 가로막고 북쪽으로는 대관령 일대의 설원이 한눈에 내려다보였다.

평지나 다름없는 능선을 지나 12시 42분에 '고루포기산 0.4, 오목골 1.6킬로미터' 팻말이 선 '횡계 제2쉼터'에 닿았다. 우측은 오목골로 내려가는 길이다.

12시 55분 송전탑을 지나 100미터쯤 오르니 드디어 고루포기산 정상이 나왔다. 스테인리스 벤치 4개, 정상 팻말, 백두대간 등산로 안내판도 있다. 정상에서 대간은 정통으로 향하나 그곳에서부터는 길이 없었다.

본의 아니게 선두그룹에 끼어 러셀을 해야만 했다. 공터에 송전탑이 나오고 다시 깎아지른 비탈 위 봉우리에 송전탑이 나왔다. 얼마나 힘이 들었는지 송전탑이 세 개였는지 다섯 개였는지 지금도 헷갈리고 있다. 대간은 남남동으로 뻗은 능선을 타야 하는데, 눈어림에 정상에서 1,150봉, 1,146봉, 피덕령으로 이어지는 능선 쪽으로 움직이고 있었다. 그리 가면 '고루포기'가 있는 계곡으로 내려가게 된다. 갈 '之' 자로 산허리를 가로질러 동으로 잡목숲을 헤쳐 나가야 했다. 잡목가지는 눈을 찌르고 줄기는 허리를 때리며 오버글로버 끈이 떨어져 나간다. 선두 서너 사람이 그렇게 헤매다가 기어코 길을 찾아낸 것은 나였다. 참나무숲 사이로 사람이 다닐 만한 공간이 아래로 이어지고 있었다. 왼쪽 서득봉(1,062.6미터)으로 이어진 능선은 또 왜 그렇게 대간처럼 보였는지 알다가도 모를 일이었다. 모든 것이 길을 덮은 흰 눈 때문이었다.

1시 55분에 스테인리스 벤치 4개가 있는 '왕산 제2쉼터'에 닿았으나 바람같이 지나쳤다. 얼마나 혼이 났던지 쉬고 싶은 마음의 여유가 없었던 것이다. 고루포기는 정상 남쪽으로 파고들어 온 계곡이 끝나는 기슭에 있는, 지금은 사람이 살지 않는 마을 이름이다. 깊은 골짜기를 의미하는 '골짝'에서 '골패기'로 다시 '고루포기'로 변한 것이다.

흰 눈을 뒤집어쓰고 눈만 빠끔히 드러낸 바위지대를 오른 뒤에는 다시 급경사를 내려간다. 2시 35분에 안부에 이르렀다. '왕산 제1쉼터 해발 855미터, 닭목령 2킬로미터, 왕산리 2킬로미터' 이정표와 간이의자가 눈 속에 파묻혀 있다.

이상한 것은 11시 50분 횡계치를 지날 때에 우측으로 '왕산골' 표시가 있었는데, 이곳 좌측으로는 '왕산리' 표시가 있다는 것이다. 왕산면은 대간을 중심으로 서쪽은 수하리, 동쪽은 왕산리인데, 왕산골은 수하리에 있었던 것이다. 대간을 중심으로 횡계치에서 내린 왕산골은 서쪽 송천으로 흘러들고, 여랑 아우라지에서 골지천과 합쳐져 조양강이 되고, 동쪽 왕산리로 흘러드는 큰골은 왕산천으로 흘러들어 남대천이 되어 동해로 빠져나간다. 둘 다 고루포기산 정상에서 발원하는 것이다. 대간은 그 의미를 이렇게 '실체'로 보여주고 있었다.

선두로 온 서너 명이 여기저기 퍼질러 앉는데, 온몸이 눈 속에 파묻혀 중심을 잡는다고 허우적거렸다. 우선 뜨끈한 유근피 달인 물을 한잔씩 나누어 마신 후 누군가가 가져온 버너에 라면을 끓이고 꽁꽁 얼어붙은 김밥을 나누어 허기를 채웠다. 곧이어 왕 상무, 신 감사, 민 회장이 속속 도착하고, 나는 3시 15분에 자리에서 일어섰다.

왼쪽으로 난 임도를 지나 울타리가 쳐진 오르막이 시작되었다. 봉우리를 넘어 평탄한 능선을 걷다가, 3시 30분에 우측으로 955.6봉을 두고 직각 좌회전했다. 가로 60, 세로 20센티미터의 흰색 스테인리스 판에 파란 글씨로 '백두대간 등산로' 라 적혀 있고, 빨강 화살표가 그려진 이정표가 70~80센티미터 높이로 서 있었다. 길을 잃기 쉬운 곳이었다. 눈이 무릎까지 빠지는 내리막 좌측으로 맹덕 한우목장의 초지가 구릉지대를 이루고, 그 정중앙에 파란 지붕과 빨간 지붕을 한 동화 속에 나오는 그림 같은 목장 건물이 눈부신 은빛세계 위에서 정적 속에 파묻혀 있었다. 목장 울타리를 벗어나 고개에 올라서니 임도가 나서며 왼편으로는 목장으로 넘어가고 직각 오른쪽으로 대간이 이어진다.

임도를 따라 내려가다 3시 35분에 임도를 오른쪽으로 흘려 보내고 직진하는 능선으로 올라섰다. 그 능선의 좌우에는 산죽이 흰 눈 속에서 푸르름을 잃지 않고 있었으며, 3시 45분 비스듬히 좌회전할 때에는 노송이 우거져 있는 사이로 길이 넓은 노루목이 나왔다. 하늘은 구름 한 점 없는 코발트빛이었다. 갑자기 천면 우측이 훤해지면서 숲이 없어지고 넓은 밭이 나왔으며, 70미터쯤 밭 두렁을 내려서니 농로가 가로지르고 대간은 다시 직각 우측으로 꺾인다.

노송이 우거진 직진방향 봉우리를 대간인 줄 알았으나 그것은 독립봉이었다. 숲 사이로 난 농로를 따라 200미터쯤 내려오니 포장도로인 137번 지방도로가 남북으로 지나는 닭목재에 내려서게 되었다. 3시 5분이다.

955.6봉 부근에서 본 '백두대간 등산로' 표지판과, 삽당령과 능경봉 방향표시가 된 닭목재임을 알리는 대형 안내판이 서 있었다. 우측 길가에 산신각이 있고, 버스가 대기하고 있는 길 건너에는 농업용 창고건물이 서 있으며, 농업용 양수기도 있었다. 남쪽 아래로 길 따라 내려가니 왼쪽으로 숲속에 두 채의 건물이 보이고 들판 중앙도로 곁에 민가 한 채가 보였다.

길가 개울에서 눈을 쓸어낸 후 그 밑의 얼어붙은 얼음을 깨고 지친 몸을 담갔다. 해가 서산마루에 걸린 것이 기이한 광채를 내고 있는 노을과 구름은 곧 사라질 것이다.

기억에서 사라진 5시간 반

2003년 6월 5일 저녁 7시경, 문 실장과 동서울터미널에서 횡계행 버스를 기다리고 있었다. 내일은 대관령에서 노인봉산장(도상거리 19.7킬로미터)까지, 모레는 노인봉산장에서 구룡령(도상거리 26킬로미터)까지 한 후 다시 노인봉산장에 돌아와 글피는 서울로 돌아올 예정이었다.

이 구간은 나에게 애환이 서린 곳이기도 하고 노인봉 산장지기, 산악인 성량수와 인연을 맺은 곳이기도 하다. 그 내막은 이렇다.

그 광활한 설릉을 보고싶어 회사 산악부에서 2003년 1월 26일 대관령에서 선자령에 올랐다가 초막골로 하산한 적이 있고, 같은 해 2월 16일 백두대간을 할 때 다들 새벽에 진고개에서 출발하여 쌓인 눈을 헤치고 대관령까지 무사히 해냈으나 그 전날 과음으로 나 혼자 버스에 남아 있다가 7시경에 그들과 역진하여 대관령에서 출발하여 곤신봉까지 갔다가 먼저 내려온 적이 있었다. 또 같은 해 2월 28일 서울을 출발하여 3월 2일까지 노인봉산장을 거점으로 종주를 시도했으나 결국은 눈 때문에 실패하였다. 그러니까 오늘이

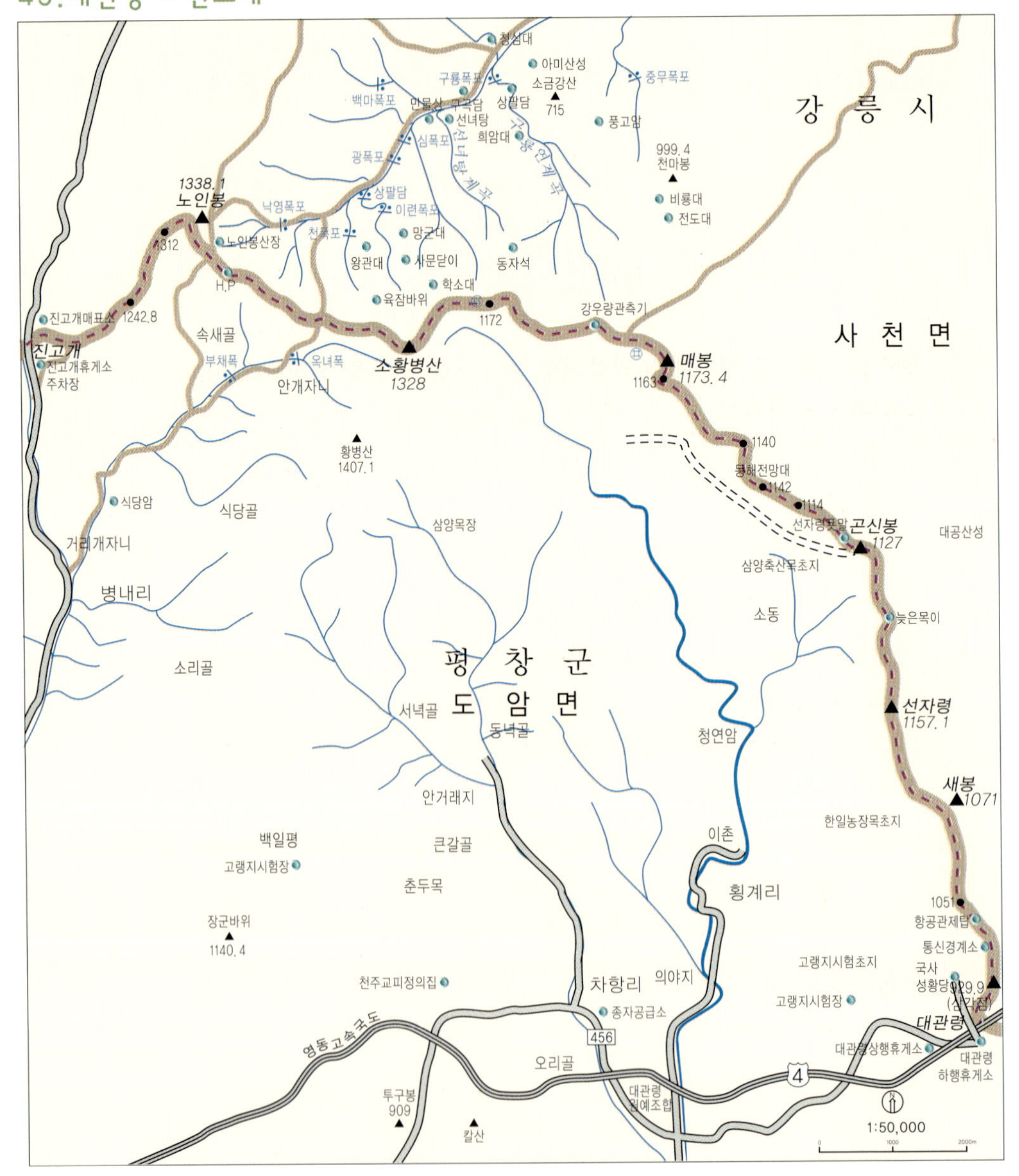
강릉시
사천면
청심대
아미산성
중무폭포
구룡폭포
소금강산
715
백마폭포
만물상 구곡담 상팔담
풍고암
선녀탕
999.4
희암대
천마봉
심폭포
비룡대
광폭포
전도대
상팔담
1338.1
노인봉
낙영폭포
이련폭포
노인봉산장
천폭포
망군대
1312
H.P
왕관대
사문닫이
동자석
진고개매표소 1242.8
학소대
진고개
속새골
육잠바위
강우량관측기
진고개휴게소
부채폭
1172
주차장
옥녀폭
소황병산
매봉
안개자니
1328
1163
1173.4
황병산
1140
1407.1
동해전망대
식당암
1142
1114
식당골
삼양목장
선자령포말
곤신봉
거리개자니
삼양축산목초지
1127
대공산성
병내리
소동
늦은목이
소리골
평 창 군
서녁골
도 암 면
선자령
동녁골
청연암
1157.1
안거래지
새봉
백일평
큰갈골
이촌
한일농장목초지
1071
고랭지시험장
횡계리
춘두목
1051
장군바위
항공관제탑
1140.4
통신경계소
고랭지시험초지
국사
천주교피정의집
차항리
의야지
성황당 929.9
종자공급소
고랭지시험장
(삼각점)
456
대관령
영동고속도로
오리골
대관령상행휴게소
대관령
4
하행휴게소
대관령
투구봉
원예조합
909
칼산
1:50,000
1000
2000m

네 번째 이 구간을 시도하는 것이다.

노인봉 산장지기 성량수는 훌륭한 산악인이다. 충북 괴산에서 태어나 교편생활을 하다가 산이 좋아 노인봉에 정착한 지가 어언 17년이나 되고 동양화가인 부인과 딸 둘을 거느린 가장이다. 2002년 5월16일부터 2002년 6월 2일까지 18일 만에 지리산 중산리에서부터 향로봉까지 동료 산악인 이요균 외 1명의 지원을 받아 단독으로 '통일단축기원 백두대간 마라톤 종주'를 마치고 국내 매스컴과 산악계를 놀라게 한 장본인이기도 하다. 그와는 2003년 2월 28일부터 3월 2일 사이에 노인봉산장에서 숱한 사연을 쌓게 되었다. 3일 밤을 산장에서 보내고 이틀 동안 산장에서 대관령까지 시도했으나 폭설에 길이 뚫리지 않아 너등까지도 가지 못하고 결국 포기를 해야 했다. 그때 산장지기 충견 진돗개 설이와 삽살개 초설이도 알게 되었다. 설이는 그러나 3월 15일과 5월 15일 산불금지기간 중 산장이 폐쇄되었을 때 묶어 둔 줄에 목이 감겨 죽는다. 묶어놓은 설이와 풀어놓은 초설이가 장난치다 그랬던 것이다. 어쨌거나 3박 4일 동안 산에 관한 숱한 이야기를 성량수를 통해 알게 되었다.

11시 반경에 횡계에 닿아 성량수가 일러준 대로 횡계 1교 건너기 전 대우식육점에서 돼지목살을 손바닥만한 크기로 두껍게 썰어 달라했다. 그리고 번개탄 3개를 사고, 슈퍼에서 3인분으로 세끼 분의 쌀과 김치를 사서 배낭에 넣은 후 '사계절식당'에서 소고기 안창살과 소주로 객고를 풀었다. 그런데 손으로 찢어 먹는 안창살과 구수한 주인아주머니 때문에 밤새도록 소주 9병과 더불어 객담을 나누다가 한숨도 눈을 붙이지 못하고 대관령에서 산행을 시작한 시각이 6월 6일 오전 6시 반이었다. 그 때부터 동해전망대 오르기 전 갈림길에서 길을 잃고 헤매기 시작한 12시까지는 전혀 기억이 없다.

(그래서 대관령부터 선자령까지는 금년 1월 26일 회사 산악부 산행시의 글로 대신하고, 선자령부터 곤신봉까지는 금년 2월 16일 대간시의 글로 대신한다. 곤신봉에서 동해전망대 전 갈림길까지는 비몽사몽간이라 본 것

이 없어 적을 것이 없기 때문에 동해전망대 어름에서부터 노인봉산장까지를 이곳에 적기로 한다.)

2003년 1월 26일 아침 7시경 회사 앞 주차장!

한겨울에 눈 덮인 은빛세계를 보려면 대관령으로 가서 선자령, 능경봉, 제왕산, 고루포기산을 올라야 한다. 강릉시와 평창군을 잇는 고개인 대관령은 해발 832미터로 개마고원과 함께 대표적인 고위평탄면(지표면이 침식작용을 받아 평탄해진 뒤 어느 때인가 지각변동에 의하여 급속히 융기한 것) 지형을 이루는 분지이며, 한랭다우 지역으로 남한에서 가장 먼저 서리가 내리고 눈이 많이 내린다. 이 지역은 대개 10월 말이면 벌써 한차례 눈이 내리고 11월 말이면 선자령 주변 산릉이 허옇게 변한다. 선자령에 펼쳐지는 설원은 언제나 영화 〈닥터 지바고〉를 떠올리게 한다. 오마 샤리프가 분한 유리 지바고는 세계 제 1차대전과 러시아혁명을 거치면서 줄리 크리스티가 분한 라라와 우랄산맥의 오지 바리끼오의 대설원에서 운명적인 사랑을 펼친다. 특히 발랄라이카에 실린 주제곡 〈Somewhere my love〉는 불후의 명곡이다.

사위는 깜깜하고 대기는 차다. 이상렬 상무 내외, 박진성 부장 내외와 중2 민석이, 그리고 김민식, 권형균, 김진표 부장과 이국, 이용문, 강지원 과장, 이종록, 이민창, 박선민, 함영미, 한정실, 서명숙 등 모두 18명이다.

간밤에 날씨가 걱정이 되어 한숨도 눈을 붙이지 못한 탓인지 졸렸다. 7시 20분에 차는 출발하고 어둠 속을 달려 동으로 나아간다. 7시 50분경 하마 해가 떴으리라 생각하고 차창을 내다보니 하늘은 온통 옅은 회색으로 덮여 있고, 8시 35분 원주를 지나서는 옅은 황색을 하고 빛을 쏘아내지 못하는 태양이 산마루 위 한 뼘쯤 올라와 있었다. 차는 8시 50분 소사휴게소에 도착하여 20분간 휴식을 취하고, 10시에 구 영동고속도로상에 있는 상행휴게소에 도착했다.

다들 행장을 꾸려 산행에 들었다. 산불감시초소를 마주보고 오

른쪽으로 꺾어 200여 미터쯤 가니 왼쪽 직각방향으로 국사성황당
으로 가는 길이 꺾이는 곳 언저리에 검은 글씨로 '大關嶺國師城隍
堂'이라 음각해 놓은 높이가 4~5미터나 되는 큼직한 자연석이 있
었고, 그 옆 팻말에는 '대관령 기상대' 팻말도 있었다. 우리는 직
진하여 둔덕으로 올라섰다. 연두색 쇠울타리가 시작되고 구상나무
숲이 흰 눈을 뒤집어쓰고 열병식을 하고 있었다.

　10시 40분 구상나무숲을 벗어나 민둥으로 오를 때는 오른쪽으로
평창 도암 횡계군에서 세운 조림지 표시판에 '전나무 23,000본, 산
철쭉 2,500본, 13ha'라 적혀 있고, 60~70센티미터쯤 되는 묘목들
은 바람막이 울타리 안에서 각자 그 어린 싹을 틔우고 있었다. 5분
뒤에는 KT 건물과 통신시설이 설치된 곳에 이르렀다. 그곳을 지나
자 좌측 아래로 국사성황당이 내려다보이고 징소리가 요란하게 울
리고 있었다. 그곳에서 올라오는 샛길 언저리에는 '선자령 3.8킬
로미터, 국사성황당 1.3킬로미터, 대관령 1.4킬로미터'의 표지목
이 서 있었다. 국사성황당은 중요 무형문화재 제13호 강릉 단오제
의 주신인 서낭신을 모신 곳이다. 통신중계소 건물 앞에는 '대관
령 등산로 안내판'이 서 있고 철조망 문을 넘어서니 등로는 건물
좌측으로 넘어간다.

　다시 왼쪽에서 올라오는 샛길을 만나고 콘크리트 포장도로를 100
여 미터 오르니 우측 능선 위로 봉우리 하나를 점하고 있는 우주선
날개처럼 둥근 형상을 한 항공통제소가 올려다 보이고 정문에는
'한국항공공사, 강원항공무선표시소' 간판이 보인다. 철조망을 벗
어나자 등산로는 건물 담벼락을 따라 동진하다가 능선으로 올라서
고 참나무와 산죽이 어우러진 완경사 숲길이 이어진다. 길은 정북
으로 향하고 가느다란 눈발이 사선으로 휘날리기 시작한다.

　제법 가파른 오르막 끝에 11시 30분 철탑 시설물이 서 있는 봉우
리에 올랐다. 진행방향으로 멀리 새봉(1,071미터)과 뒤편 멀리 왼쪽
으로 약간 비껴 선자령(1,157미터)이 그 모습을 드러내고 있었고,

좌측은 구릉을 지나 1,084봉에서 1,129봉과 선자령으로 이어지는 또 하나의 능선이 기묘한 굴곡을 이루면서 대설원을 펼치고 있었으며, 오른쪽은 급경사 비탈로 삼각파도의 꼭대기처럼 끝이 휘감긴 설릉이 '커니스'를 이루고 있었다. 민석이의 형은 고3이라 오늘 오지 못했다는데, 민석이나 민석이 엄마는 눈밭에서는 똑같이 아이가 된다. 11시 25분에 후미에 서서 길을 재촉했다.

키를 넘는 관목은 11시 45분 새봉에 이를 때까지 이어졌다. 우측으로는 비알이, 좌측으로는 구릉이 펼쳐진 곳을 지나 다시 봉우리에 올라섰다. 선자령으로 이어지는 등로 능선은 선자령을 축으로 좌우능선의 중앙에 나 있었다. 우측은 선자령에서 내린 세 개의 지능선이 '초막골'로 내리는 두 개의 협곡을 이루고, 좌측으로는 1,129봉에서 1,084봉으로 이어지는 흰색 능선이 회색 공간을 황금분할하고 있었다. 그 능선은 나신의 여인이 하늘을 보고 드러누운 형상으로 1,129봉은 풀어헤친 머리고, 중단의 바위덤은 배꼽이며, 1,084봉 못 미쳐 하단은 욕정에 뒤채는 하반신이다. 산의 전부가 백설에 파묻혀 정적에 잠겨 있었다. 눈발이 거세어지더니 어디선가 까마귀 울음소리가 들린다.

12시 15분 우측으로 숲이 우거지고 길섶에 바위덤이 있으며 좌측으로 설원이 펼쳐진 곳에서 배낭을 내렸다. '智者樂水 仁者樂山'―이는 《論語》 '雍也' 편에서 孔子가 한 말로 둘 중에 어느 편이 낫다는 것이 아니라, 지혜로운 자의 부류와 어진 자의 부류에 속하는 사람들의 일반적 경향을 설명한 것이다. "지혜로운 사람들은 모든 사람들의 다른 점을 구별하는 데 익숙하므로 나와 너의 관계에 많은 관심을 가진다. 이들은 횡적 관계로 맺어지는 인간관계를 원만히 유지하기 위하여 겸허한 자세가 필요하고 수평적이면서도 아래로 내려가는 것을 좋아하므로 물을 좋아한다. 한편 어진 사람은 나와 하늘의 관계에 관심을 두고 있기 때문에 모든 가치를 위에 두고 그곳에 올라가려는 경향이 있으므로 산을 좋아한다."

12시 25분 정상과 초막골로 가는 갈림길 안부에 도착했다. 후미를 제외한 우리 일행은 벌써 정상에 다녀온 뒤 그곳에서 기다리고 있었다. 곧이어 도착한 선자령 정상은 기백 평은 됨직한 널따란 공터였다. 삼각점이 박혀 있고 흙을 담은 노란 포대자루를 'ㄷ'자 형태로 쌓아둔 토치카가 두 군데 있었으며, 대간으로 이어지는 낮은 목이가 북으로 건너다 보였다. 오늘 산행에서 강한 북서풍을 염려했으나 기온이 찬 것 이외에는 바람 한 점 없더니, 정상에는 강한 바람이 세차게 몰아쳤다. 안부로 되돌아 나와 숲이 있는 곳에 모두 모여 '조니 워커'를 한 잔씩 돌리니 민창이와 강 과장이 시이원을, 영미는 어포를 내놓는다. 따뜻한 커피도 나왔다.

1시에 배낭을 챙겨 일어나서 초막골로 하산을 서둘렀다. 동쪽으로 보이는 봉우리에 올라서니 '초막교 2.5킬로미터'라 쓰인 갈색 팻말이 눈에 반쯤 묻혀 있다. 1시 5분경 좌측으로 나서는 능선을 따라 눈에 파묻힌 수림 속을 걸을 때는 백색 천상을 거니는 기분이었다. 우측 선자령에서 새봉으로 이어지는 능선은 눈 위로 높이 떠 있었다. 능선 끝에서 왼쪽으로 꺾여 급경사 내리막이 시작되었고, 500미터쯤 내려왔을 때 길은 두 갈래로 나뉘며 눈 위의 발자국이 우측 정동으로 나 있었다. 그곳에서부터 길은 그 기세를 누그러뜨리고, 멋진 노송과 산철쭉 위로 흰 눈은 소리 없이 내리고 있었다. 세상은 온통 흰 눈과 갈색의 나무줄기 그리고 검은 솔잎뿐이었다.

2시 15분에 길은 다시 남쪽 지능선으로 꺾이고 급경사 내리막이 시작된다. 김민식 부장은 아이젠이 부실하여 나무등걸을 붙들고 힘겹게 내려오고 있는데 뒤따라오던 어느 인정머리 없는 사내가 역정을 낸다. 인심이 고약하다. 2시 30분에 초막골 자락에 내려설 수 있었다. 한차례 우측으로 계곡을 건넌 후 계곡은 다시 좌측으로 이어진다. 계곡에는 수직으로 굵은 눈발이 내리고 곳곳에 드러난 시커먼 沼 근처에서 '바스락' 소리가 난다. 눈 내리는 소리인지 물 흐르는 소리인지 귀를 기울여보나 분간할 수가 없었다.

임도가 나오고 좌측으로 화장실이 나오더니 계곡은 우측으로 나서고, 신 영동고속도로가 하늘 높이 떠 있었다. 횡계시내 황태회관(033-335-5795)의 황태구이와 동동주는 천하일품이었다.

2003년 2월 16일 오전 7시!

회원들의 하산지점인 대관령 상행휴게소에 대기한 버스 안에서 안인호 산악회장과 의논한 끝에 갈 수 있는 데까지 가 보기로 했다. 날씨는 맑았으나 대기는 칼날처럼 차가웠고 눈은 깊이 쌓여 있었다. 8시 50분에 선자령을 넘어선 뒤 눈에 덮인 숲속 길을 지나니 다시 목장길이 나온다. 길이 크게 좌측으로 휘는 듯하더니 다시 오른쪽 소로로 접어든다.

숲 지대를 지나 9시 20분에 안부에 도착했다. '낮은목이, 선자령 900미터, 보현사 2.1킬로미터, 대공산성 2.6킬로미터' 라 쓴 팻말이 있다. 낮은목이를 지나 완경사 목초지를 가로질러 올라간다. 사면을 훑어 내려오는 강한 바람에 눈이 날리고 얼굴이 쨍한다. 9시 50분에 올라선 곳에 오른쪽으로 대공산성 능선 초입부를 알리는 팻말이 있다. 대공산성은 발해의 왕 대조영이 쌓은 성이다. 대간은 왼쪽 직각으로 꺾이고 곧이어 곤신봉(1,131미터)에 닿았다. 북서방향으로 매봉을 지나 멀리 소황병산과 왼쪽으로 비껴 군사시설물이 서 있는 황병산이 흰눈을 뒤집어쓰고 꿈결같이 엎드려 있었다. 안 회장은 회원들을 마중 가고 나는 그곳에서 다시 대관령으로 돌아섰다.

2003년 6월 6일 정오!

정신이 든 때는 정각 12시였다. 길 하나는 오른쪽으로 130도 정도 휘어 완만하게 올라가고, 다른 하나는 직진하고 있었다. 그 끝에는 왼쪽으로 철탑이 보이고, 그 뒤로 능선이 이어지다가 끊어지며 그 건너편 서쪽으로 또 하나의 능선이 황병산으로 치달아 올라가고 있었다. 오른쪽 능선 끝 지점 봉우리 너머는 보이지를 않았다. 철탑이 선 봉우리를 보고 무심코 직진한 것이 화근이었다. 길은 다시 아래의 찻길과 위로 오르는 소로로 나뉘었다. 위로 올라서니 소로는 내려가서 찻길과 다시 만나며, 그 능선에는 '중동마을' 표시가 있고 마을이 까마득히 내려다보였다. 철탑 봉우리는 왼쪽 건너로 바라다보인다.

찻길과 소로를 두어 바퀴 돌다보니 1시였다. 기진맥진하여 문 실장과 능선사면 숲 사이로 들어가 드러누워 순식간에 꿈나라로 빠져들었다. 얼굴이 따가워 깨어나 보니 그늘이었던 숲으로 햇살이 들고 시각은 2시 20분이었다. 가보지 않은 마지막 길을 택하기로 하고 처음의 삼거리로 되돌아가서 완만한 경사를 올라서니 건너편으로 차량과 사람들이 많이 모여있고 대피소인 듯한 건물도 보인다. 2시 반에 동해전망대에 도착했다. 대피소는 간이매점이었고 컵라면이 곧 도착한다기에 우선 컵떡볶이로 시장기를 채웠다. 0.5리터 페트병 두 개 반으로 2리터 페트병을 채우고 난 뒤 컵라면이 도착했을 때 다시 하나씩을 더 먹었다.

3시에 일어섰다. 돌무더기가 있는 봉우리 표석에는 '옛 동해전망대, 신선바위 250미터'라 표시되어 있다. 3시 15분 갈림길에서 우측 길을 따라가다가 30분에는 숲속으로 난 길을 따라 올라간다. 3시 40분에 '출입금지, 오대산 국립공원구역'이라는 팻말을 지나 오른쪽 위로 매봉(1,173.4미터)을 두고 좌측으로 우회했다. 숲 지대를 지나자 우측으로 철조망이 시작되고 좌측 아래로 보이는 곳 전부에 광활한 초지가 펼쳐진다. 진행방향으로 보이는 봉우리로 이어지는 능선 좌측 아래로 고사목 대여섯 그루가 보이고 잠시 태양이 구름 속에서 밝은 빛을 낸다.

3시 55분 봉우리에서 직각 왼쪽으로 꺾어 경사를 내려서니, 4시에 대간은 다시 직각 왼쪽으로 꺾이며 평탄해진다. 그곳에는 '강우량 자동관측기'가 서 있었다. 관측기 아래에서 휴식을 취하자

그제야 정상 컨디션으로 돌아왔다. 4시 5분 출발 후 평탄한 길 우측으로 송림과 떡갈나무숲이 이어지더니 대간은 농로와 헤어지고 우측 숲속으로 진입한다. 1,119봉에서 하얗게 빛이 바랜 우측의 고사목 너머로 보이는 노인봉에서 백마봉으로 이어지는 능선은 그 아래 숨겨진 소금강계곡이 비경임을 말해 주고 있었다.

4시 17분 '진고개 10.4킬로미터, 대관령 14.2킬로미터' 이정표를 지나 4시 20분에 다시 숲 속으로 들어가면서 오르막이 시작된다. 대간이 1,158봉 우측으로 우회하더니 1,172봉을 오르고 내릴 때는 잡목 수림이 하늘을 가리고 있었다. 안부 공터를 지나 다시 3분 정도 오른 4시 50분에 고원습지가 나오고 바닥에 돌이 깔린 움터에 닿았다. 우측으로 계곡 물소리가 들리며, 길 하나는 계곡 쪽으로 가고 다른 하나는 움터 위 왼쪽으로 올라간다. 왼쪽으로 조금 올라서니 능선이 나오고, 능선은 다시 오른쪽으로 방향을 튼다.

5시에는 움터에서 오른쪽 계곡을 건너 오르는 길과 계곡을 사이에 두고 만나며 다시 개울을 건너 오르막이 시작된다. 그 부근의 고원습지는 밀림에서나 보는 이상한 기운이 도는 곳이었다. 5시 10분 앞서가던 문 실장은 오르막 길섶 왼쪽에서 산삼 냄새를 맡고 열심히 주위의 흙을 파낸다고 내가 다가가는 줄도 모르고 있었다. 풀 전체의 크기가 60센티미터쯤 되었으며 풀잎은 분명 산삼이었으나 나중에 성량수는 독초라고 가르쳐 주었다. 급경사 오르막은 좌우로 큰 바위가 듬성듬성 나섰으며, 곧이어 능선이 평탄해지고 왼쪽으로 휘돌아간다.

5시 30분에는 좌측으로 전나무 수림이 한동안 이어졌으며 갑자기 잡목이 키를 낮추더니 하늘이 밝아지고 있었다. 숲을 빠져 나오니 왼쪽으로 광활한 초원이 펼쳐졌다. 초지 경계 우측으로 숲은 계속 이어지면서 쌍전봇대 아래에서 노인봉으로 이어지고, 전봇대는 군사시설을 머리에 이고 있는 황병산으로 이어지고 있었다. 5시 35분에 광활한 초지 초입에 있는 바위덤에 올랐다. 소황병산 팻말이 저만치 보이고 그 뒤 정상 아래에는 빨간 색깔의 중형 버스 한 대와 흰색 갤로퍼 두 대가 있었다. 차를 타고 산 정상에 오르는 사람들의 심정은 도무지 이해할 수가 없다. 요기를 한 후 5시 45분에 바위덤을 내려 노인봉산장을 향하여 발길을 옮겼다. 길을 떠날 때 하늘은 잔뜩 흐려 곧 비라도 한줄기 쏟아질 것 같았고 천둥과 우레가 먼 곳에서 가까이 다가오면서 천지를 울리고 있었다. 우측 숲 옆으로 난 길은 노란 벽돌이 3평방미터로 깔려 있는 공터를 지나자 곧 내리막으로 쏟아진다. 노인봉과의 사이에 구름이 피어오르는 듯싶더니 이어 길은 컴컴한 잡목숲 사이로 들어갔다.

5시 47분 우측에 '천연보호림, 주목 3ha, 1989.11.23.지정' 푯말을 지날 때 하늘은 철저히 잿빛이었다. 멧돼지가 수없이 흙을 파헤쳐 놓은 길을 지나 6시 5분 내려선 안부부터는 다시 평탄한 길이 시작되고 왼쪽으로 안개자니 갈림길이 나왔다. 6시 12분에 바위덤을 지나 6시 25분에 너덜에 올라서고 30분에 우측으로 바위군을 지나 6시 35분에 테라스봉에 올라섰다.

6시 40분에 올라선 소반등(1,280봉)에서 비로소 노인봉산장이 내려다보였고 6시 45분 공터를 지나 6시 50분에 산장에 도착했다. 기다리느라 눈이 빠진 성량수는 오히려 무덤덤했다.

산 넘어 산

2003년 6월 7일 아침 6시 노인봉산장!

노인봉 산장지기 성량수의 '기상' 외침에 정신이 몽롱한 상태에서 몸을 일으켰다. 어젯밤에 시작된 산장의 술판에서 나는 주인이 귀한 손님만 맞아들이는 나무등걸로 만든 탁자와 의자가 있고 바닥이 흙으로 된 부엌에서 기진맥진하여 부뚜막을 움켜쥐고 자다 말다 하는 사이 성량수와 문 실장은 '산하늘' 로 밤을 새벽으로 열었다.

이른 아침의 노인봉 산자락에는 바람이 드세었고 짙은 신록 위의 하늘에는 옅은 구름사이로 간간이 햇빛이 얼굴을 내밀곤 하고 있었다. 주인은 독하다. 오늘 산행을 할거냐 말거냐 다그치면서 산행을 할거면 당장 물통을 들고 아래 샘터로 가서 세수도 하고 밥할 물도 떠오라고 불호령이다. 샘터는 대피소 아래 경사진 숲길을 150미터 내려간 지점에서 왼쪽으로 돌아가는 곳에 있는 계곡의 발원지다. 바위틈새로부터 물이 나와 아래로 흘러내려 가고 있었다. 우선 양껏 샘물을 들이키고 세수와 양치질을 한 후 시에라 컵으로 물

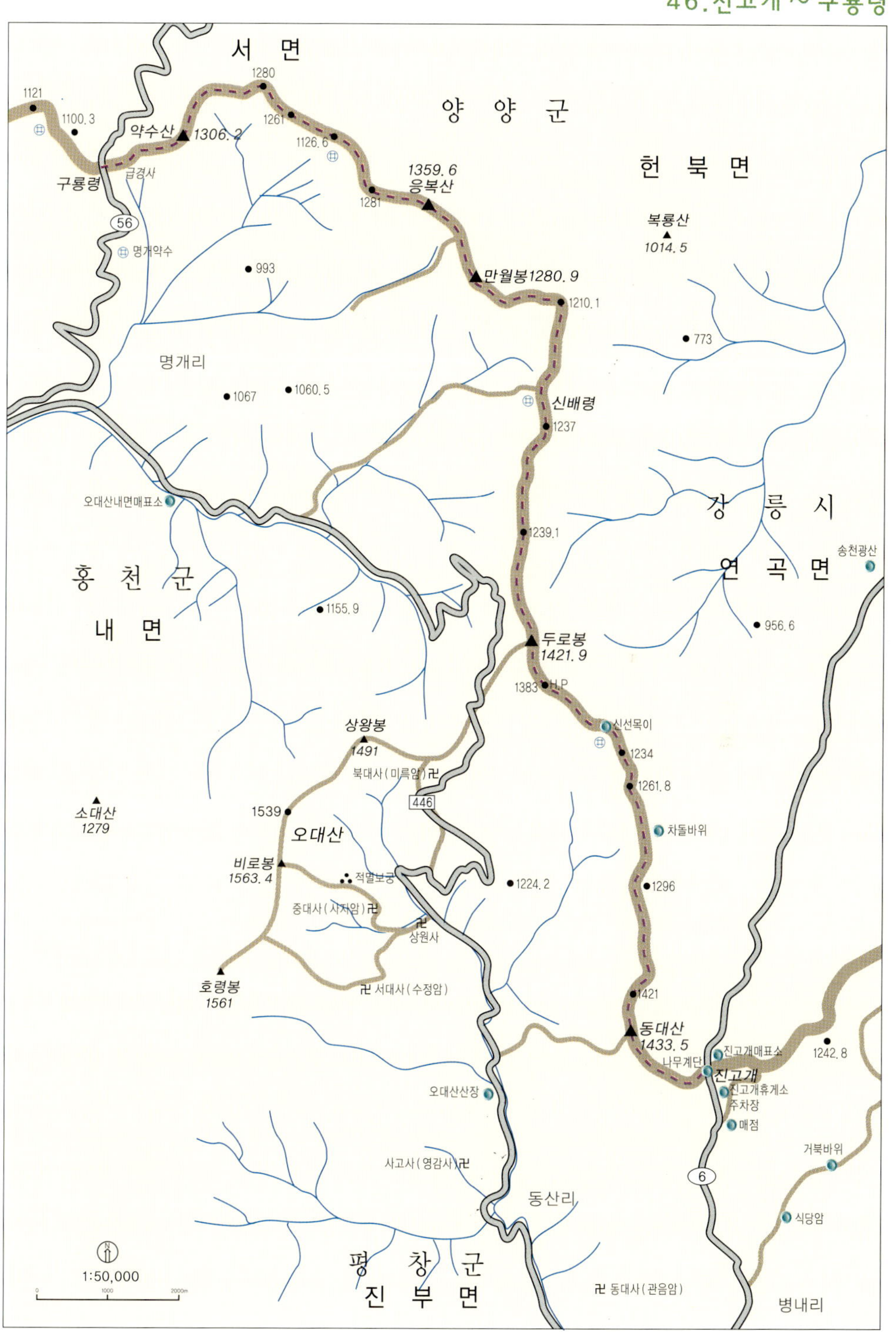
서 면
양 양 군
헌 북 면
1121
1100.3
약수산 1306.2
1280
1261
1126.6
구룡령
급경사
56
명개약수
993
1359.6
응복산
1281
복룡산
1014.5
만월봉 1280.9
1210.1
773
명개리
신배령
1237
1067
1060.5
오대산내면매표소
강 릉 시
연 곡 면
송천광산
홍 천 군
내 면
1155.9
1239.1
956.6
두로봉
1421.9
1383 H.P
상왕봉
1491
신선목이
1234
북대사(미륵암)卍
446
1261.8
소대산
1279
1539
오대산
차돌바위
비로봉
1563.4
적멸보궁
1224.2
1296
중대사(사자암)卍
卍
상원사
호령봉
1561
卍 서대사(수정암)
1421
동대산
1433.5
진고개매표소
나무계단
진고개
1242.8
진고개휴게소
주차장
오대산산장
매점
거북바위
사고사(영감사)卍
6
동산리
식당암
1:50,000
0   1000   2000m
평 창 군
진 부 면
卍 동대사(관음암)
병내리

을 담아 큰 물통을 절반쯤 채웠다. 풀잎은 물기를 머금었고 수목 사이로 비껴든 햇빛은 숲속에 눈부신 반점을 그려놓고 있었다. 새들도 이른 아침의 정기에 취해 즐거워하고 있었다.

밥과 국은 맛있는 냄새를 풍기며 끓고 있었고 주인은 향기가 진동하는 산나물을 무치고 있었다. 나는 다시 중요한 결정을 하기 위하여 담배를 한 대 피워 물었다. 가느냐 마느냐 그것이 문제였다. 밥 먹으라는 고함소리에 정신을 차리고 숟갈을 들었다. 주인이 차려 내놓은 조찬은 이 높고 외진 산중에서 감히 생각도 할 수 없는 성찬이었다. 배가 부르고 생기가 드니 생각이 달라졌다. 7시 20분이었다. "주인장, 우리는 간다."

그랬더니 산장지기는 어딘가 전화를 걸더니 "형님 7시 반경에 두 친구가 노인봉산장을 출발하니 저녁 7시 반경에 구룡령에서 담아 싣고 진고개까지 전달해 주십시오." 누구냐고 물었더니 그냥 아는 형님이란다.

산장지기는 역시 달랐다. 헤어지기 아쉬운 친구가 행여 다시 들르지 않고 그냥 가버릴까 하는 속내도 있었겠지만 배낭에서 불필요한 짐들을 모조리 꺼내고 헤드랜턴과 시에라 컵과 0.5리터짜리 물이 담긴 페트병만 배낭에 집어넣더니 배낭의 어깨, 가슴, 허리끈을 조여 준다. 구룡령까지 해지기 전에 무사히 도착하려면 초경량에 달리듯이 해야 한단다. 그리고 8시 이후에 진고개에 도착하면 매표소에서 동대산까지 출입을 막을지 모르니 그때는 길을 따라 진부 쪽으로 내려오다가 우측으로 길을 건너 밭을 올라서서 밭두렁을 타고 올라가면 매표소 길 건너 계단을 통하여 올라오는 등산로와 만난다는 것까지 알려준다. 친구는 이래서 좋은 것이다. 이제는 짐을 버리고 갈 생각이 없다면 오늘 안으로 필히 이 산장으로 다시 돌아와야 한다.

정각 7시 반에 산장을 나섰다. 초설이가 꼬리를 치며 따라 오기에 머리를 쓰다듬어 되돌려 보냈다. 천지는 바람과 하늘 전체에 드리운 옅은 구름과 녹색 수림, 그리고 간간이 구름을 열고 내리쏟는 스펙트럼 같은 햇살이 전부였다. 상쾌한 아침 공기를 폐부 깊숙이 들여 마신 후 잰걸음으로 진고개로 향했다.

노인봉 산자락을 돌아 기분 좋고 완만한 능선을 남서방향으로 타고 내리면 길은 120도 우측으로 휘면서 테라스봉에 이르고 그곳에서부터는 다시 남서방향으로 급경사 내리막이다. 내리막에서는 진고개휴게소가 발아래 까마득히 내려다보이고 내리막이 끝나는 지점에서 길은 오른쪽으로는 수림을 두고, 왼쪽으로는 광활한 초지를 두면서 반원을 그리며 휘돌아간다. 마지막 부분에서 얼마 안되는 좌우의 숲 터널을 지나면 진고개매표소가 나온다. 진고개매표소에는 아직 지키는 사람이 안보였다. 8시 20분이었다.

지난 겨울에 안면을 익혔던 휴게소매점의 젊은 아저씨한테서 초콜릿과 영양갱 각 4개씩과 담배 한 갑, 그리고 식당의 곱게 늙으신 인자한 할머니로부터 김이 나는 뜨끈뜨끈한 옥수수 두 알을 사서 각자 배낭에 나누어 넣고 황급히 도로를 건너려니 매표소 지키는 아주머니가 뛰쳐나오면서 길을 막는다. 위반하면 벌금이 오십 만 원이란다. 산장지기가 시키는 대로 하여 동대산 가는 숲에 들어섰을 때는 8시 25분이었다. 5분 사이에 일어난 일이었다.

진고개를 600미터 지난 지점에서부터 산죽이 시작되었으며, 9시에는 '진고개 1.5, 동대산 0.2킬로미터' 의 이정표를 지났다. 9시 12분에 올라선 곳의 '동대산 정상, 해발 1,433미터' 라 쓰인 수직말뚝에는 날개를 벌린 화살표에 '동피골야영장 4킬로미터, 동대산 30미터, 진고개 1.7킬로미터' 라 표시되어 있었다. 철쭉이 한 무더기 피어 있고 한편에는 고사목이 하얗게 서 있었다. 3분 뒤에는 넓은 초지에 헬리포트가 있는 동대산 정상에 도착했다. 송천계곡과 소금강을 이루는 청학천을 가르는 노인봉(1,338.1미터)에서 북동으로 백마봉(1,094.1미터)으로 이어지는 능선이 검은색으로 눈앞에 다가와 있고, 돌아서니 북서방향으로 상왕봉(1,491미터)에서 비로봉

(1,563.4미터), 효령봉(1.561미터)을 있는 오대산 주능선이 앞을 가린다.

10분 후에 도착한 1,421봉에는 헬리포트가 있었으며 '두로봉 6킬로미터'라는 이정표가 있었다. 좌우 숲속에는 키 높은 관중이 무리를 이루고 있었다. 15분 후에 '해발 1,300미터, 두로봉 5킬로미터, 동대산 2킬로미터' 이정표를 지나 10시 정각에 차돌배기에 도착했다. 길 우측에는 3미터 정도 높이의 흰색 차돌 3개가 일이미터 간격으로 숲 속에 뿌리를 박고 서 있었다. 이정표에는 '해발 1,230미터, 두로봉 3.9킬로미터, 동대산 2.7킬로미터'라 적혀 있고, 자세히 보니 길 왼쪽 전후로 반석 같은 2개의 흰색 차돌이 길가에 박혀 있었다. 왜 이곳에 이렇게 큰 흰색 차돌들이 자리하고 있는가를 생각하니 우주의 신비가 오묘할 뿐이다. 잠시 쉼을 하는 사이 문 실장은 주먹만한 차돌 부스러기를 주워 배낭에 넣는다. 차돌배기 이후로는 정글 같은 컴컴하고 짙은 수림 속으로 평탄한 길이 길게 이어지는 것이 꿈속을 거니는 것 같았다. 신비한 기운이 온몸을 감싼다.

꿈속 같은 길은 10시 30분에 완만한 경사를 오른 후 초지가 펼쳐지는 헬리포트가 있는 곳에서 잠시 멈춘다. 헬리포트에서 요기를 하고 있던 대학생으로 보이는 여자 두 분이 인기척에 소스라치게 놀라 토끼 눈을 하고 있었다. 미안하다는 말을 전하고 주위를 살피니 그곳은 1,234봉이었고, 이정표에는 '두로봉 3킬로미터'라 되어 있었다. 사람이 그리웠는지 흰나비 한 마리가 떠나지를 않고 우리 주위를 맴돌고 있었다. 서로 몇 마디 말을 건넨 후 나쁜 사람같이 보이지는 않았던지 우리는 자두 크기의 밤빵 두 개를 얻을 수 있었다. 그것은 나중에 긴요한 양식이 되었다. 그니들은 두로봉(1,421.9미터)을 거쳐 상원사로 내려갈 것이란다. 좋은 산행이 되기를 바라고 우리는 헬리포트를 지나 완만한 경사를 내려섰다.

10시 50분에는 안부인 '신선목이'에 닿았다. '쩍쩍' 이와 휘파람새가 헬리포트에서부터 줄곧 뒤따라왔다. 신선목이에서 좌측 남서 방향으로 신선골로 내려가는 소로가 있다. 완만한 오름길에는 가지를 벌린 흰 고사목이 한 그루 신선같이 서 있고, 서어나무, 물푸레나무, 두릅나무가 수도 없이 나타나고 다릅나무도 간간이 보인다. 11시 20분에 봉우리를 넘고 5분 후에는 헬리포트가 있는 1,383봉에 닿았다. 그곳에서 바라보는 남동방향은 장관이었다. 영골과 송천골을 가르는 동대산에서 전후치로 흘러내리는 검은색 능선, 송천골과 청학천을 가르는 노인봉에서 잣고개로 이어진 검회색 능선, 매봉 부근에서 천마봉을 거쳐 연곡천으로 빠져드는 회색능선이 겹을 이루면서 파도처럼 일렁이고 있었다. 눈이 시려온다.

완만한 경사를 내린 후 11시 32분에 '두로봉 0.3, 동대산 5.7, 북대사 2.7킬로미터' 이정표를 지나 다시 완만한 경사를 오른 뒤, 11시 40분에 '두로봉 정상 1,422미터, 북대사 4킬로미터, 동대산 7킬로미터' 이정표가 있는 곳에 닿았다. 앉아 쉬기에 좋은 곳이었다. 노인봉산장에서 같이 자고 이른 아침 6시에 출발한 일곱 명이 중식을 하면서 쉬고 있었다. 우리도 이곳에서 중식을 하기로 했다. 중식이라야 초콜릿과 영양갱 2개씩과 옥수수, 덤으로 얻은 밤빵 한 개씩이 전부다. 그들도 북대사를 거쳐 상원사로 갈 모양이다. 15분간 휴식을 취한 후 대간 길로 접어드니 곧이어 헬리포트가 있는 두로봉 정상이다. 정상 초지에는 들풀과 야생화가 흐드러지게 무리 지어 있었다. 간간이 햇살이 구름 사이로 내리쏟는다.
두로봉을 지나서는 아크릴 팻말을 단 '강릉시 보호수 지정나무'를 우측으로 본 후 잡목들과 드문드문 섞여 있는 주목을 볼 수 있었고, 내리막은 급경사를 이루고 있었다. 마침 새벽에 구룡령에서 출발하여 백두대간을 종주중이라는 중년 두 분이 그 급경사 오르막을 숨이 턱에 닿아 올라오고 있었다. 오늘 세 번째 만나는 사람들이다. 산꾼들이 만나면서 나누는 인사는 진실이 배어 있어 정겹기가 그지없다. 빛이 하얗게 바랜 고사목들이 가지를 벌리고 군데

군데 서 있고 어떤 것은 길을 가로막고 있어 샛길로 돌아가야 했다. 한 고비를 넘어서자 이제는 완만한 내리막 경사를 이루면서 울창한 수림이 하늘을 가리고 서늘한 기운이 감돌더니 관중이 어김없이 무리 지어 길섶으로 나선다. 숲의 나라였다.

앞에 보이던 야트막한 봉우리인 1,234봉에 올랐을 때가 12시 45분이었다. 내려설 때 좌측 숲속 안부에 피어있는 한 그루 함박꽃을 흘깃 보고 1시 5분경에 다시 낮은 봉우리에 올라섰다. 그 봉우리 내리막 끝은 느낌에 안부 같았다. 예상대로 그곳은 나물이 지천으로 깔린 초지와 수림이 어우러진 구릉지대였다. 문 실장은 어제 밤 늦게까지 성량수와 대작하느라 제 컨디션이 아닌데다가 초경량을 주장한 성량수의 말에 따라 0.5리터짜리 페트병에 담아온 물이 동이 난 지 벌써 오래 전이다. 뒤따라오는 모습이 한동안 보이지 않는 것으로 보아 거의 초주검이 되어 있을 것이다. 그러나 하늘이 무너져도 솟아날 구멍이 있는 법이다. 그 내려선 구릉지대의 안부는 샘이 있는 '신배령'이었다. '이제야 살았구나' 하는 안도감과 피로감이 일순간에 몰려오면서 안부에 털썩 주저앉은 것도 잠시, 정신을 차리고 주위를 둘러보니 내려온 방향의 좌측 키 작은 신갈나무 가지 끄트머리에 거꾸로 매달린 2리터 페트병에 '물 좌측 100미터'라고 검은 사인펜으로 적혀 있었다. 주위에는 두서너 개의 페트병이 더 널려 있었다.

신배령에서 서쪽방향으로 100미터쯤 내려간 곳은 신비한 곳이었다. 큰 복대골의 발원지로서 수림이 가득한 곳에 회랑이 만들어져 있고, 큰 바위 밑에서 갑자기 물이 솟아 서쪽으로 흘러내려 가고 있었다. 조개골의 발원지였다. 햇빛이 고스란히 수림 사이로 비쳐드는 곳으로 흘러내리는 물은 손을 담그기가 어려울 정도로 차가웠다. 문 실장과 반토막 남은 옥수수를 나누어 허기를 채우고 양껏 샘물을 마신 후 2리터 페트병 하나와 0.5리터 페트병 3개에 물을 가득 채웠다. 신비한 기운이 온몸으로 전해온다. 이제는 몇십 리,

몇백 리라도 갈 수 있다.

　다시 신배령으로 올라 선 시각은 1시 40분이었다. 산죽밭을 지나 1,211봉을 넘어선 후 '좌측 200미터 샘터'라 적힌 안부를 지날 때는 오늘 네 번째로 3명의 산꾼들을 만났다. 신배령이 여기냐고 묻기에 자세히 가르쳐주고 물이 있는 곳도 정확히 일러주었다. 나무들이 키를 낮추더니 2시 15분에 올라선 봉우리는 북서쪽이 거침없이 드러나는 초원을 이룬 1,201.1봉이었다. 대간은 그곳에서 직각 왼쪽으로 꺾이며 정서로 머리를 둔다. 10분 후에 다시 봉우리 하나를 넘고 2시 40분에 닿은 봉우리는 1,290.9미터인 만월봉이었다. 봉우리는 초원을 이루고 있었다.

　뒤따라오는 문 실장을 기다려 3시 정각에 다시 행군을 시작했다. 이제 대간은 북서방향으로 머리를 둔다. 왼쪽으로 '통바람골' 갈림길이 있는 안부를 바람같이 지나고 나니 다시 응복산(1,369.6미터)으로 가는 긴 오름길이 시작된다. 오를수록 나무들이 점차 키를 낮추고 무릎 높이의 연보라 꽃을 피운 야생초화가 좌우로 연이어 늘어선다. 그 꽃들은 응복산 정상까지 화원을 이루고 있었다. 오름길에 북서방향으로 드러나는 대간 능선은 꿈길같이 일렁거린다.

　3시 15분에 당도한 응복산 정상은 우거진 수풀로 인하여 전망이 좋지 않았다. '응복산 1,359미터, 구룡령 3시간 40분, 신배령 2시간 30분' 표지와 삼각점이 박혀 있다. 5분간 휴식을 취하고 다시 배낭을 들쳐 멨다. 길은 다시 정서로 향한다. 뒤돌아보니 지나온 만월봉, 1,210.1봉, 신배령, 두로봉이 어깨춤을 추며 점차 멀어져 가고, 연보라 꽃은 다시 무리 지어 앞서간다. 급경사를 내렸다가 잠시 올라선 봉우리는 1,281봉이다. 대간은 북서로 머리를 두고 다시 끝이 안 보이는 긴 내리막이 시작되었다. 우유빛 하늘 사이로 간간이 내비치는 햇살과 바람에 흔들리는 나뭇잎 소리는 산자락의 짙은 음영과 더불어, 뜬금없이 어릴 적 통영 산양면의 당개와 벌개를 잇는 해수면의 수만 평에 이르는 늪지대에 들어찬 키를 훨씬 넘는 갈대숲이 일렁거리면서 내는 갈잎소리와 같이 귓가에 와 닿았다. 시간과 장소와 공간을 뛰어넘은 환청이었다. 배시시 미소가 배어 나온다. 산자락의 짙은 음영은 바닷가의 노을이고 수림은 갈대숲이고 바람은 파도였다. 힘들고 지칠 때 고향생각을 하면 힘이 솟아난다.

엄나무는 단풍나무와 닮았는데 잎이 일곱 장이다. 안부에는 좌측으로 습지 수풀에 길 흔적이 언뜻 보이고, '좌측 200미터 물' 표시도 있다. 명개리, 외청도리로 내려가는 길이다. 잠시 오르막을 치고 3시 55분에 올라선 봉우리는 1,128.6봉이었는데, 수림에 가려 끝이 안 보이는 안부가 구룡령인 줄 알았다. 그 안부 뒤로 보이는, 하늘에 닿아있는 이등변삼각형의 봉우리가 너무나 위압적이어서 도저히 넘어갈 수 없다고 생각한 것은 몸과 마음이 너무 지쳐 있었기 때문이었다. 뒤따르던 문 실장 보고 저 봉우리를 넘어야 된다면 오늘 대간은 여기서 파장이라고 했다. 그러나 그 생각은 어리광에 불과했던 것이다. 구룡령에 내려서기까지는 그때부터도 십여 개의 봉우리를 더 넘어야 했으며 이 구간에서는 종주를 끝내는 것보다 탈출이 더 어렵기 때문이다.

잠시 내려선 후 70도 경사의 일직선 오르막을 이를 악물고 올랐다. 4시 28분에 하늘 끝으로 보였던 1,261봉에 닿은 후 배낭을 벗어던지고 하늘을 보고 누웠다가 진드기 때문에 바위에 걸터앉았다. 머리를 겨드랑이 안쪽에 처박고 살 속으로 들어가는 놈을 '빅토리녹스 아미 나이프'로 후벼냈다. 말로만 듣던 진드기 천국이었다.

북서방향의 경관은 온 천지가 산이었다. 구름 속에 하늘이 열리고 때마침 태양이 살포시 얼굴을 내밀어 주위를 밝게 비추일 때 온 산 능선들은 끝 가는 데 없이 파도처럼 일렁이고 있었다. 문 실장을 기다려 4시 35분에 그 봉우리를 떠나 다시 급경사를 내린 후 이제는 완만한 오르막을 길게 올랐다. 길 우측에 연분홍 찔레꽃이 얼굴에 와 닿고 사초밭을 지난 후 4시 53분에 1,280봉에 올랐다. 대간은 이곳에서 직각 좌회전하여 남서방향으로 머리를 둔다. 북쪽 능선은 황이리 미천골을 이루는 능선이다.

5시에 테라스봉에서 내려다본 안부를 다시 구룡령으로 착각했다. 그도 그럴 것이 그 안부 좌측 남쪽으로 무서운 협곡을 이루며 골이 형성되어 지나온 통바람골계곡과 합하여 계방천을 일구고 있었기 때문이다. 이제 착각은 그만 두기로 했다. 5시 10분에 닿은 안부에는 좌측으로 깊은 협곡이 패여 나가고 그 언저리에 30미터가 넘는 상수리거목 5그루가 지키고 있었다. 5시 20분에 올라선 테라스봉에서 대간은 다시 좌측 남쪽으로 약간 휜다. 이후 5분 간격으로 4개째의 봉우리에 올라선 시각은 5시 40분이었다.

길 우측 암봉은 기가 막힌 전망대였다. 북서방향으로 양양에서 구룡령으로 굽이굽이 돌아오르는 56번 국도가 발치 아래로 아득히 내려다보이고, 이내가 낀 산의 능선들이 겹겹이 늘어서면서 하늘 가득히 들어차 있었다. 산의 나라였다.

성량수가 얘기한 '그냥 아는 형님'은 58세의 산악인 이요균 씨였다. 이요균 씨는 성량수가 2002년 5월 16일부터 동년 6월 2일까지 18일간 지리산 중산리에서부터 향로봉까지 '통일단축기원 백두대간 마라톤 종주등반'을 하여 국내 매스컴과 산악계를 온통 떠들썩하게 할 때 지원대장을 하셨던 분이다.

성량수가 적어준 휴대폰 번호로 이요균 씨와 연락이 닿고 '저녁 7시 반'이 아니라 '6시 반'이면 구룡령에 닿을 수 있다고 알려준 후 5시 55분에 암봉에서 일어섰다. 그러나 산이란 알 수 없는 것이 1분 뒤에 도착한 봉우리가 정작 약수산이었으며 표지에 '약수산 1,306.2미터'라고 되어 있었고 조망을 위해 그랬는지 거목을 베어낸 자리에는 초지가 자리하고, 그곳에 '백두대간 생태복원 조림, 주목 전나무 분비나무 구상나무 종비나무, 수량 610본, 식재 2000. 5. 9. 북부지방 산림관리청'이라는 안내판이 서 있었다.

6시 6분에 낙뢰 맞은 참나무가 서 있는 봉우리에 서고, 6시 10

분, 6시 12분에 각각 봉우리에 올라섰다. 6시 12분에 올라선 봉우리가 오늘의 마지막 봉우리였다. 그 봉우리부터는 발끝이 하늘에 뜨는 급경사 내리막이다. 구르듯이 내려서는데 마지막 부분에 좌측으로 중키의 고사목들이 하얀 가지를 벌리고 군락을 이루고 있었다. 산에는 이상한 일이 많이 일어난다.

6시 20분에 '구룡령 생태터널, 야생동물 이동 및 보호' 안내판을 보고 구룡령을 잇는 고가(생태터널) 끝자락 우측 둔덕으로 내려섰다. 길 건너 양양 방향으로 넓은 기단과 배흘림 탑신 위 가로 2, 세로 1.5미터의 황색 자연석에 '구룡령, 해발 1,013미터'라는 표석이 조성되어 있었다.

7시 반경에 도착한 이요균 형의 갤로퍼를 타고 남애항으로 가서 자연산 가자미와 광어회를 소주와 곁들인 후 자연산 광어회와 40도짜리 2리터 소주 두 병, 그리고 담배 한 보루를 사들고 진고개에 도착한 시각은 밤 11시 반이었다. 술이 취해 비몽사몽간에 노인봉 산장으로 향하던 중 후미에 섰다가 1,243봉 전에서 북동진하다 동진해야 하는 봉우리에서 송천계곡으로 빠질 뻔했다. 새는 날은 일요일이었다.

수림 속을 끝없이
오르고 내린 '마의 구간'

2002년 10월 5일 밤 10시 사당역 부근!

날씨는 맑은 편이었다. 차는 동으로 동으로 달리다가 홍천군 내면에서 56번 국도로 갈아타고, 구룡령을 향하여 엷은 안개를 헤치며 북북동으로 굽이굽이 돌아 올라간다. 나는 숲속을 걸을 때가 제일 마음이 편한데 채석장이나 골프장, 모텔을 짓는다고 산을 허물어 절개지가 드러나면 울화가 치민다. 오늘이 음력 그믐이니 어둠 속으로 산자락이 허옇게 드러난 것은 달빛 때문이 아닐 것이다.

3시에 새로 단장한 구룡령휴게소에 도착하여 산악회에서 준비한 식사를 하고 여장을 챙겼다. 동물들의 이동통로로 만들어 놓은 콘크리트 구조물이 구룡령을 가로지르고 있었다. 4시에는 콘크리트 구조물을 따라 동에서 서로 구룡령 위를 횡단하고 곧이어 잡목 숲길로 들어섰다. 어둠 속이라 확인할 수는 없었으나 느낌에 대여섯 개의 봉우리를 오르내린 것 같았다.

'생태복원조림' 간판을 지나 5시 10분에 치밭골령에 도착하고 5시 33분에는 이정표가 있는 1,204봉인 갈전곡봉에 닿았다. 산죽과

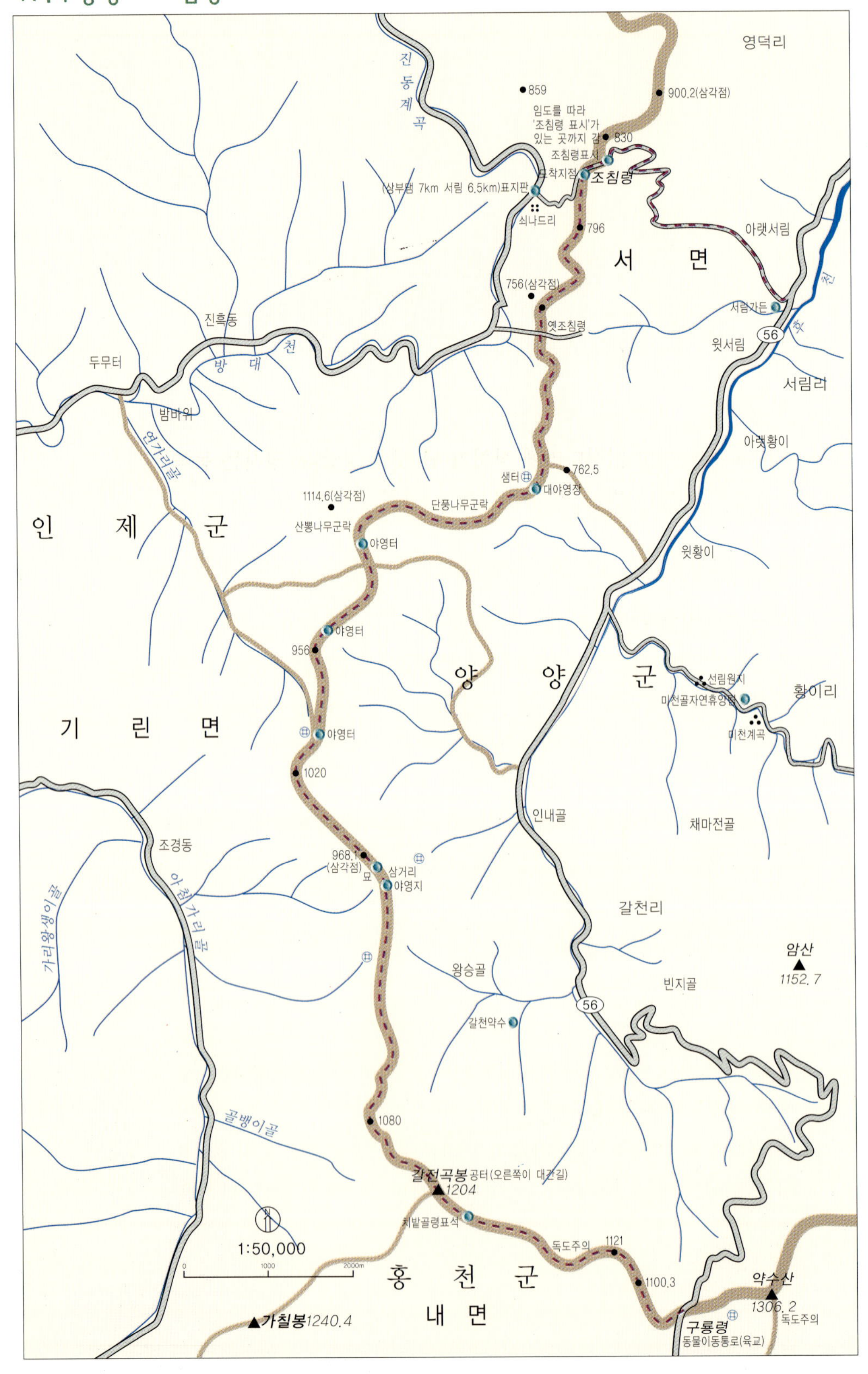
영덕리
진동계곡
859
900.2(삼각점)
임도를 따라
'조침령 표시'가
있는 곳까지 감
830
조침령표시
도착지점
조침령
상부댐 7km 서림 6.5km)표지판
쇠나드리
796
아랫서림
서 면
756(삼각점)
서림가든
옛조침령
윗서림
56
진흑동
방 대 천
서림리
두무터
밤바위
연가리골
아랫황이
762.5
샘터
대야영장
1114.6(삼각점)
단풍나무군락
윗황이
산뽕나무군락
야영터
인 제 군
야영터
956
양 양 군
기 린 면
선림원지
황이리
미천골자연휴양림
야영터
미천계곡
1020
인내골
채마전골
조경동
아침가리골
968.1
(삼각점)
묘
삼거리
야영지
갈천리
암산
1152.7
왕승골
빈지골
갈천약수
56
골뱅이골
1080
N
갈전곡봉 공터(오른쪽이 대간길)
1204
1:50,000
0 1000 2000m
지밭골령표석
독도주의
1121
홍 천 군
내 면
1100.3
약수산
1306.2
가칠봉 1240.4
구룡령
독도주의
동물이동통로(육교)

단풍나무가 헤드랜턴의 불빛 아래 초록과 붉은 빛을 드러내고 있었다. 봉우리는 넓지 않으면서 평평하였다. 여기서 오른쪽 급경사 내리막을 쳐야 대간에 든다. 행여 왼쪽 좋은 길로 갔다가는 가칠봉으로 해서 삼봉약수터로 빠진다. 어둠 속에서 급경사 내리막을 치고 안부 같은 곳에서 길은 다시 오르막을 친다.

5시 50분경 봉우리에 오르고 다시 내리막을 칠 때 길 가운데 박힌 중동이 부러져나간 날카로운 가지가 있는 나무에 왼쪽 넓적다리가 걸렸는데, 8시 반경 고원지대에서 왕 상무와 요기를 하려고 땅에 앉을 때에야 바지가 엉덩이 부분에서 배꼽 아래 부분까지 가운데로 찢어지고 넓적다리에 상처가 난 것을 알았다. 당시는 동쪽으로부터 여명이 밝아오고 검은 산, 보라색 구름, 적홍색 구름산, 회색 구름이 아래서 위로 차례로 층을 이루고 있는 기이한 광경에 홀려 아픈 줄도 몰랐다.

산죽과 원시림이 우거진 오르막 끝에 6시 7분경 1,080봉을 올랐다. 급경사를 내려올 때 대간은 오른쪽으로 약간 방향을 틀어 정북으로 향하고, 주위가 훤해지면서 하늘은 온통 우유빛이었다. 헤드랜턴을 끄고 배낭에 넣었다. 나뭇잎은 노랗게 물이 들었다. 고원지대를 지날 때는 오른쪽으로 굽이치는 구룡령도로가 내려다보이고, 테라스봉을 내려설 때에는 구릉지대에 얕은 봉우리가 두 개나 있었다. 건너편 봉우리는 구름에 상반신을 가리고 있었다.

구릉과 봉우리를 지나고 급한 내리막을 내려선 때가 6시 45분, 왕승골 사거리였다. '왕승골 1.5킬로미터, 조경동 1.6킬로미터, 갈전곡봉 3.2킬로미터, 연가리 샘터 3킬로미터'라 적힌 이정표가 있고, 연가리 방향 쪽으로 '968.1미터, HP'라는 표시가 있다. 대간은 왼쪽으로 약간 휘며 북북서로 방향을 잡고 안개비가 흩날리기 시작한다. 오르막에는 능선의 숲이 운무에 묻히고 줄기가 시커먼 큰 참나무 3~4그루를 지나니 길 오른쪽에 폐묘 1기가 누워있다. 물푸레나무군락을 지나 작은 암봉에 섰을 때는 갑자기 운무가 시야를 가린다.

6시 52분에 968.1봉에 올랐다. 968.1봉을 내려서자 길 좌우로 온통 신갈나무와 붉은 단풍나무가 자리하고, 작은 봉우리를 좌측으로 우회할 때에는 산죽이 무릎을 스친다. 완만한 오르막에도 산죽과 잡목, 싸리가 한동안 계속된다. 대간 오른쪽으로 절벽이 하얀 운해에 묻혀 있고, 왼쪽으로는 산록이 완만한 경사를 이루며 수림이 가득하다.

7시 30분 드디어 헬리포트가 있는 1,020봉에 올랐다. 10여 분을 걷자 키 큰 수목 아래 멧돼지가 파헤친 구덩이가 즐비하다. 키 작은 산죽이 널려 있는 내리막 끝은 야영터인 '바람부리 삼거리' 였고, 왼쪽에는 연가리골로 내려가는 길이 있었다. '쇠나드리 1.9킬로미터, 조침령 4.0킬로미터, 왕승골 3.0킬로미터' 라 적힌 이정표에는 연가리골 샘터와 단풍군락지, 옛 조침령 표시가 있었다.

대간은 북으로 방향을 잡고 완만한 오르막 능선으로 이어진다. 7시 55분에 956봉에 오르고 잠시 내려서자 다시 오르막으로 바뀐다. 오가피나무가 서 있는 곳을 지나 8시 20분에 1,060봉에 올랐다. 8시 25분 전면에 봉우리가 보이는 고원지대의 바람이 닿지 않는 곳에서 왕 상무와 요기를 하기로 했다. 민 회장, 신 감사, 강 선생은 아직 소식이 없다. 10여 미터가 안되던 시계는 이제 50여 미터까지 트이기 시작했다.

8시 40분에 배낭을 챙겼다. 떡갈나무, 고로쇠나무 아래 흰 초롱꽃이 피어있는 봉우리를 넘어 완만한 경사를 내려올 때 단풍나무 군락을 좌우에 두고 대간은 다시 동으로 머리를 돌린다. 9시 5분에 키 작은 산죽밭을 올라 995봉에 닿고 이어 10분간을 급경사 내리막을 쳤다. 갑자기 안개가 물러나면서 사방이 훤히 보이기 시작하고 건너편 산도 그 모습을 드러낸다.

내리막은 산철쭉과 무릎까지 오는 산죽, 그리고 키가 크고 시커먼 도토리나무가 울창하다. 땅에 도토리가 수없이 깔려 두서너 번을 나뒹굴었다. 고원지대를 지나 테라스봉을 내려서니 사거리인 듯한 대야영장이 나선다. 9시 30분. 서어나무와 다릅나무가 줄지어 있었다. 우리는 이곳이 쇠나드리 갈림길인 줄 알았다. 그러나 쇠나드리 갈림길은 1시간을 더 가야 했다.

다릅나무는 '숲속의 은둔자'로 깊은 산 우거진 숲속에서라야 만날 수 있다. 키가 큰 것은 20여 미터나 되고 지름이 두세 아름은 되며, 적갈색 나무껍질이 색종이를 잘라서 붙여놓은 듯이 세로로 말려 줄기에 붙어있다. 속살의 邊材가 연한 황백색이고 心材가 짙은 갈색으로 호랑이나 곰 등의 동물형상이나 장식용 나무그릇을 만드는 데 이것만큼 좋은 재료는 없다. 이곳에서 대간은 조침령까지 정북으로 달려간다.

9시 37분에 봉을 넘어 10시에 봉 좌측으로 우회하고, 10시 7분에 다시 봉을 넘으니 고원지대가 나왔다. 고원지대 끝머리 봉우리를 내려와 10시 23분에 이른 암봉에는 노송 한 그루가 그림같이 서 있는 전망대였다. 멀리 북서방향으로 점봉산이 하얀 구름을 이고 있으며, 그 너머 귀청과 대청 사이 서북능선이 하늘 위에 떠 있다. 산죽밭을 내려와 안부에 이르니 10시 30분, 쇠나드리 갈림길이다. 개념도상에는 '옛 조침령'이라 표시된 곳이다. '쇠나드리'라는 이름이 하도 이상하여 왕 상무한테 다음에 꼭 알아보자고 했다. '소가 나들이 간다?'

10시 35분에 산죽밭을 내려 10시 45분쯤 첨봉을 좌측으로 우회하고, 10시 45분에는 아름드리 굴참나무가 시야에 들어차는 원시림지대를 지난다. 멧돼지가 파헤친 구덩이를 보고는 슬며시 겁이 났으나 우거진 숲의 고원지대를 지나면서 무서움은 싹 가셨다.

11시 5분경에 796봉에 올랐다. 이제 끝인가 싶었는데 아니었다. 조침령은 안보이고 또 하나의 봉우리를 넘어 산줄기는 북동으로 가다가 다시 북으로 치닫고 있었다. 온몸에 기운이 빠져나가며 눈앞이 흐릿해진다. 어디 한두 번 겪었던 일이던가! 운기조식을 하며 배낭끈을 조이고 내려선 후 봉우리를 올라서니 문득 조침령도로가 발 밑에 보이는 것이 아닌가! 11시 13분, 756봉이었다.

기운이 용솟음쳐 한걸음에 달려 내려와 11시 15분 조침령도로에 내려섰다. 북북동으로 비포장도로를 따라 100여 미터 올라가니 도로 왼쪽에 대간 리본이 휘날리고 도로는 다시 북동으로 굽이쳐 나간다. 조침령 마루 대간 리본이 있는 건너편에는 기단 위에 돌비석이 있고 그 위에 자연석이 얹혀있는데, '조침령'이라 써놓았다. 돌비석에는 '공사기간 1983. 6. 10~1984. 11. 22, 연장 방동~서림 21킬로미터, 시공부대 3군단 공병여단'이라 새겨놓았다.

11시 20분에 동남방향의 '서림가든'을 향해 고갯마루를 넘어섰다. 남동쪽에 삼각형으로 하늘 높이 떠 있는 조봉(1,182.3미터)을 뒤에 두고 대간에서 내린 지능선들이 잿빛 하늘에 운무를 인 채 농(幰)을 치고 있었다. 도로는 좌우로 대간에서 내린 칠팔십도 각의 비탈로 이루어진 협곡을 품고 있으며, 소나무와 상수리나무군락이 끝나자 전나무군락이 이어지고 있었다.

좌측에 폭포를 두고 도로는 오른쪽으로 굽어 돌고, 그 아래서 좌우 협곡이 합수되면서 우측으로 내려가는 계곡은 귀가 멍멍할 정도로 우렁찬 소리를 내기 시작했다. 오른쪽의 수직으로 깎아지른 산비탈에는 태풍 루사가 할퀴고 간 자취가 뚜렷하였으나 화를 면한 적송들은 태고의 신비함을 간직하고 있었다. 길이 완만해질 때 우측 샛길로 들어 계곡가에 이르렀다. 왼쪽의 큰 바위 뒤에는 절리된 수직바위가 서 있고 오른쪽 큰 바위 뒤에는 적송림이 그득하며 계곡은 위에서 오른쪽으로 꺾여 시야에서 사라진다. 큰 바위들 아래 물이 우렁차게 내려꽂히는 대여섯 평이나 되는 유리알처럼 맑은 沼에 온몸을 담갔다. 잿빛 사이로 보이는 코발트빛 하늘에는 하얀 구름이 쏜살같이 남동으로 흘러가고 있었다. 물방울이 걸린 거미줄을 헤쳐 나올 때는 구절초, 산박하, 쑥부쟁이, 볼개미취, 보라와 흰 금강초롱 등을 보았으며, 56번 도로와 가까워질 때는 거북꼬리와 투구꽃도 보였다.

　오늘 구간은 오르막 내리막이 끝도 없이 이어지는 '마의 구간'이었다.

48구간

제거된 1,105봉 암릉의 로프

2002년 10월 19일 밤 10시경 사당역 부근!

하늘에는 구름이 잔뜩 끼어있고, 뉴스에서는 강릉·삼척지방에 300밀리도 넘는 폭우가 쏟아졌다고 한다. 악천후가 심해지기 전에 설악산 구간을 마쳐야 하기 때문에 오늘 구간을 강행했다.

코스는 한계령에서 조침령 쪽으로 잡았다. 차가 동으로 갈수록 차창너머의 풍경은 험상궂어지고, 인제, 원통을 지날 때는 거뭇거뭇한 형체의 산 능선을 하얀 구름이 갉아먹고 있었다. 밤 2시 20분 어름에 '민예단지휴게소' 광장 한쪽 구석 파라솔이 놓인 곳에서 흰밥에 깍두기와 고깃국으로 요기를 할 때에는 기어코 강한 바람이 빗방울을 흩날리고 있었다.

한계령을 넘어 필례약수로 가는 고갯마루 근처에서 차가 서고, 우리는 왼쪽 철책을 넘어 숲 사이로 기어들어가 능선으로 올라섰다. 정각 3시. 사위는 깜깜하고 해드랜턴 불빛 속으로 빨려들어오는 빗줄기는 으산하였다. 길은 계속 오름이었고 3시 20분, 35분, 40분에 각각 길을 막는 거대한 바위에 지레 주눅이 들었다.

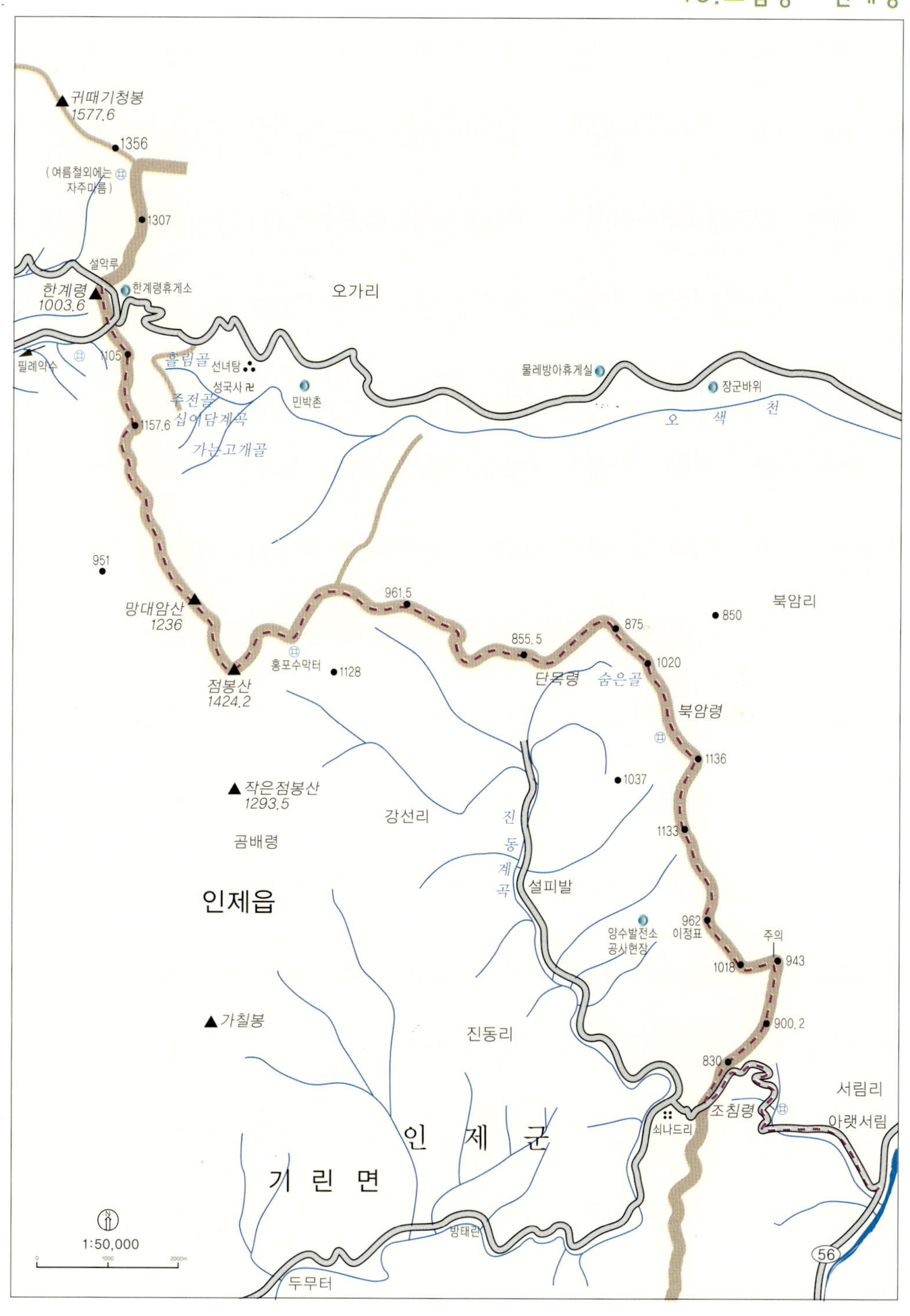
귀때기청봉
1577.6
1356
(여름철외에는
자주마름)
1307
설악루
한계령
1003.6
한계령휴게소
오가리
필례약수
105
흘림골
선녀탕
주전골
성국사
십이담계곡
민박촌
물레방아휴게실
장군바위
1157.6
오 색 천
가는고개골
951
961.5
북암리
망대암산
1236
855.5
875
850
홍포수막터
1128
단목령
숨은골
1020
점봉산
1424.2
북암령
1136
작은점봉산
1293.5
1037
강선리
진동계곡
1133
곰배령
설피밭
인제읍
962
이정표
주의
양수발전소
공사현장
943
1018
가칠봉
900.2
진동리
830
서림리
인 제 군
쇠나드리
조침령
아랫서림
기 린 면
방태리
1:50,000
0   1000   2000m
56
두무터

고난은 4시부터 시작되었다. 선두가 멈추어 서고 나지막한 웅성거림 속에서 보이지 않는 두려움이 은밀하게 전해온다. 3미터쯤 되는 상자꾸리는 가느다란 노끈이 불룩한 암벽에 걸쳐져 있었는데, 노끈을 잡고 돌아서서 반동을 이용하여 트래바스해야 오른쪽 위 바위턱을 잡을 수 있었다. 헤드랜턴으로 비추어 본 아래는 수십 길 낭떠러지로 까마득하고 위는 끝이 안 보였다. 암봉을 기어올라 내려서니 가느다란 나무줄기를 싸잡아 쥐고 뛰어내려야 하는 두 길이나 되는 바위턱이 도사리고 있었다. 20여 미터 평지를 지나자 이번에는 암벽 틈에 걸쳐 놓은 키의 두배나 되는 고사목 둥치에 의지해 올라야 했고, 암벽을 기어오른 후에는 나무둥치를 안고 뒤로 돌아타고 내려야 했다.

세 번째 암봉을 올라 내려서고 다시 암벽을 오를 때에는 정신이 하나도 없었다. 운에 맡길 뿐이었다. 민 회장이 뒤에서 소리쳐 불렀다. 그러나 대답할 용기가 나지 않았다. 지금 우리 대원들은 위험이 도사리고 있는 어둠 속에서 행렬의 마디마디가 끊어졌다. 내가 속한 그룹은 대여섯 명이었으며 그 일행에서 이탈해서는 안된다는 두려움에 부름을 모른 척했던 것이다. 자신의 안위에 몰두해 있는 나의 의리 없음과 나약함에 스스로 부아가 치민다.

다시 선두가 멈추어 선다. 이제 제풀에 손끝, 발끝에서 힘이 빠져나간다. 다행히 민 회장이 무사히 건너와 등뒤에 붙었다. 두 가닥 가는 줄이 바위턱에 걸렸고 왼쪽으로 돌아가는 끝은 보이지 않았다. 암반틈새 개구멍의 바위턱을 안고 돌아서서 '레이 백'을 해야 하는 곳이다. 민 회장은 쇠나드리에 내려왔을 때 바위턱을 잡고 쩔쩔매던 나를 놀렸다. 그 놀림에는 부름에 답하지 않았던 나를 비아냥거리는 속내가 숨어있다는 것을 금방 알아차릴 수 있었다. 부끄러웠다. '레이 백'을 해야 하는 크랙구간은 수직 10여 미터나 되었고, 다음 수직 30여 미터에는 두 가닥 가는 줄마저 없었으나 처음 마디만큼 어려운 곳(1,105봉)은 아니었다.

1,105봉 뒤로 보이는
칠형제봉

　4개의 암봉을 내리고 흙길의 오름에 들었을 때는 4시 30분이었다. 이제 바위가 끝났나 싶었는데 아니었다. 흙길의 오름 끝에 다시 바위가 시작되어 절망했으나 오히려 마음은 편해졌다. 암봉을 오르내린 안부 끝에는 다시 칼날 같은 시커먼 형체가 하늘에 닿아 있었다. 일행은 웅성거리며 두려움에 떨었다. 나는 직전의 암봉을 오르면서 좌측으로 빨간 리본을 언뜻 보았던 것을 기억해 내고는 일행을 인도하여 되돌아 나왔다. 대간은 앞에 위치한 암봉에서 수직 하강하여 우측으로 바위벽을 잡고 트래바스해야 했다. 착지점은 흙이었고, 그 길은 바위 밑둥치를 따라 한참 올라가야 했던 것이다.

　암봉을 벗어난 흙길은 편안했다. 5시. 잠시 후에 육봉인 1,157.6봉을 오르내린후 좌측으로 갈림길이 있는 고개에 도착하였다. 한계령에서 4킬로미터를 왔고 망대암산까지 2킬로미터 남았다는 거리표시가 있는 이정표가 있었으나, 대간인 망대암산 쪽이 좌측인지 우측인지 분간할 수 없었다.

　우리 일행은 우측 내리막으로 방향을 잡았다. 바람이 좌측에서 불어오니 그 쪽은 동해 쪽인 오색 쪽이 분명할 터였기 때문이다.

산죽이 시작되고 그 남서방향으로 끝없는 내리막을 치면서 방향을 잘못 잡아 계곡으로 내려가는 것이 아닌지 의아해하며 가다 서기를 거듭하였다. 다행히 가까스로 하나씩 붙어있는 대간 리본이 그러한 의구심을 날려보냈다.

왼쪽으로 약간 방향을 틀면서 안부가 나오고 산죽은 이제 키를 넘는다. 길은 남동으로 향한다. 한동안 평지를 지나 안부 삼거리에 닿았다. 언뜻 본 표지판에 '이 지역은 자연휴식년제로 암릉에 설치된 로프와 밧줄을 제거하였으니 산행에 참고하시라'고 씌어있다. 새삼스럽게 놀랄 기운도 없었다. 아무리 생각해도 휴식년제를 어긴다고 암벽에 설치된 로프를 제거한 것은 빈대 잡는다고 초가삼간 태우는 격으로, 멋모르고 들어온 사람의 생명을 해칠 수도 있는 경도된 발상이다.

좌측은 십이담으로 가는 길이다. 산죽이 차츰 키를 낮추더니 이내 사라지고 참나무가 대신한다. 얕은 봉우리 하나를 넘어서고 고원지대가 펼쳐지더니 본격적인 오름이 시작되었다. 6시경 여명이 밝아오면서 주위가 어렴풋이 드러난다. 동쪽에서는 강한 바람이 몰아쳐 회색안개 속에서 나뭇가지는 잎을 죄다 떨구고 바위덤들이 드문드문 나타나기 시작했다. 6시 20분부터 나타나기 시작한 좌측의 큰 바위덤들은 돌을 깎아 병풍처럼 세워놓은 형상을 하고 있었으며 그 너머는 깎아지른 절벽이었다. 처음에는 좌측으로 대여섯 개가 보이더니 우측으로도 서너 개가 나타나고 다시 좌측으로 대여섯 개의 덤이 계속되었다.

종장에는 좌측의 바위덤과 우측의 한 그루 노송이 박혀있는 바위협곡을 빠져 나왔다. 좌측 대여섯 개의 바위덤이 있는 곳이 곧 망대암산(1,236미터) 정상이었던 것이다. 정각 6시 30분이다. 희끄무레 밝아오는 동해를 어림하며 헤드랜턴을 꺼 배낭에 넣고 정상 암봉을 우측으로 우회한 후 한 굽이 돌아서니 길은 다시 남동으로 달린다. 이제 점봉산으로 향한다. 참나무, 피나무, 단풍나무가 무리지어 있는 고원지대가 한동안 계속되었고, 왼쪽 절벽으로부터 불어오는 바람은 거세었다. 대간은 서서히 가팔라지더니 코를 땅에 박을 정도의 경사가 끊임없이 이어진다.

6시 35분, 인제 국유림관리소장이 세운 '대민 계도문'에서는 주목보호를 당부하고 있었다. 우측으로는 주목 1그루와 고사목 3그루가 보였다. 거기서부터 10여분간 잡목과 산철쭉군락 사이에 주목이 신선인 양 군데군데 자리하고 있다. 주목은 '영생부사'다. 죽어 땅에 가지를 묻은 곳에서 푸른 잎을 단 줄기가 다시 살아나고 있었다. 점봉산 정상은 보일 듯 말 듯하면서 좀체 그 모습을 드러내지 않고, 긴 오르막에는 키 작은 잡목과 산철쭉이 뒤엉켜 있다.

7시 정각 드디어 점봉산 정상에 올랐다. 가로, 세로, 높이 각각 100, 70, 60센티미터의 자연석 기단 위 땅콩껍질 형상의 돌에 검은 글씨로 '점봉산 1,424미터'라고 음각해 놓았다. 안개비가 폭풍에 묻혀 동에서 서로 쏜살같이 넘어가고 초본류가 몸을 누인 허허한 벌판이었다. 금년 2월 9일 혹한의 눈보라 속을 헤치면서 오색에서 점봉산을 올라 작은 점봉산을 넘고, 곰배령을 지나 호랑이 코빼기봉을 거쳐 가칠봉을 눈 앞에 두고 오작골로 내려서던 기억이 꿈결같이 떠오른다. 직진하면 곰배령으로 가고 대간은 오던 길에서 직각 좌회전하여 북동으로 향해야 한다.

'홍포수막터'를 지나서부터 급경사 내리막이 시작되고, 그때부터 빗줄기가 굵어졌다. 7시 46분 오색갈림길에 닿았다. 낙뢰를 맞아 중턱이 잘려나간 고사목이 여기저기 뒹굴고, 보이는 것은 100여 미터의 시계 안에 키 낮은 초록의 산죽과 갈색의 단풍나무 그리고 잎을 떨군 키 큰 수목이 회색 하늘을 배경으로 그려놓은 수채화 뿐이었다. 이곳에서 대간은 다시 남동으로 휜다.

고원지대를 건너 961.5봉을 넘고 사거리를 지나자 세 개의 작은 봉우리와 구릉지대가 교대로 나타났다. 그곳에서 길은 남에서 다시 동으로 꺾였다. 8시 40분 855.5봉을 지났고, 산죽이 뒤덮인 내리막을 내려 8시 45분 '단목령'에 닿았다. '단목령'은 공터였다. 내려온 쪽에는 '오색 3킬로미터 1시간, 점봉산 5킬로미터 2시간 30분'이라 적힌 이정표가 있고, 좌측에 백두대장군 우측에 백두여장군이 눈을 부라리고 있다. 오색방향으로 전신주 삼분의 이쯤의 높이에 걸린 나무판때기에 전서체로 '檀木嶺'이라 씌어있다. 대기하고 있던 산악회장에게 암릉에서 죽는 줄 알았다고 하니 로프를 제거한 줄 몰랐다고 한다.

8시 50분, 잰걸음으로 '단목령'을 뒤로 하고 북동으로 방향을 잡아 올라가는데 우측으로 우당탕거리는 계곡물 소리가 들렸다. 눈을 돌리니 비스듬히 누운 폭포가 흰 물줄기의 포말을 튕기고 있다. '숨은골'이며, 이는 단목령에서 남으로 꺾여 내려가다가 진동계곡에 합류된다.

9시 15분에 875봉을 지나니 길은 다시 남동으로 크게 휜다. 비슷한 높이의 봉우리를 지난 후 다시 밋밋한 능선이 이어지더니 9시 30분에 노송 한 그루가 그림같이 뿌리내리고 있는 암봉인 1,020봉에 올랐다. 내리막을 치면서 서서히 기운이 빠져나가는 것을 느낄수 있었다. 점봉산 아래서 차디찬 캔전복죽으로 점심을 때운 것이 결정적 잘못이었다. 설상가상으로 세차게 몰아치는 빗줄기에 몸이 으스스하여 정신을 차리고 보니 여태까지 배낭커버를 씌우는 것도 잊어먹고 있었다. 행여나 싶어 민예단지휴게소에서 김밥 한 줄을 산 것이 그나마 천만다행이었다.

9시 55분 드디어 북암령이다. 비를 피해 큰 나무 밑둥치에 웅크리고 자리를 잡았다. 비는 바람에 실려 사선으로 흩날리고 거목 밑에서 빗방울은 수직으로 낙하한다. 냉기가 도는 김밥 한 알에 물 한 모금씩을 털어넣고 꼭꼭 씹었다. 기운을 차려 배낭커버를 씌우고 복장을 정돈하여 자리에서 일어서니 10시 5분이다.

천천히 올라 10시 25분에 테라스봉을 넘고, 27분에는 삼각점이 박혀있는 1,136봉에 올랐다. 고원지대가 나서고 동쪽 절벽으로부터 강풍이 그치지 않았다. 바위덩 2개가 비스듬히 선 암봉을 우측으로 우회하고 기백 평의 널따란 구릉지대를 지나 10시 45분 1,133봉에 닿았다. 거기서 문득 힘을 주체하지 못하고 내리막을 내달리기 시작했다.

10시 55분에 '양수발전소, 조침령 2킬로미터'라 적힌 이정표가 있는 962봉을 바람같이 지나쳤다. 안개비 덕분에 발전소를 만든다고 산을 파헤친 광경을 보지 못한 것은 다행이었다. 조침령에 가서야 깨달은 것이었는데 '조침령 2킬로미터'라는 표시는 잘못된 것이었다. 2킬로미터라면 지금 이 속도라도 20분이면 족히 닿을 수 있는 거리다. 그러나 조침령에 내려설 때까지는 7~8개의 봉우리가 더 있었고, 한 시간 뒤인 12시에야 조침령에 내려섰기 때문이다.

이정표를 지나서는 완만한 능선으로 잡목과 신갈나무, 피나무가 줄을 잇는다. 2개의 봉우리를 넘어 11시 13분에 삼각점이 박혀있는 1,018봉에 올랐다. 여기서 대간은 동진한다. 7분 뒤에 도착한 943봉에는 삼각점이 박혀있고, 길은 직각 우회전하여 정남으로 향한다.

11시 33분에 도착한 900.2봉에서 대간은 남서로 머리를 틀며 자작나무와 서어나무 사이로 산철쭉과 관목이 팔과 얼굴을 할퀸다. 11시 45분에 도착한 830봉부터는 좌측으로 절벽을 이루고, 건너편 산비알은 급경사를 이루고 있었다. 잡목과 관목은 조침령까지 따라왔다.

12시 정각에 조침령에 내려섰다. 조침령은 동쪽 양양의 서림마을과 서쪽 인제군의 쇠나드리를 잇는 고개이다. 3군단 공병여단이 두 마을을 연결하는 21킬로미터에 이르는 비포장도로 공사를 1983년 6월에 시작하여 1984년 11월 22일에 마쳤다.

쇠나드리로 가는 길은 지그재그로 3번을 60도로 꺾어야 했다. 갑자기 대간 아래 산자락이 운해를 벗어나면서 초록과 연초록을 바탕으로 빨강, 노랑, 갈색이 불타오른다. 왕 상무는 '이 기막힌 절경을 안개 속에 다 묻어두고 왔다'고 아쉬워했다. 그 광경도 잠깐 다시 안개가 산자락을 덮어갔다.

'쇠나드리'는 '단목령'에서 시작하는 진동계곡이 남으로 흐르다가 우측 직각으로 꺾이면서 서로 흐르는 방태천에 합수되는 곳에 위치한 조침령 아래 마을이다. 진동계곡은 서로 꺾이면서 연가리골, 아침가리골, 왕생이골이 합수한 조양동계곡을 더하여 방태천을 이루어 남서로 흘러가는 것이다. 굵어지는 빗방울을 무릅쓰고 세차게 흘러가는 진동계곡에 내려 땀과 소금기를 씻어냈다. 계곡에 누워 바라보는 방태천으로 흘러가는 물굽이와 개울에 떨어지는 빗방울, 그 산자락의 안개와 단풍은 마술사처럼 몸과 마음을 하늘로 부웅 떠올리고 있었다.

계곡변을 올라 길을 건너 통나무집을 지나 중년 사내 한 분이 있는 민가 안으로 들어가서 산악회에서 준비한 라면과 소주로 냉기를 다스렸다. 중년 사내에게 '쇠나드리'라는 특이한 마을이름의 연유를 물었다. 쇠나드리는 원래 세 줄기 험한 물줄기가 길을 막는다 하여 '세나드리'라 불리던 곳인데, 버덩에 소를 방목하면서 '쇠나드리'로 바뀌었다고 한다. 또한 내의 여울이 급하고 바람이 거세어 소도 건너다니기가 힘들다하여 그렇게 부른다고도 했다. '쇠나드리'의 수수께끼가 풀린 것이다.

千의 비경 有情萬里

2002년 11월 16일 새벽.

어둠을 가르고 동서울터미널에 도착하니 6시 10분이었다. 드디어 꿈에 그리던 공룡능선을 타는 것이다. 산악회에서는 오늘밤에 출발하여 한계령에서 내일 새벽 3시경에 산행을 시작한다. 그러나 나는 예전부터 '공룡능선'에 대한 알 수 없는 공포감으로 인해 코스를 나누어 희운각에서 하룻밤을 자기로 계획을 세운 후, 지난번 미시령~마등령 구간에서 혼이 났던 닥터 리에게 의향을 물었더니 흔쾌히 동행하겠다고 하여 같이 나선 길이다.

6시 30분 정각에 출발한 차는 7시경 양수리를 지나 남한강을 따라 양평으로 향한다. 감지하기 힘든 강물의 미세한 움직임은 오히려 그 차가움을 느낄 수 있고, 신이 난 청둥오리떼는 꼬리를 물고 강물 속으로 고갯짓을 하고 있다. 용두리에서 44번 국도를 갈아타고 8시에는 홍천에 접어들었다. 홍천 시가지는 홍천강을 사이에 두고 제법 높은 양 산자락 밑에 자리하고 있었다. 대기는 차가운데 아침밥 짓는 연기가 수직으로 피어오르고 뜨는 해는 산마루에 걸

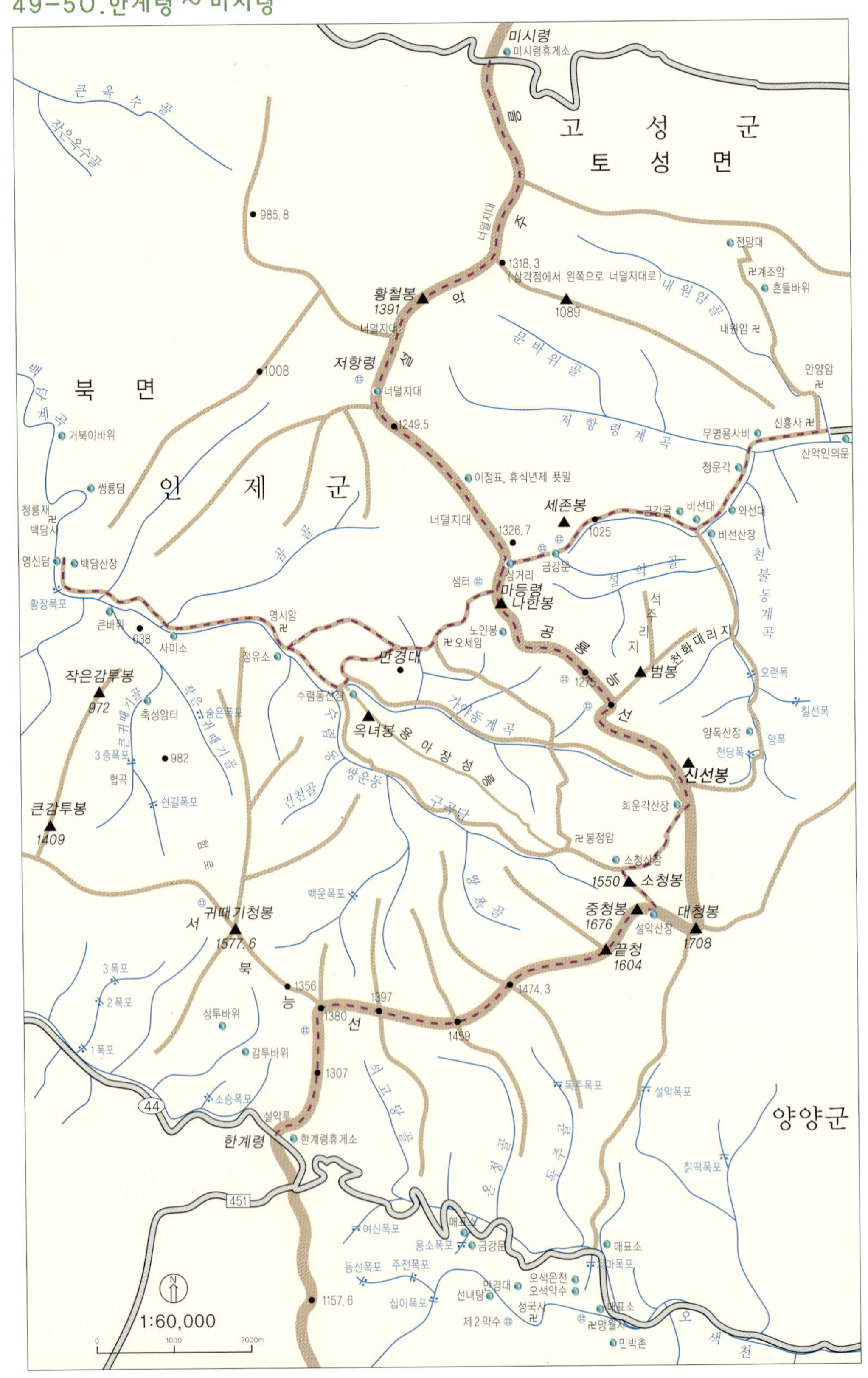
큰 옥 수 골
잔은옥수골
985.8
고 성 군
토 성 면
미시령
미시령휴게소
너덜지대
새
전망대
관계조암
흔들바위
1318.3
(삼각점에서 왼쪽으로 너덜지대로)
내 원 암 골
내원암 관
황철봉
1391
1089
너덜지대
악
저항령
능
너덜지대
1008
안양암 관
북 면
저 항 령 계 곡
무명용사비
신흥사 관
거북이바위
1249.5
청운각
산악인의문
인 제 군
쌍룡담
이정표, 휴식년제 푯말
청룡재 관
백담사
세존봉
금강굴
비선대
와선대
너덜지대
1326.7
1025
비선산장
영신담
백담산장
금강문
천
불
동
계
곡
황장폭포
샘터
삼거리
관
설
악
골
석
주
리
지
큰바위
638
영시암
관
마등령
나한봉
사미소
정유소
만경대
노인봉
관 오세암
공
룡
능
범봉
천 화 대 리 지
오련폭
작은감투봉
1275
선
칠선폭
972
축성암터
수렴동산장
옥녀봉
가 야 동 계 곡
앙폭산장
앙폭
3중폭포
982
수
렴
동
아 장 성 능
천당폭
협곡
쉰길폭포
쌍
운
동
구
곡
담
신선봉
큰감투봉
1409
희운각산장
매
봉
백운폭포
관 봉정암
소청산장
서
귀때기청봉
용
아
골
1550
소청봉
1577.6
중청봉
1676
대청봉
북
1356
1397
설악산장
끝청
1604
1708
능
1380
선
1459
1474.3
1307
저
골
독주폭포
설악폭포
44
소승폭포
양양군
설악로
한계령
한계령휴게소
칠떡폭포
451
여신폭포
매봉소
용소폭포
금강문
매표소
등선폭포
주전폭포
마폭포
1157.6
선녀탕
만경대
오색온천
오색약수
십이폭포
성국사 관
표소
제 2 약수
관 망월사
민박촌
오
색
천
1:60,000
0   1000   2000m

렸으며, 외투를 입고 등교하는 여학생들이 몸을 움츠리고 다리를 건너온다. 시가지를 벗어나자 추수를 끝낸 들판에 서리가 하얗게 앉았고 새 한 마리가 공중에서 선회하다 남쪽 산으로 날아간다.

9시에 원통을 지나 한계령고개에 오르자 우측으로 가리봉이 주격봉을 데리고 하늘 높이 떠 있었으며, 산 7부 능선 위는 하얀 눈을 덮어쓰고 있었다. 9시 10분경 한계령 고갯마루에 닿자 강풍은 노도같이 동해 쪽으로 내닫고 있었다. 한계령휴게소에서 둘이서 오뎅국물을 마시면서 매점 창 너머로 바라본 남쪽의 만물상능선은 기기묘묘하였다. 지난번 한계령~조침령 구간 때 죽을 고비를 넘겼던 만물상바위능선을 찾아보았으나 만물상능선의 밑자락만 눈에 들어올 뿐 어디가 어딘지 가늠할 수 없었다. 불이 활활 피어있는 화로 옆에서 노닥거리다가 정각 10시에 휴게소 뒤편 철계단을 올라섰다.

한계루를 지나니 매표소와 위령비가 나선다. 바위틈새로 이어지는 오르막을 치면서 10시 20분에 '한계령 0.5킬로미터, 중청 7.2킬로미터' 라 쓰인 이정표를 지났다. 좌우로 너덜이 시작되고 길은 중앙으로 나 있었다. 10시 50분 너덜이 끝나고 앉기 좋은 바위 위에서 휴식을 취하기로 했다. 이제는 뒤돌아볼 여유가 생겼다. 날씨가 화창하고 대기가 차가워 시계는 막힘이 없었다. 이제야 지난번의 그 악몽 같았던 만물상바위능선 등로가 눈 아래 확연히 바라보이는 것이었다.

한계령 고갯마루에서 남쪽으로 700미터쯤 간 곳에 서쪽으로 필례약수 가는 길이 보였다. 대간은 남쪽으로 이어지며 두 개의 거대한 침봉을 안고 넘어가더니 1,157.6봉 못 미쳐 등선대를 안은 만물상능선을 북동으로 흘려보내고 있었다. 망대암산에서 북동으로 내린 능선과 만물상능선 사이에는 그 유명한 일명 주전골인 십이담계곡이 숨어있었고, 삿갓모양의 거대한 육산인 점봉산은 이 모든 것을 품고 의연히 하늘에 떠 있었다. 점봉산 뒤로는 가리봉, 방태산, 오대산이 병풍을 치고 산맥능선에 끼인 이내를 제외하고는 온 하늘이 차디찬 쪽빛으로 물들어있었다.

좌측 위로 높이 서 있는 암봉을 바라보면서 눈 쌓인 산길을 오르다가 11시에 삼각점이 박혀있는 1,307봉에 닿았다. '한계령 1.0킬로미터, 중청 6.7킬로미터' 이정표 주변에는 신갈나무와 피나무가 줄을 서 있다. 갑자기 시야가 트이면서 좌측으로는 1,577봉과 귀청에서 내린 암릉들이 겹을 이루고, 우측으로는 서북릉에서 내린 암릉들이 석고등골, 온정골, 독주골을 차례로 일구어내고 있었다. 내리막에는 차가운 북서풍이 얼굴에 와 닿고, 음지에는 눈이 얼어붙어 있어 아이젠을 차지 않으면 안되었다. 큰 바위를 좌측으로 우회할 때 올라오면서 본 큰 암봉이 기괴한 모습을 하고 있었다. 참회나무, 까치박달나무, 물푸레나무가 보인다.

야트막한 봉우리를 돌아서니 거제수나무와 분비나무가 곁을 옹위하면서 안부가 나서고 바람 한 점 없이 봄날 같은 온기가 배어나온다. 쉼터였는데 개념도에 샘으로 표시된 곳이다. 11시 35분. '한계령 3.1킬로미터, 중청 5.6킬로미터' 이정표를 지나자 다시 오르막이 시작된다. 쇠난간이 쳐져 있고 우측 암벽 밑에는 대여섯 명이 들어갈 수 있는 비박굴이 있었다.

눈에 땀방울이 들어갈 즈음 12시에 봉우리 아래 안부에 올라섰다. '해발 1,380미터, 삼거리, 끝청 4.2킬로미터~중청 1.2킬로미터, 귀청~대승령 5.1킬로미터' 라 적힌 이정표가 있다. 홍괴불나무와 눈측백이 보인다. 여기는 북쪽 우측으로 공룡능선을 이은 대간이 장막을 치고, 내설악이 손바닥 들여다보이듯 하는 곳이다.

1,380봉을 내려선 후 다시 오르는 길에는 커다란 돌로 된 너덜이 시작되었고, 앞에 보이는 큰 암봉에는 7미터 정도의 로프가 걸려 있었다. 12시 30분 케른 모양의 바위가 얹혀있는 1,397암봉에 올랐다. 닥터 리가 가져온 미제 카메라로 경치를 찍고 각자 포즈를 한껏 취했으나 강풍과 추위로 기계가 작동되지 않아 무위로 돌아갔

다. 키 크고 싱겁지 아니한 사람이 없다. 귀청이 하늘에 떠 있고 북으로 1,287봉 못 미쳐 북동으로 뻗은 지능선은 온통 수직암벽으로 햇빛을 받아 황금색으로 빛나면서 그 품에 곡백운을 안고 있었다. 암봉 내리막 안부에서 꽃개회나무와 개회나무를 보았다. 다시 오르막 비알에는 4미터 정도의 로프가 걸려 있었다.

1시 1,400봉에 올랐다. 눈이 얼어붙어 있는 너덜 주변에는 주목과 분비나무가 자리하고 있었다. 그 너덜은 1시 20분쯤 끝나고 1,459봉이 나선다. 삼각점이 박혀있는 공터 너머에는 고사목이 솟아 있었으며, 이정표에는 '중청 3.6킬로미터, 한계령 4.1킬로미터'라 표시되어 있었다. 조금 후 산벚나무를 지난 봉우리에서의 전망은 숨이 막혔다. 돌아본 곳에는 귀청과 귀청에서 내린 지능선이 상어이빨 같은 용아장성릉과 이물을 맞대면서 구곡담계곡과 수렴동계곡을 빚어놓고 있었다. 대간은 북으로 신선대, 1,275봉, 노인봉, 나한봉, 마등령, 저항봉, 황철봉을 거쳐 미시령으로 넘어가고, 그 뒤로 마산과 향로봉이 가물가물하고 있었다. 가까이는 길이 북동으로 약간 휘면서 끝청 뒤 중청이 머리만 내밀고 있었다.

또 한차례 완만한 길을 내리고 된비알을 오른 후 2시 정각 공터에 삼각점과 '중청 2.6킬로미터, 한계령 5.1킬로미터' 이정표가 있는 1,474봉에 닿았다. 1,474봉부터는 완만한 구릉지대가 이어지면서 휘파람이 절로 나왔으며 찬바람도 멎었다. 그러나 끝청을 올려다보고 된비알을 오를 때는 다시 강풍이 후드에 싸인 볼을 에인다.

2시 35분 끝청에 올랐다. '해발 1,604미터, 중청 1.2킬로미터~대청 0.6킬로미터, 삼거리 4.2킬로미터~한계령 2.3킬로미터'라 적힌 이정표가 있는 너덜지대였다. 몸이 쏠리는 강풍을 비껴 키높이의 바위를 앞세우고서야 사위를 둘러볼 수 있었다. 2시 40분에 끝청과 나란히 서 있는 암봉을 우회하다가 그 암봉에 올라섰다. 끝청보다 내설악을 더 자세히 볼 수 있는 곳이었다. 강풍에 혼이 나갔으나 바람이 닿지 않는 곳의 바위를 붙들고 편한 자세로 앉았다.

남서로 한계령을 넘어 가리봉이 주걱봉을 데리고 장막을 친다. 귀청은 북으로 1,287봉을 거느리고 북동으로 서너 가닥의 수직암벽을 품은 지능선을 떨구면서 소청에서 내린 용아장성릉과 이물을 맞대고 그 협곡 사이에 구곡담계곡을 일구어내며, 삼거리로 이어지는 서북릉의 북쪽 지능선은 곡백운, 직백운, 쌍폭골을 일구어낸다. 소청휴게소 밑에 봉정암은 암벽등치 아래 제비둥지같이 자리 잡고, 수렴동산장 어귀에는 옥녀봉과 만경대가 우뚝 솟아있다. 신선대로부터 시작하는 공룡능선은 북서로 내외설악을 가르며 저항봉, 황철봉으로 넘어가고, 북동으로는 왼쪽에 중청을 두고 설악대피소가 있는 안부를 지나 오른쪽으로 부드러운 여체의 곡선을 그리면서 대청이 적막같이 솟아있다. 중청 정상에는 군사시설인 두 개의 커다란 흰 구가 설치되어 있다.

3시 7분 눈잣나무 군락과 팥배나무를 지나 도착한 중청 정상 어름에는 철조망이 쳐있고, '경고: 이 지역은 군의 주요시설이므로 사전승인 없이 출입, 접근, 배회, 촬영, 묘사를 금하며, 위반할 시는 관계법에 의거 의법조치함, 국군 제1736부대장' 이라 씌어 있었다. 설악대피소가 발 아래 내려다보이고 대청은 하늘에 떠 있었다. 집선봉으로 이어지는 얕은 능선 뒤로는 동해바다가 다가와 있었고 수평선에는 회색 띠가 서렸는데 그 위 하늘의 쪽빛에 눈이 시렸다.

끝청 갈림길에는 '해발 1,600미터, 소청 0.6킬로미터, 한계 7.7킬로미터' 이정표가 있고, 중청 산그리메가 대청과 신선대, 그리고 그 협곡인 천불동계곡에 드리우고 있었다. 소청으로 향한 사면을 가로지르는 길은 눈으로 꽁꽁 얼어붙어 있었다. 원래 대간은 대청 조금 아래 철조망을 건너 북으로 오른쪽에 죽음의 계곡을 둔 능선을 타고 희운각으로 가야 하나, 휴식년제로 출입금지구역이라 소청을 거쳐 희운각으로 내려서야 했다.

북서풍을 정면으로 맞받으며 어렵게 소청에 도착한 시간은 3시 35분이었다. 대피소는 봉정암 방향으로 옮겼고 '해발 1,570미터,

소청에서 바라본
용아장성릉

중청대피소 0.6킬로미터' 라는 이정표만 덩그러니 남아있었다. 소청에서 희운각으로 내려가는 길은 최악의 빙판길이었다. 나는 원래 미끄럼에 약하다. 발바닥 전체로 간지러움이 전해오면서 오금을 펴지 못한다.

오른쪽 높이 화채봉이 칠성봉, 집선봉을 거느리고 동해로 자맥질하고, 눈 위로 떠 보이는 속초바다와 하늘의 경계에는 회색 띠가 선을 긋고 있었다. 하늘에는 두루마리구름이 걸리고 태양은 서쪽으로 기울면서 빛나고 있었다. 대청의 산그리메는 신선대를 절반가량 가리고 천불동으로 빠져들면서 화채능선 자락의 7~8부 아래를 덮고, 왼쪽 소청에서 내린 능선은 곰바위, 여우바위, 뚜꺼비바위를 지나 가야동계곡 입구를 지키는 엄청나게 큰 사자바위를 일으켜 놓고 있었다.

우리는 4시 5분에서 10분까지 나타난 세 개의 암봉으로 된 전망대에서 발길을 멈추지 않을 수 없었다. 4시 15분 암릉이 끝나는 곳에서 바라본 신선대는 눈이 부셨다. 신선대의 칼날 같은 암릉이 천불동으로 빠져드는 암벽의 윗부분 절반은 태양에 황금색으로 빛나고 아랫부분 절반은 소청의 거뭇거뭇한 산그리메가 차지하고 있었다.

철계단을 밟고 드디어 희운각으로 내려섰다. 희운각대피소의 수용인원은 70명으로 침상은 남녀구분이 없다. 만원에 두 사람이 침상과 모포를 배정받을 수 있었으며, 술과 안주, 컵라면과 햇반을 살 수 있었고 따뜻한 물도 제공되었다. 그날은 아무런 사전정보 없이 추위에 들이 닥친 산꾼들로 인해 90여명이 칼잠을 잤다.

2002년 11월 17일 아침 6시 20분경에 기상하여 컵라면과 햇반으로 요기한 후 행장을 차리고 7시 정각에 희운각을 출발했다. 오늘을 위하여 어제 그렇게 죽을 고생을 한 것이다.

공룡능선! 그 신선대와 1,275봉, 그리고 노인봉, 나한봉이 나에게 각인된 의미는 늘상 설악을 오가며 느낀 경외감과 석주리지를 할 때 암벽 날등을 타고 바라본 1,275봉에 대한 공포감이 뒤섞인 것이다.

가야동계곡길을 왼쪽으로 흘려보내고 로프가 걸린 슬랩을 오른 후 신선대 암벽군을 오른쪽에 두고 바위 밑둥치를 따라 올라가다가 7시 40분 '신선봉, 희운각 0.9킬로미터, 마등령 4킬로미터' 이정표가 있는 암봉에 도착했다. 신선대를 내려올 때는 강풍이 불고 구름이 몰려왔으며 진눈깨비가 흩날렸다. 뒤돌아보니 대청을 가운데 두고 중청과 신선대가 몰려오는 검은 구름을 덮어쓰고, 천불동 위 대청에서 내린 능선에 잠깐 나타난 태양은 백색 햇살을 스펙트럼처럼 산자락으로 비추고 있었다.

8시 5분 얕은 암릉 능선머리 위에 소나무와 케른을 인 거대한 입석이 나타났다. 9개의 기묘한 첨봉들은 천화대리지가 갈리는 곳까지 대간을 점령하고 있었다. 8시 8분 '희운각 1.4킬로미터, 마등령 3.5킬로미터' 이정표를 지날 때 뒤돌아본 태양은 이제 신선대 위에서 빛나고 있었다. 8시 15분에 로프를 잡고 오르내려 8시 30분에 '희운각 1.9킬로미터, 마등령 3.0킬로미터' 이정표가 있는 안부에 닿았다. 25미터 정도 되는 로프를 잡고 오른 가파른 오르막 끝에는 다시 25미터쯤 되는 로프가 내리막에 걸려 있었다. 이곳 봉우리에서 우측 북동으로 갈려나가는 지능선은 드디어 범봉, 무명봉, 희야봉을 일구고, 오른쪽으로 천화대리지 왼쪽으로 석주리지로 갈려나가고 있었다.

1,275봉은 구름을 이고 이 모든 것을 관장하고 있었다. 갑자기 진눈깨비가 몰려온다. 안부를 지나 길고 긴 바위와 너덜을 오르고 나서 드디어 9시 25분 좌우로 직벽이 곧추선 사이에 '1,275봉, 희운각 2.9킬로미터, 마등령 2킬로미터' 이정표가 있는 하늘 위 공터에 닿았다. 이어 9시 45분에는 '마등령 1.7킬로미터, 희운각 3.4킬로미터' 이정표가 있는 안부에 도착했다. 1,275봉을 지나서부터 마등령과 희운각 표시가 반대로 기재되어 있다. 용아장성릉이 구름 속에 피어나고 그 우측으로 노인봉이 모습을 드러낸다.

9시 55분에 이른 1,275봉과 무명봉 사이에 있는 암봉은 직벽의 턱바위로 가는 보조로프가 3미터 정도 걸려 있었는데, 타고 넘기가 꽤나 까다로웠다. 바위틈새로 겨우 나있는 길을 따라 올라 10시 13분에 '마등령 1.5킬로미터, 희운각 3.4킬로미터' 이정표를 지나고, 10시 22분에는 '마등령 1.1킬로미터, 희운각 4킬로미터' 이정표가 있는 무명봉에 올랐다. 잣나무가 그 높은 암봉에 뿌리를 내리고 강풍에 소리를 내며 몸을 흔들어대고 있었다. 건너다 보이는 노인봉은 이마, 눈, 코, 턱, 턱수염이 뚜렷한 모습으로 비스듬히 등을 대고 누어 1,275봉쪽을 바라보고 있었다.

무명봉과 나한봉 사이에는 두 개의 얕은 암봉이 버티고 있었다. 우측으로 돌아오르는 나한봉 오름길은 거의 수직에 가까운 암벽으로 매우 위험하였다. 암봉을 올라서니 잣나무와 고사목이 들어선 능선을 지나 10시 55분에 '나한봉, 마등령 0.6킬로미터, 희운각 4.4킬로미터' 이정표가 있는 곳에 닿을 수 있었다. 잣나무가 하늘에 닿아 있는 날등을 타니 11시에 드디어 구름이 화살같이 넘어가는

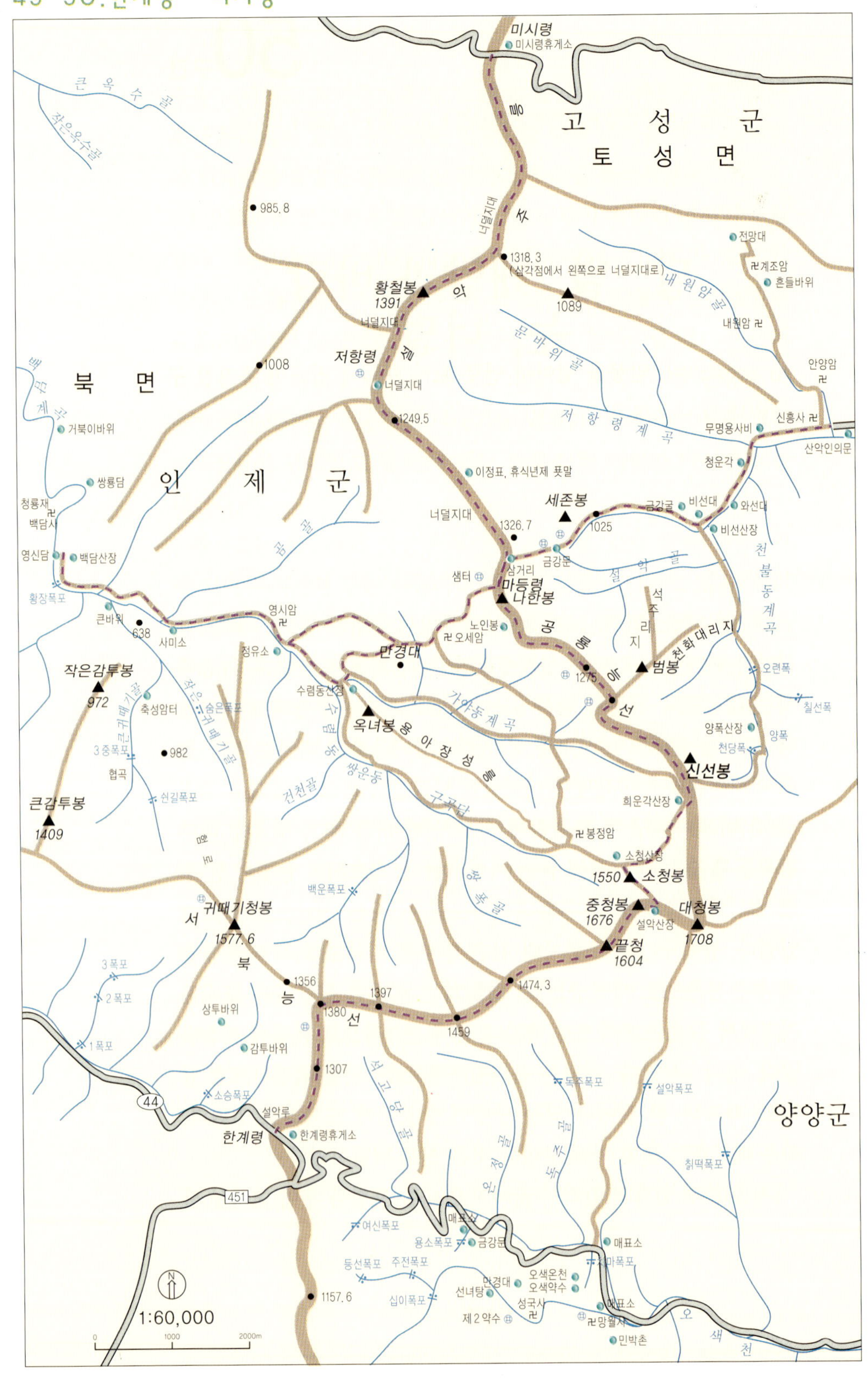
큰 옥 수 골
잦은 우 수 골
985.8
미시령
미시령휴게소
고 성 군
토 성 면
너덜지대
전망대
계조암
흔들바위
1318.3
(삼각점에서 왼쪽으로 너덜지대로)
황철봉
1391
1089
내 원 암 골
내원암
너덜지대
저항령
문 바 위 골
안양암
북 면
1008
너덜지대
저 항 령 계 곡
신흥사
거북이바위
1249.5
무명용사비
청운각
산악인의문
쌍룡담
인 제 군
이정표, 휴식년제 푯말
세존봉
금강굴
비선대
와선대
청룡재
백담사
너덜지대
1326.7
1025
비선산장
영신담
백담산장
금 강 문
천 불 동 계 곡
황장폭포
샘터
삼거리
마등령
나한봉
석 주 리 지
큰바위
638
영시암
노인봉
오세암
공
예
천화대리지
사미소
만경대
범봉
오련폭
작은감투봉
정유소
1275
972
축성암터
수렴동산장
옥녀봉
가 야 동 계 곡
선
양폭산장
양폭
칠선폭
3중목포
982
협곡
아 장 성
천당폭
건천골
구곡담
신선봉
큰감투봉
1409
쉰길폭포
회운각산장
백운폭포
봉정암
소청산장
1550
소청봉
귀때기청봉
서
1577.6
중청봉
1676
대청봉
북
1356
설악산장
1708
끝청
1604
등
1397
1474.3
상투바위
1380
1459
선
3폭포
2폭포
감투바위
1307
1폭포
독주폭포
설악폭포
양 양 군
44
소승폭포
설악로
한계령
한계령휴게소
451
취떡폭포
여신폭포
매표소
용소폭포
금강문
매표소
등선폭포
주전폭포
비룡폭포
오색온천
만경대
오색약수
선녀탕
성국사
매표소
1157.6
십이폭포
망월사
제 2 약수
민박촌
오 색 천
1:60,000
1000
2000m

람이 길을 잃었다. 그때부터 본의 아니게 내가 선두를 서게 되었다. 컨디션이 안 좋아 보이던 닥터 리를 염두에 두다가 후미에 처졌던 것이다. 닥터 리는 우리 대여섯 명 일행에도 없는 것 같았다. 바위 위 쌓인 눈에 사람발자국이 없어 길이 아닌 줄 알고 다시 돌아 나와 간신히 길을 찾고 곧이어 숲으로 들어서기에 너덜이 끝난 줄로만 알았다. 4시 35분부터 20분 간격으로 그렇게 속아넘어가기를 두어 번 한 후 5시 20분에야 삼각점이 박혀있는 1,318.5봉에 오를 수 있었다. 암봉을 넘어서 언뜻 보니 수림과 잡목이 우거진 구릉지대가 나오고 길은 남서로 방향을 잡는다. 이제 한고비는 넘긴 셈이다.

하늘에는 별이 쏟아지고 있었다. 투명한 새벽 남쪽하늘에 6개의 밝은 별을 거느리고 큰 개 모양을 한 시리우스가 금방 눈에 들어왔다. 태양이 시리우스에 가까이 가면 유행병이 창궐한다고 한다. 중국에서는 먹이를 바라보는 늑대의 눈빛 같다고 하여 시리우스를 천랑(天狼)이라고도 한다. 시리우스에서 북으로 은하수를 넘어 작은 개를 거느린 프로키온이 보이고 다시 은하수를 건너오니 오리온좌를 거느린 베텔기우스가 보인다. 이 세 별은 은하수를 사이에 두고 '겨울의 대삼각형'을 이루고 있었다. 베텔기우스는 은하수 아래에서 사각형을 만들어 그 안에 3개의 한 줄로 선 2등급 별을 가운데 품고 오리온좌를 만들고 있었다. 다시 은하수 건너 북으로 두 발을 은하수에 담그고 있는 마부 모습을 한 마차부좌를 거느린 카펠라도 발견할 수 있었다. 카펠라에서 더 북으로 가기 전에 뒤돌아서면 왼편에 큰곰이 큰물주걱 모양을 한 북두칠성을 꼬리와 등뼈로 하여 노려보고, 큰물주걱 끝부분에서 다섯 마디쯤 되는 곳에 북극성이 작은물주걱의 손잡이 끝부분이 되어 밝게 빛나고 있었다.

별을 보고 꿈을 꾸고 있을 때 길은 다시 가팔라지기 시작하고 얕은 봉우리를 넘어서니 다시 구릉지대가 나왔다. 왼편으로 시커먼 구름바다 위에 그믐달이 등을 대고 돛단배인 양 떠가고 있었다. 집사람이 어제 저녁에 미역국을 끓여준 것을 곰곰이 생각해보니 오늘이 음력 9월 28일 내 생일이다. 술시는 저녁 10시경이니 내가 태어난 시간은 앞으로 15시간이 더 지나야 한다. 그 생각을 하는 사이 금방 천지가 변하는 듯하였다. 속초시 불빛 위에 적막의 공간이 있고 그 위에 시커먼 구름산맥이 붉은 기운을 머리에 이고 은밀하게 숨어있었다. 그 위로 다시 무서운 두루마리 검은 구름이 흐르고 달은 하얀 쪽배가 되어 투명한 하늘빛을 배경으로 장엄하게 떠 있었다. 구릉지대를 지나 비탈을 오를 때는 좌우로 측백나무와 눈잣나무가 촘촘히 박혀있었고, 동해 쪽은 어느 것이 바다인지 어디까지가 구름산인지 구분이 안 갔다. 이어 여명이 트이면서 하늘은 구름산맥 위에서 차례로 코발트와 에메랄드빛으로 층을 이루었다.

다시 너덜이 시작되었다. 6시 5분에 암봉인 황철봉(1,381미터)을 지나고 10분 후에 암봉인 1,360봉을 우측으로 우회하면서 너덜이 끝났는가 싶었는데, 6시 20분에 랜턴을 끈 후 6시 25분 내리막 중간까지 가서야 그 너덜은 끝났다. 우거진 숲 아래 저항령이 희미하게 내려다보이고 6~7개의 암봉群을 거느린 저항봉 근처로 오르는 길에는 흰 성벽이 꿈결같이 도사리고 있었다. 내리막에서 본 저항봉 근처는 우측에서 좌측으로 제1암봉과 안부를 지나 제2봉인 왕관바위가 제3봉 곁에 버티어 섰고, 톱날 같은 암봉을 거느리고 70도 경사로 동으로 내려뻗은 제일 높은 제3봉을 포함한 세 개의 봉우리가 톱날 뒤로 머리를 내밀면서 동으로 암릉을 내리고 있었다.

제일 우람한 여섯 번째 봉우리가 저항봉이다.

6시 30분에 도착한 저항령은 넓은 공터였으며 좌우로 리본이 매달려 있었다. 동쪽은 저항령 계곡으로 해서 와선대와 무명용사비가 있는 곳으로 내려서고, 서쪽은 길골을 거쳐 백담계곡으로 내려선다. 잠시 헤매다가 왼쪽 숲을 휘돌아 오르니 또다시 무지막지한 너덜이 계속된다. 저항령으로 내려오면서 본 흰 성벽은 너덜 위에 눈이 쌓인 것을 착각한 것이었다. 나는 혼자였다. 이럴 때는 혼자가 좋다. 의미 없는 생각이라도 끊임없이 피어오르고 소리도 질러보고 실없이 웃어볼 수도 있기 때문이다.

6시 45분경 1,318.8봉을 오르던 너덜보다는 조금 형편이 나은 너덜의 5분의 4 정도 올랐을 때 동해의 구름산맥 속에서 새빨간 기운이 감도는 것을 보고 바람이 닿지 않는 바위를 등지고 주저앉았다.

저항봉을 지나서 본
설악. 앞에 마등봉 뒤로
화채봉, 대청, 중청이
차례로 보인다

일출을 보기 위해서였다. 헤드랜턴을 벗어 배낭에 넣고 바나나와 뜨끈한 물로 기운을 차린 후 옷매무새를 고치고 태양이 떠오르는 것을 숨죽이고 지켜보았다. 움직이는 것은 살아있다는 것이다. 태양이 터잡고 있는 구름 부위가 빙글빙글 돌면서 이글거리더니 7시가 되자 문득 시뻘건 원이 공이 튀듯 불쑥 솟아올랐다. 천지는 밝은 기운으로 갑자기 훤해지고 왼쪽의 달마봉과 오른쪽의 유장한 화채능선이 그 모습을 드러내는 것이었다. 두 손을 모으고 고개 숙여 큰아이 무사히 학업을 마치고 병든 자를 구하고, 작은아이 시험에 붙어 억울한 자를 구하고 집사람 건강히 오래 살기를 세 번씩 빌었다.

7시 5분 오른쪽으로 제1암봉을 두고 왼쪽으로 제2봉인 왕관바위가 있는 안부에 이르러서는 바위를 타고 내려야 했으며, 다시 올라선 곳은 남서쪽으로 지능선이 갈려나가는 봉우리였다. 그 지능선은 왼쪽으로 길골을 형성하고 있었다. 그곳에서부터 대간은 방향을 틀어 정남동으로 향하며 저항봉 암군에서 제일 높아 보이는 제3봉의 날등을 타고 오르는 것이 아니라 제3봉 밑둥치를 따라 내리고 오르면서 휘감아 도는 너덜길이었다.

7시 25분경 제3봉을 벗어나 그 봉우리를 뒤돌아보니 햇빛이 암봉의 절반을 대각선으로 자르면서 백악의 모습을 드러내고 있었다. 마테호른이었다. 7시 32분에 너덜이 끝나면서 제4봉인 독립 암봉이 나서고 길은 우측으로 돌아간다. 북사면의 오름에는 눈이 얼어있고 태양이 비치는 남사면의 내림은 진흙길이었다. 7시 45분경 능선에 올라 바라본 제3봉은 이제 햇빛을 받아 그 전부가 백악으로 빛나고 있었다.

제5봉을 돌아 능선에 올라서니 제6봉인 저항봉(1,249.5미터) 위에 뜬 태양이 소나무 뒤에서 반겨주고 있었다. 저항봉은 7~8개의 기묘한 첨봉들로 연결된 암봉이었으며 안부를 지나서 또 하나의 낮은 독립 암봉을 거느리고 있었다. 마등봉이 멀리 하늘 높이 떠 있고 그 오른쪽으로 대청, 중청을 이은 귀때기청봉이 서북릉을 거느리고 굽이치고 있었으며 왼쪽으로 세존봉이 칼날처럼 솟아있었다.

8시 7분 입석을 이고 있는 암봉을 지나고 8시 20분 종을 엎어놓은 것 같은 암봉을 지나자 왼쪽 비껴 드디어 울산바위가 달마봉과 짝하여 그 모습을 드러냈다. 8시 25분에 독립 암봉을 지나 능선으로 올라서니 8시 36분 마침내 마등봉이 눈앞에 다가와 있었다. 등산로는 삼각형 모양을 한 산록의 중앙으로 나있고, 왼쪽 북사면의 너덜은 흰눈을 뒤집어쓰고 있었다. 오르막의 숲지대를 지나 오늘의 네 번째 너덜이 시작되었으나 너덜이라기보다는 돌밭길이었고 길섶 산철쭉이 온몸을 휘감았다.

8시 50분 드디어 삼각점(1,326.7미터)이 있는 마등봉에 올랐다. 강풍인 북서풍에 몸을 가누기조차 힘들었다. 뒤돌아보니 오른쪽으로 울산바위와 동해바다가 오버랩되고 대간은 저항령을 지나 황철봉으로 그 장엄한 파노라마를 이어간다. 이제 화폭의 전면을 좌측에서 우측으로 보아야 한다. 집선봉, 칠성봉, 화채봉을 잇는 화채능선은 염주골 부근에서 잠시 숨을 죽였다가 '죽음의 계곡'을 품고 있는 대청을 일으키고, 중청, 끝청을 지나 한계령 갈림길에서 숨을 몰아쉰 후 귀때기청봉을 일으키며, 다시 대승령을 지나 안산으로 넘어가고, 그 뒤로 가리봉, 방태산, 오대산이 구름 속에 머리를 드러내고 있다. 중청은 소청을 거쳐 신선봉, 1,275봉, 나한봉으로 이어지며 화채릉, 서북릉과 'T'자를 이루면서 공룡능선을 형성하고, 왼쪽으로 범봉을 지나 희야봉에서 천화대리지와 석주리지로 갈려 천불동계곡에 발을 드리우며, 오른쪽으로는 상어이빨 같은 침봉능선인 용아장성릉을 만들어 수렴동계곡으로 잦아든다.

바람에 떼밀려 마등봉을 내려왔다. 이제 대간은 마등령까지 정남으로 향한다. 8시 55분 눈을 이고 있는 봉우리를 지나고 9시 5분에 비선대 갈림길인 공터와 이정표가 있는 1,320봉을 지나 9시 10분에 마등령에 내려섰다. 외설악이 눈 아래 있는 양지바른 곳에서 배낭을 내렸다. 높이 뜬 태양 아래 코발트빛 하늘과 두루마리구름 산맥 아래 대청을 세운 회색의 좌우 능선은 공룡능선상의 신선봉과 1,275봉의 중간지점인 범봉에서 희야봉을 거쳐 내려간 검은색의 천화대리지와 석주리지를 품고 있었으며 왼쪽 발아래 세존봉과 금강문은 이를 엿보고 있었다.

산악회 박 대장은 발목을 다친 아주머니와 아가씨 두 분을 호위해 왔다. 이어 강 선생이 도착하였으며 다리를 다친 닥터 리는 맨 마지막에 당도했다. 민 회장과 왕 상무는 종일 얼굴 한번 보지 못했다. 여성분들이 정성 들여 마련해온 도시락과 소주로 중참을 때웠다. 일행을 먼저 보내고 절경에 취해 있다가 10시에 슬슬 배낭을 챙기고 오세암으로 향했다.

오세암으로 가는 길은 왼쪽의 나한봉에서 내린 봉황을 인 암봉이 있는 지능선과 마등령에서 내린 지능선이 절묘하게 어우러져 기암절벽과 소나무가 절경을 빚어내는 곳이다. 또 전면으로는 서 북능선을 배경으로 용아장성릉과 만경대가 천왕문이 있는 가야동 계곡과 수많은 폭포를 거느리고 있는 구곡담계곡을 이어 수렴동계 곡을 품고 있는 곳이다.

10시 40분 산사 주변이 아직도 단풍으로 물들어 있는 적막의 오 세암에 이르고, 11시에 오세암 뒤편 암봉 끝에 우뚝 솟은 기암에 놀라 영시암으로 향했다. 다시 11시 15분에 수렴동산장 갈림길에 도착하고 11시 50분쯤 산죽밭을 지나 역시 수렴동으로 가는 갈림 길에 닿았다. 그곳에서부터 영시암 들머리까지 박 대장은 걸음을 걷지 못하는 아가씨를 업어야 했고, 나는 배낭 세개를 메고, 안고, 들고, 죽을 고생을 했다.

영시암부터 백담산장까지는 119구조대를 부르기 위해 박 대장의 배낭을 앞에 메고 바람같이 날랐다. 좌측으로 백담계곡의 정유소, 사미소, 구룡소, 영산담이 꿈결같이 지나갔다. 백담산장에 닿은 후 즉시 강원지구 119에 구조요청을 함과 동시에 두어 시간 전에 용 대리 주차장에 도착한 민 회장에게 위급함을 알렸다. 두 시간이 지 난 후에야 강원지구 구조대는 이런저런 사유로 출동이 어렵다는 응답을 듣는 사이 민 회장으로부터 우리 대원 중 건장한 남자 5명 이 백담산장을 향해 방금 출발했다는 연락이 왔다. 백담사 뒤뜰로 해서 청룡재로 넘어가는 지름길이 있다는 것을 이번에야 처음으로 알게 되었다.

안개비는 더 이상 갈 수 없는 대간을 가려주었다

2003년 4월 19일 밤부터 20일까지!

민병철, 왕한웅, 신은식, 이경수 이 네 친구들과 문 실장을 포함한 40여 명을 태운 버스는 12시경에 서초구청 앞에서 미시령을 향하여 출발하였다. 점심때부터 몇 시간 전까지 문 실장과 〈한국의 산〉 운영자인 박한식 선배님과 함께 《백두대간 2권》에 실릴 사진 문제로 만나서 기분이 좋아졌고, 대취하는 바람에 인사불성이 되었다. 눈을 뜨니 차는 미시령휴게소 주차장에 닿아 있었다. 운무는 짙게 드리웠고 우박 같은 빗방울이 간간이 흩뿌리고 있었다.

5시 25분에 휴게소주차장 맨 안쪽 건물 우측 옆으로 가드 펜스를 넘어 산길에 접어들었다. 오늘 길은 미시령(776미터)에서 신선봉(1,204미터)까지는 정북으로 향하다가 마산(1,052미터)까지 북서로 향하며 마산에서 진부령(529미터)까지는 남서로 향한다. 진부령은 남쪽에서 백두대간을 탈 수 있는 마지막 종점이다. 더 이상은 가지 못한다. 어떤 길이든 무슨 길이든 처음 시작할 때는 기대와 희망과 모험심에 가슴이 설레고, 중반에는 오로지 길이기 때문에 아무런

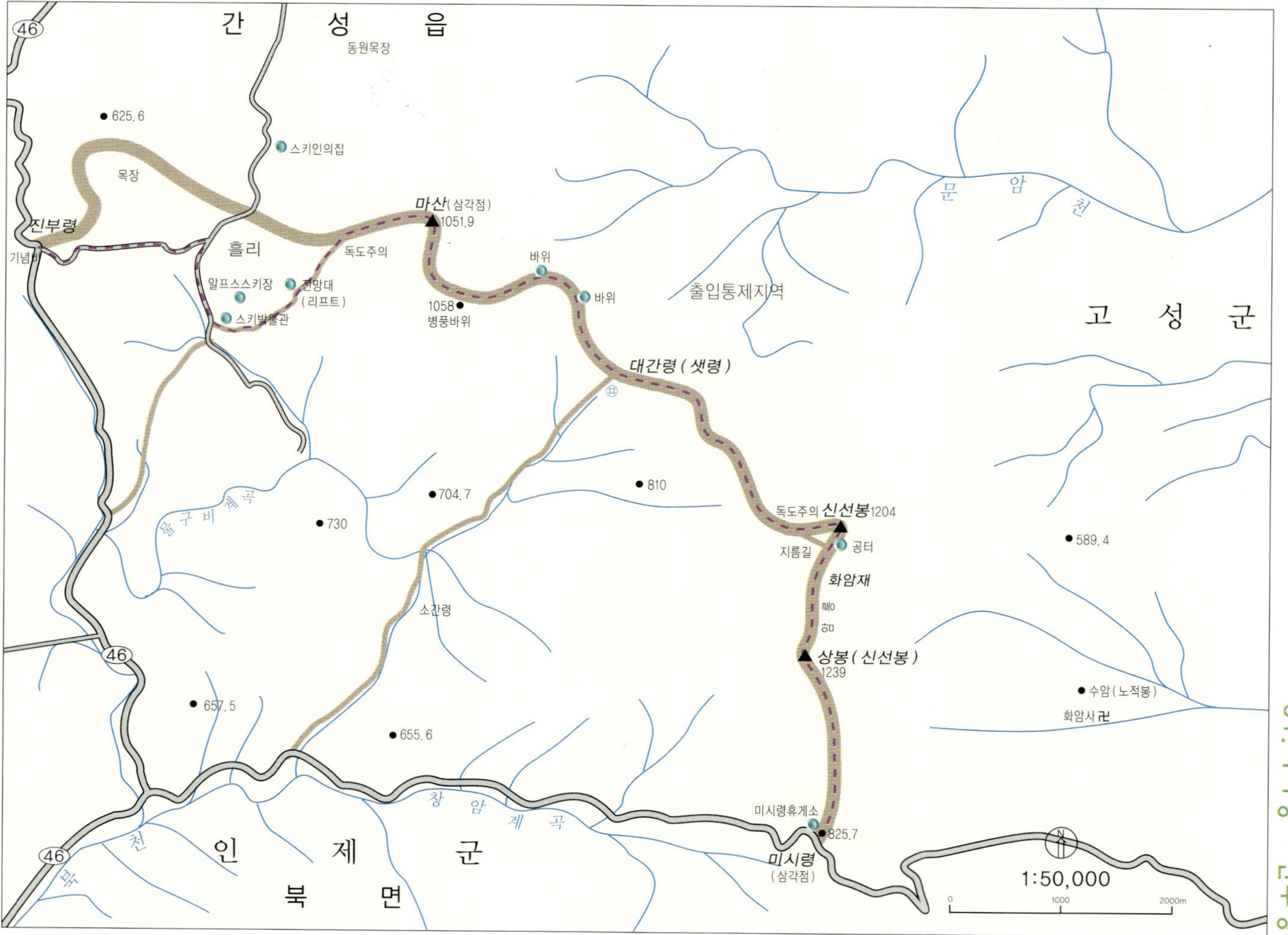
간 성 읍
동원목장
625.6
스키인의집
목장
진부령
기념비
흘리
독도주의
마산(삼각점) 1051.9
바위
바위
알프스스키장
전망대 (리프트)
스키박물관
1058 병풍바위
출입통제지역
고 성 군
문 암 천
대간령(샛령)
810
704.7
730
독도주의 신선봉 1204
지름길
공터
589.4
화암재
오르막
상봉(신선봉) 1239
수암(노적봉)
화암사
소간령
657.5
655.6
구비계곡
미시령휴게소
825.7
미시령(삼각점)
창 암 계 곡
인 제 군
북 면
46
1:50,000
0 1000 2000m
N

생각 없이 무작정 길에만 취해 가다가, 마지막이 가까워오면 온갖 상념과 회한과 아쉬움에 주먹만한 눈물을 삼키며 허무감에 빠져든다. 문득 날이 어슴푸레 밝아오면서 시계가 10여 미터인 안개 속으로 발자국 소리에 잠을 깬 산새들이 놀라 울부짖으며 능선으로 넘어간다.

5시 40분경에 집채만한 바위들이 늘어서고 그 왼쪽 사면 때로는 암봉 위를 지나면서 대간 길이 이어지고 있다. 콘크리트와 굵은 PVC관으로 다듬어 놓은 샘터를 지나 5시 50분에 큰 암봉(825.7봉)을 좌측으로 우회하여 6시 5분 신선봉으로 가는 표지판을 지나서는 한동안 너덜 위로만 길이 이어진다. 너덜에는 흰색 로프를 길게 깔아 길 표식을 해놓았다. 우여곡절 끝에 6시 30분, 좌측에 참호가 있고 길옆에 2미터 남짓한 케른이 있는 상봉(1,244미터)에 닿았다. 상봉은 신선봉보다 40미터가 높다. 우측 사면은 흙으로 된 절벽을 이루고 있었다. 오늘 마지막 구간 내내 시계는 10~15미터로 하얗게 운무가 드리우고 굵은 비는 띄엄띄엄 끊임없이 내렸다. 정상은 너덜로 바람이 강하게 몰아치고 있었으며 강한 바람에 일순간 안개가 쓸려가면서 북으로 삿갓처럼 신선봉이, 그 왼쪽으로 멀리 마산연릉이 그림자처럼 나타나더니 갑자기 짙은 운무가 몰려오면서 자취를 감추고 만다.

케른 북쪽으로 이어지는 길에는 굵은 로프가 매어져 있었으며 숲과 너덜경이 뒤섞인 능선의 연속이었다. 숲 위로 고개를 내민 암벽 위의 조망처가 수도 없이 나타나고, 키를 넘는 나무는 가지에 투명한 빙화를 피우고 있었다. 바람이 닿는 능선의 낮은 잡목은 전부 동쪽을 향해 누웠고 억센 철쭉은 봉우리를 틔우다 말고 비에 움츠러들고 있었다. 내리막과 오르막을 친 후 암부가 뒤섞인 내리막은 화암재까지 이어졌다. 길 왼쪽의 참호를 지나 7시 5분에 화암재에 도착했다.

다시 오르막이 시작되었다. 능선은 흰 눈으로 덮였고, 보라색의 초롱꽃(꽃의 생김새는 분명 초롱꽃이나 초롱꽃은 6~8월에 핀다. 그렇다면 얼레지? 아니다. 얼레지는 이른봄에 피고, 땅을 보고 피기는 하나 백합과에 속하는 꽃으로 나리처럼 생겼다. 나는 이 꽃을 초롱꽃이라 부르기로 했다)과 샛노란 세잎양지꽃(노랑제비꽃? 아니다. 잎을 보니 분명히 양지꽃이다)이 지천으로 깔렸으며, 생강나무는 앙증맞은 노란 꽃을 수도 없이 매달고 있었다. 초롱꽃은 보라색 꽃을 땅으로 향해 피우면서 손바닥만하고 수더분한 잎 위에 내리는 비로 수많은 은구슬을 맺고 있다. 초롱꽃의 잎은 작은 연꽃잎이다. 이곳은 초롱꽃, 양지꽃, 생강나무의 군락지였다.

7시 30분에 다시 기암으로 이루어진 조망처를 지나니 갈림길목이 나오고 왼쪽으로 대간 리본이 달려 있다. 오른쪽이 신선봉 오르는 길이다. 왼쪽으로 가다가 7시 40분 참나무가 뒤엉키고 참호가 있는 봉우리에서 뒤돌아보니 대여섯 개의 침봉이 안개 속에 그 모습을 드러내고, 동쪽은 수십 길 되는 바위절벽이 수직으로 드리워 있었다. 신선봉을 우회한 것이다. 전국적으로 40여 개의 '신선봉'이 있으나 그 중에서도 금강산 일만이천봉 중 제일 남쪽에 있는 봉우리라고 하는 이곳 신선봉만큼 그 신선적 분위기를 갖춘 준봉은 없다고 한다. 기암과 너덜겅과 숲으로 인해 그 외양과 조망이 신선봉 중의 제일 신선봉인 것이다. 그러나 안타까운 것이 안개비 때문에 오르지도 못하고 조망도 할 수 없었던 것이다. 신선봉의 동쪽사면은 수직의 바위절벽인 대신 남서쪽은 너덜이 펼쳐지고 그 주변은 숲으로 둘러싸여 있다. 이제는 짧은 바위지대와 밋밋한 능선을 따라 내려간다. 나무들은 강한 북서풍이 닿는 쪽은 가지가 없고 동으로만 가지가 붙은 기형의 모습을 하고 있고, 철쭉과 잡목들은 옷과 배낭을 붙들고 놓지를 아니한다.

8시경에 도착한 봉우리에서 우리 일행은 결국 대간길을 놓치고 말았다. 우측 120도 꺾어 북서방향의 설릉을 따라 급경사를 내려갔어야 하는데, 길이 눈에 없어진 탓도 있었지만 서쪽방향의 바위

159

틈새로 난 눈이 없는 능선을 따라 직진했던 것이다. 다시 갈림길까지 원위치하니 먼저 길을 찾은 일행이 녹색리본을 붙이고 발자국을 남겨 놓았다. 순간 서쪽으로 매봉(1,271.2미터), 칠절봉(1,172.2미터)과 이를 잇는 능선이 거대한 장막처럼 하늘을 차지하고 머리 위로 떠올랐다. 숨이 막혔다. 황망했던 시간도 잠시, 8시 15분에는 내리막 설릉을 따라가면서 휘파람을 불었다. 좌측의 진달래숲은 봉우리를 피우다가 스산한 안개비에 입을 꼭 다물고 있었으며, 우측의 참나무숲 아래에는 초롱꽃과 양지꽃이 흐드러지게 피어 있었다. 이제 보니 그동안 보조를 같이했던 민 회장, 왕 상무, 신 감사, 닥터 리의 모습은 보이질 않고 문 실장만 서너 발자국 뒤에서 줄레줄레 따라온다. 다들 흔적 없이 사라졌다. 다시 완만한 봉우리 하나를 넘고 8시 25분 헬리포트를 지나니 기가 막힌 암봉이 나서고, 길은 다시 서쪽으로 꺾여 급경사를 내려간다.

8시 40분에 大間嶺(550미터)에 내려섰다. 원래 이름은 ‘큰새이령’이다. 이 고개는 일제가 진부령도로를 내기 전까지 서쪽의 인제와 동쪽의 고성 사람들이 넘나들던 요로였다. 서쪽 계곡 중간에 ‘마장터’가 있는데 ‘馬場’은 말을 풀어 기르거나 모아두던 곳을 말한다. 옛적 주막이 있었다고 하며 그 흔적인 듯 널찍하고 큰 바윗돌들이 드문드문 깔려 있다. 표목에는 ‘새이령’이라 적혀 있고 ‘마산’과 ‘소간령’의 방향도 표시되어 있다. 먼저 도착한 일행 칠팔 명 속에는 민 회장과 왕 상무도 있었다. 여기서 쉬지 않으면 안 된다. 문 실장이 준비해온 흰 맨밥과 김치를 순식간에 먹어 치우고 고개를 드니 일행들이 물끄러미 쳐다보고 있었다. 큰 페트병의 물도 반이나 들이켰다. 야속하게도 그들은 슬슬 배낭을 챙기더니 먼저 가버린다. 이제 마산만 넘으면 대간도 끝난다. 무엇이 그리 급하고 빨리 가야 되는지? 끝이 가까워 온다는 서러운 마음에 나는 오히려 뭉그적거리고 있었다. 문 실장과 나는 9시에 무거운 마음과 몸을 추슬렀다.

마산으로 가는 길은 무지막지한 급경사 오름이었다. 9시 15분에 테라스봉에 오르고 9시 30분경에 너덜을 지나 다시 800봉에 올랐다. 그곳에는 길 좌우로 참호와 긴 쇠통으로 만든 종이 매달려 있었다. 길은 남서로 꺾이며 완만한 오르막에 이어 다시 급경사 오르막이 시작되었다. 산죽이 잠깐 이어지더니 안개비 속에 생강나무와 초롱꽃과 양지꽃이 지천이다. 그것도 잠시, 나목의 참나무류 거목이 비탈에 엇비슷이 보이기 시작했을 때 눈에 보이는 것은 흰 눈뿐이었다.

힘들고 긴 오르막 끝에 10시에 테라스봉인 860봉에 오르고 10시 15분에는 1,060봉에 올랐다. 1,060봉은 개념도상에 좌측으로 병풍바위가 표시되어 있으나 가볼 엄두가 나질 않아, 우측 북으로 난 대간 길을 따를 뿐이었다. 급경사 오르막은 1,060봉에서 끝났다.

완만한 설릉을 따라 10시 40분에 드디어 대간의 마지막 봉우리인 마산(1,052봉)에 닿았다. 날이 맑으면 진부령 건너의 향로봉(1,296미터) 너머로 비로봉을 비롯한 금강산 연봉이 어슴푸레 보인다고 하나 지금은 10여 미터 밖이 안 보인다. 이제 갈 수 있는 길이 얼마 남지 않았다. 문 실장과 삶은 계란과 우유를 나누어 먹었더니 시장기가 조금 가신다. 아직도 운무는 10여 미터 밖으로 드리워져 있었다. 맑은 날 갈 수 없는 길을 빤히 보면서 안타까워하는 것보다는 차라리 운무라도 앞을 가려 보지 못하는 것이 훨씬 나았다.

이곳도 헷갈리기 쉬운 곳이다. 계속 북으로 직진하면 바로 아래 폐허가 된 군막사터를 지나 동으로 문암천을 일구는 고깔봉까지 이어진다. 여기서는 직각 좌회전하여 정서방향으로 나아가야 한다. 나중에 알고 보니 마산 아래에서 민 회장을 만나 같이 잠깐 휴식을 취했는데, 먼저 출발한 민 회장이 이곳에서 길을 잃고 헤매었으며 맨 후미인 문 실장과 나보다 40분이나 늦게 진부령에 도착했던 것이다. 민 회장은 끝머리에서 혼쭐이 났다.

흰 눈과 산죽이 어우러진 기분 좋은 내리막 능선에서는 날아가

진부령에 내려서다
좌로부터 신은식,
왕한웅, 이경수, 저자,
민병철

는 기분이었다. 줄레줄레 앞서가는 문 실장을 따라 나는 곧 끝날
남한의 백두대간 마지막 구간을 묵묵히 내리면서 입을 다물고 말
았다.

11시 10분에 도착한 봉우리에서 길은 다시 남서로 꺾인다. 잠시
뒤에는 우측 길옆으로 고래등같은 바위군들이 들어선 전망대바위
를 지났다. 곧이어 좌측으로 알프스리조트의 긴 스키슬로프가 보
이고 물줄기를 건너니 스키리프트가 보인다. 한동안 이깔나무숲
사이로 난 오솔길을 따르다 숲을 빠져 나오니 11시 45분경에 알프
스리조트 신콘도와 시계탑이 있는 곳으로 내려서게 되었다.

콘도 뒤편의 우측 드넓은 공터를 지나 이름 모를 차가운 지계곡
에 몸을 담갔다. 빗방울은 끊임없이 계곡을 튀기고 몸에서는 증기
가 피어올랐다. 정작 대간은 조금 전 11시 10분에 도착한 봉우리에
서 서쪽방향으로 직진하여 남쪽의 흘리와 북쪽의 중흘리를 가르는
'눈물고개'를 넘어 흘리초등학교와 군부대, 그리고 사슴농장 뒤편
으로 이어지는 능선을 따라 철탑을 지나고, 남으로 꺾여 진부령으
로 내려서야 한다. 그러나 '백두산악회'에서는 흘리마을 사이로
난 포장도로를 따라 진부령으로 내려서도록 녹색리본을 매달아 놓

았다. 흘리마을을 지나면서 먼저 도착한 줄 알고 민 회장한테 연락했더니 아직도 마산 근방에서 헤매고 있다는 응답이 왔다. 오른쪽으로 이어지는 대간 능선에 눈길을 주며 진부령으로 내려섰다.

'부흥식당'에서 흰밥, 김치, 쇠고기콩나물국, 돼지고기, 참이슬로 해단식을 가졌다. 식당에서 46번 국도를 건너 언덕 위에 있는 진부령 돌비석은 북쪽의 향로봉을 등지고 있었다. 진부령은 북동으로 간성으로 흘러들어 동해로 빠지는 북천과 남서로 미시령 길이 따라 내려가는 같은 이름의 북천이 갈리는 분수령이다. 우리 일행은 '백두대간 완주' 플래카드를 앞세우고 기념촬영을 하고, '백두대간 완주기념 금메달'도 받았으며, 우리 친구 민병철, 왕한웅을 포함한 4명은 51회 개근 기념패도 받았다. 모두들 들떠 있었고 상기되어 있었으며 어떤 이는 주먹으로 눈가를 훔치기도 했다. 2001년 2월 4일 중산리에서 시작한 매월 첫째, 셋째 휴일을 이용한 백두대간 구간종주 산행이 2003년 4월 20일 드디어 그 51구간의 대장정을 진부령에서 끝맺는 순간이었다. 이제는 집으로 돌아가야 한다.

다시 가 보고 싶은 山
22選

▲ 북한산 ▲ 도봉산 ▲ 삼성산 ▲ 청계산 ▲ 용문산 ▲ 화야산~뾰루봉
▲ 축령산 ▲ 소요산 ▲ 고대산 ▲ 명성산 ▲ 한북정맥
▲ 몽덕산 ~가덕산~북배산~계관산 ▲ 설악산 ▲ 점봉산 ▲ 오대산 ▲ 태백산
▲ 소백산 ▲ 월악산 ▲ 금오산 ▲ 적상산 ▲ 사량도 지리산 ▲ 한라산

의상봉 능선의 암릉미

2000년 12월 10일.

언제부터인가 다녀온 산에 대한 기록을 해봐야겠다는 생각이 자리하고 있었는데, 이 글이 그 첫 번째 시도다. 십여 년 동안 산을 쫓아다니면서 남이 쓴 감동 깊은 산행기를 접하고 같이 감동하기도 하고, 고생한 장면에서는 덩달아 고통을 느끼기도 한 적이 한두 번이 아니다. 그때마다 나도 언제 저렇게 나의 체험을 바탕으로 남에게 감동을 줄 수 있을까 하고 생각하곤 했다.

12월, 회사 산악부 산행을 덕유산맥의 육십령에서 시작해 남덕유를 거쳐 북덕유(향적봉)로 해서 백련사, 무주구천동까지로 계획하고 1박할 삿갓재대피소에 전화했더니 12월 15일까지 육십령에서 향적봉까지 산불예방을 위해 산행이 금지되었다고 한다. 아쉬운 마음을 접고 12월 3일 북한산 의상봉 능선을 거쳐 대동문과 구천계곡을 보고 아카데미하우스에서 끝맺는 코스로 계획을 변경했다.

아홉시 반!

구파발 지하철역 앞 북한산행 버스 출발점에 유현 사우와 정재

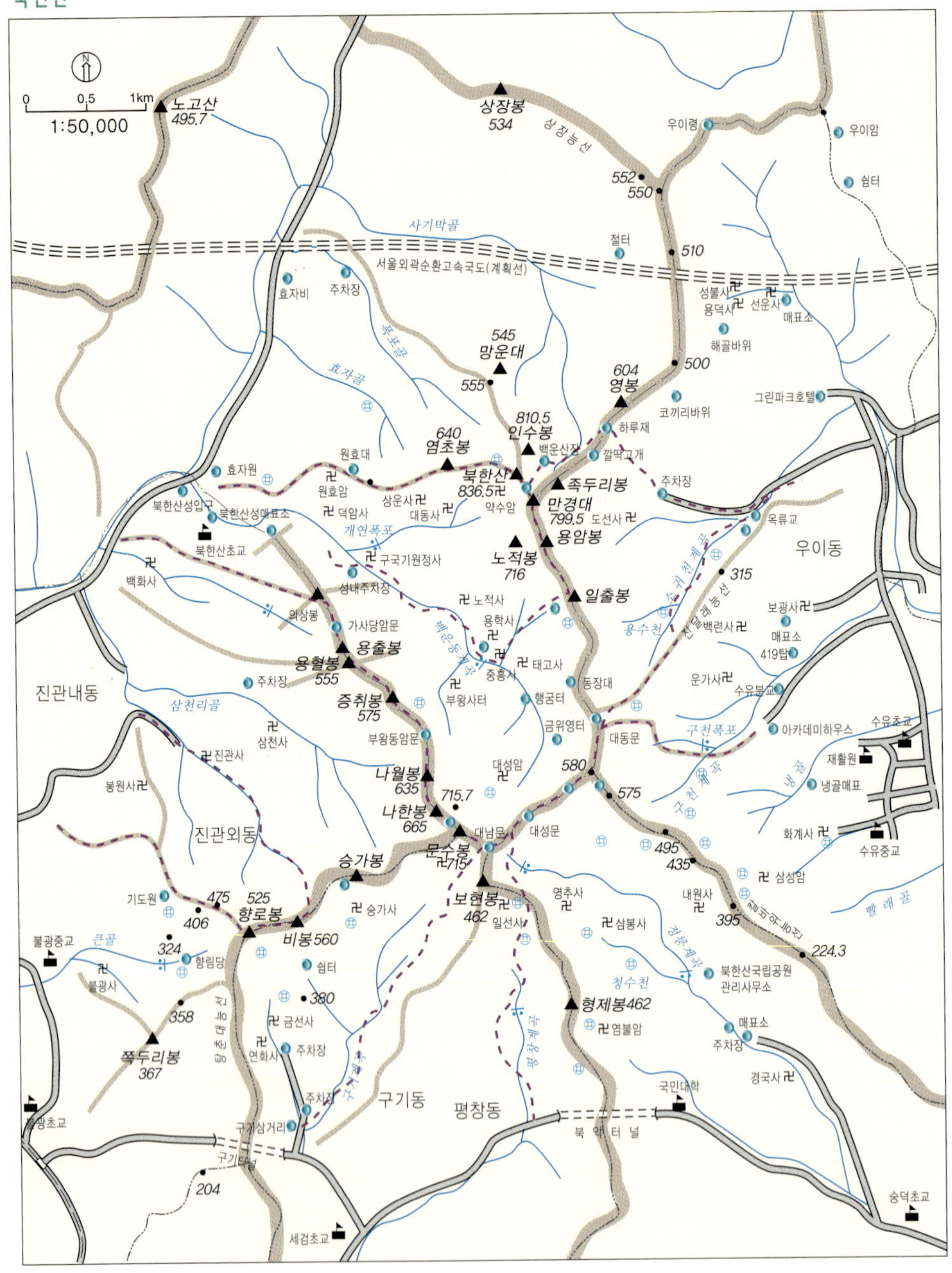

N
0 0.5 1km
1:50,000
노고산 495.7
상장봉 534
상장능선
우이령
우이암
552 550
쉼터
사기막골
절터
510
서울외곽순환고속국도(계획선)
효자비
주차장
효자골
성불사
용덕사 선운사
매표소
해골바위
545
망운대
555
604
영봉
500
그린파크호텔
810.5
인수봉
코끼리바위
효자원
640
염초봉
원효대
백운산장
하루재
깔딱고개
주차장
북한산성입구
북한산성매표소
원효암
상운사
덕암사 대동사
개연폭포
북한산
836.5
악수암
족두리봉
만경대
799.5 도선사
용암봉
옥류교
우이동
북한산초교
구국기원정사
노적봉
716
백화사
노적사
용학사
일출봉
315
성내주차장
의상봉
가사당암문
배운동계곡
용수천
보광사
진관내동
용출봉
용혈봉 555
주차장
태고사
중흥사
동장대
419탑
삼천리골
증취봉 575
부왕사터
행궁터
운가사
수유분교
삼천사
부왕동암문
금위영터
대동문
구천폭포
아카데미하우스
수유초교
진관사
나월봉 635
대성암
580
575
재활원
냉골매표
봉원사
715.7
나한봉 665
대남문
대성문
495 435
화계사
진관외동
승가봉
문수봉 715
영추사
삼성암
수유중교
기도원
475 525
향로봉
승가사
보현봉
462 일선사
삼봉사
내원사
395
빨래골
406
불광중교
324
향림당
비봉 560
쉼터
영불사
청수천
북한산국립공원
관리사무소
224.3
큰골
불광사
380
형제봉 462
매표소
358
금선사
염불암
주차장
경국사
쪽두리봉 367
연화사
주차장
구기계곡
구기동
평창동
국민대학
숭덕초교
광초교
구기삼거리
북악터널
구기터널
204
세검초교

은 산악총무, 차경환 과장이 모였다. 회비를 갹출하여 과일과 김밥, 지난달 설악산 산행에서 그 진가를 백이십분 발휘한 족발, 그리고 소주 2병을 사서 배낭에 나누어 넣고 10시에 대서문까지 가는 버스에 올랐다.

4~5년 전 동향에다 대학동문이신 김헌휘 선배님을 따라 의상봉 능선을 처음 탔을 때만 해도 북한산 구간에서 상당한 난코스로 정평이 나 있어 접근하는 사람이 별로 없었다. 그런데 언제부터인지 위험한 곳에는 쇠밧줄, 쇠난간, 그리고 철재사다리가 설치되어 큰 위험은 없어졌다. 그러나 지금도 초심자에게는 꽤나 힘든 코스임은 사실이다. 위험하다고 하면 가지 말자고 할까 싶어 난이도에 대해서는 일체 언급을 회피하고, 백화사 입구에 내려 길 우측에 시골집(오리 전문집)이 있는 곳에서 좌회전하여 사슴목장을 가로질렀다. 내가 서브리더로 앞장서고 정재은, 유현, 그리고 마지막으로 차 과장을 리더로 정하고 산행을 시작했다.

입장료 오천이백 원(1,300×4)을 아끼기 위해 매표소를 피하여 우회로로 접어들었다. 한 십여 분을 갔을까? 등골에 아스라이 땀이 배기 시작하는데 멀리 능선에 뿌옇게 청록색 점퍼(돈 받는 사람)가 슬쩍 지나쳐 보인다. 이제 돌아설 곳도 없다. 할 수 없이 오천이백원을 지불하고 나니 황당하였다. 이곳은 매표소가 설치되어 있는 곳도 아니어서 입장료 받는 근거가 애매하다.

산행시작 후 30분, 내가 항상 휴식을 취하는 널따란 바위에 도착했다. 그곳은 북쪽으로 예비군 훈련장이 있는 노고산이 마주하고, 좌측으로 벽제, 일산 신도시, 우측으로 송추와 사패산 자락이 희미하게 보이는 곳이다. 거기서 남쪽을 보면 의상봉이 멀티비전처럼 영상 가득히 시야를 가로막는다. 그 위용은 마치 수도산~가야산 종주시 두리봉에서 보는 가야산처럼 사람의 숨을 막히게 한다. 멀티비전은 중학교 2학년 때 도시락 싸들고 영화 〈벤허〉를 보러 갔을 때 처음 나왔으며 그 전에는 소형스크린이었다.

**의상봉에서 본
북한산, 노적봉, 만경대,
백운대, 염초봉이 차례로
보인다.**

첫 번째 쇠밧줄 슬랩 구간, 그리고 쇠밧줄과 쇠난간 구간을 오르
면서 나는 우리 산악부 총무 정재은 씨를 '여전사'라고 불렀다.

괴물형상을 하고 있는 바위를 지나 의상봉을 오르기 전 자세히
살펴야만 볼 수 있는 북한산성 성벽이 끝나는 곳이 있다. 북한산성
은 우리 조상들의 지혜를 엿볼 수 있는 곳으로 누가 보아도 감탄할
만큼 교묘하게 축성한 산성이다. 특히 자연 그대로의 험준한 산세
와 암벽, 암봉 등 지형지물을 십분 활용한 것이다.

산성은 여기서부터 시작된다. 즉, 이곳에서부터 시계바늘 반대
방향으로 의상봉, 가사당암문, 용출봉, 용혈봉, 증취봉, 부왕동암
문, 나월봉, 나한봉, 청수동암문, 문수봉, 대남문, 보현봉, 대성문,
보국문(일명 '동암문'이라고도 함), 대동문, 동장대, 용암암문, 위문,
백운대, 백운봉암문, 염초봉, 북문, 원효봉, 서암문(일명 '시구문'이
라고도 하는데 죽은 군사의 시체를 내가는 곳), 그리고 입구격인 대서
문(적이 침략하는 것을 더욱 확실히 막기 위해 중문이 또 하나 있음)을
구축해 놓았다. 그 안에 숙종이 왕의 행궁터를 마련하고, 태고사
등 절을 지어 승병을 훈련시켰다. 또 장수들의 지휘소인 장대를 설

치하고 군량미를 비축하는 터와 군사를 훈련시키는 터도 마련했던 것이다.

드디어 의상봉이다.

여기서는 우측인 서쪽으로부터 젖꼭지봉, 향로봉('향로' 같이 생겼음), 비봉(일명 '김신조' 바위), 사모바위, 승가봉, 석문, 나한봉(여기서는 문수봉, 대남문, 보현봉, 그리고 대성문이 안 보임)이 비봉 능선을 이루고, 그 바통을 넘겨 좌측인 북쪽으로 보국문, 대동문, 동장대, 노적봉(백운대 오른쪽의 만경대와 거의 같은 높이로 보이는 장쾌한 여자의 속살 같은 대슬랩이다), 만경대, 백운대(인수봉은 안 보임)가 북한산의 주능선을 이루고 있다. 무섭게 솟구쳐 올라와 있는 염초봉과 원효봉, 그리고 백운대 너머로 아스라이 펼쳐진 도봉산이 한눈에 들어온다.

이곳에서 보는 북한산은 설악산 마등령에서 석주길, 천화대, 범봉의 경관을 보는 것에 조금도 뒤지지 않는다. 북한산 일대 웅장한 바위산의 경관은 국내에서도 보기 드문 수려한 모습이다. 또한 북한산에서 이곳만큼 북한산성을 둘러싼 능선과 그 내부를 속속들이 조망할 수 있는 곳은 없다. 경관이 좋기로는 노적봉과 만경대 사이의 안부에서 위문으로 올라가는 바위슬랩 구간을 빼놓을 수 없다. 비가 온 뒤 운무라도 끼일라 치면 그야말로 '신선'이 되는 곳이다.

아직도 갈길은 멀다. 진행방향으로 건너편에 한국지도 같기도 하고 토끼모양 같기도 한 바위가 보인다. 가까이 가서 보면 두 개의 바위로 이루어져 있다. 가사당암문을 지난다. 왼쪽으로는 국녕사로 내려가고 오른쪽으로는 백화사가 있는 중골로 내려가는 길이 나누어지는 곳이며 항상 계곡으로 내려가는 시원한 바람이 부는 곳이다. 가사당암문을 지나 다시 오르면 용출봉이고 용출봉을 지나면 10여 미터나 되는 70도 경사의 크랙 구간이 나온다. 나는 아무소리 안하고 그곳으로 우리 일행을 이끌었고, 우리 여전사는 엉겹결에 따라왔으나 그 다음 용혈봉 구간에서 드디어 네발로 기었다.

용혈봉을 지나 증취봉에서 '돼지저금통' 바위를 보고 부왕동암 문에 내려섰다. 이곳은 오른쪽으로 삼천사계곡과 왼쪽으로 부왕사 지를 지나 북한산성계곡으로 가는 길이 갈라지는 곳으로, 초여름 이면 오른쪽 삼천사계곡으로 내려가는 산자락이 온통 초록융단을 펼쳐놓은 것처럼 보이는 곳이다.

어느덧 12시 30분이다. 양지바른 곳에서 점심을 먹고 족발과 소 주로 한껏 기분을 냈다. 이곳은 친구들과 오면 항상 '먹고 하자', '그만 하자', '운동하러 왔나' 하면서 더 이상의 진행을 포기하고 왼쪽으로 부왕사지를 거쳐 북한산계곡으로 내려서거나 오른쪽으 로 삼천사계곡을 거쳐 삼천사로 내려서는 곳이다.

훨씬 가벼워진 배낭을 메고, 자! 이제는 나월봉으로 간다. 용출 봉에서 볼 때 칼날같이 보이던 암봉인데 우리 일행은 그것을 아는 지 모르는지 그저 앞만 보고 따른다. '해골바가지' 표지판이 있는 곳에서 아무소리 안하고 우측으로 올라섰다. 표지판만 보고도 대 충 감을 잡은 차 과장만 좌측으로 우회하였다. 30여 미터의 벼랑을 올라 20여 미터 되는 단애지대와 10여 미터나 되는 크랙 구간을 우 리 일행은 무사히 통과했다.

이제 나한봉을 오를 차례다. 나한봉은 북한산성 외곽 북서쪽을 조망하는 데 빼놓을 수 없는 곳이다. 남서벽 전체가 수직암벽으로 되어 있고 멀리 서쪽으로 한강이 금빛을 빛으면서 서해로 흘러가 며 청와대 뒷산과 인왕산!, 그리고 북쪽으로 드디어 인수봉의 위 용이 보이기 시작하는 곳이다. 차 과장은 "백운대, 인수봉, 만경대 를 두고 북한산을 '삼각산'이라 하는 이유를 이제야 깨달았다"고 한다. 이곳에서는 백운대, 인수봉, 만경대 세 개의 봉우리가 향로 처럼 삼각형으로 보이는 것이다.

지난 여름에 왔을 때 한창 보수한다고 어수선하던 대남문과 대 성문은 말끔히 단장되었다. 서울시내를 굽어보고 있는 보현봉, 그 리고 자비스러운 문수보살의 형상을 한 문수봉을 일별하고 성곽을

백운대 방향에서 본
비봉능선. 보현, 문수,
비봉이 차례로 보인다.

따라 북동방향으로 진행하기로 했다. 보현봉에서 남쪽 능선을 이루고 있는 '사자능선'은 2000년 초부터 향후 2년간 폐쇄되었는데, 그 내용을 모르고 마지막 갔을 때 감시원한테 붙잡혀 사정사정해서 20만 원의 과태료를 2만 원으로 깎은 적이 있다.

이윽고 칼바위능선이 보이는 보국문에 당도했다. 차 과장은 얼마 전에 아카데미하우스에서 산행을 시작하다 길을 잃어 죽을 고생을 하다가 칼바위능선으로 올라섰다고 하는데 아마 그 까다로운 협곡인 '냉골'로 들어섰던 모양이다.

드디어 대동문에 이르렀다. 이제 하산길만 남았다. 예정했던 시간과 정확하게 일치한다. 마음속으로 우리 일행이 잘 따라와 준 것을 고맙게 생각하며, 진달래능선과 구천계곡의 갈림길에서 구천계곡으로 내려설 수 있는 우측 능선을 탔다.

아무리 사실에 가깝게 표현해도 산은 직접 가보지 아니하고는 그 진실을 알지 못한다. 처음 구천계곡을 대했을 때의 그 경이로움이란 이루 말할 수가 없다. '구천폭포'는 구천계곡의 밑둥치에 그

북한산 백화사 ▶ 의상봉 ▶ 대남문 ▶ 대동문 ▶ 구천폭포 ▶ 아카데미하우스

장관을 펼치고 있는데, 이를 잘 모르는 사람이 많은 것은 등산로에서 약간 비껴나 있기 때문이다. 어떤 사람으로부터 "여름철 비온 뒤 분명히 그 근처에서 하늘을 뒤엎는 굉음의 물소리를 들었는데 아무리 둘러보아도 폭포는 안 보이고 꼭 무슨 귀신에 홀린 것 같았다"라는 말을 들은 적이 있다. 나는 다행스럽게도 이태 전에 친구 오 회장 덕분에 여름철 억수같이 비가 쏟아진 다음날 이 폭포를 볼 수 있는 행운을 얻었다. 우리 일행은 흐르는 물에 손발을 씻고 세수를 한 후 멀리 수락산의 수리가 비상하는 모습을 보며 마지막 조금 남겨둔 소주를 나누어 마셨다. 이제 6시간 반의 꿈같은 산행이 끝났다. 아쉬움을 달래기 위해 아카데미하우스 밑의 파전집에서 덕스럽고 인정 많은 아줌마가 내오는 파전과 막걸리에 목을 축이고 꿈속으로 빠져들었다.

진달래능선과 소귀천계곡

어제 새벽에 내린 비로 대기가 상쾌하다. 황사가 웬만큼 씻겨졌는지 먼 산이 제법 가까워 보이고, 구름도 흘러가는 모습이 날렵하다.

2001년 4월 14일 토요일 오후!

김영래 부사장님, 권정대 본부장님, 최해식 부장과 함께 북한산 진달래를 보러간다. 간신히 택시를 잡아 평창동 북악파크호텔 약속 장소로 향했다. 그곳에서 송도영, 이상렬 부장과 합류하기로 했다.

여태까지 이른봄에 피는 꽃과 6월에 피는 꽃이 목련인지 목단(모란)인지 구분 못해 헷갈리고 있지만, 적어도 진달래와 철쭉은 명확히 구분할 수 있는 것이 진달래는 잎이 피기 전에 꽃이 피고 철쭉은 잎이 핀 후 꽃이 핀다는 것을 알기 때문이다.

잠수교를 지나 시퍼런 한강물을 보고 남산 3호터널을 지나면서 거침없이 신나게 달려 기분이 좋은데, 반대편 차선은 거북이걸음이다. 내친김에 '욕 좀 봐라' 했더니 최 부장이 '남의 불행은 나의 행복' 하고 거든다. 말을 뱉어놓고 보니 나의 심보가 고약하여 자책했다.

은 물길을 가로질러 직진하고 조금 오르니 너른 공터가 있어 잠시 휴식을 취했다. 金 부사장님이 나눠주시는 건포도가 입안에서 녹아내린다.

 길은 북동쪽으로 크게 휘면서 일선사 갈림길로 오르고 좌측에 '청담샘'을 가리키는 팻말이 보인다. 일선사 갈림길을 지나고 대성문을 오를 때 왼쪽으로 보현봉과 그 암릉이 병풍을 친 모습은 우리가 심산유곡에 들어왔음을 느끼게 한다. 대성문 자락이 보이기 시작했을 때 묵묵히 앞서가던 權 본부장께서 질문을 하신다. "산악부장! '성' 자가 무슨 '성' 자고?", "이룰 成 자입니다.", "아이다 재 '城' 자다." 우기다가 틀릴 때면 망신을 당한다. 가까이 가서 보니 재 '城' 이다. 대성문은 대남문, 대동문, 북문, 대서문 등 북한산성 다섯 문 중 제일 큰 문이다. 대성문에 이르는 길은 숙종 이후 왕들이 경복궁을 떠나 보토현을 거쳐 산성 안 행궁으로 행차하는데 가장 가깝고 오르기 쉬운 길로 왕이 드나드는 문이라 크게 지었다고 한다.

 대성문루에 올라서니 드디어 북동쪽으로 노적봉(716미터), 만경대(799.5미터), 백운대(836.5미터)가 그 웅자를 드러낸다. 인수봉(810.5미터)은 백운대에 가려 아직 그 모습을 드러내지 않고 있다. 만경대 밑에는 병풍암이 옹위하고 있고, 의상봉 능선은 남장대지 능선에 가려 보이지 않는다.

 보국문을 지나 전망대에 이르니 멀리 왼쪽으로부터 도봉산의 오봉(655미터), 칼바위(675미터), 자운봉(740미터), 만장봉, 선인봉이 차례로 그 모습을 드러낸다. 도봉산 봉우리 이름은 매번 헷갈려 위로부터 '자만선' 이라 외어두어도 곧잘 잊어먹는다.

 정상주를 준비해오신 宋 부장은 아까부터 '정상' 타령을 하시는데 아니나 다를까 '여기가 정상이가?' 하고 묻는다. 나는 그 속내를 알고 '아임니다. 쪼매만 더 가모 좋은 데가 있심니다' 라고 답하였다. 결국 대동문까지 이르지 못하고 칼바위능선이 갈라지는 경

북한산성

치좋은 전망대에서 전을 폈다. 예의 그 竹盞으로 한라산에서 먹다
남은 양주와 매실주를 한잔씩 나누었는데, 그 맛이 천하일품으로
지친 심신을 일으켜주는 명약이었다.

대동문을 지나 오늘의 하이라이트인 진달래능선을 탄다. 대동문
에서 약 20미터 내려와 오른쪽 구천계곡으로 가는 능선을 버리고
왼쪽비탈을 잠시 내려오면 북한산에서도 맛좋기로 소문난 대동약
수가 있다. 두 컵을 연달아 마시고 가져간 2.5리터들이 페트병을 약

북한산 칼바위

수로 가득 채운 후 일행을 뒤쫓았다. 산에서 약수를 만나면 무조건
맛을 보라고 하는데 우리 일행은 그것을 모르는 것 같았다. 대동약
수 부근은 진달래소식이 아직 한밤중이었다. 올라오다가 다정히 앉
아 쉬고 계신 노년의 부부에게 아래쪽의 진달래 상황은 어떠냐고
여쭈었더니 그런대로 볼 만하다고 하시기에 조금 위안이 되었다.

金 부사장님께서 드디어 진달래능선에서 제일 기막힌 전망대로 우리를 안내하신다. 그곳은 명당 중의 명당인 바위쉼터다. 여기서는 좌측의 동장대지가 선 紫丹峰, 용암봉, 만경대, 백운대, 인수봉, 그리고 하루재를 넘어 영봉을 거쳐 육모정을 건너뛰고 우이령이 도봉산군을 일구면서 멀리 사패산 쪽으로 산줄기를 이어가는 모습이 한눈에 들어온다. 우측으로는 마들평야와 수락산, 불암산이 보이나 북한산은 그 쪽으로 눈길 돌릴 틈을 주지 않는다. 흰 속살을 드리우고 있던 웅장한 노적봉은 이미 시야에서 사라진 지 오래다. 金 부사장님은 고려 도읍지 개성에 있는 송악산에서 맑은 날 남동쪽을 보면 인수봉, 백운대, 만경봉이 삼각형을 이루고 있기 때문에 북한산을 '삼각산' 이라 이름지었다고 한 수 가르쳐 주신다. 나도 한마디 거들었다. '산은 계절, 날씨, 시각, 방향, 각도에 따라 수시로 그 모습을 달리한다' 고.

눈부신 장관을 뒤로 하며 백련사 갈림길에서 진달래능선을 버리고 직각 좌측 내리막길로 빠져 素貴川계곡으로 접어들었다. '素' 는 흰빛의 비단을 뜻하므로 이 계곡은 흰 비단을 펼쳐놓은 듯하다는 것을 의미한다. 계곡에 이르기 전 내리막에서 왼쪽 위를 바라보다가 기막힌 광경을 목도하게 된다. 한 무더기 진달래꽃이 역광에 투영되어 하늘거리는 모습에 눈이 부셔 햇빛을 비껴서니 시커먼 시단봉의 예각삼각형이 하늘을 가려 다시 눈을 감았다. 좌측으로 뻗어 올라간 소귀천계곡은 시단봉 7~8부에서 숨을 다하는데 가을이면 이 골짜기는 붉은 피빛으로 물든다. 시단봉의 '丹' 은 단풍 '丹' 이다. 소귀천계곡은 계곡물이 풍부하고 흙길에다가 완만한 내리막이며 울창한 숲이 정감을 더하여 가을이면 단풍이 절정을 이루는 곳이다. 멋진 沼를 지나 오른쪽에 보이는 무릎 정도 높이의 돌로 둥근 울타리를 친 '龍天水' 는 그 옹달샘 맛이 북한산에서 둘째가라면 서러워하는 곳이다.

'仙雲閣' 이라는 이름의 요정이었던 '고향산천' 에서 마지막으로 북한산 연봉을 뒤돌아보며 뇌리에 각인시키고 하산을 재촉했다. 權 본부장께서 묻는다. "산악부장! 국악 5음계는?", "궁상각치우", "제일 높은 음은?", "우", "판소리에서 제일 빠른 가락은?" 막힌 다. "휘모리!" 우리 일행은 마을 어귀 손두부집에서 손으로 빚은 두부와 조껍데기막걸리로 오늘 산행을 마감하기로 했다.

  金 부사장님의 '빈대들의 고공낙하, 종달새의 고공낙하와 둥지를 은폐하는 영리함, 시골 동구나무에 매달린 스피커, 고무줄로 배터리를 칭칭 동여맨 트랜지스터 라디오, 야구공으로 창덕여고 담벼락 넘기기, 학교 뒤뜰 빙판의 아이스하키장' 이야기가 술술 이어진다. 또 權 본부장님의 '창녕군의 밀주단속 때 경상남북도로 번갈아 술동이 옮기던 일' 그리고 어설프게 주어넘기는 나의 겨울철 '이' 이야기, 발정난 소를 찾아 야밤에 온 산을 헤매던 일 등 애기는 끝없이 이어지며 목소리는 커지고 웃음소리는 높아간다.

난형난제

2001년 7월 7일 토요일 오후 1시 반!

金 부사장님과 강기병, 이동구, 최태룡 부장과 나는 두 대의 택시를 나누어 타고 약속장소인 북악터널 쪽으로 향했다. 열어놓은 창문으로 들어오는 후텁지근한 열기가 썩 내키지 않았다. 2시 반에 도착하니 이미 송도영, 이상열, 정기열 부장이 예능교회 위 산정음식점 앞에서 기다리고 있었다. 약속시간에 늦으면 항상 마음을 졸이고 가슴이 빨리 뛰며 미안한 마음에 어쩔 줄을 모른다. 宋 부장께서 새로 구입한 꽤나 값나가는 등산화가 멋져 보였다. 두 달 반 만에 만났다.

오른쪽 샛길로 들어서니 난간이 있고 우측으로 북악터널이 바로 내려다보인다. 아카시아숲길은 형제봉매표소까지 늘어서 있다. 구복암 입구에는 커다란 바위 두 개가 길 양옆에 서 있는데 왼쪽 것이 훨씬 크다. 거기에는 '南無彌勒大佛'이라고 큼지막하게 음각되어 있었다. 구복암을 지나니 능선 안부가 나오고, 오른쪽 북악터널 위로 지나는 야트막한 능선은 군부대를 지나고 팔각정을 거쳐 청와대 뒷산인 북악산으로 이어지고 있다.

형제봉 가는 길은 그곳에서 직각 왼쪽으로 방향을 잡아야 한다. 형제봉 능선은 4개의 봉우리로 되어 있는데 두 번째와 네 번째 봉우리 중에서 어느 것이 주봉인지 지금도 헷갈린다. 그래서 '난형난제'라고 하는 것이 아닌가 생각된다. 하여튼 이 능선은 오르내리는 봉우리들과 적당하게 그늘이 덮인 오솔길, 그리고 호젓함 등으로 산꾼들이 즐겨 찾는 길이다.

쇠난간을 잡고 오르니 문득 철책으로 잘 꾸며놓은 전망대가 나타난다. 이곳에서는 평창동 일대가 손바닥 들여다보듯 내려다보인다. 다시 가파른 사면을 올라서니 제2봉이다. 2봉에서는 평창동 일대뿐만 아니라 오른쪽으로 정릉계곡까지 내려다보인다. 영추사와 삼봉사의 푸른 기와지붕이 햇빛을 받아 빛나고, 영추사의 거대한 하얀 미륵불상이 초록과 어우러져 눈부시다.

천도를 하나씩 나누어 먹었다. 아침에 방금 차에서 내리는 과일 중 제일 먹음직스러워 보여 여덟 알을 샀는데 모두들 맛있게 먹는 모습을 보니 더 사올 걸 하는 생각에 후회막급이다.

야트막한 봉우리를 지나 안부에 서니 진행방향으로 큰 형제봉(467미터), 지나온 방향으로 작은 형제봉이라고 표시되어 있다. 그러면 답은 뻔하다. 4번째 봉우리가 형님봉우리다. 이곳에 왔던 때가 벌써 2년 전인가 보다. 그동안에 표지판이 들어선 모양인데, 이로써 난형난제의 의혹은 사라졌으나 동녕폭포나 사자능선 쪽에서 볼 때는 분명히 제2봉이 더 높고 의연해 보인다. 아마 우측의 칼바위능선에서 보면 제4봉이 더 높아 보일 것이다.

안부를 지나 가파른 오르막을 치고 난 후 드디어 제4봉인 큰형제봉에 올라섰다. 시내 쪽은 실컷 보았으니 이제는 시야를 북서쪽에서 북동쪽으로 돌려야 한다. 보현봉, 북한산 주능선, 칼바위능선 그리고 그 사이로 거침없이 펼쳐진 정릉계곡이 초록융단이나 에메랄드빛 비로드를 깔아 놓은 듯한 모습이다. 그 위 하늘엔 두루마리

구름이 두어 개 유유자적 흐르고 멀리 산성 주능선 曲部에 大城門의 처마끝이 올려다 보인다.

큰 형제봉을 내려와서 완만한 경사를 오를 무렵 길 우측에 두 개의 큰 바위 덩어리가 보이고 앞쪽 바위가 금방이라도 쓰러질 듯이 비스듬히 박혀있었다. 산꾼들이 지나치면서 쓰러지지 말라고 30~50센티미터쯤 되는 작은 나뭇가지를 수도 없이 괴어놓아 호기심에 배면으로 돌아가 보니 그 바위들은 몸체를 땅속에 굳건히 뿌리박고 있었다. 어찌 그 연약한 나뭇가지들이 그 무거운 바위덩이를 괼까마는 그걸 알면서도 그리 해놓고 또 그리하고 싶어하는 산꾼들의 순수함과 애교에 가슴이 찡해 온다.

조금 더 올라가니 삼거리가 나온다. 4시 반. 여기서는 바나나를 나누었다. 땀 흘리고 기가 쇠할 때는 바나나가 제일 좋다는 것을 최근에 깨우쳤다. 이 삼거리는 동녕폭포에서 올라오는 길이 형제봉 능선과 만나 이루어진 것이다. 형제봉 능선의 왼쪽 길은 모두 평창동으로 빠지고, 오른쪽은 조금 전 나뭇가지로 괸 바위를 중심으로 아래는 국민대 쪽으로, 그리고 위로는 정릉 쪽으로 빠진다.

일선사 갈림길에서 대성문 가는 길은 너무나 기분 좋은 길이다. 마지막 대성문 오르는 계단을 제외하면 흙냄새가 물씬 나는 우거진 숲길은 왼쪽으로 암괴로 이루어진 보현봉에서 오른쪽으로 정릉계곡의 협곡으로 흘러 내려가는 산자락의 7~8부 허리를 굽이굽이 돌아간다. 왼쪽 가느다란 골짜기에는 아쉬운 대로 쓸 만한 샘물도 하나 있고 나아가 소나무와 바위가 어우러진 쉬어갈 만한 전망대도 여러 곳 있다. 2리터 페트병에 조금 남은 유근피 달인 물을 마저 마시고 다시 샘물로 가득 채웠다. 물은 항상 여유가 있어야 한다.

결국 대성문에서 송 부장이 참지 못하고 '정상주' 타령을 한다. 송 부장의 '정상주'라는 말에는 각별한 의미가 내포되어 있다. 어디 정상만이 정상이냐? 정상은 내 마음속에 있거늘! 남쪽 지방 제

사상에나 올라가는 큰 문어를 풋풋하게 말려 듬성듬성 썬 것을 안
주 삼아 독한 위스키를 한잔씩 나누었다.

　성곽길을 버리고 숲길로 들어서자 곧이어 대남문이다. 문루에
올라 문수봉과 보현봉만 바라보고 있는데 金 부사장님이 "앞만 볼
게 아니라 뒤도 좀 돌아봐라" 하신다. 그곳에는 멀리 있는 백운대,
만경대, 그리고 흰 속살을 드러낸 노적봉이 바로 눈앞에 다가와 펼
쳐지고 있었다. 인수봉은 보이지 않았다.

　조선시대 한성부의 관할구역을 정할 때 이 북한산 주능선을 북

으로 하여 도성 안은 북악·숙청문·혜화문·낙산·흥인문·광희
문·목멱산(남산)·숭례문·돈의문·인왕산·창의문으로 나누고,
다시 북악으로부터 4개의 산, 4대문, 그리고 4소문으로 이어지는
18킬로미터의 성곽 안을 말하고, 도성 밖은 4대문으로부터 십리
밖을 경계선으로 하였다고 세종실록지리지에 나온다. 사방십리는
동으로 중랑천과 大峴, 서로 양화나루와 창릉천, 남으로 한강과 노
들나루에 이르는 지역을 말한다.

　金 부사장님이 좌측 형제봉 능선 너머로 아파트가 들어서기 전
의 왕십리와 청계천, 그리고 용산 너머 마포나루를 일러주는데 그
때의 정경을 그려보았으나 쉽게 떠오르지 않는다. 이제는 모두의
합의하에 햄과 소시지를 펼쳐놓고 '정상주'를 했다.

　　文殊菩薩은 부처님의 왼쪽에서 사자를 타고
　　바른손에는 지혜의 칼을 들고
　　왼손에는 청련화를 쥐고 있다.
　　'文殊'는 '妙'를 뜻하고 '薩'은 '頭, 德, 그리고 吉祥'을 뜻하니
　　지혜가 뛰어난 공덕을 말한다.
　　그리고 사자는 위엄과 용맹을 나타낸다.
　　普賢菩薩은 부처님의 오른쪽에
　　흰 코끼리를 타거나 연화대에 앉아서 손을 모아 합장하고 있거나
　　손에 연꽃을 쥐고 있기도 한다.
　　理, 定, 行의 德을 맡아 부처님의 중생제도 하는 일을 돕는다.
　　중생들의 목숨을 길게 하는 덕을 가졌으므로 延命菩薩이라고도 한다.

　문수봉이 왼쪽에 있고 보현봉이 오른쪽에 위치하니 대남문이 부
처님이 되는 셈이다.

　문수사로 향했다. 문수사는 고려 예종 16년(1109년)에 명필로 유
명한 坦然國師가 창건했으며, 문수봉의 암벽을 비집고 제비가 둥

지를 튼 듯한 형국(燕巢形)을 하고 있다. 문수굴에 불상을 모셔놓고 법당으로 대신하고 있었으며 대웅전은 불사 중이었다. 그 때문인지 문수사는 전반적으로 덜 정돈된 분위기였다. 金 부사장님은 "문수굴 천장에서 약수가 떨어졌는데 이 물길을 돌려 문수굴 앞 지하샘을 만들었으며, 한 이십 년 전에는 문수굴 앞에 법당과 나한전(현재는 應眞殿)이 있었는데 법당은 타버려 문수굴로 들어가고 나한전은 응진전으로 이름이 바뀌었다"고 하신다. 나는 "옆 요사체에 걸린 '文殊寺'라는 현판은 이승만 초대 대통령이 '사일구 혁명'이 일어나기 전 어머니가 문수사에서 백일기도 끝에 자신을 낳은 것을 기려 쓴 것"이라고 말하려다 말았다. 부사장님 앞에서 산에 대해 아는 체하면 안된다는 것을 지난번 진달래능선에서 느낀 것이다.

이제는 발걸음이 가볍다. 왼편으로 사자능선 가는 길은 막아놓았으나 오른편으로 향로봉, 비봉, 사모바위, 그리고 승가봉으로 이어지는 비봉 능선은 꿈결처럼 가까이 다가와 아쉬움을 대신한다. 할딱고개 마루에서 잠시 다리쉼을 하고, 이 길에서 제일 좋은 전망대에 서서 향로봉에서 내리뻗은 탕춘대능선과 승가사계곡을 마음 속에 담아놓았다. 제4휴식처에는 중년부부가 쉼을 하고 있었다.

승가사로 가는 계곡 갈림길에서 계곡으로 잦아들어 차가운 물에 얼굴을 담근다. 구기계곡의 절경은 이곳에서부터 아래로 펼쳐진다. 잘생긴 소나무, 깎아지른 암벽, 계곡에 드리운 집채만한 암반, 그리고 그 사이를 비집고 흐르는 초록 숲과 파란하늘이 묻어나는 에메랄드빛의 沼와 潭이 줄을 잇는다. 결국 유혹을 이기지 못하고 부사장님과 宋 부장도 계곡변에 쳐놓은 줄을 넘어가 손을 담근다. 얼굴, 손과 발을 물에 담가도 물(水)의 자체정화작용에 의해 십여 미터만 흘러가면 흔적도 없이 사라진다.

'원조 할머니 손두부집'에 도착하니 정각 7시다. 宋 부장의 '검도' 얘기, 李 부장의 빈혈에는 '이남장'의 사골로 만든 국물과 물김치 국물이 최고라는 등 애기꽃을 피우면서 정갈한 생두부, 튀긴 두부, 두부김치, 비지를 안주삼아 이윽고 동동주에 슬슬 취기가 오르기 시작했다.

오늘 산행은 어느 자리에선가 鄭 부장이 느닷없이 "설악산에 있는 '흔들바위'가 지난번 폭우에 신흥사 쪽으로 굴러 내려가는데 한참을 내려가다 보니 '빵'이라" 하여 한바탕 웃은 적이 있는데, 사실 문수봉의 '흔들바위'는 잘 계시는지 궁금해 가보자고 하여 시작된 것이다. 바위 위에 바위가 절묘하게 얹힌, 새끼손가락으로 건드리기만 해도 굴러갈 것 같은 문수봉의 흔들바위는 문수사 응진전의 '五百小造羅漢'이 떠받치고 있는 덕분인지 무사하였다.

북한산의 기암들

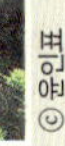

표범골 ⓒ

표범골 ⓒ

표범골 ⓒ

평창 제1매표소 ▶ 동령폭포 ▶ 일선사 ▶ 대성문 ▶ 보국문
대동문 ▶ 구천폭포 ▶ 아카데미하우스

베일에 가린 구천폭포

2002년 4월 6일 토요일!

어제 밤부터 오늘까지 전국적으로, 특히 중부이남에 많은 비가 내린다는 일기예보가 있었다. 오후 1시가 넘자 빗줄기는 약해졌으나 여전히 사선으로 흩날리고 있다. 문어 말린 것, 바나나, 그리고 스카치블루를 배낭에 챙기고 金 부사장님, 李 부장과 함께 약속장소인 평창동 북악파크호텔로 향했다. 宋 부장이 먼저 와 계셨고 곧이어 변 부장이 도착하자 이내 鄭, 李 부장이 우중 산행복장을 하고 합류했다. 빗줄기가 그치지를 않는다.

평창 제1매표소까지는 가파른 오르막과 두세 구간의 오르막 계단이 한참 이어지고, 평창계곡의 하류를 이루는 우측 언덕으로 으리으리한 저택의 벽돌담을 지나 마지막 층계를 오르면 평창 제1매표소가 나타난다.

매표소를 지났다. 맑은 날 매표소 조금 위 전망대에 이르러 뒤돌아보면 왼쪽으로 북악능선과 팔각정, 오른쪽으로 인왕산이 바라보이고, 조금 더 올라가면 우측으로 형제봉 능선이 시종 호위를 한다.

운무는 10여 미터 앞을 가리고 잘 자란 소나무숲에서 나는 송진 냄새가 스멀스멀 전신에 스며들어 그 싱그러운 기운에 정신을 차리고 보니 길은 밧줄로 엮은 출입금지목과 돌계단으로 제법 정비가 잘되어 있다. 그 길의 돌 하나 하나를 밟고 걷다가 어느새 비가 그친 것을 깨달았다. 비온 뒤의 짙은 안개를 '濃霧'라고 하는데 지금은 10여 미터 너머가 안보이고, 가끔 불어오는 바람에 쓸려가고 쓸려오기를 거듭한다. 우유빛 하늘과 간혹 눈에 띄는 연분홍 진달래무리에 넋을 잃고 몇 구비를 오르내리니 오른쪽으로 반쯤 시야가 트이면서 발아래 물소리가 우렁차다. 비에 불어난 물이 거대한 바위를 타고 흐르다 낭떠러지로 곤두박질치면서 바위협곡으로 빨려 들어간다. 3시 15분 東嶺瀑布다.

산중에 피어있는 꽃은 진달래와 생강나무꽃이다. 진달래는 꽃이 먼저 피고, 꽃이 지면 잎이 핀다. 진달래 잎이 필 무렵이면 연산홍의 담홍자색 꽃과 잎이 같이 핀다. 뒤이어 철쭉이 잎을 먼저 피운 후 연분홍 꽃을 피운다. 모두 진달래과에 속한다. 중학교에 입학하여 ABCD~를 외우고 김소월의 '나 보기가 역겨워 가실 때에는 말 없이 고이 보내 드리오리다~'를 흥얼거리면서 한결 어른스러워짐을 느꼈었다.

3시 30분, 길 왼쪽에 '청담샘'으로 올라가는 방향표시와 '대성문 1.4킬로미터'라는 표지가 나온다. 청담샘 부근은 '보현봉'을 보기에 아주 멋진 곳이다. 그곳에서 위쪽으로 다소 가파른 돌계단을 올라서면 일선사에 닿는다. 3시 35분에 '대통령 바위'가 있는 쉼터에 이르렀다. 이십여 평 되는 터에 오륙십 센티미터 정도 높이의 고인돌 같은 반석이 적당한 간격으로 원을 그리면서 너덧 개 놓여있다. 과거 某 대통령께서 장관들과 함께 북한산에 오를 때면 항상 이곳에서 휴식을 취하고 국사도 논했다고 전해지는 곳이다. 우리 일행도 거기에서 휴식을 취했다.

3시 40분에 일어나 5분 뒤 우측으로 형제봉에서 올라오는 길과

인파로 정체된 백운대

만나는 삼거리에 닿았다. 3시 50분에는 폐타이어로 만든 계단을 올라 일선사와 영추사가 갈리는 사거리에 이르고, 3시 55분쯤 길이 직각 오른쪽으로 꺾인다. 여기서부터 대성문에 이르는 산길은 북한산에서 제일 고즈넉하고 휘파람이 저절로 나오는 좋은 길이다. 보현봉에서 급하게 흘러내리는 산자락을 휘도는 흙길은 평탄하고, 오른쪽으로 짙은 수림이 정릉계곡으로 잦아들며 주위는 마치 잘 꾸며놓은 정원 같다. 길이 평탄한 것만은 아니다. 돌길 오르막도 있고 바위와 노송이 어우러진 굽이굽이에는 '반달곰 바위'와 거대한 '男根石'도 있다. 생강나무가 노란 꽃을 피우고 있다. 산수유와 생강나무꽃은 구별하기가 쉽지 않으며 산수유는 주로 습지에 많이 자생한다는 정도만 알고 있을 뿐이다.

4시에 5개의 단과 91개의 폐타이어 계단을 올라 '소불알바위'를 지나고, 다시 4개의 단과 43개의 폐타이어 계단을 올라선 후 안개 속에서 땅만 보고 가는데 느닷없이 커다란 문이 막아선다. 4시 5분 '大城門'이다. 宋 부장께서는 '정상주' 생각이 굴뚝같으신 모양이고, 金 부사장님은 세찬 바람에 이곳을 빨리 벗어나고 싶으신 모양이다. 李 부장은 머뭇거리더니 오른쪽 보국문 방향은 항상 다니는 '홈 그라운드'가 아니라서 이제까지의 선두를 양보하겠단다.

북서풍은 세차게 성벽으로 몰아치고 어디에선가 쪽박새와 까마귀 울음소리가 들린다. 안개를 헤치며 묵묵히 전진하고 있는 나를 포함한 일곱 사람의 행군을 보자 문득 고등학교 때 본 영화 〈새벽의 7인〉이 생각났다. 2차대전 때 독일군에 저항하는 프랑스 레지스탕스의 활약상을 그린 영화다.

4시 35분 보국문에 당도하여 드디어 '정상주'를 돌렸다. 보국문은 보수를 시작한 후 아직 門樓가 세워지지 않았다. 성벽을 내려와 문을 지나니 바람은 쥐죽은 듯이 고요하다. 宋 부장은 알뜰하시다. 소시지, 어묵 등과 '금술', 그리고 중국에서 가져온 '죽엽청주'와 예의 그 대나무잔이 등장한다. 나도 질세라 문어 말린 것과 바나나를 내놓았다. 죽엽청주의 맛은 알싸한 것이 기막혔다. 얼큰한 기운

백운대

북한산 평창 제1 매표소 ▶ 동령폭포 ▶ 일선사 ▶ 대성문 ▶ 보국문 ▶ 대동문 ▶ 구천폭포 ▶ 아카데미하우스

에 신이 나 걸음이 빨라졌다. 4시 50분, 우측으로 칼바위로 가는 소로가 보이나 정작 칼바위는 안개에 숨어있다. 대동문을 나설 즈음에는 운무 속 어느 방향에서인지 까마귀 울음소리가 들린다.

왼쪽의 진달래능선을 버리고 '구천폭포'로 가는 지능선을 택했다. 5시에 삼거리에서 지능선을 버리고, 왼쪽으로 급한 내리막 돌계단을 내려가면서 李 부장이 안개를 보고 '구름이 내려앉은 것'이라 한다. 5～6미터의 直瀑과 7～8미터의 臥瀑이 연이어 나타나고 좌우에는 송림이 우거져 있다. 5시 20분경 안개가 트이면서 진달래의 연분홍과 생강나무꽃의 노랑이 홀연히 나타난 활엽수가 틔우는 연초록과 어우러져 기막힌 색의 조화를 엮어내고 있었다.

물기를 머금은 암반과 쇠난간을 잡고 한참을 헤매면서 계곡의 河床에 도착하니 이제야 안개는 저만치 물러났다. 뒤돌아보니 오른쪽 동장대 어름의 시단봉은 아직도 운무에 싸여있다. 일행을 길 왼쪽 10여 미터 아래의 '구천폭포'로 안내했다. 이 폭포는 길에서 외떨어져 있어 여간 주의 깊게 살피지 않으면 놓치기 십상이다. 계곡물이 불어나는 철이면 분명히 이 근처에서 우렁찬 폭포소리가 들리는데 귀신에 홀린 듯 그 장소가 안 보인다는 곳이다. 폭포는 2단으로 이루어져 있다. 폭 20여 미터의 하상에 제방 비슷한 암반 서너 개를 거친 후 15여 미터의 직폭이 있고, 그 밑에 다시 20여 미터에 경사 60도의 폭포가 이어진다. 위에서 보면 아래 폭포가 안 보이고 밑에서 보면 위의 직폭이 안 보이는 기이한 폭포다.

폭포 위에서 뒤돌아보면 왼쪽에는 칼바위에서 흘러내린 지능선 상에 무명봉이 사천왕처럼 버티고 있고, 오른쪽에는 진달래능선에서 갈라져 나온 지능선이 입구를 막아 이곳을 깊은 협곡으로 만들고 있으며, 전방으로는 수락산이 이곳을 향해 막 비상하려는 독수리 형상을 하고 있다.

'九天'은 하늘을 아홉 방위로 나눌 때 가장 높은 하늘을 일컫고, '九泉'은 죽은 뒤에 넋이 돌아가는 곳을 의미한다. 박경리의 대하소설 《토지》에서는 최참판댁 머슴 '구천'이가 별당아씨와 눈이 맞아 평사리의 고소성을 넘고 성재봉을 거쳐 삼신봉을 지나 지리산 남부능선을 타고 숨어든다.

　5시 40분에 도착한 '구름의 집'은 둥근 기둥에 원형으로 된 이층집을 올린 것으로 2층은 정오부터 저녁 10시까지 불란서식 식당을 하고, 1층은 오전 9시 반부터 오후 2시까지 카페를 연다. 金 부사장님은 황혼 무렵 식당에서 바라보는 백운대, 만경대, 인수봉을 '절경'이라 하시면서 덧붙여 통일연수원의 피라미드 지붕은 북한산의 모양을 본뜬 것이라 하신다. '여유로움'은 돈이나 권력으로 취할 수 있는 것이 아니다. '구름의 집'과 '통일연수원'을 설계한 건축가의 자연친화적 안목에 이 살벌한 세태의 와중에서 신선한 청량감을 느낀다.

　통일연수원 아래 황토방 식으로 꾸민 '토속 동동주' 집에서 따끈하고 꼬들꼬들한 손두부와 함께 동동주는 얼콰하니 잘도 넘어간다.

북한산 1-5

괴이한 향림사지

2002년 6월 9일 오전 10시 반 지하철 연신내역 시장입구 방향!

青山會 회원 14명에 부인네들 3명이 합세했다. 그 중에는 집사람도 끼여 있었다. 지난 현충일에 집사람은 배낭을 메고 따라나와 삼성산 돌산에 올라 칼바위를 지나 깃대봉 아래 안부까지 가서 보리비빔밥을 먹고 숲 속에서 한숨 잔 후 철쭉동산과 2광장을 거쳐 호수공원으로 내려왔는데 산 타는 실력이 보통이 넘는다. 같이 대간을 하고 있는 閔 회장의 집사람과는 처음 보는데도 친자매처럼 친숙해지는 것을 보니 그리 흐뭇할 수가 없었다.

시장길을 따라 북동으로 가다가 불광 2동 파출소를 마주보며 길을 건너고, 연립주택이 줄지어 있는 길을 지나 한국기독교 수양관을 거치자 길이 좁아지더니 윗산불광사가 나타났다. 대웅전 마당 왼쪽에는 滿月寶宮이 있고 불광매표소는 윗산불광사 바로 위에 있었다. 우리 대장은 날씨가 더운 탓인지 인원이 열여섯인지 열일곱인지 자꾸 헷갈린다. 나도 오늘따라 기록도구를 가져오지 않았다.

남서방향 숲속 오르막은 지난번에 올랐던 젖꼭지봉(367미터)으

로 가는 길이다. 젖꼭지봉은 생김새가 마치 처녀의 젖가슴 같아서
붙여진 이름인데 정식명칭은 아니다. 그 모습이 족두리 같다 하여
'족두리봉' 또는 수리(매과 수리속의 맹금) 같다 하여 '수리봉'이라
고도 불리며 보는 방향에 따라 그 모습을 달리한다. 구기동에서 상
명대학 뒷길로 하여 탕춘대능선을 타거나 이북 5도청으로 해서 비
봉에 오르는 능선을 탈 때 바라보는 그 봉우리는 둘도 없는 처녀
'젖가슴'이고, 향림담 위 바윗길에서 송전탑에 이르는 능선에서
바라보는 모습은 '수리'가 날개를 펴고 덮쳐오는 형상이며, 향로
봉 능선에서 바라보면 시집가는 새아씨가 쓰는 '족두리'다.

젖꼭지봉

ⓒ 윤인표

북한산 윗산불광사 ▶ 향림당 ▶ 송전탑 ▶ 470봉 ▶ 향로봉 ▶ 비봉 ▶ 진관사계곡 ▶ 진관사

이 봉우리의 정상은 거대한 바위덩어리 하나로 되어 있으며, 젖 꼭지에 해당하는 바위는 높이가 3미터쯤 되는 기괴한 해골모양을 하고 있는 두 개의 붙은 立石으로 되어 있다. 여기서 북동방향의 358봉과 향로봉(535미터)으로 가는 길은 3~4미터의 직벽을 '클라 이밍 다운' 하거나, 정상에서 되돌아나와 우측 젖무덤의 경계에 겨 우 한 사람이 위태롭게 건너갈 수 있는 바위 사이로 난 길을 따라 암봉의 절반 가량을 돌아선 후 70도 경사의 15미터 암벽을 타고 내 려가야 한다. 이 두 길은 위험하다. 세 번째 길은 바위봉우리 밑둥 치까지 되돌아간 후 숲길을 따라 암봉 가장자리를 북동방향으로 도는 길이다. 지난번에 우리 일행은 두 번째 길로 가다 두서너 명 이 되돌아나가, 세 번째 루트를 통해 세 루트가 만나는 안부에서 모두 합류한 적이 있다.

오늘은 향림담과 송전탑을 거쳐 향로봉과 비봉(560미터)으로 간 다. 매표소 위 다리를 건너면 쇠난간이 쳐있고, 바위로 된 오르막 을 오르면 나무와 돌로 된 층계, 바위둔덕, 그리고 송림에 둘러싸 인 흙길이 나온다. 산새소리, 바람소리, 소나무숲과 우측의 깎아지 른 바위절벽들, 이 모든 것이 평화롭고 자유자재로 어우러져 있다. 체력단련장을 지나 암반길을 오르니 바위전망대가 나서고 서쪽 으로 일산의 아파트군이 가물가물하다. 좌측으로 바라보이는 협곡 과 그 위로 온통 회고 갈색인 60~70도 경사의 암벽들은, 서문 안 을 지나 등운각에서 개연폭포를 지나며 좌측으로 바라보이는 원효 봉 암벽자락과 흡사하다. 요즈음은 산길을 가면서 이전에 본 유사 한 다른 산의 모습을 떠올리는 경우가 잦다.

이제부터 길은 서서히 고도를 낮추며 동진한다. 길이 잠깐 가팔 라지더니 우측으로 계곡 흔적이 나타나고, 좌측으로 비껴 바위와 암반, 그리고 공원관리소에서 붙인 현수막이 보인다. 폭포 곁 3~4 미터 높이의 바위에는 세로로 '향림약수' 라 새겨져 있다. 香林潭 이다. 潭은 물길을 수직바위 사이로 흘려 내리면서 암반으로 연결되고, 그 끝머리에는 또 하나의 바위 밑둥치에 대롱 사이로 졸졸 흘러나오는 샘물이 있다. 물길은 바위를 타고 가느다랗게 흘러내리고 潭은 翡色이다. 서너 컵 찬 샘물로 목을 축인 후 다시 암반을 기어오른다. 향림담 부근에서 길이 꺾여 북서진한다. 오른쪽 갈림길은 탕춘대능선으로 해서 향로봉으로 오르거나 구기동으로 내려가게 된다.

조금 가다 보니 오른쪽에 숲으로 난 길이 있다. 그러나 그 길은 358봉을 경유하여 젖꼭지봉으로 가는 길이다. 길은 북동으로 꺾여 다시 구릉지대를 지나면서 갑자기 사방이 숲그늘로 어둑어둑해진다. 아름드리 소나무 밑을 지나자 오래된 두 그루의 포구나무가 서 있는 곳에 축대가 쌓여 있다. 우측으로 보이는 널찍한 빈터는 주위와 비교하여 푹 꺼진 지형을 이루고 있었으며, 그 주변에는 축대석과 장대석들이 어지러이 널려 있고 소나무숲이 빙 둘러가며 그곳을 지키며 잡초가 무성했다. 그곳에는 많은 사람들이 끼리끼리 둘러앉아 점심을 들고 있었으며, 소풍 나온 듯한 초등학교 십여 명의 학동들은 선생님을 에워싸고 재잘거리고 있었다. 홀연히 딴 세상에 들어온 느낌이었다. 이곳이 베일에 가려져 있는 고려 태조 왕건의 梓宮이 모셔졌던 香林寺址였다. 어느 순간 눈 깜짝할 사이 그 모든 실체가 연기처럼 사라지는 것 같은 괴이한 곳이다. 초여름의 졸리고 눈이 감기는 햇빛 때문만은 아니었다.

'나'라는 존재는 무엇인가? 태어나서 種을 잇고 죽어가고… 이것은 '자연'과 '인간'이라는 테두리 안에서 이루어지는 생과 사의 윤회다. 나아가 이러한 '가치의 의미'도 생각하는 '인간'이기에 느낄 수 있는 것이 아닐까? 숲과 나무와 바람과 바위도 이러한 '생각'을 할 수 있을까? 의문은 꼬리를 문다.

향림사지에서 북서방향으로 가다 서진하면 불광중학으로 가는 길이다. 이를 무시하고 북동으로 방향을 잡아야 향로봉 쪽이다. 1시 30분에 송전탑이 있는 안부에 올라섰다. 송전탑은 젖꼭지봉을

비봉에서 본 백운대

비봉에서 본 문수봉과 보현봉

지나 358봉의 송전탑과 연결된 것이며 송전선은 진관외동으로 넘어간다. 암봉을 우회하여 북서방향으로 난 길은 기자촌으로 가는 길이고, 곧장 뻗은 내리막은 진관사로 가는 길이다.

같이 후미를 지키며 오던 친구를 진관사로 내려보낸 후부터 나는 산길을 달리기 시작했다. 대여섯 명이 나누어 먹을 도시락과 수박, 참외, 떡, 물이 모두 내 배낭 속에 들어있었기 때문이다. 이곳에서 직각 우회전하여 동으로 방향을 잡아 앞을 가로막는 바위산으로 올라가야 한다. 길은 산 능선을 휘감듯이 돌아 전망대를 지나고 다시 허리를 휘돌아 봉우리에 닿는다. 406봉이 좌측 곁 지척에 보인다.

여기서 보는 북동쪽 모습은 장관이다. 비봉 지나 사모바위에서 흘러내려 매봉(323미터)으로 이어진 능선이 진초록의 장막을 치고, 문수봉에서 시작하여 나한봉, 나월봉, 증취봉, 용혈봉, 용출봉, 의상봉으로 이어진 의상봉 능선이 검은 색으로 겹을 친다. 또한 동장대가 있는 시단봉에서 용암봉, 노적봉(716미터), 만경대(799.5미터), 백운대(836.5미터), 염초봉으로 이어지는 회색 능선이 세 겹의 장막을 치면서 햇살 아래 하늘 높이 떠 있다. 곳곳에 자리한 기괴한 모습의 바위들이 손에 잡힐 듯 가까운데, 이럴 때는 눈가에 촉촉이 물기가 서린다.

오른쪽은 또 어떠한가! 향로봉의 정수리 북서쪽 뒷면이 시커멓게 바라보인다. 향로봉 능선은 세 개의 봉우리가 연속되어 일명 三脂峰이라고도 한다. 능선을 타고 오르는 등산객들이 개미떼처럼 미묘하게 움직이고 있다. 이태 전에 까다로운 향로봉 남벽에 올라 저 능선을 타던 기억이 가물가물 피어오른다.

앞에는 또 하나의 가파른 바위로 된 오르막이 버티고 있었다. 그 길은 암괴로 형성된 바위능선길이었다. 네발로 기어올라 1시 45분, 드디어 470봉에 섰다. 봉우리에서는 앞으로 가야 할 길이 빤히 건너다 보였는데, 한 번 쑥 내려갔다가 다시 가파른 오르막을 치받

비봉

사모바위

아 올라가야 했다.

향로봉 능선을 우측에 두고 숲길로 들어서 조금 가니 비봉 능선이 기다린다. 砂岩 부스러기를 발뒤꿈치로 날리며 2시에 '진관사 2.4킬로미터'라 쓰인 이정표에 도착했다. 대간을 같이 하고 있는 신 감사가 그곳에서 나를 기다리고 있었다. 비봉을 지척에 두고 진관사계곡으로 내려갔다. 왼쪽에 드리운 무명 암봉의 넉넉한 자락은 그 봉긋한 생김새며 곡선이며 살결이 전혀 손을 타지 않은 처녀의 속살이다.

친구들이 숲속 큰 바위를 곁에 둔 널찍한 공터에서 막 점심을 들 찰나였다. 짝을 잃었던 집사람의 얼굴이 펴지고 굶지 않게 된 것을 다행이라 여기는 듯 보인다. 숲이 하늘을 가려 컴컴할 정도며 손바닥만큼 뚫린 하늘에서는 햇빛이 쏟아진다. 허물없는 친구들과의 대화는 언제 나누어도 즐겁고 기운이 솟는다.

이제 느긋한 하산길이다. 4월초에 노란 산수유 같은 꽃을 피웠던 생강나무는 이제 온통 짙푸르고, 산벚나무는 흰 꽃을 피우고 있으며, 가지를 꺾어 물에 담그면 물이 푸르게 변한다는 '물푸레나무'가 계곡변에 늘어서 있다. 우측으로 매봉 능선에서 흘러내린 경사진 암반은 거대한 모양으로 계곡까지 뻗어있고, 계곡의 수직암벽은 협곡을 만들고 있다. 곳곳이 절경인 진관사 계곡을 내려갈수록 우측으로 매봉능선과 그 뒤의 의상능선이 솟구쳐 오르더니 종래에는 의상능선이 시야에서 사라졌다.

진관사 앞은 아름드리 노송이 군락을 이루고 있었다. 고색창연한 지붕과 화강암 돌기둥으로 된 일주문을 지나 경내로 들어서니 절 뒤의 황장목군락이 멋진 그림을 그리고, 매봉 능선 뒤로 비봉과 그 능선이 살포시 모습을 드러내고 있었다. 뜨락의 고염나무와 엄나무, 백 년 묵은 은행나무, 이백 년도 넘은 느티나무는 예나 지금이나 변함없이 절을 지키고 있었다.

경내를 나와 조금 아래 마을버스 종점이 있는 계곡가에는 자리

북한산계곡에서 본
백운대, 만경대,
노적봉

를 만들어 파전과 고기와 술을 팔고 수박도 내놓는다. 친구들의
유쾌한 웃음소리와 집사람의 미소가 바람에 실려 하늘로 흩어져
갔다.

드디어 원효리지를 하다

북한산에 오를 때마다 백운대에서 정서로 가로막은 장벽인 원효리지를 보고 기가 질렸지만, 언젠가는 한번 해 봐야겠다는 욕망을 항상 마음속에 품고 있었다. 그러나 언감생심 나의 바위 타는 실력으로는 어림도 없었다.

4년 전 이맘때 클라이머인 대학동기 오영배 덕분에 도봉산 오봉, 우이암을 해보고, 설악산 석주리지를 통과해 희야봉, 범봉 그리고 백미, 칠십미, 오십미 폭포를 거쳐 잦은바위골로 22시간 사투를 벌인 경험이 있긴 했다. 그날 이후로 그 친구더러 원효리지를 한 번 태워 달라고 부탁해 왔었는데 드디어 기회가 왔다.

2001년 10월 3일 친구 오 회장, 선경 신봉재 감사, 우리 직원 박선민과 김윤희 양 등 다섯 명이 팀을 이루어 네 명은 9시 반에 구파발 역에서 만나기로 하고, 오 회장은 '우이동에서 노적봉을 거쳐갈 테니 10시 반에 구국기원정사에서 만나자'고 약조했다. 원효리지는 백운대에서 서쪽으로 내려 뻗은 북한산 최장의 고난도 암릉이다.

그러나 추석 전날인 9월 30일 모처럼의 기회에 잘 해보겠다는 일념으로 비가 추적추적 오는 와중에도 배낭을 메고 관악산 돌산을 거쳐 칼바위로 해서 깃대봉 바위를 오르다가 깃대봉의 물먹은 직벽에서 추락했다. 날씨 좋은 날, 깃대봉에서 육칠 미터 되는 직벽 바위는 힘들이지 않고 내려오곤 했던 곳이다. 그런데 오륙 미터까지 오르자 물먹은 바위는 더 이상의 접근을 마다했다. 갑자기 아래로 떨어지면서 왼쪽 눈 위를 찢고 얼굴을 갈고 오른손 엄지 살갗이 벗겨졌다. 내가 산을 제대로 알기에는 한참 멀었다.

이 상태로는 도저히 안된다. 출발할 때부터 개연폭포에서 장비를 전달하면서 일행을 접선시켜 주기만 하고 워킹으로 백운대까지 가서 원효리지를 타고 넘어오는 일행을 맞이하겠다고 내심 작정하였다. 그래서 일부러 나름대로 즐겨 찾는 인적 드문 계곡길을 더듬으면서 조금이나마 위안으로 삼았다. 가을이 무르익고 있었다.

10시 반경에 덕암사를 거쳐 오르던 우리 일행은 우이동에서 위문을 넘어 구국기원정사 밑으로 내려오는 오 회장과 만났다. 개연폭포에서 우선 포도와 배를 깎아 맛을 보고 장비를 전달한 후 친구들에게 '나는 빠질 테니 우리 직원들 무사히 데리고 백운대까지 오면 그곳에서 만나자'고 했더니 다행히 모두들 동의해 주었다. 내 모양을 보니 도저히 불가능해 보였던 것이다.

그러나 오 회장이 '그러면 북문까지 만이라도 같이 가자'고 하여 함께 상운사로 향했다. 상운사 보살에게 물을 얻으면서 공양실 문 너머 노적봉 능선의 무르익은 단풍에 취했다. 오 회장은 그때부터 나를 설득하기 시작했다. 북문까지 오르막을 오르면서 나는 생각했다. '절호의 기회! 그리고 내가 빠지면 우리 직원들의 사기는?' 골똘히 생각에 젖어 있다가 북문을 눈앞에 두고 드디어 '오 회장! 나도 간다!' 의기소침해 있던 일행의 걸음이 날아가기 시작한다.

11시 30분! '위험지역, 출입금지' 줄을 넘어 10분쯤 지났을 무렵 암릉이 시작되었다. 첫 벽에서 오른쪽으로 100미터가 넘는 슬랩이 시작되는데 다행히 완경사다. 슬랩 끝 지점에는 송림이 우거지고 '낙석주의' 간판이 있다. 그 30미터쯤 위에는 왼쪽으로 15미터가 넘는 수직암벽이 앞을 가로막는다.

수직암벽의 우회로는 '〉' 형태를 이루고 있다. 오른쪽 10여 미터의 완경사를 오른 후 왼쪽으로 크랙과 침니를 이루는 곳을 통과해야 수직암벽 위로 오를 수 있다. 왼쪽 발로 바위날등을 넘겨 한껏 버티고 오른손과 오른발로 전진했다. 제1관문을 통과했다.

이후로는 짧으면서도 짭짤한 암릉의 기복이 연이어진다. 선민이와 윤희는 이제 바위에 대한 감각을 익힌 것 같다. 용기와 젊음 때문이다. 오 회장도 감탄하며 치하하기를 마다하지 않는다. 염초봉 첫 봉우리를 오르는 어느 지점의 레지(선반처럼 생긴 곳)에 다섯 명이 가까스로 몸을 비집고 앉자 오 회장이 지시한다. 선민이와 윤희더러 손톱을 깎으란다. 바위에서는 대장의 지시에 절대 복종해야 한다. 손톱깎기를 찾다 없어 가위가 든 스위스제 '빅토리녹스 아미 나이프'를 건넸더니 둘은 아무소리 안하고 표정하나 없이 순식간에 손톱을 깎아버린다. 선민이는 적홍색으로 예쁘게 봉숭아물을 들이고 있었다.

원효리지 중 염초봉(640미터)은 세 개의 봉우리로 되어 있다. 첫 봉우리에 오르면 제2의 난관이 기다리고 있다. 그동안 당기고, 비틀고, 밀고, 누르고 하여 어찌어찌 견뎌왔다. 그러나 여기서는 상황이 달라진다. 오 회장의 지시로 하니스를 차고 8자 하강기와 비나를 달았는데 나중에 생각하니 장비를 찬 곳이 그곳인지 그전 지점이었는지 가물가물하다. 하여튼 나는 그 악명 높은 '책바위'의 날등을 잡고 멍하니 아래를 쳐다보았다. 몇 명의 '검은 도사'들은 묘기를 부리면서 오륙 미터나 되는 펼친 책의 중앙크랙을 잘도 해낸다. 선민이는 여기에서 얼어붙었다. 오 회장은 선민이를 데리고 크랙 왼쪽 날등을 타고 넘었는데 나중에 내려와서 보니 왼쪽 날등

원효리지. 중간에
보이는 것이 염초봉이다.

아래는 까마득한 절벽이었다. 나는 로프를 잡고 의연하게 내려왔
다. 바위를 마친 후 오 회장은 '사고는 오히려 펼친 책 가운데 크
랙의 중앙부분을 타고 내려오다가 많이 난다'고 한다.

두 번째 봉우리는 염초봉 정상이다. 우리는 왼쪽 크랙 루트를 따
랐다. 정상을 지나자 클라이밍 다운 구간이 나타난다. 오 회장이
진행방향 왼쪽 날등의 우측 수직크랙에서 클라이밍 다운하는 법을
보여주었는데, 나는 현수하강(懸垂下降)을 하자고 조심스럽게 운을
뗐다. 나와 선민이와 윤희는 겁에 질려 있었던 것이다. 나는 로프
를 잡고 내려오고 선민이와 윤희는 생전 처음으로 현수하강의 스

릴을 맛보았다.

염초봉은 끝나고 이제 백운대로 오르는 암벽이 기다리고 있다. 잡아당기고 밀치고 오르고 하는 재미있는 구간이 한동안 계속되면서 고도를 점차 높여간다.

제3의 난관! 백운대 정상으로 오르기 전 최고의 난구간인 말잔등바위가 기다리고 있다. 10미터는 족히 되는 말잔등같이 생겼는데 등 우측은 까마득한 수직절벽이고 좌측은 완경사이기는 하나 반질반질하여 접착이 힘든 곳이다. 오른손으로 오른쪽 날등을 잡아당기면서 왼쪽면을 딛고 기를 쓰고 기었다. 끝 지점에는 2미터가 넘는 직벽이 있고 이를 넘으면 최악의 구간이 나타난다. 7~8미터 길이의 45도 경사인 밴드(모서리의 턱이 진 곳)인데 원효리지 전 구간 중 가장 무서운 구간이다. 밴드의 폭이 30센티미터 정도밖에 안되고 전체 길이는 두 개의 층을 이루고 있다. 좌측 수직벽과의 접점에서 만들어진 크랙은 발 하나를 집어넣으니 꽉 차고, 오른쪽은 천길 낭떠러지다.

일행이 뒤에서 웅성웅성하는 순간 나는 밴드를 기었다. 위에는 기가 막힌 전망대를 이루고 있다. 노적봉, 만경대 그리고 백운대가 철옹성같이 버티고 그 山斜面은 불타고 있다. 꿈결같이 황홀하다. 워킹 산행으로는 꿈에도 볼 수 없는 정경이 펼쳐진다. 북한산은 명산이다! 뒤따라온 오 회장은 로프와 후렌드(확보장비)로 확보를 하고 한 사람씩 올라오게 한 후 나를 질책한다. 나는 무모한 만용을 부렸으므로 욕을 먹어 싸다.

밴드를 지나니 클라이밍 다운을 해야 하는 긴 크랙 구간이 나오고, 오 회장은 건너뛰어 수직절벽에 붙은 후 클라이밍을 해야 하는 구간으로 우리를 인도했다. 수직절벽은 3미터가 넘었으며 붙기가 까다롭다. 제4의 난관이다. 바위에는 자세히 보아야 식별되는 풋홀드가 대여섯 개 만들어져 있다. 오 회장이 선등하여 확보를 하고 내가 먼저 붙었다. 여기에서 나는 자력으로 올라서지 못하고 위에 있던 '검은도사'의 도움을 받았다. 그리고 난 후 육칠 미터 슬랩을 올랐는데 그 꼭대기는 제2의 전망대 바위다. 담배를 한 개비 피워 물었다. 숨막히는 경이로움을 진정시키기 위해서였다.

남서방향으로 노적봉 능선을 너머 의상봉 능선이 북한산성계곡을 숨기고 의상봉 능선(응봉 능선은 의상봉 능선에 가려 보이지 않음)은 비봉 능선을 사이에 두고 삼천사계곡과 진관사계곡을 품고 있으며, 세 겹째는 비봉 능선이 문수봉, 승가봉, 사모바위, 비봉, 향로봉을 그 능선 속에 품고 있다. 위로는 백운대에서 한 무리의 등산객들이 우리들의 일거수일투족을 지켜보고 있었다. 왼쪽으로 인수봉이 갑자기 나타나 버티고 그 벽에 서너 명의 클라이머들이 거미같이 붙어있다. 백운대와 인수봉 사이에서 시작하는 '숨은벽리지'는 그 험악함을 멀리 북서로 누이고 있다. 북한산 전체가 불타오른다.

오늘의 마지막 난관인 10여 미터의 현수하강 지점이다. 비가 흩날리고 바람이 세차게 몰아친다. 비는 말잔등바위 근처에서부터 흩날리기 시작한 것 같았다. 申 감사가 먼저 하강했는데 그 모습이 제비 같았던지 백운대에서 환호성이 일어난다. 신 감사는 대학시절 산악부원이었다. 이들은 인수봉 쪽을 향하여 '기상이 나빠지니 빨리 하강하라'고 고함을 쳐주고 있었다. 오 회장은 장비 하나 없이 무작정 '검은도사'들의 도움을 받아 올라오다 외톨이가 된 겁 없는 젊은 왼손잡이 청년을 하강시키는데, '잡이'가 반대여서 그런지 로프와 하강기의 결합이 자꾸 어긋난다. 우리의 초조함이 겹친다. 청년이 하강할 때까지 무려 이십 분이 흘렀다. 그 청년은 무모했다. 나는 로프를 잡고 그대로 내려오고, 선민이와 윤희! 특히 윤희는 현수하강 때 볼 수 있는 우아한 멋을 부리고 내려온다.

하강지점은 현수하강 대신 왼쪽 바위 사이로 난 개구멍바위를 지나오는 곳과 만나는 지점이었다. 바위를 올라서고 침니를 내려오니 흙길(얼마나 반가웠던지 모른다)이 나오고, 마지막 백운대 정상

위문에서 만경대로 오르는 침니구간

북한산 덕암사 ▶ 개연폭포 ▶ 상운사 ▶ 북문 ▶ 염초봉 ▶ 백운대을 이루는 바위에 붙는다. 5시 반이다. 여섯 시간을 바위에 붙어있었다.

백운대 정상에서 우리 대원들 모두는 양손을 부딪쳤다. 어둠 속으로 빨려 들어가는 북한산의 정경을 멀리 성곽처럼 솟아있는 도봉산과 함께 마음속에 묻어두고!

오 회장은 백운대 내림길에서 일행에게 다시 한번 슬랩 타는 법을 가르쳐 주었다. 위문을 지나 백운산장에서 잠시 머뭇거린 후 인수대피소를 지나 하루재를 넘었다. 이 길은 돌밭이다. 도선사 입구인 백운대매표소를 지날 때는 이미 어둠이 짙었다. 도선사의 종소리가 은은히 울리는데 아침에는 종을 치고 예불을 드린 후 공양을 하며 저녁에는 공양을 한 후 종을 치고 예불을 드린다는 기억이 어렴풋이 되살아났다. 도선사 종소리를 듣고 갑자기 '공양' 생각이 난 것은 허기진 탓이었다.

그 말많던 '고향산천'은 몇 달 전에 '할렐루야 기도원'으로 바뀌었는데 이래도 되는 것인지 괴이하기 그지없다. 차라리 허물어 버리든지 유적으로 남겨 놓든지 하는 것이 이치에 맞는 일이 아닐까? 잡쳐버린 기분에 수유리 4·19탑 있는 데로 이동하여 '소나무집'에서 시장기를 때우고, '이층 위에 삼층' 집에서 흑맥주로 뒤풀이를 했다. '바위 初者들'을 이끌고 원효리지를 해준 오 회장한테 우선 감사를 표하고, 말없이 따라주어 무사히 바위를 끝내게 해준 선민이와 윤희에게 고마움을 전했다. 오 회장의 히말라야, 안나푸르나, 토왕성 빙폭 등 얘기는 끝닿는 데가 없었다.

다음에는 만경대! 그 다음에는 천화대리지!

도봉산

송추골 ▶ 여성봉 ▶ 우이암 ▶ 방학골

기묘한 여성봉

2001년 8월 15일 오전 10시 10분!

구파발역 만남의 광장에서 약속대로 閔 회장 내외, 현대중전기 梁기정 이사와 만났다. 조금 일찍 도착한 나는 천도복숭아 열 알과 '石水' 페트병을 비우고 '山' 두 병을 채워 배낭에 넣었다. 하늘은 잔뜩 흐려 금방이라도 비를 뿌릴 것 같았다. 송추행 버스를 탔는데 대서문 정류소를 지나니 계곡나들이를 가는 젊은 남녀 육칠 명과 노인 산꾼 한 분, 그리고 우리 일행밖에 없다.

10시 30분경 송추유원지 버스정류장에서 다들 내렸다. 기어이 비가 흩날리기 시작했다. 미인인 閔 회장 안사람에게 '노가리찜 덕분에 백두대간을 잘 하고 있다'고 고마움을 表했다. 송추골을 거슬러 올라가는 길에는 대문 밖에 나와 근심스런 표정으로 비 구경을 하던 마을사람들이 우리 일행을 신기한 듯 바라보고 있었다. 송추골 마을이 끝나는 지점을 앞두고 오른쪽으로 다리를 건너니 오봉매표소가 나온다. 매표소 여직원이 비가 오는데도 산에 가느냐고 물어오기에 비오는 날은 무료로 안되는지 농담을 건넸더니

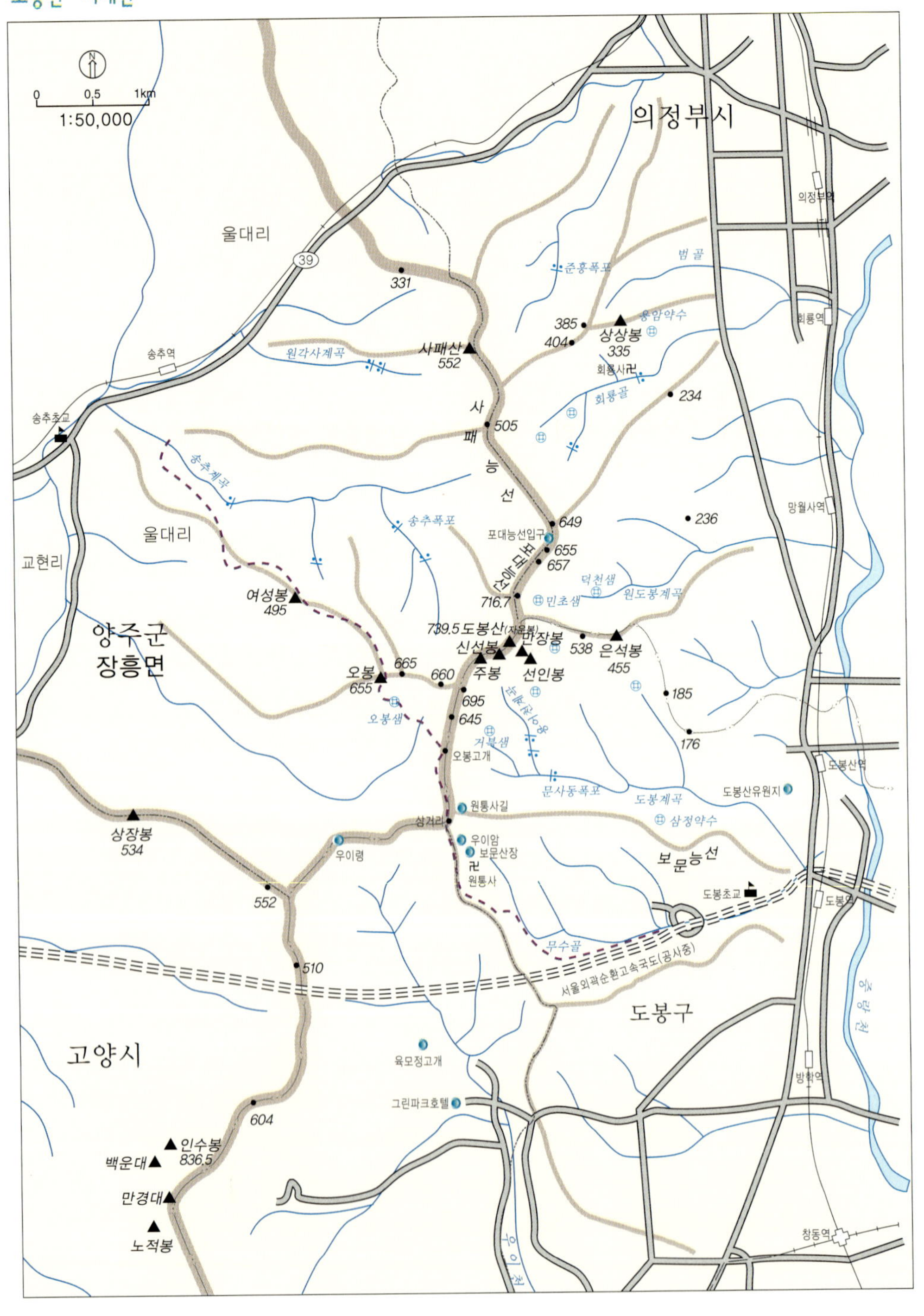
1:50,000
0 0.5 1km
N
의정부시
울대리
39
331
준흥폭포
범골
385
용암약수
404
상상봉
335
회룡역
사패산
552
원각사계곡
회룡사지
회룡골
234
송추역
사
패
능
선
505
송추초교
송추계곡
송추폭포
망월사역
649
포대능선입구
655
657
교현리
울대리
덕천샘
원도봉계곡
236
민초샘
716.7
여성봉
495
739.5 도봉산(자운봉)
만장봉
신선봉
538 은석봉
양주군
장흥면
오봉
655
665
660
주봉
선인봉
455
오봉샘
695
645
185
거북샘
176
오봉고개
문사동폭포
도봉계곡
도봉산유원지
원통사길
삼정약수
상장봉
534
삼거리
우이암
보문능선
우이령
보문산장
원통사
도봉역
552
도봉초교
510
무수골
서울외곽순환고속국도(공사중)
도봉구
고양시
육모정고개
방학역
그린파크호텔
604
인수봉
836.5
백운대
만경대
창동역
노적봉
우이천

웃으면서 바위가 미끄러운데 잘 다녀가시라고 답한다.

잘 자란 벼는 이삭을 실하게 달고 후드득 내리는 비에 고개를 비튼다. 가지와 고추는 암팡지게 살이 쪘고 밤나무는 초록 알맹이를 달고 있다. 길은 소로인데 흙탕물이 흘러내리고 물이 사방으로 튄다. 숲길에 접어들어 짧은 반바지로 갈아입고 배낭에 커버를 씌웠다. 잠깐 사이 우리 일행은 시야에서 사라지고 노인 산꾼이 맨발로 앞서간다.

기분이 슬슬 좋아진다. 물안개가 스멀스멀 전신을 휘감고 사방 10여 미터에 드리워 그 너머는 지척을 분간할 수 없다. 비는 온몸을 촉촉하게 적셔준다. 그리 어렵지 않은 암릉길이 띄엄띄엄 나타나더니 안부를 지나자 북동방향으로 큰 너럭바위가 그 모습을 드러낸다. 숲은 좌우로 밑둥치가 굵은 굴참나무, 너도밤나무, 그리고 자작나무 등으로 빼곡이 들어차 있었다.

너럭바위에 올랐다. 아직 사패산과 송추계곡 쪽은 앞 능선에 가려 보이지 않고, 서쪽으로 울대리 너머 교현리 마을과 구파발 가는 서울외곽도로가 눈 아래 굽어보인다. 도시 비와 구름과 바람은 그 자체가 변화를 내포하고 있다. 하기야 세상에 변하지 않는 것이 있으랴마는 이들이 보여주는 변화무쌍함은 사람으로 하여금 생각 이전에 보는 즐거움을 준다. 천도를 꺼내 노인 산꾼과 우리 일행이 함께 나누어 먹었다. 인총이 드문 것이 이렇게 사람을 자유롭고 여유롭게 하는 줄을 새삼 느낀다.

동남방향으로 고개를 드니 여성봉이 바람에 흩날리는 물안개에 싸여 문득문득 그 모습을 보여준다. 휴식을 취하고 십여 분을 오르니 345봉이다. 그제야 송추 북부능선 뒤로 사패 서능선이 겹을 이루어 위로 솟구치고, 그 끝자락에 사패산(552미터)이 자리한다. 송추폭포 어름에는 하얀 물안개가 계곡으로부터 피어오르고 있었다.

지금 우리 일행이 타고 있는 것은 송추 남부능선이다. 이 봉우리를 잇는 능선과 여성봉 능선은 그 사이에 깊은 협곡을 이루고 있다. 지금은 운해에 싸여 있으나 가을에는 오색단풍이 불타듯이 협곡을 따라 내려가면서 절경을 이루는 곳이다.

오른쪽으로 깎아지른 암벽과 운해에 둘러싸인 협곡을 어림하며 비구름에 가려진 여성봉을 겨냥하여 허위단심 비알을 올라 드디어 12시경 여성봉(495미터)에 닿았다. 여성봉은 하나의 큰 암괴로 되어 있으며, 정상을 오르는 바위 슬랩은 10여 미터의 35도 경사로 사람 하나가 넉넉하게 통과할 수 있으리만큼 바위틈새가 벌어져 있고 그곳에는 물이 고여 있으며 끝부분에는 石莎草가 자라고 있어 여체의 은밀한 부분을 그대로 빼닮았다. 한줄기 서늘한 바람이 이마의 땀방울을 씻어간다. 오봉(五峰)은 구름에 가려 보이지 않고 남서쪽으로 음지마을과 응달마을이 가끔씩 그 모습을 드러낸다. 비를 피하여 바위 밑둥치 소나무 아래서 포도와 사과, 복숭아로 전을 펴니 먼저 와있던 아가씨 두 분이 집에서 직접 만들었다며 김밥을 먹어보라 한다. 어찌나 맛나던지 그니들이 가져온 것의 거의 절반을 우리가 먹어치웠다. 너무 과하지 않았느냐고 했더니 옆에서 먹는 것만 보아도 배가 부르다고 한다.

오봉을 비껴 왼쪽으로 난 숲길을 걷다보니 사거리 안부가 나온다. 오봉과 만장봉을 가르는 길이다. 직진하여 내려가자는 걸 여기까지 와서 오봉을 보지 않고 갈 수야 없지 않느냐고 우겨 오른쪽 오르막을 올랐다. 헬리포트에 서니 오봉의 전위봉(655미터)이 구름 속에서 숨바꼭질을 한다. 구름에 가려 아무것도 볼 수 없으니 그냥 내려가자고 하여 그곳에서 남동향으로 난 오솔길을 50여 미터 내려왔을 때 기막힌 전망대바위가 나선다.

나는 山福이 있다. 조금 전까지만 해도 먹구름에 가려 보이지 않던 오봉의 네 봉우리가 광란하는 바람결에 휩쓸려 가는 구름 사이로 찰나에 뚜렷이 보이는 것이다. 뒤따라오던 민 회장 안사람에게 어서 와서 보라고 재촉하였는데 그 사이 봉우리는 모습을 감추어 버리는 것이 아닌가! 그것도 잠시 네 개의 봉우리는 다시 홀연히

도봉산 오봉

그 모습을 드러낸다. 이번에는 閔 회장 내외도 똑똑히 볼 수 있었다. 한 번만 더 보고 갈 요량으로 한동안 기다렸으나 농무가 점점 짙어져 조금 전과 같은 비경은 다시 볼 수 없을 것 같은 예감에 고집을 꺾었다.

1997년 추석을 보름쯤 남겨놓았을 때 대학동기이자 친구인 김성대 화백과 오영배(이들은 전문산악인이다)가 내가 산을 좋아한다는 소문을 듣고 오봉을 태운다는 귀뜸도 않고 다짜고짜 나를 이곳으로 데리고 와 시험한 적이 있다. 그때는 4봉과 5봉 사이의 오버 행에서 결국 오버 행을 해내지 못하고 로프에 묶여 내려왔다. 그 길로 오봉약수터를 지나 우이암에서 다시 바위를 한 후 짙은 어둠 속에 헤드랜턴도 없이 우이 남부능선을 타고 내려온 경험이 있다.

곧이어 그들은 추석연휴를 이용하여 서북릉을 타고 싶어하는 나의 소망을 들어준다고 하고서는 그해 9월 12일 밤에 김 화백, 오영배 내외, 여자 클라이머 3명과 나를 포함한 7명이 설악산을 향해 출발하였다. 미시령을 넘어 13일 새벽 1시경에 그들의 아지트인 설악동 민박 촌에서 잠시 눈을 붙인 후 새벽 4시에 '설악 우골'로 향할 때에야 그들 사이에 뭔가 계략이 있음을 알게 되었다. 서북릉을 하려면 한계령으로 향하다가 장수대 부근이나 한계령을 넘어 오색에서 하차해야 하기 때문이다. 길 없는 설악 우골을 타고 오르다가 좌측으로 큰 바위에 '석주골'이라 쓰인 곳에 이르렀을 때에야 사위는 어둠에서 깨어나기 시작했다. 바위가 있는 곳은 공터였고 좌측으로 험준한 바위능선이 시야를 가로막고 있었다.

각자 배낭을 풀고 리지화, 하니스, 헬멧, 8자 하강기, 비나를 찰 때까지만 해도 무슨 영문인지 모르고 있었다. 젊은 여자 클라이머 한 분이 여분으로 가져온 이 모든 장비를 나에게 채워주었다. 결국 나는 그들을 따라 2번에 서서 수십 길이나 되는 나이프리지와 수많은 암봉을 타고 내리면서 희야봉, 무명봉, 범봉을 올랐다. 희야봉에서 아래로 북으로는 석주리지, 북동으로는 천화대리지가 갈려 내려간다. 나는 그날 희야봉을 오르기 위해 나이프리지에 섰을 때 그 희귀한 영생불사의 '브로켄 현상'을 보게 된다. 그리고 희야봉을 하강할 때 무명봉과의 사이 안부 10여 미터 위 지점에서 가로 50센티미터, 세로 30센티미터의 석주동판에 '1968년 5월 요델산악회의 현주가 하강시에 이곳에서 추락사하고 1년 뒤 그날에 애인이었던 현석이가 따라 죽어 그때부터 이 길을 석주길이라 명명한다'고 새겨져 있는 것을 보게 되었다.

지울 수 없는 것은 범봉의 7~8부 수직암벽을 트래버스할 때 내가 오른손으로 바위턱을 제대로 잡지 못해 수백 길 절벽으로 떨어질 뻔했을 때 1번을 선 김 화백은 그 絶體絶命의 그 순간을 감지하였으나 이후 아무에게도 그 일을 입 밖에 내지 않았으며, 여태껏 나와 김 화백 둘만의 비밀로 가슴속에 묻어두고 있는 것이다.

범봉에서 바라본 공룡능선상의 1,275봉은 저승사자같이 시커먼 형체로 우리를 노려보고 있었다. 범봉의 300여 미터 하강을 마치고 김 화백은 '백미폭포'를 할 것인지 모두의 의중을 물었다. 사실은 나의 의중을 물은 것이었는데, 나는 백미폭포의 의미도 모르면서 '대장, 나는 갈 수 있다'고 하면서 거수경례를 붙였다. '백미폭포'는 그 수직 길이가 백 미터였던 것이다. 어둠 속에서 헤드랜턴을 두르고 백미폭포를 두 번에 걸쳐 하강하고, 다시 '칠십미폭포'를 하강한 후 '오십미폭포'는 하단부에서 수직암벽을 두발로 차서 그 반동을 이용하여 계곡을 건너뛰어 암반에 안착해야 했다.

교교한 달빛에 바위는 흰색으로 빛나고 산 능선과 자락의 숲은 시커멓게 혀를 날름거리고 있는 '잦은바위골'을 빠져 나오기까지는 몸과 마음이 공중에 떠 있었다. 비몽사몽간에 비선대에 도착하니 14일 새벽 2시였다. 바위 '바' 자도 모르는 왕초보가 22시간에 걸쳐 바위에 붙어 사투를 벌였던 것이다. 집에 온 후 이틀을 꼬박 침대 위에 누워있어야 했으며, 살려고 입술을 깨물었던 흔적은 스무날이나 계속되었다. 이후로 나는 김 화백이나 오 회장에게 산 탄다는 얘기를 하지 않는다. 이 사건은 내 평생에 두 번 다시 가질 수 없는 경험으로 지금도 친한 친구들간에는 회자되고 있다. 나는 만용을 부렸던 것이다.

오늘 나는 무의식중에 4년 전의 아픈 추억이 있는 오봉 근처로 우리 일행을 인도하고 있었다. 오봉은 655미터의 1봉부터 시작하여 다섯개의 봉우리로 이루어져 있으며 바위꾼들은 5봉 암릉을 탈 뿐만 아니라 각각의 봉우리를 등반하기도 한다. 운무 속을 헤치고 암릉을 타고 내려오니 문득 흙길이 나서더니 길은 좌측으로 꺾이며 급경사 내리막을 이룬다. 내리막 끝에는 오봉약수터가 있었으며, 운무가 서서히 물러나면서 주위가 보이기 시작하는데, 그곳은 구릉지대로 수백 명이 자리를 잡고 휴식을 취할 수 있는 곳이었다. 오봉약수터에 도착한 시각은 1시가 가까웠다. 오늘 점심은 여기서 먹기로 하고 흘러내리는 샘물에 손발과 얼굴을 씻었다. 청양고추는 매웠고 물김치는 시원하였다.

　마침 비구름이 걷히고 햇살에 눈이 부셨다. 오봉 지능선과 도봉 주능선 사이의 계곡은 불어난 계곡물과 함께 최고의 자태를 뽐내고 있었다. 물방울이 증발하여 급조되는 뭉게구름은 새하얀 빛깔을 내고 큰 봉우리는 아직도 운무에 싸여 있다. 여기에 바람이라도 일라치면 운무는 흩어지고 다시 모이기를 거듭한다.

　바람, 구름, 초록잎새, 숲, 계곡물소리, 그리고 눈부신 햇살에 취해 오봉사거리에 도착하니 2시였다. 이곳은 만장봉, 우이암, 오봉, 그리고 성도원 쪽을 가르는 사거리다. 앞서가던 梁 이사는 이후 종래 만나지 못하고 헤어지게 되었다.

　우이암은 정말 멋진 바위다. 모든 바위가 그러하지만 우이암도 보는 방향에 따라 그 모양을 달리한다. 등산로는 나무계단에 아크릴 고무로 바닥을 깔아 우이암 부근에서 제일 높은 545봉까지 백여 미터 높이로 새단장되어 있었다. 계단 중간 전망대에는 도봉산의 조감도가 설치되어 있다. 우리 셋은 전망대에 섰다. 가히 절경이다. 북으로 도봉 주능선이 힘차게 뻗어 칼바위(695미터)를 이루어 놓고, 좌측으로 오봉이 칼바위 너머 柱峰과 그 뒤 왼쪽에서 차례로 자운봉(739.5미터), 만장봉, 선인봉이 도열해 있으며, 그 맥을 이은 다락능선이 막아서는가 싶은데 그 너머 희미하게 의정부로 또 하나의 능선이 실루엣처럼 겹쳐 맥을 떨구고 있다. 원근법은 꿈과 현실을 묘하게 이어주는 선이다. 도봉산은 서울의 북쪽을 가로막는 웅장한 城砦였다. 구름과 바람과 그 성채의 능선은 순간순간 모습을 바꾼다. 눈 아래 원통사의 파란색 지붕이 햇빛에 반짝이고 있었다. 등뒤로 돌아서니 우이령 너머 상장봉(543미터)에서 뻗어온 상장능선이 육모정고개를 만들어 놓으면서 영봉(604미터)으로 치닫고 그 너머 백운대가 구름을 이고 병풍을 친다. 오전에 비가 오고 오후에 햇빛이 나는 날에 산행을 하게 되면 운무와 봉우리와 능선이 빚어내는 최고의 절경을 볼 수 있다.

우이암

　3시다. 보아도 보아도 끝이 없을 것 같아 내려가기로 했다. 우이 남부능선을 타고 쉼터를 지나 세 갈래 길에서 계곡으로 가니 마니 실랑이를 벌이다가 그린파크 앞에서 만나기로 하고 閔 회장 내외와 헤어졌다. 그러나 좌측 계곡길은 무수골로 빠지는 길이어서 그날 그들과는 다시 만나지 못했다.

　무수골 支계곡에서 땀을 식히고 행장을 꾸려 무수골을 타다가 우이동 방향이 아니다 싶어 우측 직각으로 능선을 치고 올랐는데 그 능선은 방학골로 잦아들고 있었다. 말이 능선이지 사람 다니는 길이 없는 곳이었다. 거미줄은 겹겹이 쳐져 미끈미끈 얼굴에 척척 달라붙고, 빗방울을 머금은 잡풀은 아랫도리를 축축하게 적신다. 閔 회장으로부터 그린파크에 도착했다는 연락이 왔다. 길을 잃고 헤매고 있어 오늘 하산주는 틀렸으니 먼저 가라고 했다.

만장봉

도봉산에서 본 백운대

　길을 잃었을 때는 가급적이면 근처에서 제일 높아 보이는 봉우리로 올라 주위를 살피되 절대 당황해서는 안 된다. 계곡에서 몸을 식힌 것도 소용없이 등허리에 옷이 달라붙고 눈이 감긴다 싶은데, 갑자기 시야가 열리면서 테니스장과 방학샘물이 보인다. 바가지에 샘물을 퍼서 머리부터 아래까지 쏟아붓고 옷을 갈아입었다. 5시다. 능선 삼거리에서 헤어지고 한 시간을 헤맨 셈이다. 그러나 쌍문역으로 가는 냉방이 잘된 마을버스에 타니 기분은 하늘을 날았다.

삼성산 3

옥문봉 ▶ 칼바위 ▶ 깃대봉 ▶ 삼막사 ▶ 칠성각
478봉 ▶ 정상 ▶ 사거리 ▶ 수중공원

정상 군부대의 영리한 경비견

2002년 2월 13일.

어제는 설날이었다. 객지생활도 어언 37년이 넘어간다. 고향에 계시는 어머님께 찾아 뵙지 못하는 불효를 전화안부로나마 대신했다. 내일 기숙사로 가야 한다는 큰아이의 의젓함이 대견해 집사람은 통영나물도 하고 생선, 고추전도 만들고 조기도 굽고 하여 설 기분을 한껏 냈다.

눈을 뜨니 7시 20분이다. 급히 배낭을 꾸려 7시 30분에 집을 나섰다. 작은아이 때문에 서울대 앞으로 이사를 한 곳은 남향이며 앞뒤로 산만 보인다. 올해는 산의 해다. 일출도 볼 겸 삼성산을 거쳐 무너미고개를 넘고 팔봉능선을 탄 후 연주대에서 사당능선을 타고 내려올 심산이었다.

7시 45분에 234봉에 올라 5분쯤 기다리니 태양이 관악산 연주대와 사당의 관음봉 사이 정중앙에서 이글거리며 솟구쳤다. 두 손을 모으고 고개를 숙여 몇 가지 소원을 마음속으로 빌었다. 이 봉우리는 일명 '돌산'이라고도 하며 길은 두 개의 큰 바위사이로 지나가

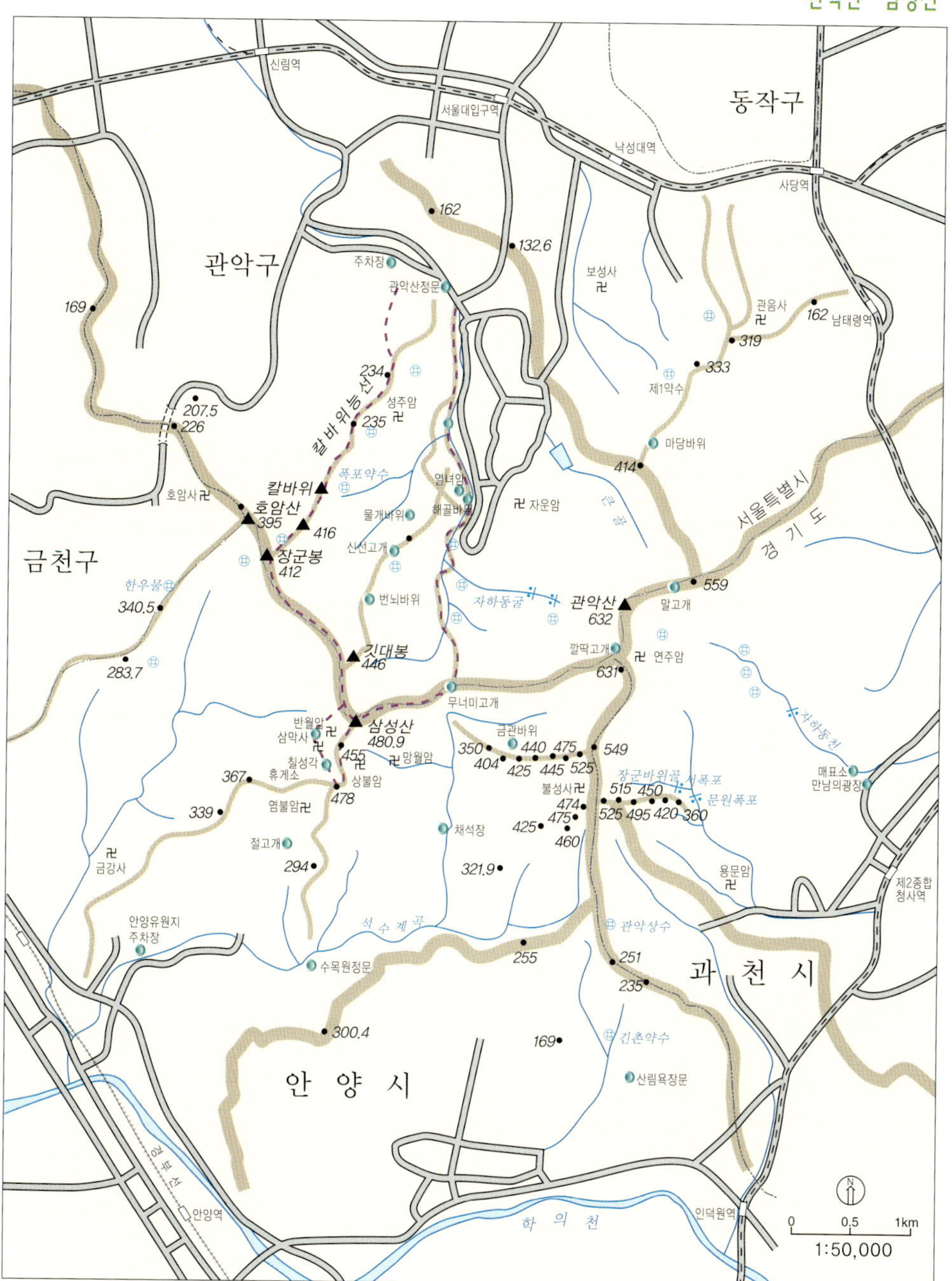
신림역
서울대입구역
낙성대역
사당역
동작구
162
132.6
관악구
보성사
관음사
169
319
남태령역
162
제1악수
333
234
성주암
235
칼바위
폭포약수
마당바위
414
칼바위
열녀암
호암사
호암산
395
416
물개바위
해골바위
자운암
서울특별시
경기도
장군봉
412
한우물
신선고개
340.5
번뇌바위
자하동굴
관악산
632
559
말고개
283.7
깃대봉
446
깔딱고개
631
연주암
금천구
무너미고개
반월암
삼막사
삼성산
480.9
금관바위
350
440
475
549
자하동천
칠성각
휴게소
455
망월암
404
425
445
525
367
상불암
장군바위골 서폭포
매표소
만남의광장
339
염불암
478
불성사
515
450
문원폭포
절고개
474
525
495
420
360
금강사
294
채석장
425
475
460
안양유원지
321.9
용문암
주차장
제2종합
청사역
석 수 계 곡
관악상수
수목원정문
255
251
과 천 시
235
300.4
169
긴촌약수
안 양 시
산림욕장문
안양역
인덕원역
학 의 천
0   0.5   1km
1:50,000

게 되어 있다. 왼쪽 바위에 검은 글씨로 '玉門峰'이라 적혀 있는데, 이는 두개의 바위와 그 사이 좁은 길이 여성을 상징하는 것을 의미한다. 여기는 서울대가 구석구석 내려다보이는 곳이다.

태양은 동해의 일정 지점에서 뜬다. 그러므로 일출 순간을 보기 위해서는 동해 쪽으로 가까이 나가거나 높은 산 위로 올라 시야에 막힘이 없어야 한다. 돌산에서는 7시 50분에 일출을 보게 되지만 앞의 관악산 능선에서는 돌산보다 조금 이른 시각에 일출을 보게 되는 것이다. 이 단순한 이치를 깨닫는 데에도 몇 해가 걸렸다. 나는 아둔하다.

상념에 잠겨 담배 한 개비를 피워 물다가 문득 서둔 탓에 지갑을 놓고 온 것을 알았다. 이제는 깃대봉 아래 안부에서 막걸리 한잔도 마실 수 없고, 사당에서 집으로 오는 차비가 없으므로 삼성산~관악산 종주도 포기해야 했다. 요즘은 꼭 하나씩 빼먹는다.

종주를 포기한 마당에 서두를 이유가 없다. 느긋한 기분으로 슬슬 유람하듯이 발걸음을 옮겼다. 8시 20분 아래에 약수터가 있는 235봉에 올라 건너다보니 연주대는 사당능선과 관측소를 지나 인덕원을 잇는 능선을 거느리고 있다. 태양이 연주대 위에서 사당능선의 큰골과 팔봉능선을 양 빗변으로 하여 비추니 공대와 자운암 부근이 검은색으로 솟구친다. 무너미고개는 삼성산과 관악산을 절묘하게 이어주고 있다.

8시 45분에 칼바위를 넘었다. 중년의 산꾼이 뒤따라오면서 '매번 우측으로 돌아다녔는데 선생님이 가는 것을 보고 용기를 내어 따라붙었다' 면서 앞장을 서달라고 한다. 첫 번째 봉우리에 붙을 때 건너뛰어 반동으로 나무뿌리 잡는 것과 발을 홀더에 딛는 순서를 일러주고, 두 번째 봉우리를 왼편으로 돌아가면서 바위를 안는 법과 세번째 바위를 건너뛰는 법도 가르쳐 주었다. 나도 남에게 도움을 줄 수 있다고 생각하니 뿌듯하여 고맙다는 인사도 흘려들었다. 그 산꾼은 속도를 내어 사라지고, 첫 번째 봉우리의 국기가 때에 절어 있었던 것을 기억하고 쓸쓸해졌다.

8시 55분 칼바위 위의 416봉에 이르렀을 때 태양은 연주대 옆의 631봉에서 안양으로 빠지는 능선 초입 위에 떠 있었다. 태양도 나도 서쪽으로 간다. 좌우 산록의 음지에는 눈이 깔려 있고 까치는 '깍깍깍깍' 하고 어느 새는 '찌삐 찌삐' 하면서 날아간다. 날짐승도 사람이 반가운 모양이다.

9시 5분 412봉에 이르렀다. 남서로 진행하여 오던 산길은 여기서 남동으로 꺾이며 내리막을 이룬다. 북서방향으로 395봉인, 동쪽이 절리된 암벽으로 이루어진 호암산이 건너다 보인다. 호암산의 동쪽 암벽들은 햇빛을 받아 황금색으로 빛나고 있었다.

팔봉에서 본 삼성산 481봉과 안양 소공원 방향

　9시 15분 삼거리에서 올라오는 안부에 이르기 전 전망대에 닿아 배낭을 내려 담배 한 개비를 피워 물고 동쪽의 관악산 능선을 조망했다. 열녀암에서 번뇌바위를 거쳐 깃대봉(446미터)에 이르는 능선은 짙은 검은색으로, 삼성산(480.9미터)에서 무너미고개에 이르는 능선은 옅은 검은색으로, 연주대에서 자하동골로 뻗은 능선은 짙은 회색으로, 그리고 사당에서 출발하여 연주대를 넘어 안양으로 내린 능선은 마지막으로 장막을 치면서 회색으로 각기 햇빛을 받으면서 그 색깔을 달리하고 있었다. 새 한 마리가 '찌쭈비 찌쭈비' 하면서 머리 위에서 맴돈다. 9시 25분 깃대봉 오름길에서 뒤돌아본 칼바위 부근의 암벽들은 태양에 눈이 부신다.

　9시 40분 깃대봉의 전위봉인 테라스형 암벽 밑에 섰다. 지난 추석 연휴 첫날 비오는 오후 여기 10여 미터의 암벽을 기어오르다 눈썹 위를 깼다. 자세히 보니 추락한 곳은 홀더가 거의 보이지 않는 오른쪽 직벽이었고, 왼쪽 겹쳐 절리된 암벽은 홀더가 잘 되어 있었

못난이 바위
(일명 번뇌바위)

다. 무모함이나 어리석음이나 거짓말이나 오만은 인간이 취할 바가 아니다.

9시 45분 깃대봉(446미터)에 올랐다. 칼바위의 국기는 '낡은 것'이었으나 깃대봉의 국기는 '새 것'이었다. 항상 느끼지만 깃대봉은 삼성산과 관악산을 두루 볼 수 있는 조망이 좋은 곳이다. 사물에 대한 이해는 높이 올라갈수록 명쾌한 것이다.

10시에는 삼막사고개 사거리에 당도했다. 산길에서 '사거리'는 걸핏하면 나오는 곳이며 어디로 가야 할지 항상 망설여지는 곳이다. 이곳 사거리는 깃대봉, 망월사, 서울대, 삼막사를 가르는 곳이다. 오늘은 삼막사로 가고 싶은 유혹을 느꼈다. 반월암을 지나고 낙락장송이 어우러진 '정원' 같은 안부를 지나 삼막사로 가는 비탈길을 올랐다. 삼막사 공양실 유리창에는 '일요일 12~13시 사이에 등산객들을 위하여 무료로 공양을 제공합니다'라는 방이 붙어 있다. 삼막사에 오를 때면 국수공양을 받았는데 배가 고프거나 국수가 탐이 나서가 아니라 부처님의 베풀음에 한발이라도 더 다가선다는 의미가 강했다. 삼막사 종무소에서 무릎높이쯤 올라가면 넓은 뜰이 나오면서 명부전과 六觀音殿, 그리고 望海樓가 있고, 그 서쪽에는 '범 종루'가 있다. 이곳 설명판에 의하면 신라시대 '원효'가 창건, 조선 중기 '무학'이 중수, 승려 '서산'이 수도하여 삼성산이라 한다고 되어 있으나, 혹자에 따라서는 '원효', '의상', '윤필'이나 고려의 '指空', '懶翁', 조선의 '무학'을 두고 '삼성산'이라 했다는 설이 있다. 그 시시비비는 역사학자들이 풀어야 할 몫이다.

10시 30분에 큰 거북이가 작은 거북이 꼬리를 물고 작은 거북이가 뿜어내는 삼막사 샘물은 시원하기가 그지없었으며, 2층 기단과 3층 탑신으로 이루어진 '삼막사 3층석탑'을 본 후 칠성각으로 가는 계단 위를 올라서니 새로 축조한 '월암당' 선방이 반긴다. '三龜字'는 지석영의 형님인 지운영이 백련암에 은거할 때 바위 왼쪽

여근석

女人의 모습

부터 오른쪽으로 각각 높이 74, 77, 86센티미터의 세 가지 書體로 음각한 거북 '龜'를 의미한다. 좌측에는 '전서'로 '불기 2947년 경신 중양 불제자 지운영 경서'라 씌어있고, 우측 각자머리에는 '觀音夢授長壽靈字'라고 적혀 있다. 불기 2947년은 서기 1920년에 해당된다.

10시 33분에는 삼막사에서 칠성각까지 새로 단장한 화강석으로 만든 계단길을 밟았다. 이 길은 너무나 좋은 길이다. 좌우에 들어선 울창한 수림이 그렇고, 자연을 전혀 훼손하지 않고 자연 그대로를 따랐으며 상불암과 안양으로 가는 산길을 터놓은 삼막사 주지스님의 인간다운 배려에 절로 고개가 숙여지는 것이다.

10시 35분 드디어 '칠성각'에 이르렀다. 칠성각 좁은 뜰은 멋진 쇠난간으로 장식되었고, 마애삼존불상을 모신 '七寶殿'은 귀한 목재로 새단장을 했다. '삼막사 마애존불상'은 영조 39년에 암벽을 얕게 파서 중앙에 본존불, 좌우에 협시보살을 모신 것으로 모두 蓮花座 위에 앉아있다. 칠성각은 이듬해 세워졌으며 석굴사원 양식을 따랐다. 칠성각이 前室인 셈이다. 본존불은 칠성각의 주존인 '熾盛光如來'다.

칠성각의 우측 난간에는 '삼막사 男女根石'이 있다. 남근석은 높이가 1.9미터, 여근석은 1.1미터이며 2미터쯤의 간격으로 서로 마주보고 있는데 영판 남녀의 성기를 쏙 빼닮았다. 특히 여근석은 도톰한 둔부 사이로 시커멓게 갈라진 홈이 패여 있고 상단부에 사시사철 물이 고여 있으며 아무리 가물어도 마르지 않는다. 그러나 오늘은 하얗게 얼어붙어 있다. 이 남녀근석의 모습은 얼마나 정교한지 젊은 아가씨들이 이 남녀근석을 처음 보았을 때에는 소스라치게 놀라 얼굴을 붉히면서 저만치 달아났다가 같이 간 일행이 안 보인다 싶으면 다시 돌아와 침을 삼키며 자세히 관찰하기도 하고, 가끔씩 멋모르고 찾아온 젊은 연인들이 그 모습을 보고 야릇한 미소를 머금으면서 서로의 얼굴을 애틋한 심정으로 훔쳐보는 경우를 흔히 볼 수 있다. 남녀근석은 원효가 삼막사를 건립하기 이전부터 토속신앙으로 숭배되어 왔으며, 4월 초파일이나 7월 칠석날 '순조로운 출산'이나 '가문의 번영' 또는 '무병장수'를 빌면 그 효험이 靈妙하다고 한다.

칠성각 뒤편 바윗길을 올라 조금 가면 좌측으로 상월암 가는 표시가 있는 삼거리가 나오며, 우측 인적이 드문 소로의 숲길로 들어서면 478봉을 오르는 길이 나온다. 그 길은 서어나무, 참나무, 단풍나무가 무리지어 있는 곳으로 이 길을 아는 사람은 별로 없다. 드디어 산록에 눈이 쌓이고 얼어붙은 길을 빠져 나와 바위를 타고 오르면 태극기가 서 있는 478봉에 오르게 된다.

478봉은 연주대를 위시하여 팔봉능선, 인덕원으로 빠지는 안양능선과 그 뒤로 청계산, 국사봉, 서울외곽순환고속도로를 뛰어넘어 바라산, 고분재, 백운산, 광교산이 차례로 이어지다가 수원 쪽으로 잦아드는 능선이 훤히 내려다보이는 곳이다. 관악산 능선 남서면의 산자락은 넓고 완만하여 어머니 품속 같으며, 삼성산 능선과 그 지능선이 내린 곳에 어우러진 계속은 무너미고개에서 시작하여 안양유원지까지 흘러 내려간다. 우리의 산하는 이렇게 아름다운 선을 그으면서 그 속에 '인간'을 포용하고 있다.

그곳에서 너무 지체하였다. 11시 30분경에 상월암을 둘러보고 망월사를 거쳐 무너미고개를 넘을까 하다가 한 번도 가보지 못한 삼성산 정상의 '군부대'로 이어지는 암릉을 타기로 했다. 그 암릉은 절묘하였으나 군부대를 이고 있는 거대한 암벽 앞 철로망에 '더 이상 가지 못함'이라는 표지판이 걸려있다. 길은 좌측으로 돌아간다. 갑자기 객기가 발동하여 철조망을 끼고 넘었다. 거대한 암벽의 중간을 거의 다 가로지르고 마지막 고비를 남겨두고 있는데 군부대의 개들이 온 산을 흔들듯이 짖어대더니 이윽고 "누구냐"는 경비병의 목소리가 들렸다. "길을 잃어 죄송하다"고 하면서 "곧 내려간다"고 답하고는 서둘러 '클라이밍 다운'을 했다.

　암벽을 벗어나 '삼막사 사거리'까지는 갈림길이 두번 나온다. 갈림길마다 내려갔다 올라오기를 거듭하고는 등골에 땀이 배었다. 12시 35분에 겨우 '삼막사 사거리'에 당도하고 1시경에 '수중공원'에 이르러 하늘이 구름 한 점 없이 쪽빛을 하고 있는 것을 보고는 스르르 눈이 감겼다.

4 청계산

옛골 ▶ 이수봉 ▶ 정상 ▶ 매봉 ▶ 약초샘길 ▶ 옛골

충절의 산

2001년 3월 25일 오전 9시 30분!

아침부터 하늘은 시커먼 먹구름에 덮인 채 '는개'를 흩뿌리고 있었다. 회사 산악부에서 청계산으로 가기로 했다. 옛골 버스종점은 이미 장년 산꾼들로 북적거리고 있으나 우리 일행 중에는 손기항 대리 혼자 먼저 와 기다리고 있었다. 산행시각 약속은 서로가 지켜주어야 편하다. 매달 한 번 있는 산행인데 아침 뉴스에 오늘 하루 종일 비가 온다고 하였기에 다들 집을 나서지 못한 모양이다. 30분을 더 기다리다가 종내 아무도 나타나지 않아 둘이서 달이네 고개 못 미쳐 목배등능선을 타기 위하여 청계산 자락으로 발길을 옮겼다. 목배등능선은 청계산의 남쪽을 동서로 지키는 장벽이며 봄이면 철쭉이 흐드러지게 피는 곳이다.

이곳에서 貳首峰(545미터) 정상까지는 보통걸음으로 1시간 30분 거리이며 두서너 군데 급한 오르막이 있다. 이번이 청계산에 두 번째라는 손 대리는 그것을 정확히 모를 것이다. 30분이 지나서 쉬기로 했다. '청계산'은 고산자의 대동여지도가 나오기 전에는 '靑龍

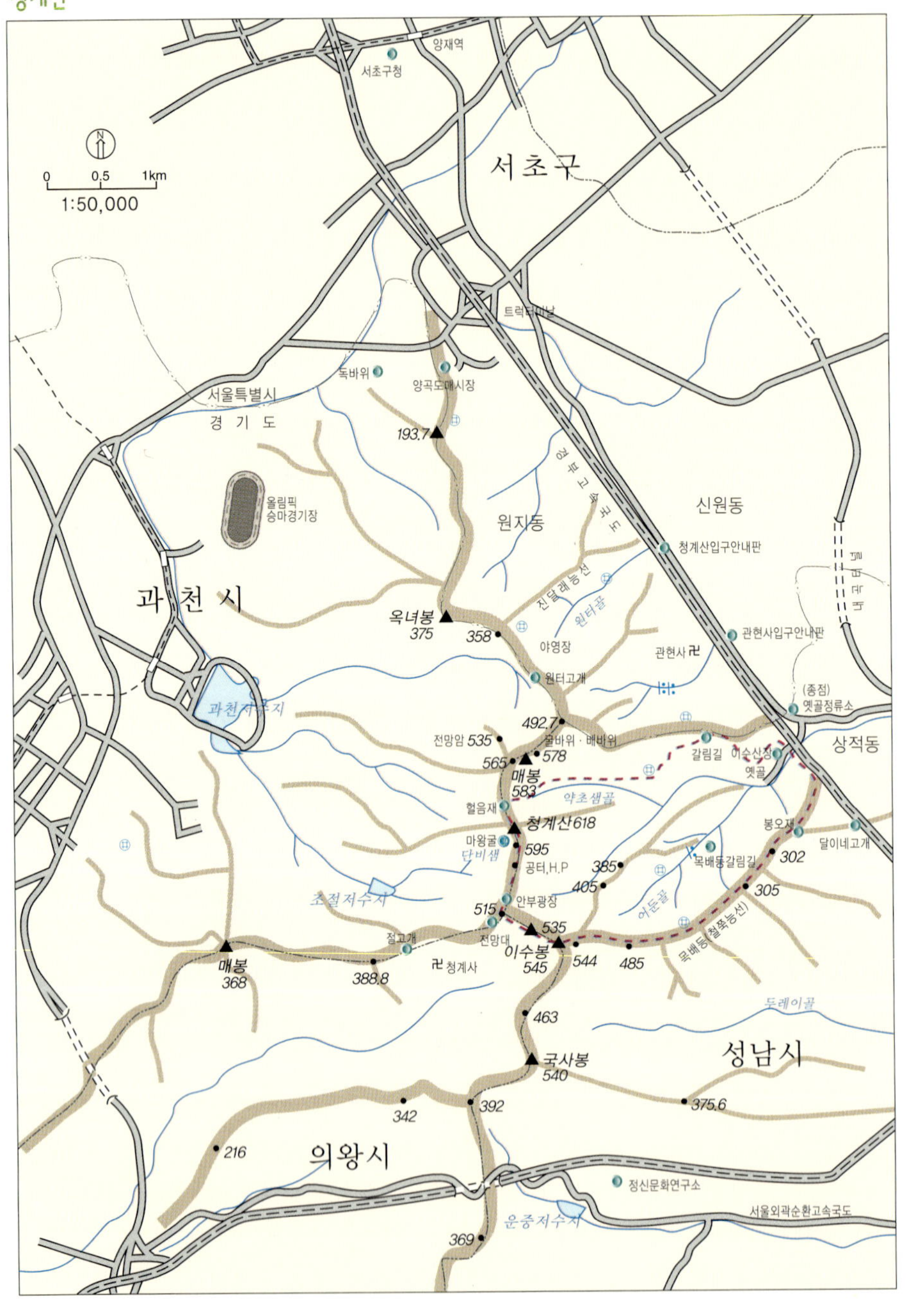
서초구청
양재역
서초구
트럭터미널
독바위
양곡도매시장
서울특별시
경기도
193.7
올림픽
승마경기장
원지동
신원동
청계산입구안내판
과천시
진달래능선
원터골
옥녀봉
375
358
야영장
관현사입구안내판
원터고개
관현사
(종점)
옛골정류소
과천저수지
492.7
전망암 535
굴바위·배바위
갈림길
이수신정
상적동
565
578
옛골
매봉
583
약초샘골
헐음재
봉오재
청계산618
마왕굴
595
달이네고개
단비샘
385
묵배봉갈림길
302
초절저수지
공터,H.P
405
305
안부광장
여둔골
515
535
절고개
전망대
매봉
368
388.8
이수봉
545
544
485
묵배봉철쭉능선
청계사
463
드레이골
국사봉
540
성남시
342
392
375.6
216
의왕시
정신문화연구소
서울외곽순환고속국도
운중저수지
369
1:50,000
0 0.5 1km
N

山'이라고 했다. 과천 관아를 중심으로 관악산이 '眞山', 수리산이 '右白虎', 청계산이 '左靑龍' 형국이라 '靑龍山'이라 이름지었다고 한다. 나는 청계산을 사랑한다. 우선 황토길이 마음에 들고, 능선 숲길에 들어서면 큰산에 들어온 느낌이 드는 것이 두 번째이고, 마지막으로 憂國忠節의 산이기 때문이다.

한차례 2단으로 된 오르막을 오르니 좌측으로 멀리 國思峰(540미터)이 반긴다. 국사봉은 고려 말 '三隱' 중 하나인 '牧隱 李穡'이 송도 쪽을 바라보며 기우는 나라를 걱정하였다 하여 붙인 이름이라고 한다. 이쯤에서 좌우를 보면 인가는 전혀 보이지 않고 산 능선만 시야에 들어오는데, 그 모습이 흡사 지리산 덕평봉에서 보는 남부능선이나 천왕봉에 이르는 주능선을 보는 것 같은 착각에 빠지게 한다.

여러 팀의 산꾼들을 추월하여 열심히 뒤따라오는 손 대리에게 '보행법'이란 자기에게 제일 편한 이치를 체득하는 것이라고 한 수 가르쳐주고, 힘이 부칠 때는 '나비같이 날아서 벌같이 쏜다'는 그 유명한 권투선수 알리처럼 몸 전체를 흔들흔들 흔들면서(나는 이를 '醉步'라고 한다) 걸어야 한다고 덧붙였다.

드디어 이수봉 동봉(544미터)에 올랐다. 옛골 쪽에서 보면 비슷한 높이로 두 개의 봉우리가 지근거리에 솟아있어 이수봉이라 한 것 같은데, 지금은 철거되었지만 일 년 전인가 이수봉 동봉이 허물어지기 전에 있던 어느 산악회의 안내판에 의하면 조선왕조 연산군 때 정여창이 무오사화를 피해 이 산에 두 번이나 숨어들어 목숨을 부지했기 때문에 목숨이 두 개 붙어있는 봉우리여서 '貳首峰'이라 한다고 써있었다. 인간은 왜 산을 허물어뜨리는지 모르겠다. 문명이란 생존에 필수적인 것과 얼마만큼의 편리함을 향유하는 것 이외에는 군더더기고 사치다. 무슨 중계탑인가를 세운다고 이수봉의 동쪽 봉우리는 완전히 궤멸되어 철조망이 쳐졌으며 울창하던 수목은 베어져 주검처럼 나뒹굴고 있었다.

이수봉 전망대에서 본
석기봉과 망경대

이수봉 서봉(545미터)에는 '이수봉'이라는 돌비석이 세워져 있다. 이수봉의 유래와 중계탑을 세운 불가피한 내력이라도 설명해 놓았더라면 후손들을 위해서라도 떳떳하고 덜 미안할 것이 아니었겠는가 하는 아쉬움이 남는다. 봉우리 한편에는 젊은 부부가 조 껍데기로 빚은 막걸리와 멸치, 양파, 마늘종다리를 막된장과 함께 안주로 내놓는 간이주점이 있다. 간이주점이라고 했지만 시설이라고는 막걸리와 안주를 얹은 탁자뿐이다. 막걸리 한 사발씩을 마시고 나니 화가 좀 가라앉는다.

이수봉 서봉에서는 남으로 국사봉으로 가는 능선길이 갈린다. 헬리포트(535미터)를 지나면 과천 쪽과 망경대로 갈리는 삼거리가 나오고, 또 막걸리 파는 곳이 있는데 여기서는 오리알도 판다. 여기에서는 두 눈을 질끈 감고 손 대리를 이끌고 30미터쯤 직진, 예의 그 유명한 제1전망대(이후 전망대의 위치와 순서는 내가 붙인 것이다)로 안내했다. 이곳에서부터 서쪽으로 청계사로 내려가는 절고개를 거쳐 작은 매봉(368미터)까지 연결되면서 과천으로 잦아든다. 이 전망대는 무심코 지나치기 쉬운 곳이다. 전망대는 서쪽방향으로 십여 미터쯤 되는 수직암벽을 품고 있으며, 서에서 북으로의 전망이 한 눈에 들어오는 곳이다. 첫눈에 관악산의 전경과 육봉능선이 뚜렷하고 과천시가지를 건너 어린이대공원, 그리고 조절저수지와 박쥐골을 지나 암벽이 병풍처럼 둘러친 망경대가 가까이 다가온다.

동자샘으로 가는 길이 있는 헬리포트를 지나면 세 번째 헬리포트가 있는 안부까지 된비알이다. 땀을 흠뻑 흘리고 나서야 마지막 헬리포트 안부 광장에 올라섰다. 여기서 좌측으로는 망경대의 8부 능선을 가로질러 마왕굴을 거쳐 血泣재로 가고, 우측으로는 동자샘으로 하여 하산길이 되며, 중앙으로는 석기봉, 망경대를 거쳐 혈읍재로 가는 길이다.

석기봉(595미터)을 오르기 전 제2전망대에서는 멀리 수리봉이 보이고 좌우측의 암봉 사이로 불어오는 남서풍이 가슴을 시원하게 해준다. 봄이 오는 소리다! 봄은 이렇게 소리 없이 바람결에 또는 잔설 아래의 대지로부터 가까이 다가와 있다. 석기봉을 오르는 8

석기봉 아래 암릉에서 바라본 대공원일대와 관악산

있다. 손 대리가 따라오면서 이제야 등산하는 기분이 든다고 한다. 제3전망대로 오르는 길은 굴곡이 있고 마지막에는 침봉을 올라야 하는 조금 까다로운 길이다. 혈읍재로 내려가는 길은 음지에 잔설이 꽁꽁 얼어붙어 미끄러웠다.

드디어 혈읍재다. 조선 연산군 무오사화 때 화를 피해 정여창 등이 피눈물을 흘리면서 이 고개를 넘어 마왕굴로 은신했다고 전한다. 성리학의 領南士林을 이루는 김굉필, 정여창, 조광조, 이황은 조선 성리학의 거두 畢齋 김종직의 제자들이다. 김종직의 학파는 고려 말 이 색, 정몽주, 길재 등으로부터 유래하는 것이다. 연산군 때 김종직이 史草에 올린 '弔義帝文'이 항우가 義帝를 죽인 不義를 세조가 단종을 죽인 것에 비유했다는 정치적 술수에 의해 이 학파가 慘變을 당했는데 그것이 바로 '戊午史禍'이다. 이 고개는 규모는 작지만 좌우로 급경사를 이루어 사시사철 바람이 닿는 곳으로 한여름 무덥고 답답할 때 이 고개에 서면 등골에 냉기가 스민다.

이곳에서 우측 내리막길은 '약초샘길'로 청계산 최고의 계곡을 품은 꿈길 같은 숲길이다. 몇 해 전부터 어느 산악회에서인지 저 멀리 경기도 화악산, 명지산, 포천 청계산 등지에서 캔 약초와 기이한 풀을 옮겨 심어 놓았다. 이 길을 들어서면 전신에 은은한 풀 향기가 스며든다. 계곡변 우측 산자락에는 원시림이 기묘한 모양의 가지를 늘어뜨리며 숲을 장악하고 있고, 좌측으로는 송림이 칠흑같이 우거져 있다. 오늘은 매봉(582.5미터)을 둘러보고 약초샘길 허리를 관통하여 나만이 알고 있는 청계폭포에서 점심을 먹기로 내심 작정했었다.

매봉 직전 좌측으로 철조망 쳐진 곳을 넘어가면 정북으로 원터 고개로 잦아드는 기막힌 능선상에 5개의 암봉으로 이루어진 제4전망대(535미터)인 망월암이 있다. 몇 해 전인가 해가 지고 사위가 어둑어둑할 무렵 옥녀봉 근처에서 길을 잃고 헤매다가 문득 올려다본 망월암에 걸린 싸늘한 반달의 신비함을 잊을 수 없다. 검은색의

작은 매봉으로 가면서
본 석기봉과 만경대

음영을 배경으로 싸늘한 반달은 일정한 간격으로 늘어선 다섯 개
의 시커먼 암봉 사이에 걸려 있었던 것이다. 그후 1999년 초 큰아
이가 의과대학에 붙었을 때 그 광경을 보여주려고 저녁 무렵 매봉
에서 망월암으로 갔는데, 원터고개에 이르는 능선을 타면서 쌓인
눈과 흩날리는 눈 속에서 달 대신 또 다른 세상을 구경했었다. 하
얀 어둠이었다.

　매봉(583미터)에는 반지름이 70센티미터쯤 되는 타원형의 기단
위에 190센티미터쯤 되는 자연석 비석이 서 있다. 그 북면에는 '청
계산 매봉 582.5미터', 남면에는 청마 유치환의 시가 새겨져 있다.

　　내 아무 것도 가진 것 없건마는
　　머리 위에 항상 푸른 하늘 우러렀으며
　　이렇게 마음 행복 되노라

유치환 님의 시 〈행복〉 중에서
병자년 여름 오헌이 글쓰다

　매봉에서 마음속으로 시를 읊고 옥녀봉을 일별한 후 약초샘길로 가는 지능선으로 접어들었다. 내리면 물이고 오르면 산인 양평 근처 강산촌에서 유년시절을 보낸 손 대리는 자주 눈에 띄는 머루나 다래 덩굴을 용케 알아내나 내겐 모두 하나같이 등나무 줄기로만 보인다. 개나리인지 산수유인지 노란 봉우리를 터뜨리고 있어 손 대리에게 물었더니 '개생강나무' 라고 한다. 청계폭포에서 족발을 안주 삼아 소주 한 병을 둘이서 눈 깜짝할 사이에 비우고 '산' 이야기를 나누었다. 상적봉 산자락의 3부 능선을 가로지르면서 참옻나무 밑의 약수터에서 샘물 한 컵씩을 마셨다. 옻나무, 향나무, 단풍나무는 독하여 주위의 모든 세균과 독충을 죽일 수 있기 때문에 이들 나무 밑에 있는 샘물은 맛이 좋기로 이름나 있다.

　드디어 상적능선 갈림길 아래 목배등이 건너다 보이는 제5전망대에 이르렀다. 늘상 가도 햇빛이 따뜻하게 드는 양지바른 곳이다. 이곳에서는 동쪽에서 서쪽으로 우리가 밟은 목배등이 꿈틀거리며 위로 치솟아 올라가다가 북으로 머리를 돌려 망경대를 솟아 올린 모습이 한눈에 보이면서 청계산을 마치 2,000미터도 넘는 高山으로 착각하게 만든다.

　4시간여의 산행이 끝났다. 이수봉 산장에서 두부와 막걸리로 허기를 채우고 귀가길에 올랐다.

5 용문산

용문사 ▶ 남동릉 ▶ 마당바위 삼거리 ▶ 전망바위
마당바위 삼거리 ▶ 마당바위 ▶ 용문사

산화한 해군장병들을 추모하며

2002년 6월 30일.

우리 회사 산악부원 열 명은 오전 8시 청량리에서 용문으로 가는 중앙선 무궁화호를 탔다. 비소식에도 아랑곳없이 아침햇살은 따갑고 오히려 청량감마저 느껴진다. 열차가 구리를 벗어나 남양주 와부(瓦阜)에 들어서면서부터는 우측으로 한강이 햇빛을 받아 물고기 비늘처럼 반짝이고, 양수리의 북한강 철교를 지나서는 굽이쳐 돌아가는 남한강을 따라간다. 좌측 시골마을과 산밑 철로변 외딴 슬레이트지붕의 집들을 지날 때 논에는 벼가 햇빛과 물과 신선한 공기를 머금고 짙푸른 녹색으로 영글어 가고, 밭 배미에는 옥수수가 이삭을 내밀고 있다. 오이꽃이 노랗게 피어 있으며 연초록 애호박이 뒹굴고 있다. 철길 옆에는 채송화, 맨드라미, 나팔꽃이 한창이며 신원, 옥천 간이역을 지나칠 때는 유조차량이 길게 늘어서 있었다. 양평역을 지나서는 삼각형으로 솟은 백운봉(940미터)에 이어 용문산(1,157미터)이 좌측으로 높이 떠 있었다.

열차가 늦게 출발하는 바람에 9시 5분경에 용문역에 도착했다.

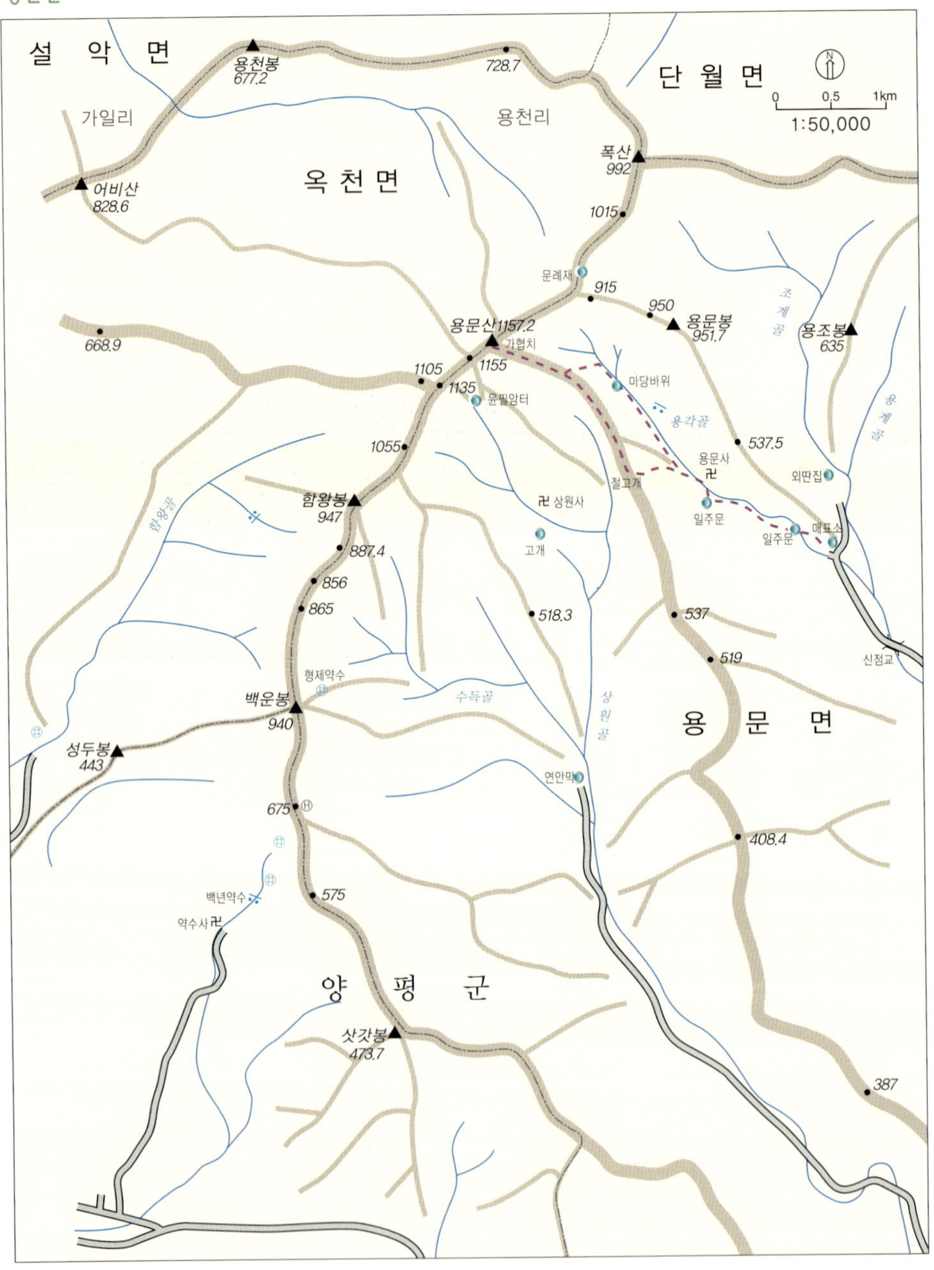

설악면
단월면
옥천면
용문면
양평군
가일리
용천리
어비산 828.6
용천봉 677.2
728.7
폭산 992
1015
668.9
915
문례재
950
용문봉 951.7
용조봉 635
초계골
용문산 1157.2
가협치
1105
1155
1135
윤필암터
마당바위
용각골
537.5
용계골
용문사
외딴집
1055
함왕봉 947
상원사
절고개
일주문
일주문
매표소
887.4
856
865
고개
518.3
537
519
신점교
함왕골
수둑골
상원골
형제약수
백운봉 940
성두봉 443
675
연안막
408.4
백년약수
약수사
575
양 평 군
삿갓봉 473.7
387
N
0   0.5   1km
1:50,000

© 윤인표

여우봉에서 본
용문산정상

용문역에서 정면으로 널찍하게 트인 도로를 따라 200미터쯤 걸어
나와 좌측으로 100미터쯤 간 곳 길 건너에 시외버스터미널이 있
다. 용문사 가는 버스는 9시 30분에 있었다. 〈집으로〉에 나오는 주
인공 같은 할머니가 전을 편 '보리수 열매'는 이제 막 제맛을 내기
시작한다. 9시 50분 상가주차장에 도착하여 매표소를 지나 바로
산행을 시작했다.

용문사 앞 천연기념물 은행나무를 지나 나무다리를 건너 첫 삼
거리에 도착한 때는 10시 10분이었다. 이정표에는 '상원사, 용문
산 정상과 마당바위' 화살표가 있었다. 거기서 우측 '용문산 정상
과 마당바위' 쪽으로 150여 미터 간 지점에 다시 갈림길이 나타나
고, 이정표에는 '왼쪽으로 상원사, 오른쪽으로 용문산 정상과 마
당바위'를 가리키는 화살표가 있었다. 나는 오른쪽으로 가다가 돌
아나와 왼쪽의 급경사 산길로 일행을 안내했다. 용문산 남동릉을

247

용문사 은행나무

용문사에서 본 용문산

타려면 왼쪽 급경사 산길로 접어들어야 한다. 오른쪽 계곡길은 마당바위를 통해 용문산 정상으로 가는 길이다.

두 번째 이정표의 '상원사'는 '절고개'나 '용문산 남동릉'으로 표기하는 것이 정확하다. 용문산 정상은 절고개를 거쳐 남동릉을 타거나 마당바위가 있는 계곡을 거쳐 올라야 하고, 상원사는 첫째 삼거리에서 왼쪽으로 가거나 두 번째 삼거리에서 절고개까지 가서 내리막을 타야 한다. 남동릉을 타고 정상에 오르기 위해서는 두 번째 삼거리에서 왼쪽 급경사 산길로 방향을 잡아야 하며, 절고개까지 오른 후 왼쪽 내리막 상원사 가는 길을 버리고 오른쪽 암릉, 즉 남동릉을 타야 한다. 7년 전이나 지금이나 헷갈리기는 마찬가지다.

10시 15분 '용문산 정상 2.6킬로미터', 10시 20분 '용문산 정상 2.4킬로미터'를 거쳐 10시 29분에 우측 전망대바위에서 잠시 숨을 돌렸다. 용문봉(947미터)에서 흘러내리는 능선과 우리가 가고 있는 능선 사이로 시커먼 협곡이 패여 있고, 협곡 하단부에 거대한 하얀 바위 두 개가 용의 뿔 모양으로 산록에 자리하고 있다. '용각바위'다. 가까운 곳에서 두런두런 소리가 나 한 굽이를 올라서니 장병률 차장 일행이었다. 그곳은 평평한 쉼터로 '용문산 정상 2.2킬로미터' 팻말이 있었다. 손창석 팀장과 이국, 강지원 과장은 이미 멀리 내빼버렸다.

10시 40분 '정상 2.0킬로미터', 11시 '정상 1.65킬로미터'를 통과하여 드디어 11시 5분에 '절고개'에 닿았다. '용문사 1.1킬로미터, 상원사 1.4킬로미터, 용문산 1.4킬로미터'의 나무이정표가 있었다. 상원사로 가려면 이곳에서 왼쪽 급경사 내리막을 타야 한다. 이곳 능선의 소나무 사이로 보이는 우측 건너편 문례재 부근에서 내린 능선은 용문봉을 힘차게 일으킨 후 급하게 내려간다. 용문산 일대의 소나무는 줄기가 하늘 높이 곧고, 아름드리거나 가지가 많은 노송들인데 줄기는 모두 붉거나 누런 색깔을 띠고 있다.

암릉 일원에는 노송들이 어우러져 기막힌 풍광을 연출하고 있었다. 곳곳에 밧줄이 매어있고 밧줄이 없는 곳에는 우회길이 있었다. 11시 40분 그림같이 아름다운 암봉에 올라서서 우리 아홉 명은 물과 과일을 나누어 먹었다. 손 팀장은 흔적도 기별도 없다. 나는 전망이 좋은 널따란 바위 가장자리에 등을 대고 드러누워 담배 한 개비를 피워 물었다. 용문산 남서쪽이 훤히 조망되는 곳이다. 좌측 초록의 노송과 오른쪽 발치의 거대한 흰 암봉 너머 용문산에서 백운봉으로 이어진 능선 위 파란 하늘과 떠가는 흰 뭉게구름이 나뭇가지와 줄기 사이로 보인다. 온 세상은 흰색, 초록, 파랑이 점하고 대기는 무색으로 형체도 없이 떠다닌다.

암릉이 까다로운데도 우리 일행은 잘도 해내고 있었다. 12시 '용

백운봉~용문산 능선.
왼쪽이 백운봉이고
용문산 정상은 구름에
싸여있다

문산 정상 1.05킬로미터' 안내판을 지나 암봉에 올라서서 다시 쉬고 있을 때 손 팀장이 되돌아왔다. "마당바위 갈림길을 지나 암봉을 오르다가 종내 소식이 없어 되돌아오니 인기척이 나더라"고 한다. 10분 후에 다시 삼거리에 도착했다. '마당바위 0.6킬로미터, 용문사 2.1킬로미터, 용문산 0.9킬로미터' 라 쓰인 높이 2미터 가량의 나무이

정표 아래 '한맥산악회'의 50센티미터 높이의 작고 벌겋게 녹슨 안내판이 있었다.

7년 전 눈이 많이 왔을 때 이곳까지 와서 철망을 넘어가다가 지근거리의 암봉에 무서움을 느끼고 돌아나와 마당바위 가는 내리막 중간에서 다시 왼쪽 너덜을 지나 암봉과 암릉을 타고 문례재에 이른 적이 있다. 그 암릉은 사람이 다니는 곳이 아니었으며 결국 비싼 오버글로버 한 짝을 바위 아래로 날려보냈었다. 그때는 북동으로 용문봉 가는 길을 지나고 문례재를 지나 폭산(992미터) 아래에서 동으로 단월산(735.2미터)을 거쳐 도일봉(863.7미터)을 둘러본 후 싸리재(811.9미터)를 넘어 단월면의 비슬고개로 내려섰다. 사실 오늘 산행코스는 철조망이 없어지고 용문산 정상 바로 아래까지 길이 열렸다 하기에 그 길을 밟고 싶은 욕망에서 비롯되어 우리 일행을 안내한 것이다.

삼거리를 지나 곧이어 그 무섭게 보이던 바위를 돌았다. 12시 16분 '용문산 정상 0.8킬로미터' 안내판을 지나 밧줄을 타고 오른 봉우리 오른쪽에는 기막힌 명당자리가 있었는데, 이미 젊은이 하나가 점령하고 있었다. 자리를 비켜 준다는 걸 마다하고 문례재 주변 능선에서 내린 흰 암벽과 중원산(799.8미터), 도일봉 너머 덕수리, 비룡리, 용두리마을을 일별한 후 하릴없이 돌아섰다. 그곳은 하나의 암봉이었고 길은 암릉을 내린 후 다시 올라서야 했다.

12시 35분, 용문산 아래 남동릉에서 가장 높은 920봉에 올랐다. 진행방향으로 용문산 정상과 그 오른쪽에 관악산의 연주대 같은 바위절벽 뒤로 군사시설물이 보인다. 여기서는 남서방향에서 동남방향으로 눈길을 주어야 한다. 용문산, 함왕봉(947미터) 능선에서 상원사로 잦아드는 능선에는 흰 암벽이 눈부시고 그 능선 끄트머리 뒤로 멀리 삼각산(539미터)이 솟아있으며, 왼쪽으로 비룡산(526.9미터)이 종을 엎어놓은 것 같고 남한강은 그 뒤에서 흰 띠를 두르고 있다. 은진이와 선민이는 '아름다운 대~한민국'을 외치고 있었다.

꿈에서 깨어나 이제는 수림이 우거져 어두컴컴한 오르막을 쳐야 한다. 하늘에는 비구름이 몰려온다. 이 험한 길에 비가 온다면 큰일이다. 하산길이었으면 얼마나 좋겠느냐고 생각하는 사이 1시에 '용문산 정상 0.25킬로미터', 1시 7분에 '0.15킬로미터' 안내판을 지나쳤다. 이 부근 어디에선가 오른쪽으로 가면 1,055미터의 '可峽峙'와 '石門'이 있다. 나중에야 깨달았는데 연주대 절벽 같은 전망대 바위 밑둥치에 '석문'이 있고, 그곳을 통과한 능선마루가 '가협치'인 것 같았다. 혼자라면 확인하고 갔을 터였다. 하늘이 심상치 아니하고 일행도 기다리고 있다.

어찌됐든 1시 10분경 바위가 부스러져 너덜 같은 급경사 오르막 지대를 지나자 머리 위로 철조망이 보이고, 너덜이 끝나는 지점에 가로 80, 세로 70센티미터의 파란 안내판에 노란 글씨로 '용문산 정상, 높이 1,157미터'라 써 있다. 또 흰 글씨로 '본 표지판에서 10시 방향으로 보이는 봉우리가 용문산 정상입니다'라고 되어 있다. 그리고 곁에는 '용문사 3킬로미터, 군부대통제구역'이라는 나무이정표가 있다. 왼쪽에 높이 솟은 것이 용문산이고 오른쪽 바로 곁이 '전망바위'다.

철조망을 뒤에 두고 공터에서 때늦은 점심을 먹기로 했다. '패스포드'가 거의 동이 날 즈음 강 과장이 '오디술'을 내놓았다. 그 잘

익은 술의 향기를 어찌 잊을 수 있겠는가! 경기도 광주産이다.

1시 40분에 하늘에 비구름이 드리운 것을 보고 하산을 서둘렀다. 나는 뒤로 처져 전망바위에 올랐다. 전망바위와 나란히 붙어 경비초소의 지붕이 있고 능선 서쪽으로 군시설물이 들어서 있었다. 문례재, 폭산, 단월산, 도일봉의 회색능선을 배경으로 중원산이 있고, 가까이 짙은 초록의 용문봉 능선이 파도치듯 일렁이고 있었다.

2시 35분 마당바위 가는 삼거리에 닿기까지 밧줄이 6군데 설치되어 있었다. 오르면서 무심코 지나친 것이다. 우리를 잠시 웃게 만든 것은 누군가가 암벽에 걸쳐놓은 4개의 버팀목을 보고 '언제 나타났느냐' 고 할 때였다. 올라올 때 보았다는 사람, 보지 못했다는 사람 등 각각이었으나 나도 보지 못했다. 그만큼 오르막이 힘들었다는 뜻이다. 마당바위 가는 내리막은 급했고 너덜의 연속이었으며 중간쯤에서 계곡이 시작되었다. 흘깃 좌측 너덜의 오래 전 무작정 가로질렀던 곳에 눈길을 주고 쓴웃음을 지었다.

3시에 문례재에서 내려오는 지계곡과 합수점에 이르렀다. 새소리와 물소리가 어우러지고 점점 어두워지는 하늘과 이내가 끼는 숲을 지켜보았다. 3시 20분 '마당바위' 에 닿았다. '용각바위 0.6킬로미터' 이정표가 있고, 정상 부근에서 보았던 똑같은 안내판에 마당바위에 대한 설명을 하고 있다. '마당바위 높이 2미터, 둘레?, 이 바위는 마당처럼 평평하고 넓어 마당바위라고 불리고 있다.' 마당바위는 대체로 원형이었으며 어깨를 맞대면 사오십 명은 앉을 만한 크기였다. 계곡은 좌우로 깎아지른 바위절벽과 협곡으로 이어지고 한두 군데 위험한 곳에는 밧줄이 드리워 있으며 곳곳에 沼와 潭이 즐비하다.

3시 30분경 좁은 협곡에 '마당바위 0.6킬로미터, 용각바위 50미터, 용문사 1.3킬로미터' 나무이정표가 나선다. 용각바위 가는 길은 등산로 좌측의 너덜로 된 급한 오르막이었다. 훗날 혼자 올 때 천천히 보고 가리라. 3시 40분경 우측에 폭포와 沼가 있어 드디어

마당바위

참지 못하고 물 속으로 들어갔다. 밑바닥 암반이 보이는 시퍼런 물이 턱과 입 언저리까지 찬다.

4시에 배낭을 추스르고 내려오는 길에는 흰나비가 매미소리와 후드득 떨어지는 빗방울에 놀라 부지런히 날갯짓을 한다. 나무다리를 건너 용문사 경내로 들어서 일주문을 지나고, 보현교, 해탈교를 거쳐 '용문산 용문사'라는 또 하나의 일주문을 지나 놀이공원이 있는 '신점 제일교'를 건넜다.

매표소와 연이어 있는 왼쪽 음식점가 첫째집 툇마루에서 도토리묵과 더덕으로 빚은 동동주로 목을 축이는 사이 초여름 오후의 소나기는 산자락을 휘감은 먹구름과 함께 오히려 정적과 적막감을 불러일으킨다. 비는 줄기차게 내리고 있었다.

2002년 6월 29일 오전 10시를 기해 서해 해상에서 발생한 북한의 무력도발에 용감한 우리 해군이 상대적으로 첨단장비를 갖추고

253

수적으로 우세한 함정으로 대결했음에도 방어적 응전 때문에 격침당하고 전사자 4명, 실종 1명을 포함한 24명의 전사상자가 났다. 우리 장정길 해군참모총장은 7월 1일 이 분들의 합동영결식에서 "하늘을 우러러 아무리 외쳐봐도 분노를 달랠 길 없다", "하늘도 원통한 듯 검은 먹구름을 잔뜩 머금었다"고 하였다. 부시 대통령은 지난 3월 플로리다주를 방문했을 때 아프간 전투에서 희생된 미군 유가족을 위로하며 '여러분의 가슴이 찢어지는 것처럼 우리도 가슴이 찢어집니다'라고 하였다.

어제의 서해참사에서 해군 제2함대 고속정 357함의 장병들은 어처구니없이 당하면서 산화해 갔다. 그들이 목숨 바쳐 지키려 했던 것은 '이 나라'였다. 진정으로 위험한 것은 왜 그들이 죽어야 하는지 의심하고 회의하는 것이다. 그럴 때 '이 나라'에 진짜 위기가 온다.

6 화야산 ~ 뽀루봉

청평호반에 잦아들다

2001년 12월 23일, 회사 산악부 산행일이다.

잠을 설치는 바람에 6시에 일어나 배낭을 챙기고 청량리로 가니 7시 40분이다. 약속시간에 10분 늦었는데 청량리역전 시계탑 부근에는 아무도 없었다. 설상가상으로 시계도 휴대전화도 놓고 왔다. 시계탑 부근을 황황히 서성이다가 8시경 역사 공중전화에서 강기병 부장과 오승환 차장의 휴대전화 번호를 눌렀으나 교신이 안된다. 집에 전화를 하니 아무한테서도 연락이 없단다.

한참을 궁리하다 우리 일행이 안 왔을 리가 없을 거라 생각하고 8시 35분 청평행 기차표를 끊은 후 도시락, '산' 소주 한 병, 오징어포 하나를 챙겨 배낭에 넣었다. 저녁 6시경 하산길에 청평 버스터미널에서 집에 전화를 한 후에야 우리 일행이 7시 50분 기차를 탄 것을 알았으며, 이튿날에야 그들이 청평댐에서 뽀루봉을 올라 '안골' 로 하산한 것을 알게 되었다.

9시 20분 설악면 가는 버스에 올라 9시 35분 솔고개에 도착했다. 대기는 차고 바람은 쨍 한다. 솔고개 가는 길에 본 청평호는 가장

길목에 서 있다.

　임도를 버리고 좌측의 서쪽으로 향한 능선으로 접어들었다. 묘지 1기가 있는 곳에서 길이 아닌 된비알을 치고 나니 온몸이 땀으로 비에 젖은 듯하다. 막막하다. 다시 능선을 오르내리니 오른쪽으로 돌아가는 임도가 나오고 산길의 옆 진행방향 길섶에 흰 바탕에 파란 글씨로 '구리산악회'라고 쓴 리본을 발견할 수 있었다. 그렇게 반가울 수 없었다. 방향을 잘못 잡은 것은 아니었다. 다만 임도와 그 차량이 싫어 조금 고생했을 뿐이다. 산길은 온통 쌓인 낙엽투성이고 그 위에 눈이 흐드러지게 덮여 있다. 이제야 어렴풋이 산길이 보인다. 산길에서는 사람 발자국 냄새가 난다. 잊을 만하면 외로이 나부끼는 '구리산악회'의 깃발은 나의 직감에 장단을 맞춘다.

　남쪽으로 볼록하게 솟아 보이는 곡달산(628미터)은 반가웠으나 3 ~4부 이하가 온통 황토빛으로 까뭉개져 있다. 아마 '배치밸리타운'인가를 짓는 모양이다. 인간은 참 어리석다. 자연을 파괴하는 것은 곧 인간을 파괴하는 것인 줄을 모르고 있는 것이다. 진달래숲과 오르락내리락 하는 능선이 서글픈 마음을 조금이나마 달래준다.

　얼마나 걸었을까? 갑자기 북동에서 남서로 이어지는 임도가 나타난다. 서쪽방향으로 스테인리스로 만든 표지판에 '화야산 정상 1킬로미터'라고 적혀 있고, 길섶을 올라서니 황색리본에 '無所有 山門者 2001年 5月 辛巳年 孟夏'라고 써 있다. 여기서 화야산은 전위봉만 뚜렷이 보일 뿐 정상은 전위봉에 가려 보이지 아니한다.

　전위봉은 흰 암벽을 품고 있었는데 사실은 암벽이 아닌 흰 눈이었다. 화야산 전위봉 오르는 길은 여느 高山을 오르는 것과 비슷했다. 좌측 남으로 민둥 능선이 45도로 하늘을 가로지르고, 길섶에는 자작나무가, 우측에는 이깔나무가 노란 낙엽을 떨구고 있었다. 활엽수의 누런 낙엽과 그 위를 덮은 흰눈이 어울려 묘한 조화를 이룬다. 쌓인 눈 위에는 작은 짐승 발자국이 계속 이어져 정상까지 계속되었다. 그 짐승은 눈이 좋아 산으로 올라갔다. 눈밭에 뿌리를

© 윤인표

내리고 앙상하게 잎을 떨군 자작나무가 서로를 의지하고 있으며 태양은 나뭇가지 사이에서 얼굴을 내밀었다 감추었다 한다.

드디어 둥그스름한 정상이 눈앞에 나타난다. 아직까지도· 붉은 잎을 달고 있는 단풍나무 세 그루를 지나치고 테라스봉을 지나 오르니 정상이다. 헬리포트가 있으며, '禾也山 해발 754.9미터 가평군 외서면 삼회리 산 69번지'의 표지석과 '뽀루봉 정상 4.8킬로미터'의 방향표지가 눈에 띈다. 그리고 고동산과 사기막골 방향표시가 된 스테인리스 표지판이 세 개나 있다. 중년 산꾼 둘이 점심과 소주를 곁들이고 있어 시각을 물어보았더니 12시 40분이다.

산은 妙하다! 나는 그것을 정확하게 그려낼 재주가 없다. 용문산, 백운봉, 유명산, 소구니산, 중미산, 운길산, 천마산, 축령산, 서리산, 운악산, 명지산…. 그 중에서 가장 친근감이 드는 것은 지금부터 가야할 제일 가까운 뽀루봉이다. 그 또한 얼마나 까마득한

지! 자세히 눈을 부릅뜨고 보니 그 뾰루봉 산군은 7개의 봉우리로 이루어져 있다. 곧 알게 되지만 화야산 정상을 포함해서 앞으로 안골고개까지 가야할 화야산 산군도 7개의 봉우리로 이루어져 있었다. 세상이 조화라면 이러한 것도 조화다.

2봉(화야산 정상을 1봉으로 계산함)에 이르기 전 안부에는 '하산로 삼회리 5.6킬로미터' 라는 팻말이 있었다. 2봉에서는 잘못했으면 왼쪽 '아랫퇴주' 쪽으로 빠지는 능선을 탈 뻔했다. 움막터가 있는 네거리 안부에는 '삼회리 은골주차장 하산 3.2킬로미터, 화야산 정상 560미터, 뾰루봉 정상 4.2킬로미터' 라는 스테인리스 표지판이 있다. 굴참나무 사이에 소나무 한 그루가 있는 3봉, 소나무 대여섯 그루가 서 있는 제법 가파른 4봉, 헷갈리기 쉬운 5봉을 지나 6봉에서는 방향을 북서로 돌려야 한다. 애매한 곡점에서 북동능선을 탔다가는 여지없이 원점, 즉 솔고개로 되돌아간다.

드디어 7봉에 섰다. 하늘의 동은 온통 쪽빛이고 서는 쪽빛 바탕에 제트기가 산의 하늘금 위로 수평으로 난 듯 흰 구름을 두세 줄기 그어놓고 있었다. 오늘 길의 진행방향은 북쪽인데 산봉우리를 오르는 햇빛이 드는 곳은 남국이고, 산봉우리를 내리는 햇빛이 들지 않는 곳은 북국이다. 오늘 산길은 그 부분에서 좌우의 구별이 없었다. 태양은 온 천지를 밝고 명쾌하게 하는 '物 이다. 7봉 내리막은 왼쪽으로 해가 들지 않아 온통 빙판이고 가파르기가 그지없었으며 북서풍이 세차게 몰아쳤다.

사거리 안부에 이른다. 북동으로 안골, 서로 큰골로 나뉘는 곳이다. 그리고 화야산과 뾰루봉 종주시 요추에 해당하는 곳이다.

뾰루봉의 1봉은 분재 같은 낙락장송 한 그루, 2봉(640미터)은 소나무 수십 그루가 있는 암봉이고, 3봉(635미터)은 소나무 여섯 그루가 있는 육봉이었다. 3봉 옆 오른쪽으로 바위를 지나 눈에 덮인 내리막을 치고 다시 오르막을 치면서 소나무와 암릉을 오르니 4봉이다. 4봉은 떡갈나무가 숲을 이룬 육봉이었다. 이제 왼쪽으로 북한강, 오른쪽으로 청평호가 에메랄드빛으로 하며 그 모습을 드러낸다.

4봉 내리막에는 좌우로 눈이 덮여 있고 왼쪽으로 붉은 잎을 단 단풍나무, 오른쪽으로는 참나무가 숲을 이루고 있었다. 5봉까지는 꽤나 긴 평탄한 능선이었다. 불현듯 낙엽 위의 눈을 훑어 먹었다. 운문～가지산 종주 때의 기억이 떠올랐기 때문이다. 그때에는 허기지고 목이 말라 생존을 위해 눈을 쓸어 먹었지만, 오늘은 여유를 가지고 '맛'을 음미하였다. 그 차이는 실로 엄청났다.

육봉인 5봉에 올라서니 좌측의 북한강과 우측의 청평호가 더 가까이 다가온다. 5봉에서 길은 또 북동으로 꺾이고 6봉에는 이정표가 있다. '소야곡 하산 2.6킬로미터, 정상 400미터, 화야산 정상 4.3킬로미터'. 그곳에서 소나무가 군락을 이룬 두 개의 암봉을 지났다. 두 번째 암봉에는 '양지말 하산 2킬로미터'라는 팻말이 있었다. 진행방향에서 두런두런 소리가 나 가까이 가보니 젊은 부부 한 쌍이 어디로 갈까 망설이고 있었다. 시각을 물었더니 2시 반이다. 화야산 초입 길찾기의 어려움과 여기까지 걸린 시간 등을 알려주었더니 양지말 쪽으로 하산해 버린다.

드디어 일곱 번째 봉우리인 뽀루봉 정상이다. 멀고 먼 길을 왔다. 90여 센티미터쯤 되는 화강암 돌비석의 앞면에는 '뽀루봉 해발 709.7미터'라 씌어있고, 옆면에 '가평군 설악면 회곡리 산 261번지', 뒷면에 '가평군수 1998년 8월 1일 설립'이라고 적혀 있다. 그 옆에는 거북이처럼 생긴 바위가 있다. 덮인 눈을 쓸고 보니 '뽀르봉'이라고 흰 페인트로 써놓았다. 흰 페인트로 쓴 사람이 잘못인지 가평군수가 잘못인지 알 수는 없으나 하여튼 책에는 '뽀루봉'이다. 한가운데 잘생긴 정원목 같은 소나무, 동으로 누운 낙락장송, 남으로 곧추선 소나무, 이 세 그루가 정상을 지키고 있다.

이곳에서 점심을 먹었다. 그리고 여기서 이곳 저곳 사방을 둘러보고 상념에 잠기기도 하면서 줄잡아 한 시간을 허비했다. 또 종장에 송전탑 지나 마지막 봉우리에서 또 30여 분을 허비하게 된다.

지나온 길은 우측으로 화야산에서 큰골의 협곡을 이루는 능선과 그 너머 고동산 능선, 좌측으로 안골의 협곡을 이루는 558봉 능선, 그 근경 너머로 용문산 어름의 산군들이 겹을 이루며 늘어서 있다. 돌아앉으니 좌측에서 시계바늘 방향으로 천마산, 축령산, 서리산, 운악산, 명지산이 보이고, 경춘선과 46번 국도를 따라 가평을 너머 삼악산이 가물거린다. 뽀루봉에서는 동으로 양지말 가는 길과 북으로 종주길이 나뉜다. 북으로는 송전탑까지 3개의 아기자기한 암봉이 늘어서 있다. 송전탑에 내려서서 보면 뽀루봉 전 봉우리와 그 중간 암봉 두 개와 더불어 또다시 7개의 봉우리가 홀연히 나타나면서 북서방향으로 도열해 있다. 그것은 마치 소야곡을 꽃수술로 하여 연꽃잎처럼 둘러서 있다.

뽀루봉을 떠나 처음 만나는 암봉에는 '가래골 뽀루식당 하산 2.1 킬로미터' 라는 스테인리스 표지판이 있고, 낙락장송과 암릉이 기묘한 조화를 그려내고 있었다. 다음 봉우리는 흰 암봉으로 마지막에 6~7여 미터의 로프가 걸려 있었다. 그 암릉은 어림잡아 150여 미터는 될 성싶었다. 마지막 봉우리를 넘어서니 송전탑이 보이고

로프가 걸린 가파른 절개지를 지나 길은
직진방향과 좌측으로 나뉜다. 잠깐 망설
이다가 북쪽방향으로 직진했다.

뽀루봉에서 본 청평호반

봉우리에 올라서니 수십 명이 쉴 수 있
는 쉼터 능선이 나타나고 경기소방서에
서 세운 '화야~뽀루능선'이라는 팻말이
보인다. 그 봉우리는 오늘의 '최고 절경'
을 빚어내고 있었다. 청평댐을 경계로 청
평호와 북한강, 청평호 너머 우뚝한 호명
산의 정상 소나무 여섯 그루, 그리고 그 산록 5~6부에 걸린 뽀루
봉의 산그리메! 태양은 서서히 산 능선으로 빠져들고 있었다. 화
야산이 高山의 면모를 풍기고 있다고 한다면 뽀루봉은 기묘한 암
릉과 더불어 아기자기한 멋을 내고 있었다. 봉우리 우측 내리막에
서 보는 산록 6~7부 아래는 잣나무숲이 하늘을 가리고 있었다. 묘
1기를 지나자 비둘기 2마리가 후드득 날아오른다. 사람이 가까운
증거다.

5시에 청평댐 부근의 '제일호반' 음식점에 내려섰다. 우리 일행
들은 어디로 갔을까?

축령산 7

잣나무숲의 요정

2001년 11월 25일.

기차를 타는 것만큼 신나는 일도 별로 없다. 그것은 유년시절을 바다가 있는 통영에서 보내고 청운의 뜻을 품고 한양을 오르내릴 때 야간 완행열차의 고삐를 잡고 서서 눈 덮인 들판을 바라볼 때의 그 경이로움과, 석양에 낙동강을 굽이쳐 돌아갈 때 수면 아래 반사되어 거꾸로 보이는 산과 구름을 보고 놀랐던 때를 항상 떠올리게 하기 때문이다. 그 아련한 기억은 경춘선이 청평으로 갈 때 뾰루봉, 화야산의 산맥이 북한강 수면 아래 거꾸로 비치는 것을 보고 다시 떠올랐다.

한정실, 황은진, 박선민, 함영미, 김종국 과장까지 겨우 여섯인데 기차 안은 왁자지껄하다. 맑은 대기, 흰 구름, 푸른 하늘, 시커먼 산록, 푸드덕 날아오르는 까치 무리들이 아침을 즐기고 있다.

청평을 벗어난 버스는 왼편으로 '조종천'을 둔다. 10시 10분에 임초리에 상면초등학교가 있는 유일상회 앞에서 내려 서쪽으로 조금 가다가 곧장 오른편 '살구재'를 겨냥하고 숲길로 접어들었다.

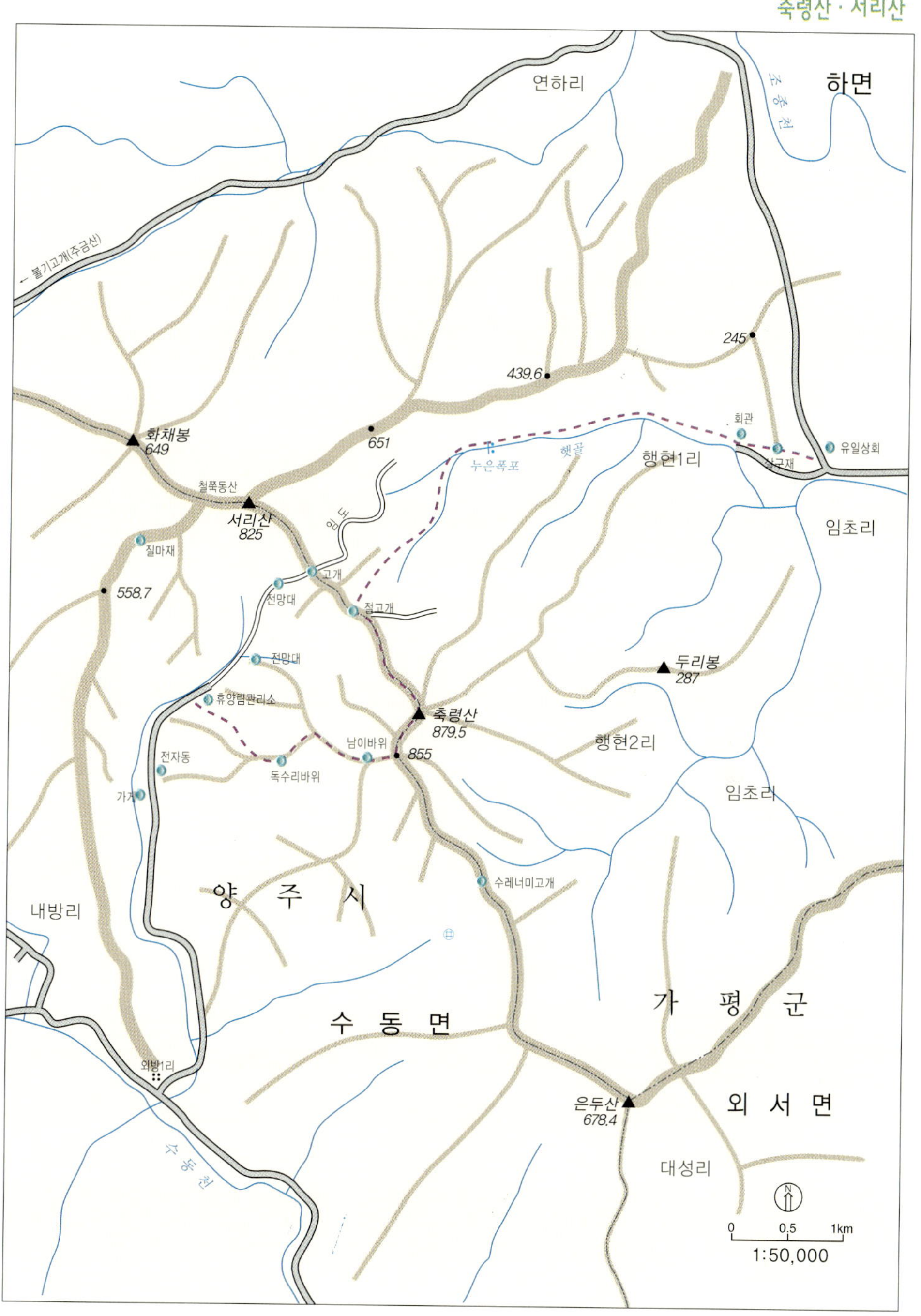

하면
연하리
조종천
붉기고개(주금산)
245
439.6
화채봉
649
651
회관
유일상회
행현1리
약고재
철쭉동산
서리산
825
누은폭포
햇골
임초리
질마재
고개
558.7
전망대
점고개
전망대
두리봉
287
휴양림관리소
축령산
879.5
행현2리
남이바위
855
임초리
전자동
독수리바위
가자
수레너미고개
양 주 시
내방리
가 평 군
수 동 면
외 서 면
외방리
은두산
678.4
수동천
대성리
N
0   0.5   1km
1:50,000

왼편 포장도로와는 행현1리 마을회관에서 만나게 된다. 10시 25분에 '독박골, 멧돌바위 횟집'을 가리키는 이정표를 보고 직진하는데, 왼편 아래 계곡이 말라 있는 것을 보고 누군가가 '가을가뭄'을 빗대어 '어느 해인가 비가 안 오더니 청평호는 바닥이 드러나고 오리가 다니지를 못하더라'고 하는데 그 오리는 소형 유람선이었다.

벌써 잣나무의 푸르름과 향기가 눈과 코끝에 와 닿는다. 10시 40분에 왼편으로 '멧돌바위'를 지나 조금 위 오른편 길옆에서 폐가를 보았다. 10시 45분에 길 왼쪽 텅 빈 초소를 지나니 이제는 좌우로 잣나무숲이 태양을 가린다. '누운 폭포'는 발치에 沼를 만들어 놓고 있었다. 다리 위 우측으로 잣나무 관리사무소인 줄로 착각한 단층의 서너 칸이나 되는 건물이 있어 자세히 보니 '卍' 표시가 되어 있다. 그 위로 갈 뻔했다. 그 절은 석림사였다.

1시에 잣나무 관리사무소에 도착했다. 잣을 따고 남은 껍질무더기 세 개가 왕릉처럼 쌓여 있고 구수한 내음이 진동하고 있었다. 관리사무소를 지나 길은 왼쪽으로 휘어 돌아가고 관리사무소 바로 아래 우측으로 또 하나의 길이 보이는데 霜山(서리산)은 그곳으로 갔어야 했다. 어느 산행기에서 '관리사무소를 지나 오른쪽 계곡으로 올라가면 상산 정상으로 올라가게 된다'고 읽은 적이 있다. 맞는 얘기였으나 '관리사무소를 지나 삼거리에서 왼쪽 위로 넓고 뚜렷한 길은 절고개로 가고 오른쪽 계곡으로 향하면 상산으로 간다'고 했으면 더 정확했다. 넓고 뚜렷한 길을 따라가다가 관리사무소 위에서 우측 길을 찾았으니 헷갈린 것은 뻔한 이치였다. 결국 오늘 계획했던 상산과 축령산 종주는 실패하고 말았다. 또 축령산 지나 남이바위, 독수리바위 길은 위험한 암릉이므로 우회해야 된다고 적혀 있어 오늘 코스를 역으로 잡은 것인데, 이 또한 너무 과장된 표현으로 그 정도 난이도의 암릉이라면 전자리에 올라 임초리로 내려오는 것이 훨씬 좋은 산행이 될 뻔했다. 산행기 길안내는 여러 사람이 읽는 글이므로 자기가 아는 대로 쓸 것이 아니라 사전에 충

분한 지식을 통해 그 묘사에 정확을 기해야 한다.

그러나 아침에 이 길을 오름으로써 냉기 서린 잣나무숲에서 신선한 숲의 내음이 온몸에 흘러 넘치도록 스며들게 한 것은 꼭 잘못된 것만은 아니었다. 상산과 축령산 갈림길인 안부 절고개에 이르기까지 숲의 요정이 떠도는 아침에 국내 최대의 잣나무숲을 무려 두 시간에 걸쳐 헤쳐 나왔던 것이다.

잣나무는 겉씨식물 毬(구)果 식물아강 구과목 소나무과의 상록교목에 속하며 높이 20~30여 미터, 지름 1미터에 달하는 커다란 나무로 나무껍질은 흑갈색이고 잎은 짧은 가지 끝에 5개씩 달린다. 꽃은 5월에 피고 열매는 毬果로 긴 달걀모양이며 길이 12~15센티미터, 지름 6~8센티미터, 종자는 길이 12~18밀리미터, 지름 12밀리미터로 식용 또는 약용으로 쓰인다. 특히 자양강장에 효과가 있다.

잣나무군락지는 포천 민둥산과 강씨봉 사이의 도성고개에서 일동방향 연곡리 제비울로 내려올 때에도 볼 수 있다. 임초리에서 절고개까지의 잣나무숲에는 두 개의 임도가 남북으로 가로지르고 있었다. 첫 번째 임도는 그야말로 키가 이삼십 미터나 되는 아름드리 잣나무로만 이루어져 있었으며 고도가 높아질수록 소나무와 잡목이 어우러지며 키도 작아졌다.

햇빛은 수목 사이로 비집고 들어와 몇 줄기 가냘픈 선을 긋고, 수목 사이를 휘감고 도는 푸르스름하고 흐릿한 기운에 눈이 스멀거린다. 숲의 요정이다! 신선한 냉기, 푸르스름한 이내, 숲속으로 비집고 들어온 가느다란 햇살, 잣나무 둥치의 회갈색 수피에서 나는 정갈한 내음, 송진 냄새, 숲길에 쌓인 갈비(솔가리)를 밟을 때마다 바스락거리는 소리! 나는 숲의 요정에 이끌려 신비한 숲의 세계로 들어온 것이다.

첫 번째 임도에서 직각방향 위로 빨간 리본이 하나가 있어 '상산' 가는 길인 줄 알고 우리 부원들을 인도했는데 그 길은 절고개

외방리에서 본 축령산

로 가는 길이었다. 그곳에서 우측 임도, 즉 북쪽으로 난 길을 가다
가 직각 좌회전하면 상산 능선에 붙는다. 우리가 가는 길은 사람
다닌 흔적이 없는 돌밭으로 된 계곡으로 치닫는데 나뭇가지에 걸
린 표지기만 보고 무작정 올라야 했다.

　11시 37분에 두 번째 임도와 붙어있는 개울을 건너 오르자 숲속
이 갑자기 분지같이 움푹 꺼지고 햇빛이 포근히 드는 양지바른 곳
이 나타났다. 이곳에서 배낭을 내렸다. 실팍한 바나나를 하나씩 나
누고 김 과장이 준비해 온 잣막걸리를 시에라컵으로 두 순배씩 돌
렸다. 기분이 날아간다. 바람과 함께 냉기가 스며 모두들 후드를
뒤집어쓰니 눈만 빠끔히 보이는 게 마치 부엉이를 보는 것 같다.
신발끈을 조이고 나서 다시 배낭을 챙겨 일어났다.

268

초겨울의 축령산

　12시 5분 절고개에 도착하여 상산과 축령산의 방향과 거리가 적힌 이정표를 보았다. 억새밭의 억새는 베어져 있었다. 남동으로 축령산 오르는 능선은 심한 경사에 위로 갈수록 바위가 많아진다. 강한 바람은 북서쪽에서 불어오는데도 후드가 자꾸 벗겨지고 장갑을 낀 손도 시리다. 땅은 온통 서릿발이다.

　12시 35분 드디어 정상에 올랐다. 정상은 암봉이었다. '祝靈山 해발 879미터, 1998년 8월 1일 설립, 가평군수' 표지석이 있고, '남양주 크낙새산악회'와 'KBS 삶의 현장팀'이 공동으로 세운 6·25의 영령들을 기리는 국기게양대가 서 있다. 국기가 바람에 휘날리고 있었다. 북서로 주금산이 돌올하고 북동으로 운악산이 험한 모습으로 이쪽을 지켜보고 있으며, 그 너머로 명지산과 경기 최고

269

축령산을 오르면서 본 서리산

봉인 화악산(1,468.3미터)이 높게 하늘금을 긋는다. 남동으로는 운길, 예봉산을 지나 정암, 해협, 유명산이 겹을 이루고 남서로는 천마산이 높게 떠 있다.

정상에서 점심을 먹기로 하고 김밥도시락, 귤, 사과, 그리고 소주 한 병을 꺼냈다. 햇빛은 비치는데 바람이 강해 으스스 한기가 들었다. 서둘러 배낭을 챙기고 1시 5분에 길을 떠났다.

1시 35분에는 '남이바위'에 닿았다. 남이장군이 앉아 호연지기를 키웠다는 이곳은 깎아지른 절벽 위 가장자리에 양팔을 걸고 양반다리를 하고 앉기에 안성맞춤이었다. 남쪽과 서쪽의 첩첩이 겹을 이룬 산맥들이 한눈에 들어왔고, 천마산은 한 무더기의 뭉게구

독수리바위에서 본 천마산

© 윤인표

소요산 *8*

구절터 ▶ 의상대 ▶ 나한대 ▶ 상백운대
중백운대 ▶ 하백운대 ▶ 자재암 ▶ 일주문

경기의 소금강

2001년 6월 10일. 고교동기 청산회 정기산행일이다.

"친구가 얼마나 좋은고 하모 하늘만큼 좋은 기라!"

"친구가 니 밥 먹여주는 것도 아닌데 와 그리 좋노?"

"얀마 다 마음 아이가!"

계절은 그 변화를 실체로 보여주고 있다. 4개월 전만 해도 눈에 덮였던 이곳 산야에는 온통 짙은 녹음이 우거져 있다. 성철스님이 "속이지 마라!"고 했는데 그것은 자기자신을 속이지 말라는 이야기였을 것이다. 소요산에 와서 왜 뜬금없이 성철스님이 생각났는지 모르겠다. 늙수그레한 아줌마가 물이 담긴 큰 대야에 싱싱한 오이를 띄워 놓고 하나에 천 원씩 팔고 있다.

친구 甲왈 "하나 더 주소!"

乙왈 "얀마, 아지매가 에러운데 내끼 천 원 더 조라!"

오랜만에 만난 친구들은 원족 나온 초등학생들 마냥 즐겁다.

소요산은 철쭉, 녹음, 단풍, 그리고 설경으로 '경기의 소금강' 이라 불린다. 15세기 유불선에 통달한 천재이자 금오신화를 지은 매

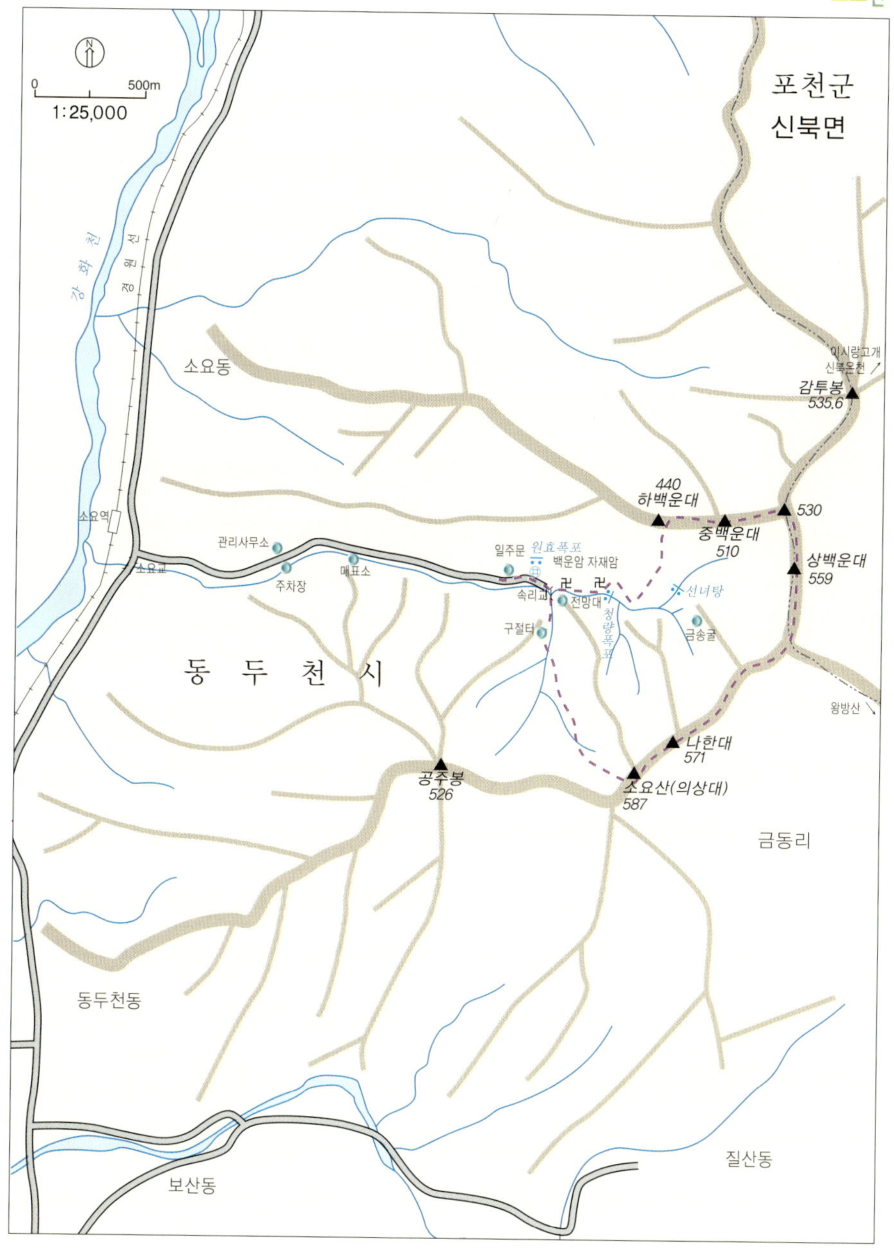

1:25,000
0　500m
N
포천군
신북면
소요동
이시랑고개
신북온천
감투봉
535.6
440
하백운대
중백운대
510
530
상백운대
559
관리사무소
일주문
원효폭포
백운암 자재암
신녀탕
소요역
매표소
속리교
전망대
금송굴
소요교
주차장
구절터
청량폭포
왕방산
동 두 천 시
나한대
571
공주봉
526
소요산(의상대)
587
금동리
동두천동
질산동
보산동

마차산에서 본
운무낀 소요산

월당 김시습과 조선 성종 때 理學의 대가로 松都三節 중 하나인 서화담이 消遙하였다 하여 소요산이라고 하며, 원효대사와 요석공주의 이야기가 얽혀 있는 곳이기도 하다.

일주문을 지나니 왼쪽에 10여 미터의 원효폭포가 그 위용을 자랑하나 가뭄 때문에 물줄기는 약하다. 몇 년 전 수량이 많을 때는 굉음에 주위가 적막한 적이 있었다. 속리교를 지나면 왼쪽으로는 돌다리와 난간을 거쳐 원효대가 있는 자재암으로 가고, 오른쪽 계곡길은 남쪽 능선에 붙어 공주봉으로 오른다. 오늘은 계곡을 거슬러 오르다가 구절터에서 공주봉으로 가는 갈림길을 버리고 동남쪽으로 의상대 오르는 길을 택했다.

구절터를 지나 한참을 땅만 보고 오르는데 오솔길이 왼쪽으로 급경사를 이루어 꺾이더니 전망대가 나선다. 아래는 절벽이고 왼쪽으로 공주봉의 암벽절리가 성벽같이 늘어서 있다. 우측으로는 소요산의 環狀능선이 하백운대를 거쳐 자재암 쪽으로 잦아들고 있다.

　전망대를 지나니 암릉의 연속이다. 이 길은 처음이어서 이렇게 기묘한 암릉이 있는 줄 우리 일행 열 명 중 아무도 모르고 있었다. 산은 아무리 작아도 얕보면 안되고 항상 겸손한 마음으로 대해야 한다. 1997년 추석연휴 때 친구와 같이 설악 우골로 해서 '석주리지' 할 때의 악몽이 되살아났다. 앞장을 서서 '三點確保' 니 발 딛는 법, 바위 잡는 법 따위를 선무당 굿풀이 하듯 주섬주섬 주워섬기며 악전고투했다. 의상대에서 내려오던 서너 명의 일행은 우리들의 굳어버린 얼굴 모습을 보더니 되돌아 올라가 버린다. 삼십여 분을 헤매었을까? 경사가 완만한 바위가 계속되더니 삼각형의 빗변이 파란 하늘을 배경으로 푸른 수림 사이로 얼핏 보인다. 경험에 산의 능선과 하늘금이 보이면 정상이 가까운 징조다. 드디어 의상대(585.7미터)에 올랐다. 다들 혼줄이 난 후라 꼭대기에 널브러졌으나, 시원한 바람과 주변 경치에 언제 그랬냐는 듯이 다시 희희낙락이다.

　의상대 조금 지나 시원한 바람과 경치가 좋은 넉넉한 암봉에서 점심을 먹기로 했다. 집사람이 정성껏 마련해준 도시락에는 된장, 청양고추, 생양파가 들어있었다. 모자라는 소주가 아쉬워서 조금 남은 소주를 얼음 페트병에 넣고 오렌지주스와 칵테일을 만들었는데 그 맛이 천하일품이었다. 세상만사가 다 마음먹기에 달렸다.

　의상대에서 나한대(570.5미터)로 가는 길은 쇠난간을 지나서부터 절리된 石面이 수석처럼 솟아있는데 규모가 작다 뿐이지 만물상을 보는 것 같았다. 요철이 심한 길은 어떤 때는 우회하여 또 어떤 곳에서는 바위 위로 신선들이 거니는 곳처럼 나 있다.

　나한대에서 안부까지는 급경사 내리막이다. 안부에는 이정표가 있고 어디서 왔는지 예닐곱 명의 청춘남녀가 다리쉼을 하고 있다. '소요산을 종주하느냐', '금송굴과 선녀탕을 보느냐' 로 한동안 실랑이를 벌이다가 우리 일행 중 두 명은 서쪽 계곡으로 빠져들고 나머지는 상백운대(558.7미터)로 향했다. 상백운대 가는 길에는 전망

ⓒ 윤인표

좋은 바위가 여럿 나타나고, 직각으로 꺾여 중백운대로 가는 갈림 길에 있는 530봉에서 북으로 뻗어나가는 능선상에 있는 감투봉이 인적 없는 산길에 의연히 솟아 있다. 감투봉(535.6미터)에서는 북동으로 칼바위능선과 북으로 이시랑고개를 넘어 번데산(450미터)으로 이어지는 능선이 갈리며 그 날머리는 모두 열두 개울이 이루어 내는 '美羅치마을'에 닿고 그곳에 '신북온천'이 있다. 흐르는 물이 '미라' 구슬처럼 아름답다 하여 '미라치마을'이라 이름 붙었고, 신북온천은 지하 600미터에서 용출되는 알칼리성의 중탄산나트륨천으로 피로회복과 신경통치료에 신비한 효험이 있다. 530봉에서 감투봉으로 이어지는 선상에 있는 종현산(588.5미터)은 멀리서 하염없이 신북온천을 굽어보고 있었다.

능선 바위길 옆에 빽빽한 소나무숲을 한참 지나니 드디어 중백운대가 나선다. 이곳이 소요산 최고의 전망대이다. 긴 바위절벽 위에 노송군락이 있고 서너 그루는 바위벼랑 끝 절벽에 뿌리를 내리고 있는데, 그 중 王松은 걸터앉기에 안성맞춤이다. 그러나 강심장이 아니면 앉아보지도 못하고 침만 삼킬 뿐이다. 동으로 상백운대

278

의상대에서 본
상백운대, 그 뒤로
종현산이 보인다

를 거쳐 남서로 나한대를 지나 의상대와 공주봉이 한눈에 들어오
고, 나한대 안부에서 서쪽으로 금송굴을 숨기면서 칼바위가 흰 몸
통을 드러낸다. 선녀탕으로 어림되는 곳에는 짙은 녹색이 한기를
느끼게 한다. 모두들 절경에 숨을 죽이며, 간 큰 친구는 그 王老松
에 앉아보기도 하고 어떤 이는 속내를 알 수 없이 혼자 중얼거리기
도 한다. 내가 처음 소요산에 왔을 때는 비가 조금씩 뿌려 운무가
자욱한 칠팔월 무렵이었는데 그때 이곳에서 느낀 감동이 아직도
마음을 설레게 한다. 이 산의 절경은 아무 때나 쉽게 볼 수 있는 것
이 아니다.

　누군가의 '자! 이제는 가보자' 하는 외침에 모두들 화들짝 정신
을 차리고 주섬주섬 행장을 차렸다. 약간의 내리막과 약간의 오르
막을 거쳐 하백운대를 지나고 남쪽으로 급하고 까다로운 내리막길
을 내려오니 제2의 전망대가 기다리고 있다. 중·하백운대에서 내
린 지능선들이 깊은 협곡을 만들고 있으나 정작 그 속에 숨어 있는
선녀탕은 보이지 않고 다만 어림만 될 뿐이다. 고개를 들어 남쪽을
보니 나한대에서 내리뻗은 칼바위가 주위 계곡의 수문장 노릇을

상백운대 ~ 나한대 사이의
바위와 노송능선

중백운대에서 바라본
나한대

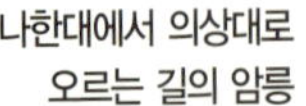

나한대에서 의상대로
오르는 길의 암릉

하고 있다. 태양은 높이 떠서 소요산을 희롱하고, 계곡을 이루는 짙은 녹색, 흰 구름, 파란 하늘과 맞닿은 능선의 색조는 무색의 대기와 더불어 적막에 빠져들어 깨어날 줄을 모른다.

자재암 가는 길에는 철책을 세워 사고를 막아주고 있었다. 비경은 함부로 자신을 드러내지 않는 법이다. 왼쪽으로 선녀탕 가는 길이 보인다. 앞서가던 친구더러 일주문 아래 첫집에서 기다리라고 하고는 선녀탕 가는 계곡으로 접어들었다. 가뭄에 수량은 많지 않았으나 濯足하기에는 충분했다. 인적 없는 계곡에는 물소리, 바람소리, 새소리뿐이었다. 배낭을 챙겨 자재암으로 내려왔다. 나한전 옆에 항상 솟아오르는 샘물을 페트병에 하나 가득 채우고도 모자라 세 컵을 들이켰다. 원효대가 아찔하게 아래를 굽어보고 20여 미터나 되는 청량폭포는 가느다란 물줄기를 흘려내리고 있었다.

자재암은 원효대사가 도를 깨치고 창건한 곳이다. 신라 때의 승려로 속성은 '薛' 법명은 '元曉'! 650년(진덕여왕 4년) 의상과 함께 당나라 유학길에 올랐다가 고구려 순찰대에 붙잡혀 실패하고, 661

**기암 아래의
자재암 나한전**

년에 다시 의상과 함께 유학길에 올랐다가 남양에 이르러 한 무덤에서 잠결에 목말라 마신 물이 아침에 깨어나 보니 해골에 고인 물이었음을 알고 '淨도 不淨도 없고 모든 것은 마음에 있음'을 크게 깨달아 혼자 돌아왔다. 그후 芬皇寺에서 海東宗을 창시하고 불교 대중화에 힘썼다. 하루는 거리에 나가 '누가 내게 자루 없는 도끼를 주겠는가? 내 하늘을 받칠 기둥을 깎으리라'(誰許沒柯斧 我斫支天柱)라고 노래하여 태종 무열왕으로 하여금 누이인 과부 요석공주를 시집 보내게 하였고, 후에 이두문자(吏讀文字)를 만든 '설총'을 낳았다. 破戒한 원효는 승복을 벗으면서 스스로 小性居士라 칭하고 無碍歌를 부르며 민중 속으로 불교를 퍼뜨렸다. '元曉'라는 법명은 '부처님의 세상을 처음으로 빛나게 한다'는 뜻으로 '해가 돋는다'라는 말에서 유래한 것이다.

자재암은 또 보물 1211호로 지정된 '낙장 하나 없는 완벽한 언해본'인 '반야바라밀다심경'을 소장하고 있는 것으로도 유명하다. 원효대사가 이곳 자재암에서 수도할 때 요석공주는 공주봉 기슭에 별궁을 짓고 어린 설총과 함께 기거하였다고 한다.

⁹ 고대산

피로 물들인 백마고지

在京 통영중고산악회에서 작년 9월에 가려고 했으나 산불예방 때문에 가지 못했던 강원도 철원과 경기도 연천 신탄리 경계에 소재한 고대산을 이 추운 겨울에 간다. 7일 새벽부터 내리기 시작한 폭설은 쌓여만 가고, 이른 아침 뉴스에서 철원지방의 기온이 영하 27도라고 한다.

2001년 1월 14일 오전 10시.

의정부역에서 나를 포함한 선후배 7명이 모여 10시 20분에 출발하는 경원선 기차를 탔다. 이 기차는 정확하게 1시간 20분 후에 신탄리 역에 도착한다. 이 경원선 기차는 북으로 북으로 달리다가 고대산이 있는 신탄리역에서 그 명맥을 다하고, 율이역까지 철로가 놓여 있으나 율이역부터 휴전선 넘어 평강 사이에는 철길이 없어진 상태다. 6 · 25 전에는 평안남도 원산까지 갈 수 있었다. 1914년에 개통된 경원선은 용산과 원산을 잇는 총 길이 222.7킬로미터의 철도였으나 현재는 의정부에서 신탄리역까지만 운행하고 있다. 신탄리역에서 민통선까지는 10여 킬로미터로 고대산은 산꾼들이 갈

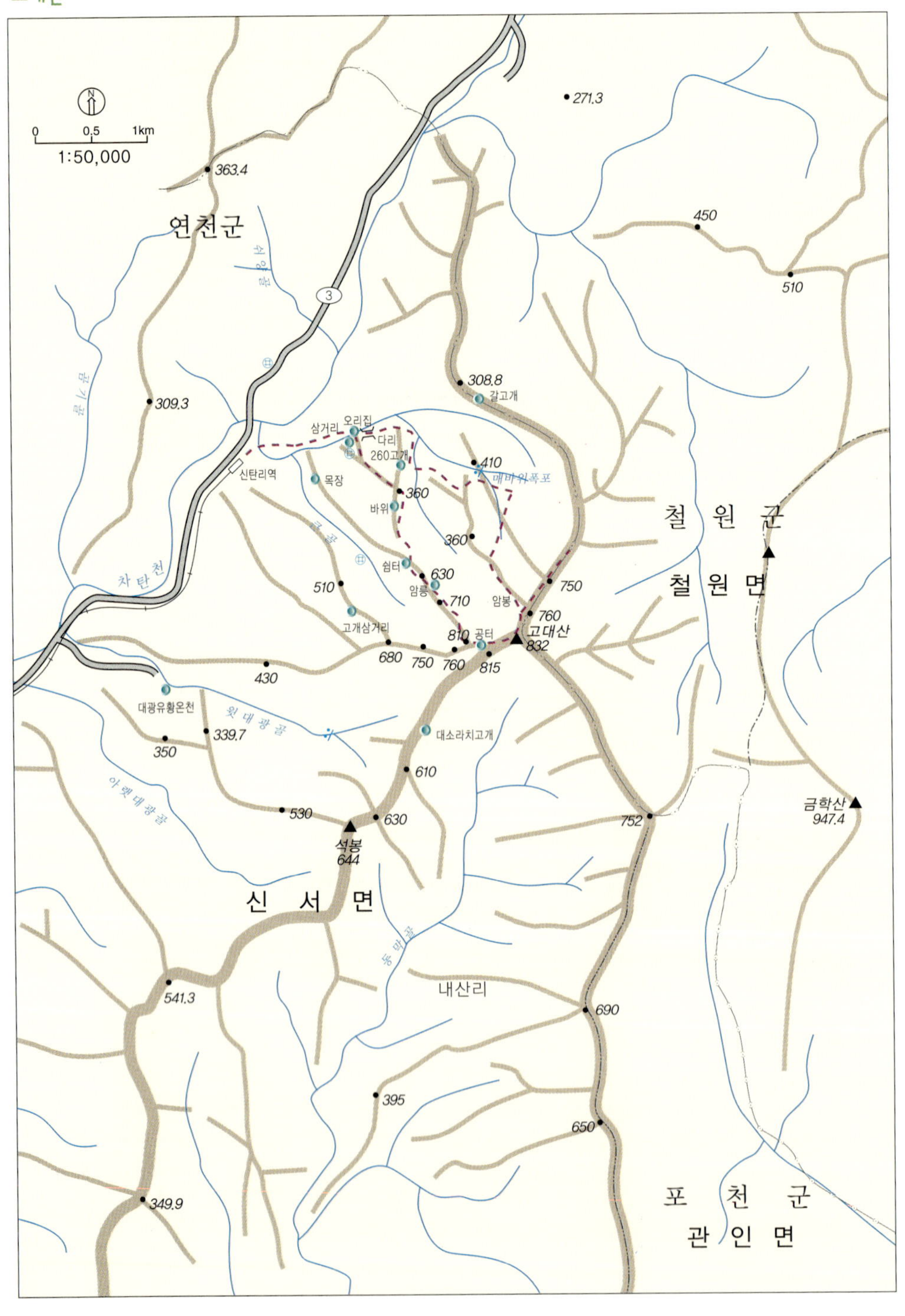
고대산
N
0 0.5 1km
1:50,000
연천군
271.3
363.4
450
3
510
309.3
308.8
갈고개
삼거리 오리집
다리
260고개
410
매마위폭포
철 원 군
신탄리역
목장
360
철 원 면
바위
360
차 탄 천
쉼터
630
510
암릉
750
710
암봉
760
고개삼거리
810 공터
고대산
680 750 760
815
832
430
대광유황온천
윗 대 광 골
350
339.7
대소라치고개
610
금학산
947.4
아 랫 대 광 골
530
630
752
석봉
644
신 서 면
541.3
내산리
690
395
650
349.9
포 천 군
관 인 면

수 있는 민통선에 가장 가까운 산이다.

"기차는 원의 중심을 달린다."

어떤 간이역에서든 기차만 타면 그 말이 항상 뇌리에 박혀 있다. 문득 차창을 닦고 보니 온 천지는 흰색과 검은색뿐이다. 河邊은 강인지 들인지 구분되지 아니한 채 흰색을 띠고, 그 중앙에 마을이 먹으로 간간이 흩뿌려 놓은 듯하고, 야산 능선은 하늘금을 그으면서 검은 테두리를 긋고 있었다. 한 폭의 수묵화였다. 소설로 치면 '가와바다 야스나리'가 쓴 《雪國》이다.

동두천역에서 일부 승객이 내리고, 오래 전에 동두천에 정착하신, 고향에 계시는 형님과 친하게 지내시던 김종기 선배님이 합류했다. 갑자기 '기차역에서의 만남과 이별, 그리고 부두에서의 만남과 이별 중 어느 것이 더 매력적일까?'를 생각해 보다가 쓴웃음을 지었다. 을씨년스럽고 황량한 눈 덮인 겨울 산야를 덜컹거리면서 가는 기차는 전곡리에서 임진강과 만나는 한탄강을 건너더니 차탄천을 따라가고, 나는 꿈속으로 빠져들었다.

어느덧 정확하게 11시 40분에 기차는 신탄리역에 도착했다. 빨간 벽돌벽에 푸른색 지붕을 이고 있는 조그마한 역사를 나서니 기온도 다르고 대기도 다르다. 뼈에 스미는 차가운 냉기가 눈물을 빼고 금방 손이 곱아온다. 벤치가 놓여 있고 지붕이 얹힌 역전 광장 휴게소에서 스패츠와 끈으로 묶는 아이젠을 단단히 조인 후 방한모와 아이다 후드를 뒤집어쓰고, 며칠 전에 두둑이 값을 치르고 구입한 '오버 글로버'를 꼈다. 이제는 히말라야 빙곡에 밀어넣어도 얼어죽지는 않는다.

가보지 못했지만 북쪽방향 철도종단점 표지판에는 "철마는 달리고 싶다"고 적혀 있다고 한다. 역사에서 우측으로 100여 미터 간 지점에서 철길을 건너니 아직도 예전 그대로인 슬레이트 지붕의 나지막한 적산가옥 서너 채가 웅크리고 있다. 우측으로 아담한 대림교를 건너 명산식당이 보인다. 제1등산로는 다리를 건너 명산식

고대산 삼거리 ▶ 갈림길 ▶ 360봉 ▶ 810봉 ▶ 정상 ▶ 750봉 ▶ 표범폭포 ▶ 삼거리

ⓒ양인현

경원선 종점

당을 가로질러 산자락으로 붙는다. 다시 10분쯤 걸어 오르니 우측 넓은 주차장 끝에 '고대산 안내도'가 높다랗게 세워져 있다. 안내 판을 바라보고 남동쪽이 제1등산로, 그 위 칼바위 쪽이 제2등산로, 정동쪽 방향이 제3등산로로 표시되어 있었다. 등산로에 차례로 숫 자를 붙인 것이 특이했다.

길 건너에는 비닐로 천막을 씌운 '오리집'이 있으며 다리를 건 너 굽이돌아 올라간다. 우리는 제2등산로로 올라서 제3등산로로 하산하기로 하고 안내판 뒤로 나 있는 남동사면으로 접어들었다. 하산시에 본 제2등산로 입구는 그곳에서 다리를 건너 올라가다가 좌측으로 꺾이는 곡점에 있었다. 안내판 뒤로 나 있는 등산로 초입 은 완만한 경사를 보이기는 하나 눈이 쌓여 행보가 힘들었다. 지프 한 대가 겨우 지나갈 수 있는 길을 따라 한참을 가니 오른쪽으로 산복도로가 고개를 넘어가는 갈림길이 나왔다. 그 길을 따르면 제1 등산로와 만난다. 우리는 좌측 소로로 접어들었다. 갑자기 숲속으 로 들어서고 산자락을 휘돌아가니 오른쪽으로 꺾이면서 능선 오르 막이 시작되었다. 360봉에 올라서면서부터 된비알과 암릉이 반복 하여 이어진다.

숨이 턱에 찰 만큼 급경사 암릉을 올라 봉우리에 서니 좌우로 단 애를 이루고 있었다. 아찔하게 현기증이 났다. 줄타는 곡예사처럼 비틀거리다가 겨우 정신을 차리고 좌우를 바라보았다. 우측(서쪽)은 신탄리 방향이고 좌측(북동쪽)은 철원평야 쪽인데, 좌측 멀리 고대산의 지능선들이 부챗살처럼 펼쳐지고 있었다. 마치 강원도 인제 방태산에서 북쪽으로 바라본 방갈계곡이나 아침갈이의 모습과 흡사했다. 이전에 본 산의 모습이 자주 겹쳐 보이는 것은 사람의 느낌이라는 것이 모두 고만고만하고 일반적이라는 것 외에 우리 산하가 그만큼 사람과 가깝기 때문일 것이다.

숨을 한번 몰아쉬고 다시 전진하니 이번에는 아주 로프까지 설치된 현기증 나는 암릉이 기다리고 있다. 이곳이 그 유명한 고대산의 칼바위다. 칼바위를 지나 급경사를 치고 올라갈 때 십여 명이 하산하고 있었다. 우리 일행은 소식조차 없는데 어쨌든 산에서 사람을 만나니 반가워 인사를 나누었다. 눈이 허리까지 차는 길섶에 비껴 서서 이들이 대오를 맞추어 내려가는 것을 보니 마치 〈도라도라〉에 나오는 일본군 같았다. 좌측 길섶에 큰 입석이 있는 곳을 지나 십여 발자국을 오르니 봉우리 정수리가 평퍼짐한 돌비석봉(790미터)이 나온다.

좌측(동쪽)으로 고대산이 건너다 보이고, 우측으로는 3개의 봉우리가 연이어 능선을 이룬 제1등산로가 보인다. 공터 한편에 '매점 폐쇄'라는 표지가 관목에 걸려 있다. 高臺山은 이곳에서 보아야 왜 그런 이름을 가지게 되었는지를 알 수 있다. 정상이 흡사 높은 곳에 있는 거대한 테라스처럼 보이는 것이다.

얼굴이 따갑고 눈이 아파 온다. 태양이 비치는 雪山에서 雪盲을 조심하라고 한 것은, 높은 산에서는 햇빛이 눈(雪)에 반사되어 얼굴이 그을리며 눈(眼)이 멀기 때문이다. 당시에는 자각증세가 없으나 밤이 되어 아프기 시작하고 방치하면 눈이 멀 수도 있으므로 이를 피하기 위해 고글을 껴야 된다고 한다. 나는 여태까지 고글을 멋으로 쓰고 다니는 줄 알고 있었다.

돌비석봉에서 동쪽으로 150미터쯤 가니 또 하나의 봉우리가 있고 "컵라면 2,000원, 커피 1,000원 벙커 안에 있음"이라고 쓴 표지가 있다. 그곳에서부터 정상으로 가는 길 오른쪽으로 모노레일이 깔려 있다. 이웃 초소간에 군물자나 부식을 나르는 시설물이다. 능선 우측에는 사람의 얼굴 모습을 한 기묘한 바위가 지장봉을 바라보고 있다.

드디어 832봉인 고대산 정상에 올랐다. 넓은 헬리포트가 있고 한 편에 '고대봉' 돌비석이 서 있었다. 12시 정각에 산행을 시작하여 지금이 1시 45분이니 1시간 45분이 걸렸다. 정상의 조망은 뛰어났다. 동쪽으로 지근거리에 금학산이 돌올하게 솟아 고대산과 험악한 능선으로 연결되어 있으며, 남쪽으로 조금 멀리 지장봉이 무서운 형세로 짝을 하고 있다. 그 세 봉우리를 잇는 삼각형을 금학산 꼭지점에서 남북으로 잇는 邊으로 동막골계곡이 장장 15킬로미터에 걸쳐 깊게 패여 있다. 북서에서 북동으로 하얀 눈을 뒤집어쓰고 있는

얼굴 바위. 왼쪽 멀리 보이는 것이 지장봉이다.

고대산 정상

철원평야가 펼쳐진 가운데 정북으로 백마고지가 보인다. 북동은 온통 흰색이라 평야와 호수가 분간이 안되지만 鶴저수지와 토교저수지로 어림된다. 그 너머 보이는 구릉지대는 남방한계선이다.

백마고지전투는 1952년 10월 6일~15일 사이에 벌어진 한국전쟁 사상 가장 치열했던 진지전투다. 철원 북방의 백마고지(395고지)를 확보하고 있던 국군 제9사단(사단장: 金綜五 소장)이 중공군 제38군 소속 3개 사단의 연속적인 공격을 받아 이를 물리치는 동안 수천 명의 사상자가 발생하였으나, 제1포병사단의 화력지원과 유엔 공군의 항공근접 지원하에 완강히 대항하여 중공군 만여 명을 격멸하고 백마고지를 확보하는 데 성공하였다. 당시 적은 백마고지를 탈취하여 철원평야를 제압하고 중부전선에서 전략적 우위를 확보하고자 기도했다. 결과적으로 국군 제9사단은 10월 6일부터 중공 제38군의 공격을 받아 연 10일간 12차례의 쟁탈전을 반복하여 7회나 주인이 바뀌는 혈전을 수행한 끝에 백마고지를 확보했던 것이다. 이 전투에서 중공군 제38군은 총 9개 연대 중 7개 연대

289

를 투입하여 그 중 1만여 명이 전사상자 또는 포로가 되고, 국군 제9사단도 총 3,500여 명의 사상자를 낸 것으로 집계되었다(《한국 전쟁 주요 10대 전투사》). 목숨을 초개같이 버리고서라도 지켜야 할 자유민주주의인 것이다.

담배를 한 개비 피우고 싶었으나 가슴속에 품어둔 1회용 가스라이터마저 얼어붙어 있었다. 참호에 들어가 한참을 기다렸으나 종래 불이 붙지 아니하여 대신 팩소주로 목을 축이고 일행을 기다렸다. 우리 일행은 흔적도 보이지를 않고 토치카에는 이를 지키는 병사 둘 뿐이었다.

정각 2시에 제3등산로 방향으로 내려섰다. 북동방향으로 760봉 건너 750봉에 군사시설이 보였다. 언뜻 보니 초소와 안테나 창고 등이 설치되어 있다. 모노레일은 그곳에서 끝났다. 750봉을 목전에 두고 좌측 사면길로 접어드니 길은 북서로 나 있고, 물탱크가 나타나더니 우측 위로 750봉에 군사시설이 보인다. 그곳에서부터는 급경사 내리막이었다. 한참을 다리품을 팔아 신나게 내려왔더니 완만한 숲길이 한동안 계속되었다.

다시 갈림길이 나타났을 때는 헷갈렸다. 눈이 무릎까지 쌓인 데다 발자국 흔적이 없고, 직진하여 능선으로 가는 길과 직각 좌측으로 잡목숲이 뚫려 있는 내리막만 보였던 것이다. 우측 능선은 산봉우리로 향했다. 자세히 보니 좌측으로 희미한 내리막에 빨간 리본이 달려 있었다. 얼마나 반가웠는지 눈물이 나왔다.

조금 내려와서 문득 우측 봉우리를 뒤돌아보니 괴이하기 그지없었다. 쳐다보기에 목줄기에서 소리가 나도록 꽤나 높은 봉우리였다. 그 산봉우리의 5분의 1 가량은 키 작은 소나무군락이 자리잡고 있고, 그 아래는 거대한 한 덩어리의 바위가 오버 행을 이루어 200여 미터도 넘는 바위절벽을 형성하면서 눈이 부시도록 紫色을 띠고 있었다. 설악산 비선대에 있는 赤壁이다!

그곳은 해발 410미터인 표범암봉이었다. 오후의 햇살은 눈부신

표범 폭포

데 봉우리의 눈은 녹지도 않는지 표범암봉은 소나무군락과 함께 흰 모자를 쓰고 있어 백색과 자색의 조화가 절묘하였다. 경험상 절벽이 있는 곳에는 분명히 폭포나 절경을 볼 수 있다. 길은 좌측의 오름길 같은데 리본이 헷갈리게 달려 있다. 우측길은 계곡으로 접어드는데 사람의 발자국 흔적이 없다. 예의 그 묘한 호기심이 발동하여 우측으로 간이 콩알만해 가지고 엉금엉금 기어내려갔다. 雪山에서 길을 잃었을 때는 절대 이러한 곳으로 방향을 잡아서는 안 된다.

예상대로 아래는 40여 미터쯤 되는 까마득한 낭떠러지다. 눈을 뒤집어쓴 물줄기가 옥색으로 얼어붙어 있고 그 아래는 시커먼 것이 아예 보이지가 않는다. 무협소설에 나오는 결투장소다. 이곳이 개념도상에 표시된 그 '표범폭포' 였다. 협곡의 냉기가 뼈 속에 스며든다. 커피 한 잔을 들 짬이었을까? 냉기에 몸을 추스르고 얼어붙은 몸을 일으켰다.

내려올 때 잠깐 보였던 리본이 달린 곳까지 되돌아나와 오르막을 올라 능선에 서니 다시 내리막이 시작되었다. 폐타이어를 밟고 급경사를 200미터쯤 내려오니 조금 전의 그 표범폭포 입구였다. 순간 가슴이 멎었다. 이래서 '표범폭포' 라고 하였구나! 위를 보니 그 봉우리와 폭포입구가 어우러져 웅크린 표범이 시커먼 아가리를 벌리고 포효하는 모습이었다.

내리막 능선을 타고 계류를 건너 지능선 마루인 삼거리에 올라서니 그곳에 있던 남녀 대학생 열두어 명이 고대산 오르는 길을 꼬치꼬치 캐묻는다. 선남선녀들이 이 추운 겨울에 산을 찾는 것을 보고 갑자기 기분이 좋아져 땅바닥에 지도를 그려가며 자세히 가르쳐 주었다. 고맙다고 인사하는 모습이 예의도 바르다.

군인 막사가 보인다. 지금은 철수했지만 군 내무반, 연병장, 탄약창고 등이 있다. 초입의 산행안내 표지판이 저 아래 보인다. 오른쪽에 비닐로 천막처럼 꾸며 咨을 받고 있는 참숯불오리구이집 '약수상회' 는 등산객들로 앉을 자리가 없었다. 시계를 보니 정각 2시 45분이다. 오리를 구우려고 야외 장작나무를 지핀 불판가에서 몸을 녹이다가 아쉬움을 뒤로하고 하산 후 집결장소로 정했던 철길 건너기 전 우측 정미소터 창고 안으로 들어갔다. 이곳은 거적때기를 흙바닥에 깔고 드럼통 안에 참나무로 불을 지핀 후 석쇠를 얹어 그 위에다 갓 잡은 생돼지고기를 익힌 다음 김치를 같이 구워내는 '돼지고기김치두루치기' 집으로 어림잡아 150평쯤 되어 보였다. 양평이 고향이라는 주인 아줌마는 마음에 안 들면 사정없이 욕을 퍼부어대는 '욕쟁이' 였는데, 건강한 욕이라 욕을 들어도 모두들 싱글벙글이다. 벌써 예닐곱 명의 산꾼들이 앉은뱅이 나무등걸로 된 식탁(?)에 앉아 고기 맛을 즐기면서 이야기꽃을 피우고 있다. 주인 아주머니와 이런저런 얘기를 하고 돼지고기와 막걸리로 허기를 채우면서 한 시간쯤 보냈을 때 밖이 왁자지껄하여 내다보니 우리 일행이었다. 하얀 눈 속 방앗간에서 취기로 모두들 흥이 났다.

신탄리역에서 1.5킬로미터 떨어진 대광천으로 봉고차를 얻어 타고 가서 '온천욕' 을 했다. 해가 능선에 걸렸는데도 산골이라 금세 어둠이 몰려온다. 신탄리역에서 정시에 1시간마다 출발하는 기차를 타고 서울로 향하면서 꿈속으로 빠져들었다.

10 명성산

운무 속의 신선

2002년 6월 23일

어제 우리 한국대표팀은 연장포함 120분 혈투 끝에 승부차기에서 홍명보가 다섯 번째 골을 성공시키며 스페인을 따돌리고 준결승에 올랐다. 그 전 시합에서 이탈리아의 '빗장수비'는 '반칙수비'임이 만천하에 드러났다. 히딩크의 지도력, '대~한민국'과 '태극기', 우리는 그 동안 너무나 '감동'에 목말라 있었다. 거짓, 사기, 도둑질, 패거리, 추악함, 위선. 어디 그뿐인가! 그동안 우리는 이런 것들에 너무나 찌들어 있었다.

청량리에서 리복 이실근 사장이 제공한 승합차를 탔다. 우리 고등학교 청산회 멤버 아홉 명은 구리, 퇴계원, 광릉, 소흘, 포천, 백로주, 양문을 거쳐 운천을 지나 자일리에서 동쪽 고개를 넘어야 한다. 비구름은 잔뜩 끼어 하늘을 덮고 있었으나 산의 능선들은 눈앞에 다가와 있었다. 비오기 전후에는 멀리 있는 것도 가까이 보인다.

오늘 우리가 가는 명성산 주변은 북서에서 남동으로 한탄강~강포저수지~강포3교~신안고개~삼각봉(903봉), 903봉에서 북으로

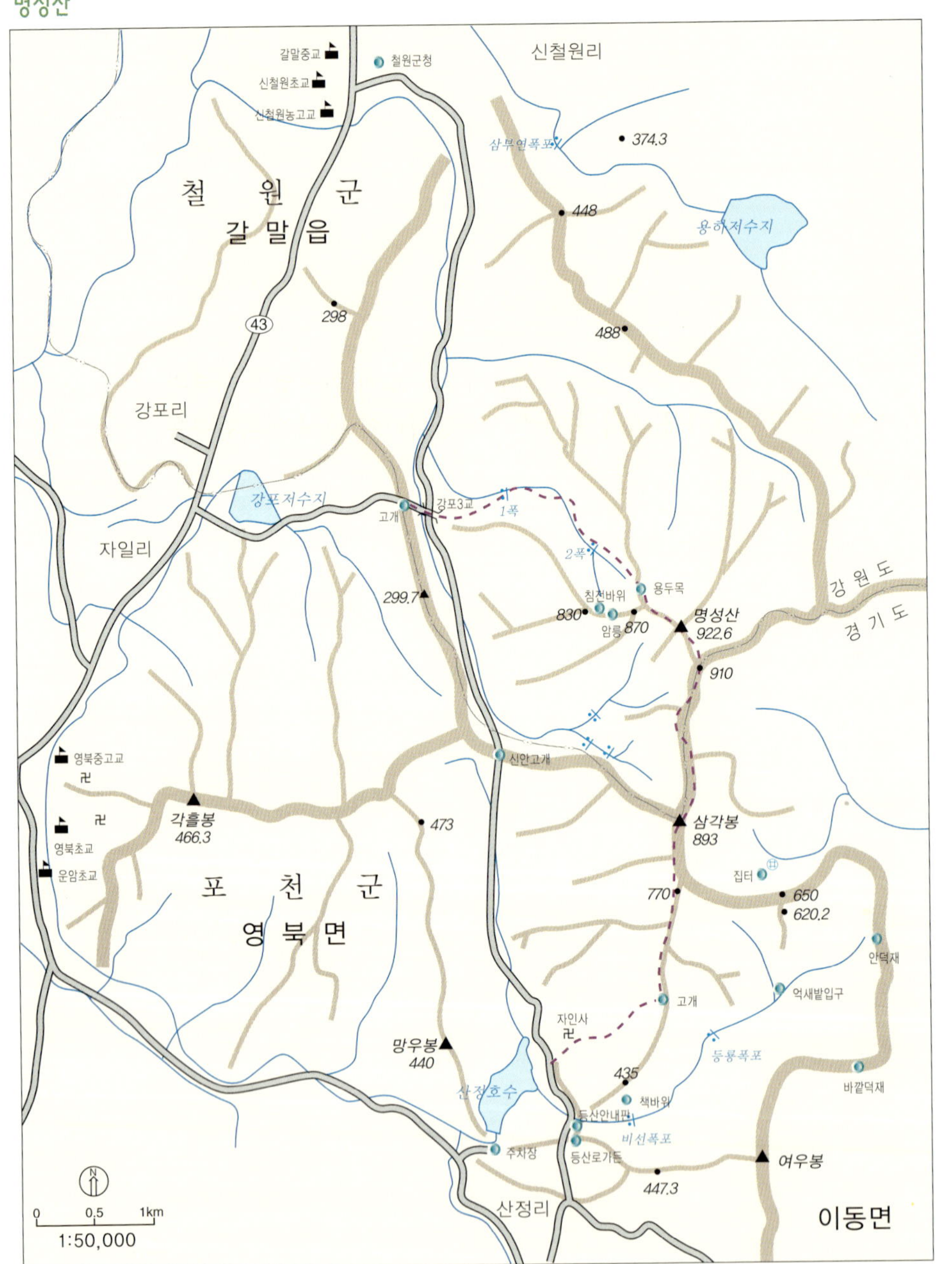
신철원리
갈말중교
신철원초교
신철원농고교
철원군청
삼부연폭포
374.3
448
용하저수지
철 원 군
갈 말 읍
43
298
강포리
강포저수지
강포3교
고개
1폭
488
자일리
2폭
299.7
침전바위
830
암릉
용두목
870
명성산
922.6
강 원 도
경 기 도
910
신안고개
영북중고교
각흘봉
466.3
473
삼각봉
893
집터
영북초교
운암초교
770
650
620.2
포 천 군
영 북 면
안덕재
억새밭입구
자인사
고개
등룡폭포
망우봉
440
435
바깥덕재
산정호수
책바위
등산안내판
비선폭포
주차장
등산로가든
여우봉
447.3
산정리
이동면
N
0   0.5   1km
1:50,000

명성산(922.6미터) 아래 910봉, 거기에서 다시 동의 약사령으로 활처럼 휘어지면서 강원도와 경기도가 접경을 이루는 곳이다. 차는 철원으로 가는 43번 국도를 따르다가 자일리에서 우측 동으로 소로의 비포장도로로 갈아타고 좌측으로 강포저수지를 지나친 후 협소한 고갯마루 양쪽에 무섭게 자리잡은 군토치카 아래 7~8미터쯤 되는 낡은 옛날 시멘트다리인 '강포 3교'를 건넜다. 11시 30분이었다.

3년 전인가 자인사 위 갈림길에서 자일도 없이 바위협곡 좌측의 암벽길로 들어섰다가 암벽 중간에서 되돌아나와 다시 바위협곡을 통해 고갯마루에 올라선 적이 있다. 그때는 삼각봉을 지나 명성산 정상까지 갔다가 되돌아나와 첫 번째 안부에서 '신안고개'로 하산했다. 일행은 모두 명성산이 초행이라 부득이 내가 가이드를 해야만 했다. 이곳에서 명성산 정상까지는 나에게도 초행길이었다. 나는 일부러 이 길을 택한 것이다. 미지의 길은 항상 경이에 차있고 인간행로 같아서 마음에 든다.

군시설물들이 어지럽게 나뒹굴고 참호와 가시철망이 앞을 가로막는다. 참호 뒤 가시철망을 두고 사람이 밟은 흔적이 있는 희미한 길이 있으며, 좌측으로 두서너 개의 참호를 지나는 사이 우측 숲에는 탐스러운 산딸기가 지천으로 널려 있었다. 계곡은 두 개의 지능선 사이로 깊게 패여 동으로 나 있고 그 끝을 어림할 수 없었다. 우측으로 계곡의 물소리를 들으며 컴컴한 수림을 헤쳐나갔다.

11시 45분, 3미터쯤 되는 직벽에 가까운 바위를 가는 물줄기가 타고 내려, 그 위 암반에 올라서니 沼가 있고, 물은 다시 아래보다 규모가 큰 직벽을 타고 흘러내린다. 개념도상의 제1폭포다. 담배 한 개비를 피우는 사이 후미가 도착했다. 일상의 잡다한 이야기로 계곡 안이 떠들썩한 것이 꼭 원족 나온 초등학생들이다.

길섶에 잡초가 우거지고, 물감이 바랜 리본은 드문드문 붙어 있어 나뭇잎과 구별이 안돼 길 찾기가 어려웠으나 사람 어깨넓이의 공간과 주로 낙엽이 밟힌 흔적이 있는 곳을 애써 유지하며 앞으로 나아갔다. 길은 능선에 이르기까지 초입에서 계곡을 한 번 가로지른 후 한 번도 건넌 적은 없었으나 나는 건너다 되돌아오기를 여러 차례 하였다. 잘못 하다가는 7~8미터의 절벽 아래 계곡으로 떨어지는 외길 바위벽도 타고 넘었다.

연이어 나타나는 너럭바위계곡을 지나자 12시 15분쯤 경사 60도에 길이 20미터가 넘는 폭포가 앞을 가로막는다. 폭포 상단 우측은 배면에 산봉우리를 살짝 두른 암괴의 정수리였으며 그 암벽은 여체처럼 희고 미끈하였다. 봉우리에는 시커먼 소나무가 뿌리를 박고 바위사면에는 적홍색을 띤 세 무더기의 산나리가 자리하고 있었다. 제2폭포였으며 제1폭포보다 그 규모가 훨씬 컸다. 沼 옆에는 새하얀 함박꽃 한 송이가 고개를 숙이고 있었다. 얼굴도 씻고 손도 적시고 물도 마시면서 며칠전 동기모임 때 2차에서 폭탄주에 취해 누구랑 누구랑 다 큰 어른들이 이유도 없이 주먹질을 하며 싸운 일로 시시비비를 왈가왈부하다가 '그런 에피소드도 없으면 무슨 재미로 사느냐' 로 끝났다.

12시 30분에는 갑자기 산 전체가 새소리로 떠나갈 듯하였다. 순간 길은 좌측으로 꺾이며 급한 오르막으로 변하고 계곡은 좁아지면서 우측으로 계속 따라온다. 멧돼지의 주둥이와 발로 할퀸 자국은 시커먼 하늘, 짙은 수림과 더불어 무서움으로 다가오고, 친구들 간의 간격은 점차 길어져 선두와 후미가 늘어진다. 12시 45분에 가늘게 따라오던 계곡이 끝나고 1시에는 능선 안부에 올라섰다. 아직 시야는 트이지 않았으나 하늘 끝에 닿은 기묘한 봉우리들은 음습한 절경을 예고하는 듯했다. 안부에서 후미가 당도하는 것을 기다려 바나나를 나누어 먹었다. 이제 내 임무의 절반은 수행한 셈이다. 하산시에 자인사로 내려가는 암벽 사이로 난 급경사 내리막 협곡만 찾으면 된다.

선두를 양보하고 남동으로 난 오르막을 쳤다. 1시 20분에 도착한 용두목에는 '명성산 정상 0.4킬로미터, 신안고개 2.1킬로미터, 궁예봉 0.6킬로미터, 약물계곡 1.8킬로미터' 표시의 이정표가 있었다. 우리가 힘겹게 쳐 올라온 계곡은 '약물계곡'이었다. 용두목에서 우측으로 간 궁예봉과 그 자락은 명성산 부근에서 절경을 꼽으라면 첫째에 간다. 암봉과 그 암벽자락, 그리고 절벽!

궁예봉에는 '궁예왕 굴'이 있다. 신안고개를 내려가다 뒤돌아보면 암벽 3분지 2 높이의 절벽에 시커먼 직사각형의 커다란 굴이 멀리서도 뚜렷이 보인다. 아쉬움을 남기고 직각 왼쪽으로 꺾어 다시 급경사를 오르니 온 사방이 트이고 선두에 선 친구가 '대~한민국, 짝짝짝짝짝(손뼉소리)' 하니 여덟 명 전부가 따라한다.

1시 30분에 정상에 올랐다. 우리 일행 외에 여자 두 분은 점심을 들고 있었고, 혼자 온 청년 하나는 사방을 조망하고 있었다. '鳴聲山 922.6미터, 삼각봉 2.7킬로미터, 신안고개 3킬로미터' 표목과 명성산에 대한 내력이 적힌 안내판이 있었다. 늦은 점심을 정상 바로 옆 공터에서 하기로 하고 자리를 잡았다. 실낱같은 비에 으스스 찬 기운을 느끼고 모두 덧옷을 껴입은 채 우스개 소리에 밥이 어디로 들어가는 줄 몰랐다. 호탕한 웃음소리가 멀리 멀리 여울처럼 퍼져나갈 때 문득 배낭을 챙기니 2시 10분이다.

명성산은 여기서부터 남으로 그 장쾌한 능선을 이어가며 비선폭포까지 12개의 연봉이 그 지능선을 동서로 뻗어내린다. 신안고개로 내려서는 안부에서 오른 제1봉은 강원도와 경기도가 갈리는 곳이다. 삼각봉(903봉)에 이르기까지는 도계를 밟고 간다.

제1봉에서 보는 명성산 정상과 궁예봉, 그리고 용두목에 이르기 전 두 개의 봉우리들은 북을 등진 채 장막을 치고 있었다. 구름은 봉우리들을 휘감아 돌고 빠르게 움직이며 용솟음치나 결코 봉우리를 넘지 못하고 있었다. 명성산 능선의 봉우리들은 서로는 대부분 암봉과 절벽으로 되어 있고 동으로는 초원이 끝없이 펼쳐진다. 가을이면 억새가 장관을 이루는 곳이다.

삼각봉 능선에서
바라본 산정호수와
포천군 일대의
산봉우리들

제2봉은 운해 속에 묻혀있었다. 제3봉은 바위를 타고 올라 다시 내려서는 로프가 설치된 홈통바위였으며 좌우로 우회길이 있었다. 제4봉을 넘어서니 '신안고개 2.2킬로미터'라는 표목이 있다. 구름은 바람을 타고 화살같이 쏠려 다니다가 봉우리와 능선에 부딪쳐 되돌아간다. 서는 흰 구름바다고 동은 광활한 초록의 초원이다. 적황색의 산나리가 무더기로 피어있고, 매는 머리 위에서 바람을 타고 너울거린다.

제5봉과 제6봉을 지나 3시 10분 제7봉인 삼각봉에 올랐다. '903미터 삼각봉' 표목과 '명성산 2.7킬로미터, 등룡폭포 2.7킬로미터' 이정표를 보았다. 여전히 능선 우측은 구름바다고 우리는 구름과 안개 속을 거닐고 있었다. 우리 아홉은 모두 신선이 되었다.

제8봉을 지나자 갑자기 우측으로 절벽이 나서면서 구름 속에 노송이 유령처럼 나타난다. 산정호수가 우측의 망우봉(440미터)과 좌

298

측의 여우봉(447.3미터) 사이 구름 속에 잠겨있었다. 안부에는 높이 1.8 미터, 너비 45센티미터의 흰 대리석에 楷書로 '鳴聲山' 이라 써 있다.

제9봉과 제10봉은 우측으로 아찔한 절벽을 구름 속에 감춘 암봉이었으며, 건너다 보이는 제11봉과 어우러져 자인사에 이르는 80도에 가까운 바위협곡을 형성하고 있었다. 그곳에는 '삼각봉 1킬로미터, 자인사 2킬로미터, 비선폭포 3.6킬로미터'의 이정표가 있었다. 협곡이 시작되는 고갯마루에 이르는 길은 급경사의 내리막이었다.

중턱에서 건너다보는 제11봉의 7~8부에 흡사 男根 같기도 하고 수심에 잠긴 사람얼굴 같기도 한 바위가 있고, 아래는 온통 소나무 군락을 이루고 있었다. 그 암봉 뒤로 멀리 비선폭포를 숨긴 제12봉이 아스라이 머리를 드러낸다. 자인사에 이르는 양쪽에 암벽을 둔 바위협곡이 발치 아래로 까마득히 내려다보였다. 4시 반에 드디어 협곡 자락에 내려서니 갑자기 평탄한 흙길이 나서고, 3년 전 올라가다가 혼이 난 제10봉으로 오르는 바위능선 갈림길이 나온다. 그곳에는 출입금지와 해골표시가 있고 철조망으로 막아놓았다.

삼거리 좌측 산자락 끝은 계곡이었다. 오아시스 같은 沼가 내려다보여 산비탈을 내려서서 훌훌 벗고 물 속에 잠기니 눈 속으로 온통 숲이 들어찬다. 4시 45분 자인사의 기막힌 물맛을 보고 페트병을 채운 후 경내 앞 금강송숲을 헤쳐나갔다.

한북정맥 *II*

그리운 한북정맥

2002년 3월 3일.

　漢北正脈이란 한반도의 1白頭大幹, 1長白正幹, 13正脈 중의 하나로 백두대간상의 추가령에서 서남쪽으로 뻗어 동으로는 회양, 화천, 가평, 남양주 등의 한강유역과 서로는 평강, 철원, 포천, 양주 등의 임진강유역을 이루면서 이 두 강의 江口에 이르는 산줄기다. 휴전선 이남으로 백암산(1,179미터), 赤根山, 大成山(1,175미터), 水皮嶺, 복주산(1,152미터), 하오현, 廣德山(1,046.3미터), 白雲山(904.4미터), 도마치봉(937미터), 신로봉(999미터), 國望峰(1,168.1미터), 姜氏峰(830.2미터), 淸溪山(849.1미터), 雲岳山(936미터), 죽엽산, 도봉산, 우이령, 노고산(495.7미터), 峴達山, 고봉산(208.8미터), 長命山(102미터)으로 이어진다(출처: 두산 세계대백과사전).

　나는 이 산줄기 중 특히 광덕고개에서 운악산까지의 구간에 매료되어 있었다. 이 구간 산 하나 하나의 봉우리는 모두 섭렵(涉獵)하였으나 연결종주는 매번 실패하였다. 항상 시발점은 광덕고개였다. 칠팔 년 전 산에 대해 멋도 모르고 올라 백운산에서 서로 지능

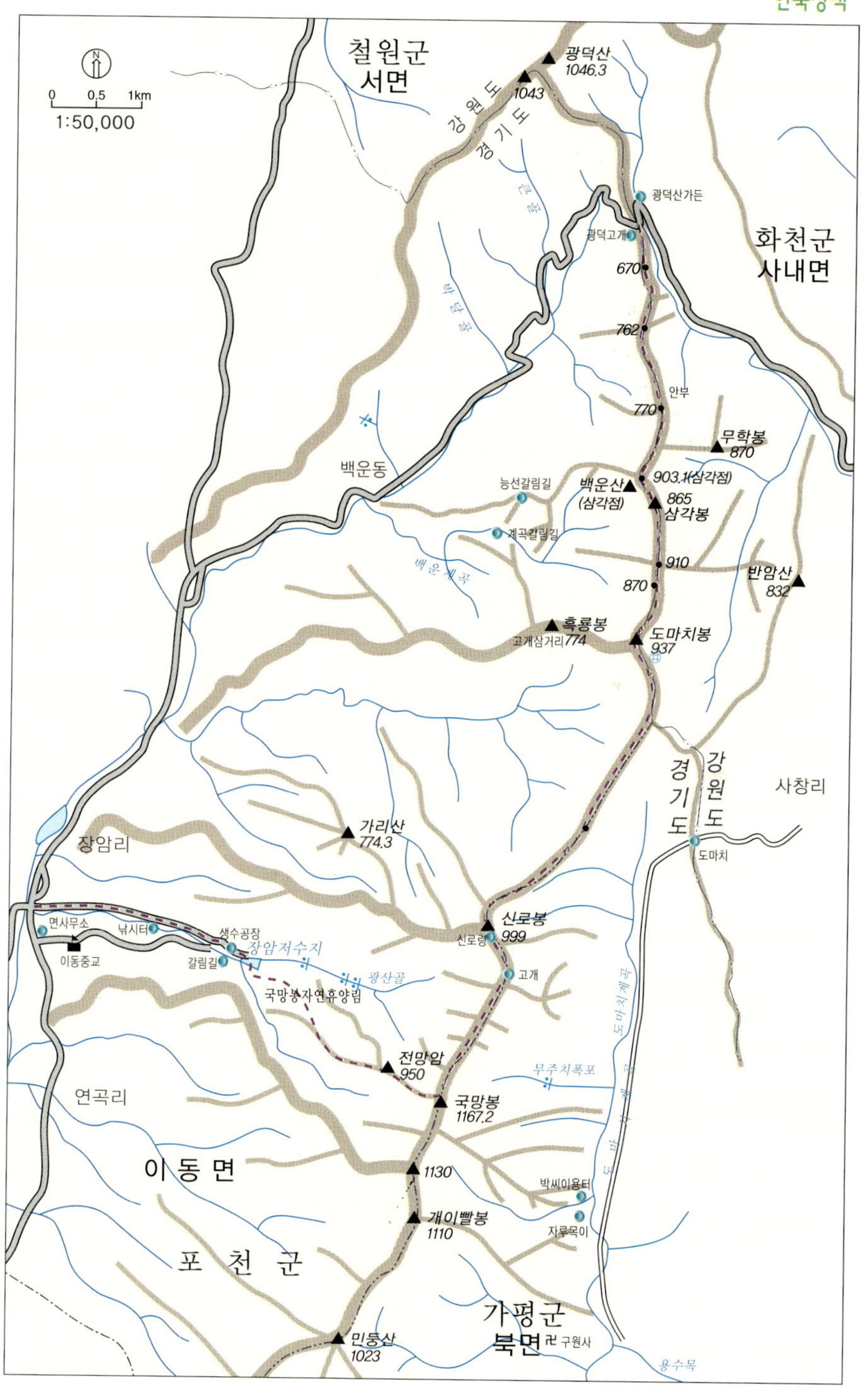

0 0.5 1km
1:50,000
철원군 서면
화천군 사내면
광덕산 1046.3
1043
광덕산가든
광덕고개
670
762
안부
770
무학봉 870
능선갈림길
백운산 (삼각점)
903.1(삼각점)
865 삼각봉
계곡갈림길
백운동
백운계곡
910
870
반암산 832
흑룡봉
고개삼거리 774
도마치봉 937
경기도
강원도
사창리
가리산 774.3
도마치
장암리
면사무소
낚시터
이동중교
생수공장
갈림길
장암저수지
신로봉 999
신로령
광산골
고개
국망봉자연휴양림
도마치계곡
무주치폭포
전망암 950
연곡리
이동면
국망봉 1167.2
1130
박씨이용터
개이빨봉 1110
자루목이
포천군
가평군 북면
민둥산 1023
구원사
용수목

선을 밟다가 남동으로 위험한 급경사를 구르다시피 하여 백운계곡으로 빠진 적이 있고, 육칠 년 전에는 도마치봉에서 서로 뻗은 지능선상의 홍룡봉에서 북서로 백운계곡을 통해 내려온 적이 있다. 또 1998년 5월 1일과 2일 지하철 7호선이 끊기고 비가 칠흑같이 내리던 날, 국망봉 아래 남쪽 삼거리에서 견치봉과 민둥산으로 이어지는 능선을 찾지 못하고 왼쪽으로 무주채폭포를 품은 협곡을 이루는 길 없는 남동의 지능선을 타고 악전고투하다가 끝내는 거센 도마치계곡을 건너지 못하여 계곡에서 고립되고 '죽음의 밤'을 뜬 눈으로 새운 적이 있다.

1998년 5월 1일과 2일 사이의 사정은 이러했다.

칠 년 아래 고향후배 이현우와 함께 한북정맥 중 광덕고개에서 도성고개까지를 하루 만에 종주하기로 하고, 4월 30일 밤 상봉터미널에서 사창리행 막차를 타고 자정쯤 광덕산장에서 여장을 풀었다. 그때부터 장대비가 쏟아지기 시작하였다. 5월 1일 새벽 4시경 눈을 뜨고 어둠 속의 창 밖을 내다보았을 때는 빗줄기가 시야를 가렸으며 도마치계곡은 굉음을 내고 있었다. 버너를 피워 새벽밥을 지어먹고 나서 아이다를 여미고 후드를 조이고 헤드랜턴을 두른 후 광덕고개 마루로 올라섰다. 안면으로 흘러내리는 빗물에 눈을 뜰 수가 없었다. 가까스로 철망을 넘어 산길을 올랐으나 내리막 경사에서 길을 잃고 1시간 반 만에 광덕산장으로 원위치하였다. 산행은 다음으로 기약하고 그날은 일동으로 가서 온천욕이나 실컷하기로 하고 다시 늘어지게 잤다. 그런데 아침 9시경에 일어나 사창리에서 넘어오는 서울행 9시 20분 버스를 기다리다가 울산에서 온 2명의 산꾼들이 한북정맥에서 빠트린 광덕산을 간다면서 '여름에 죽을 산은 없다'라고 하는 것을 듣고 말았다. 그 말 한마디에 자존심이 상하고 오기가 돋았다. 그래서 다시 '현우야 가자!' 하고 시작한 산행이었다.

백운산을 지나고 도마치봉에 오른 후 내리막과 오르막 끝에 도

마치고개를 넘고 방화선이 있는 구릉지대를 지나 신로봉, 국망봉을 오르기까지 장장 여섯 시간을 장대같이 쏟아지는 비와 앞이 안 보이는 길에서 사투를 벌였다. 3시 반에 국망봉을 오른 후 지능선이 갈리는 곳에서 운명처럼 길을 잃었다. 직진해야 될 것을 왼쪽 지능선을 탄 것이다. 길이 있을 리 만무했다. 날등을 타고 내려오다가 첫 번째 능선이 갈리는 곳에서 왼쪽 지능선을 버리고 다시 두 번째 능선이 갈리는 곳에서 왼쪽 굵어 보이는 지능선을 탔다. 좌측 가까이 굉음이 울리는 곳은 무주채폭포인 듯하고 우측의 쇠북소리는 구원사의 夕치는 소리일 것이다.

세 번째 능선이 갈릴 때에 좌측으로 내려섰다. 칠흑같이 쏟아지는 비에 어둠마저 드리워져 무서워지기 시작했다. 폭 25~30미터로 불어난 도마치계곡변에 이르렀을 때는 6시 반이었다. 계곡변에서 넘실대는 황톳물에 발가벗고 땀을 씻어낼 때에만 해도 이후에 벌어질 악몽은 전혀 낌새도 챌 수 없었다. 내심으로 용수목까지만 내려가면 왼쪽으로 유유히 다리를 건너 도하할 수 있으리라 생각했다. 미친 듯이 흘러 내려가는 계곡의 우측 변을 허벅지까지 물에 잠겨 가까스로 잡목을 잡고 내려갈 때에는 무서움이 더해갔다. 일단 무조건 우측 산자락을 기어올라 수림 사이를 헤쳐가니 다시 계곡변에 이르게 되고 개활지가 나타났다. 그곳은 이삼백 평은 족히 되는 3단으로 된 계단식 밭이었고, 어지러이 널려 있는 벌통과 드럼통, 조그만 평상, 그리고 나무에 전선줄을 감아 올려놓은 이상한 곳이었다. 계곡 도하지점인 용수목인 줄 알았으나 기실 '자루목이'였다. 용수목은 그곳에서 2킬로미터 지점 하류에 위치한다는 것을 알게 된 것은 그 일이 있고 난 한참 후였다.

현우가 드디어 환시에 걸려들었다. 좁은 자루목이의 급류가 흰 물결을 솟구치며 내려가는 것을 보고 기어이 '다리'라 고집을 피운다. 말리지 못하고 계곡을 건너기 위해 전선뭉치가 걸려 있는 나무에 올라 50여 미터쯤의 전선을 끊어냈을 때는 이미 날이 저물어

은 좀체 버려지지 않는다. 진행방향으로 보이는 것은 무학봉 갈림 길이 있는 전위봉만 우뚝 솟아있을 뿐 백운산은 아직도 그 모습을 드러내지 않는다.

10시에 정동으로 있는 무학봉(800미터) 갈림길인 860봉에 올라섰다. 이정표에는 '광덕고개 2.5킬로미터, 백운산 0.5킬로미터' 라는 방향표시가 있다. 여기는 바위도 있고 전망도 좋다. 백운산(904.4미터)이 보이고 도마치봉(937미터)과의 중간에 있는 삼각봉도 보인다. 도마치봉 너머 국망봉(1,168.1미터)이 아스라이 보이고 그 너머 왼편으로 화악산(1,468.3미터)과 응봉(1,436.3미터)이 하늘 위에 떠 있다. 여기까지 오는 동안 신갈나무와 굴참나무의 수피가 가지를 친 곳까지 일정한 간격으로 하얀 띠를 두른 흰줄자작나무를 수도 없이 보았다. 마등령 가는 길에서 본 사스레나무와 같은 수종(樹種)이다.

10시 15분에 백운산에 올랐다. 이정표에는 '백운봉 904.4미터, 광덕고개 3킬로미터, 삼각봉 1.0킬로미터, 홍룡산 3.8킬로미터' 라고 적혀있었다. 여기서 '홍룡산' 은 '도마치봉' 을 잘못 적은 것이다. 홍룡산은 도마치봉에서 정서로 가지를 친 지능선상의 774봉으로, 북서의 백운동계곡으로 내려가는 협곡의 시발점이다.

10시 40분에 삼각봉에 닿았다. 풋말도 보인다. 이곳 내리막은 급경사다. 10여 분 지나 뒤돌아보니 삼각봉의 남동쪽 지능선에는 자연으로 된 거대한 돌탑이 하나 있다. 기단도 있고 탑신은 5층으로 이루어져 있다.

11시에 무명봉에 올라섰다. 이곳에서는 진행방향의 오른쪽인 서쪽을 보아야 한다. 좌측으로 반암계곡 너머 반암산(832미터)이 보이나 그것은 별 게 아니다. 도마치봉에서 서쪽으로 흘러가는 홍룡봉, 그리고 649봉 능선은 백운산 능선과 평행선을 이루면서 백운동계곡을 만든다. 그 능선은 온통 암벽의 벼랑이다. 소나무는 어김없이 홀로, 때로는 횡대로 늘어서기도 하고 군락을 이루기도 하면서 그 자태를 뽐내고 있다. 그 능선 뒤에 있는 가리산(774.3미터)은 세 개의 봉우리로 이루어져 속살들이 모두 흰 암벽으로 빛나고 있었다. 그것은 처녀의 젖가슴 같기도 하고 머리를 숙이고 엉덩이를 치켜든 것 같기도 한 형상을 하고 있다. 그러나 가리산의 이 모양은 국망봉에서 장암저수지 쪽으로 가는 지능선에서 보면 영락없이 갑옷을 입은 채 어깨에 힘을 주고 있는 대장군의 상반신이다.

11시 10분에 도마치봉에 올랐다. '도마치봉, 937미터' 푯말에는 '백운산 2킬로미터, 색일령'의 방향표시가 붙어있다. 색일령은 '신로령'을 이른 것이다. 여성 한 분을 포함한 6명의 장정들이 주변 풍광에 넋을 잃고 바라보면서 한동안 지도와 山群을 번갈아보며 스틱으로 山群을 가리키다가 시커먼 큰 마대자루에 쓰레기를 주워담고 있었다. 이내 수녀님 일행이 당도하였다. 북쪽 우에서 좌로 하오재, 회목봉, 회목재, 상해봉, 광덕산이 병풍을 치고, 북서로 광덕산에서 박달봉, 도평천을 건너 감투봉, 여우봉, 사향산으로 이어지는 능선 뒤로 명성산(922.6미터)이 구름 속에서 숨바꼭질을 한다. 남으로 가리산, 신로봉과 국망봉이 차례로 겹겹이 도열하면서 멀어져 가고, 동으로 명지산(1,267미터), 화악산(1,468.3미터), 응봉(1,436.3미터)과 그 앞에 석룡산(1,153미터)이 시리도록 눈에 들어찬다.

11시 20분 자리를 뜨고 내리막을 친 후 11시 30분에 '도마치샘'에 닿았다. 이태 전 초가을에 2리터 페트병 물이 동났을 때 대롱을 통해 흘러내리던 샘물은 오아시스였다. 페트병을 마저 채우고 세 컵을 연달아 받아마셨다. 석룡산으로 가는 갈림길이 있는 삼거리까지는 완만한 경사의 오름길이다. 우측으로 바라보는 도마치봉과 홍룡봉 능선에서 내리는 네 개의 수십 길 되는 수직의 암벽들은 설악의 구곡담에서 용아릉 괴벽을 보는 것과 진배없다. 단지 규모가 작을 뿐이다.

11시 50분에 남동으로 석룡산 가는 갈림길이 있는 삼거리에 도착했다. 여기서부터 국망봉 전위봉인 1,102봉까지는 길 우측으로,

307

신로봉에서 본 국망봉.
왼쪽 봉우리는
전위봉이고 우측 뒤로
보이는 것이 국망봉이다

때로는 좌우로 30~40여 미터의 방화선이 설치되어 있다. 12시 5분에 좌측으로 긴 소나무 수림을 지났으며, 12시 10분에는 이깔나무 수림이 대신한다. 신로봉과 1,102봉이 까마득히 올려다보이는 오름길에서 뒤돌아보면 석룡산으로 가는 갈림길 삼거리까지는 '만리장성'이었다.

　오름길은 힘들고 온 산의 능선과 산록은 흰 눈 천지인데, 갑자기 '三足烏' 생각이 난 것은 머리 위에서 태양이 너무 강렬하게 비치고 있었기 때문이다. '삼족오'는 중국 고대신화에 나오는 태양 안에서 산다는 세 발 달린 상상의 까마귀다. '삼'은 음과 양의 합일, 완성된 체계, 즉 헤겔의 정반합과 같은 뜻이고, '오'는 태양의 흑점을 의미하면서 동시에 까마귀를 일컫는다. 까마귀는 새벽에 사라지고 어둠이 깔리면 나타나는데 낮에는 태양 속으로 들어가기 때문이다. 그리고 동양에서 몇몇 나라를 제외하고는 까마귀는 길

308

조로 통한다.

오르면서 바라본 한북정맥은 신로봉을 포함하여 국망봉의 전위봉인 1,102봉까지 8개의 봉우리가 요철을 이루고 있었다. 12시 27분에 823.8봉을 오르고 12시 45분에는 헬리포트가 있는 봉우리에 올랐다. 우회길을 버리고 철저히 맥을 짚었다.

1시에는 바위에 눈이 얼어붙어 있는 7~8미터의 암릉을 기어올라 신로봉 정상에 올랐다. 갈퀴를 암벽에 내린 키 작은 노송이 두어 그루 하늘을 바라보고 있고, 겨우 두어 사람이 앉을 수 있는 바위 외에는 사방이 절벽이다. 북으로 도마치봉에서 흥룡봉에 이르는 능선과 이곳 봉우리에서 가리산에 이르는 능선은 활시위처럼 늘어져 있고, 그 각각의 봉우리들은 모두 흰 수직의 암벽을 품고 있다. 이태 전 신로봉이 운무 속에서 솟아올랐다 가라앉았다 하고 신로봉 주위의 암봉들이 구름을 허리나 이마에 감고 하늘에 떠 있던 모습을 오늘은 볼 수 없었다. 여기서 보니 그 긴 오르막을 오를 때 국망봉으로 알았던 거대한 봉우리는 1,102봉이고, 국망봉은 오른쪽으로 비껴 저만치 더 높이 그리고 멀리 자리하고 있는 것을 알 수 있다.

정신을 차리고 신로봉을 내려 신로령에 이르니 산 사면을 가로질러 온 수녀님들이 자리를 펴고 점심을 드실 모양이다. 동석을 권하였지만 갈 길을 핑계로 사양했다. 뒤돌아본 신로봉은 두 사람의 옆얼굴을 엇비슷하게 포개어 놓은 형상을 하고 있었다. 가리산 쪽으로 연결되는 암봉들은 5개로 모두 수십 길의 수직암벽을 품은 채 소나무를 이고 남서로 깊은 협곡을 만들고 있었다. 그 협곡은 광산골을 이루고 삼형제폭포를 품으면서 장암저수지로 빨려든다. 온 산록이 눈이다. 독수리 한 마리가 신로령을 선회하더니 협곡 쪽으로 내리꽂힌다.

1시 15분에 큰 바위들이 군데군데 있는 봉우리에 닿고, 1시 25분에 무명봉을 오른 후, 1시 30분 안부에 도착하니 '신로봉 1킬로미터, 국망봉 2킬로미터, 휴양림 2.5킬로미터'의 푯말이 있다. 휴양림으로 내려가는 삼거리다.

1시 45분에 국망봉의 전위봉인 1,102봉에 오른 후 헬리포트로 내려와 때늦은 점심을 먹기로 했다. 이 곳에서 견치봉까지는 방화선이 없다. 온 천지는 흰색이고 바람은 찬데, 햇빛은 졸음을 몰고 온다. 검은 수리 4마리가 하늘 높이 바람에 둥둥 떠서 서너 바퀴 선회하더니 석룡산 쪽으로 날아간다. 수리가 바람을 타는 모습은 유년시절 '수리연'을 띄우고 연싸움을 하면서 상대방의 허를 포착하려고 靜中動의 자세를 취할 때 얼레를 감던 그 촉감을 손바닥에 떠올리게 한다.

3시에 1,102봉을 뒤로 하고 3시 10분에 황단풍의 무리를 보았다. 갑자기 운무가 山群을 덮치는 순간 간발의 차이를 두고 오른쪽 날

등이 훤히 뚫리면서 광산골이 내려다보이는 수십 미터 높이의 창이 달린 회랑 같은 전망대에 이른다. 오른쪽, 즉 서쪽은 암릉과 능선이 번갈아 나타나면서 단애를 이룬 곳으로 서늘한 바람이 전신을 휘감는 기막힌 전망대를 이루고 있었다.

그러한 암봉을 두 개 넘고 급경사 오르막을 셈하면서 올랐더니 3시 50분, 드디어 정상이다. '國望峰 1,160미터, 角屹山岳會 1999년 2월 3일'의 푯말이 있다. 주위의 조망은 일약 천하를 휘어잡을 형세다. 북으로 신로봉, 가리산, 도마치봉, 백운봉, 광덕산, 복주산, 동으로 석룡산, 화악산, 그 아래로 도마치에서 용수동으로 내린 가평천 상류가 내려다보이고, 화악산에서 우측으로 애기봉과 수덕산 산릉이 펼쳐진다. 남으로 개이빨산, 민둥산, 강씨봉, 그 너머로 명지산, 귀목봉, 다시 오른쪽 멀리 청계산, 운악산이 아른거린다. 서로는 장암리 뒤로 사향봉과 약사봉을 거느린 명성산이 하늘 높이 떠 있다. 국망봉은 경기 제3봉이며, 화악산이 경기 제1봉, 명지산이 경기 제2봉으로 이 세 봉우리는 어느 봉우리에서 보든 정삼각형을 이룬다.

국망봉에서 본
눈 덮인 한북정맥
청계산, 운악산이
보인다

꿈속을 헤매다가 정신을 차리니 4시 10분이다. 여기서 개이빨산, 민둥산, 도성고개로 해서 제비울로 탈출하는 데는 서둘러도 3시간 반은 족히 걸린다. 견치봉에서 동남쪽 탈출로는 가평군 용수목으로 빠지고 민둥산 아래의 능선과 계곡길은 '미답 지역'이다. 오늘도 여기서 마감을 해야 한다.

정상에서 10여 미터 되돌아나와 리본이 매달려 있는 곳에서 북서방향의 비탈을 내려섰다. 4시 35분. 봉우리에서는 진행방향으로 노을이 보인다. 아직도 계속되는 급경사 산비탈은 잘못 디디면 몇 바퀴를 굴러야 하는 곳이다.

4시 50분에 봉우리에 올라선 후 내린 안부는 쉼터였고, '국망봉 1.2킬로미터'라는 푯말이 있었다. 5시 25분에 소나무 수림 밑에서 본 정북의 가리산은 갑옷 입은 대장군의 상반신이었다. 5시 30분에 '국망봉 2.7킬로미터'의 표지판을 본 후 6시에는 소나무 수림이 시야를 가리는 헬리포트가 있는 쉼터에 닿았다.

6시 20분경 국망봉과 개이빨산 중간의 1,130봉에서 북서로 옹골차게 내려 뻗은 지능선 위의 소나무 수림이 정겨웠다. 그 능선 뒤 실루엣처럼 드리운 관음산과 사향산을 잇는 능선 사이로 잠겨드는 태양은 시뻘건 불을 토하면서 하늘에 드리운 구름을 다홍색으로 물들이고 있었다.

몽덕산 ~가덕산~북배산~계관산 12

몽덕산(680미터) ▶ 가덕산(858미터) ▶ 북배산(867미터) ▶ 계관산(665미터)

雪山 만리장성

2002년 2월 24일!

동서울종합터미널 가평매표소 앞에 도착하니 6시 10분이었다. 노현숙, 이용문 과장, 이국 과장, 김종국 차장, 그리고 박선민 씨가 차례로 도착했다. 6시 45분 가평 가는 차를 타고 7시경 한강을 벗어날 때까지도 강변 가로등 불빛은 어둠을 밝히고 있었고, 남한산성과 검단산, 용마산은 어둠 속에서 검은 능선으로 점차 그 모습을 드러내고 있었다. 졸음을 이기지 못해 깜빡 잠이 들었는데 깨어나 보니 7시 30분이었고 차는 청평을 지나고 있었다.

고개를 넘어 가평읍내로 들어갈 때에는 오른쪽 차창 너머로 태양이 숯불덩이처럼 이글거리며 산 능선에서 숨바꼭질을 한다. 7시 45분에 가평터미널에 도착하여 8시 30분 화악리행 차를 확인한 후 터미널 건너편 맛이 기막힌 소머리국밥집에서 아침식사를 했다. 화악리 가는 차는 모두 북면 삼거리에서 북동방향 윗홍적까지 갔다가 다시 돌아나와 북면에서 북서쪽 화악천의 상류 중간말까지 들어간다. 이 차는 하루에 다섯 번만 운행한다. 그만큼 경기 최고

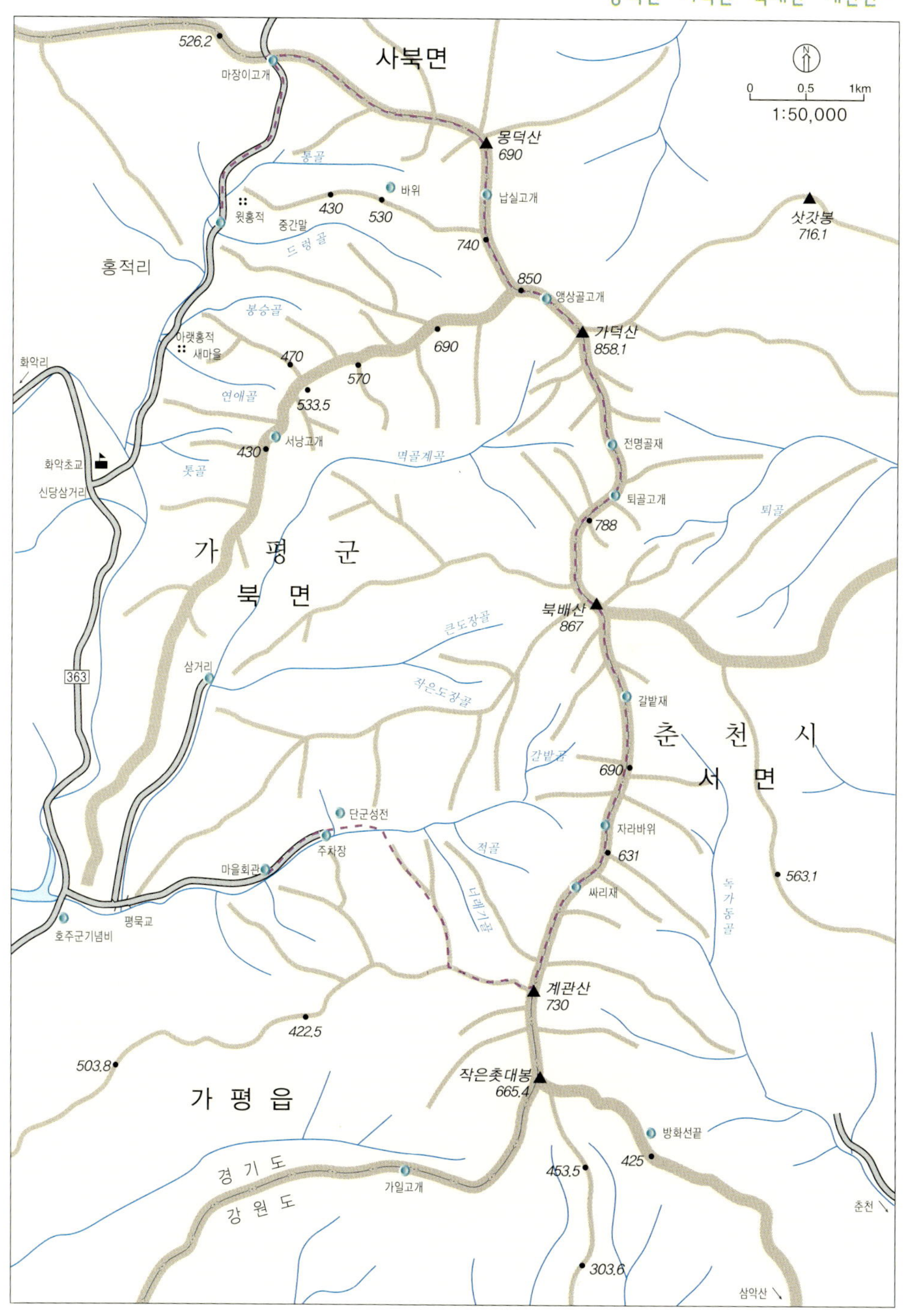
N
0 0.5 1km
1:50,000
526.2
마장이고개
사북면
몽덕산
690
삿갓봉
716.1
통골
바위
윗홍적
430
530
납실고개
중간말
드렁골
740
홍적리
850
앵상골고개
봉승골
가덕산
858.1
아랫홍적
새마을
470
690
화악리
연애골
570
533.5
전명골재
화악초교
톳골
430
서낭고개
벽골계곡
퇴골고개
퇴골
신당삼거리
788
가 평 군
북 배 산
867
북 면
큰도장골
363
삼거리
작은도장골
갈밭재
춘 천 시
서 면
간밭골
690
563.1
단군성전
자라바위
631
마을회관
주차장
적골
싸리재
독가동골
디래기골
호주군기념비
평묵교
계관산
730
422.5
503.8
작은촛대봉
665.4
가 평 읍
방화선끝
경 기 도
453.5
425
강 원 도
가일고개
춘천
303.6
삼악산

봉 화악산(1,468.3미터) 아래에 위치한 마을들은 경기지방 오지 중에서도 오지에 속한다.

8시 30분 화악리행 차는 8시 40분에 목동의 좌측 '반공희생자위령비'와 우측 '캐나다전투기념비'를 거쳐 8시 45분에는 북면의 '호주·뉴질랜드전투기념비', 그리고 '성황당'과 '단군성전선양회' 팻말을 지나고, 5분 후에는 갈림길에서 북동으로 홍적천을 따라 들어가더니 8시 55분에 윗홍적에서 우리일행을 풀어주고 다시 돌아나간다. 대기는 차고 하늘은 높으며 두서너 개의 구름은 북서쪽 高峰 근처에서 머뭇거리고 있었다. 우리는 내리는 즉시 멀리 북으로 보일 듯 말 듯한 '홍적이고개'를 향하여 굽이굽이 돌아 올라갔다. 9시 20분에 도착한 고개에는 '강원도, 경기도 경계'라는 키 높은 팻말과 '집다리골 자연휴양림 4킬로미터'라는 키 낮은 팻말이 있었으며, 산행 들머리는 동으로 나 있었다.

지금부터 우리는 강원도와 경기도의 도계를 따라 능선 종주를 시작하는 것이다. 나는 이 산행을 혼자서 여러 번 시도했으나 그때마다 이런저런 사정으로 번번이 실패했다. 그런 만큼 이번 산행은 시작도 하기 전에 설레는 가슴을 진정시키느라 애를 먹었다. 상기된 기분 때문이었는지 리본을 따라가다가 초입의 능선을 놓치고 급경사 내리막을 지나 수직에 가까운 절개지를 만났다. 눈으로 하얗게 덮인 산간도로를 만나고 멧돼지 발자국을 확인하며 도로를 두서너 구비 돌다가 아무래도 아니다 싶어 오른쪽 산사면을 치고 올라갔다. 능선에 올라서니 등산로는 서에서 동으로 희미하게 이어지고 있었다.

어쨌든 싸리나무, 억새, 진달래, 칡덩굴 따위를 헤치고 나니 좌측으로 봉우리가 보이기 시작했다. 능선에 올라서니 우리가 가야 할 동남쪽 산자락이 급경사 오르막이고 우측으로 폭 10여 미터의 방화선이 이어지고 있었다. 9시 40분에 봉우리를 넘고 5분 후에는 멋진 소나무에 매달린 리본이 바람에 나부끼고 있는 봉우리에 올

방화선을 따라 늘어선 억새

라섰다. 10시 10분 봉우리에 올라서자 시야가 한결 나아지면서 북서방향으로 화악산과 중봉인 줄 알았던 응봉(1,436.3미터), 촉대봉(1,125미터)이 성벽처럼 늘어선다. 응봉은 하늘 높이 떠 있고 흰 솜털구름 두 조각이 그 봉우리를 떠날 줄 모른다.

응봉에서 촉대봉으로 이어진 능선은 '홍적이고개'에서 잠시 숨을 죽인 뒤 오늘 우리가 가는 길을 따라 강원도와 경기도의 道界를 이루면서 의암호로 자맥질하고 있다. 10시 30분에 또 하나의 봉우리에 올라서니 그제야 응봉, 촉대봉 능선 뒤로 화악산, 중봉(1,450미터), 애기봉(1,056미터), 수덕산(794.2미터) 능선이 그 장엄한 모습을 드러낸다. 이곳에서도 응봉이 경기 최고봉인 화악산보다 훨씬 높아보였다. 나중에 계관산에서 하산을 위해 서릉을 탈 때에야 비로소 화악산이 응봉보다 높아 보이기 시작했는데 나는 그것이 착시현상인 줄 알고 있었다. 그러나 현숙이는 '응봉이 높아 보이는 것은 화악산보다 視点이 더 근접해 있기 때문'이란다.

그 봉우리를 넘어서자 그때부터 좌측으로 철조망이 시작되었는데, 철조망은 등산로에서 가까워졌다 멀어졌다 하였다. 경기도와

317

강원도 사이에 무슨 이해관계가 얽혀있는지, 아니면 피치 못할 무슨 다른 이유라도 있는지 보기에 그리 썩 좋은 모양은 아니었다. 이 철조망은 가덕산을 지나 내리막이 끝나는 첫 안부에서 없어진다. 덩치 큰 멧돼지는 물론이고 토끼나 오소리 등 작은 동물들의 길을 막았으니 자연생태계의 맥이 끊기고 단절되어 있었다.

내리막에는 전방 좌측으로 이깔나무 수림이 계속되고 우측으로는 소나무 수림이 시작되었다. 산길 주위에는 억새를 베어낸 잔해가 방화선 언저리에서 덤불을 이루고 둥치가 부러진 키 큰 이깔나무 한 그루는 길을 가로막고 있다. 10시 50분에 몽덕산인 줄 알고 올랐더니 더 높은 봉우리가 내리막과 오르막의 끝에 위치하고 그 길은 전부 눈으로 덮여 있다. 눈은 햇빛을 받아 보석처럼 끊임없이 무지개 색깔을 내면서 빤짝이고 있었다. 오르막은 얼굴이 지면에 가까이 닿기 때문에 이를 놓칠 리가 없다. 노루의 외발자국은 흰 눈 덮인 오르막 등산로에서 한 발자국 비껴 계속 이어지고 있었다.

드디어 11시 몽덕산 정상에 올랐다. '夢德山 680미터, 경기 가평 북면 화악리, 강원 춘천시 서면 오월리 道界'라는 표지판이 나무에 걸려 있고, '無所有山問者 ○○ 2002년 2월 8일'이라는 리본이 매달려 있다. 멀리 건너다보이는 가덕산 봉우리와 능선 위에 걸린 한 조각 구름은 떠나지 않는다.

오늘 산길은 홍적이고개에서 몽덕산까지는 동진하다가 몽덕산에서 계관산까지는 북에서 남으로 남진하는 길이다. 좌우로 지능선이 있는 봉우리의 내리막은 태양과 마주하여 눈이 녹아있으며, 오르막은 태양을 등진 관계로 이따금씩 빙판이 나타나고 쌓인 눈이 정강이까지 빠지는 길이다. 오늘 그러한 오르내림은 끊임없이 반복되었다. 봉우리나 가끔씩 나타나는 평지의 녹아내린 눈 밑에는 초본류의 새싹이 파릇파릇 돋아나고 있었는데, 그 억센 생명력은 인간의 힘으로는 도저히 상상조차 할 수 없는 괴이한 것이었다. 이제 태양이 떠 있는 시간이 점차 길어지고 남동풍이 불기 시작하면 방화선으로 조성된 이 길은 순식간에 푸른 초원으로 변할 것이다.

내리막 끝에 위치한 납실고개를 지나 오르내리기를 두어 번하여 11시 17분에 테라스형 봉우리에 올라서니 전방 우측으로 전나무숲이 시커멓게 다가오고 뒤돌아본 몽덕산이 발 아래로 내려다보인다. 눈 덮인 긴 오르막을 치고 가덕산인 줄 알았던 봉우리에 올라섰으나 표지판은 안 보였다. 가덕산은 그곳에서 두 개의 봉우리를 넘어 남동방향 끝에 솟은 봉우리였다. 그 봉우리는 850봉이었으며 남서로 뻗은 지능선은 북배산에서 남서로 뻗은 지능선과 함께 도계에서 가평군 목동으로 내려 뻗은 두 개의 거대한 등뼈를 이루고 있었다.

고만고만한 봉우리 두 개를 넘자 긴 내리막이 이어지면서 강원도 쪽은 굴참나무가, 경기도 쪽은 소나무가 경쟁하듯 방화선과 철조망을 옹위한다. 11시 30분경에 안부에 도착하고 다시 10여 분에 걸쳐 긴 오르막을 치니 정상이다. '가덕산 858미터, 民草山岳會' 라는 표지판이 철조망에 걸려 있다. 멀리 높게 보이는 북배산 정상에는 또다시 어김없이 솜털구름이 한 조각 걸려 있고, 그곳으로 가는 길은 좌우로 여러 개의 지능선이 복잡하게 얽혀 있다. 계관산은 아직 그 모습을 드러내지 않는다.

가덕산을 지나 안부로 내려오면서 좌측 철조망 곁으로 줄기에 큰 혹 2개를 달고 있는 괴목을 보았다. 이와 비슷한 나무를 '寄生나무' 라 한다고 들은 적이 있는데 동일한 것인지 확신이 서지 않는다. 안부에 내려서니 드디어 몽덕산 오르기 전부터 시작된 그 지긋지긋하던 철조망이 사라지고 방화선은 좌우 각각 10~15여 미터로 균형을 찾는다.

12시 10분 폐묘 2기를 지나 좌측의 거목과 굴참나무숲을 보고, 우측의 잣나무숲 향기에 취해 정신없이 급경사 내리막을 치니 안부에 이른다. '퇴골고개' 다. 사거리 좌우에는 리본이 각각 달려 있었다. 경기도의 '큰먹골' 과 강원도의 '광산말' 로 내려가는 사거리

라." 10여 분의 내리막을 안부에서 뒤돌아보니 곧추선 수직암벽이었다. 소나무 다섯 그루와 둥치가 부러진 고사목 하나, 괴물같이 생긴 바위를 끝으로 암벽을 내려선 후 평탄한 능선 안부에서 줄기가 줄기를 뚫고 지나가는 기이한 소나무를 보았다. 3시 20분에는 서쪽으로 난 능선에서 다시 북으로 갈리는 지능선에 당도했다. 산에서 과욕은 금물이다. 북으로 향한 곁가지 능선으로 내려서기로 했다. 비로소 우측의 계관산이 뚜렷한 닭의 벼슬 모양을 하고, 좌측의 서릉에서 북으로 내린 곁가지 능선 서너 개는 적황색 단풍을 산자락에 품고 흰 눈과 어우러져 싸리재 계곡으로 흘러내리고 있었다. 적황색 단풍으로 보였던 것은 중키의 굴참나무숲에 물든 잎이 떨어지지 않고 가지에 붙어있었기 때문이었다.

3시 40분에 묘 1기를 지날 때 현숙이는 "양지바르고 산을 등지고 내(川)를 앞두었으니 명당이다"라고 一聲한다. 그 묘지부터 내리막은 가시나무 덤불을 헤치고 나가야 하는 길 아닌 길이었다. 잠시 일행을 기다리면서 보니 우측 동으로 우리가 밟은 능선 위 반 뼘쯤 높이에 보름을 이틀 앞둔 달이 차갑게 떠 있었다. 건너편 북배산에서 내린 지능선과 그 지능선에서 내린 수많은 곁가지 능선들이 지는 석양빛을 받아 황금색을 수놓으면서 싸리재계곡으로 흘러들고 있었다.

4시경에 다시 동쪽으로 소나무 수림이 우거진 200여 미터쯤 되는 80도 급경사를 기어 내려오고, 억새와 엉겅퀴밭을 지나 싸리재 계곡에 닿았다. 간간이 얼어붙은 계곡에서 수통에 물을 가득 채우고 온몸의 소금기를 말끔히 씻어냈다.

4시 30분에 목동 2리를 향해 느릿느릿 발걸음을 떼놓았다. 길 우측에 '민족화합의 전당 단군선양회 1983년 3월 15일' 간판 뒷편으로 '단군성전'이 보인다. 하다못해 '담뱃집' 하나 없는 오지마을에는 개도 짖지 아니하고 닭도 울지 아니한다. 왼쪽으로 수수하고 덤덤한 계곡을 같이 하면서 지는 태양을 마주하고 내려왔다.

5시에 삼거리에서 뒤돌아본 달은 이제 동남방향의 도계 능선 위
서너 뼘쯤 되는 중천에서 새파랗게 떨고 있었다.

몽덕산·가덕산·북배산·계관산 몽덕산(680미터) ▶ 가덕산(858미터) ▶ 북배산(867미터) ▶ 계관산(665미터)

설악산 13

신흥사 ▶ 비선대 ▶ 마등령 ▶ 오세암 ▶ 수렴동대피소 ▶ 백담사 ▶ 용대리

금강문을 지나
정토의 세계에 들다

2001년 10월 27일 오후 10시 반부터 2001년 10월 28일 자정 사이는 힘든 시간이었다.

10월 27일 밤 10시 45분 우리 회사 산악부원 34명을 태운 버스가 설악동 C지구 '백설식당' 을 향해 출발했다. '양지' 를 벗어나자 차창 앞 클리너가 움직이고 빗줄기가 약하게 차창을 두드리고 있었다. 진고개를 넘어설 때에는 길이 미끄러운지 차가 제 속도를 내지 못했다. 새벽 3시경에는 포구에 매어놓은 어선의 불빛에 동해가 일렁이고 있었다.

3시 반경. 소금을 뭉터기로 넣었는지 짜기만 한 선지해장국은 소태맛이었으나 이른 새벽에 잠을 깨운 것이 미안하여 아무소리 못했다. 4시 30분에 설악동매표소 앞에서 인원파악을 한 후 산행을 시작했다. 이제 비는 세차게 내린다. 케이블카운행장 건너편 식당은 24시간 영업을 하는지 불이 환하고 서너 명의 산꾼들 모습이 어른거린다.

신흥사 일주문을 지나고 청동불상, 신흥사, 무명용사비, 청운정,

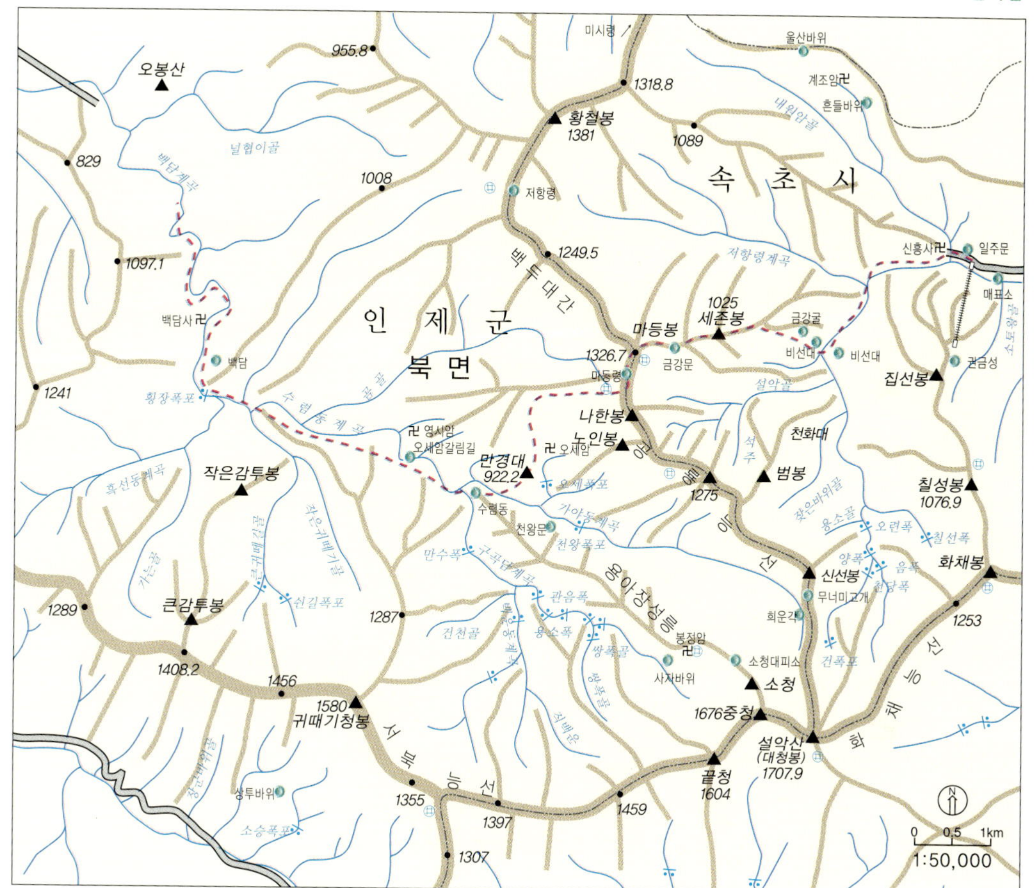

오봉산
955.8
울산바위
계조암
흔들바위
내원암골
1318.8
황철봉
1381
1089
속초시
829
널험이골
1008
저항령
저항령계곡
신흥사
일주문
백담계곡
1249.5
백두대간
매표소
1097.1
세존봉
1025
금강굴
소토왕골
백담사
인 제 군
마등봉
비선대
비선대
권금성
백담
1326.7
금강문
북 면
마등령
집선봉
1241
황장폭포
설악골
나한봉
천화대
수렴동계곡
영시암
오세암갈림길
노인봉
오세암
작은감투봉
만경대
922.2
오세폭포
범봉
1275
흑선동계곡
오련폭
칠성봉
1076.9
가야동계곡
용소골
수렴동
찾은바위골
천왕문
천왕폭포
칠선폭
만수폭
구곡담계곡
신선봉
화채봉
큰감투봉
1287
양폭
음폭
무너미고개
1253
1289
건천골
용소폭
희운각
쌍폭골
관음폭
봉정암
1408.2
1456
사자바위
소청대피소
건폭포
1580
귀때기청봉
서북능선
소청
귀떼기청봉
1676 중청
상투바위
능선
설악산
(대청봉)
1355
1397
1459
끝청
1707.9
소승폭포
1604
1307
N
0 0.5 1km
1:50,000

군량장을 지나 비선대에 도착하니 5시 10분이었다. 비선대산장 앞 원탁 파라솔 밑에서 모두 모여 차림을 다시 정비하고 신발끈도 조였다.

비는 줄기차게 내리고 비선교 철다리는 미끄러웠다. 철다리를 건너 우측 오르막을 올랐다. 금강굴과 마등령으로 가는 길이다. 조금 오르니 오른편으로 꺾인다. 직선방향은 로프로 막아놓았다. 지난 여름에 마등령으로 올라 공룡능선을 타려다 실패한 곳이다. 그때는 직선방향으로 들어서서 암릉을 오르다가 오도가도 못해 겨우 구조를 받은 적이 있다. 오늘의 문제는 어둠이다. 헤드랜턴은 조명 각도가 좁아 곡점에서 길을 잘못 들기 십상이었다. 미륵봉(일명 장군봉) 정상 옆 안부에 이를 때까지 세 번을 헤맸다. 다행히 젊고 힘 있는 이명재 지점장이 뒤따라오는 바람에 무사히 안부에 오를 수 있었다. 6시 10분이다.

어둠은 서서히 물러가고 대청(1,707.9미터)에서 화채봉(1,320미터), 칠성봉(1,076.3미터)으로 이어지는 능선이 꿈결같이 보이는 듯 마는 듯하다. 아직 설악산장과 소청산장의 불빛이 명멸하듯 깜빡이고 있었다. 비는 어느 순간에 그쳐 있었으나 급경사 오르막은 아무것도 생각할 수 없을 만큼 힘들었다.

내려다볼 때 좌측은 미륵봉이다. 비선대에서 계곡을 건너다보면 좌측에서부터 3개의 하늘을 가리는 釰峰이 있는데, 맨 왼쪽이 금강굴을 안고 있는 미륵봉, 가운데 것이 형제봉, 맨 우측이 선녀봉(암벽이 붉기 때문에 一名 赤壁이라고도 한다)이다. 금강굴은 원효대사가 수도한 곳이다. 우측은 5개의 尖峰을 포함한 기묘한 모습을 한 바위가 얹힌 암릉이었다. 우리는 그 거대한 두 개의 암릉 사이로 70도가 넘는 경사의 협곡을 기어 올라왔던 것이다.

선두를 먼저 보내고 후미를 기다리면서 어둠이 사라지는 마지막 순간까지 외설악이 깨어나는 미묘한 변화를 숨죽이고 지켜보다가 6시 40분에 후미와 함께 그곳에서 일어섰다. 오르막을 치다가 잠

울산바위

깐 뒤를 돌아보았다. 이제 비는 그치고 어둠은 완전히 가셨으며 하늘은 잿빛이나 운무가 없으니 시계가 양호하다. 북동으로 설악동을 끼고 달마봉(635미터)이 솟아있다. 이 봉우리는 미시령에서 학사평 쪽으로 가다 보면 흡사 佛畵에 나오는 달마선사의 상반신인데, 여기서 보니 누에고치의 머리부분을 빼닮았다.

정북으로는 '울산바위'가 성채처럼 버티고 있다. 울산바위는 높이 780미터, 둘레 4킬로미터에 이르는 화강암의 30여 개 봉우리로 이루어져 있다. 명칭에 대하여는 울타리같이 생겨서라거나, '울산'에서 올라와서, 또는 '우는 산'이라는 우리말을 한자화하였다는 세 가지 설이 있다. 비가 내리고 천둥이 칠 때면 산 전체가 뇌성에 울리어 흡사 산이 울고 하늘이 으르렁거리는 것 같아 '천후산'이라고 한다는 기록이 '新興寺誌'에 기록되어 있다. 한편 제석천왕이 금강산 일만이천봉을 만들면서 전국의 산신들에게 각자 그 고장의 이름난 명소를 가져오라고 하자 울산에 있는 산신이 울산바위를 가지고 가는 중 너무 힘이 들어 지금 그 자리에서 쉬고 있는데, 제석천왕이 '이제 일만이천봉이 다 모였으니까 가져오지 말아라' 하니 할 수 없이 그 자리에 멈추어선 것이라는 그럴듯한 애

327

세존봉

기가 울산에서 올라왔다는 설이다.

6시 50분쯤 철계단을 오를 때 좌측 남쪽으로 희야봉, 무명봉, 범봉이 장엄한 천화대리지를 이루면서 시커먼 형체로 눈앞에 떠올라 공룡능선상의 1,275봉을 향하여 치닫고 있다. 천화대리지에는 거북바위와 왕관바위도 보인다. 눈을 동에서 남으로 돌리니 대청에서 화채로 이어진 능선이 회색의 유연한 선으로 장막을 치고, 그 앞에 권금성, 집선봉, 칠성봉이 또 하나의 선을 그으면서 그 품속에 천불동계곡을 숨기고 있다.

안부에서 길은 남서방향으로 오르막 능선이다. 3개의 尖峰이 우측으로 보이는가 싶더니 좌측으로도 하나의 멋진 봉우리가 나타난다. 중턱이 잘라진 푸른 잎을 단 소나무도 보이고 굴참나무도 보인다. 여기에 있는 바위는 하나같이 범상치 아니하고 모두 빼어난 '설악의 美'에 참여하고 있다.

7시 30분 빼어난 암릉群들 사이를 지날 때 우측 바위 너머 세존봉(1,025미터)이 숨이 턱에 닿도록 오르고 있는 나를 가여운 듯이 굽어보고 있다. 계면쩍다. 화들짝 놀라고 속내를 들킨 것 같아 쓴웃음을 지었다. '世尊'이 누구시던가? 모든 것이 '無我涯'일진대 그 잠깐의 생각도 공허하다. 갑자기 까마귀 다섯 마리가 자기네들의 영역을 침범하는 것을 참지 못하겠다는 듯이 퍼드덕거리면서 날아올랐다. 그 음습한 곳을 급히 빠져나와 소나무와 돌들이 정원 같은 편안한 길을 가니 흰 줄기를 뽐내는 '사스레나무' 두 그루가 수줍은 듯 비껴 서 있다. 사스레나무는 자작나무과에 속하며 높은 산 정상 부근에서라야 볼 수 있는 산중미인이다.

7시 45분에는 밑둥치가 여성의 은밀한 부분을 빼닮은 큰 떡갈나무를 만나고, 7시 55분에는 길이가 15여 미터나 되는 악어바위가 있는 곳에 이르렀다. 옆에서 '졸졸' 샘물소리가 나 들여다보니 약수터였고 초록 페트병을 잘라 만든 컵도 있었다. 이 높이에 약수터라니! 허겁지겁 세 컵을 들이켰는데 시원하고 달콤하기가 그지없었다.

8시 20분 전망대에 도착하여 휴식하기로 했다. 이제 보니 길은 서쪽으로 나있고 뒤돌아본 세존봉은 공룡능선을 이은 마등봉(1,326.7 미터)에서 동으로 흘러내린 무쇠 같은 지능선상에 우뚝 서 있다. 우리가 있는 전망대는 그 지능선에서 남동으로 가지를 친 능선상에 위치하고 있는 것이다. 설악산의 능선은 기묘하다. 세존봉은 고래등같은 암괴로 동은 절벽이고, 그 절벽 중간쯤에는 합장하고 있는 삼장법사 형상의 바위가 있다.

우리 일행의 선두는 이미 종적이 없고 먼저 와서 쉼을 하던 일행을 포함하여 열다섯 명이 남았다. 누군가의 막걸리 타령에 준비해 간 '스카치 블루'를 반잔씩 돌렸다. 부처님은 콩 한 알로 삼천 명을 나누어 먹였다는데 이런 것쯤이야 식은 죽 먹기다. 그런데 이 중 대부분이 나중에 망경대 하산길에서 엄청난 시련을 겪게 된다. 비싼 술이었다.

8시 30분, 전면에 두 개의 거대한 암벽 사이로 오르막길이 넘어가는 곳이 금강문이다. 온통 하늘을 가린 좌측 바위 밑에는 대여섯 명이 들어갈 수 있는 시커먼 굴이 보인다. 그 위치와 가는 길을 유심히 보아두었다. 훗날 필시 소용에 닿는 일이 있으리라! 나한봉은 남서쪽에서 칼날 같은 날을 세우고 이 쪽을 노려보고 있다.

金剛門은 사찰에 따라 仁王門이라고도 한다. 부처님의 가람과 불법을 수호하는 두 분의 金剛力士가 지키고 있는 문이다. 왼쪽에 입을 벌리고 서 계신 분이 밀적금강이고, 오른쪽에 입을 다물고 서 계신 분이 나라연금강이다. 이 두 분을 합쳐 우주만물의 始終을 상징하는 眞言 '옴' 을 의미한다. 이 분들은 상체를 벗고 손에는 금강저를 들고서 아주 역동적 자세를 취하고 있는데 이것은 불법을 훼방하는 사악한 무리를 경계하기 위한 것이다. '밀적' 은 자취를 드러내지 않음이고 '나라연' 은 힘이 몹시 세다는 것이다. 이분들은 천왕문의 좌우에 위치한다. 그러고 보니 진행방향의 왼쪽 굴(입)이 밀적금강이고 오른쪽의 거대한 암괴가 나라연금강이다. 외설악은 사바세계이고 내설악, 즉 백담사, 오세암, 봉정암이 있는 곳이 정토세계다. 우리는 이제부터 금강문을 지나 정토세계로 들어간다.

8시 40분에 철난간을 올랐다. 마등령은 멀기만 했다. 철난간이 끝나는 곳에서 뒤돌아 본 금강문과 세존봉은 여기가 佛國淨土임을 깨닫게 한다. 공룡에 이어 세존봉을 일구는 능선은 장대하다. 8시 50분에 흰색 사스레나무군락을 지나니 분비나무(소나무과)군락이 이어진다. 중간에 가는 알루미늄으로 만든 파이프에서 세차게 뿜어 나오는 샘물로 허기를 채웠다.

정각 9시에 드디어 '마등령 삼거리' 에 도착했다. 50여 명이 앉을 수 있는 높은 전망대였다. '마등령' 표지목에는 방향표시가 되어 있었다. 북으로 1,326.7봉은 오르막에 가려 보이지 아니한다. 여기는 외설악의 전부가 조망되는 곳이다. 멀리 울산바위, 달마봉, 비선대 앞 미륵봉 일대의 암릉, 세존봉을 이루는 능선, 건너뛰어 집선봉, 칠성봉, 그 뒤로 화채에서 대청으로 이어지는 능선, 그리고 서북능선의 일부가 보이고, 천불동계곡으로 내리는 범봉을 안은 천화대리지는 죽음의 골인 '잦은바위골' 을 숨기고 있다. 공룡은

마등령에서 본 천화대,
석주리지와 범봉

신선암 부근의 첨봉群 들로부터 나한봉에 이르기까지 그 등뼈를
곧추세우고 있다. 각 능선은 가까이는 짙은 검은색에서 멀리는 회
색으로 그 濃淡을 달리한다. 북으로는 오르막이 시야를 가리고 남
쪽의 내리막 진행방향에서 서쪽으로는 고원을 이루고 있다.

　황성호 부장이 일행 예닐곱 명과 함께 우리 후미를 기다리고 있
었다. 허기가 진다. 김밥을 풀어 나누어 먹고 차경환 차장이 가져
온 팩소주와 절반 남은 '스카치 블루'로 일행 전원이 고루고루 一
杯씩 했다. 기분이 좋아졌다.

　9시 20분에 마등령을 떠나 남진했다. 5분 정도 내리막을 내려오
니 공터가 있다. 주변 조망은 볼 것 없는 광활한 고원지대였다. 간
이휴게소는 흔적만 있지 철수했다. 정확히 말하면 조금 전 표지목
이 있던 곳은 비선대 갈림길이 있는 삼거리고, 마등봉은 삼거리 위

331

에 있는 봉우리이며, 이곳은 마등령인 것이다. 5분간을 남서진하니 직진방향에 암봉이 보이고 길은 90도 왼편으로 꺾이면서 내리막이다.

이제부터는 내설악이다. 대청에서 '귀때기청'으로 뻗은 서북능선이 눈 위로 하늘금을 긋고, 용아장성릉은 검은색과 회색 사이에 숨어 아직 그 모습을 드러내지 않고 있었다. 좌측에는 나한봉에서 남서로 내려가는 지능선이 간격을 두고 멋진 암봉 2개를 품고 있었다. 그 암봉들은 오세암에 이를 때까지 기묘한 장관을 연출하고 있었으며, 우측으로는 曲点에 있는 암봉에서 서진하는 지능선이 기이한 암봉들을 품고 있었다. 그러니까 우리는 양 바위능선 사이의 협곡을 내려가는 셈이다. 오세암은 마등령을 정점으로 이루어진 지능선을 뒤로 두르고 앞으로는 망경대와 멀리 서북릉이 병풍처럼 둘러선 기막힌 명당자리에 위치하고 있는 셈이다.

오세암은 신라 선덕여왕 12년(643년)에 자장율사가 창건하고 조선 명종 3년(1548년)에 허응이 중건한 후 인조 21년(1643년)에 설정이 다시 중건하면서 寺名을 '오세암'으로 개칭하였다. 오세암의 명칭에는 다섯 살배기 고아소년 길손이와 앞 못보는 누이 감이, 그리고 그들과 설정스님 사이에 얽힌 애틋한 이야기가 있다. 길손이가 폭설로 인해 암자에 갇혀 지내다가 한없이 맑고 티없이 깨끗한 동심으로 관세음보살을 열심히 염송한 끝에 부처가 되었다 하여 '오세암'이라 한다. 오세암은 대한불교 조계종 제3교구인 백담사의 말사다.

9시 35분경에는 해가 나기 시작한다. 태양 부근의 하늘이 파란빛을 내기 시작하고 그 범위를 점차 넓히다가 순식간에 구름에 덮여버리기를 여러 차례 거듭하고 있다. 드디어 용의 이빨로 성을 쌓은 듯한 용아장성릉이 그 웅장하고 미려한 모습을 보이기 시작한다. 공룡능선, 용아장성릉, 서북능이 일구어 내는 검은색에서 회색으로 이어지는 두 겹, 세 겹의 능선에 햇빛과 구름이 어우러져 그려

내는 수묵화는 더할 것도 뺄 것도 없는 진경이었다.

혼자 경치에 취해 있을 때가 아니었다. 드디어 손인선 과장의 무릎부상이 참기 힘든 고비에 이르고, 한정실 양이 체하여 조규만 차장이 수지침을 시술하고 누구의 것인가 정로환이 등장했다.

10시 20분에는 오세암의 목탁소리와 염불소리가 바람에 묻혀 강하게 또는 약하게 들려오고, 발 밑에는 가랑잎 위의 빗방울이 햇빛을 받아 무지개 색깔을 낸다. 10시 30분에 오세암에 도착했다. 2리터들이 '삼다수' 페트병의 물을 비우고 오세암 약수로 가득 채웠다. 인원점검을 하니 선두 예닐곱 명은 이미 자취가 묘연하다.

11시 오세암 남서쪽 안부에 올라서서 우리 일행은 영시암파와 망경대파로 갈라졌다. 조 차장 부인, 정규숙, 우명옥, 한정실, 황은진, 이소영, 김영선이 황 부장을 포함한 남자 8명과 함께 15명으로 구성되어 망경대를 향해 힘찬 발걸음을 떼 놓았다.

11시 정각에 망경대에 올랐다. 망경대는 꽃의 구조도로 볼 때 '수술'에 해당하며, 황 부장이 즉흥적으로 표현한 오대산의 '적멸보궁' 자리에 해당한다. 대단한 식견이다. 대청(1,707.9미터)에서 북동으로 뻗은 화채능선과 대청에서 서로 뻗다가 귀때기청봉(1,577.6미터)에서 북서로 휘어 안산(1,430.4미터)으로 뻗어 내려가는 서북능선이 하늘금을 긋고 장막을 친다. 그 다음으로 공룡능선이 대청에서 북서로 꿈틀거리고, 마지막으로 용아장성릉이 가야동계곡과 구곡담계곡을 갈라놓는다. 우로 수렴동계곡을 이어 구곡담계곡을 이루는 지계곡들과, 좌측에서 우측으로 백운동계곡, 귀때기골, 흑선동계곡이 짙은 어둠의 색깔로 그 근골을 일구어낸다. 이들을 품은 지능선들은 네 겹으로 이루어져 있었다. 뒤돌아보니 오세암은 공룡능선과 나한봉, 마등령 사이에서 뻗은 지능선으로 병풍을 치고 그 속에서 아늑하게 꿈속에 빠져있었다. 나한봉, 마등령 사이에서 뻗은 지능선은 오세암을 지나면서 그 세가 한풀 꺾이고, 길골을 이루는 저항령 능선에서 뻗은 지능선 역시 거리 때문에 그

세가 약하다. 동에서 남으로 눈 밑에는 깊은 협곡이 아찔하고 겨우 '오세폭포'의 검은 물길만 어림된다.

이태 전에 관악산 연주암 불자들을 따라 설악산 성지순례행사에 참여하였다가 동향에다 대학동문인 김헌휘 선배님과 수렴동에서 망경대를 거쳐 오세암으로 간 적이 있다. 그때는 오세암에서 설치한 전선줄만 따라가면 된다는 생각만 했지 망경대 아래 사람의 발길이 닿지 않은 기가 막힌 암봉능선이 숨겨져 있다는 것은 꿈에도 생각하지 못했다. 11시 15분에 망경대를 출발하여 동남쪽 능선을 타고 11시 30분에는 비경을 볼 수 있는 암봉에 이르렀다. 조금 전에 망경대에서 본 것은 아무것도 아니었다. 차이는 가야동계곡 입구의 절경과 수렴동계곡 언저리가 보인다는 것인데 이 간발의 차이가 인간의 느낌에 엄청난 차이를 가져온다.

수렴동산장을 초입으로 하여 용아장성릉을 사이에 두고 가야동계곡과 구곡담계곡이 있고, 용아장성릉은 옥녀봉을 지나 1봉에서 9봉까지 용의 이빨을 곧추세우다가 봉정암에서 그 막을 내린다. '천왕문'은 가야동계곡의 입구를 조금 지나 오세폭포와 천황폭포가 갈리는 谷點에 있다. '천왕문'은 佛國土를 지키는 동서남북의 사천왕을 모시는 문으로 불법을 수호하고 사악한 마군을 방어하는 뜻에서 세웠다. 비파를 들고 있는 持國天王은 동쪽을 수호하는데 선한 이에게는 복을, 악한 자에게는 벌을 준다. 서쪽을 수호하는 廣目天王은 악인에게 고통을 주어 구도심을 일으키고, 칼을 들고 남쪽을

천왕문

수호하는 增長天王은 만물을 소생시키는 덕을 베풀며, 탑을 들고 있는 多聞天王은 북쪽을 수호하며 어둠 속을 방황하는 중생을 구제한다. 공룡능선상의 1,275봉에서 내린 지능선과 용아장성릉이 용호상박으로 맞부딪치려다 멈춘 기막힌 지점에 있는 '천왕문'은 가야동계곡을 지키고 있었다.

봉정암도 백담사의 말사다. 신라 선덕여왕 12년(643년)에 자장율사가 창건한 절로 문무왕 17년(677년)에 원효가 중건하고, 조선 중종 13년(1518년)에 보조국사가 다시 중건했다. 석가모니 진신사리를 봉안한 우리나라 5대寂滅寶宮 중의 하나로 5층 사리탑이 있다. 5대 寂滅寶宮은 신라의 승려 慈藏이 당나라에서 돌아올 때 가져온 부처의 사리와 頂骨을 봉안한 곳으로, 설악산 鳳頂庵, 오대산 中臺, 태백산 淨巖寺, 사자산 法興寺, 양산 通度寺를 말한다. 봉정암은 우리나라 사찰 중 가장 높은 해발 1,244미터 지점에 자리잡고 있으며, 뒤에는 거대한 바위를 중심으로 가섭봉, 아난봉, 기린봉, 할미봉, 독성봉, 나한봉, 산신봉 등이 병풍처럼 둘러쳐 있다.

기막힌 모습을 보고 있다가 전선줄을 까맣게 잊어먹었다. 암봉에서 능선을 타고 내려오다가 2개의 암봉 절벽에 막혀 한 번은 左로 한 번은 우로 벼랑을 따라 우회했는데 오른쪽 허벅지에서부터 무릎 아래까지 깼다. 먼저 내려 길을 찾고 일행을 기다리고 하기를 서너 차례 한 후 마지막 70~80도의 산사면 경사를 끝으로 협곡 상단부에 내려설 수 있었다. 일행을 고생시킨 것이 무안하여 그저 우스갯소리로 때우려 했으나 일행들의 표정이 너무 심각하다. 뒤따라온 황 부장은 그 속내를 알고 '길을 만들며 왔다', '비포장도로를 달려왔다'고 하고, 어느 누군가는 '추억에 남는 산행이다'라고 하며 거든다.

그곳에서 200여 미터 내려오니 연초록 물감을 풀어놓은 것 같은 가야동계곡의 초입이다. 여자 분들은 얼굴도 씻고 손도 씻고 하면서 도시 떠날 생각을 하지 않는다. 위에서 보았던 '천왕문'이 지척인데 보고 가자는 말이 떨어지지 않았다. 계곡을 두 번 건너 오른쪽 위 능선에 올라서니 갈림길이 나오고 우측으로 올라가는 길이 보인다. 이태 전에 올라갔던 전선줄로 이어진 망경대로 가는 능선길이다. 이 지점에서 망경대는 전선줄만 따라가면 되는 것이다. 어처구니가 없었다. 온 길을 뒤돌아보니 우리는 하늘과 맞닿아 있는 위험한 암릉과 그 좌우 협곡을 치고 내려왔던 것이다. 계곡을 건너 수렴동산장에 도착했을 때는 1시 25분이었다. 2시간 10분쯤 사투를 벌인 셈이다. 우리 일행은 대단하였다. 미안한 마음에 도토리묵과 더덕주로 침묵을 달랬다.

내설악의 구곡담계곡은 서북능선의 지능선 사이에서 흘러내리는 청봉골, 쌍폭골, 백운동계곡이 합쳐져 이루어졌다. 수렴동산장에서부터 위로 구담, 만수담, 관음폭, 용소폭, 동아폭, 쌍룡폭포를 빚어 놓는다. 수렴동계곡은 좌로 서북능선의 지능선에서 내려오는 작은귀때기골, 큰귀때기골, 가는골, 흑선동계곡, 우로 마등령과 저항령에서 내려오는 곰골과 길골이 합쳐져 정유소와 사미소를 빚고 있다. 이 산장에서부터 아래로 흑선동계곡과 길골이 만나는 지점까지를 말한다.

1시 40분에 수렴동산장을 뒤로하고 철다리 두 개와 나무계단을 지나 호수 같은 정유소를 거쳐 2시에는 오세암 갈림길에 도착했다. 밑둥치가 깊게 패인 키 큰 나무를 보고 좌측으로 송림지대와 잣나무숲이 우거진 기분 좋은 길을 가다가 영시암에 도착했다. 기와불사에 5백 원짜리 동전 두 개를 놓고 약수를 실컷 마셨다. 수렴동계곡은 호수같이 넓고 물은 온통 에메랄드빛이다. 양 물가는 기묘한 바위가 연이어 있다. 산록이 온통 적색과 황색의 단풍으로 물들어 있는 사미소를 지나니 저항령 능선에서 흘러내리는 곰골계곡이 우측으로 보인다.

2시 15분에는 우측으로 잣나무가 노란 잎을 달고 서 있는 터널을 500여 미터 지났다. 2시 반에 드디어 참지 못하고 좌측 개울가로 내려갔다. 물은 얼음장같았다. 옷도 갈아입었겠다 기분이 날아간다. 3시에는 왼편으로 대승령으로 오르는 흑선동계곡 입구의 다리를 눈여겨보아 두었다. 구룡소와 드러누운 황장폭포를 지나니 영산담이 호수처럼 너울거린다. 여기서부터 아래로 백담계곡이다.

백담사에 이르렀을 때에는 모두 지쳐있었다. 선두그룹은 벌써 2시간 여를 넘게 우리를 기다리고 있었다. 백담사의 전신은 신라 진덕여왕 원년에 자장율사가 장수대 부근에 창건한 寒溪寺다. 각종 전란과 화재로 십여 차례나 소실되고 여러 번 절터와 이름이 바뀌는 등 숱한 우여곡절을 거친 뒤 1957년에 중창하여 현재에 이른다. 이 사찰이 백담사라는 명칭을 갖게 된 때는 영조 48년(1772년)이었다. 한 때 尋源寺로 개칭되었다가 정조 7년(1783년)에 다시 제 이름을 되찾았다. 어느 날 주지의 꿈에 노인이 나타나 대청봉에서 절까지 웅덩이가 몇 개 있는지 세어보라고 해서 이튿날 세어보니 꼭 100개였고, 그래서 절 이름을 '백담사'로 고쳤더니 그 이후로는 화재가 없었다고 한다.

재치 있는 이용문 과장 덕분에 백담산장의 셔틀버스를 이용하여 원교를 지나고 청룡담에서 300도를 꺾으니 은선도가 보인다. '島'字가 들어가 있으나 사실은 섬이 아니며 그 북쪽 끝은 산으로 이어진다. 이는 강원도 영월에 있는 단종의 유배지 청령포와 생긴 모습이 똑같다. 백담계곡의 거북이바위를 보고 강교, 수교를 지나 셔틀버스 주차장에 도착하니 하늘은 천둥과 번개, 땅 위는 후드득거리는 빗소리로 요동을 친다. 4시였다. 우리는 운이 좋았다.

5시에 용대리에서 남교리를 지나자 좌측으로 북천 산사면이 흐드러지게 적ㆍ황색으로 물들어 있고, 남서쪽 멀리 태양이 떠 있었다. 차는 굉음을 내며 흐르는 북천을 좌측에 두고 세찬 빗줄기를 뚫고 달려나가고 있었다.

점봉산 14

오색 ▶ 점봉산 ▶ 작은점봉산 ▶ 호랑이코빼기산 ▶ 가칠봉 ▶ 귀둔리

深雪 종주

　2개월 전에 방태산 자연휴양림을 어렵사리 예약했는데 작은아이가 공부 때문에 갈 수 없다 해서 포기했었다. 혼자 어디로 가볼까 망설이다가 산울림산악회에서 점봉산 심설종주 산행이 있다는 것을 알고 2002년 2월 9일 밤 10시 반에 '서초구민회관' 앞에서 오색으로 가는 버스에 몸을 실었다.

　1시 10분에 내설악휴게소에 도착하여 80분간 휴식을 취하는 사이 2시경에 閔 회장을 만나게 되었다. 자기는 휘닉스산악회를 따라 한계령~대청봉~오색 구간을 하게 되었다고 한다. 민 회장과는 매달 첫째, 셋째 주말에 백두대간을 열심히 하고 있는 중이다. 객지에서 아는 사람을 만나는 것만큼 반갑고 콧등이 시큰한 일도 없다.

　2시 반에 민 회장과 헤어지고 버스는 한계령을 굽이굽이 돌아 3시 15분에 오색주차장에 섰다. 곧바로 산행에 들었다. 5분간 민박촌 뒷산의 눈 없는 길을 오를 때만 해도 오늘 산행의 어려움을 꿈에도 상상 못하고 휘파람을 불었다. 진고개를 넘어 선 백두대간은

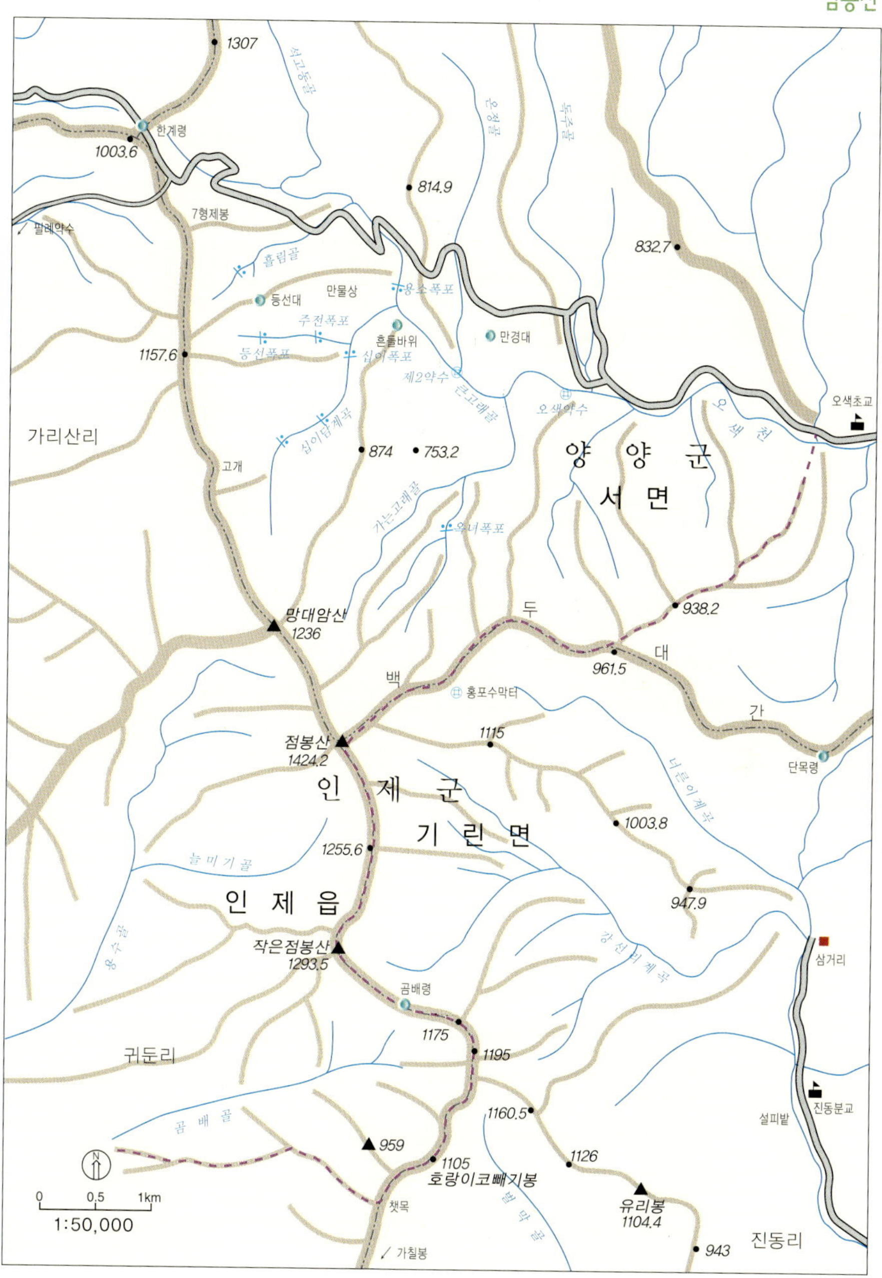
1307
한계령
1003.6
7형제봉
팔레약수
814.9
832.7
흘림골
등선대
만물상
용소폭포
주전폭포
1157.6
등신폭포
흔들바위
만경대
십이폭포
제2약수
큰고래골
오색약수
오색초교
가리산리
고개
874
753.2
양 양 군
서 면
가는고래골
옥녀폭포
두
938.2
망대암산
1236
대
961.5
백
홍포수막터
간
점봉산
1115
단목령
1424.2
인 제 군
기 린 면
1003.8
1255.6
늘미기골
947.9
인 제 읍
작은점봉산
1293.5
곰배령
1175
1195
귀둔리
1160.5
곰배골
959
1126
1105
호랑이코빼지봉
유리봉
1104.4
챗목
943
진동리
가칠봉
삼거리
진동분교
설피밭
N
0   0.5   1km
1:50,000

홍천군의 구룡령을 지나 서진하다가 1,204미터 높이의 갈전곡봉에서 북진하며, 다시 인제군 진동리에 있는 단목령에서 서진하고 點鳳山(1,424미터)에서 북서로 방향을 바꾸어 한계령을 뛰어넘는다. 우리는 점봉산에서 남진하여 인제군 진동리와 귀둔리의 경계인 가칠봉(1,164미터)에서 서쪽으로 오작골을 타고 귀둔리로 내려가야 한다. 갈전곡봉에서 남서쪽으로 한 시간 거리에 1,240미터의 가칠봉이 또 하나 있다.

눈이 얼어붙어 발바닥이 간지러운 급경사 오르막은 좌측으로 서너 발자국 옆에 절벽을 이루는 무명의 협곡을 끼고 있다. 이 무명 계곡은 백두대간이 갈리는 삼거리까지 계속된다. 나는 희한하게도 빙판길에서는 힘을 못쓴다. 빙판 위에만 서면 발바닥부터 간지러움이 느껴지고 점점 종아리로 올라오면서 끝내는 오금이 저리고 휘청거리게 된다. 조심하지 않으면 안된다.

어둠 속에서 협곡은 시커먼 입을 벌리고 있고, 강한 북서풍은 오른쪽에서 귀신 울음소리를 내며 쉴새없이 몸을 협곡 쪽으로 밀어붙인다. 아이젠 없이는 도저히 불가능하다. 4시경에 길 왼쪽 어렴풋한 테라스형 봉우리의 바위와 소나무가 어우러져 있는 곳에서 배낭을 내려 오버글로버를 벗고 맨손으로 아이젠을 채웠다. 손이 금방 얼어온다. 그 봉우리는 640봉이었다. 남서로 진행하던 위험한 길은 또 하나의 봉우리를 지나자 능선 우측으로 '가는 고래골'의 지류를 이루는 협곡이 위험을 대신한다.

5시에 대간 갈림길인 961.5봉 삼거리에 도착했다. 좌측 남동으로 내려가는 길은 단목령으로 가는 백두대간이다. 봉우리 하나를 넘고 나니 '가는 고래골'에 있는 옥녀폭포로 내려가는 지류의 협곡이 바통을 이어받았다. 5시 45분. '천연보호림' 안내판이 랜턴의 희미한 불빛에 유령처럼 번쩍이고 있었다. 이곳에서 왼쪽 아래 1분 거리에는 샘터와 '홍포수막터'가 있다는데 가볼 엄두가 나지 않았다. 랜턴은 희미하게 가물거리더니 종장에는 꺼져 버렸다. 깊고 높은 산행에는 준비가 철저해야 하는데 또 중대한 실수를 범했다. 방법은 빨리 일행을 뒤쫓아 묻혀가는 수밖에 없다.

눈발이 강한 북서풍에 실려 사선으로 흩날린다. 우측으로 비탈이 깊은 협곡을 이루는 능선은 관목 사이로 돌밭길이 계속되더니 6시에 안부에 도착했다. 잠시 쉼을 하고 다시 길을 떠나자 관목은 사라지고 눈을 뒤집어쓴 초지 군락이 구릉을 이루고 있다. 평지를 걷는 기분이 들었다.

6시 15분에 드디어 해발 1,424.2미터인 점봉산 정상에 섰다. 표지목이나 표지석을 찾아볼 엄두가 나지 않을 정도로 강풍이 볼을 에고 몸을 날리면서 어둠 속에서 천지의 눈을 쓸어 휘몰아쳐 간다. 남쪽 진행방향으로는 철쭉인 듯한 관목들이 흰 눈을 뒤집어쓴 채 세찬 바람을 등지고 연신 전신을 주억거리고 있었다. 일행에게 혹시 여분의 건전지가 있는지 알아보았으나 허사였다.

기상이 좋은 날 점봉산 정상에 서면 한계령 이르기 전 서로 뻗은 가리봉(1,518.5미터), 주걱봉(1,401미터), 삼형제봉(1,225미터)이 성벽을 이루고, 한계령을 뛰어넘어 서에서 동으로 안산(1,430.4미터), 대승령(1,210.2미터), 귀때기청봉(1,580미터), 중청(1,676미터), 그리고 대청(1,707.9미터)이 장벽을 이루며 막아선다. 점봉산의 남릉은 천상의 초원을 이루는 곳이다. 그러나 지금은 어둠을 배경으로 회백색 외에는 아무것도 볼 수 없다.

6시 20분에 다시 험한 내리막길로 접어들었다. 이제부터는 길을 만들며 나가야 한다. 모두들 추위와 허기로 지쳐 있었다. 나는 선두에서 다섯 번째로 자리를 지키고 길을 만들며 나아갔다. 점봉산 남릉은 강풍과 눈으로 천지가 모두 회백색 일색이다. 철쭉군락을 지나자 사람 키만한 나무들이 이를 대신한다. 선두는 러셀이 힘든지 걸음이 점차 느려지고 길 찾는 데 이따금씩 진행이 멈춘다. 길이 뚫리지 않은 깊은 눈을 헤치고 다지면서 길을 만들며 앞으로 나아가는 것을 '러셀'이라고 하는데, 수영하듯 두 손으로 헤치면서

점봉산에서 본
대청, 중청, 끝청

가기도 하지만 대개는 발과 무릎, 배와 가슴으로 눈을 다지면서 나아간다. 선두에 나서서 러셀을 할 때에는 길을 정확히 찾아야 하며 여러 사람이 번갈아 가며 해야 한다.

7시 15분에 헬리포트인 듯한 봉우리(1,256.6미터)에 올랐다. 하늘을 가리는 숲 터널을 지나 다시 헬리포트인 듯한 봉우리를 넘을 때는 7시 25분이었다. 나는 시종 선두의 다섯 번째에 서서 길을 뚫고 있었다. 길을 잃고 헤매기를 서너 차례 한 후 7시 40분에 봉우리에 올랐을 때에는 다들 배낭을 벗어 던지고 하늘을 보고 누워 가쁜 숨을 몰아쉬었다. 1,295봉인 '작은점봉산'이었다. 태양이 뜰 시간이 되었는데도 태양은커녕 한치 앞도 분간할 수 없는 회백색의 세상이다.

10여 분을 기분 좋게 내려왔지만 설원에서 결국 우리는 방황하게 되었다. 길을 찾아 한바퀴를 돌았는데 원위치다. 궁리 끝에 그 원의 중심으로 가보니 서너 개의 기둥이 서 있고 자세히 살피니 '곰배령'이다. 7시 50분이었다. 곰배령의 중앙에는 지나온 방향을 등지고 2미터 정도의 표지목에 왼쪽으로 '귀둔리', 오른쪽으로 '진동삼거리' 표시가 있다. 그리고 지나온 방향으로 '점봉산' 표시가 있고, 표지목 왼쪽에 '산림여장군', 오른쪽에 '산림대장군'이 서 있다. 산림대장군은 왕방울 눈에 이를 악물고 있었고, 산림여장군은 초승달 실눈에 이를 가지런히 하여 웃음기를 머금고 있었다. 5~6월이면 이곳은 초원의 야생화 천국을 이루는 곳이나 지금은 눈보라가 하얀 설원 위를 미친 듯이 휘젓고 넘어간다. 일행은 이곳에서 간단히 요기를 했다. 그후 일행 35명 중 7명은 이곳에서 우측 귀둔리로 탈출했다. 모두들 방한모를 뒤집어쓰고 눈만 빠꼼히 내놓았는데도 눈썹에는 하얀 고드름이 뭉싯뭉싯 얼어붙어 있었다.

8시 30분에 출발을 서두르고 10분 뒤에는 1,175봉에 오른 후 지나온 방향에서 직각 좌측으로 꺾어 전방에 있는 봉우리인 듯싶은 곳으로 걸음을 옮겼다. 발가락, 그리고 어느 때는 장딴지인가 싶었는데 갑자기 허벅지가 둔해 온다. 이럴 때 하지의 어느 부분에 신경을 쓰거나 힘을 주면 당장 근육통이 와 꼼짝하지 못하게 된다. 이런 경우 보행법은 발뒤꿈치를 위에서 아래로 옮겨 놓는 기분으로 걸어야 한다. 각자가 어려운 이런 때는 자신을 가누기도 힘드니 누가 돌보아줄 사람도 없다. 모든 문제는 스스로 해결해야 한다.

8시 45분에 1,195봉을 오르내리면서 서너 개의 멧돼지굴을 지나쳤다. 이 멧돼지굴은 '홍포수막터' 근처와 '작은점봉산'에서도 보았던 것이다. 강한 바람과 눈보라 때문에 멧돼지들도 자취를 감추었으며 배설물만 얼어붙어 눈 위에 나뒹굴고 있었다.

우여곡절 끝에 9시 30분, 1,105봉에 올랐다. 이 봉우리는 일명 '호랑이코빼기봉'이라 부른다. 그것은 지도를 놓고 점봉산과 가칠봉을 선으로 연결할 때 점봉산에서 작은점봉산까지는 호랑이 이마에 해당하고, 작은점봉산에서 1,195봉까지는 호랑이 콧등에 해당하며, 1,195봉에서 이 봉우리까지는 코 부분에 해당되기 때문이다.

그래서 이 봉우리를 '호랑이코빼기봉'이라 한다. 1,105봉 아래는 호랑이 입 부위다. 1,105봉에서 1,165봉까지는 인중에 해당하고, 1,165봉과 가칠봉(1,164미터)을 연결하는 선은 포효하고 있는 호랑이 아가리인 것이다.

9시 45분 1,165봉에 올랐을 때에는 거의 녹초가 되었다. 배낭을 열어 뜨거운 꿀차를 끄집어내기도 귀찮았다. 문득 아이다 안주머니에 넣어둔 엿에 생각이 미쳐 한입에 넣고 우물거렸다.

내가 자란 통영 미륵산 자락 봉숫골에는 해마다 종달새가 하늘 높이 오르고 뻐꾸기가 날기 시작하는 보릿고개가 되면 잠방이에 벙거지를 쓰고 엿판을 지고 가윗대를 쩔렁이며 동구 안으로 들어오는 엿장수가 있다. 동네 아낙들과 조무래기들은 그 소리를 듣는 순간부터 부산해진다. 헌 고무신, 빈 병, 찌그러진 양은 그릇, 깨진 놋그릇, 녹슨 쇠붙이 따위를 챙기기에 바쁜 것이다. 나는 어머니가 챙겨주는 잡동사니를 망태기에 넣고 부리나케 대문을 뛰어넘는다. 마을 입구 느티나무 밑에 전을 벌인 엿판 주위에는 조무래기들이 하나 둘씩 모여들고 이내 장사진을 이룬다. 엿이 적다고 투정을 부리면 선뜻 덧거리를 건네주는데 그 덧거리 주는 동작은 고도의 기술을 요한다. 엿판을 자르는 끌은 분명 상당한 양에 갖다 대었는데 손가위로 끌 뒤통수를 때리는 순간 처음 겨냥했던 곳보다 가장자리로 밀려난다. 그러나 조무래기들은 그것으로도 족하여 입가에 배시시 미소가 배어 나온다. 어머니도 집에 가지고 들어오는 엿의 양이 적건 많건 녹았건 쓴소리 한마디 없이 빙긋이 웃기만 하신다. 철부지들은 정작 소용에 닿는 물건을 갖고 나와 엿과 바꿔치기를 하는데 그 아이는 그날 집에 못 들어간다. 엿장수가 온 날은 그리하여 후닥닥 한나절이 지나가는 것이다.

정신을 차리니 개념도상 959봉은 여기서 북서 방향의 능선상에 있다. 챗목을 지났다. 그곳은 철이 되면 천지사방에 나물이 널려 있고, 그래서 나물을 캐는(採) 곳이라 그런 이름이 붙었다. 또 하나의 봉우리를 넘어 야영터 같은 넓은 평지에 이르렀다. 나를 포함한 다섯 명의 선두는 이곳에서 또다시 길을 잃었다. 산울림산악회의 젊은 가이드들이 사방을 헤치고 다녔으나 길을 찾지 못했다. 대장이 나침반을 꺼내고 다섯 명이 둘러서서 각자의 의견을 내놓았다. 가칠봉(1,164미터)은 그곳에서 서진하여 1.5킬로미터를 더 가야 했다. 가칠봉에서 오작골로 내려가는 길은 지도상에 아예 없었다. 지도에 따르면 이곳에서 곧장 북서로 급경사 능선을 타고 내려가서 오작골의 협곡으로 빠져들게 되어 있었다. 3대 2의 의견으로 가칠봉은 생략하고 하산하기로 결정을 보았다.

뒤따라오는 일행을 기다려 정각 10시에 급경사 능선을 치고 내려갔다. 야영터인 듯한 곳에서 오작골로 내려가는 길은 가만히 서 있어도 몸이 저절로 굴러가는 깎아지른 벼랑이었다. 다행히 쌓인 눈과 흩날리는 눈 때문에 그 위험을 크게 느끼지 못할 뿐이었다. 긴 능선이었다.

10시 25분경에 능선이 끝나면서 비로소 오작골이 그 모습을 드러냈다. 오작골은 1,165봉과 이를 이은 959봉, 그리고 우리가 포기한 가칠봉에서 내리 뻗은 서너 개의 지능선 사이에서 그 모습을 감추고 있었다. 사람의 발길이 닿지 않아서인지 나무둥치는 손이 닿는 순간 그대로 쓰러지고, 거목이었던 고사목은 계곡을 가로질러 누워있었다. 오른쪽 가파른 산록은 양지여서 눈이 녹아 푸른 소나무 군락이 이어지고, 왼쪽 산록은 음지여서 소나무들이 온통 흰 눈을 뒤집어쓰고 있어 기묘한 대조를 이루었다. 계곡에는 눈 녹은 맑은 물이 제각각의 소리를 내며 흘러가면서 연이어 沼와 潭을 만들고 있었다. 때묻지 아니한 태고의 세계를 엿보는 것 같아 외경스러움을 느끼지 않을 수 없었다.

계곡 좌우의 소나무군락에서 풍기는 송진 냄새와 계곡 물소리에 취해 갈 之자로 걷다보니 어느덧 10시 55분 귀둔리 양지말이 내려다보인다. 어느 순간 올려다본 좌측의 산머리에는 높이 뜬 태양이

무섭게 몰려가는 험상궂은 구름에 기운을 잃고 수은등처럼 깜빡이
더니 종래는 사라지기를 거듭한다. 왼편 언덕으로 내려가 흰 포말
을 일으키며 기세 좋게 흘러가는 계곡물을 바라보다가 그만 참지
못해 귀둔천의 차갑고 푸른 물에 몸을 내렸다.
　31번 국도변의 방태산 자락, 56번 국도변의 공작산 자락, 44번
국도변의 며느리고개, 소금강계곡, 팔봉산계곡, 6번 국도변의 용
문산, 백운봉, 청계산, 양수리를 지난 후 천마산의 지붕을 보고 운
길, 예봉산을 눈에 새기면서 팔당대교를 건넜다.

15 오대산

상원사 ▶ 중대사자암 ▶ 적멸보궁 ▶ 비로봉 ▶ 상왕봉 ▶ 북대사 갈림길 ▶ 상원사

하얀 어둠 속에 빛나는 적멸보궁

2002년 1월 26일 밤 10시 40분.

우리 회사 산악부원 14명은 오대산 심설종주(深雪縱走)를 위해 회사 정문 앞에서 버스에 몸을 실었다. 항상 두려운 것은 자연의 급격한 변화이며 그것을 예측하지 못하는 인간의 한계이다. 11시 40분 여주에 도착할 때까지 깜빡 잠이 들었는데 차창에는 진눈깨비가 흩날리고 도로변 길섶에는 눈이 쌓여있었다. 12시 45분 문막에 이르러 쉼을 할 때에는 북서쪽 중천에 달무리가 처연하고 눈가루는 사선으로 흩날리고 있었다.

2시 10분, 456번 지방도로와 헤어져 북으로 진고개를 거쳐 강릉으로 가는 6번 국도는 진고개를 절반 가량 남겨놓은 거리자개니 근처 오르막에서 더 이상의 진입을 허용하지 않았다. 무리와 과욕은 금물이다. 진고개에서 동대산을 올라 백두대간을 타고 두로봉에서 비로봉을 거치는 종주산행을 포기하고 과감하게 돌아서기로 했다.

3시경 진부 들머리의 식당에서 자러가야 한다는 젊고 예쁜 아줌

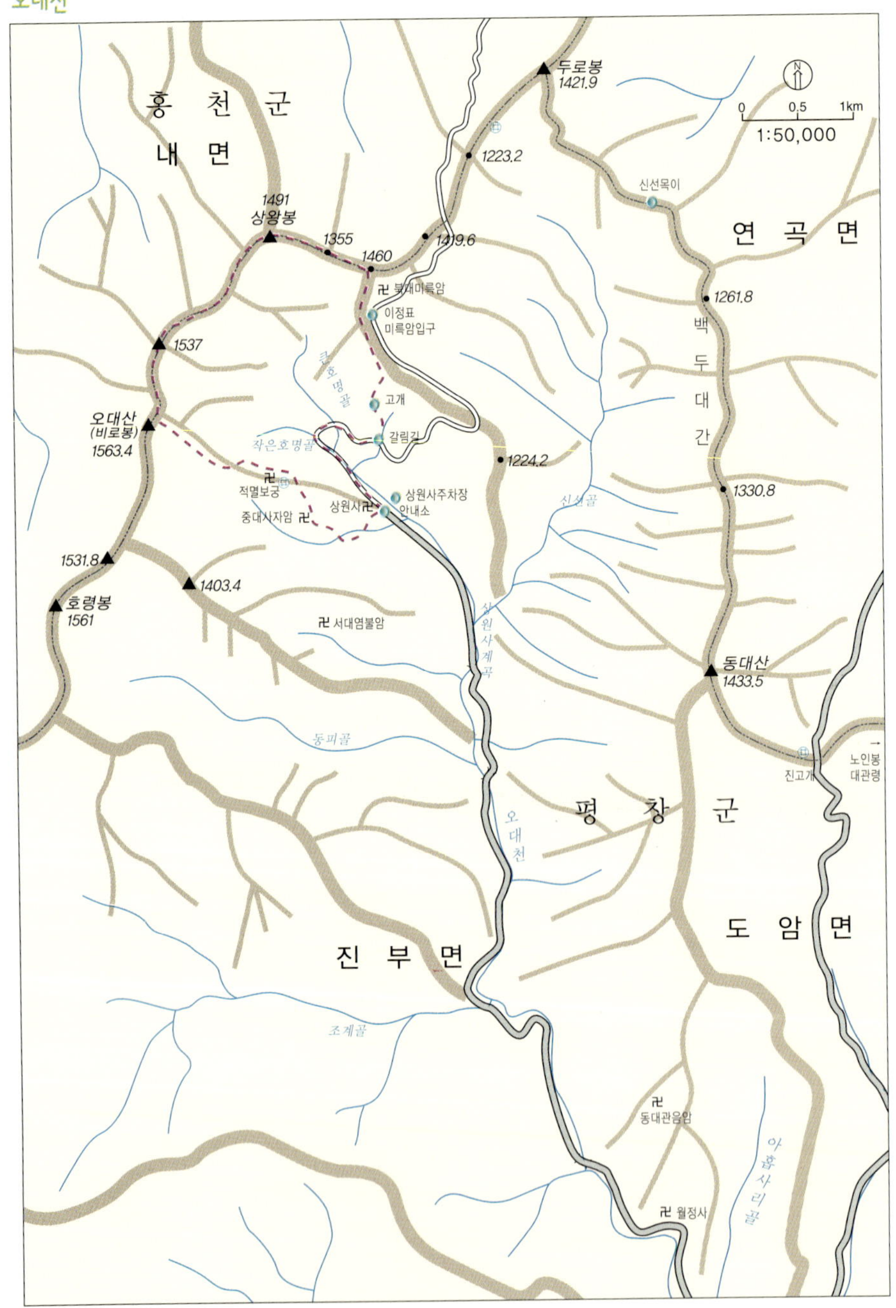
홍 천 군
내 면
연 곡 면
두로봉
1421.9
1223.2
신선목이
1491
상왕봉
1355
1460
1419.6
1261.8
북대미륵암
백
두
대
간
이정표
미륵암입구
1537
큰호명골
고개
오대산
(비로봉)
1563.4
작은호명골
갈림길
1224.2
신성골
1330.8
적멸보궁
상원사주차장
안내소
중대사자암
상원사
1531.8
1403.4
호령봉
1561
서대염불암
동대산
1433.5
상원사계곡
동피골
노인봉
대관령
진고개
평 창 군
오
대
천
진 부 면
도 암 면
조계골
동대관음암
아
홉
사
리
골
월정사
0   0.5   1km
1:50,000

마에게 통사정하여 김치찌개와 소주 한 잔씩으로 아쉬움을 달래보았다. 그러나 흩날리는 눈가루를 보며 도로변 뜰을 서성이는 우리 일행의 서운한 마음이 전해져오면서 나는 어찌할 바를 몰랐다. 우리 부원을 진정시키고 일단 상원사까지 가서 그곳에서 상황을 본 후 그 다음 일을 결정하자고 했다. 상원사 주차장 가는 길에 눈길 우측 길섶에서 차례로 엎드려 절을 하며 올라가는 무속인인 듯한 세 사람을 보고 섬뜩함을 느꼈다.

4시 40분! 상원사 앞뜰 다리 건너 주차장에 차가 서고 우리는 행행장을 차려 산행을 시작했다. 두 아름도 넘는 전나무 거목들이 짙은 어둠 속에서 칠흑같이 하늘을 가리고, 눈가루는 상원사 불빛에 거목들 사이사이로 빛을 내며 흩날리고 있었다. 이승민 부장에게 리더를 부탁하고 맨 후미에 섰다.

상원사 주차장에서 중대사자암으로 가는 길 왼쪽은 산비탈을 허물어 낸 찻길을 따라 계곡 중턱까지 간 뒤 계곡 건너 급경사를 오르는 길이고, 오른쪽은 상원사 요사채 옆으로 해서 울창한 숲지대로 통하는 산중턱 길이다. 우리는 넓은 왼쪽 길을 택했다. 눈이 깊게 쌓여있고 어둠이 짙었기 때문이다. 계곡 건너기 전 오르막 좌측 샘터 근처에서 여자 둘 남자 하나가 무엇인가를 눈 속에 파묻는 것을 보고 소름이 끼친다. 온 천지가 잠에 빠져 있는 것이 아니라 땅은 땅대로 수목은 수목대로 하늘은 하늘대로 인간은 인간대로 하얀 어둠 속에서 무언가 비밀스러운 음모를 꾀하고 있다.

다리를 건너 중대사자암 오르막으로 접어들었다. 지난해 이맘때쯤 사자암에서 콘크리트 건물을 짓는 것을 보고 한숨 쉬었는데 20층쯤 되는 아파트 같은 것이 사자암 뒤편에 서 있는 것 같았다. 그러나 가까이 가서 보니 사자암 뒤편의 전나무와 대나무숲이 눈에 비친 것이었다. 나는 억하심정에 순간적으로 착시현상을 일으킨 것이다. 놀란 가슴을 쓸어내렸다. 여하튼 스님들이 절 도량의 눈을 치우는 모습을 보고 이내 예불 전에 도량경하는 목탁소리를 들었다. 5시 30분이었다.

오대산의 '五臺'는 이곳 사자암 부근의 '중대', 월정사 북쪽에 위치한 관음암 부근의 '동대', 월정사 북쪽에 위치한 자장암 부근의 '남대', 효령봉 아래 수정암 부근의 '서대', 상왕봉 아래 미륵암 부근의 '북대' 등 다섯 군데의 평평한 '대'(臺)가 있어 붙여진 이름이다. 각각 사자암, 관음암, 지장암, 수정암, 그리고 미륵암 이라는 암자가 있으나 암자터가 곧 '오대'인 것은 아니다. 백두대간은 대관령을 지나 힘겹게 소황병산과 노인봉을 타고 넘어 잠시 진고개에서 숨을 죽인 후 다시 동대산(1,433.5미터)을 숨가쁘게 오르고 나서 차돌백이와 신선목이를 지나 두로봉(1,421.9미터)에서 북의 구룡령으로 이어진다. 오대산을 상원사에서 보면 동에서 서로 백두대간의 일부인 동대산, 두로봉과 상왕봉(1,491미터), 비로봉(1,563.4미터), 효령봉(1,561미터)이 활시위나 연꽃 모양처럼 늘어서 있다. 중대는 그 한가운데 위치한다.

요즘 나는 헤드랜턴, 아이젠, 스패츠, 보조자일 등을 항상 배낭에 넣고는 다니나 절박한 상황이 아니면 이들 장비 없이 극복해 보려고 노력중이다. 오늘도 스패츠는 착용하였으나 랜턴과 아이젠은 배낭 속에 있다. 꺼내기가 귀찮을 뿐만 아니라 냉기에 손이 시려 착용할 엄두가 나지 않았던 것이다. 사자암 뒤 능선 안부에서 길은 또 한 번 북서로 휜다. 길이 미끄러워 몸의 균형이 흐트러졌으나 아이젠 착용의 유혹을 뿌리쳤다.

비로봉에 가서야 알게 되었는데 상원사 아래 다리 건너서부터 비로봉 정상까지 급한 경사에는 어김없이 통나무를 가로로 뉘인 계단에 좌우 2미터 간격으로 통나무를 세우고 밧줄난간으로 묶어 놓았다. 통나무를 가로로 뉘인 급경사 계단을 오르자 평퍼짐한 능선 위로 올라서게 되고 다시 통나무를 가로로 잘라 박아놓은 계단 길이 능선을 따라 50미터쯤 올라간다. 이용문, 이국 과장은 나에게 불을 비추어 준다고 후미로 처졌다. 그들과 함께 계단을 올라 적멸보궁에 닿았다.

'적멸'(寂滅)이란 生滅이 없어진 경계를 말하고, '보궁'(寶宮)은 석가모니가 깨달음을 얻은 후 최초로 적멸도량회를 열었던 中인도 마가다국 가야성의 남쪽 보리수 아래 金剛座를 말한다. 그러므로 '적멸보궁'이란 '열반'(涅槃)의 자리를 뜻한다. 신라의 자장이 당나라에서 가져온 부처의 사리와 정골(頂骨)은 설악산 봉정암(鳳頂庵), 오대산 중대(中臺), 태백산 정암사(淨巖寺), 사자산 법흥사(法興寺), 양산 통도사(通度寺)에 나누어 봉안되었는데, 이를 우리나라의 '5대 적멸보궁'이라 한다. 적멸보궁에는 불상은 모시지 않는다. 부처의 진신사리가 곧 불상을 대신하기 때문이다. 봉정암에는 5층 석탑, 정암사에는 수마노탑, 법흥사에는 보탑, 통도사에는 금강계단에 각각 불사리가 안치되었으나 여기는 그 장소를 알 수 없어 건물 뒤편에 마애불탑을 상징적으로 세워 놓았다고 한다. 건물 앞 두세 평의 가건물에 불이 켜져 있고 그 안에 처사 하나가 눈을 감고 정좌하고 있었다. 창문에는 '중대 비로사 법당불사'라고 쓰인 목판이 걸려 있었다. '합장삼배'를 마치고 나니 사자암 스님이 올라오셨다. 다시 합장을 하고는 계단을 내려 비로봉으로 향했다.

적멸보궁 오른쪽 뒤로 돌아가면서 얼핏 보니 어둠 속에 오른쪽 발 아래는 벼랑인데 눈이 쌓여 큰 위험을 모르고 지나친다. 능선을 지나니 급경사와 완경사가 끊임없이 이어지고 전나무 거목들이 울창한 숲을 이루고 있었다. 사방은 어둠이고 눈은 흰 가루를 엇비슷하게 날리며 하늘은 오히려 뻥 뚫린 듯한 백색이다. 이것 또한 느낌의 착각이다. 정확하게 검은색인지 회색인지 또는 흰색인지는 확인할 수가 없기 때문이다.

오늘 눈이 쌓이는 이 길은 우리가 처음이므로 길을 뚫고 나가야 한다. 선두의 李 부장은 꽤나 힘든 길을 열면서 가고 있으리라! 앞선 일행의 불빛은 머리 위에서 도깨비불처럼 잠시 보이다가 사라지기를 거듭한다. 헤드랜턴이 배낭 속에 있으나 꺼내기가 싫어 계속 맨 눈으로 길을 더듬었더니 매번 옆길로 새고 미끄러지기가 일쑤여서 이마로 땀방울이 비오듯 흐른다. 이국 과장이 50미터쯤 위에서 손전등으로 길을 비추어 주기를 수십 번 하고 있었다. 서로 어려울 때 남을 배려하는 '아가페' 적인 마음은 아무나 가질 수 있는 것이 아니다. 한 번 길을 잃고 옆길로 새다가 혼이 나고는 이 과장을 소리쳐 불러 불을 비추게 하고 장갑을 벗어 랜턴에 건전지를 끼웠다. 손끝이 금방 곱아온다.

상당한 고도를 올라왔는지 전나무는 홀연히 사라지고 대신 관목이 온통 산록을 뒤덮고 있으며, 상고대는 얼음꽃으로 다시 눈꽃으로 변하고 있었다. 눈가루는 끊임없이 사선으로 날아들고 이제 천지의 어둠은 희끄무레하게 옅어진다. 여명이 오고 있었다.

수목이 키를 낮추며 늘어서고 잿빛 구름에 짓눌려 있던 주능선이 보이기 시작하더니 드디어 7시 10분에 비로봉에 올랐다. 정상은 공터를 이루고 있었다. 큰 돌무더기 옆 가로 70, 세로 15여 센티미터의 돌비석에 '오대산 비로봉 해발 1,563미터'라 각인되어 있고, 효령봉 방향으로 작은 돌탑 20여 기가 세워져 있다. 어둠이 서서히 밀려가고 있었다. 북서풍은 점점 그 위세를 더해가 손끝이 금방 시려왔다.

강풍에 떼밀려 북쪽 상왕봉 방향의 완경사 능선으로 내려갔다. 길이 좁아 우리 일행은 한 줄로 서서 전진하였고, 길섶에 쌓인 눈에 무릎이 빠지곤 했다. 관목가지는 눈의 무게를 힘겹게 버티고 있었다. 온 천지는 눈의 나라였다.

7시 25분에 본 헬리포트는 천산산맥에 있는 작은 설봉이었다. 이곳에는 '상왕봉 2.7킬로미터, 북대사 4킬로미터' 표지목이 있었다. 7시 30분에 또 하나의 공터를 지났다. 여기에서 마음먹고 구입한 소중히 여기는 만년필의 뚜껑을 잃어버린다. 사물을 기록하기 위하여 덧장갑을 벗다가 허전해서 보니 순간적으로 사라져버렸다. 눈 위를 한참 찾았으나 흔적도 없었다. 여명 속에서 나무의 크기나

계방산에서 본 오대산

생긴 모습으로 주목군락임을 알아차리고 길섶 나무에 걸린 목판의
'주목군락지'에 관한 설명을 기록할 심산이었다.

비로봉~상왕봉 능선의 백미(白眉)는 7시 35분에 만난 괴목 형상
의 세 그루 주목이었다. 선두에 선 일행으로부터 탄성이 터져 나왔
다. 길 바로 오른쪽에 굵은 줄기 두 가닥이 12여 미터 하늘로 치솟
아 있고, 그 아래로 곧고 미끈한 한 줄기와 그 옆에 다시 두 가닥인
지 세 가닥인지 한 뿌리에서 난 줄기가 하늘을 떠받치고 있었다.
그 중 처음 것이 제일 기품이 있어 보였다. 이것은 인간이 도저히
흉내낼 수 없는, 삼라만상을 관장하는 신만이 빚어낼 수 있는 걸작
이었다.

이제는 하마 태양이 떴을 텐데 하늘은 여전히 잿빛이다. 길은 그
괴목이 있는 곳에서 뚝 떨어지더니 고만고만한 높고 낮은 능선을
넘고, 8시 25분에는 건너편으로 긴 오르막이 이어진다. 이제는 사
방이 밝아졌으나 하늘은 여전히 회백색이고 눈가루는 끊임없이 흩
날린다. 이 부장과 러셀을 교대했다.

8시 30분에 상왕봉 정상에 섰다. 상왕봉 정상에는 헬리포트와 돌
탑이 하나 있었으며, 그 옆에 '상왕봉 정상, 해발 1,491미터' 표지
목이 있었다. 또 '북대사 1.8킬로미터, 두로봉 3.5킬로미터' 목판
도 있었다. 뒤따라온 일행을 기다려 '동대산까지 종주하느냐, 북
대사에서 상원사로 하산하여 주문진 횟집으로 기느냐'에 대하여
의사타진을 해 보았으나 모두들 꿀 먹은 벙어리처럼 명쾌한 대답
을 하지 않는다. 서로 얼굴만 쳐다볼 뿐 '종주'하자고 극구 주장하
는 사람이 없다. 일단 두로령까지 가서 다시 결정하기로 했으나, 9
시에 '북대사 1킬로미터, 상원사 5.85킬로미터, 두로봉 2.7킬로미
터' 표지목이 있는 곳에서 배낭 속의 '딤플'을 한 잔씩 돌리니 갑
자기 싱싱한 회와 술 생각이 나서 종주산행을 다음 기회로 미루기
로 했다. 컨디션이 좋지 않고 얇은 털장갑만 낀 몇몇을 생각하여
마음이 약해진 것도 이유였다. 산은 인간이 마음먹은 대로 해주지

않았다. 아쉬운 마음은 다음을 기약하는 수밖에 없었다.

우측 갈림길로 접어들어 완경사 내리막을 내려오면서 휘파람을 불었다. 부러져 누운 거대한 고목이 여기저기 흩어져 있고 수목은 원시림을 이루고 있었다. 두로봉에서 동대산으로 이어지는 백두대간은 능선 위로 한 뼘쯤 적홍색 기운을 머금고 그 너머로 노인봉(1,338.1미터)과 백마봉(1,094.1미터)을 잇는 능선이 유령처럼 솟아 있었다.

9시 20분 신작로에 내려서서 '관대거리~명개리' 라고 쓴 표지목을 보았다. 이 신작로는 월정사 관대거리에서 오대천을 거슬러 올라 상원사를 거치고 두로령을 오른 후 두로봉과 신배령을 우측으로 두면서 '큰북대골' 과 나란히 북서쪽 홍천군 명개리로 내려간다. 북대 미륵암은 여기서 북으로 300여 미터 위 왼쪽 산록에 자리하고 있다. 여기서 신작로는 200여 미터의 평지를 지나 왼쪽 아래로 내려가서 1,286봉과 1,224.2봉을 아슬아슬하게 피해 'V' 자를 만들며 내려가다가 상원사 위쪽에서 다시 역으로 'V' 자를 그리면서 오대천으로 빠져든다.

이곳 평지의 중간 오른쪽 들머리에 리본이 많이 달려 있는 내리막을 따라 십여 분을 가면 왼쪽으로 꺾이는 급경사 내리막이 나오며, 이 급경사 내리막 산길은 1,256봉과 1,244.2봉 사이로 'V' 자를 그리며 내려오는 신작로와 마주치는 지름길이다.

오늘의 하이라이트는 이 산길이었다. 40여 분을 흡사 '봅슬레이' 경주를 하는 듯했다. 엉덩이를 눈 위에 대면 손과 발은 브레이크 구실을 해야 했다. 우리 일행의 환호성은 왼쪽의 깊은 협곡에 메아리쳤다. 10시에 신작로에 내려서니 엉덩이에 불이 난다.

동대산 두로봉을 있는 대간은 이제 능선 위 두 뼘쯤에서 적황색 띠를 두르고 차례로 회색 구름띠, 하얀 하늘띠와 어우러진다. 그 위에 태양은 원의 형체만 보일 뿐 빛을 잃고 있었으며 하늘 끝에는 시커먼 구름띠가 무서운 모습으로 자리하고 있었다. 협곡 중턱을

눈덮인 오대천

‘V’ 자로 가르면서 난 신작로를 휘파람을 불면서 내려와 상원사에 도착하니 10시 20분이었다.

우리 일행은 주문진으로 향했다. 설악산 적십자 산악구조대장으로 많은 아름다운 이야기를 남긴 의리의 산사나이 ‘마운락’ 씨가 운영하는 주문진항 입구 모서리의 ‘馬林馬草’ 라는 허름하나 다정스러운 횟집에서 성게, 오징어, 멍게 등 곁다리 회에 싱싱하고 푸짐한 우럭과 돔, 그리고 태어나서 먹어본 중에 제일 맛있는 매운탕으로 시장기를 달래는데 수저를 입안에 넣기도 전에 녹아버린다. ‘마림’ 은 큰아들 이름이고 ‘마초’ 는 둘째아들 이름이다.

2002년 외환카드 산악부 신년 장거리산행은 우여곡절 끝에 이렇게 그 막을 내리고 있었다.

민족 신앙의 산

2000년 섣달그믐밤 10시 정각에 고어텍스 아웃도어클럽에서 주관하는 무박 2일 산행의 한솔관광버스 4대가 잠실을 출발하였다. 새해 산행을 어느 곳으로 할까 망설이다가 새해에는 가족건강과 소망을 빌 겸 해돋이를 보기로 하고 태백산 일출산행을 택하여 버스에 몸을 실었다. 새해 연휴라 길이 막힐 줄 알았는데 의외로 논스톱으로 달리는 바람에 2시간 후에 치악휴게소에 도착하였다. 3시에는 화방재의 허름한 가게 앞에 버스를 세우고 산악회에서 한 시간여 동안 눈을 붙이라고 한다.

4시 20분 경에 잠시 이동하여 유일사 입구 매표소에서 내려 스패츠를 차고 아이젠을 단단히 맸다. 끈으로 묶는 아이젠이라 시간이 지체되었다. 이미 고어텍스 대원들은 먼저 출발하였고 해돋이를 보려는 무수한 사람들 틈에 끼어 어렵사리 다리품을 팔았다.

새벽 공기는 차다못해 살을 에이는 듯했기에 방한모를 쓰고 아이다 후드를 뒤집어쓴 후 보온장갑에 방설 외피장갑을 덧끼었다. 사방은 칠흑같이 어두웠다. 가끔씩 뒤돌아보니 별이 쏟아지는 하

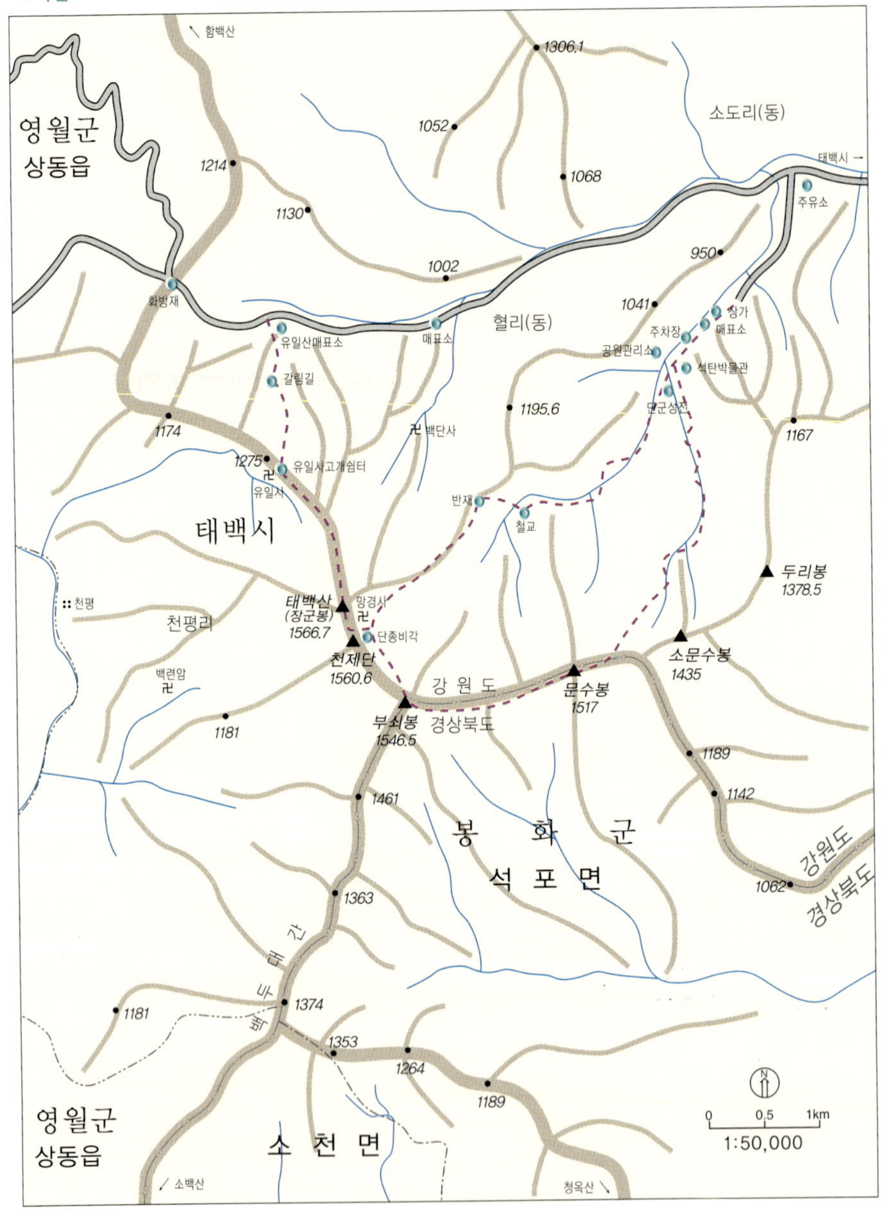
영월군
상동읍
함백산
1306.1
소도리(동)
1052
1214
1068
태백시 →
1130
주유소
1002
950
화방재
1041
장가
유일산매표소
매표소
매표소
공원관리소
주차장
갈림길
석탄박물관
혈리(동)
1174
1195.6
단군성전
1167
1275
유일사고개쉼터
유일사
태백시
반재
철교
두리봉
1378.5
천평
천평리
태백산
(장군봉)
1566.7
망경사
단종비각
소문수봉
1435
천제단
1560.6
백련암
강원도
1181
부쇠봉
1546.5
경상북도
문수봉
1517
1189
1461
1142
봉 화 군
석 포 면
1062
강원도
경상북도
1363
1181
1374
1353
1264
영월군
상동읍
1189
소 천 면
N
0   0.5   1km
1:50,000
소백산
청옥산

늘 아래 멀리 동해안 쪽의 윤곽이 회색의 짙은 음영으로 하늘과 땅을 구분해 주고 있을 뿐이었다. 무리지어 가는 군중 속에서 때로는 우측으로 때로는 좌측으로 추월을 시도했다. 보통 산행 같으면 양해를 구하기도 하겠지만 워낙 사람이 많고 어두워서 누가 누군 줄 모르리라는 사악한 마음이 발동한 것이다.

유일사 갈림길 부근에 이르렀을 때에는 정체가 되어 아예 전진이 안되었다. 여기서부터 동아줄로 쳐놓은 등산로를 비껴 좌우 3미터 근방으로 전진하기로 작정하고 걸음을 빨리하여 가다보니 이제는 띄엄띄엄 일렬로 느릿느릿 행군이 이어졌다. 주목군락 밑에 커피와 따뜻한 음료, 라면, 그리고 팩소주를 파는 청년이 있고 사람들이 휴식을 취하고 있었다. 정상에서 마실 작정으로 팩소주 하나를 이천 원에 사서 배낭에 넣었다. 자세히 보니 연인끼리 가족끼리 온 팀이 꽤나 많이 보인다. 빨리 많은 곳을 보고 많은 산지식을 쌓아 우리 애들 공부 다 마치고 나면 나도 저렇게 해야지 하고 다짐해 본다.

드디어 장군봉(1,567미터)! 강풍이 기다리고 있었다. 예닐곱 명이 돌로 쌓은 제단 안에 웅크리고 바람을 피하고 있었다. 정수리까지 관통해 오는 칼바람에 목덜미가 서늘했다. 이곳에는 장군단이 있다. 계속 앞길을 가고 있는 두 사람에게 여기가 정상이냐고 물어보았더니 여기가 정상 장군봉이고 일출은 건너편 영봉(1,561미터) 천제단에서 보아야 한다고 답하고는 재빨리 사라져 간다. 노란 '고어텍스' 리본을 단 사람을 보고 우리 대원인 듯싶어 여러 가지를 물어보았다. 그들은 우리 대원의 가이드였다. 우리 무리 중에서 선생님이 제일 먼저 올라왔다고 한다. 별거 아닌데도 어깨가 으쓱하다.

천지는 희끄무레한데 거뭇거뭇한 산의 형체가 드러난다. 대간은 북동으로 함백산, 온대봉, 금대봉으로 이어지고, 남서로 부쇠봉을 지나 깃대배기봉, 신선봉, 구룡산을 거쳐 소백산으로 이어지고 있었다. 한편, 북서방향으로는 장산을 넘어 백운산, 매봉산, 단풍산, 목우산으로 이어지면서 장막을 치고, 동남방향으로는 태백시를 중심에 두고 응봉산, 백병산, 면산, 삼방산, 연화봉, 조록바위봉을 거쳐 문수봉이 연꽃 모양을 하고 있었다.

장군봉에서 지척인 천제단이 있는 영봉에는 정각 6시 반에 도착했다. 천제단 바로 밑둥치에 강풍을 피하여 자리를 마련하고 해가 뜨기를 기다렸다. 얼굴은 방한모와 아이다 후드로 감쌌으나 발과 손은 시리다 못해 아려온다. 아무도 정확하게 해 떠오르는 시각을 알지 못했다. 그 사이 사람들이 몰려와 천제단 부근은 동쪽을 향하여 마치 이탈리아 원형경기장 콜로세움을 절반으로 잘라 낸 것 같이 인산인해를 이루었다. 사방은 서서히 여명이 트이면서 하늘이 밝아오고 있었다.

기다리다 못해 간혹 함성을 지르는 이가 있어 속아넘어가기를 네 댓 번, 그리고 태백산보존회 사물놀이패의 북소리, 징소리, 꽹과리소리에 속아넘어가기도 서너 차례, 드디어 동쪽 하늘금 능선 위로 황금빛 라인이 검지손가락 길이만큼 그려지더니 산의 능선이 구불구불하게 선을 일그러뜨리기 시작한다. 꽁꽁 언 두 손을 모으고 가족의 건강과 나의 작은 소망을 수도 없이 되뇌었다.

그때가 정확하게 7시 45분이었다.

하나의 의문이 구름같이 피어올랐다. 해는 낙산사 의상대, 강릉 경포대, 포항 구룡포, 지리산 천왕봉, 설악산 대청봉 그리고 여기 태백산에서 보는 것과 같이 동시에 떠오르는 걸까? 아니다. 높이 올라갈수록 해가 솟아오르는 시점에 근접할 뿐이다. 생각을 정리할 틈도 없이 사람들의 함성과 북소리, 징소리, 꽹과리소리가 천지를 뒤흔들었다.

드디어 이글거리며 해가 머리를 솟구치고 있었다. 바로 이것이다. 사실은 그것 자체이지 표현은 절대로 '사실' 그대로를 묘사할 수 없다. 코끝이 찡해온다.

태양아 솟구쳐라

백두대간을 비추어라

산이 있는 곳에 사람이 있다

　한동안 정신없이 멍하니 서 있다가 사물놀이패의 푸닥거리가 잦아드는 것을 보고 하산을 서둘렀다. 어느 방향으로 길을 잡아야 좋을지 망설이다가 다시 천제단에 올라서서 사방을 조망했다. 남동쪽으로 지근거리에 또 하나의 천제단이 보인다. 그 위의 봉우리가 개념도상의 부쇠봉(1,547미터)이다. 그곳에서 남서쪽 능선은 백두대간이며 소백산맥을 일구어 소백산으로 이어질 것이다. 동쪽으로 뻗어나간 능선 위에 아스라이 돌탑이 보이는 정상은 문수봉(1,517미터)이다. 그 돌탑은 말총머리의 중년남자가 문수봉 아래 너덜지대에서 나무지렛대를 이용하여 돌을 날라다 쌓았다는데 치악산 비로봉 위의 돌탑보다 조금 큰 세 개가 있다고 들은 적이 있다.

　종주를 할까 생각도 해보았으나 초행길이라 시간과 거리측정이 어려워 당골 표시가 되어있는 능선길로 접어들었다. 올라올 때와 마찬가지로 정체가 심했다. 또 악동의 마음이 발동하여 동아줄을 넘어 4~5미터 옆에서 등산로와 같은 방향으로 속도를 냈다.

　단종비각을 흘긋 보고 드디어 망경사에 닿았다. 우리나라에서 가장 높은 데 위치한, 물맛이 좋다는 '용정' 샘물은 얼어붙어 있었다. 당골 방향으로 내려가는 길에는 산죽과 수림이 우거져 있었다. 약 30분을 급히 내려왔을까? 펑퍼짐한 곳에 삼거리 표지판이 있는 반재에 이르렀다. 왼쪽은 백단사로 가는 길이고 오른쪽이 당골이다. 오른쪽으로 방향을 잡고 조금 내려오니 샘물이 있다. 한 컵을 떠 마시고 바로 밑의 虎石塚에서 그 유래를 읽은 후 급경사 빙판길을 내려오니 다시 삼거리가 나왔다. 오른쪽이 문수봉으로 가는 길이다. 여기서부터 왼쪽으로 당골계곡이 시작된다.

　천제단, 주목, 거대한 산자락과 늠름한 능선의 남성적인 매력!

361

이것이 오늘 본 태백산의 전부인 줄 알았는데 그것뿐만이 아니었다. 왼쪽으로 하늘에 닿아 오래 쳐다보노라면 고개가 아플 정도의 높다란 암벽과 그 위의 암봉과 암능, 그곳에 기막히게 뿌리를 내리고 있는 노송, 코발트빛 하늘을 배경으로 차가운 바람을 일으키며 날쌔게 흘러가는 흰 구름들! 나는 이런 것을 보면 오줌이 마려워진다. 사람들은 그냥 앞만 보고 걸음을 재촉하는데 나는 길을 비껴나 전망 좋은 널따란 바위에 털썩 주저앉아 담배를 한 개비 피워 물고 새벽 장군봉 오름길에서 산 팩소주를 열어 한모금 들이켰다.

이제 세상은 모두 내 것이다! 오래 쳐다보니 눈이 시리기도 하고 졸리기도 하여 잠깐 눈을 붙였다. 남은 소주로 다시 한 번 시인이 되고 나서야 발걸음을 옮겼는데 그 계곡은 단군성전이 있는 곳까지 계속되었다. 좌측으로 '청정수질지역'이라는 팻말이 걸려 있고 스테인리스 난간이 계속되었다. 단군성전을 500미터 남겨두고 나무막대로 막아놓은 곳을 뛰어넘어 계곡에 다다랐다. 얼음을 깬 후 웃통을 벗어젖히고 땀을 씻어내는 사이 벗어놓은 방한모, 장갑, 아이다 윗도리가 차가운 대기에 모두 막대처럼 굳어 있었다.

단군성전에서 참배하고 '석탄박물관' 관람은 생략했다. 우리 버스에 오니 9시 20분이었다. 하나 아쉬운 것은 새벽 오름길에서 주목의 그 강인한 생명력과 신비로운 형상을 제대로 보지 못하고 단지 어둠 속에서 그 거뭇거뭇한 형체를 느낌으로만 확인한 것이다. 그것은 아쉬움으로 남겨둘 작정이다. 집에 와서 7시 저녁 TV뉴스를 보니 오늘 태백산 일출을 보기 위해 일만 오천여 명이 태백산에 올랐고 태백산 일출이 근래에 보기 드문 장관이었다고 하는데, 영봉 천제단 밑둥치에 서 있는 나도 볼 수 있었다.

눈, 바람과 구름의 산

2001년 12월 31일 저녁 8시경에 서울 하늘은 번개가 치고 천둥이 울리면서 폭설이 쏟아졌다. 밤 10시에 양재에서 태백 화방재로 가는 고어텍스산악회 버스를 타야 하는데 집사람은 자꾸 말린다. 내가 생각해도 신년 일출 보기는 그른 것 같아 보인다. 그러나 현재나 미래, 이곳과 저곳, 이 사람과 저 사람은 모두 다르다.

아이젠, 스패츠, 헤드랜턴과 뜨거운 물을 확인하고 배낭을 짊어졌다. 그러나 양재 외교안보연구원 앞에서 버스는 우여곡절 끝에 12시가 되어서야 출발했다. 2시경에 치악휴게소를 지날 때 옆자리가 비어 비스듬히 누워서 산하를 보았다. 회색 하늘, 검은 산능선과 하얀 눈을 뒤집어쓴 도로변의 수목을 보니 불현듯 유년시절 받아본 크리스마스카드의 북국 설경이 떠올랐다.

6시 35분에 차는 유일사휴게소에 서고 바로 산행에 들었다. 우측으로 대간길의 1,174봉 아래 사갈치 위에 뜬 열이레 달이 원만한 품을 안고 있었다. 7시에는 주목군락지를 표시한 곳을 지났다.

7시 10분에 '유일사매표소 2.3킬로미터, 망경사 0.6킬로미터, 천제단 0.7킬로미터 해발 1,410미터' 이정표를 지났다. 다행히 일출을 보기 힘들다는 일기예보 때문이었는지 사람들이 그렇게 붐비지 않는다. 좌측으로 샛길이 있고 마침 길이 뚫려 있었다. 나같이 성미 급한 사람이 또 있는 모양이다. 일출을 보려면 7시 40분경에는 능선에 올라서야 한다. 이것은 산행이 아니라 사투다.

드디어 7시 40분 어름에 '주목생태복원조림지, 1헥타르, 600여 본, 태백시 혈동 산 87-2, 태백시장' 이라고 쓰인 고원지대에 이르렀다. 동쪽 하늘이 이글거리면서 금방이라도 시뻘건 불덩이를 토해낼 것 같아 금년 일출은 이곳에서 맞이하기로 작정했다. 이는 올바른 판단이었다. 여기서 장군봉까지는 5분 거리다. 지금은 해뜨는 모습을 보는 것이 중요하지 그 장소가 장군단이냐 천왕단이냐 하는 것이 중요한 것이 아니다.

하늘은 잔뜩 흐려 있고 북서풍은 미친듯이 불어오며 구름은 빠르게 산등성이를 넘어간다. 하늘에 닿은 동쪽 산 능선의 어느 지점이 시뻘겋게 뜸을 들이고 있다. 그 지점에 원의 상단 일부가 활시위처럼 선을 긋더니 차츰 반원이 되고 빠른 속도로 회전하면서 이글거린다. 주위 하늘은 적홍색으로 물들어간다. 찰나였다. 태양은 그 위대한 모습을 산 능선 위로 솟구치면서 떠올랐다. 먼저 네 식구의 소원을 세 번이나 겹쳐 빌고 나서 뭔가 허전하다 생각하니 '민족과 국가' 였다. 작년에는 영봉(1,560미터)에서 한참을 기다리다가 일출을 보았는데 미처 이 생각은 못했다. 나이를 먹은 탓이다. 마지막으로 나라를 위한 기도를 덧붙였다. 나라가 존재해야 개인이 존재한다.

이곳에서 30여 분을 지체하였다. 먼 곳 하늘은 황색과 회색이 층을 이루고 있고, 바람은 미친듯이 불어오며 그로 인해 손에 닿을 듯한 하늘이 회색구름 사이로 파란빛을 언뜻언뜻 내비친다. 태양은 산 능선에서 점점 높아지고 눈 위의 주목 사이로 햇살이 비치는데 북서로 지는 달은 점점 그 모양을 잃어간다. 갑자기 광풍에 몸을 실은 구름이 미친듯이 주위를 감싸더니 태양이 숨어버린다. 천지조화다!

그 무서운 구름들이 몰려간 후 갑자기 파란하늘이 세력을 얻더니 바로 앞에 함백산의 형체가 드러나고, 달바위봉의 기묘한 모습 너머 비룡산, 응봉산, 통고산이 삼각형을 그리면서 하늘금을 긋는다. 태양은 함백산 오른쪽으로 비껴나고 山群 위에 드리운 적황색 이내 위로 파란 하늘이 눈부신데, 그를 배경으로 이제는 실낱같이 변한 흰 구름이 쏜살같이 동남으로 달려간다.

이제 가까이 주위를 둘러볼 차례다. 이곳에는 주목에 피는 '상고대'(서리꽃)가 있다. 동남천과 옥동천 자락을 스치며 습기를 가득 머금은 바람이 태백산맥을 넘어가면서 서리로 변하는데, 이것이 나뭇가지에 걸린 것이 '상고대'다. 또 그 위에 눈이 내려 낮에는 녹고 밤에는 얼어붙어 피어나는 것이 '얼음꽃'이며, 그 위에 솜털 같은 눈이 내릴 때 이를 '눈꽃'이라 한다.

주목둥치는 원래 붉은빛을 띠는데 둥치가 말라죽고 오랜 풍화작용이 이루어지면 회백색으로 변한다. 중동이 부러지고 찢어져 움푹 패인 터에 자세히 보면 죽은 둥치에 붙은 가지가 살아 하늘로 뻗친 것을 보게 된다. 강풍, 설연, 적설, 그리고 차가운 기온에도 살아있는 그 강인한 생명력과 예술적 형상! 이 것이 주목의 신비며 그 진가다. 이 주목이 상고대를 피우면서 역광 또는 직광을 받고 있는 모습을 보라! 어찌 지체하지 않을 수가 있겠는가?

8시 10분에 자리를 떠 5분 후에는 장군봉(1,567미터)에 올랐다. '태백산 천제단, 장군봉, 하늘에 제사를 지내기 위하여 설치한 3기의 천제단 중의 하나'라는 설명판이 있다. 태백산의 주봉(장군봉 1,567미터), 영봉(1,560미터), 부쇠봉(1,546미터), 문수봉(1,517미터), 두리봉(1,378.5미터)을 잇는 능선은 풍만한 여인의 젖가슴을 닮았으며 부쇠봉이 그 젖꼭지에 해당한다. 도봉산이 자운봉, 만장봉, 선인봉, 주봉, 그리고 오봉 등으로 이루어져 있듯 태백산은 위 봉

365

우리들로 구성되어 있다. 천제단은 장군봉, 영봉, 부쇠봉 아래에 각각 하나씩 있다. 연 초나 개천절에 제대로 하늘에 제사를 지내는 천제단은 영봉에 있는 것이다.

장군봉(主峰)에서 영봉 가는 길은 강풍이 제일 많이 닿는 곳이다. 온통 암흑의 길이었는데 갑자기 흑회색 구름과 광풍이 몰아치고 있었다. 이 갑작스러운 변화는 영봉을 떠나 부쇠봉에 이를 때까지 계속되었다.

8시 30분에 영봉에 이르렀다. 중앙에 쌓은 단의 지름은 7~8여 미터고 제단은 가로 2.5여 미터, 세로 3여 미터쯤 되며, 동쪽을 향하고 있다. 제단 중앙에 세로 70여 센티미터, 가로 30여 센티미터가 되는 비석이 있다. 거기에는 '한배검'이라 씌어 있고 오른쪽 옆에는 태극기를 새긴 작은 돌이 있다. 제단 위에는 서너 개의 촛불이 일렁이고 제상에는 대추, 귤, 사과, 떡, 술잔 등이 놓여 있다. 오늘은 '산' 소주를 준비해 오지 못했다. 큼직한 사과 한 알과 귤 두 개를 제단에 올리고 절을 다섯 번 했다. 나라와 우리 식구 수만큼!

기온이 차고 강풍이 몰아쳐 잠시도 서 있을 수 없었다. '천제단 해발 1,561미터' 표지목 아래 방향표시와 함께 '응봉 998미터, 두타산 1,353미터, 청량산 870미터'라 쓰인, 지면에 박혀 있는 표지판이 있었으며, 세로 3여 미터, 가로 70여 센티미터의 흑회색 비석에 '太白山'이라 쓰인 돌비석을 볼 수 있었다. 작년 이날 추위와 강풍에 미처 못 보았는지 아니면 그 후에 세웠는지 알 길이 없다.

망경사 가는 길과 문수봉 가는 표지판이 있는 곳에서 잠시 망설이다가 문수봉 쪽으로 발길을 옮겼다. 8시 40분이다. 영봉의 비탈 아래 능선이 시작되는 안부에 이르니 장군봉이나 영봉에서 본 것보다 규모가 작은 제단이 있었다. '천제단 하단'이라는 표지석이 있고, 예닐곱 발치에 '최씨 문중 묘 1기'가 있었다.

완만한 경사를 오른 후 부쇠봉(1,546미터)에 닿았다. 갈림길의 남서방향 소백산으로 가는 길목에 '백두대간'이라는 표지목이 지면에 박혀 있고, 널따란 민둥이 흰 눈을 뒤집어쓰고 있었다. 봄이나 여름이면 온통 草地로 초록빛 천지일 터이다. 부쇠봉을 넘어 내리막에서 보는 문수봉은 흡사 '문수보살'이다. 태양은 남쪽 중천에 떠 있고 자작나무는 흰 설화를 피우고 있다. 코발트빛 하늘은 눈이 부시며 하얀 구름은 가볍게 동남으로 흘러간다. 길옆 좌우로 눈이 무릎까지 쌓여 회랑을 만들고 있었다. 그 눈은 햇살을 받아 다이아몬드같이 반짝이나 싶었는데 갑자기 무지개 색깔을 내기도 했다. 햇살이 자작나무 사이로 비껴든다. 태양은 이제 그 존엄함을 빌려 광풍과 미친듯이 몰려가던 먹구름과 찬 대기를 눅인다.

함백산 뒤로 멀리 백두대간은 하늘금을 긋고 그 산의 3분의 1 높이로 적황색 구름을 이고 있었다. 그 모양은 찬 대기 가운데 티베트 高峰峻嶺을 보는 것 같았고, 구름떠는 산맥을 이루고 있었다. 구름산맥이다. 문수봉 가는 길은 오르막과 내리막이 즐거운 평탄한 능선이다. 찬 대기, 흰 설화, 머리 위의 흰 구름, 대간 쪽의 적황색 구름, 눈부신 코발트빛 하늘에 마음은 하염없이 둥둥 떠다닌다.

9시 15분에 '문수봉 0.4킬로미터, 천제단 2.6킬로미터, 당골광장 3.9킬로미터'라고 쓰인 이정표를 만나고, 오가피나무, 멧돼지, 고라니 설명판을 지났다. 까다로운 너덜지대를 지나 9시 30분에 문수봉에 이르렀다. 치악산의 돌탑보다 규모가 큰 돌탑 세 개와 고만고만한 것 두 개, 그리고 규모가 작은 것 하나를 합해 6개의 돌탑이 정상과 너덜지대를 에워싸고 있었다. 정상 돌탑 옆에는 나무를 대나무 줄기 형상으로 조각하여 '문수봉 1,517미터'라고 써놓았다. 태양은 이제 중천에 떠서 온 하늘을 지배하고 있으나 동과 북의 山群 위에는 여전히 구름산맥이 티베트 고봉을 그려내고 있다. 남으로 백두대간은 소백산을 일구면서 월악산을 옆에 끼고 있다. 그런데 이 무슨 조화인지! 북서로 망경사는 똑똑히 보이나 그 처마 위 장군봉과 영봉은 북서쪽에서 몰아치는 강풍에 밀린 황갈색 먹구름 더미에 싸여 있었다. 그 구름들은 남동으로 끝도 없이 밀려

367

태백산 주목

가고 있지 않은가! 그들이 몰려가는 남동쪽 달바위봉의 그 기묘한 자태를 보고 나서야 놀란 가슴을 진정시켰다.

너덜지대가 끝나는 소문수봉으로 가는 길목에 컵라면, 팩소주, 커피를 파는 청년이 있었다. 너덜 위에 배낭을 부린 후 4천 원을 주고 컵라면과 팩소주를 각각 하나씩 사 바람이 닿지 않는 바위 틈새에서 게눈 감추듯 했다.

9시 55분 문수봉을 출발했다. 너덜지대를 벗어나 숲속으로 들어서니 곧 썩은 나무줄기 안에 두세 명이 들어설 수 있는 거대한 주목이 나선다. 10시에는 좌로 당골 가는 삼거리에 이른 후 소문수봉으로 향하는데 길이 뚫려 있지 않다. 한두 사람이 지난 듯한 발자국을 따라 '러셀'을 하다시피 하여 10시 7분에는 소문수봉에 닿았다. 남동으로 멋진 바위群들이 시선을 끌었다. 10시 20분에 신선바위를 앞두고 이정표가 있는 안부에서 좌회전하여 하산길인 제당골로 접어들었다.

10시 40분에 산록에서 이정표를 지나 10시 48분에는 눈앞을 가로막는 함백산이 흰 눈을 뒤집어쓰고 있는 것을 보게 된다. 곧이어 제당골이 제 모습을 갖추어 나가더니 계곡 하류에는 기도터, 쪽박이 놓인 샘터 등이 있었다. 밧줄이 매어진 급경사 내리막 후에 계곡을 건넜다. 거목들이 하늘을 찌르는 곳에 둥근 제단이 꾸며진 것이 보였다. 제당골의 산제를 지내던 곳인 모양이다. '당골광장 0.7킬로미터, 문수봉 3.5킬로미터' 이정표를 지나 당골광장 화장실에서 땀을 훔치고 나니 11시 30분이었다.

바람은 잦아들었으나 대기는 차고 하늘은 눈부신 코발트빛이며 태양은 점점 그 위세를 더해간다.

소백산 17

달밭재 아래의 호철이네 집

2002년 5월 25일 밤 11시경 회사 정문 앞!

예정인원은 27명이었는데 산행이 길어서인지 갑자기 두통이 오고 컨디션이 좋지 않고 손님이 찾아왔다는 등의 핑계로 정작 회사 정문 앞에 모인 일행은 15명이었다.

산행은, 북동에서 남서로 가로누운 소백산을 비로봉(1,439.5미터)에서 1,272봉까지의 백두대간 구간을 포함하여 남동에서 북서로 가로지르는 이른바 '소백산 횡주'를 하는 것이다. 이는 중산리에서 성삼재까지를 지리산 종주구간이라고 가정할 때, 산내면 만수천에서 삼정산(1,225미터)을 올라 명선봉(1,586미터)에서 영신봉(1,651미터)까지의 주능선을 탄 후 세석평전에서 삼신봉(1,284미터), 성제봉(1,152미터)으로 이어지는 남부능선을 거쳐 악양루에서 동정호와 소상강을 바라보는 이른바 '지리산 횡주'와 같은 개념이다. 다소 무리라는 생각이 들지 않은 것은 아니지만 추억은 그렇게 만들어지는 것이다.

차는 12시경에 출발했다. 문막휴게소에서 잠시 쉬고 나서 '만종

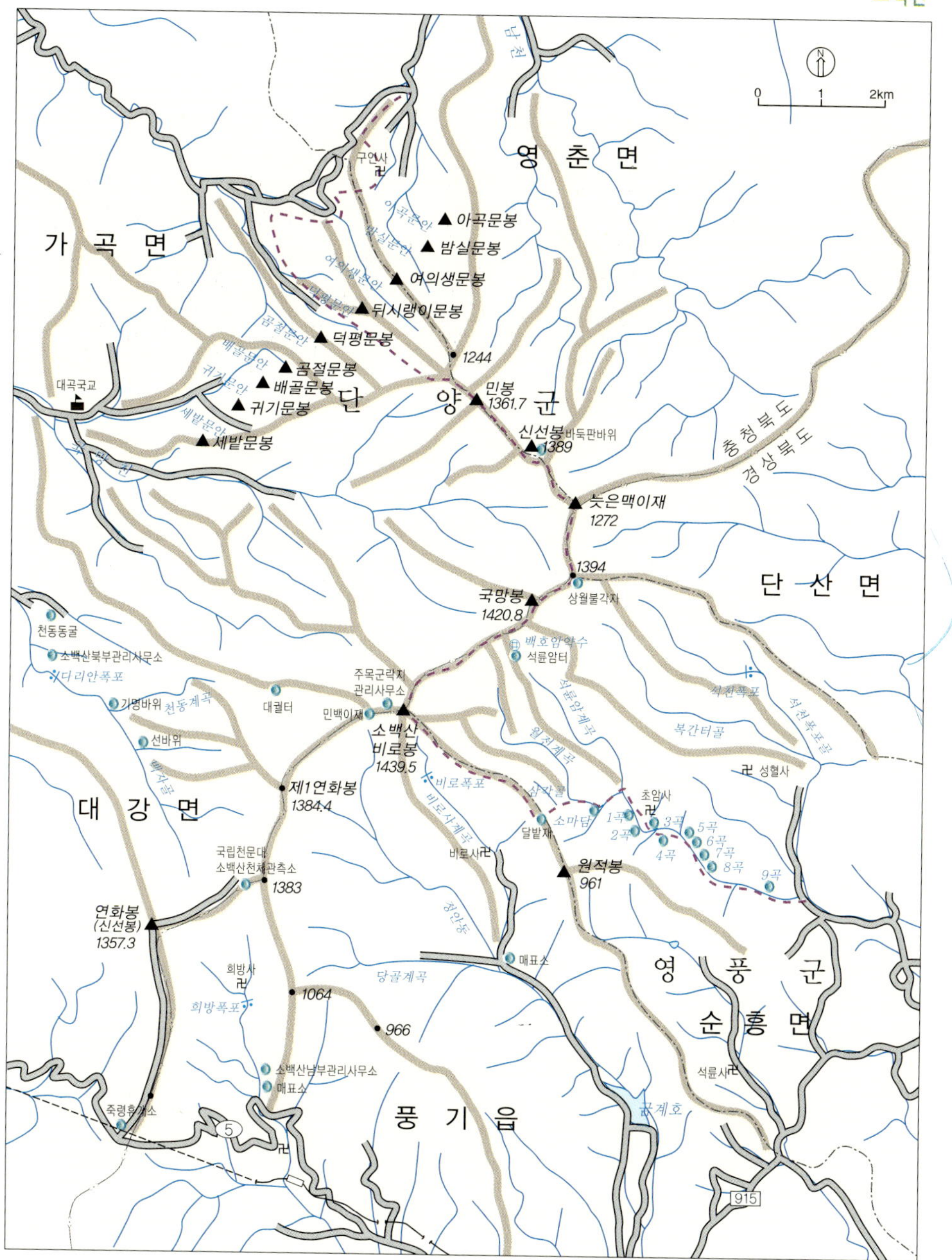
영춘면
가곡면
구인사
아곡문봉
밤실문봉
여의생문봉
뒤시랭이문봉
덕평문봉
곰절문봉
배골문봉
귀기문봉
세밭문봉
대곡국교
단
양
군
1244
민봉
1361.7
신선봉 바둑판바위
1389
늦은맥이재
1272
1394
충청북도
경상북도
단산면
국망봉
1420.8
상월불각자
천동동굴
백호암약수
석륜암터
소백산북부관리사무소
다리안폭포
석천폭포
기명바위 천동계곡
대궐터
복간터골
주목군락지
관리사무소
민백이재
선바위
소백산
비로봉
1439.5
성혈사
대 강 면
제1연화봉
1384.4
비로폭포
삼가골
초암사
1곡
소마담
2곡
3곡
5곡
6곡
7곡
8곡
4곡
9곡
달밭재
비로사
바로사
국립천문대
소백산천체관측소
1383
원적봉
961
연화봉
(신선봉)
1357.3
영 풍 군
희방사
희방폭포
1064
매표소
당골계곡
순 흥 면
966
석륜사
소백산남부관리사무소
매표소
죽령휴게소
풍 기 읍
군계호
915

터널' 을 지나 왼쪽으로 치악산群을 스쳐 달릴 때는 보름달이 하얀 구름 속을 빠른 속도로 헤쳐나가고 있었다. 그러고 보니 오늘이 음력으로 4월 15일이다. 곤하여 단잠을 자다가 3시쯤 무의식중에 눈을 떴다. 운전기사도 나도 초행인데 우리 일행은 3시 7분경 정확히 배점리 삼괴정주차장에 무사히 내릴 수 있었다.

3시 10분에 바로 산행을 시작했다. 휘영청 밝은 보름달 속에는 계수나무가 한 그루 들어있고 별이 쏟아지며 개들은 인기척에 잠을 깨고 요란하게 짖어댄다. 퇴계 이황 선생은 배점리에서 초암사까지 이어지는 아홉 계곡의 沼로 흘러내리는 물소리가 마치 노랫소리 같다 하여 '竹溪九曲' 이라 이름지었다. 들머리를 조금 지나 우측 표지목에는 '九曲 이화동' 이라 표시되어 있었다.

3시 25분, 매표소에는 불이 꺼져있고 앞에 있는 이정표에는 '초암사 2.2킬로미터' 라 표시되어 있다. 별들은 달과 멀리 떨어져 자리하고, 정면 시선이 닿는 곳에는 검은 능선이 앞을 가로막는다. 랜턴에 비친 하얀 길은 검은 숲의 품속으로 끝없이 빨려들고 뒤로 물러난다. 계곡은 차량 한 대가 겨우 지날 수 있는 시멘트 포장도로의 오른쪽에서 흘러가고 8곡 표지목은 좀체 그 모습을 드러내지 않는다.

3시 40분에 물소리가 갑자기 요란해지더니 '위험' 판과 '8곡' 표지목이 나타난다. 3시 42분경, 7곡과 6곡 표지목에는 곡의 이름이 적혀 있지 않았다. 그러나 어스름 달빛에 드러나는 계곡 건너편 '옥녀봉' 과 그 능선이 범상치 않을 것을 보니 그 아래 沼들 또한 본 것과 진배없다. 뻐꾸기 울음소리가 구슬프고 랜턴 불빛에 놀란 길섶의 조팝나무 흰 꽃은 다시 숨어든다. 3시 45분 '5곡 목욕담' 표지목을 보고는 왠지 기분이 좋아졌다. 어느 지점에서인지 계곡은 좌측으로 옮겨져 있다. 이어 완만한 경사의 오르막 왼편 표지목에 '4, 5곡' 이라 적혀 있다.

3시 50분 길이 다시 계류를 건너고 계곡은 우측으로 위치한다. 3

시 55분 '3곡'을 지날 때 초암사의 첫 종소리가 호숫가 물결처럼 온 산천에 울려 퍼지기 시작했다. 서른세 번을 울리는 사이 잡귀들은 물러가고 만물과 사람은 깨어난다. 곧이어 길이 계곡을 건너고 계곡이 좌측으로 위치한다. '2곡 청운대' 표지목과 '국망봉 4.9킬로미터' 이정표를 지나니 바로 위에 초암사 불빛이 보인다. 종루에 비껴드는 달빛 아래 이목구비가 수려한 스님이 아직도 종을 치고 있어 방해가 될까봐 까치발로 그 앞을 지나쳤다. 종루는 절 뜨락 등산로 옆에 세워져 있었다. 오르막이 가팔라지더니 끝내 '1곡 금당반석'이라는 표지목이 나타났다. 초암사 위에는 잣나무숲이 향기와 더불어 어둑서니처럼 자리하고 있었으며, 잣나무숲이 시작되는 어름에 '국망봉'을 가리키는 표지목이 보였다.

개념도상에는 이곳에서 곧장 직진하여 위로 석륜암계곡을 지나 국망봉으로 가는 길과 샘밭골 삼거리에서 비로사, '달밭재'를 거쳐 비로봉으로 가는 길밖에 나타나 있지 않다. 달밭재는 비로봉에서 남동으로 뻗어 내린 능선이 잠시 숨을 죽였다가 다시 몸을 일으켜 원적봉(961미터)으로 이어지는 안부를 이르는 동시에 능선 북동의 월전계곡, 죽계구곡, 초암사와 능선 남서의 비로계곡, 비로사를 나누는 재를 말한다. 죽계구곡을 보고 초암사를 거쳐 비로봉을 오르기 위해서는 달밭재로 올라서야 하며, 달밭재로 가려면 이곳에서 좌측의 잣나무숲 속으로 나있는 소로를 따라야 하는데 개념도상에는 그 길이 나타나 있지 않았다.

이곳에서 달밭재로 가려면 월전계곡과 석륜암계곡의 합수점 위에 위치한 석륜암계곡을 건너 정서로 파고드는 월전계곡을 좌측에 끼고 가면서 계곡을 네 번 건넌 후 북서방향으로 파고드는 삼각골과 월전계곡 합수점 위에 위치한 월전계곡 원류를 건넌 후 다시 삼각골을 좌측으로 끼고 가다가 이를 건너야 한다. 이 루트는 지도상에는 나타나 있지 않은 몇몇 산꾼들만이 아는 길로 나는 동이 트고 달밭재에 올라선 후에야 그 루트를 추적해낼 수 있었다. 이 모든

373

것을 역으로 보면 달밭재에서 해뜨는 방향으로 가다 보면 삼각골이 나오고 삼각골을 건넌 후 월전계곡 원류를 건너야 하며 다시 석륜암계곡을 건너야 한다. 삼각골은 월전계곡에 합류되고 월전계곡은 초암사 위에서 석륜암계곡과 합류하여 남동진하면서 죽계구곡을 품은 죽계천을 만들고 영주에서 남원천과 만나 서천을 이루어 흘러가다가 예천에서 내성천으로 바뀌어 낙동강으로 흘러드는 것이다.

오늘 우리는 어둠 속을 헤치며 그 미로를 찾아가야 한다. 왜냐하면 죽계구곡을 보고 비로봉~상월봉 사이의 연분홍 철쭉을 보기 위해서는 이 길밖에 없기 때문이다. 구인사를 하산지점으로 택한 이상 다른 선택은 없었다. 23일부터 시작한 '소백산 철쭉제'는 오늘이 마지막이다. 백두대간상의 철쭉은 지리산 세석평전, 꽃잎이 크고 화사한 남원 봉화산, 덕유 철쭉, 수수한 연분홍에 곱게 물이 빠진 태백이 있고, 그 외에 운봉 바래봉의 철쭉은 붉은빛이 배어나올 만큼 화려하다. 또 장흥 제암산, 붉은 물감을 풀어놓은 듯한 합천 황매산, 대구 비슬산, 꽃빛이 아름다운 가평 연인산, 남양주 축령산, 정선 두위봉 등이 있다. 소백의 철쭉은 시골아낙처럼 수수하다. 지리산 세석, 운봉 바래봉, 남원 봉화산, 가평 연인산은 보았고 소백 철쭉은 오늘 볼 것이나 나머지를 다 보려면 앞으로 얼마나 걸려야 할지….

4시 5분에 잣나무숲 사이로 난 소로를 따라 서진하니 계류가 막아선다. 족적이 있어 보이는 암반을 건너뛰어 숲속으로 들어서서 계류를 따라가니 험한 바위가 눈앞을 가로막고 길이 끊어진다. 이런 곳에는 길이 없다. 다시 원위치 하니 이국 과장이 대형 손전등을 들고 뒤따라오다가 내가 건넌 지점에서 하류쪽 엇비슷한 방향으로 난 징검다리 암반과 돌을 뛰어넘더니 잠시 후 '길'이 있다는 신호를 보내왔다. 나는 되돌아가 일행에게 길을 찾았다고 소리쳤다. 석륜암계곡을 건넌 것이다.

4시 15분에 산죽밭을 지나고 5분 후에는 거대한 바위를 돌아가 느라 계류를 연속하여 건넌 후 4시 25분경 희미한 갈림길에서 우측 계곡으로 접어들었다. 그러나 길이 아니었다. 되돌아나올 때는 등줄기에 식은땀이 흘렀다. 원위치 하여 자세히 살피니 키 높이의 나뭇가지에 흰 리본이 매달려 있다. 안도의 숨을 내쉬었다. 리본을 보기 전에는 발은 지면을 딛고 있었지만 마음은 안절부절이었다. 혼자 같으면 아랑곳없으나 행여 오늘 산행이 실패로 돌아가지나 않을까 해서였다. 계류를 건너 계곡을 우측에 두고 연이어 계류를 건너 계곡을 좌측에 두게 되었다. 월전계곡 상류를 건넌 것이다. 4시 30분쯤 물소리가 멀어지다가 5분 후에 다시 물소리가 곁에 다가왔다. 길이 3~4미터쯤 되는 굵은 통나무 다섯 개를 뗏목처럼 엮은 다리를 건넜다.

4시 36분. 길이 희미한 삼거리에 '비로사' 방향표시가 된 낡고 바랜 표지목이 있었으며, 소로 하나는 오른쪽 숲과 계곡이 어우러진 곳으로 기어들고 있었다. 어쨌든 능선을 타야 한다는 강박관념에 사로잡혀 오른쪽 숲으로 접어들다가 육감으로 아니다싶어 다시 돌아 나와 비로사 표시가 있는 쪽으로 방향을 잡았다. 이제는 계곡이 우측 곁으로 자리한다. 삼각골을 건넌 것이다. 되돌아 나온 것은 결국 옳은 판단이었다.

비로사는 달밭재를 중심으로 초암사와 대치하고 있었다. 이후에 '비로사~초암사' 라 적힌 표지판을 두어 번 더 보았다. 이제는 안심이다. 나의 마음을 알아주기라도 하듯 산죽이 늘어서고, 함박나무 한 그루는 흰 꽃을 무리지어 피웠는데 그 꽃들은 고개를 숙여 함빡 웃고 있었다.

4시 40분 다소 가파른, 무릉도원을 들어가는 듯한 숲길을 헤치고 오르니 시야가 트이면서 동녘 먼 산 능선에 붉은 기운이 감돌고, 차츰 검은 능선과 하늘 사이에 파란 공간이 열리면서 구름조각과 함께 황금색으로 빛나기 시작한다. 여명이 밝아오는 것이다. 랜턴을 머리에서 벗어 끈 후 손에 쥐었다. "찌쭈비 찌쭈비", "끼륵 끼륵", "찌르찌르", "깨악 깨악", "찌찌". 온갖 새들이 나서서 아침을 맞고 물소리는 덩달아 신이 나서 그 음률을 높인다.

4시 46분 오르막을 올라서니 순간 좌측으로 봉우리를 등지고 산자락에 신록의 잡초가 어우러진 기천 평은 족히 되어 보이는 구릉지대가 펼쳐졌고, 그 구릉 중앙 언덕바지에 외딴 오두막 한 채가 그림같이 자리하고 있었다. 곁에 오는 서종만 차장에게 자랑삼아 이야기를 풀어놓았다. "저것은 올해 중학교 2학년 되는 동호철이네 집이다." 통영 출신 여류시인 이향지는 '산아 산아'에서 '호철이 부친은 스물일곱 살 육이오가 났을 때 북청에서 피난을 와 이 골짜기로 들어 왔으며 삼십삼 년이 지난 나이 육십에 서른셋인 호철이 엄마를 만났고, 부처님이 보낸 호철이 엄마는 뒷산 양지바른 곳에 누워 있으며 호철이 부친은 기타를 치면서 '망향초'를 즐겨 부른다'라고 쓰고 있다. 구릉지대 뒤편의 나무다리를 건너 완만한 곡선을 그리며 휘돌아가는 곳의 헛간 같은 건물 7~8미터 옆에 아담한 호철이 엄마의 무덤이 있었다. 새들은 "구구구구, 휘익휘익" 하면서 키 크고 둥치 큰 이깔나무 수림 속으로 사라진다.

달밭재로 오르는 길은 구릉지대를 지나 이깔나무 수림이 짙은 지그재그의 경사가 심한 오르막이었다. 5시 정각에 달밭재에 올라 우리 일행은 배낭을 내렸다. 천지는 이미 밝아 있었다. '달밭재'는 주위가 겹겹이 산인 비로봉~원적산 사이의 이곳 고개를 말하며, 달이라도 뜰라치면 월광이 내리꽂히는 곳이다. 이민창 씨가 챙겨 온 실바 나침판으로 남북의 위치를 확인한 후 아침은 비로봉에서 먹기로 하고 북서쪽 오르막 능선을 타기 시작했다. 5시 10분에 뒤돌아 본 원적산은 삼각형 모습으로 절묘한 곳에 자리하고 있었다.

나무등걸과 폐타이어로 만든 계단이 번갈아 있는 오르막 능선을 타다가 5시 15분 해가 뜨기 직전의 능선과 하늘이 꿈틀거리는 기운을 보고 나무계단 옆 로프를 잡고 흙밭에 주저앉았다. 거무스레한 구름바다에 붉은 한가닥 선이 열리고 눈썹같이, 그믐달같이, 반달같이 보이다가 종래는 보름달이 되더니 찰나에 '부웅' 능선 위로 떠오르며 분리되어 나갔다. 이윽고 허공에 떠오른 해는 강렬한 황금햇살을 눈부시게 쏟아내기 시작한다. 인간의 소원은 대체로 소박한 것이 많다.

5시 30분 '비로사 구등산로 갈림길, 1,000미터, 비로봉 1.8킬로미터' 표지목을 보고, 5시 35분 낙락장송이 우거진 숲길을 지나 5시 40분 '양반바위, 1,150미터, 샘터 1킬로미터, 비로봉 1.2킬로미터' 표지목에 닿았다. 길 바로 우측에 높이가 20여 미터나 되는 고래등같은 양반바위가 사람이 양반다리를 친 형상을 하고 아래를 내려다보고 있었다.

이제는 낙락장송 대신에 굴참나무가 자리하고, 비로소 철쭉무리가 길 좌우에 도열하면서 연분홍으로 만개해 있다. 길 좌측은 경사가 급하다. 비로봉 정상에서 원적봉으로 이어진 능선과 비로봉에서 제1연화봉~연화봉~희방사로 이어진 능선 사이에는 깊은 골짜기가 펼쳐지며 각각 비로계곡과 당골계곡을 만들고 샘밭골 어름에서 합수되어 '금계천'을 만든다. 산 높고 골 깊은 곳에는 큰 짐승도 많다. 비로계곡에서는 신음소리 같은 큰 짐승의 울음소리가 온 산에 울려 소름이 끼친다. 돌출부인 전망대에는 '비로봉 0.8킬로미터' 표지목이 있었다.

6시 전망대에서 바라본 연화봉 능선과 비로봉 정상은 구름바다에 싸여 있었다. 6시 10분에는 길 우측 큰 바위 밑에 있는 샘터에 닿았다. '샘터, 1,250미터, 비로봉 0.3킬로미터' 이정표가 있다. 먼저 올라온 조현복 과장과 박종표 씨는 이미 시원한 샘물을 마시고 여유작작하다. 6시 20분에 배낭을 메고 샘터를 뜰 때 조금 전 비로계곡에서의 그 큰 짐승 울음소리에 다시 골이 울리고 있었다.

6시 25분에 '故조광래 조난 추모비'가 있는 전망대에 올랐다. 6시 30분에는 비로봉을 코앞에 두고 나무계단에서 로프를 잡고 숨

377

을 골랐다. 좌측으로 비로봉~연화봉 능선이 장막을 치고 제1연화봉에서 내린 지능선이 우리가 타고 온 능선과 오버랩 된다. 계곡은 온통 구름바다였고, 능선 위는 안개구름이 짙게 드리워 있었다. 우측으로 주능선 끝에 위치한 국망봉은 태양 아래 구름바다의 섬처럼 높이 떠 있고 대간은 아스라이 태백 쪽으로 출렁이고 있었다.

비로봉 바람은 소문대로였다. 정상 남동사면에서 도시락을 풀고 각자 마음써서 준비한 막걸리, 소주, 17년산 발렌타인, 커피, 과일 등으로 푸짐한 조찬을 즐겼다. 커피를 보니 작년 그 추운 겨울 한라산 왕관릉에 이르렀을 때 장병률 차장 집사람이 준비하여 보물같이 내놓은 '맥심'이 생각났다.

정오에 친구 결혼식이 있다는 이용문, 조현복 과장을 비로봉에서 천동리로 떠나보내고, 남은 일행 열세 명은 우측으로 밤이라서 보지 못했던 배점리의 '송림지'가 햇빛에 부서지는 것을 보면서 다시 감탄했다. 앞으로 갈 길이 그렇게 힘들 줄은 까마득히 모른 채 희희낙락 북동쪽을 향해 발걸음을 옮겼다. 7시 10분이었다.

비로봉에서부터는 변수일 부장과 함께 맨 후미에 섰다. 태양이 뜨고 날씨도 쾌청하다. 비로봉에도 올랐겠다 이제 새벽 계곡에서와 같은 두려운 곳도 없으니 느긋한 마음이 절로 난다. 소백산 철쭉은 비로봉~연화봉 구간이 으뜸이다. 그러나 그 쪽은 인파로 붐빌 것 같아 당초 하산지점을 구인사 쪽으로 택한 것이었으며, 내심으로 '九峰八門'의 절경을 다시 한번 뇌리에 새겨둘 요량이었던 것이다. 비로봉~국망봉 구간을 오르락내리락 하는 암릉과 주로 순흥면 쪽으로 뿌리를 내리고 있는 기암들은 볼 때마다 항상 새롭고 외경스럽다.

7시 17분 기암, 7시 25분 기암群, 7시 30분 이 구간에서 유일하게 어의곡 쪽으로 뿌리를 내린 바위를 지나 7시 45분에 '국망봉 1.6킬로미터' 이정표를 보았다. 7시 55분에 30여 미터나 되는 거대한 암봉을 좌측으로 우회하였으며 8시에는 높이가 20여 미터쯤 되는 기암을 지나쳤다. 8시 5분에는 이 구간 중 가장 기괴하고 거대한 높이 4~5십 미터쯤 되는 암봉이 시선을 끈다. 이 암봉은 멀리서도 독립된 봉우리처럼 솟아있어 유별나 보인다. 나무인 것 같기도 꽂힌 것 같기도 한 식물 하나가 오른쪽 바위절벽 중간에 뿌리를 내리고 햇빛을 받아 빛나고 있었으며, 진행방향으로 이십여 미터 거리에는 요세미티 같은 바위가 짝을 하고 있었다.

8시 20분에 '국망봉 0.3킬로미터, 비로봉 2.8킬로미터, 초암사 4.1킬로미터' 이정표를 본 후 8시 23분, 8시 25분에 각각 자그마한 암봉을 지나 8시 27분에 국망봉에 올라섰다. 비로봉 사면의 철쭉은 불타고 있었고 능선 위의 구름은 바람에 실려가면서 수만 가지 형상의 그림을 파란 하늘에 그리고 있었다. 국망봉~상월봉 구간은 환상의 초원길이다. 해맑고 수수한 연분홍 철쭉이 무리지어 만개해 있고, 앞서가는 일행의 머리카락이 철쭉숲에서 자맥질하고 있다. 서너 명의 중년 사진기자는 삼각대가 달린 사진기를 세워놓고 연신 셔터를 눌러댄다. 흰 별꽃, 노란 복수초, 보라의 현호색이 초원을 누비고 있었다.

8시 45분에 '어의곡 갈림길' 이정표를 본 후 9시에 상월봉에 올라 '上月佛' 刻字를 다시 확인하고 북쪽 까다로운 암릉을 타넘었다. 우리 일행은 잘도 해내고 있었다. 9시 12분 1,100미터 표지목, 9시 늦은맥이를 지나 9시 23분 1,272봉 아래 '신선봉 갈림길'에 닿았다. 대간은 이곳에서 북동으로, 신선봉은 북서로 가야하는 중요한 갈림길이다. 풀밭에 누워 떠가는 구름을 하염없이 바라보고 있는 사이 徐 차장이 금방 도착하여 시원하고 달짝지근한 식혜를 권한다. 꿀맛이었다.

9시 45분에 영춘면으로 뿌리를 내린 거대한 암봉을 좌측으로 우회하고, 9시 55분에 벌바위골로 뿌리를 내린 암봉을 우측으로 우회했다. 이 암봉은 오는 길에 볼 때 남쪽 사면이 온통 바위절벽을 이루고 있던 곳이다. 10시에 우리 일행은 길섶 바위에 붉은 글씨로

379

'신선봉 500미터' 라고 쓴 안부에 퍼질러 앉았다. 표지목에는 '해발 1,361미터' 라고 적혀 있다. 상월봉에서 본 기괴하게 생긴 신선봉(1,389미터)에는 신선들이 바둑을 두었다는 '바둑판 바위' 가 있다는데 가볼 엄두가 나지 않았다. 나는 표지목에 1,361미터라 적힌 것을 보고 이곳을 민봉(1,361.7미터)으로 착각했다. 그러나 민봉은 한 시간 후에야 나타났다.

10시 37분에 암봉을 우회하고, 10시 45분에 육봉을 지나, 10시 50분 우측 영춘면으로 시원한 바람을 넘기는 벼랑과 비박을 하기에 안성맞춤인 큰 바위가 어우러져 있는 안부에서 숨을 돌리기로 했다. 모두들 지친 탓인지 금방이라도 주저앉을 듯한 심각한 표정이다. 이런 때는 실없는 소리라도 유머나 위트가 제구실을 한다. 웃고 떠들다가 5분 뒤에 다시 배낭을 멨다. 11시 정각에 민봉에 도착했다. 안부에서 지척이었지만 보이지 않았던 것이다. 민봉은 까까머리 중머리였고 바람이 드세게 불어닥치고 있었다.

민봉을 지난 지 12분 후에 능선길이 좌측으로 나서고 우측으로 내리막이 나타난다. 5년 전의 급경사 내리막으로 착각하고 우측 내리막을 택했는데 거기까지는 틀리지 않았다. 그러나 3분 후에 나타난 안부에서 헷갈렸다. 헷갈렸다는 것은 오늘 '구봉팔문' 의 그 기묘한 절경을 우리 일행에게 보여주고 싶었던 내심의 계획에 차질이 생겼다는 것을 뜻한다.

1시 15분에 도착한 안부에는 분명히 좌측 직각 내리막으로 방향 표시가 곁들인 '구인사 5.4킬로미터' 이정표가 있었으니 틀린 것은 아니었다. 하여튼 곧장 오르는 능선에는 철조망이 쳐져 있고 '위험' 표시가 있었으니 말이다. 그러나 5년 전에는 이러한 것이 없었다. 그때는 안부를 지나 곧장 오르막을 치고 1,244봉에 올라 구봉팔문의 그 절묘한 광경을 목도했던 것이며, 그리고 나서 내쳐 내리막 능선을 타고 그 다음 봉우리를 코앞에 두고 좌측으로 꺾어 길 없는 깊은 협곡을 헤쳐 내려갔던 것이다. 그곳은 우측으로부터 제

민봉에서 본 소백능선
우측으로 부터 국망봉,
상월봉 신선봉이
보인다.

3봉인 여의생문봉과 제4봉인 뒤시랭이문봉(968미터) 사이의 '여의
생문안' 이었고 끝자락에는 저수탱크가 있었다. 그러나 오늘은 그
철조망 때문에 1,224봉을 넘지 못하고 안부에서 좌측으로 제4봉인
뒤시랭이문봉과 제5봉인 덕평문봉 사이의 덕평문안 협곡을 내려
갔으니 구봉팔문의 절경을 볼 기회를 놓쳐버린 것이다. 이것은 산
행을 마치고 지도를 보면서 5년 전의 기억을 되살려 확인한 것이
다. 산은 능선을 타고 절경을 보려면 봉우리나 암릉군으로 다가서
야 한다.

　기대에 미치지는 않았으나 덕평문봉과 뒤시랭이문봉 사이의 협
곡을 내려 오다가 11시 30분에 샘물을 만났다. "구구구구, 호르르

381

익"하는 새들도 수림 속을 날아다니고 있었다. 11시 50분에는 덕평문봉과 뒤시랭이문봉의 정상과 중단부 절벽을 볼 수 있었고, 향기가 진동하는 더덕냄새도 맡을 수 있었으니 그나마 다행이었다.

1시 정각에 뒤시랭이문봉의 자락을 굽이굽이 돌아가는 임도를 만나고, '구인사 2.4킬로미터, 신선봉 6킬로미터' 라는 이정표를 보았다. 좌측은 덕평마을로 가고 우측은 구인사 쪽이다. 구인사 가는 길에는 제1봉인 아곡문봉, 제2봉인 밤실문봉, 제3봉인 여의생문봉,

제4봉인 뒤시랭이문봉, 제5봉인 덕평문봉까지를 엿볼 수 있었다. 장영수 과장과 노현숙 씨 자매를 먼저 보내고 다시 계곡으로 기어올라가 일행을 기다리면서 차가운 계곡물에 지친 몸을 담갔다.

일행을 기다려 다시 임도를 굽이굽이 돌아가니 5년 전 내려왔던 여의생문안과 저수탱크가 나타났다. 그 지점에서 밤실문봉 자락을 돌아가는 임도를 버리고 좌측 직각으로 내려가자 갈림길이 나선다. 우측은 '중터' 마을로 내려가는 길이고, 좌측으로 굽어 돌아오르는 길은 구인사 가는 길이다. 구인사는 '고트너머재'를 굽이굽이 돌아 올랐다가 내려서는 지점에 위치하고 있었다. 우리 후미그룹은 운 좋게도 중터마을에서 올라오는 트럭을 얻어 탈 수 있었다. 트럭운전사의 '베품'에 대한 고마움으로 주준일 대리가 뜯지도 않은 비싼 '에쎄' 한 갑을 드렸다.

구인사 맨 위의 3층 황금전각을 본 시각이 정확히 2시였다. 변 부장과 장 차장은 기어코 지팡이 신세를 지고, 주 대리는 걷는 폼이 중우마리에 뒤를 본 것 같은 걸음걸이였다. 구인사주차장에서 김한수 과장은 당장 버스를 빼라는 완장 찬 왜놈 앞잡이 같이 생긴 '구인사주차장지기'에게 의분(義憤)의 고함을 쳤다. 우리 일행은 '온달식당'에서 비빔밥에 도토리묵과 동동주

383

로 기분이 좋아져 3시 정각 서울로 향했다.

　소백산에 다시 올 기회가 생긴다면 그때는 어김없이 '九峰八門'의 기경을 보여줄 것이라 마음속으로 다짐했다.

¹⁸ 월악산

한국의 마테호른

2002년 10월 27일 오전 7시 회사 주차장!

이상렬 본부장이 참석한다는 전화가 오고 김재훈 차장이 부인과 가희, 재호, 김한수 과장이 부인과 용호, 동생 내외를 데리고 와 우리 일행은 17명이 되었다. 차는 7시 20분경에 남으로 달려 10시경에 충주호를 휘돌아가다가 호수에 걸린 송계 1,2교를 건너 10시에 송계계곡의 동달천변에 있는 동창교에 섰다.

월악산은 마의태자와 그의 누이 덕주공주의 한이 서린 중원의 명산이다. 마의태자는 월악산을 떠나면서 '월악산이 물에 비치고 항구골에 배가 닿으면 구국의 한이 풀릴 것이다' 라고 했다. 정상은 신령스럽다 하여 '靈峰' 이라 불리고, 달이 뜨면 그 영봉에 걸린다 하여 '월악산' 이라 한다. 백두대간을 지나면서 북서쪽 충주호에 그 그림자가 비추이고, 주변에 십여 개의 천 미터가 넘는 산을 거느리고 있는 중원의 맹주인 저 산을 언젠가는 꼭 가봐야 되겠다고 얼마나 별렀는지 모른다.

10시 10분에 우측 등산로 안내판을 보고 둔덕길을 올라간다. 지

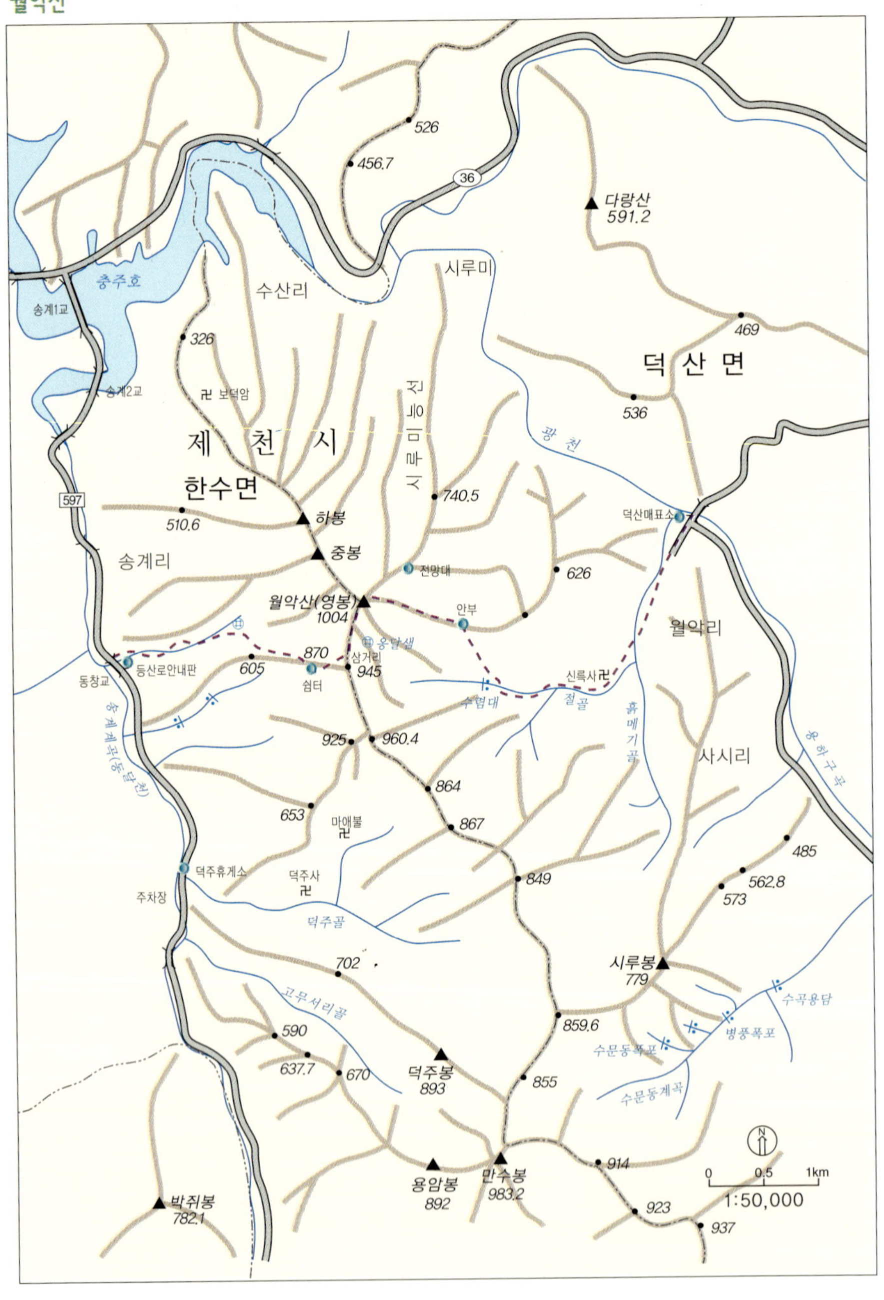
충주호
송계1교
송계2교
수산리
시루미
다랑산
591.2
526
456.7
36
469
덕 산 면
326
보덕암
536
제 천 시
한수면
광 천
740.5
510.6
하봉
중봉
전망대
626
덕산매표소
월악산(영봉)
1004
안부
송계리
월악리
용달샘
870
삼거리
605
945
쉼터
신륵사
절골
수렴대
휴메기골
사시리
하구동
925
960.4
864
653
867
마애불
485
562.8
849
573
덕주휴게소
주차장
덕주사
덕주골
702
시루봉
779
고무서리골
859.6
수곡용담
590
병풍폭포
637.7
670
덕주봉
893
수문동폭포
855
수문동계곡
914
N
박쥐봉
782.1
용암봉
892
만수봉
983.2
923
937
597
동창교
등산로안내판
송계계곡(동달천)
0   0.5   1km
1:50,000

광사를 지나고 비목나무를 거쳐 철계단을 건너니 왼편에 산신제를 지내는 '당집'이 있고, 다시 철계단을 오르니 왼쪽으로 계곡이 나선다. 날씨는 차갑고 대기는 투명하며 코발트빛 하늘에는 두루마리구름이 바삐 흘러간다. 숲이 우거진 오르막 통나무와 돌계단 길을 수없이 지나고 꺾이고 하면서 숨이 턱에 닿는데 꼬마들과 젊은 이들은 흔적도 보이지 않는다. 왼쪽에서 오른쪽으로 하봉을 지나 중봉과 영봉이 여인의 풍만한 젖가슴처럼 시야에 와 닿는다. 산과 수목을 보고 좋은 생각을 하며 좋은 사람들과 어울려야 그 좋은 기를 받는다고 하니 이 본부장이 맞장구를 친다. 돌계단을 오를 때는 하늘과 능선이 맞닿은 곳이 보여 기운이 난다.

11시 10분에 605봉이 건너다 보이고 월광폭포를 품은 계곡이 내려다보이는 삼거리 안부에 이르러 휴식을 취했다. 계곡 쪽에서 올라오는 바람은 숨쉬기에도 벅찼다. 아이다 재킷을 꺼내 입고 후드를 조였다. 길은 좌측으로 90도 꺾이면서 바위지대가 나서고 우측에는 쇠난간이 쳐져 있었다. 곧이어 통나무를 엇갈려 깔아놓은 계단이 연이어진다. 오르막 좌우로 키 큰 수목들이 들어선 흙길은 군데군데 얼어있고 성에가 하얀 이빨을 드러내고 있다. 길섶에서 휴식을 취하고 있던 세 분 아주머니가 힘들게 오르고 있는 나와 이 본부장에게 캔 커피와 오이를 건네준다. 영봉, 중봉, 하봉이 한눈에 들어왔다.

12시에 '해발 780미터, 영봉 1.9킬로미터, 동창교 2.4킬로미터' 이정표를 지나자 경사가 한결 순해지고, 봄날 같은 포근함이 낙엽송 수림을 어루만진다. 안부를 지나자 길은 좌측으로 꺾여 올라간다. 12시 10분에 초록색 지붕의 영봉탐방안내소가 있는 삼거리에 닿았다. '해발 880미터, 영봉 1.5킬로미터, 마애불 1킬로미터, 동창교 2.8킬로미터' 이정표가 있다. 마애불 가는 길 쪽으로 945봉이 올려다보이고 영봉이 눈 가득히 들어차 숨이 막힌다. 김 차장 가족이 먼저 와서 기다리고 있다가 커피 한 잔씩을 건네주었다. 재호는 용감하였다.

화살나무가 빨간 열매를 달고 있는 바위덤을 올라서니 영봉이 한층 가까이 다가선다. 한국의 마테호른인 월악 영봉의 남면 수직 절벽 하얀 화강암은 햇빛을 받아 황금색으로 빛나고, 거대한 봉우리 왼쪽 아래 3∼4부에는 황금색과 거뭇거뭇한 반점이 뒤엉켜 있었다. 느릅나무를 지나 12시 30분에 '해발 900미터, 영봉 1.15킬로미터, 중봉 1.8킬로미터, 마애불 2킬로미터' 이정표를 지나자 영봉 밑둥치에 이른다. 그곳에서 길이 오른쪽으로 꺾이면서 철망이 쳐진 영봉의 직벽 밑둥치를 휘돌아간다.

12시 35분에는 '해발 855미터, 마애불 2.6킬로미터, 영봉 0.8킬로미터, 신륵사 2.8킬로미터' 이정표가 있는 삼거리에 닿았다. 평탄한 나무계단 끝에는 수직오름 철계단이 있고 암봉에는 노송들이 줄지어 있다. 영봉은 남면 수직절벽을 오르는 것이 아니라 뒷면, 즉 북동사면을 통해서 오르도록 되어 있었다. 나무계단, 철계단, 그리고 오른쪽 비탈 쪽으로 쳐진 쇠난간을 잡고 올라야 했다. 4번째 계단을 올라서서 왼쪽 수직암벽 밑으로 갑자기 얼어있는 내리막을 치고, 다시 올라 북서쪽 중봉으로 가는 길이 있는 삼거리를 지나서는 수직에 가까운 쇠난간이 쳐진 나무계단을 올라야 했다.

12시 55분에 영봉 1,2 표시가 있는 성에투성이의 흙길을 올라서니 기막힌 바위 안부에는 이미 정상을 다녀온 우리 일행이 모두 기다리고 있었다. 점심도 끝낸 모양이다. 배낭 속의 적색 포도주가 주인들을 잃었다. 또 하나의 봉우리를 넘고 내려서니 영봉 정상과 연결된 좁은 안부다. 1시 5분이었다.

서너 발짝만 오르면 정상이다. 팻말에는 다음과 같이 적혀 있었다.

송계 8경 중의 하나인 영봉은 월악산의 주봉으로서 웅혼, 장대한 기암괴석이 장관을 이루어 남성적인 산이라 표현되고 일명 국사 봉이라고도 한다. 영봉과 더불어 중봉, 하봉들의 거암으로 형성된 암벽은 높이 150미터, 둘레 4킬로미터로서 산허리를 감도는 운무와 가을단풍이 아름답다. 정상에서는 멀리 소백산 비로봉, 금수산, 대미산, 신선봉이 보이고, 산 그림자는 충주호에 한 폭의 동양화를 보듯 눈 아래 펼쳐진다. 송계 8경: 월악 영봉, 월광폭포, 자연대, 수경대, 학소대, 망폭대, 와룡대, 팔랑소.

정상에는 가로, 세로, 높이 각각 50, 8, 50센티미터의 돌비석에 '월악산 영봉 해발 1,097미터'라 새겨져 있고, 쇠난간 끝에는 초록, 파랑, 흰색으로 그려진 큰 조감도가 충주호를 등지고 세워져 있었다.

이렇게 시계가 좋은 맑은 날에 월악산 영봉에 오른 것은 큰 행운

중봉에서 본
하봉과 충주호

이었다. 남으로 위험지대인 아홉 개의 봉우리를 품고 있는 만수리지를 지나 만수봉이 우뚝하고, 그를 중심으로 오른쪽에서 왼쪽으로 신선봉과 백두대간인 마폐봉, 부봉, 월항삼봉, 포암산, 대미산이 병풍을 치며, 그 너머 '주흘남봉'이 궁궐의 지붕 빗변처럼 동으로 그 미려한 지능선을 내리고 있었다. 우측으로 북바위산, 석문봉, 수리봉으로 연결된 산맥은 송계계곡을 일구고 있으며, 좌측으로 메밀봉, 시루봉, 하설산, 어래산으로 연결된 산맥은 용하구곡을 일구면서 충주호로 빨려들고 있었다.

에메랄드빛 충주호는 햇빛을 받아 고기비늘같이 반짝이고 있었다. 만수리지 좌우의 산자락 7~8부에 잎을 떨군 나목군락과 그 아래에 펼쳐진 빨강, 초록, 갈색, 노랑이 뒤엉킨 수수한 단풍의 향연을 보고 있는 사이 갑자기 월악산 주위에 두루마리구름이 덮이고 강풍이 불어와 사면이 컴컴해지더니 영봉 남면 수직절벽 아래로부터 눈발이 솟아올랐다. 그러나 잠깐 사이 강풍이 구름을 남동으로 몰아내고 하늘은 다시 평온을 되찾는다.

1시 30분. 우리 일행이 점심을 먹었던 해발 1,054봉 안부에 이 과장과 이 주임이 기다리고 있었다. 이 본부장과 나는 비로소 약밥을 나누어 먹고 적색포도주를 한 잔씩 돌렸다. 이 과장과 이 주임을 먼저 보내고 2시에 우리는 왼쪽 아래로 뚝 떨어지는 신륵사로 가는 갈림길에 이르렀다. 영봉과 북북동 시루미능선으로 가는 초입의 암봉에 있는 소나무들과 하얀 암벽은 아무리 보아도 신기하였다.

구름은 남동으로 화살같이 흐르고 등 뒤의 영봉은 가야산의 석화성처럼 빛나고 있었다. 급경사 내리막을 지나니 소나무와 바위가 어우러진 정원 같은 길이 꿈길처럼 나선다. 졸참나무, 서어나무, 박달나무가 줄지어 있는 길을 지나 2시 25분에 '신륵사 1.8킬로미터, 영봉1.8킬로미터' 이정표가 있는 안부에 이르고, 길은 우측 직각으로 꺾이며 급경사 내리막을 이룬다. 신갈나무군락이 이어지고 초록, 갈색, 노랑, 빨강이 뒤엉킨 숲 사이로 비쳐 들어온 햇빛이 그늘과 반반을 이루고 있었다.

나무계단을 내려 2시 43분 광대싸리와 복사나무가 있는 곳에서 길은 좌측으로 휘며, 왼편으로 갈색 통나무로 지은 서낭당이 보인다. 숫갓마을 주민들이 세운 것이다. 2시 50분, 사람이 팔을 벌린 형체의 가슴팍에 '월악산 영봉 2.6킬로미터' 라 적힌 이정표가 있는 곳에서 뒤돌아서니 '수렴선대' 로 가는 지붕이 없는 나무대문이 있었다. 수렴선대는 넓은 바위 위로 물이 흘러 까마득한 아래로 떨어져 내리면서 폭포를 이룬 곳으로 옛날 신륵사 스님들이 물을 맞으며 참선했다는 곳이다.

오배자인 붉나무와 소태나무를 지나니 오른쪽으로 잡풀이 우거진 화전터가 나오고 길은 농로처럼 넓어졌다. 그 우측으로 계곡이 보인다. 절골이 시작되는 곳이다. 끝부분에 층층바위가 있는 짧은 다리를 건너니 계곡이 좌측으로 나선다. 2시 55분쯤 갈색으로 된 구름나무다리가 왼쪽으로 보인다. '신륵사 0.6킬로미터, 영봉 3킬로미터' 이정표가 있었다. 다리를 건너 길 왼쪽에 작은 돌로 정성들여 쌓은 탑이 수십 기 있는 돌탑군을 지났다. 계곡은 다시 우측으로 나서고, 층층나무가 있는 곳 왼쪽 햇빛이 드는 양지바른 아늑한 곳에 묘 1기가 누워 있었다. 시무나무와 산뽕나무를 지났을 때 김 차장 가족과 만났다. 가희와 재호는 신이 나서 캥거루 걸음을 하고 있다.

3시 5분. 신륵사 요사채 뒤에는 층층바위 위에 수직으로 된 암벽이 소나무 사이로 보인다. 극락전 앞에는 정교한 삼층석탑이 꿈결처럼 서 있고 바람에 풍경이 운다. 신륵사 앞에는 수도시설이 있고 조금 아래는 주차장이 있었으며 도로는 진한 황토색으로 포장되어 있었다.

시루봉으로 남진하는 673봉 산자락 4~5부에는 태극무늬 모양으로 너덜이 형성되어 흙메기골을 일구어낸다. 월신교를 건너니 절골과 흙메기골이 합수하여 왼쪽으로 달천을 이루어 흘러간다. 3

시 20분경. 계곡변 '수영금지' 표지판이 있는 곳은 반석이 층을 이루어 넓은 암반을 형성하고 있었다. '굴사뎅이'다. 계곡은 은빛을 내며 소와 담을 이루고 논에는 아직까지 황색을 띤 벼가 서 있으며 계곡 건너에는 송림이 울창하다. 도로변에 줄지어 있는 폐가를 지나니 우측 둔덕 밭에 빨간 고추가 줄줄이 매달려 있고, 홍시가 주렁주렁 달린 감나무와 까치밥만 남은 감나무가 줄을 잇는다. 개 짖는 소리가 요란하다. 달천을 사이에 두고 왼쪽의 양지말과 오른쪽의 음지말을 지난 것이다.

　차와 식사를 팔고 숙식을 하는 우아한 '꺼먹고무신'을 거쳐 월악경로당, 보건진료소, 덕산탐방안내소, 월악민속놀이학교를 지나니 남동으로 용하구곡을 가로질러 덕산면 도전리로 가는 다리가 나서고 용하구곡은 아랫말에서 달천을 만나 광천을 이루어 북동의 충주호로 흘러 들어간다. 3시 30분이다. 계곡에서 몸을 씻고 덕산상회에서 더덕동동주와 '닭도리탕'을 먹었다. 서산으로 넘어가는 태양과 더불어 모두의 얼굴이 발갛게 물들어가고 있었다.

19 금오산

발길마다 佛國土인 태양의 산

2001년 5월 13일.

고교동기 청산회에서 주최하는, 한 해에 두 번 있는 京釜합동등반대회 날이다. 오전 7시 정각에 압구정역 현대백화점 옆 주차장에서 서울팀 20여 명을 태운 버스가 경북 구미에 있는 금오산을 향해 출발했다. 청산회는 그동안 서울과 부산에서 공평한 거리의 충청남북도와 경상북도에 걸친 위도 36도 위아래에 있는 소백산, 황악산, 월악산과 덕유산 향적봉 등 유명한 산들을 섭렵하였다. 나는 오래 전부터 금오산에 한 번 가보고 싶었는데 드디어 그 기회가 온 것이다.

금오산은 백두대간을 벗어난 지능선이 남동쪽 수도산으로 흘러가다가 가야산을 떨구고 다시 북동으로 대간과 평행선을 그으면서 올라오는 특이한 형세를 한 매우 충직스러운 산이다. 즉, 대간이 추풍령에서 덕유산으로 이어지다 무풍의 대덕산(1,290미터)에서 하나의 지능선이 벗어나 동남으로 내려가다가 수도산(1,317미터)에 이르러 가야산(1,430미터)을 흘려보내고, 다시 북동쪽으로 역진하

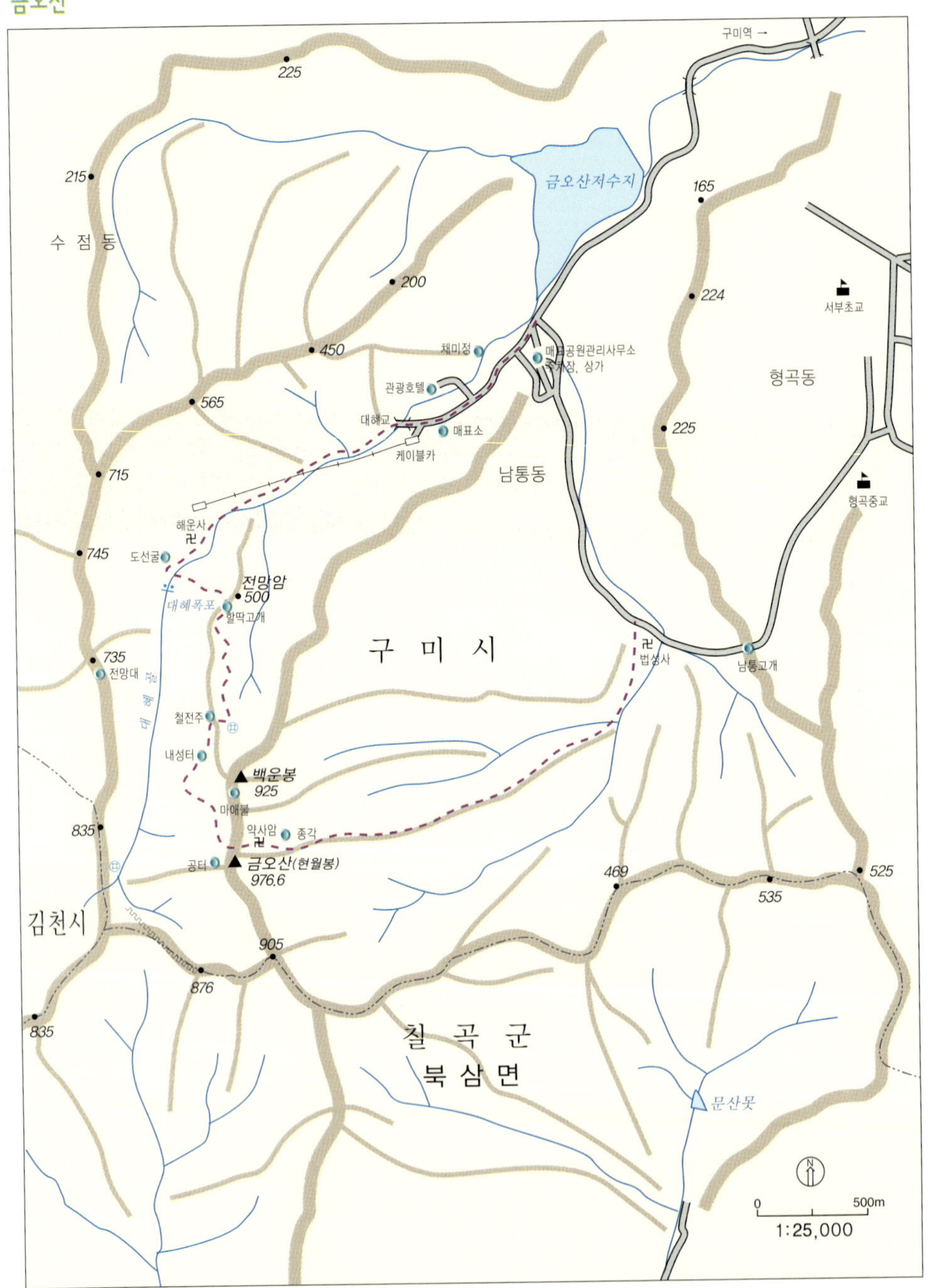
구미역 →
225
215
수 점 동
금오산저수지
165
200
224
서부초교
450
채미정
매표공원관리사무소
주차장, 상가
형곡동
565
관광호텔
225
대혜교
매표소
케이블카
형곡중교
715
남통동
해운사
745
도선굴
전망암
500
대혜폭포
할딱고개
구 미 시
법성사
735
전망대
남통고개
철전주
내성터
백운봉
925
마애불
약사암
종각
공터
금오산(현월봉)
976.6
835
469
525
535
김천시
905
876
칠 곡 군
북 삼 면
835
문산못
N
0   500m
1:25,000

금오산

여 서남쪽으로 흘러내리는 대간과 평행선을 이루면서 올라가다가 낙동강변에서 솟구쳐 올린 산이 금오산인 것이다.

태양 속에 발이 세 개 달린 금까마귀가 살고 있다는 전설에 의해 태양을 金烏라고 부른다는데, 이 또한 이름만 들어도 신비감을 불러일으킨다. 금오산 북쪽인 선산에서 보면 정상이 붓끝처럼 보여 문필봉이라고 하는데, 그래서 선산에 문인이나 인재가 많이 배출된다고 한다. 또한 북서쪽인 김천에서는 노적가리처럼 보여 부자가 많이 난다고들 한다. 상주지역은 신라시대 때 불교가 처음 전해진 곳이고, 후삼국통일이 이루어진 곳이기도 하며, 조선시대 유교문화의 꽃을 피운 곳이기도 하다. 그리고 채미정, 도선굴, 명금폭포, 마애보살입상, 금오산성, 약사암 등에 얽힌 숱한 불가사의한 애기가 산자락 주변 곳곳에 서려 있다. 낙동강의 이름도 강 상류지역인 상주 함창의 고령가락국 동쪽에 위치한 강이라는 뜻에서 불려왔다고 한다. 금오산 정상은 976.6미터로 1970년 6월 국내 최초

금오산 ▸ 채미정 ▸ 대혜폭포 ▸ 금오산성 ▸ 현월봉 ▸ 약사암 ▸ 법성사

로 도립공원으로 지정된 곳이다.

금오저수지를 지나 주차장에 도착하여 조금 있으니 17명의 보고 싶었던 친구들과 그 집사람들, 그리고 자제분들을 포함한 28명을 태운 버스가 도착하였다. 우리는 반가움을 나누었다.

정각 10시 50분에 산행을 시작했다. 등산로 초입 오른쪽으로 벽체가 없고 16개의 기둥으로 되어 있으며, 정면 3칸, 측면 3칸, 그리고 중앙에 방 한 칸을 만들고 사방을 마루로 한 採薇亭(경북기념물 제55호)이 반긴다. 고려말 충신이며 대학자인 吉再의 충절과 학덕을 기리기 위하여 영조 44년에 건립하였다고 한다. 採薇 란 고비를 캔다는 뜻으로 중국 周나라 때 곡식 먹기를 거부하고 수양산에 은거한 후 고비를 캐먹으며 殷나라에 대한 충절을 지켰던 '伯夷叔齊' 고사에서 그 이름이 유래한다. 길재는 고려가 망하고 조선이 개국하자 太常博士의 관직을 마다하고 고향에 돌아와 은거생활을 하면서 節義를 지켰다. 그가 세종 원년에 별세하자 '忠節'이라는 시호를 내렸다고 한다.

매표소에서 인원파악을 하고 입장료를 내는 사이 울창한 赤松의 송림 아래서 잠시 쉼을 했다. 계곡 우측 키 큰 수림 사이로 난 기분 좋은 길에서 30여 분 다리품을 팔았더니 海雲寺가 나온다. 내륙지방에 웬 바다니 바다구름이니 하여 의아했으나 동해를 그리는 마음이 얼마나 사무쳤으면 그랬으랴 생각하고는 절 밑 뜨락 구석에 있는 석간수로 시원하게 목을 축였다. 오래 전에 어느 산꾼이 산에서 샘물을 만나면 무조건 마시고 보라고 했는데 나는 여태까지 이를 충실히 지키고 있다.

계곡 안으로 조금 들어가니 등산로 팻말이 보이면서 도선굴, 대혜폭포, 그리고 정상으로 가는 표시가 되어 있다. 미리 알았더라면 도선굴을 거쳐 대혜폭포로 갔을 것인데, 대혜폭포와 정상 표시가 있는 곳으로 방향을 잡는 바람에 도선굴은 놓치고 말았다. 그러나 나중에 알고 보니 거기가 거기였다.

'쏴아' 하고 흰 물줄기가 수직으로 내려꽂히고 주위에는 청량감
이 돈다. 아찔하게 높이 보이는 바위절벽이 앞을 가로막는다. 드디
어 '大惠瀑布' 다. 위로 물줄기를 따라가다 보니 눈이 감기고 목덜
미가 아프다. 조금 물러나서 원경을 보니 우측으로 천불동에서 화
채봉과 망경대 쪽을 보는 것과 흡사한 암릉이 병풍처럼 펼쳐져 있
다. 그 終章에 암봉이 치솟아 있는데 그곳이 757봉인 것 같았다.
설명판에는 다음과 같이 적혀 있었다.

해발 400미터에 위치한 27미터의 수직폭포로 금오산을 울린다 하
여 일명 鳴金瀑布라고 하는데 경북 8경 중의 하나이다. 그 아래에
폭포 물보라가 일면 선녀가 무지개를 타고 내려와 목욕을 한다는

선녀탕이 있다. 본명은 大惠瀑布로 예로부터 구미 일원의 농토에
서 농사를 짓는 물이 바로 이 대혜폭포에서 시작하여 대혜골을 이
루어 흘러가기 때문이다.

폭포 우측 200여 미터의 절벽 위에 천연동굴이 보였다. 그곳이
도선굴이었다. 신라말 '도선' 이라는 고승이 참선하고 도를 깨우쳐
풍수지리설의 창시자가 되었다고 전해지는 곳이다.
　등산로는 폭포 왼쪽 사면 숲길로 이어졌다. 심한 경사를 이루고
있었으며 쇠난간이 이어져 있었다. 10여 분을 올라가니 안부가 나
오고 직각 우측으로 능선이 정상을 향하고 있었다. 설명판에 '할
딱고개' 라고 씌어있다. 북한산이나 도봉산, 관악산에는 '깔딱고
개' 가 많다. 어느 표현이 맞는지는 모르겠으나 '할딱고개' 라는 표
현을 접하고 보니 이 말이 훨씬 정답고 인간적이라는 느낌이 든다.
'깔딱' 이라는 표현은 숨이 넘어가는 것을 나타내는 것 같고, '할
딱' 이라는 표현은 현재진행형이라는 생각이 들기 때문이다. 이제
부터 나는 그러한 고개를 '할딱고개' 라 부를 것이다.
　여기에서 보니 금오산의 전모가 한눈에 잡힌다. 대혜골은 이곳
의 등산로를 따라 정상에 이르는 능선과 병풍을 친 소금강을 연이
어 757봉 능선을 따라 정상에 이르는 능선 사이에 깊은 협곡을 이
루며 형성되어 있다. 그 협곡 중간에 대혜폭포가 위치하고 있는 것
이다. 금오산의 암벽이 햇빛을 받아 빛나는 것을 보니 거의가 화강
암으로 이루어져 있다는 것을 알 수 있었다.
　급경사이기는 하나 가끔씩 내려 쪼이는 햇빛을 제외하고는 거의
전부가 숲길이어서 기분이 좋다. 작은 안부 옆 전망대에서 다시 한
번 뒤돌아보고 앞길을 재촉했다. 길은 왼쪽 산자락으로 들어간다.
햇빛과 그늘, 그리고 연초록 잎새에 취해 한참을 휘파람을 불고 나
서 돌계단이 설치된 조금 까다로운 길을 지나쳤다. 왼쪽으로 표주
박이 걸려 있는 샘터가 나타난다. 샘물은 지표층을 흐르는 것이 아

니라 지하에서 솟는 것 같았다. 해운사의 물맛보다 훨씬 시원하다. 연거푸 세 바가지를 들이켰더니 옆에 앉았던 산꾼이 놀라서 슬며시 자리를 뜬다.

20여 미터를 올라서니 적벽이 앞을 가로막고 이정표가 나선다. '마애불 700미터, 성안 800미터, 정상 900미터' 라고 적혀 있다. 마애불*은 왼쪽이고 정상쪽은 직진이다. 마애불은 다음 기회에 보기로 했다. 보물 제490호인 마애보살입상을 건너뛰다니 나는 전문 답사꾼은 못되는 모양이다. 송전철탑 있는 곳에서 길이 남서쪽으로 크게 휘는데 북쪽 능선은 757봉에 이르는 길이다. 숲속으로 난 산 사면을 가로지르니 '금오산성' 유적이 나타난다. 설명판의 요지만 빠르게 메모하였다.

> 금오산성은 해발 800미터 어름의 보봉, 약사봉, 현월봉까지 이어지는 절벽과 연결하여 쌓은 것으로 지방기념물 제67호로 지정. 외성 3,500미터(높이 2.4미터), 내성 2,700미터(높이 2미터). 고려말 처음 축성, 영조 때는 총 3,500명의 병력이 상주하던 조선시대 병력의 요충지. 태종 10년, 임진왜란, 병자호란, 고종 5년 등 네 차례에 걸쳐 중수한 산성.

거기서부터 동쪽으로 길이 꺾이면서 사면길이 오르막을 이루고 있었다. 꽤나 힘이 들어 이를 악물고 걸음을 떼 놓았다. 동쪽이 훤히 트이는가 싶더니 운동장만한 헬리포트가 나타나고, 양쪽으로 시커멓고 붉은 색을 띤 엄청난 암벽 사이에 일주문이 보인다. 왼쪽

---

* 금오산 마애보살입상은 정상 아래 菩峰에 있는 북쪽 암벽에 특이한 구조로 조각된 입상이다. 보살상은 光背와 座臺를 갖추었고, 머리에는 三面寶冠의 흔적이 보이는 고려 초기의 걸작품이다. 높이는 5.5미터이며 보물 제490호로 지정되었다.

약사암 종루

의 출렁다리를 건너니 약사암 종을 안고 있는 정자가 절해의 고도처럼 하늘에 떠 있다. 여기서는 금오산의 三峰이 그 모습을 드러낸다. 즉, 현월봉, 약사암을 안고 있는 藥師峰, 그냥 지나친 마애보살입상을 안고 있는 赤壁의 普峰! 눈이 어지러웠다. 금오산 정상은 이렇게 장엄한 암봉과 뒤편 서쪽의 숨은 육산이 수림과 더불어 절묘한 조화를 이루고 있었던 것이다.

약사암에서 동쪽으로 벼랑을 한참 내려서니 뚜렷한 능선길이 이어진다. 전망대에서 다리쉼을 하며 바라보니 능선 좌우로 형성된 계곡은 능선이 끝나는 지점에서 합쳐져 북동으로 흐르다가 북으로 꺾이는 지점에서 다시 남통고개 방향에서 흘러드는 지계곡과 합수하여 남통계곡을 이루고, 남통계곡은 북으로 법성사를 경유하여 '금오저수지'로 흘러들고 있었다.

금오산에 비가 오거나 구름이 끼었다는 소식이라도 들릴라치면 만사 제쳐놓고 다시 올 것이다.

20 적상산

서창 ▶ 장도바위 ▶ 서문 ▶ 고개 ▶ 향로봉 ▶ 적상산 ▶ 안렴대 ▶ 안국사 ▶ 삼거리

붉은 치마의 천연요새

2002년 5월 12일 일요일!

한해에 두 번 있는 고교동기 京釜합동등반대회가 있는 날이다. 산행지는 부산과 서울의 중간 지점인 전북 무주군의 적상산이다. 오전 7시경에 압구정 현대백화점 주차장으로 26명의 동기와 4명의 부인들이 오셨다. 언제 보아도 다정한 얼굴들이다.

적상산은 덕유산 정상 향적봉(1,614미터)에서 북서방향으로 가지를 친 능선상에 자리하고 있다. 동남서 삼면의 7~8부 수직암벽들이 붉은 색을 띠며 빙 둘러 성을 쌓아 놓은 것 같다. 붉은 '赤' 치마 '裳' 의 의미대로 가을이면 여인이 붉은 치마를 두른 것 같이 온 산이 불타오르는 단풍으로 물든다.

7시 20분에 차가 출발했다. 8시 10분 어름에 보이는 좌우 들판에는 모내기가 절반 이상 끝나있었다. 물이 가득 실려 있는 논배미에 이앙기와 못단이 쌓여 있는 것으로 보아 오늘 모내기가 있는 모양이다.

모심는 날은 신이 난다. 벼농사를 짓는 동네의 누구누구네 어머

적상산

설천면
기곡리
당산리
외북창
무주읍
무주군
북창리
가옥리
19
내북창
나무
하부댐
오동재
절산
481.6
적상분소
백운산
559.1
너덜겅
727
향로봉
1024
청일폭포
전망대
북문
포내리
서문
하부댐
적상호
장도바위
삼거리
지소땀
고개
당집
서창
안국사
적상산
1034
사천리
안렴대
적상교
괴목리
바깥시내
대호산
592.1
학송대
안시내
아랫세재
적 상 면
30
하소
49
사산리
마산
죄목터널
노고봉
491.4
단지봉
768.5
N
0   0.5   1km
1:50,000

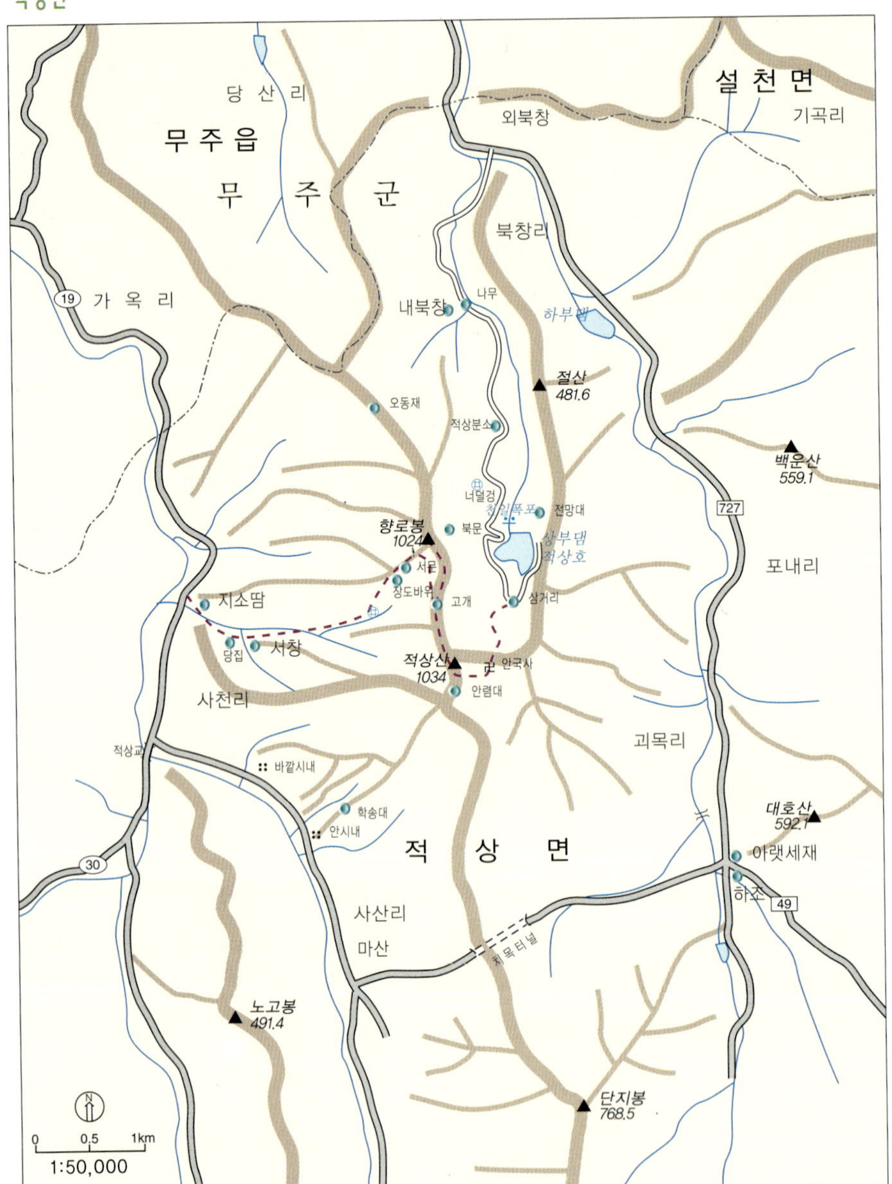

니들은 품앗이를 하고, 나머지는 삯을 주고 품을 산다. 새벽부터 동네 아주머니들은 모판에서 모를 찌고, 남정네들은 논배미에 물을 가득 대고 물귀를 막은 뒤 모판에서 바지게로 못단을 옮긴다. 동이 트고 배가 등짝에 붙으면 일꾼들은 어머니께서 정성들여 무친 멸치회와 졸인 갈치국, 가마솥에서 막 퍼낸 쌀밥과 갓 따온 상추와 깻잎으로 아침을 든든히 채운다. 해가 산마루에 한 뼘쯤 오르면 모두 다시 논으로 간다. 나는 못줄 잡는 데는 동네에서도 이름난 선수였다. 모내는 날은 꼭 일요일이었다. 허리의 아픔을 잊으려고 부르는 동네 아주머니들의 노래는 끝없이 이어지고, 아랫방 아저씨와 나는 흥을 돋우느라 한 줄 한 줄 넘길 때마다 '넘어 간다'라고 외친다. 못줄잡이가 얼마나 아주머니들의 흥을 돋우느냐에 따라 논 한두 마지기는 차이가 난다.

10시 10분경 무주 근처에 이르렀을 때 들판의 모내기는 전부 끝나있었다. 이앙은 남쪽이 빠르기 때문이다. 안개가 서서히 물러나자 산 능선의 윤곽이 뚜렷이 보이며 태양이 제 모습을 드러내고 햇살은 대지 위로 비치고 있었다. 차 안은 머리가 희끗희끗한 악동들이 김밥에 사이다를 싸들고 봄소풍 가는 양 떠들썩하고 유쾌한 웃음소리가 가득하다.

차는 무주 IC에서 19번 국도를 갈아타고 남하하다가 적상교 앞에서 동남으로 향하고 마산에서 49번 지방도로로 갈아탄다. 차창 왼쪽으로 신록이 가득한 적상산이 북의 향로봉(1,024미터)과 남의 기봉(1,034미터)을 축으로 하늘 높이 솟아있고, 그 산자락의 7~8부에서 허리까지 검붉은 층암절벽이 병풍처럼 겹겹이 둘러쳐 있었다. 차는 49번 지방도로에서 동진하면서 치목터널을 지나고 '아랫세재'에서 727번 지방도로를 갈아탄 후 정북으로 거슬러 올라간다. 무주호(하부댐)는 바다처럼 가없이 펼쳐지면서 에메랄드빛으로 반짝이고 있었다. 차가 '외북창'에서 '내창교'를 건너 다시 남하할 때 산 들머리 좌측으로 무주호가 잠깐 비추이더니 이내 사라지고, 산자락을 갈 '之' 자로 수십 번을 굽이굽이 돌아 올라간다. 밀밭에는 밀이 무르익고 있었다.

구불구불한 차도 좌측으로 식목한 赤단풍을 보고 그 뒤 진초록 잎을 단 수림이 단풍나무 천지라는 것을 눈여겨보는 사이 차는 숨이 차 오르더니 10시 50분에 운동장만한 공터에 우리를 풀어놓는다. '천일폭포'가 있는 곳이다. 안내판에는 '하늘아래 하나밖에 없는 폭포라 하여 이름 붙은 천일폭포는 적상산 산정호수 북쪽 계곡의 병풍바위에서 천 길이나 되는 암벽을 타고 쏟아져 주변의 수림과 함께 장관을 이룬다'라고 적혀 있다. 앙증맞은 인공호수 뒤로 길이 나 있고 폭포 입구에 들어서니 벌써 서늘한 기운이 느껴진다.

200여 미터쯤 짙은 수림 사이를 헤쳐나갔을 때 순간 눈앞에 장관이 펼쳐졌다. 폭 1.5여 미터의 수직에 가까운 폭포의 물길 좌측에 높이 40여 미터, 폭 2~3여 미터의 검붉은 층암단애 3개가 펼쳐져 있고, 우측에는 높이 30, 폭 10여 미터와 높이 40, 폭 15여 미터의 동일한 단애가 차례로 펼쳐져 있었다. 수량은 풍부했다. 폭포자락은 35평 정도로 전면에 블록 같은 돌로 축대를 쌓아놓았다. 폭포 상단은 나뭇가지 사이로 손바닥만한 하늘과 맞닿아 있고 내리꽂히는 물길은 햇빛에 반짝인다. 이렇게 무시무시한 폭포는 처음 본다.

부산팀이 적상산 서쪽 19번 국도상의 사천리 '적상'에 방금 도착하여 서울팀을 기다리고 있다는 연락이 왔다. 우리는 이미 그곳을 지나쳐온 것이다. 우리가 움직이기로 했다. 왔던 길을 되돌아가 적상교 위 구덕교에서 부산팀과 조우했을 때는 11시 40분이었다. 우리는 적상산을 가운데 두고 300도 빙 돈 셈이다. 부산에서는 친구들 24명에 부인들 10명이 왔다. 물이 좋아 부부간 금실도 좋은 모양이다.

두 대의 버스는 다시 거슬러 북진하다가 '지소땀' 있는 곳으로 우회전하여 동진하면서 '서창' 마을로 들어갔다. 길은 외길 오르막이었다. 동구 느티나무가 보이고, 삽살개가 슬레이트집 대문 앞에

붉은 치마를 두른
적상산

서 한가로이 졸다가 크나큰 버스 두 대를 보고 놀라 꽁무니를 빼면
서 뒤돌아보고는 하늘을 향해 짖어댄다. 길 주위에는 모텔을 짓는
지 콘도를 짓는지 한창 공사판이 벌어져 있었다. 오른쪽 들판 가운
데는 당집도 보인다.

11시에 이정표를 지났다. 11시 58분에는 계류를 건너 다시 이정
표를 보았다. 12시 10분에 '長刀바위' 이정표를 본 후 키 큰 활엽
수 수림을 좌우에 두고 폭 2여 미터의 우아하게 꾸민 오르막 산길
을 기분 좋게 올라갔다. 12시 15분에는 우측 산비탈에 너덜겅이 잠
깐 계속된다. 그곳에서부터 길은 갈 '之' 자로 연속된 오름길이었
으며 꺾어지는 곳의 각은 30도에 못 미쳤다.

12번째 곡점을 앞두고 왼쪽으로 산만한 기암이 오버행으로 내려
누르듯이 하늘을 막는다. 12번째 곡점을 돌아가는 우측으로 수십
길 되는 바위가 겨우 한 사람이 지나갈 정도로 갈라져 있다. '장도
바위'다. 안내판에는 '고려 말 최영 장군이 적상산을 오르다가 길
이 막혀 長刀를 내리쳐 길을 내고 올라갔다는 전설이 있다'라고
적혀 있다. 장도바위를 지나 북쪽방향의 암릉을 오른 후 16번째 굽

안렴대 아래에 있는
통천문

이가 끝나는 곳에 성문이 없는 키를 넘는 성곽이 나타난다. 12시
40분이다. '적상산성 西門址'라는 제목 아래 이에 대한 설명이 있
는 안내판이 세워져 있다.

이곳 적상산은 덕유산의 험준한 산세를 등지고 북쪽의 병마를 일
차적으로 멎게 하는 전초기지였으며 북창리쪽 '내창'은 군량미를
쌓아둔 창고가 있던 곳이고, 천일폭포 옆에는 '北門'이 있다. '서
창'은 서쪽에 있는 군량미 창고이고 이곳이 '西門'이며 호국사지
남쪽 안렴대 밑에는 '南門'이 있다. 동남쪽은 단지봉(768.5미터),
성지산(992.2 미터), 두문산(1,051.2미터)을 지나 덕유산群이 버티
고 있는 천연요새인 것이다.

서문에서 산길은 동남으로 향하면서 완만한 오르막을 이루다가
고개 아래 200여 미터 지점에서 급한 오르막으로 변한다. 12시 50
분에 고개에 도착한 후 일행을 기다리다가 북쪽 20분 거리에 있는
향로봉(1,024미터)을 돌아보고 다시 고개에 오니 1시 30분이었다.

모두 모인 것을 확인하고 그곳에서 점심을 먹기로 했다. 산에는 우리 일행 이외에는 아무도 없었고 지난 반 년간 살아온 애기는 끝날 줄 몰랐다.

2시 20분에 아쉬움을 떨치고 서로를 일으켜 세워 남쪽방향의 기봉(1,034미터)을 향해 출발하기로 했다. 2시 35분에 '안렴대 0.3킬로미터' 이정표를 확인하고, 2시 40분에는 정상인 기봉에 도착하였다. 여기에는 '향로봉 1.5킬로미터, 안국사 0.5킬로미터' 라는 이정표가 있었다. 송전철탑과 콘크리트 건물이 세워져 있는 정상은 썰렁하고 을씨년스러웠다. 정상에서 남쪽으로 조금 내려와 바위를

적상산에서 본 덕유능선

장도바위

건너뛰니 남서쪽으로 수십 길 험준한 절벽을 이룬 열대여섯 평의 너럭바위 가운데 갈 '之' 자로 수직으로 갈라진 바위가 있었다. 바위 가장자리에는 막대와 로프로 난간을 만들어 놓았다. '안렴대'였다.

안렴대에서 동남으로 두문산, 칠봉(1,305미터), 향적봉(1,614미터)이 직삼각형을 이루고, 덕유산군이 향적봉에서 시작하여 남으로 중봉(1,594.3미터), 백암봉(1,503미터), 동엽령, 무룡산(1,491.9미터), 삿갓봉(1,410미터), 월성치, 남덕유(1,507.4미터), 장수덕유(1,510미터)로 하늘벽을 쌓으면서 대간으로 이어진다. 덕유산 전체를 보기에 이곳만큼 좋은 곳은 없다. 다만 무주구천동은 칠봉에 가려 보이지 않는다. 안내판에는 '고려 말기에 거란의 침입을 받았으나 지방장관인 삼도안렴사의 관속들이 이곳에서 피난을 했었다고 하여 안렴대라 부르고, 이곳은 병자호란 때에 청군이 남하 적상산도 침범을 당할 위험이 있자 승장 상훈이 이조실록을 이 굴속에 피난시켰다고 한다' 라고 기록되어 있다.

안렴대의 바위 사이 좁은 길로 내려가면 남문을 거쳐 동남쪽의 치목리로 가는 능선을 탄다. 기봉과 안렴대 중간지점에 '호국사지' 를 지나자 안국사로 가는 이정표와 길이 있다. 2시 55분. '안국사 0.2킬로미터, 안렴대 0.3킬로미터' 이정표와 '적상산 史庫터' 를 가리키는 이정표가 있었다. 좌측으로 방향을 트니 안국사의 청색 기와가 보인다. 규모가 굉장히 큰 절이다. 안국사는 고려 충렬왕 3년에 月印和尙이 창건하였다. 원래 800미터 북쪽에 있었는데 상부댐이 생기면서 옛 호국사 터인 이곳으로 이사온 것이다. 호국사는 인조 23년에 승병을 양성하고 산성과 사고를 지키기 위해 세운 절이나 1949년에 화재로 소실되었다.

3시에 淸霞樓 아래 우물에서 2리터 페트병을 가득 채웠다. 북서방향의 '國中第一淨土道場' 현판이 있는 일주문을 나서니 분지가 펼쳐지고, 포장길은 '山上湖水' 인 赤裳湖를 휘돌아 북으로 빠져나간다. 상부댐 내려가기 전 둔덕에는 새로 축조한 적상산성 史庫 건물이 있다. 포내리에 있는 무주호는 '하부댐' 이고 적상산 분지에 있는 적상호는 '상부댐' 이다. 적상호는 양수발전에 필요한 물을 담아두기 위하여 북쪽 계곡의 물을 막아 가둔 것으로 해발 800분지에 위치한 '인공호수' 다.

버스는 피라미드의 한쪽 면을 옮겨놓은 듯한 양수댐의 거대한 절벽을 오른쪽으로 보면서 급경사를 지그재그로 내려간 후 적상터널을 지나 오전에 본 천일폭포가 있는 너른 공터를 지나치고, 다시 쉬엄쉬엄 굽이굽이 내려가다가 '덕유산국립공원 적상분소' 를 지났다.

　대전의 국방과학연구소에 있는 친구가 회식장소로 예약해 놓은 북창마을 가기 전 산자락에 외따로 운치 있게 위치한 '토종닭, 동동주' 집에 우리 일행 60여명이 자리를 잡았다. 부산 아지매들이 썰어내는 참치회와 맛깔스러운 초장, 그리고 주인댁에서 마련한 토종닭찜은 상다리가 부러지는 진수성찬이었다. 뉘엿뉘엿 서산으로 넘어가는 태양은 불콰한 친구들의 얼굴과 연이어 오버랩되고 이야기는 끝없이 이어진다. 콜라를 먹고도 취할 수 있다는 것을 비로소 깨달았다.

　　아스라이 한겨레가
　　오천 재를 밴 꿈이
　　세기의 구빗물에
　　산맥처럼 부푸놋다
　　배움의 도가니에 불타는 이 슬기야
　　스스로 기약하여 우리들의 지님이라
　　스스로 기약하여 우리들의 지님이라

　　　柳致環 作詞 尹伊桑 作曲

　노래는 산을 넘고 하늘로 날아오른다.

21 사량도 지리산

돈지포구 ▶ 지리산 ▶ 불모산 ▶ 가마봉 ▶ 옥녀봉 ▶ 진촌마을

환상의 섬 사량도

2001년 8월 25일 밤 10시 45분.

회사 산악부원 22명을 태운 버스가 남도를 향해 먼 여행길에 올랐다. 금강휴게소와 구마고속도로상의 영산휴게소에서 쉴 때마다 하늘을 올려다보았다. 하늘에는 별빛이 초롱초롱하다. 일기예보는 구름이 끼고 비도 온다고 했는데 하늘에 감사한 심정뿐이다.

2001년 8월 26일 새벽 4시 반에 '학섬 휴게소'에 도착하여 아침 식사를 예약한 '한정가든'에 전화를 했더니 아침은 5시 반에 준비되니 풍광 좋은 '학섬 휴게소'에서 잠시 쉬다 오라고 한다. '학섬'은 고성만에 있는 섬이다. 이삼 년 전만 해도 왜가리와 해오라기의 서식지였는데 작년부터 사람들 등쌀에 자취를 감춘 뒤 여태껏 찾아오지 않는다. 애통해 하는 마을주민은 이제 섬 이름마저 바꿔야 되겠다고 하면서도 언젠가는 다시 찾아올 거라는 강한 믿음을 가지고 있었다.

낚시로 낚은 감성돔으로 매운탕을 끓인 아낙의 마음씨가 하도 고마워 밥 두 그릇을 뚝딱 해치우고, 통영서 올라오기로 되어 있는

한려수도
1:40,000
N
0 0.5 1km
답보선착장
내지선착장
399
달바위봉
대항선착장
216.7
고동산
갈림길
돈지리
325
굴
295
가마봉
261
사랑초교
365
375
329
고개
옥녀봉
125
너얼
초대봉
절재
윗섬
연자봉
거목
사랑면사무소
지리산
366
280
끝봉
곰비릉
397.6
마당바위
사랑중교
해모가지
초대바위
금평선착장
사다리린등
135
돈지초교
옥동선착장
동강
237
진등재
덕동선착장
사 량 면
258
돈지선착장
275
285
349
칠현산
345
사금선착장
망봉
310
읍포조교
통 영 시
244
아랫섬
303
대섬
읍포선착장
165
161
242
외지 선착장
남 해
134
208.4

점심거리인 '통영김밥'을 기다리는 동안 여명이 밝고 태양이 떠올랐다. 문득 이른 아침 이슬을 머금은 풀잎을 스쳐보기도 하고 논배미를 휘도는 개울에 얼굴도 씻어보니 유년시절의 그리움이 뭉게구름처럼 피어오른다. 고향의 흙 냄새, 풀 냄새가 몸에 스며들었기 때문이다.

6시 15분. 사량도로 가는 부두인 '가오치'까지는 산허리를 굽이굽이 휘돌아 가는 길이었다. 해를 이고 있는 '벽방산'과 '고성만'에 드리운 황금색 물길이 숨바꼭질을 하고 있었다. 부두는 산 중턱에서 60도 경사의 내리막 바닷가에 있었다. 바닷물은 투명했다. 부두에는 중년부부인 듯한 예닐곱 명의 등산객 외에 낚시꾼들과 주민들로 제법 부산하였다.

우리 버스도 같이 태운 '카페리호(사량1호)'는 정각 7시에 '부~웅' 하고 고동을 울리며 서서히 육지를 밀어내기 시작했다. 고성만을 벗어나자 船首는 정남서로 방향을 잡고 船尾에 거센 물살을 일으키며 바닷물을 가른다. 아침 이슬에 갑판이 미끄러우니 올라가지 말라는 안내방송에도 아랑곳없이 우리 일행은 갑판 위로 올라가서 머리칼을 날리며 해풍을 전신으로 맞아들였다.

통영은 나의 고향이다. 좌측으로 내가 자란 통영시가 희미하게 그 모습을 드러내고 있었다. 미륵도의 '미륵산'(461미터)이 올곧게 솟아 있고, 통영의 산과 바다는 운해 속의 산맥처럼 떠올라 보였다. 음악가 윤이상, 《토지》의 박경리, 시인인 〈깃발〉의 유치환, 초정 김상옥, 김춘수, 극작가 유치진, 미술가 전혁림과 김형근, 그리고 조각가 심문섭. 통영사람들은 그분들을 자랑스러워하고 사랑한다.

배가 육지를 밀어내자 사천의 와룡산(799미터)과 통영의 벽방산(650.3미터)을 잇는 육지의 산줄기들은 일제히 잠수하고, 사량도와 남해쪽의 산들이 갑자기 수면을 뚫고 섬으로 솟아난다. 거대한 성벽처럼 두 개의 섬이 앞을 가로막으며 물에서 방금 튀어나온 돌고래처럼 물기를 자르르 흘리고 있었다.

사량도는 통영에서 뱃길로 오십 리 거리이며 한려해상국립공원의 정중앙에 위치하고 있다. 사량도에는 일곱 봉우리를 안은 칠현산이 있는 남쪽의 下島와 지리산, 옥녀봉이 불끈 솟아있는 북쪽의 上島 사이를 桐江이 흐른다. 그런데 사실 강이 아니고 해협이며, 다만 오동나무처럼 푸르고 강처럼 보인다 해서 그런 이름을 얻었다. 윗섬의 불모산이 거대한 피라미드의 형상을 하고 다가오고, 그 왼쪽으로 가마봉에서 옥녀봉을 잇는 암릉은 설악산의 용아장성릉의 침봉처럼 날카롭다. 우리는 저곳을 가야 한다.

배는 동강나루를 지나 '진천' 부두에 접안하였고, 우리 일행은 '은행나무집'에다 하산 후 뒤풀이할 회를 주문했다. 버스는 옥동까지 비포장을 어기적거리다가 옥동을 지나면서부터 신나는 포장도로를 굽이굽이 돌아가며 달리기 시작했다. 돈지포구가 연못처럼 그 모습을 드러내면서 돌출한 갯바위 위에 서 있는 등대와 어울려 낯설고 먼 이국에 온 것처럼 느껴진다. 수평선이 보이느냐고 했더니 서종만 과장은 선이 어디 보이느냐고 한다. 바다의 파란색은 밑에서 위로, 하늘의 파란색은 위에서 아래로 향하고 있었으나 정작 그 만나는 지점은 혼일되어 있을 뿐 선은 보이지를 않았다. 그러나 '一體는 唯心'이라! 나의 마음속에는 수평선이 자리하고 있었다.

돈지포구에 내려 우리 일행은 물과 통영김밥을 나누어 배낭에 넣고 8시 30분에 산행 들머리에 들어섰다. 포구를 대여섯 발자국 지나 마을회관 오른쪽으로 꺾어 이삼백 미터 올라가니 사량초등학교 돈지분교가 나온다. 길은 왼쪽으로 분교 담장을 끼고 돌아나가며, 담장이 끝나는 곳에서부터 농로를 따라 서 있는 전신주를 따라 가도록 되어 있었다. 들판에는 누런 소가 풀을 뜯고 있었고 농부는 바지게를 지고 아침 들일에서 돌아오고 있었다.

가파른 오르막을 치고 8시 50분에 안부인 '해모가지'에 올라섰다. 그곳에서 오른쪽으로 15분간 오르막 능선을 타니 지리산 주능선에 올라선다. 서로 경사가 급한 절벽 밑에는 쪽빛바다가 발 아래

까마득하게 펼쳐지고, 해벽등반지로 유명한 수우도가 절벽으로 된 머리를 동남으로 두고 소처럼 누워 있다. 돈지포구 너머 남으로 임진왜란 때 대나무로 화살을 만들었던 竹島의 가운데가 분화구처럼 비어 가장자리에 나무들을 빙 두르고 있다. 움직이는 꽃잎 같은 통통배를 제외하고는 하늘과 바다뿐이었으며 더 이상은 아무것도 보이지 않았다. 후미를 기다리며 절경에 취해 있다가 다들 호흡을 가다듬고 나서부터 나는 맨 후미에 섰다. 동으로 지리산, 달바위와 옥녀봉 능선이 파노라마처럼 펼쳐지고 북으로는 삼천포와 고성지역이 한눈에 들어온다.

지리망산과 동강

ⓒ 윤인표

417

숲과 태양에 빛나는 암릉이 조화롭게 펼쳐지고 우측으로는 거대한 암릉이 산의 6부 능선까지 차지하고 있었다. 편마암 암릉을 심하게 올랐다 싶으면 또 내려가고 하기를 세 번이나 반복하였다. 365봉에서 남쪽으로 너덜과 곰비릉을 지나고, 335봉을 거쳐 소두리바위등과 사다리민등을 지난 후 10시 10분에 지리산에 올랐다.

'사량도 지리산 398미터' 라는 나무팻말과 '지리산 해발 397.8미터' 라는 돌비석이 있고 삼각점도 박혀 있었다. 처음에는 지리산을 조망하는 산이라는 뜻에서 '지리망산' 이라 불렀으나 지금은 '망' 자를 빼고 그냥 '지리산' 이라고 한다. 차경환 과장이 가리키는 북서쪽에 뭉게구름을 이고 있는 천왕봉(1,915.4미터) 정상이 살짝 보인다.

고향이 양평이라 유년시절 '오르면 산이고 빠지면 강' 이었다는 식물박사 손기항 대리는 보라색의 패랭이꽃과 파란 물달개비를 용케 구별해낸다. 두 개의 위험한 암릉을 지날 때는 해풍이 끊임없이 불어왔다.

남쪽으로 지능선상에 촛대바위를 품은 촛대봉(375미터)과 마당바위를 품은 366봉을 지나 10시 50분에 북서쪽의 '내지' 와 동남쪽의 '옥동' 을 가르는 사거리 안부에 도착하였다. 이정표가 서 있고 옥동쪽 '성자암' 표시도 되어 있다. 사거리를 지나서부터 산은 육산의 모양을 갖추고, 소나무숲길이 정원을 가꾼 듯 늘어서더니 달바위 정상부 바위가 나타날 때까지 계속되었다. 달바위 가는 길에 車 과장과 孫 대리가 영지를 따서 건네준다. 영지는 밤나무나 참나무 썩은 둥지에서 나는데 엑기스로 뭉쳐져 있다. 매년 같은 곳에서 자라기 때문에 한 번 영지 나는 곳을 알면 자식한테도 가르쳐 주지 않는단다.

긴 오르막 끝에 11시 30분 달바위에 올랐다. 달바위는 佛母山이라고도 하며 사량도를 대표하는 가장 높은 봉우리다. '달바위 400미터' 라는 돌비석이 있었다. 달바위를 내려선 숲속에서 우리 일행

달바위

은 통영 '할매김밥'으로 점심을 먹었다. 늦게 도착한 죄로 후딱 해
치우고, 정상주 삼아 4홉들이 페트병 소주 두 병으로 徐 과장을 위
시한 꾼들과 공평하게 잔을 돌렸다.

달바위를 지나서는 沙岩이 섞인 급경사 내리막이 한동안 이어졌
다. 그 끝의 남쪽으로 '달바위골'로 내려가는 갈림길이 있는 안부
에는 나무로 만든 의자가 놓인 간이휴게소가 있었다. 아침에 부두
에서 보았던 예닐곱 명의 일행이 점심을 먹으면서 좋은 술이니 굳
이 한 잔 하고 가란다. 나이 많으신 분들이 권하는 바라 마다하지
못하고 한잔 얻어 마셨는데, 한 잔 주면 정이 없다고 거푸 한 잔을
더 준다. 독한 향기가 알싸하게 느껴지는 좋은 술이었다. 충북 제
천에서 왔는데 기회가 되거든 월악산과 금수산을 찾아와 꼭 연락
하라며 주소와 성함을 적어준다.

소나무숲길의 오르막을 친 후 다시 위험한 암릉구간이 시작된

419

옥녀봉.
우측 해협이 동강이다.

다. 앞서가던 孫 대리가 봉우리에 올라서더니 나에게 재촉하며 "달바위를 뒤돌아보라"고 한다. 그것은 설악산 구곡담 쌍폭에서 보는 용아장성릉이나 천불동 양폭산장 위 철계단에서 보는 천당리 지와 다름없었다. 백색의 거대한 암벽이 시야에 가득 들어차고 남에서 북으로 바위능선을 그리며 성벽처럼 버티고 있는 것이다. 이 것이다. 서쪽으로 지는 달을 여기서 보아야 한다. 그래서 달바위라 는 이름을 붙였구나! 사위는 숲의 초록과 바다와 하늘의 파랑, 그 리고 뭉게구름과 바위의 흰색뿐이다. 오늘은 시종 하늘과 바다의 경계선이 보이지 않는다. 수평선은 아침저녁에 보아야 잘 보인다. 동쪽으로 건너편에 가마봉 오르는 집채만한 암릉에 매달아놓은 밧 줄이 희미하게 보인다.

12시 50분에 가마봉에 오르니 케른이 있고 '가마봉 303미터'라 는 표지석이 있었다. 가마봉의 내리막에서는 70도 급경사의 30미 터쯤 되는 철계단이 나왔다. 옴짝달싹 못하는 우리 일행 여직원을

420

돌봐주느라 중간에서 그 셈을 잊어버렸는데, 나중에 알아보니 98 계단이었다.

평탄한 능선을 밟는다 싶었는데 느닷없이 위험등산로 표시와 우회등산로 표시가 나온다. 옥녀봉 근처였다. 오늘은 철저히 우회등산로로 가자고 당부했으나 가다보니 나도 모르게 위험한 길로 빠지는 경우가 많았다. 魔의 산이다! 우회로 역시 만만치 않았다. 우리 일행이 정체되기에 알고 보니 오른쪽에서 왼쪽으로 옥녀봉의 밑둥치를 싸고도는 암장은 위험한 슬랩구간이었다. 무사히 건너쉽을 하고 있는데 위에서는 위대로, 지나온 곳에서는 그 곳 대로 고함소리가 들렸다. 되돌아 가보니 산악부 장영수 총무가 슬랩구간 초입에서 두 명의 여직원과 함께 마치 저승사자 같기도 하고 삼국지의 관운장 같기도 한 모습으로 혼이 나가 다가온다. 장 총무를 끝으로 우리 일행은 그 구간을 무사히 통과하였다.

일행을 먼저 보내고 뒤따라오던 '오르면 산이고 빠지면 강' 이라는 孫 대리를 구슬려 옥녀봉을 오르자고 했다. 십여 미터 되는 유격줄사다리를 올라 옥녀봉(281미터) 정상에 서니 1시 35분이었다. 정상에는 케른이 있었고, 반대편 바위 오름길 위험구간 두 군데 모두 로프가 걸려 있었다. 옥녀봉은 전망이 좋은 곳이었다. 桐江 건너 아랫섬의 칠현산이 일곱 개의 봉우리를 왼쪽에서 오른쪽으로 병풍처럼 펼쳐놓고 있었다. 손을 뻗으면 잡힐 듯하다. 해협에는 꽃잎처럼 쪽배 하나가 떠가고 있었다. 그 너머는 一望無涯다!

앞에 보이는 봉우리는 이름이 없다. 설마 저 봉우리는 그냥 지나치겠지 하고 생각했는데 길은 봉우리로 올라야 하는 외길이었다. 무명봉을 넘어설 때 孫 대리가 뒤돌아보면서 그 봉우리를 보란다. 판에 박은 듯한 '사람의 옆얼굴' 이다. 저 봉우리는 이제부터 '人面峰' 이다. 孫 대리의 사물을 보는 눈은 거의 귀신에 가깝다. 로프를 잡고 내리고 네발로 기고 하다가 70도에 가까운 79철계단을 내려왔다. 바위에 하얀 석란이 붙어 향기를 내뿜고 있었다.

海松숲길은 그렇게 즐거울 수 없었다. 진촌마을이 소나무숲을 사이에 두고 숨바꼭질을 한다. 밭 사이로 난 길을 지나니 오른쪽 길가 날머리에 큰 팽나무가 있고 그 아래 평상이 있었다. 간이휴게소에서 술을 권하던 일행이 쉼을 하고 있었다. 2시 30분이다. 그들은 오늘 종일 우리 일행과 앞서거니 뒤서거니 하면서 보조를 같이 했다.

은행나무집에 양해를 구해 샤워를 하고 난 후, 싱싱한 멍게, 감성돔, 도다리, 세꼬시 등 모듬회와 시원한 맥주, 소주로 우리는 꿈속으로 빠져들었다.

22 한라산

성판악 ▶ 사라대피소 ▶ 진달래대피소 ▶ 백록담 ▶ 왕관릉
삼각봉 ▶ 적십자대피소 ▶ 구린굴 ▶ 관음사

코발트빛 하늘 아래
흰 눈 쌓인 백록담

2001년 2월 24일 밤 제주도 풍림콘도 305호!

객지로 나온 들뜬 기분에 다들 싱싱한 회에 소주 한 잔씩을 거나하게 들고 내일 등산을 위해 일찍 잠자리에 들었다. 이 한겨울에 남국의 야자수는 넓고 푸른 잎새를 달고 밤새도록 미친듯이 불어대는 강풍에 줄기째 비틀거리며 음산하고 괴기한 소리를 내고 있었다. 내일 산행이 걱정되어 잠을 이루지 못했다. 창 밖을 내다보니 하늘에는 쏟아질 것 같은 초롱초롱한 별들이 떠 있다. 한편으로 안심이 되었으나 한숨도 못 자고 바람이 멎기를 밤새 기도했다.

장거리 산행 때는 인원이 많든 적든 철저한 계획을 세우고 이에 따르지 않으면 낭패를 본다. 5시경에 우리 대원들 모두를 깨워 주문한 새벽밥을 먹기로 했다. 권정대 본부장님의 기발한 아이디어로 섞어찌개를 맛있게 먹을 수 있었다.

6시 반경 성판악휴게소에 도착하였을 때 주위는 아직도 짙은 어둠이 깔려 있었다. 행장을 차리는 사이 찬 대기는 살을 에이는 듯하고 강풍은 조금도 기세를 누그러뜨릴 기미를 보이지 않았다. 여

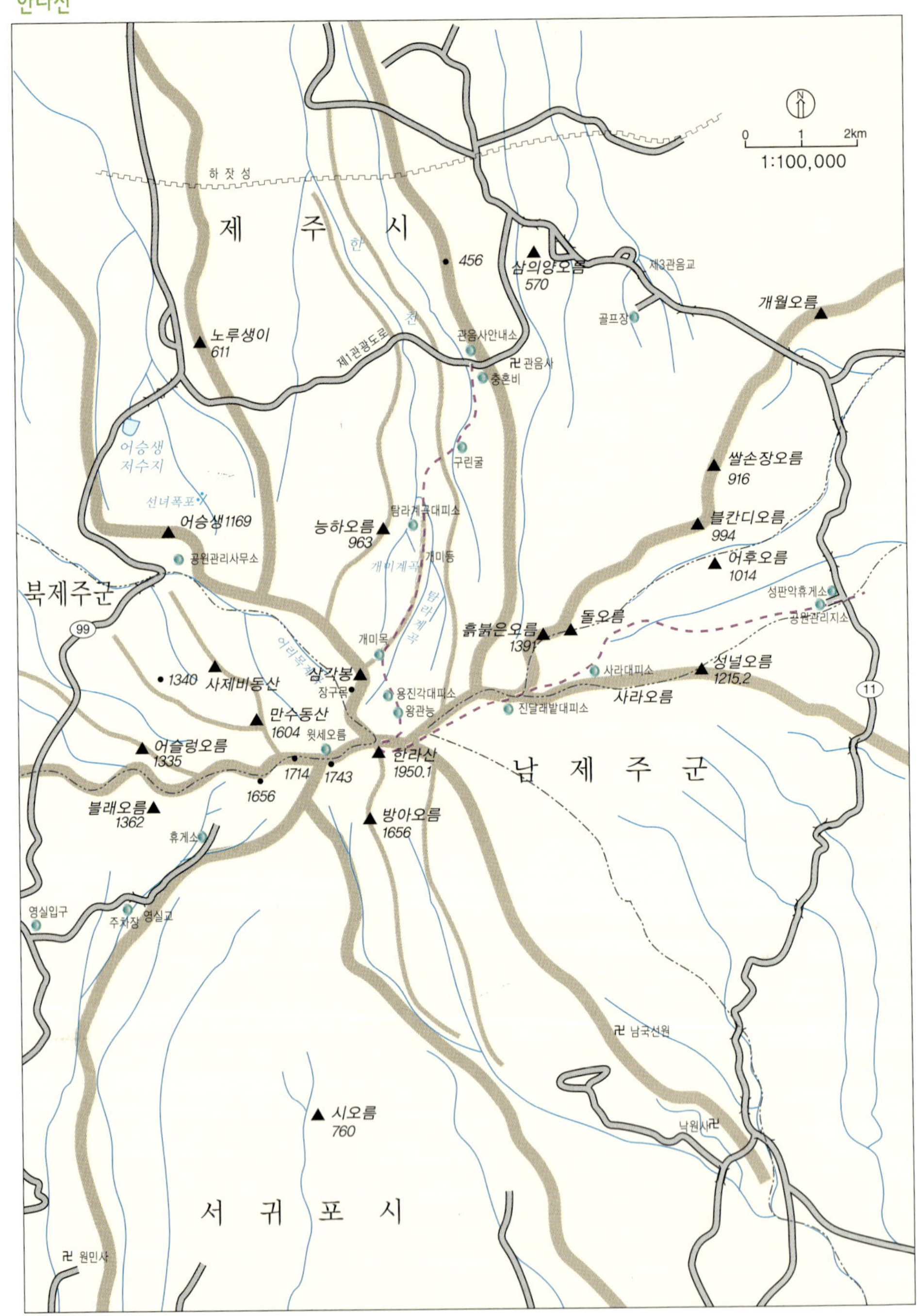
제 주 시
북제주군
남 제 주 군
서 귀 포 시
하 잣 성
456
삼의양오름
570
제3관음교
개월오름
골프장
노루생이
611
제1관광도로
관음사안내소
관음사
충혼비
어승생
저수지
선녀폭포
어승생1169
쌀손장오름
916
블칸디오름
994
어후오름
1014
성판악휴게소
공원관리지소
구린굴
탐라계곡대피소
능하오름
963
개미등
공원관리사무소
개미계곡
탐라계곡
돌오름
흙붉은오름
1391
사라대피소
성널오름
1215.2
99
1340
사제비동산
삼각봉
개미목
장구목
용진각대피소
왕관능
진달래밭대피소
사라오름
만수동산
1604
윗세오름
어슬렁오름
1335
한라산
1950.1
11
1714
1743
1656
블래오름
1362
방아오름
1656
휴게소
영실입구
주차장
영실교
남국선원
시오름
760
낙원사
원민사
0   1   2km
1:100,000
N

명이 트이는 기척이 나나 사위는 아직도 거뭇거뭇하고 하늘과 오름의 경계만 보일 뿐이었다. 오늘 코스는 동쪽에 위치한 성판악에서 남서서방향에 있는 백록담을 올랐다가 북북동의 관음사로 하산하는 것이다. 출발 후 안개가 수림 사이로 흐느적거릴 때 순간적으로 영생불사의 브로켄 현상(전방 10여 미터에 안개가 자욱하게 끼고 햇빛을 등지고 있을 때 타원형의 무지개 광원 속에 자기 그림자가 환상처럼 비쳐 보이는 행운의 징조)을 기대하였으나 머리 위에서 마지막 안간힘을 쏟으면서 빛나는 샛별을 보고 기대를 접어야 했다. 안개는 곧 물러날 것이기 때문이다.

성판악에서 백록담까지는 9.8킬로미터에 5시간 반이 걸리고, 백록담에서 관음사휴게소까지는 9.6킬로미터에 5시간이 걸린다. 일행이 모두 무사히 산행을 마치려면 다들 부지런히 다리품을 팔아야 한다. 서브리더로는 산행경험이 많은 유현 사우를 선두에 세우고 나는 맨 후미에 섰다.

2시간 반 정도를 오르니 약수터자리가 보이고 조금 더 가니 사라대피소다. 여기서 남쪽방향으로 지근거리에 사라오름이 있을 것이라고 생각만 하였을 뿐 가볼 마음의 여유는 없었다. '오름'은 원추형의 작은 화산을 말하는데 제주도에는 360여 개가 있다. '사라오름'은 대표적 기생화산으로 그 분화구는 바짝 말라 있는 경우가 많다고 한다.

후미에 처진 권 본부장님과 근처 바람이 닿지 않는 후미진 곳으로 찾아들어 물을 마시고 담배도 한 개비씩 피워 물었다. 하늘은 구름 한 점 없는 코발트빛이고 설화는 목화밭 같았다. 초등학교 다닐 때 3학년까지는 크레용을 쓰고 4학년에 올라가면 물감을 쓴다. 3학년 때 세 살 터울인 형님이 쓰는 물감이 하도 신비로워 형님 몰래 물감을 써먹다가 혼난 적이 한두 번이 아니었다. 그 물감 중에 코발트색을 내는 것이 제일 마음에 들어 항상 그 물감이 제일 먼저 닳아 없어졌다.

여기서 진달래대피소까지는 1시간을 더 가야 한다. 본격적인 오르막 경사가 시작되었다. 경사를 오를 때는 아예 느긋하게 뒷짐을 지고 보폭을 반보 정도로 하여 발자국을 하나에서부터 백까지 셈할 때마다 손가락을 하나씩 접는다. 주변경치 정도야 아예 아랑곳하지 않는다.

진달래대피소는 사라대피소보다 규모가 크며 컵라면도 팔고 있었다. 시장했던 터라 옆에 누가 있는지도 헤아리지 못하고 컵라면 하나를 게눈 감추듯 하였다. 스패츠와 아이젠을 단단히 조이고 윈드재킷을 고쳐 입고 후드를 씌운 후 주위를 찬찬히 둘러보니 우리 일행들이 하나둘 보이기 시작했다. 혹시 우리 일행 중 한 명이라도 그러한 나를 지켜보았을까 싶어 계면쩍었다.

이제 2시간이면 정상에 도착한다. 그러나 시련은 그때부터였다. 한 구비를 오르고 나면 또 한 구비가 나타나기를 너덧 번 하였을까? 1,700미터 표지석이 보이고 그곳에서 바라본 정상은 민둥으로 하늘 높이 닿아있는 모습이 까마득히 딴 세상 같아 보였다. 그곳을 열심히 오르고 있는 자와 여기 서 있는 나! 저 자들은 天上을 오르는 자들이다. 산행중에 이러한 이질감을 느껴보기는 처음이었다.

문제는 통나무를 가로누인 계단이 시작되고 나서부터였다. 사정없이 몰아치는 북서풍에 떼밀려 남서방향으로 뒤돌아 보이는 마라도에 자맥질할 것 같았고, 얼굴을 감쌌는데도 안면이 아리고 턱이 굳어 말이 제대로 안나왔다. 하산하는 두서너 사람에게 걱정스러운 어조로 '관음사코스'의 사정을 물었더니 한 사람은 여기가 처음이라고 하고 또 한 사람은 이런 기상에는 힘든 코스라고 한다. 그렇다

백록담

면 이 많은 일행을 데리고 이 강풍을 맞으며 계획대로 완주하는 것
은 위험하다는 생각이 들었다. 다시 되돌아가야 할 것 같았다.

아무튼 '漢拏山頂上' 표지석이 있는 곳에 올랐다. 백록담이다!

영실에서의 서북벽, 어리목계곡으로부터의 북벽, 그리고 이곳의
동벽이 가파른 병풍을 친 듯도 하고 꺼꾸로 세운 원추의 상단을 잘
라낸 듯도 하다. 분화구 안쪽으로는 호수가 흰 눈을 뒤집어쓰고 있
으며, 분화구를 이루는 급사면이 흰색으로 빛나고, 구름 한 점 없
는 하늘은 금방이라도 코발트빛 물감을 뚝뚝 떨어뜨릴 듯이 묻어

427

나고 있었다. 13년 전 11월 영실코스로 서북벽에 올랐다가 휘몰아치는 눈보라에 서북벽 표지석만 간신히 판독한 후 천지를 분간하지 못하고 되돌아서야 했던 기억이 아스라이 밀려왔다.

한라산은 1,950미터로 남한 최고봉이며 백두산, 금강산과 더불어 우리나라 3대 영산 중의 하나이다. '한라' 라는 이름은 '하늘의 은하수(漢)를 잡아당길(拏) 만큼 높다' 고 해서 붙여진 이름이다. 어떤 기록에는 '30년 동안 한라산의 날씨를 통계해서 평균해 보니 맑은 날씨를 보인 적은 연중 33일밖에 되지 않는다' 라고 적혀 있다.

한라산의 설화

ⓒ 윤인표

　잠시 후에 정신을 차리고 보니 손인선 사우가 진작부터 당도하여 홀로 일행을 기다리고 있었다. 조금 전 들은 바가 걱정되어 코스변경에 대하여 상의했더니 먼저 간 일행도 있고 하니 당초대로 '관음사코스'로 가야 한다고 한다. 달리 방도가 없었다. 둘이서 바람을 피해 바위 틈새에 쪼그리고 앉아 백록담의 신비한 모습에 넋을 잃고 있는 사이 나머지 12명이 속속 도착하였다. 간신히 자리를 잡아 기념촬영을 했다. 모두 얼굴이 얼어 짙은 보라색이었으나 행복한 표정들이었다.

　인원파악을 한 후 하산을 서둘렀다. 다행히 북동쪽 하산길은 그 매서운 북서풍을 벗어난지라 그다지 위험하지 않았다. 구상나무의 향긋한 내음이 차가운 대기 속에서 코끝으로 스며들고 있었다. 종아리까지 오는 눈 밑의 계단은 통나무를 깔고 고무를 덧대어 놓은 것 같았으나 응달에다 눈이 얼어 몹시 미끄러웠다. 급경사를 엉금엉금 기어 내려갔다.

　한 시간 가량 내려오니 햇빛이 눈부신 펑퍼짐한 평원이 시야에 가득 들어찬다. 왕관릉이다. 먼저 도착한 부원들이 후미를 기다리고 있었다. 우리는 그곳에서 점심을 먹기로 했다. 김성수 은행지점장과 우리 송도영 부장이 가져온 양주를 송 부장이 아끼는 竹盞에 쳐 한 순배씩 돌렸다. 작고하신 할머니께서는 독실한 불교신자이셨는데 통영 새터 시장에서 철마다 별미를 사오셔서 손자들한테 나누어주시면서 으레 '부처님은 콩 한 알로 삼천 명을 나누어 먹였다'고 하셨다. 잠시 후 제주지점 장병률 과장 부인이 힘들게 짊어지고 온 뜨끈뜨끈한 물에 맥심커피를 타서 한 잔씩 나누어 마셨다. 이제 모두들 마음이 넉넉하고 훈훈해졌다.

　왕관릉에서 바라보는 한라산 북벽은 가히 환상적이었다. 오른쪽으로 백록담에서 만세동산(1,604미터), 사제비동산(1,340미터)과 왼쪽으로 성판악코스를 가리고 있는 흙붉은오름(1,391미터), 그 아래로 어후오름(1,014미터) 능선이 하늘금을 긋고 있었다.

백록담 북벽

또 한차례 가파른 급사면 계단을 내려가니 왼쪽으로 용진각대피
소가 내려다보인다. 앞서가던 권 본부장님과 송 부장을 불러 건너편
삼각봉 산자락과 능선이 맞닿은 어름에 각각 다른 기묘한 형상을 하
고 나란히 위치한 새 개의 '여근석'을 가리켜 주었다. 용진각대피소
는 사람이 상주하지 않는 듯 덩그렇고 휑하니 인적도 없었다.

백록담 아래 장구목에서 시작되는 탐라계곡은 삼각봉과 개미등
의 우측으로 흐른다. 탐라계곡 상류를 건너 산 사면을 타고 오른 후
다시 한참을 내려가다가 탐라계곡으로 흘러드는 지계곡을 다시 가
로지른다. 군데군데 밧줄을 매어놓은 급한 오르막을 친 후 삼각봉
산사면을 비스듬히 가로지르자 넓은 설원지대인 개미목이 나왔다.
결국 개미목에서 배낭을 벗어던지고 눈밭에 등을 대고 삼각봉을
바라보면서 드러누웠다. 눈앞에 하늘 높이 떠서 덮쳐올 것 같은 정
삼각형의 모습을 한 삼각봉의 위용은 압권이었다. 이곳이 개미목이
니 삼각봉은 개미머리다. 우리는 이제부터 개미등을 타고 내려갈
것이다. 등골을 타고 내리는 싸늘한 기운에 점차 몸이 더워지는 것

장구목

이 마치 무협소설에 나오는 빙곡에서 운기조식하는 듯하다.

개미목에서 시작되는 개미계곡은 개미등의 좌측으로 흐르다가 탐라계곡대피소 아래에서 탐라계곡과 합류하여 한천을 이루어 하잣성으로 흘러간다. 개미등의 우측으로 위험표시와 밧줄난간이 이어지다 끊어지다 하여 묘한 호기심이 발동하였다. 밧줄난간 밖으로 나가보았더니 그곳은 아찔한 절벽으로 탐라계곡이 깊은 협곡을 이루면서 아래로 내려가고 있었다. 개미등에서 두 시간 정도 내려왔을 때 산죽밭이 나서고 왼쪽으로 개미계곡 둔덕에 무인의 탐라계곡대피소가 내려다보였다. 그 어름을 지날 때는 모두들 말하기조차 귀찮은 듯하여 우스개 소리도 할 수 없었다.

탐라계곡은 비가 내리면 순식간에 물이 불어 폭포수처럼 쏟아져 내리면서 사람들을 쓸어가거나 고립시킨다. 이곳에 밧줄난간과 대피소가 있는 것도 다 그 때문이다. 탐라계곡을 건너고 작은 언덕 하나를 넘어 내려가니 오른쪽으로 또 하나의 계곡이 내려오고, 구린굴을 지나서는 다시 왼쪽으로 내려간다. 대피소에서 한 시간 정도 내려왔을 때였다. 구린굴은 입구가 가로 5미터, 세로 3미터쯤 되었

우정을 등에 메고 지리산서 진부령까지

민병철 49년생
부산고, 한양대 졸업.
장충로타리 클럽 회장
(주)삼창 휴먼 텍 대표이사

얼굴 하나야

손바닥 둘로

꼭 가리지만

보고싶은 마음

호수 만하니

눈감을밖에

　힘든 숙제를 끝내 놓고 먼 산을 바라보니 2년이 넘도록 걸어온 대간 길이 활동사진처럼 스쳐간다. 만감이 교차하고, 가슴이 벅차 올라 정지용 선생의 詩를 읊조리며 눈을 감는다.

　별로 내세울 게 없는 내가 좋아하는 친구들과 백두대간을 종주했으니 평생 자랑하고 싶다.

　2년 전, 금년처럼 그때도 눈이 참 많이도 내렸다. 첫 구간인 천왕봉~벽소령 구간 때 눈을 헤치고 삼정리로 하산하면서 러셀이 무엇인지 처음으로 경험했다.

그해 여름 황점에서 무릉산 빙기실 구간 때 엄청난 집중호우를 만나서 계곡을 헤매던 일, 24구간에서 구왕봉을 지나 희양산 암봉을 오를 때 너무 긴장하고 장거리에 힘들어 양 허벅지에 쥐가 나서 바위틈새에 기대어 온몸을 비틀며 고생하던 일, 영하 25도(체감온도 영하 40도 이상)의 능경봉을 넘다가 얼굴에 얼음이 박혀서 고생하던 일, 금년 2월 칠흑같이 어두운 첫 새벽에 폭설로 뒤덮인 노인봉을 오르던 일, 80킬로그램이 넘는 가볍지 않은 몸으로 산행을 하다보면 주로 후미로 가기 마련인데 가끔은 꽁지그룹끼리 탈꽁지경쟁을 벌이다가 미끄러져 손바닥이 홀랑 까진 일도 지금은 아름다운 추억으로 남았다.

드디어 4월 19일 백두대간 종주 마지막 구간. 이날 당초 예상과는 달리 계속 비가 주룩주룩 내리고 있는 가운데 우리 일행 한웅이, 은식이, 준찬이, 경수, 징그러운 악동들과 버스에 몸을 싣고 미시령으로 향했다. 생각보다 비바람은 심하지 않았고 오히려 상봉을 지나 신성봉부터 마산까지 군데군데 남아있는 잔설들이 우리들의 발목을 잡았다. 앞서거니 뒤서거니 잘 가다가 나 혼자 마산 정상을 지나쳐버렸다. 길을 잘못 들어선 것이었다. 다시 마산으로 되돌아갔으나 처음 왔던 길을 가는 실수를 되풀이하고, 다시 마산으로 발길을 돌렸다. 힘이 쭉 빠진 채 1시간 넘게 헤매다가 다른 일행을 만나 위기를 탈출하였다.

산은 참 위대하다. 조그마한 방심도 용서하지 않는 것 같다. 백두대간을 종주했다고 자만하고 까불 것 같아 산은 나에게 큰 선물을 주시는구나. 언제나 산에 가면 겸손하라고, 자만하지 말라고 진부령으로 내려가면서 조용히 반성을 해본다.

백두대간 만세! 김준찬, 왕한웅, 신은식, 이경수, 사랑하는 우리 동지들 만세!

■ 저자 약력

김 준 찬(金俊燦)

1950년 경남 통영 출생
1965년 통영중학교 졸업
1968년 부산고등학교 졸업
1974년 고려대학교 법과대학 졸업
1977~1988년 외환은행 근무
1988~2003년 6월 외환카드 근무(준법감시인)
현재 동보법무사합동법인 법무담당 이사

이어져야 할
백두대간
그 남쪽을
오르며 Ⅱ

김준찬 산행 에세이 ②

2003년 11월 5일 발행
2003년 11월 5일 1쇄

· 저   자 : 김 준 찬
· 발행인 : 趙 相 浩
· 발행처 : (주) 나 남 출 판

· 주   소 : 서울 서초구 서초동 1364-39
          지훈빌딩 501호
· 전   화 : (02)3473-8535(代),
          FAX : (02)3473-1711
· 등   록 : 제 1-71호(79. 5. 12)
· http://www.nanam.net
  post@nanam.net

ISBN 89-300-2058-5   값 20,000원

www.yescard.com

성공도 품격도
남들과는 다르고 싶은 당신을 위하여!

외환 플래티늄 카드

21세기에 당신이 가질 수 있는 마지막 카드, 외환 플래티늄 카드!
지금까지의 플래티늄과는 다른 품격, 고정관념을 깨는 혜택으로
당신을 만족시킬 수 있는 마지막 카드입니다.
남들과는 다른 플래티늄을 꿈꾸는 당신을 위하여!
외환 플래티늄 카드가 있습니다.

Platinum | 외환 플래티늄 카드

아직도 골드카드에 만족하고 계십니까? 지금 외환 플래티늄 카드의 주인이 되십시오.